suhrkamp
pocket

Die neunzehnjährige Maya ist auf der Flucht. Vor ihrem trostlosen Leben in Las Vegas, der Prostitution, den Drogen, der Polizei, einer brutalen Verbrecherbande. Mit Hilfe ihrer geliebten Großmutter gelangt sie auf eine abgelegene Insel im Süden Chiles. An diesem einfachen Ort mit seinen bodenständigen Bewohnern nimmt sie Quartier bei Manuel, einem kauzigen alten Anthropologen und Freund der Familie. Nach und nach kommt sie Manuel und den verstörenden Geheimnissen ihrer Familie auf die Spur, die mit der jüngeren Geschichte des Landes eng verbunden sind. Dabei begibt Maya sich auf ihr bislang größtes Abenteuer: die Entdeckung ihrer eigenen Seele. Doch als plötzlich Gestalten aus ihrem früheren Leben auftauchen, gerät alles ins Wanken.

Mayas Tagebuch erzählt von einer gezeichneten jungen Frau, die die unermesslichen Schönheiten des Lebens neu entdeckt und wieder zu verlieren droht. Ein unverwechselbarer Allende-Roman: bewegend, spannend und mit warmherzigem Humor geschrieben.

Isabel Allende, 1942 in Chile geboren, ging nach Pinochets Militärputsch 1973 ins Exil. Die Erinnerungen ihrer Familie, die untrennbar mit der Geschichte ihres Landes verwoben sind, verarbeitete sie in dem Weltbestseller *Das Geisterhaus*. Allende zählt zu den meistgelesenen Autorinnen weltweit, ihr gesamtes Werk erscheint auf Deutsch im Suhrkamp Verlag.

Isabel Allende
Mayas Tagebuch

Roman

Aus dem Spanischen von
Svenja Becker

Suhrkamp

Die Originalausgabe erschien 2011 unter dem Titel
El cuaderno de Maya
bei Plaza & Janés, Barcelona.

Erste Auflage 2016
suhrkamp taschenbuch 4703

Satz: Satz-Offizin Hümmer GmbH, Waldbüttelbrunn
Druck und Bindung: Kösel, Krugzell
Umschlagfoto: Millennium Images / LOOK-foto
Umschlaggestaltung: Rothfos & Gabler, Hamburg,
nach Entwürfen von Hermann Michels und Regina Göllner
Printed in Germany
ISBN 978-3-518-46703-9

Mayas Tagebuch

Für die Halbwüchsigen in meiner Sippe:
Alejandro, Andrea, Nicole, Sabrina,
Aristotelis und Achilleas

Tell me, what else should I have done?
Doesn't everything die at last, and too soon?
Tell me, what is it you plan to do
with your one wild and precious life?

Sag mir, was hätte ich sonst tun sollen?
Stirbt nicht am Ende alles, und zu früh?
Sag mir, was willst du selber tun
mit deinem einzigen wilden und wertvollen Leben?

MARY OLIVER
The Summer Day

SOMMER

Januar, Februar, März

Vor einer Woche verabschiedete mich meine Großmutter mit einer tränenlosen Umarmung am Flughafen von San Francisco und schärfte mir noch einmal ein, wenn mir mein Leben lieb sei, dann solle ich mit keinem, der mich kennt, in Verbindung treten. Jedenfalls bis wir uns sicher sein könnten, dass meine Verfolger nicht mehr nach mir suchten. Meine Nini ist paranoid wie alle Bewohner der Unabhängigen Volksrepublik Berkeley, die sich von der Regierung und von Außerirdischen verfolgt fühlen, doch hat sie in meinem Fall nicht übertrieben: Wir können nicht vorsichtig genug sein. Sie drückte mir ein Heft mit hundert leeren Seiten in die Hand, damit ich Tagebuch schreibe, wie ich das zwischen acht und fünfzehn getan habe, ehe alles anfing aus dem Ruder zu laufen. »Du wirst jede Menge Zeit haben, dich zu langweilen, Maya. Du kannst sie nutzen und über den monumentalen Mist schreiben, den du gebaut hast, vielleicht kriegst du ein Gespür für die Ausmaße«, sagte sie. Von mir existieren acht mit Industrieklebeband versiegelte Tagebücher, die mein Großvater früher in seinem abschließbaren Schreibtisch verwahrte und die heute in einer Schuhschachtel unter Ninis Bett lagern. Das hier wird mein neuntes. Meine Nini glaubt, die

Aufzeichnungen könnten mir nützlich sein, wenn ich irgendwann eine Psychoanalyse mache, weil sich darin die Anhaltspunkte fänden, um das Kuddelmuddel meiner Persönlichkeit zu entwirren; hätte sie die Tagebücher gelesen, dann wüsste sie, dass lauter Hirngespinste drinstehen, mit denen man Freud persönlich aufs Glatteis führen könnte. Eigentlich misstraut meine Großmutter Menschen, die nach Stunden bezahlt werden, weil denen nicht an zügigen Erfolgen gelegen ist, aber bei Psychiatern macht sie eine Ausnahme. Einer hat sie nämlich von ihrer Depression und aus den Fängen der Magie befreit, als sie meinte, sie müsse mit den Toten in Verbindung treten.

Ich steckte das Heft in meinen Rucksack, weil ich sie nicht kränken wollte, und hatte eigentlich nicht vor, es zu benutzen, doch vergeht die Zeit hier wirklich zäh, und mit Schreiben lassen sich die Stunden füllen. Diese erste Woche im Exil ist mir lang geworden. Ich sitze auf einer winzigen Insel, auf der Landkarte kaum zu erkennen, und hier ist es wie im Mittelalter. Ich tue mich schwer, über mein Leben zu schreiben, weil ich nie weiß, woran ich mich erinnere und was ich mir bloß einbilde; strikt bei der Wahrheit zu bleiben kann einen anöden, deshalb verändere oder überzeichne ich sie oft und merke es gar nicht, aber diesmal habe ich fest vor, das bleiben zu lassen, und ich werde fortan so wenig wie möglich lügen. Obwohl heutzutage selbst die Yanomami am Amazonas Computer benutzen, schreibe ich jetzt also mit der Hand in dieses Heft. Das ist mühsam, und meine Schrift sieht aus wie Kyrillisch, jedenfalls kann ich sie selbst kaum entziffern, was aber bestimmt mit jeder Seite besser wird. Schreiben ist wie Fahrradfahren: Man verlernt es nicht, auch wenn man es jahrelang nicht tut. Ich will versuchen, der Reihe nach zu erzählen, an irgendwas muss man sich ja orientieren, und das scheint mir das Einfachste, selbst wenn ich zuweilen den Faden verliere, mich verzettele, mir Wichtiges erst später wieder einfällt und ich es dann nicht nachträglich dazwischenquetschen kann. Meine Erinnerung bewegt sich in Kreisen, Spiralen und waghalsigen Sprüngen.

Ich bin Maya Vidal, neunzehn Jahre alt, weiblich, ledig, ohne festen Freund, weil es mir an Gelegenheiten mangelt und nicht, weil ich zickig wäre, bin im kalifornischen Berkeley geboren, besitze einen US-amerikanischen Pass und bin vorübergehend auf eine Insel im Süden der Welt geflohen. Maya heiße ich, weil meine Nini eine Schwäche für Indien hat und meinen Eltern kein anderer Name eingefallen ist, obwohl sie neun Monate Zeit gehabt hätten, darüber nachzudenken. Auf Hindi bedeutet Maya »Zauber, Illusion, Traum«. Was mit mir nicht mal entfernt zu tun hat. »Attila« würde besser passen, jedenfalls wächst, wo ich hintrete, kein Gras mehr. Meine Geschichte beginnt mit meiner Großmutter, meiner Nini, in Chile, lange vor meiner Geburt, denn wäre sie nicht ausgewandert, dann hätte sie sich nicht in meinen Pop verliebt, sie wäre nicht nach Kalifornien gezogen, mein Vater hätte meine Mutter nicht kennengelernt, und ich wäre nicht ich, sondern eine junge Chilenin und völlig anders. Wie bin ich? Eins achtzig groß, achtundfünfzig Kilo, wenn ich Fußball spiele, und etliche mehr, wenn ich bloß rumhänge, muskulöse Beine, ungeschickte Hände, blaue oder graue Augen, kommt auf die Tageszeit an, und wahrscheinlich bin ich blond, habe allerdings meine natürliche Haarfarbe seit Jahren nicht gesehen. Ich habe nichts von der Exotik meiner Großmutter geerbt, nicht ihren olivgrün angehauchten Teint oder die dunklen Augenringe, die ihr etwas Verruchtes geben, auch nichts von meinem Vater, der gutaussehend ist wie ein Torero und genauso eitel; meinem wunderbaren Pop sehe ich ebenfalls nicht ähnlich, weil der Ninis zweiter Ehemann war und leider gar nicht mein leiblicher Großvater.

Ich komme nach meiner Mutter, jedenfalls in Größe und Farbton. Sie war keine Prinzessin aus Lappland, wie ich glaubte, bevor ich denken konnte, sondern eine dänische Flugbegleiterin, in die sich mein Vater, Pilot bei einer Frachtfluggesellschaft, in der Luft verliebte. Er war zu jung zum Heiraten, hatte aber die fixe Idee, sie sei die Frau seines Lebens, und verfolgte sie beharrlich, bis sie vor Erschöpfung nachgab. Oder vielleicht, weil sie schwanger wurde. Jedenfalls heirateten die beiden, bereuten es vor Ablauf einer Woche, blieben jedoch zusammen, bis ich zur Welt kam. Wenige Tage nach meiner Geburt packte meine Mutter, während ihr Mann in der Luft war, die Koffer, wickelte mich in eine Kinderdecke und fuhr im Taxi zu ihren Schwiegereltern. Meine Nini demonstrierte gerade in San Francisco gegen den Golfkrieg, aber mein Pop war zu Hause und nahm das Bündel entgegen, das sie ihm ohne große Erklärung reichte, bevor sie zu dem wartenden Taxi zurücklief. Die Enkelin war federleicht und passte in eine Hand des Großvaters. Kurz darauf schickte die Dänin die Scheidungsunterlagen und als Dreingabe den Verzicht auf das Sorgerecht für ihre Tochter. Meine Mutter heißt Marta Otter, und ich habe sie in dem Sommer kennengelernt, als ich acht war und meine Großeltern mit mir nach Dänemark reisten.

Jetzt bin ich in Chile, dem Land meiner Großmutter Nidia Vidal, wo der Ozean Stücke aus dem Festland beißt und der südamerikanische Kontinent in Inselchen ausperlt. Genauer gesagt bin ich in Chiloé, was zum Seengebiet gehört, zwischen dem 41. und 43. südlichen Breitengrad liegt, etwa neuntausend Quadratkilometer umfasst und von zweihunderttausend Menschen bewohnt wird, die alle kleiner sind als ich. »Chiloé« bedeutet in der Sprache der Ureinwohner, dem Mapudungun, »Land der Cáhuiles«, das ist eine kreischende Möwe mit schwarzem Kopf, aber »Land des Holzes und der Kartoffeln« wäre passender. Neben der Isla Grande, auf der es ein paar größere Ansiedlungen gibt, gehören jede Menge kleinere Inseln zu Chiloé, viele davon unbewohnt. Manchmal liegen drei, vier davon so dicht beieinander, dass sie bei Ebbe zusammenwachsen, aber ich hatte nicht das Glück, auf so einer zu landen: Von hier braucht man bei ruhiger See fünfundvierzig Minuten mit dem Boot bis zur nächsten Siedlung.

Meine Reise aus dem Norden Kaliforniens nach Chiloé begann im treuen gelben VW meiner Großmutter, der seit dem Jahr 1999 siebzehn Unfälle überstehen musste, aber nach wie vor tuckert wie ein Ferrari. Aufgebrochen bin ich im tiefsten Winter, an einem dieser windigen, regnerischen Tage, wenn die Bucht von San Francisco alle Farbe verliert und aussieht wie eine grauschattierte Tuschezeichnung. Meine Großmutter fuhr wie üblich mit röhrendem Motor, hielt das Lenkrad umklammert wie einen Rettungsring und den Blick mehr auf mich als auf die Fahrbahn gerichtet, weil sie mir letzte Anweisungen geben musste. Sie hatte mir noch nicht erklärt, wo genau sie mich hinschickte; »Chile«, mehr hatte sie über ihren Plan, mich verschwinden zu lassen, bisher nicht gesagt. Im Auto eröffnete sie mir jetzt Genaueres und drückte mir einen billigen kleinen Reiseführer in die Hand.

»Chiloé? Wie ist es da?«, wollte ich wissen.

»Alles, was du wissen musst, steht da drin.« Sie zeigte auf das Buch.

»Ziemlich weit weg …«

»Je weiter, desto besser. In Chiloé habe ich einen Freund, Manuel Arias, und abgesehen von Mike O'Kelly, ist er der einzige Mensch auf der Welt, bei dem ich mich traue zu fragen, ob er dich für ein, zwei Jahre versteckt.«

»Ein, zwei Jahre! Bist du noch bei Trost, Nini!«

»Hör zu, Kleine, es gibt Momente im Leben, da hat man keine Macht über das, was mit einem geschieht, es geschieht einfach. Das hier ist so ein Moment.« Und während sie das sagte, hing sie mit der Nase an der Windschutzscheibe und versuchte planlos, im Gewirr der Autobahnen einen Weg zum Flughafen zu finden.

Wir kamen gerade noch rechtzeitig und verabschiedeten uns ohne rührseliges Tamtam; ich habe dieses letzte Bild von ihr vor Augen: ihr VW, der sich röhrend im Regen verliert.

Ich flog einige Stunden nach Dallas, wurde von einer dicken, nach gerösteten Erdnüssen riechenden Frau ans Fenster gedrückt und saß danach noch einmal zehn Stunden in einer anderen Maschine nach Santiago, wach und hungrig, hing meinen Erinnerungen und Gedanken nach und las in dem Buch über Chiloé, das die Lieblichkeit der Landschaft, die Holzkirchen und das ländliche Leben pries. Mir ging der

Arsch auf Grundeis. Der 2. Januar 2009 brach an, ein orangefarbener Himmel über den violetten Gipfeln der unverrückbaren, ewigen, gewaltigen Anden, und der Pilot sagte etwas von Landung. Wenig später tauchte eine grüne Ebene auf, Baumreihen, Äcker und in der Ferne Santiago, wo meine Großmutter und mein Vater geboren sind und ein Teil meiner Familiengeschichte im Verborgenen liegt.

Ich weiß sehr wenig über die Vergangenheit meiner Großmutter, sie erwähnte sie kaum, ganz als hätte ihr Leben erst begonnen, als sie meinen Pop kennenlernte. Ihr erster Mann, Felipe Vidal, starb 1974 in Chile, einige Monate nachdem das Militär gegen die sozialistische Regierung von Salvador Allende geputscht und im Land eine Diktatur errichtet hatte. Die junge Witwe wollte unter der Militärherrschaft nicht leben und wanderte mit ihrem Sohn Andrés, meinem Vater, nach Kanada aus. Der konnte mir zu der Geschichte wenig sagen, weil er sich nicht gut an seine Kindheit erinnert, vergöttert aber noch heute seinen Vater, von dem nur drei Fotos erhalten sind. »Wir gehen nie mehr zurück, oder?«, hat Andrés im Flugzeug nach Kanada gesagt. Es war keine Frage, sondern ein Vorwurf. Er war neun Jahre alt, in den letzten Monaten schlagartig reifer geworden, und er verlangte nach Erklärungen, weil er spürte, dass seine Mutter ihn mit Halbwahrheiten und Lügen in Sicherheit zu wiegen versuchte. Dass sein Vater einem plötzlichen Herzanfall erlegen sei, hatte er mit Fassung aufgenommen, ebenso die Behauptung, man habe den Toten schnell beigesetzt, weshalb er ihn auch nicht sehen und sich nicht von ihm verabschieden konnte. Wenig später fand er sich in diesem Flugzeug nach Kanada wieder. »Natürlich gehen wir zurück, Andrés«, versicherte ihm seine Mutter, aber er glaubte ihr nicht.

In Toronto nahmen sich ehrenamtliche Mitarbeiter vom Flüchtlingskomitee ihrer an, statteten sie mit passender Kleidung aus und übergaben ihnen die Schlüssel zu einer möblierten Wohnung mit gemachten Betten und gefülltem Kühlschrank. In den ersten drei Tagen gingen Mutter und Sohn nicht vor die Tür, lebten von den Vorräten und bibberten in ihrer Einsamkeit, aber am vierten Tag kam eine Frau vom Sozialdienst, die gut Spanisch sprach und ihnen erklärte, welche Sozialleistungen und Rechte sie als Einwohner Kanadas in Anspruch nehmen konnten. Zunächst sollten beide einen Englisch-Intensivkurs besuchen, und der Junge wurde in der Schule angemeldet; später nahm Nidia dann eine Stelle als Fahrerin an, weil sie es demütigend fand, von staatlicher Unterstützung zu leben, obwohl sie arbeiten konnte. Der Job war so ziemlich das Letzte, wofür sie sich eignete, sie ist noch heute eine miserable Fahrerin, ganz zu schweigen von damals.

Auf den kurzen kanadischen Herbst folgte ein bitterkalter Winter, für Andrés, der jetzt Andy hieß, der siebte Himmel, weil er Spaß am Eislaufen und Skifahren fand, aber für Nidia unerträglich, denn sie fror unentwegt und kam über den Verlust ihres Mannes und ihrer Heimat nicht hinweg. Ihre Stimmung besserte sich auch nicht mit dem ersten zaghaften Frühlingshauch und nicht, als über Nacht wie hingezaubert überall Blüten hervorbrachen, wo noch am Tag zuvor eine Schneeschicht gewesen war. Sie fühlte sich entwurzelt und saß auf gepackten Koffern, wollte nach Chile zurück, sobald die Diktatur gestürzt wäre, und machte sich keine Vorstellung, dass bis dahin sechzehn Jahre ins Land gehen würden.

Nidia Vidal verbrachte ihre ersten zwei Jahre in Toronto damit, Tage und Stunden zu zählen, aber dann begegnete sie Paul Ditson II, meinem Pop, Professor an der University of Berkeley und nach Toronto gekommen, um eine Reihe von Vorträgen über einen scheuen Planeten zu halten, dessen Existenz er mit poetischen Berechnungen und phantastischen Gedankensprüngen zu beweisen versuchte. Mein Pop war einer der wenigen Afroamerikaner in der astronomischen Forschung, die ansonsten fest in weißer Hand ist, hatte sich auf seinem Gebiet einen Namen gemacht und etliche Bücher geschrieben. Als junger Mann hatte er ein Jahr die Megalithe am Turkana-See in Kenia erforscht und aufgrund seiner archäologischen Erkenntnisse die These entwickelt, dass es sich bei diesen Basaltsäulen um frühe Anlagen zur Himmelsbeobachtung handelte und man mit ihrer Hilfe dreihundert Jahre vor Christus den Borana-Mondkalender entwickelt hatte, den die Hirten in Äthiopien und Kenia noch heute benutzen. In Afrika lernte er, den Himmel völlig unvoreingenommen anzuschauen, und hier kam ihm auch der Verdacht, es könne diesen unsichtbaren Planeten geben, nach dem er später vergeblich mit den stärksten Teleskopen der Erde suchte.

Die Universität von Toronto brachte ihn in einem Gästehaus unter und buchte ihm über eine Agentur ein Auto mit Fahrer; so kam es, dass Nidia Vidal ihn während seines Aufenthalts begleitete. Als er hörte, seine Fahrerin stamme aus Chile, erzählte er ihr von seinem Forschungsaufenthalt an der chilenischen Sternwarte La Silla, wo wegen der klaren Nächte und der trockenen Luft die Bedingungen zur Himmelsbeobachtung oft ideal sind und man Sternbilder und Galaxien betrachten kann, die auf der Nordhalbkugel nicht zu sehen sind, wie etwa die kleine und die große Magellanische Wolke. Hier habe man auch entdeckt, dass die Anordnung der Galaxien aussieht wie ein gewaltiges Spinnennetz.

Durch einen romanhaft anmutenden Zufall endete sein Besuch in Chile am selben Tag des Jahres 1974, an dem Nidia mit ihrem Sohn nach Kanada aufbrach.

Ich stelle mir vor, wie sie zur selben Zeit am Flughafen auf ihren jeweiligen Flug gewartet haben, auch wenn sie selbst behaupten, das sei ausgeschlossen, weil meinem Pop diese schöne Frau sicher aufgefallen wäre und sie ihn ebenfalls gesehen hätte, denn ein Schwarzer erregte damals in Chile Aufsehen, zumal wenn er so stattlich und gutaussehend war wie mein Pop.

Nidia genügte eine vormittägliche Fahrt durch Toronto mit ihrem Passagier im Fond, um zu wissen, dass es sich bei diesem Mann um eine seltene Mischung aus brillantem Denker und phantasievollem Träumer handelte, dem allerdings jeglicher Sinn für das Praktische fehlte, den sie sich zugutehielt. Meine Nini hat mir nie erklären können, wie sie am Steuer und im dicksten Verkehrsgewühl zu diesem Schluss gelangte, traf damit den Nagel aber auf den Kopf. Der Astronom war in der Welt so verloren wie der Planet, nach dem er den Himmel absuchte; er konnte im Handumdrehen ausrechnen, wie lang ein Raumschiff bis zum Mond braucht, wenn es 28 286 Kilometer in der Stunde zurücklegt, stand aber vor einer elektrischen Kaffeemaschine wie der Ochs vorm Berg. Sie hatte den Flügelschlag der Liebe seit Jahren nicht gespürt, doch weckte dieser Mann, der so anders war als alle, denen sie in ihren dreiunddreißig Jahren begegnet war, ihre Neugier und zog sie an.

Mein Pop war zwar über ihren tollkühnen Fahrstil erschrocken, aber ebenfalls neugierig und fragte sich, wie die Frau wohl ohne die zu große Uniform und die Bärentöterkappe aussehen mochte. Er war kein Mann, der jedem Gefühl gleich nachgibt, und sollte er mit dem Gedanken gespielt haben, Nidia zu verführen, dann verwarf er ihn jedenfalls als zu umständlich. Meine Nini hingegen hatte nichts zu verlieren und beschloss, dass sie dem Astronomen entgegenkommen würde, ehe dessen Vortragsreihe zu Ende war. Sie mochte seine auffällige Mahagonifarbe – sie wollte ihn von Kopf bis Fuß sehen – und spürte, dass sie viel gemeinsam hatten: er die Astronomie und sie die Astrologie, was nach ihrem Dafürhalten auf dasselbe hinauslief. In ihren Augen waren sie beide von weit her gekommen, um einander an diesem Punkt auf dem Erdball und auf ihrem Lebensweg zu begegnen, weil die Sterne das so für sie bestimmt hatten. Schon damals war meine Nini süchtig nach Horoskopen, überließ jedoch nicht alles dem Wirken der Gestirne. Ehe sie ihren Überraschungsangriff startete, fand sie heraus, dass der Mann unverheiratet war, wirtschaftlich unabhängig, gesund und auch nur elf Jahre älter als sie, obwohl man die beiden, hätten sie dieselbe Hautfarbe gehabt, auf den ersten Blick für Vater und Tochter hätte halten können. Jahre später sollte mein Pop mir lachend erzählen, wenn sie ihn nicht auf Anhieb k. o. geschlagen hätte, wäre er noch immer nur in die Sterne verliebt.

Am zweiten Tag nahm der Professor auf dem Beifahrersitz Platz, um seine Fahrerin besser in Augenschein nehmen zu können, und sie drehte etliche unnötige Runden durch die Stadt, um ihm Zeit dafür zu geben. Am selben Abend zog Nidia, nachdem sie mit ihrem Sohn zu Abend gegessen und ihn ins Bett gebracht hatte, ihre Uniform aus, duschte sich, malte sich die Lippen an und machte sich auf den Weg zu ihrer Beute, weil sie ihm eine Mappe zurückgeben wollte, die er im Auto vergessen hatte und die dort gut bis zum nächsten Tag hätte liegen können. Nie zuvor war sie in Belangen der Liebe so waghalsig vorgeprescht. Im eisigen Wind erreichte sie das Apartmenthaus, nahm den Aufzug hoch zu der Wohnung, bekreuzigte sich, um sich Mut zu machen, und klingelte an der Tür. Es war halb zwölf in der Nacht, als sie unwiderruflich in das Leben von Paul Ditson II trat.

Meine Nini hatte in Toronto wie im Kloster gelebt. Nachts sehnte sie sich nach einer männlichen Hand auf ihrer Hüfte, aber sie musste sich ums Überleben und um ihren Sohn kümmern in einem Land, in dem sie ewig fremd sein würde; sie hatte keine Zeit für romantische Träumereien. Der Mut, mit dem sie sich an jenem Abend gewappnet hatte, um bis an die Tür des Astronomen zu gelangen, war im Nu verflogen, kaum dass er ihr im Pyjama und mit verschlafener Miene öffnete. Einen Moment sahen die beiden einander an und wussten nicht, was sie sagen sollten, er hatte nicht mit ihr gerechnet und sie keinen Plan, wie es weitergehen sollte, dann bat er sie herein. Er staunte, wie anders sie ohne die Uniformmütze aussah, betrachtete ihr dunkles Haar, ihre unregelmäßigen Gesichtszüge und ihr etwas schräges Lächeln, das er zuvor nur von der Seite hatte sehen können. Sie wiederum staunte über den Größenunterschied zwischen ihnen, der im Auto weniger aufgefallen war: Auf Zehenspitzen würde sie knapp am Brustbein des Riesen schnüffeln können. Als Nächstes fiel ihr Blick in die kleine Suite, in der es aussah, als hätte eine Bombe eingeschlagen, woraus sie schloss, dass der Mann sie wirklich brauchen konnte.

Paul Ditson II hatte die meiste Zeit seines Lebens damit zugebracht, den rätselhaften Lauf der Himmelskörper zu erforschen, vom weiblichen Körper wusste er hingegen recht wenig und von den Launen der Liebe nichts. Wirklich verliebt war er nie gewesen, seine letzte Beziehung war die zu einer Kollegin von der Fakultät, mit der er sich zweimal im Monat traf, eine attraktive Jüdin, die sich für ihr Alter gut gehalten hatte und stets darauf bestand, dass sie die Restaurantrechnung teilten. Meine Nini hatte nur zwei Männer in ihrem Leben geliebt, ihren Ehemann und einen Liebhaber, den sie vor zehn Jahren aus ihrem Kopf und ihrem Herzen verbannt hatte. Ihr Mann war ruhelos gewesen, von seiner Arbeit und dem politischen

Engagement völlig in Anspruch genommen, immer unterwegs und zu abgelenkt, um ihre Bedürfnisse wahrzunehmen, und die Beziehung zu dem anderen hatte ein jähes Ende gefunden. Nidia Vidal und Paul Ditson II waren bereit für eine Liebe, die sie vereinen sollte bis zum Ende.

Ich habe die bestimmt etwas rosarot gefärbte Geschichte von der Liebe meiner Großeltern viele Male gehört und könnte sie Wort für Wort wiedergeben wie ein Gedicht. Was in jener Nacht hinter geschlossenen Türen geschah, weiß ich natürlich nicht in allen Einzelheiten, kann es mir aber vorstellen, schließlich kenne ich die beiden. Ob mein Pop, als er dieser Chilenin die Tür öffnete, geahnt hat, dass er an einem Scheideweg stand und die Richtung, die er einschlug, sein weiteres Leben bestimmen würde? Nein, ein so kitschiger Gedanke wäre ihm gewiss nicht in den Sinn gekommen. Und meine Nini? Ich sehe, wie sie traumverloren über die Kleiderhaufen am Boden und die vollen Aschenbecher steigt, das kleine Wohnzimmer durchquert, das Schlafzimmer betritt und sich dort aufs Bett setzt, weil Sessel und Stühle unter Papieren und Büchern begraben sind. Er wird vor ihr auf die Knie gegangen sein, um sie in den Arm zu nehmen, und eine Weile verharren sie so und versuchen, sich in dieser plötzlichen Nähe zurechtzufinden. Vielleicht ist meiner Nini wegen der aufgedrehten Heizung zu heiß geworden, und er hat ihr aus dem Mantel und den Stiefeln geholfen; sie haben sich tastend berührt, einander erkannt, ihre Seelen erforscht, um sicherzugehen, dass es kein Irrtum war. »Du riechst nach Tabak und Nachtisch. Und du bist glatt und schwarz wie ein Seehund«, wird meine Nini gesagt haben. Den Satz habe ich oft von ihr gehört.

Den letzten Teil der Legende muss ich mir nicht ausdenken, den haben sie mir erzählt. Nach dieser ersten Nacht kam meine Nini zu dem Schluss, dass sie den Astronomen aus früheren Leben und anderen Epochen kannte, es sich um eine Wiederbegegnung handelte und ihre Sternzeichen und ihre Arkana im Tarot einander ergänzten. »Zum Glück bist du ein Mann, Paul. Stell dir vor, bei dieser Reinkarnation hättest du meine Mutter sein müssen …«, seufzte sie und setzte sich auf seinem Schoß zurecht. »Da ich nicht deine Mutter bin, was würdest du davon halten, wenn wir heiraten?«, antwortete er.

Zwei Wochen später kam sie nach Kalifornien, hatte ihren Sohn im Schlepptau, der nicht zum zweiten Mal auswandern wollte, und ein Verlobtenvisum für drei Monate, nach deren Ablauf sie heiraten oder das Land verlassen musste. Sie heirateten.

An meinem ersten Tag in Chile streifte ich mit dem Stadtplan in der Hand ziellos durch die trockene Hitze von Santiago und schlug die Zeit bis zum Abend tot, wenn der Bus in den Süden abfahren würde. Die

Stadt ist modern, sie hat nichts Exotisches oder Malerisches, keine Indios in bunten Trachten oder kolonialen Viertel in gewagten Farben, wie ich sie mit meinen Großeltern in Guatemala und Mexiko gesehen habe. Ich fuhr mit einer Drahtseilbahn hoch auf einen Hügel, was jeder Tourist getan haben soll, und bekam eine Vorstellung von den Ausmaßen der Stadt, die kein Ende zu nehmen scheint, und vom Smog, der als trübe Dunstglocke darüber liegt. Am Abend stieg ich in einen apricotfarbenen Bus in Richtung Süden, nach Chiloé.

Eingelullt vom Schaukeln des Gefährts, dem Schnurren des Motors und dem Schnarchen der anderen Fahrgäste, versuchte ich zu schlafen, was mir nicht gelang, denn schlafen ist mir nie leichtgefallen und fällt mir heute, mit den Überresten meines früheren Lebenswandels im Blut, schwerer denn je. Im ersten Morgenlicht hielten wir an einer Raststätte, konnten auf die Toilette gehen und einen Kaffee trinken, und dann fuhren wir durch liebliche Landschaften stundenlang weiter, grüne Hügel und Kühe rechts und links, bis zu einem schlichten Parkplatz, wo wir unsere tauben Glieder strecken und von ein paar Frauen in weißen Krankenschwesternkitteln Empanadas mit Käse und Meeresfrüchten kaufen konnten. Der Bus fuhr auf eine Fähre, die uns über den Kanal von Chacao bringen sollte: eine stille halbstündige Fahrt über ein glitzerndes Meer. Zusammen mit den anderen

Fahrgästen, die nach dem langen eingepferchten Sitzen genauso steif waren wie ich, verließ ich wieder den Bus und lehnte mich an die Reling. Den schneidenden Wind im Gesicht, sahen wir den Schwalben zu, die in Schwärmen am Himmel gaukelten wie Taschentücher, und den Weißbauchdelfinen, die manchmal ganz nah an das Boot herankamen.

Der Bus brachte mich in die zweitwichtigste Stadt des Archipels, nach Ancud auf der Isla Grande. Dort hätte ich umsteigen und weiter in das Dorf fahren sollen, wo Manuel Arias mich erwartete, musste jedoch feststellen, dass mein Geldbeutel verschwunden war. Meine Nini hatte mich vor den chilenischen Taschendieben und ihren Zaubertricks gewarnt: In aller Freundlichkeit rauben sie dir die Seele. Zum Glück steckten das Foto meines Großvaters und mein Pass noch in der anderen Tasche meines Rucksacks. Ich war allein, ohne einen Centavo, in einem unbekannten Land, aber wenn ich durch meine unseligen Abenteuer des letzten Jahres etwas gelernt habe, dann, mich nicht von kleineren Widrigkeiten umhauen zu lassen.

In einer der Buden mit Kunsthandwerk am Marktplatz, wo chilotische Wollsachen verkauft wurden, saßen drei Frauen zusammen, strickten und unterhielten sich, und ich dachte, wenn sie wären wie meine Nini, dann würden sie mir helfen, jedenfalls behauptet sie immer, Chileninnen würden jedem beispringen, der in der Klemme steckt, vor allem wenn er fremd ist. In meinem tastenden Spanisch erklärte ich den dreien meine Lage, und gleich legten sie ihr Strickzeug weg und boten mir einen Stuhl an und brachten mir eine Orangenlimonade und beratschlagten unterdessen, was zu tun sei, wobei sie einander ständig ins Wort fielen. Nach mehreren Telefonaten mit dem Handy hatten sie einen Cousin aufgetrieben, der in meine Richtung fuhr und mich mitnehmen konnte; er würde in zwei Stunden aufbrechen und hätte nichts dagegen, einen kleinen Umweg zu machen, um mich zu meinem Treffpunkt zu bringen.

Ich nutzte die Wartezeit, sah mir den Ort an und ging in ein Museum, in dem die Holzkirchen von Chiloé erklärt werden, die vor dreihundert Jahren von jesuitischen Missionaren entworfen und von den Chiloten, meisterhaften Zimmerleuten und Schiffsbauern, Brett für Brett errichtet worden waren. Die Kirchen sind ohne einen Nagel gebaut, mit einem findigen System vom Verzapfungen, und die Deckengewölbe sind umgedrehte Schiffe. Am Ausgang des Museums traf ich den Hund. Er war mittelgroß, hinkte, hatte drahtiges, grauschattiertes Fell und einen erbärmlich struppigen Schwanz, tat aber würdevoll wie ein Tier von astreiner Abstammung. Ich bot ihm die Empanada an, die ich noch im Rucksack hatte, er nahm sie behutsam zwischen seine großen gelben Zähne, legte sie auf den Boden und sah mich an, womit er mir deutlich zu verstehen gab, dass es ihn nicht nach Brot, sondern nach Gesellschaft hungerte. Meine Stiefmutter Susan hat Hunde ausgebildet und mir beigebracht, dass man ein Tier nicht anfassen soll, ehe es sich nähert und damit zeigt, dass es sich nicht fürchtet, aber wir verzichteten auf das protokollarische Vorgeplänkel, weil wir uns auf Anhieb gut verstanden. Wir gingen zusammen auf Besichtigungstour, und zur vereinbarten Uhrzeit kehrte ich zu den Strickerinnen zurück. Der Hund blieb draußen vorm Laden, mit einer Pfote auf der Türschwelle. Sehr artig.

Der Cousin tauchte erst eine Stunde später als verabredet auf, mit seiner Frau und einem Säugling in einem bis obenhin vollgestopften Minibus. Ich bedankte mich bei meinen Wohltäterinnen, die mir auch ihr Handy geliehen hatten, damit ich mich mit Manuel Arias in Verbindung setzen konnte, und sagte dem Hund Lebewohl, der aber hatte anderes im Sinn. Er setzte sich vor meine Füße, fegte mit dem Schwanz über den Boden und grinste mich an wie eine Hyäne; er war so freundlich gewesen, mir seine Aufmerksamkeit zu schenken, und jetzt durfte ich mich glücklich schätzen, sein Mensch zu sein. Ich änderte die Taktik. »Shoo! Shoo! Fucking dog!«, schrie ich ihn an. Er rührte sich nicht, der Cousin sah mir eine Weile mitfühlend zu und meinte dann: »Keine Sorge, Señorita. Wir kriegen Ihren Fákin schon unter.« So kam das aschgraue Tier zu seinem neuen Namen, auch wenn es in einem früheren Leben vielleicht »Prinz« geheißen hat. Wir zwängten uns mühsam in das bepackte Gefährt und erreichten eine Stunde später das Dorf, wo ich den Freund meiner Großmutter treffen sollte, mit dem ich vor der Kirche verabredet war, direkt am Meer.

Das Dorf wurde 1567 von den Spaniern gegründet, es gehört zu den ältesten des Archipels und hat etwa zweitausend Einwohner, ich weiß aber nicht, wo die steckten, man sah jedenfalls mehr Hühner und Schafe als Menschen. Ich wartete lange auf Manuel, saß zusammen mit Fákin auf den Stufen vor der weißblau bemalten Kirche und ließ mich aus einiger Entfernung von vier stummen und ernsten Kindern beobachten. Über Manuel wusste ich bloß, dass er ein Freund meiner Großmutter war, die beiden sich seit den siebziger Jahren nicht mehr gesehen, aber sporadisch Kontakt gehalten, sich erst Briefe, später E-Mails geschrieben hatten.

Manuel Arias tauchte schließlich auf und erkannte mich anhand der Beschreibung, die meine Nini ihm am Telefon gegeben hatte. Was sie wohl gesagt hat? Wahrscheinlich: Bohnenstange, Haare in vier Knallfarben, Ring in der Nase. Er gab mir die Hand und musterte mich mit einem raschen Blick, verharrte kurz bei den Resten von blauem Nagellack auf meinen abgekauten Nägeln, dem Obama-T-Shirt, das meine Nini mir zu Weihnachten geschenkt hat und das mir nur bis zum Bauchnabel geht, den verschlissenen Jeans und den rosa besprühten Militärstiefeln, die ich in einem Laden der Heilsarmee bekommen hatte, als ich auf der Straße lebte.

»Ich bin Manuel Arias«, stellte er sich vor. Er sprach Englisch.

»Hi. Hinter mir sind das FBI, Interpol und eine Verbrecherbande aus Las Vegas her«, sagte ich gleich, um Missverständnissen vorzubeugen.

»Glückwunsch.«

»Ich habe keinen umgebracht und glaube auch eigentlich nicht, dass sie sich die Mühe machen, mich am Arsch der Welt zu suchen.«

»Danke.«

»Entschuldige, nichts gegen dein Land, echt. Eigentlich ja ganz hübsch hier, viel Grün und viel Wasser, aber halt so weit weg!«

»Wovon?«

»Von Kalifornien, der Zivilisation, dem Rest der Welt. Meine Nini hat nichts davon gesagt, dass es hier kalt ist.«

»Es ist Sommer.«

»Sommer im Januar! Wo gibt's denn so was!«

»Auf der Südhalbkugel.«

Zu dumm, dachte ich, der Typ ist humorfrei. Er lud mich zu einem Tee ein, weil wir noch auf einen Lieferwagen warten mussten, der ihm einen Kühlschrank bringen und eigentlich seit drei Stunden hier sein sollte. Vor einem Haus flatterte ein weißes Tuch an einem Pfahl, als wollte sich da jemand ergeben, zeigte aber an, dass dort frisches Brot verkauft wurde; wir gingen hinein. Drinnen standen vier einfache Tische mit Wachstuchdecken, ein Sammelsurium von Stühlen, außerdem ein Tresen und ein Holzofen mit einem rußgeschwärzten Teekessel. Eine beleibte, fröhlich wirkende Frau begrüßte Manuel Arias mit einem Kuss auf die Wange und betrachtete mich etwas unschlüssig, ehe sie sich einen Ruck gab und mich ebenfalls küsste.

»Amerikanerin?«, wollte sie von Manuel wissen.

»Sieht man das nicht?«, sagte er.

»Und was ist auf ihrem Kopf passiert?« Sie zeigte auf meine gefärbten Haare.

»Ich bin so zur Welt gekommen«, sagte ich säuerlich.

»Die Gringuita spricht ja, dass man's versteht!«, rief sie begeistert. »Setzt euch, setzt euch, der Tee kommt sofort.«

Sie packte mich am Arm und zog mich energisch auf einen Stuhl, während Manuel mir erklärte, dass jede englischsprachige Person mit hellem Teint in Chile ein »Gringo« und die Koseform »Gringuito« oder »Gringuita« nett gemeint ist.

Die Wirtin brachte uns Teebeuteltee und eine Pyramide duftender Hefebrötchen, frisch aus dem Ofen, dazu Butter und Honig, und dann setzte sie sich zu uns und wachte darüber, dass wir nichts verkommen ließen. Kurz darauf hörten wir das Keuchen des Lieferwagens, der mit einem schwankenden Kühlschrank auf der Ladefläche über die unbefestigte Straße mit den vielen Schlaglöchern heranrumpelte. Die Frau trat vor die Tür, pfiff durch die Zähne, und im Nu waren ein paar Jugendliche da, die halfen, den Kühlschrank abzuladen, ihn zum Ufer trugen und über einen Steg aus Bohlenbrettern weiter auf Manuels Motorboot schafften.

Das Boot ist ungefähr acht Meter lang, aus Fiberglas, weiß, blau und rot bemalt in den Farben der chilenischen Nationalflagge, die am Bug flatterte und fast genauso aussieht wie die texanische. Auf der Seite stand der Name: *Cahuilla*. Der Kühlschrank wurde so gut es ging vertäut, und jemand half mir an Bord. Der Hund kam in seinem jämmerlichen Trott hinter mir her. Er hatte die eine Pfote halb angezogen und lief seitwärts.

»Und der?« Manuel sah mich fragend an.

»Der gehört mir nicht, er ist mir in Ancud nachgelaufen. Angeblich sollen die chilenischen Hunde ja sehr intelligent sein, und der hier hat Rasse.«

»Deutscher Schäferhund und Foxterrier, wenn du mich fragst. Der Körper von einem großen Hund und die Pfoten von einem kleinen.«

»Ich bade ihn, dann wirst du sehen, er ist ein schickes Tier.«

»Wie heißt er?«

»Fucking dog auf Chilenisch.«

»Wie bitte?«

»Fákin.«

»Ich kann nur hoffen, dass dein Fákin sich mit meinen Katern verträgt. Nachts musst du ihn anbinden, nicht dass er abhaut und Schafe jagt.«

»Das wird nicht nötig sein, er schläft bei mir.«

Fákin lag platt auf den Boden des Bootes gedrückt, hatte die Schnauze zwischen den Vorderpfoten, rührte sich nicht und sah mich unverwandt an. Er ist nicht verschmust, aber wir verstehen uns in der Sprache von Flora und Fauna, in telepathischem Esperanto.

Vom Horizont rollte eine Lawine dicker Wolken heran, und es wehte ein kühler Wind, aber das Meer war ruhig. Manuel lieh mir einen Wollponcho, und dann redete er nicht mehr, konzentrierte sich aufs Steuer und auf die Geräte, den Kompass, ein GPS, das Seefunkgerät und was er da sonst noch hat, während ich ihn verstohlen ansah. Meine Nini hatte mir erzählt, er sei Soziologe oder so, aber auf seinem Boot konnte man ihn gut für einen Seemann halten: mittelgroß, schmal, kräftig, sehnig und muskulös, das Gesicht von der Salzluft gegerbt, mit markanten Falten und kurzen, störrischen Haaren, im selben Grau wie seine Augen. Bei alten Leuten kann ich das Alter nicht schätzen; von weitem hat Manuel sich gut gehalten, er geht noch zügig und hat nicht diesen krummen, greisenhaften Rücken, aber aus der Nähe merkt man, dass er älter ist als meine Nini, also muss er über siebzig sein. Ich bin wie eine Bombe in seinem Leben eingeschlagen. Ich muss behutsam sein, sonst tut es ihm noch leid, dass er mich bei sich aufgenommen hat.

Nach fast einer Stunde Fahrt, vorbei an etlichen Inseln, die unbewohnt aussahen, obwohl sie es nicht sind, zeigte Manuel auf eine Erhebung, die aus der Ferne kaum mehr war als ein dunkler Strich am Horizont und sich beim Näherkommen als ein Hügel entpuppte, gesäumt von einem Strand aus schwärzlichem Sand und Felsen, wo vier Holzboote kieloben zum Trocknen lagen. Manuel fuhr die Cahuilla seitlich an einen schwimmenden Anleger heran und warf den Kindern, die zahlreich angerannt kamen, dicke Taue zu, mit denen sie das Boot gekonnt an ein paar Pfosten festmachten. »Willkommen in unserer Metropole«, sagte Manuel und deutete auf das Dorf aus Holzhäusern auf Stelzen am Ufer. Mich überlief es kalt, denn das würde von nun an meine gesamte Welt sein.

Ein Grüppchen Leute näherte sich dem Strand, um mich in Augenschein zu nehmen. Manuel hatte angekündigt, er hole eine Amerikanerin ab, die ihm bei seinen Forschungsarbeiten helfen werde; falls man hier mit jemand Seriösem gerechnet hatte, muss die Enttäuschung bei meinem Anblick groß gewesen sein.

Um den Kühlschrank aufrecht vom Boot zu schaffen, bedurfte es etlicher Helfer, die einander lachend Dampf machten, weil es schon dunkel zu werden begann. In einer Prozession ging es dann hoch zum Dorf, vorneweg der Kühlschrank, dahinter Manuel und ich, gefolgt von einem Dutzend lärmender Kinder und einer buntscheckigen Nachhut von Hunden, die meinen Fákin wütend anbellten, sich aber nicht an ihn herantrauten, weil sein grenzenlos überhebliches Gebaren keinen Zweifel daran ließ, dass jeder, der es wagte, die Konsequenzen zu spüren bekäme. Fákin ist offenbar nicht leicht einzuschüchtern und lässt keinen an seinem Hinterteil schnüffeln. Wir kamen am Friedhof vorbei, wo ein paar Ziegen mit prallem Euter zwischen Gräbern mit Plastikblumen und Miniaturhäuschen weideten, von denen einige sogar für die Toten möbliert sind.

Die Pfahlbauten im Dorf sind durch Holzstege miteinander verbunden, und auf der Hauptstraße, wenn man die so nennen will, sah ich Esel, Fahrräder, einen Jeep mit dem Emblem der chilenischen Polizei, zwei gekreuzten Gewehren, und drei oder vier alte Autos, die in Kalifornien Sammlerstücke wären, hätten sie nicht so viele Beulen. Manuel erklärte mir, das Gelände sei hier unwegsam und im Winter der Matsch oft tief, deshalb transportiere man schwere Lasten zumeist mit dem Ochsenkarren und leichtere mit dem Maultiergespann und die Leute seien ansonsten zu

Pferd oder zu Fuß unterwegs. Verblichene Schilder wiesen auf kleine Läden hin, zwei Lebensmittelgeschäfte, eine Apotheke, mehrere Kneipen, zwei Restaurants, die aus ein paar Metalltischen vor einer Fischtheke bestehen, außerdem ein Internetcafé, in dem es auch Batterien, Limo und Krimskrams zu kaufen gibt für die Besucher, die einmal in der Woche von einer Agentur für Ökotourismus hierher gebracht werden, um das beste Curanto von Chiloé zu essen. Darüber muss ich später schreiben, bisher habe ich es noch nicht gekostet.

Einige Leute kamen aus den Häusern und sahen mich scheu und schweigend an, bis sich ein plattnasiger Mann, wuchtig wie ein Kleiderschrank, ein Herz fasste und mich begrüßte. Er wischte sich die Hand an der Hose ab, ehe er sie mir hinhielt, und schenkte mir ein in Gold gefasstes Lächeln. Das war Aurelio Ñancupel, Nachfahr eines berühmten Piraten und auf der Insel unentbehrlich, weil man in seiner Kneipe anschreiben lassen kann, er Zähne zieht und einen Fernseher mit Flachbildschirm hat, vor dem seine Stammkundschaft sich schart, wenn es Strom gibt. Die Kneipe heißt »Taverne zum lieben Toten«; da sie günstig in der Nähe des Friedhofs liegt, ist sie Pflichtstation der Trauernden, die dort den Kummer der Beisetzung ertränken.

Ñancupel sei Mormone geworden, weil er mehrere Frauen heiraten wollte und nicht mitbekommen habe, dass die Mormonen wegen einer neuen Prophezeiung, die der US-Verfassung besser entspricht, der Vielweiberei abgeschworen haben, stellte Manuel mir den Mann vor, der sich dazu im Chor mit den Umstehenden vor Lachen bog. Manuel machte mich noch mit anderen Leuten bekannt, deren Namen ich nicht behalten konnte, die mir aber alle zu alt schienen, um die Eltern der Horde von Kindern hier zu sein; inzwischen weiß ich, es sind die Großeltern, denn die Generation dazwischen arbeitet nicht auf der Insel.

Dann kam eine Frau in den Fünfzigern die Straße entlang auf uns zu, sie hatte etwas Gebieterisches, war füllig und schön und hatte das beigefarbene Haar einer grau gewordenen Blondine im Nacken nachlässig hochgesteckt. Das war Blanca Schnake, die Rektorin der Schule, zu der die Leute respektvoll Tía Blanca sagen. Sie begrüßte Manuel mit dem hier üblichen Kuss auf die Wange und hieß mich im Namen der Gemeinde willkommen; das nahm allen die Anspannung, und der Kreis der Neugierigen um mich rückte näher. Tía Blanca bot an, mir am nächsten Tag die Schule zu zeigen, wo ich die Bibliothek, zwei Computer und ein paar Videospiele benutzen kann, vorerst bis März, dann sind die Ferien vorbei, und es wird nur noch zu bestimmten Zeiten möglich sein. Sie sagte auch, dass samstags im Schulhaus dieselben Filme gezeigt werden wie in Santiago, nur muss man hier keinen Eintritt zahlen. Dann löcherte sie mich mit Fragen, und ich fasste in meinem Anfängerspanisch meine zweitägige Anreise aus Kalifornien zusammen und erzählte, dass mir der Geldbeutel geklaut worden war, was die Kinder zum Lachen brachte, die aber sofort verstummten, als Tía Blanca ihnen einen frostigen Blick zuwarf. »Morgen mache ich euch Trogmuscheln mit Parmesan, damit die Gringuita die chilotische Küche kennenlernt. Um neun bei mir«, sagte sie zu Manuel. Inzwischen weiß ich, dass die Höflichkeit gebietet, mit einer Stunde Verspätung zu erscheinen. Hier wird sehr spät zu Abend gegessen.

Wir beendeten die kleine Dorfbesichtigung, kletterten auf einen Karren mit zwei Maultieren, auf dem schon der Kühlschrank stand, und ließen uns vom Kutscher und einem Begleiter im Schneckentempo über einen von Gras fast völlig überwucherten Weg fahren. Fákin lief hinterher.

Manuel wohnt ungefähr anderthalb Kilometer vom Dorf entfernt direkt am Meer, man kann aber wegen der Klippen dort nicht mit dem Boot anlegen. An seinem Haus könne man gut sehen, wie in der Gegend früher gebaut wurde, sagte er nicht ohne Stolz. In meinen Augen unterschied sich das Haus nicht sehr von denen im Dorf: Es steht ebenfalls auf Stelzen und ist aus Holz, aber er erklärte mir, dass die Pfosten und Balken noch mit der Axt behauen wurden, man die Rundschindeln, mit denen es verkleidet ist, heute nicht mehr bezahlen kann, und das Holz von Patagonischen Zypressen stammt, die es hier früher reichlich gab, heute aber kaum noch. Diese Zypressen können über dreitausend Jahre alt werden, sie sind nach den Baobabs in Afrika und den Redwoods in Kalifornien die langlebigsten Bäume der Welt.

Das Haus hat einen zentralen Wohnraum mit Galerie, in dem sich das Leben um einen rußgeschwärzten, wuchtigen Holzofen abspielt, der zum Heizen und Kochen dient. Unten gibt es zwei Schlafzimmer, ein mittelgroßes, das Manuel gehört, und ein kleineres, in dem ich schlafe, außerdem ein Badezimmer mit Waschbecken und Dusche. Innen besitzt das Haus keine Türen, aber im Türrahmen zur Toilette hängt eine gestreifte Wolldecke, hinter der man für sich sein kann. In dem Teil des Wohnraums, der als Küche dient, stehen ein schwerer Esstisch, ein Küchenschrank und eine Kiste mit Deckel für die Kartoffeln, die in Chiloé zu jedem Essen gehören; von der Decke hängen Bündel mit Kräutern, Chilischoten und Knoblauchzöpfe, Trockenwürste und schwere Eisentöpfe, mit denen man auf dem Holzfeuer kochen kann. In die obere Etage, wo Manuel die meisten seiner Bücher und Ordner stehen hat, gelangt man über eine Leiter. Bilder, Fotos oder sonstigen Schmuck gibt es nicht an den Wänden, überhaupt nichts Persönliches, bloß Karten vom Archipel und eine schöne Schiffsuhr mit Mahagonigehäuse und Bronzeschrauben, die aussieht wie von der Titanic gerettet. Im Freien hat Manuel ein großes Holzfass zu einer Badetonne umgebaut. Werkzeug, Brennholz, Kohle, Gasflaschen, die Kanister mit dem Benzin fürs Boot und der Generator stehen im Schuppen im Hof.

Mein Zimmer ist so schlicht wie das gesamte Haus; ein schmales Bett mit einer Decke, ähnlich der vorm Klo, ein Stuhl, eine Kommode mit drei Schubladen und mehrere Nägel an der Wand für Kleider. Ausreichend Platz für meine paar Habseligkeiten, die locker in meinen Rucksack passen. Ich mag diesen Männerhaushalt, beunruhigend finde ich bloß die zwanghafte Ordnung, die Manuel hält; ich sehe das nicht so eng.

Die Männer trugen den Kühlschrank an den vorgesehenen Platz, schlossen ihn an eine Gasflasche an, und dann setzten sie sich an den Esstisch, wo Manuel ein paar Flaschen Wein und einen Lachs servierte, den er in der Woche zuvor in einer Metalltrommel über Apfelholz geräuchert hatte. Aus dem Fenster aufs Meer schauend, tranken und aßen sie stumm, prosteten sich nur zuweilen mit ausgefeilten und feierlichen Wünschen zu: »Zum Wohlsein!« »Auf dass er Ihrer Gesundheit zuträglich sei!« »Dasselbe möchte ich Ihnen wünschen!« »Ihnen ein langes Leben!« »Mögen Sie zu meiner Beerdigung kommen!« Manuel warf mir verstohlene Blicke zu, fühlte sich offenbar unbehaglich, bis ich ihn zur Seite nahm und ihm sagte, er könne beruhigt sein, ich würde schon nicht über die Flaschen herfallen. Sicher hat meine Großmutter ihn vorgewarnt, und er wollte den Alkohol aus meinem Blickfeld räumen; aber das wäre absurd, schließlich liegt es nicht an dem Zeug, sondern an mir.

Unterdessen schlichen Fákin und die beiden Kater argwöhnisch umeinander herum und teilten das Revier untereinander auf. Der getigerte heißt Dusselkater, weil er leider einen Dachschaden hat, der karottenrote ist der Literatenkater, weil er am liebsten auf dem Computer liegt; Manuel behauptet, er kann lesen.

Die Männer beendeten das Essen, tranken ihren Wein aus und verabschiedeten sich. Mich wunderte, dass Manuel keine Anstalten machte, sie zu bezahlen, so wenig wie die anderen, die ihm beim Transport geholfen hatten, aber es wäre mir taktlos erschienen, ihn danach zu fragen.

Manuel zeigte mir sein Arbeitszimmer auf der Galerie, wo zwei Schreibtische stehen, ein Aktenschrank mit Ordnern, Bücherregale, ein ziemlich neuer Rechner mit zwei Bildschirmen, ein Faxgerät und ein Drucker. Es gibt einen Internetanschluss, aber er erinnerte mich (unnötigerweise) daran, dass ich keine Mails schreiben soll. Dann meinte er noch etwas verlegen, er habe seine gesamte Arbeit auf diesem Rechner und sähe es lieber, wenn niemand außer ihm dort dranginge.

»Was arbeitest du?«

»Ich bin Anthropologe.«

»Anthropophage?«

»Ich erforsche die Menschen, ich esse sie nicht.«

»Himmel, das sollte ein Scherz sein. Euch Anthropologen geht doch langsam das Material aus; heutzutage hat auch der letzte Wilde ein Handy und einen Fernseher.«

»Ich bin nicht auf Wilde spezialisiert. Ich schreibe ein Buch über die Mythologie von Chiloé.«

»Und kriegst Geld dafür?«

»Wenig.«

»Man sieht, dass du nicht viel hast.«

»Ja, aber es reicht mir zum Leben.«

»Ich will dir nicht auf der Tasche liegen.«

»Du wirst arbeiten, um die Mehrkosten zu decken, Maya, das ist mit deiner Großmutter abgesprochen. Du kannst mir mit dem Buch helfen, und ab März arbeitest du bei Blanca in der Schule.«

»Ich warne dich: Ich habe von nichts Ahnung, null.«

»Was kannst du?«

»Kekse und Brot backen, Schwimmen, Fußball spielen und Samurai-Gedichte schreiben. Du solltest meinen Wortschatz sehen! Ich bin ein wandelndes Wörterbuch, allerdings ein englisches. Ich glaube kaum, dass du damit was anfangen kannst.«

»Wir werden sehen. Die Kekse haben Zukunft.« Mir kam es vor, als verkniffe er sich ein Lächeln.

»Hast du schon andere Bücher geschrieben?«, fragte ich und musste gähnen; die lange Reise steckte mir in den Knochen, und die fünf Stunden Zeitverschiebung zwischen Kalifornien und Chile machten mich schwer wie einen Sack mit Steinen.

»Nichts, womit ich berühmt werden könnte«, sagte er und zeigte auf einige Bücher auf seinem Schreibtisch: Traumwelt der australischen Ureinwohner, Initiationsriten der Stämme am Orinoco, Schöpfungsmythen der Mapuche in Südchile.

»Meine Nini sagt, Chiloé sei magisch.«

»Die ganze Welt ist magisch, Maya.«

Wenn man Manuel Arias glauben will, dann hat sein Haus eine sehr alte Seele. Meine Nini sagt ebenfalls, dass Häuser Erinnerungen und Empfindungen aufbewahren, sie kann ihre Schwingungen spüren. Sie weiß, ob die Luft in einem Raum mit schlechten Energien getränkt ist, weil sich dort Verhängnisvolles zugetragen hat, oder ob die Kraftfelder wohltuend sind. Ihr Haus in Berkeley besitzt eine gute Seele. Wenn wir wieder dort einziehen, muss einiges renoviert werden (es stürzt bald ein vor Altersschwäche), aber dann möchte ich darin wohnen bis ans Ende meiner Tage. Ich bin dort aufgewachsen, oben auf der Kuppe eines Hügels, wo der Blick über die Bucht von San Francisco eindrucksvoll wäre, stünden nicht zwei ausladende Kiefern davor. Mein Pop wollte sie nie fällen lassen, er sagte, Bäume würden leiden, wenn man sie verstümmelt, und mit ihnen litte die Vegetation im Umkreis von tausend Metern, weil unterirdisch alles miteinander verbunden sei; es wäre ein Verbrechen, zwei Kiefern zu töten wegen des Blicks auf eine Pfütze Wasser, die man ebenso gut vom Highway aus betrachten kann.

Der erste Paul Ditson kaufte das Haus im Jahr 1948, kaum dass Nichtweiße in Berkeley das Recht zum Erwerb von Grundbesitz bekamen. Die Ditsons waren die ersten Schwarzen im Viertel und blieben zwanzig Jahre die einzigen, dann zogen noch ein paar andere hin. Gebaut hat das Haus 1885 ein Orangen-Magnat, der sein gesamtes Vermögen nach seinem Tod der Universität vermachte und die eigene Familie mittellos zurückließ. Lange Zeit stand das Haus leer, wechselte dann häufig den Besitzer und verfiel zusehends, bis die Ditsons es erwarben und wieder instand setzen konnten, denn die Bausubstanz und die Fundamente sind gut. Nach dem Tod der Eltern kaufte mein Pop seinen Geschwistern ihren Anteil ab und wohnte vorerst allein in diesem Relikt aus viktorianischer Zeit, das sechs Schlafzimmer und aus unerfindlichen Gründen einen Glockenturm besitzt, in dem er sein Teleskop aufstellte.

Als Nidia und Andy Vidal bei ihm einzogen, bewohnte er nur zwei Zimmer, die Küche und das Bad; das restliche Haus war ungenutzt. Meine Nini fegte wie ein Wirbelwind der Erneuerung durch die Räume, warf altes Gerümpel auf den Müll, putzte und räucherte Ungeziefer aus, aber ihre Aufräumwut blieb gegen das eingefleischte Tohuwabohu ihres Ehemanns ohne Chance. Nach vielen Reibereien kamen die beiden überein, dass sie im Haus tun und lassen konnte, was sie wollte, solange sie um das Arbeitszimmer und den Sternguckerturm einen Bogen machte.

In Berkeley blühte meine Nini auf, in dieser verdreckten, radikalen, flippigen Stadt mit ihrer Mischung aller Hautfarben, wo mehr Genies und Nobelpreisträger wohnen als irgendwo sonst auf der Welt, es edle Absichten zuhauf gibt, ein intolerantes Weltverbesserertum. Meine Nini veränderte sich; als junge Witwe muss sie zurückhaltend und verantwortungsbewusst gewesen sein und hatte nicht auffallen wollen, doch in Berkeley trat ihr wahres Ich zutage. Hier musste sie keine Chauffeursuniform tragen wie in Toronto und nicht den gesellschaftlichen Schein wahren wie in Chile; hier kannte sie niemand, sie konnte sich neu erfinden. Sie übernahm den Stil der Hippies, die auf der Telegraph Avenue herumhingen und inmitten von Räucherstäbchen- und Marihuanaschwaden selbstgebastelten Schmuck verkauften. Sie trug Gewänder, Sandalen und billige Halsketten aus Indien, war aber alles andere als ein Hippie: Sie arbeitete, kümmerte sich um den Haushalt und um ihre Enkelin, engagierte sich im Viertel, und ich habe nie erlebt, dass sie bekifft Gesänge in Sanskrit angestimmt hätte.

Zum Entsetzen der Nachbarn, fast alles Kollegen ihres Ehemanns, die in düsteren, efeuüberwucherten, vage englisch anmutenden Häusern lebten, ließ meine Nini die Ditson-Villa in psychedelischen Farben streichen, wie sie das in der Castro Street in San Francisco gesehen hatte, wo sich die Schwulen damals niederließen und die alten Häuser aufpeppten. Wegen der violetten und grünen Fassade, der gelben Friese und Blumengirlanden aus Stuck kam es zu Gerede, und sie wurde ein paarmal aufs städtische Bauamt zitiert, aber dann druckte eine Architekturzeitschrift ein Foto von dem Haus, es avancierte zu einer Sehenswürdigkeit der Stadt und wurde alsbald kopiert von pakistanischen Restaurants, von Läden für junge Leute und Künstlerateliers.

Auch der Inneneinrichtung drückte meine Nini ihren Stempel auf. Die wuchtigen Möbel, Standuhren und grausigen Ölschinken in Goldrahmen, die der erste Ditson angeschafft hatte, bekamen einen künstlerischen Touch durch Unmengen von Lampen mit Troddeln, verschlissene Teppiche, türkische Diwane und Spitzengardinen. Mein Zimmer war mangofarben gestrichen, hatte einen indischen Baldachin mit kleinen, umstickten Spiegelchen überm Bett, und in der Mitte hing ein geflügelter Drache, der mich hätte erschlagen könne, wäre er runtergefallen; an die Wände hatte sie Fotos von unterernährten afrikanischen Kindern gepinnt, damit ich sah, wie diese armen Geschöpfe vor Hunger starben, und aufhörte, das Essen zu verweigern. Mein Pop meinte allerdings, der Drache und die Hungerkinder würden mich um den Schlaf bringen und mir den Appetit rauben.

Meine Gedärme sind einem Frontalangriff chilenischer Bakterien ausgesetzt. Am zweiten Tag auf dieser Insel fiel ich mit Magenkrämpfen ins Bett, und ich habe noch immer Schüttelfrost und sitze stundenlang mit der Wärmflasche auf dem Bauch am Fenster. Meine Großmutter würde sagen, ich gebe meiner Seele Zeit, mir nach Chiloé zu folgen. Sie hält Flugreisen für nicht ratsam, weil die Seele den Körper so schnell nicht begleiten kann, ihm hinterherhechelt und manchmal auf der Strecke bleibt; das wird wohl der Grund sein, weshalb viele Piloten, wie mein Vater, nie richtig anwesend sind: Sie warten auf ihre Seele, die noch in den Wolken unterwegs ist.

Hier kann man keine DVDs oder Videospiele leihen, Filme gibt es nur einmal in der Woche in der Schule. Mein einziger Zeitvertreib sind die schwülstigen Liebesromane von Blanca Schnake und Bücher über Chiloé, alle auf Spanisch, was sehr gut ist, um die Sprache zu lernen, aber das Lesen fällt mir schwer. Manuel hat mir eine batteriebetriebene Stirnlampe gegeben; mit den Lampen sitzen wir da wie Grubenarbeiter und lesen, wenn der Strom ausfällt. Über Chiloé kann ich noch nicht viel sagen, ich habe das Haus fast nicht verlassen, dagegen könnte ich seitenlang über Manuel Arias, die Katzen und den Hund schreiben, die jetzt meine Familie sind, über Tía Blanca, die ständig hier vorbeischaut, weil sie mich angeblich besuchen will, dabei sieht ein Blinder, dass sie wegen Manuel kommt, und über Juanito Corrales, einen Jungen, der uns auch täglich besucht, um mit mir zu lesen und mit Fákin zu spielen. Der Hund ist sehr wählerisch, was seinen Umgang betrifft, lässt den Jungen aber gewähren.

Gestern habe ich Juanitos Großmutter kennengelernt. Wir sind uns nicht früher begegnet, weil sie in Castro war, der Hauptstadt von Chiloé, wo ihr Mann im Krankenhaus liegt; dem wurde im Dezember ein Bein amputiert, und die Wunde will nicht heilen. Eduvigis Corrales hat eine Hautfarbe wie Terrakotta, ein heiteres, faltiges Gesicht, einen breiten Rumpf und kurze Beine, eine typische Chilotin. Ihr Haar trägt sie, zu einem dünnen Zopf geflochten, um den Kopf festgesteckt, und sie zieht sich an wie eine Missionarin: dicker Wollrock und Holzfällerschuhe. Man könnte sie für sechzig halten, dabei ist sie nicht älter als fünfundvierzig; hier altern die Leute früh und leben lange. Sie hatte einen Eisentopf dabei, schwer wie eine Kanone, wuchtete ihn in der Küche auf den Herd und redete dabei überstürzt auf mich ein, wovon ich ungefähr mitbekam, dass sie sich mit dem gebührenden Respekt vorstellen wolle, sie sei die Eduvigis Corrales, die Nachbarin des Herrn und kümmere sich um den Haushalt. »Heihei! Was ein hübsches Dingelchen, diese Gringuita! Schütz sie Gott! Der Herr hat sie ja erwartet, wie alle hier auf der Insel, ja hoffentlich schmeckt ihr das Hühnchen mit den Kartoffeln, das ich ihr gebracht hab.« Was sie sprach, war nicht ein Dialekt aus der Gegend, wie ich erst dachte, sondern ein sehr überhastetes Spanisch. Ich reimte mir zusammen, dass mit »der Herr« Manuel Arias gemeint sein musste, von dem Eduvigis in der dritten Person sprach, obwohl er danebenstand.

Mir gegenüber schlägt Eduvigis inzwischen denselben Befehlston an wie meine Großmutter. Die gute Frau kommt zum Putzen, nimmt die schmutzige Wäsche mit und bringt sie sauber zurück, hackt Holz mit einer Axt, die ich nicht mal hochheben kann, beackert ihr Stück Land, melkt ihre Kuh, schert Schafe und versteht sich aufs Schweineschlachten, hat mir aber erklärt, dass sie nicht mehr zum Fischen und zum Krabbenfang rausfährt wegen ihrer Arthritis. Sie sagt, ihr Mann sei nicht von Natur aus böse, wie die Leute im Dorf glaubten, doch habe der Diabetes seinem Charakter arg zugesetzt, und seit er das Bein verloren habe, wolle er nur noch sterben. Von ihren fünf Kindern, die am Leben sind, wohnt bloß ihre dreizehnjährige Tochter Azucena noch bei ihr, und sie hat ihren Enkel Juanito bei sich, der zehn ist, aber jünger wirkt, weil er von Geburt an »von den Geistern berührt« ist, wie sie mir erklärt hat. Das kann bedeuten, dass der Betreffende geistig zurückgeblieben ist oder dass er mehr Geist besitzt als Materie; bei Juanito muss es Letzteres sein, er ist nämlich alles andere als dumm.

Eduvigis lebt von dem, was ihr Land hergibt, was sie bei Manuel verdient und was ihre Tochter, Juanitos Mutter, die in einer Lachsfabrik im Süden der Isla Grande arbeitet, an Unterstützung schickt. Die industrielle Zucht von Lachsen in Chiloé war nach der norwegischen die zweitgrößte der Welt und hat die Gegend wirtschaftlich vorangebracht, jedoch den Meeresboden verseucht, die kleinen Fischer ruiniert und viele Familien auseinandergerissen. Mittlerweile ist die Industrie am Ende, sagt Manuel, man hat zu viele Fische in die Käfige gepfercht und ihnen Unmengen von Antibiotika verabreicht, deshalb konnte man sie, als ein Virus grassierte, nicht retten. Zwanzigtausend Leute, die meisten davon Frauen, verloren ihre Arbeit bei den Lachsfarmen, aber die Tochter von Eduvigis hat ihre Stelle noch.

Wir setzten uns bald zu Tisch. Als der Deckel gehoben wurde und mir der Duft in die Nase stieg, fühlte ich mich wie als kleines Kind in der Küche meiner Großeltern und bekam feuchte Augen vor Heimweh. Eduvigis' Hühnereintopf war meine erste feste Nahrung seit Tagen. Dieses Kranksein ist peinlich gewesen, in einem Haus ohne Türen konnte ich die Spuckerei und den Durchfall unmöglich verheimlichen.

Ich fragte Manuel, was mit den Türen passiert sei, und er sagte, er lebe lieber in offenen Räumen. Ich habe mir an den Trogmuscheln mit Parmesan und dem Guavenkuchen von Tía Blanca den Magen verdorben, da bin ich mir sicher. Manuel tat erst, als bekomme er nicht mit, was auf der Toilette geschah, konnte das aber nicht lange durchhalten, denn ich sah aus wie meine eigene Leiche. Ich hörte, wie er über Handy mit Blanca sprach und sich Rat holte, dann kochte er mir Reissuppe, wechselte meine Bettwäsche und brachte mir die Wärmflasche. Er behält mich verstohlen im Auge, sagt keinen Ton, ist aber zur Stelle, wenn ich etwas brauche. Auf meine leisen Versuche, mich zu bedanken, antwortet er mit Grummeln. Außerdem hat er Liliana Treviño angerufen, die Krankenschwester im Ort, eine junge, kleine, stämmige Frau mit ansteckendem Lachen und einer nicht zu bändigenden Mähne krauser Haare, und sie hat mir ein paar riesige, raue Kohletabletten vorbeigebracht, die man kaum schlucken kann. Weil sie überhaupt nicht halfen, lieh Manuel sich den kleinen Lieferwagen vom Gemüseladen und brachte mich ins Dorf zum Arzt.

Donnerstags kommt das Boot vom staatlichen Gesundheitsdienst auf seiner Rundreise zu den Inseln hier vorbei. Der Arzt sah aus wie vierzehn, ein Milchgesicht mit Brille, hatte meinen Zustand aber auf den ersten Blick erfasst: »Chilenitis, das kriegen alle Ausländer, die nach Chile kommen. Das geht wieder weg.« Und er gab mir ein paar Tabletten in einem Papiertütchen. Eduvigis brühte mir einen Kräutertee auf, weil sie den Medikamenten aus der Apotheke nicht vertraut, das sei bloß Geldschneiderei von den amerikanischen Herstellern, sagt sie. Ich habe ihren Tee brav getrunken, und langsam geht es mir besser. Eduvigis Corrales gefällt mir, sie redet wie ein Wasserfall, genau wie Tía Blanca; die übrigen Leute hier sind wortkarg.

Juanito Corrales wollte etwas über meine Familie wissen, also sagte ich ihm, meine Mutter sei eine Prinzessin aus Lappland. Manuel arbeitete an seinem Schreibtisch und schwieg dazu, erst als der Junge weg war, erklärte er mir, dass die Samen, die in Lappland leben, kein Königshaus haben. Wir saßen am Esstisch, er vor einer Seezunge mit Butter und frischem Koriander, ich vor einer klaren Brühe. Ich erzählte ihm, die Prinzessin aus Lappland sei eine Schnapsidee meiner Nini gewesen, als ich ungefähr fünf war und die Geheimniskrämerei um meine Mutter allmählich sonderbar fand. Ich weiß noch, wir waren in der Küche, dem gemütlichsten Raum im Haus, und backten wie jede Woche Kekse für die Kriminellen und Junkies von Mike O'Kelly, dem besten Freund meiner Nini, der sich die unlösbare Aufgabe zu eigen gemacht hat, die verirrte Jugend zu retten. Mike ist ein waschechter Ire, in Dublin geboren, und weil seine Haut so weiß, sein Haar so schwarz und seine Augen so blau sind, hat mein Pop ihm den Spitznamen Schneewittchen gegeben, nach der Prinzessin, die so treudoof in den vergifteten Apfel beißt. Ich möchte nicht behaupten, Mike O'Kelly sei treudoof; man könnte ihn im Gegenteil für sehr gerissen halten: Er ist der Einzige, bei dem es meiner Nini zuweilen die Sprache verschlägt. Die Prinzessin aus Lappland kam in einem meiner Bilderbücher vor. Ich besaß eine richtige Bibliothek, weil mein Pop dachte, dass Kultur durch Osmose auf einen übergeht und man damit nicht früh genug anfangen kann, aber meine Lieblingsbücher handelten von Feen. Für meinen Pop waren Kindermärchen rassistisch, sonst wären ja vielleicht auch Feen in Botswana oder Guatemala vorgekommen, aber er ließ mich lesen, was ich wollte, und sagte mir nur seine Meinung, um mich zu kritischem Denken anzuregen. Meine Nini wiederum hatte für mein kritisches Denken wenig übrig und beendete es zumeist durch einen Klaps hinter die Löffel.

Auf einem Bild, das ich im Kindergarten von meiner Familie malte, waren meine Großeltern in Knallfarben in der Mitte zu sehen, an den einen Rand malte ich eine Fliege – das Flugzeug von meinem Vater – und an den anderen eine Krone für meine blaublütige Mutter. Um letzte Zweifel auszuräumen, nahm ich am nächsten Tag mein Buch mit, in dem die Prinzessin in einem Umhang aus Hermelin auf einem weißen

Bären reitet. Die gesamte Kindergartengruppe lachte mich aus. Wieder zu Hause, schob ich das Buch zu dem Maiskuchen, der im Backofen auf Höchsttemperatur garte. Als die Feuerwehr fort war und der Rauch sich langsam legte, ging meine Großmutter mit ihren üblichen »Du verdammter Mistkäfer!«-Schreien auf mich los, und mein Pop versuchte, mich aus der Gefahrenzone zu bugsieren, ehe sie mir den Kopf abriss. Schluchzend und schniefend erzählte ich den beiden dann, im Kindergarten hätten sie mich »das Waisenkind aus Lappland« genannt. Was bei meiner Nini einen ihrer jähen Stimmungsumschwünge auslöste, sie drückte mich fest an ihre papayagroßen Brüste und versicherte mir, ich wäre alles andere als ein Waisenkind, schließlich hätte ich einen Vater und Großeltern, und wer es wagte, mich zu beleidigen, der würde es mit der chilenischen Mafia zu tun bekommen. Diese Mafia besteht aus ihr allein, doch fürchten Mike O'Kelly und ich uns sehr vor ihr und nennen meine Nini deshalb auch Don Corleone.

Meine Großeltern nahmen mich aus dem Kindergarten und brachten mir die Grundlagen des Ausmalens und das Formen von Knetwürmern fürs Erste zu Hause bei, bis mein Vater von einer seiner Reisen zurückkehrte und entschied, dass ich, neben den Junkies von O'Kelly und den phlegmatischen Hippies und gnadenlosen Feministinnen, mit denen seine Mutter verkehrte, einen altersgerechten Umgang brauchte und zur Schule gehen sollte. Die war in zwei alten Gebäuden untergebracht, die im ersten Stock durch eine überdachte Brücke miteinander verbunden waren, ein architektonisches Glanzstück und nur in der Luft gehalten dank ihrer Krümmung wie die Gewölbe alter Kathedralen, erklärte mir mein Pop, obwohl ich gar nicht danach gefragt hatte. Der Unterricht folgte einer experimentellen Lehrmethode aus Italien, nach der die Schüler tun konnten, was sie wollten, in den Klassenzimmern keine Tafeln und keine Schulbänke standen, wir auf dem Boden hockten, die Lehrerinnen keinen BH und keine Schuhe trugen, und jeder in seiner eigenen Geschwindigkeit lernte. Mein Vater hätte vielleicht eine Militärschule bevorzugt, überließ die Entscheidung aber meinen Großeltern, weil die mit meinen Lehrerinnen klarkommen und mir bei den Hausaufgaben helfen mussten.

»Dieses Kind ist geistig minderbemittelt«, behauptete meine Nini, als sie merkte, wie langsam ich lernte. Ihr Wortschatz ist gespickt mit politisch bedenklichen Ausdrücken, wie »minderbemittelt«, »fett«, »Zwerg«, »Krüppel«, »Schwuchtel«, »Mannweib«, »chinesichel Leisflessel« und etlichem mehr, was mein Großvater mit ihrem limitierten Englisch zu entschuldigen versuchte. Sie ist der einzige Mensch in Berkeley, der »schwarz« sagt statt »afroamerikanisch«. Laut meinem Pop war ich nicht lernschwach, sondern phantasiebegabt, was weniger schlimm ist, und die Zeit gab ihm recht, denn sobald ich das Alphabet konnte, las ich gierig und schrieb Hefte voll mit geschraubten Gedichten und meiner erfundenen Lebensgeschichte, die sehr bitter war und todtraurig. Ich hatte festgestellt, dass Glück fürs Schreiben nicht zu gebrauchen ist – ohne Leiden keine Geschichte –, und kostete es im Stillen aus, als Waisenkind bezeichnet worden zu sein, weil die einzigen Waisenkinder in meinem Gesichtsfeld aus alten Märchen stammten und durchweg schrecklich unglücklich waren.

Meine Mutter, Marta Otter, die fabulöse Prinzessin aus Lappland, war im skandinavischen Nebel verschwunden, bevor ich ihren Geruch in die Nase bekam. Ich besaß ein Dutzend Fotografien von ihr und ein Geschenk, das sie zu meinem vierten Geburtstag mit der Post geschickt hatte, eine Meerjungfrau auf einem Felsen in einer Glaskugel, in der es zu schneien begann, wenn man sie schüttelte. Die Glaskugel war mein wertvollster Schatz, bis ich acht wurde und sie schlagartig jeden sentimentalen Wert verlor, aber das ist eine andere Geschichte.

Ich bin stocksauer, weil mein einziger nennenswerter Besitz, mein iPod, verschwunden ist und mit ihm der Sound der Zivilisation. Ich glaube, Juanito Corrales hat ihn mitgehen lassen. Ich wollte dem armen Knirps keinen Ärger machen, musste es Manuel aber doch sagen, und der winkte bloß ab; er sagt, Juanito wird ihn ein paar Tage behalten und dann wieder dort hinlegen, wo er war. Das ist in Chiloé offenbar so üblich. Letzten Mittwoch brachte uns jemand eine Axt zurück, die er vor über einer Woche, ohne zu fragen, aus unserem Holzschuppen geholt hatte. Manuel hatte eine Vermutung, bei wem sie sein könnte, sie zurückzufordern wäre jedoch beleidigend gewesen, denn Stehlen und Ausleihen, das sind zwei Paar Schuhe. Die Chiloten sind die Nachfahren würdevoller Ureinwohner und überheblicher Spanier und fühlen sich leicht in ihrem Stolz verletzt. Der Mann mit der Axt gab keine Erklärungen ab, brachte aber einen Sack Kartoffeln mit, den er im Hof abstellte, bevor er sich mit Manuel auf ein Glas Apfel-Chicha vors Haus setzte und den Möwen beim Fliegen zusah. Etwas Ähnliches ist mit einem Verwandten der Familie Corrales passiert, der auf der Isla Grande arbeitet und kurz vor Weihnachten zum Heiraten herkam. Manuel war für ein paar Tage in Santiago, und Eduvigis gab ihrem Verwandten die Schlüssel zum Haus, damit er die Stereoanlage für die Hochzeitsfeier holte. Bei seiner Rückkehr musste Manuel überrascht feststellen, dass seine Anlage sich in Luft aufgelöst hatte, meldete es aber nicht der Polizei, sondern wartete geduldig ab. Auf der Insel gibt es keine richtigen Diebe, und wenn welche von auswärts kämen, könnten sie schwerlich unbemerkt etwas derart Voluminöses von hier fortschaffen. Wenig später holte Eduvigis die Anlage bei ihrem

Verwandten ab und brachte sie zusammen mit einem Korb Meeresfrüchte vorbei. Manuel hat seine Stereoanlage wieder, also werde ich auch meinen iPod wiedersehen.

Manuel hält am liebsten den Mund, hat aber gemerkt, dass die Stille in seinem Haus für einen normalen Menschen zu viel sein kann, und gibt sich Mühe, mit mir zu reden. Aus meinem Zimmer hörte ich ihn mit Tía Blanca in der Küche sprechen. »Sei doch nicht so schroff zu der Gringuita, Manuel. Merkst du nicht, wie allein sie ist? Du musst mehr mit ihr reden«, riet sie ihm. »Worüber denn, Blanca? Sie ist wie ein Marsmensch«, knurrte er, muss aber noch einmal darüber nachgedacht haben, denn jetzt ödet er mich nicht mehr mit seinen akademischen Vorträgen an wie zu Beginn, sondern fragt nach meiner Vergangenheit, und langsam bekommen unsere Gedanken Kontur, und wir lernen einander kennen.

Mein Spanisch ist holprig, sein Englisch dagegen fließend, wenn auch australisch gefärbt und mit chilenischer Melodie. Wir sind uns einig, dass ich üben soll, deshalb versuchen wir meistens Spanisch zu sprechen, es dauert aber nicht lange, und wir mischen beide Sprachen in einem Satz und enden bei einer Art Spanglish. Wenn wir uns streiten, redet er überdeutlich Spanisch, damit ich auch ja alles mitbekomme, und ich schreie ihn in einem fiesen Gang-Slang an, damit er Schiss bekommt.

Manuel redet nie über sich. Das wenige, was ich weiß, habe ich erraten oder von Tía Blanca gehört. An seinem Leben ist etwas rätselhaft. Seine Vergangenheit muss düsterer sein als meine, oft höre ich ihn nachts, wie er sich herumwirft und im Schlaf wimmert: »Lasst mich raus! Lasst mich raus!« Alles dringt durch die dünnen Wände. Mein erster Impuls ist immer, ihn zu wecken, aber ich traue mich nicht in sein Zimmer; die fehlenden Türen zwingen zu Diskretion. Seine Albträume beschwören boshafte Erscheinungen herauf, als füllte sich das Haus mit Dämonen. Sogar Fákin fürchtet sich und drückt sich im Bett zitternd an mich.

Meine Arbeit für Manuel ist ziemlich easy. Ich transkribiere seine Interviewaufnahmen und schreibe seine Notizen für das Buch ins Reine. Er ist ein Ordnungsfanatiker und wird schon bleich, wenn ich nur ein Zettelchen auf seinem Schreibtisch verschiebe. »Du darfst dich sehr geehrt fühlen, Maya, du bist der erste und einzige Mensch, der einen Fuß in mein Büro setzen durfte. Ich hoffe, mir tut das nicht irgendwann leid«, sagte er allen Ernstes zu mir, als ich einen Kalender vom vergangenen Jahr weggeworfen hatte. Von einigen Spritzern Spaghettisoße abgesehen, zog ich ihn unbeschadet wieder aus dem Müll und klebte ihn mit einem Kaugummi an Manuels Computerbildschirm. Er redete sechsundzwanzig Stunden nicht mit mir.

Sein Buch über die Magie von Chiloé hat mich so gepackt, dass es mir den Schlaf raubt. (Was nichts heißen will, mir raubt jeder Kinderkram den Schlaf.) Ich bin nicht abergläubisch wie meine Nini, erkenne aber doch an, dass die Welt geheimnisvoll und alles möglich ist. Manuel hat ein ganzes Kapitel über die »Mayoría« oder »Recta Provincia« geschrieben, eine Regierung aus Hexern, die an diesen Küsten sehr gefürchtet ist. Auf unserer Insel wird getuschelt, die Familie Miranda seien Hexer, und die Leute kreuzen die Finger und bekreuzigen sich, wenn sie am Haus von Rigoberto Miranda vorbeigehen, der von Beruf Fischer ist und mit Eduvigis Corrales weitläufig verwandt. Sein Name ist genauso verdächtig wie das unverschämte Glück, das er hat: Selbst wenn das Meer rabenschwarz ist, rangeln die Fische darum, ihm ins Netz zu gehen, und seine einzige Kuh hat in drei Jahren zweimal Zwillinge geboren. Angeblich besitzt Rigoberto Miranda einen *macuñ*, ein Leibchen aus der Brusthaut eines Toten, mit dem er nachts fliegen kann, aber gesehen hat das noch niemand. Man sollte, heißt es, den Toten mit einem Messer oder scharfkantigen Stein die Brust anritzen, damit sie nicht das unschöne Schicksal ereilt, als Weste zu enden.

Die Hexer fliegen, können großen Schaden anrichten, töten durch Gedanken und verwandeln sich in Tiere, was in meinen Augen alles nicht zu Rigoberto Miranda passt, einem zurückhaltenden Mann, der

Manuel oft Krebse bringt. Aber meine Meinung zählt nicht, ich bin eine Gringa und habe keine Ahnung. Eduvigis sagt, ich soll die Finger kreuzen, ehe ich Rigoberto Miranda ins Haus lasse, für den Fall, dass er einen Fluch mitbringt. Wer Hexerei noch nicht am eigenen Leib erfahren hat, neigt zu Ungläubigkeit, aber sobald etwas Eigenartiges vorfällt, läuft man hier zur nächsten *machi*, das ist eine indianische Heilerin. Angenommen, eine Familie bekommt eines Tages starken Husten; dann sucht die Machi den Basilisken oder die Riesenschlange, ein bösartiges Reptil, das aus dem Ei eines alten Hahns geschlüpft ist, sich unter dem Haus eingerichtet hat und nachts den Atem der Schlafenden aufsaugt.

Die deftigsten Geschichten und Anekdoten wissen die alten Leute an den entlegenen Orten des Archipels zu erzählen, wo sich Glaube und Brauchtum seit Jahrhunderten nicht verändert haben. Manuel befragt aber nicht nur sie, sondern auch Journalisten, Lehrer, Buchhändler und Kaufleute, die über Hexer und Magie spotten, sich aber nie und nimmer nachts auf einen Friedhof trauen würden. Blanca Schnake sagt, ihr Vater habe in jungen Jahren den Eingang zu der geheimnisvollen Höhle gekannt, wo die Hexer sich versammeln, sehr nah bei dem lieblichen Dorf Quicaví, aber 1960 hat ein Erdbeben Land und Meer verschoben, und seither konnte niemand die Höhle finden.

Bewacht wird die Höhle von den *invunches*, das sind grausige Wesen, von den Hexern aus dem erstgeborenen Sohn einer Familie erschaffen, den sie stehlen, ehe er getauft ist. Die Methode, wie aus dem Säugling ein Invunche wird, ist so makaber wie unglaubhaft: Erst bricht man ihm ein Bein, es wird verdreht und unter die Haut des Rückens geschoben, damit er nur noch dreibeinig krabbeln kann und nicht wegläuft; danach wird er mit einer Salbe eingerieben, durch die ihm ein dickes, drahtiges Ziegenfell wächst, die Zunge wird nach Schlangenart gespalten, und man füttert ihn mit dem Fleisch einer toten Frau und der Milch einer Indianerin. Verglichen damit, hat ein Zombie Glück gehabt. Wie krank muss einer sein, der sich so etwas ausdenkt?

Nach Manuels Theorie war die Recta Provincia oder Mayoría ursprünglich ein politisches Gebilde. Seit dem achtzehnten Jahrhundert lehnten sich die hiesigen Huilliche-Indianer erst gegen die spanische, dann gegen die chilenische Herrschaft auf; offenbar richteten sie eine Untergrundregierung nach dem Vorbild der spanischen und jesuitischen Verwaltung ein, teilten das Territorium in Königreiche auf und ernannten Präsidenten, Schreiber, Richter usw. Drei führende Hexer gehorchten dem König der Recta Provincia, dem König der überirdischen Welt und dem König der unterirdischen Welt. Weil man das unbedingt geheim halten und die Bevölkerung überwachen musste, sorgte die Mayoría für ein Klima abergläubischen Schreckens, und so ist aus der politischen Strategie am Ende eine magische Tradition geworden.

Im Jahr 1880 wurden etliche Leute unter dem Verdacht der Hexerei festgenommen, kamen in Ancud vor Gericht und wurden erschossen, weil man der Mayoría den Garaus machen wollte, aber niemand würde behaupten, das sei gelungen.

»Glaubst du an Hexen?«, wollte ich von Manuel wissen.

»Nein, aber geben gibt es sie, wie man in Spanien sagt.«

»Sag schon: Ja oder nein!«

»Man kann die Nichtexistenz von etwas nicht beweisen, Maya, aber du kannst beruhigt sein, ich lebe hier schon seit vielen Jahren, und die einzige mir bekannte Hexe ist Blanca.«

Blanca glaubt an nichts von alldem. Sie hält die Invunches für eine Erfindung der Missionare, die erreichen wollten, dass die Familien in Chiloé ihre Kinder taufen ließen, aber das scheint mir doch ein zu krasses Mittel, selbst für Jesuiten.

»Kennst du einen gewissen Mike O'Kelly? Ich habe eine völlig unverständliche Mail von ihm bekommen«, sagte Manuel.

»Wow, Post von Schneewittchen! Das ist ein irischer Freund unserer Familie, er ist hundertprozentig vertrauenswürdig. Bestimmt war es Ninis Idee, sicherheitshalber über ihn Kontakt mit uns aufzunehmen. Kann ich ihm zurückschreiben?«

»Nicht direkt, aber ich kann ihm Grüße von dir schicken.«

»Wenn du mich fragst, sind diese Vorsichtsmaßnahmen übertrieben, Manuel.«

»Deine Großmutter hat bestimmt gute Gründe, auf der Hut zu sein.«

»Meine Großmutter und Mike O'Kelly sind Mitglieder im Verbrecherclub und würden einiges dafür geben, mal in ein echtes Verbrechen verwickelt zu sein, sie müssen aber mit dem Gangsterspielen vorliebnehmen.«

»Was ist das für ein Club?« Manuel sah mich beunruhigt an.

Ich erklärte es ihm von vorn. Die Bibliothek von Berkeley County hatte meine Nini schon elf Jahre vor meiner Geburt angestellt, damit sie Kindern nach Schulschluss Geschichten erzählte, wenn die Eltern noch bei der Arbeit waren. Nach kurzer Zeit schlug meine Nini der Bibliothek vor, das Angebot um Detektivgeschichten für Erwachsene zu erweitern, und man gab ihr freie Hand. Also gründete sie zusammen mit Mike O'Kelly den Verbrecherclub, wie die beiden ihn gern nannten, obwohl er im Bibliotheksprogramm unter dem Namen »Krimiclub« beworben wird. Zur

Kinderstunde war ich eins von vielen kleinen Kindern, die meiner Großmutter an den Lippen hingen, und manchmal, wenn sie keine Betreuung für mich fand, nahm sie mich auch zu den Erwachsenen mit in die Bibliothek. Vor den Kindern saß meine Nini wie ein Fakir im Schneidersitz auf einem dicken Kissen und fragte, was sie hören wollten, jemand schlug etwas vor, und sie ließ sich in Windeseile eine Geschichte dazu einfallen. Es hat sie immer gestört, wie Geschichten für Kinder hingebogen werden, damit sie gut enden; sie meint, im Leben gibt es kein Ende, sondern nur Übergänge, man irrt hier und da herum, stolpert, verläuft sich. Dass der Held belohnt und der Schuft bestraft werden muss, empfindet sie als Einschränkung, doch wenn sie ihren Job behalten will, muss sie der gängigen Dramaturgie folgen, die Hexe darf nicht ungestraft die Jungfrau vergiften und dann in Weiß den Prinzen heiraten. Meiner Nini sind die erwachsenen Zuhörer lieber, weil perfide Morde kein glückliches Ende nehmen müssen. Sie ist sehr gut vorbereitet, hat alle möglichen Kriminalfälle und Lehrbücher der Forensik studiert und behauptet, sie könne zusammen mit Mike O'Kelly ohne weiteres eine Autopsie auf unserem Küchentisch durchführen.

Der Verbrecherclub besteht aus einem Kreis von Leuten, die Krimis lieben, keiner Fliege etwas zuleide tun können und ihre Freizeit damit verbringen, monströse Morde zu planen. Angefangen hat alles in der Bibliothek von Berkeley, ist aber mittlerweile dank Internet über den ganzen Globus verbreitet. Der Club bekommt keine öffentlichen Gelder, da sich die Mitglieder jedoch in einem städtischen Gebäude treffen, gab es ungehaltene Stimmen in der Lokalpresse, mit dem Geld der Steuerzahler werde das Verbrechen gestärkt. »Ich weiß nicht, was die wollen. Ist doch besser, man redet über Verbrechen, als dass man sie begeht, oder?«, rechtfertigte sich meine Nini gegenüber dem Bürgermeister, als der sie zum Gespräch in sein Büro zitierte.

Die Freundschaft zwischen meiner Nini und Mike O'Kelly begann in einem Antiquariat, wo beide die Kisten mit Krimis durchstöberten. Sie hatte erst vor kurzem meinen Pop geheiratet, und Mike studierte an der Universität, konnte noch beide Beine gebrauchen und dachte damals nicht daran, sich dem sozialen Engagement zu widmen und straffällige Jugendliche von der Straße oder aus dem Knast zu holen. Aber seit ich denken kann, hat meine Großmutter Kekse für die Jungs von O'Kelly gebacken, fast ausnahmslos Schwarze oder Latinos, die zu den Ärmsten der Armen gehören. Als ich alt genug war, gewisse Zeichen zu deuten, erriet ich, dass der Ire in meine Nini verliebt ist, obwohl er zwölf Jahre jünger ist als sie und sie meinem Pop nie leichtfertig untreu geworden wäre. Was die beiden miteinander haben, ist die platonische Liebe aus einem viktorianischen Roman.

Mike O'Kelly wurde bekannt durch einen Dokumentarfilm über sein Leben. Er bekam zwei Kugeln in den Rücken, als er versuchte, einen Jungen aus einer Gang zu schützen, und sitzt seither im Rollstuhl, was ihn aber nicht davon abhält, seine Mission fortzuführen. Ein paar Schritte kann er mit dem Rollator gehen, und er fährt ein umgerüstetes Auto; damit kurvt er zur Rettung gefährdeter Seelen durch die übelsten Viertel, und wenn in Berkeley und Umgebung zu irgendwelchen Protesten aufgerufen wird, ist er stets als Erster zur Stelle. Mit jedem neuen, traumtänzerischen Ziel, dem die beiden sich verschreiben, wird die Freundschaft zwischen ihm und meiner Nini enger. Es war ihre Idee, dass die Restaurants von Berkeley das Essen, das bei ihnen übrig blieb, den Bettlern, Spinnern und Junkies der Stadt spenden könnten. Meine Nini besorgte einen Wohnwagen, um diese Spenden zu verteilen, und Mike O'Kelly rekrutierte Freiwillige für die Essensausgabe. In den Fernsehnachrichten sah man die Bedürftigen zwischen Sushi, Hähnchencurry, Ente mit Trüffeln und verschiedenen vegetarischen Gerichten wählen. Mehr als einer bemäkelte die Qualität des Kaffees. Es dauerte nicht lange, da mischten sich Bessersituierte unter die Wartenden und wollten essen, ohne zu zahlen, es kam zu Gerangel zwischen der ursprünglichen Klientel und den Abstaubern, und O'Kelly musste seine Jungs holen, um für Ordnung zu sorgen, ehe die Polizei das tat. Am

Ende wurde die Verteilung der Essensüberschüsse von der Gesundheitsbehörde verboten, weil ein Allergiker an einer thailändischen Erdnuss-Soße fast hopsgegangen wäre.

Der Ire traf sich oft mit meiner Nini zu Tee und Gebäck und der Analyse verzwickter Mordfälle. »Meinst du, man kann eine zerlegte Leiche in Rohrreinigerflüssigkeit auflösen?«, war eine typische O'Kelly-Frage. »Kommt auf die Größe der Stücke an«, antwortete meine Nini, und dann starteten die beiden eine Versuchsreihe, bei der sie ein Kilo Kotelett in Drano-Rohrreiniger einlegten, und ließen mich die Ergebnisse notieren.

»Kein Wunder, dass die beiden sich verschworen haben, damit ich von allem abgeschnitten am Ende der Welt sitze«, sagte ich zu Manuel.

»Wenn es stimmt, was du erzählst, muss man sich vor den beiden mehr fürchten als vor deinen mutmaßlichen Feinden, Maya.«

»Unterschätz meine Feinde nicht, Manuel.«

»Hat dein Großvater auch Koteletts in Rohrreiniger eingeweicht?«

»Nein, für Verbrechen hatte der nichts übrig, nur für Sterne und Musik. Er gehörte zur dritten Generation einer Familie von Klassik- und Jazzliebhabern.«

Ich erzählte ihm, dass mein Großvater mir, kaum hatte ich laufen gelernt, das Tanzen beibrachte und mir ein Klavier kaufte, als ich fünf war, weil meine

Nini es gern gesehen hätte, wenn ich ein Wunderkind gewesen wäre und an Wettbewerben im Fernsehen teilgenommen hätte. Meine Großeltern ertrugen mein schräges Tastengeklimper, bis die Lehrerin meinte, ich könne meinen Eifer ertragreicher in etwas investieren, wofür man kein gutes Gehör brauche. Ich entschied mich sofort für Fußball, in den Augen meiner Nini eine Beschäftigung für Deppen, bei der elf ausgewachsene Männer in kurzen Hosen um einen Ball streiten. Mein Pop wusste nichts über Fußball, der ist in den USA ja nicht populär, wandte sich aber ohne Zögern vom Baseball ab, obwohl er Fan war, um sich Hunderte von Mädchenfußballspielen anzutun. Über Kollegen von der Sternwarte in São Paulo besorgte er mir eine echte Autogrammkarte von Pelé. Meine Nini wiederum wollte unbedingt, dass ich las und schrieb wie eine Erwachsene, wenn mir schon zum musikalischen Wunderkind das Zeug fehlte. Sie ließ mir einen Bibliotheksausweis ausstellen, und ich musste Absätze aus klassischen Werken abschreiben und bekam eins hinter die Löffel, wenn sie einen Rechtschreibfehler fand oder ich in Englisch oder Literatur, den beiden einzigen Fächern, die sie interessierten, mittelmäßige Noten nach Hause brachte.

»Meine Nini ist immer grob gewesen, Manuel, aber mein Pop war die reine Sanftmut, die Sonne meines Lebens. Als Marta Otter mich zu meinen Großeltern brachte, hat er mich sehr vorsichtig in die Arme genommen, weil er noch nie zuvor ein Neugeborenes gehalten hatte. Angeblich hat ihn die Zuneigung für mich überwältigt. So hat er es mir erzählt, und ich habe nie an dieser Liebe gezweifelt.«

Wenn ich anfange, von meinem Pop zu reden, gibt es kein Halten mehr. Ich habe Manuel erzählt, dass ich meiner Nini meine Liebe zu den Büchern verdanke und meinen nicht zu verachtenden Wortschatz, meinem Großvater jedoch alles andere. Meine Nini zwang mich zum Lernen, sie sagte so entzückende Sachen wie: »Wer nicht hören will, muss fühlen«, aber mit meinem Pop wurde das Lernen zum Spiel. Wir schlugen das Wörterbuch an einer beliebigen Stelle auf, zeigten blind mit dem Finger auf ein Wort und versuchten die Bedeutung zu erraten. Oder wir spielten das Spiel der blöden Fragen: Warum fällt der Regen nach unten, Pop? Fiele er nach oben, würde deine Unterhose nass, Maya. Wieso ist Glas durchsichtig? Damit die Fliegen nicht mehr wissen, wo ihnen der Kopf steht. Wieso sind deine Hände oben dunkel und unten rosa? Weil die Farbe alle war. Und so weiter, bis meine Großmutter die Nerven verlor und aufjaulte.

Mein Pop war immer für mich da, füllte meine Kindertage mit seinem hintergründigen Humor, seiner Gutmütigkeit, seinem unverdorbenen Blick, er wiegte mich auf seinem Bauch, war zärtlich zu mir. Sein Lachen war dröhnend, schien aus den Tiefen der Erde und durch seine Füße hinaufzusteigen und schüttelte ihn am ganzen Leib. »Pop, versprich mir, dass du nie stirbst«, verlangte ich mindestens einmal in der Woche und bekam unverändert zur Antwort: »Ich verspreche, dass ich immer bei dir bin.« Er richtete es so ein, dass er früh genug aus der Universität kam, um noch ein bisschen mit mir zu spielen, ehe er sich zu seinen dicken Astronomiebüchern und den Sternkarten ins Arbeitszimmer setzte, seinen Unterricht vorbereitete, Klausuren korrigierte, forschte, schrieb. Studenten und Kollegen kamen zu Besuch, und sie saßen zusammen und diskutierten hochfliegende und fragwürdige Ideen, bis meine Nini sie, wenn der Morgen graute, im Nachthemd mit einer großen Thermoskanne Kaffee unterbrach. »Deine Aura verblasst, mein Lieber. Hast du vergessen, dass du um acht zur Uni musst?« Und sie schenkte Kaffee aus und schob die Besucher dann aus der Tür. Die maßgebliche Farbe in der Aura meines Großvaters sei Violett, behauptete meine Nini, was sehr gut zu ihm passe, weil es die Farbe der Empfindsamkeit sei, der Weisheit, Intuition, psychischen Kraft und des Blicks in die Zukunft. Ins Arbeitszimmer kam meine Nini sonst nie; mir dagegen stand die Tür immer offen, und ich hatte sogar meinen eigenen Stuhl an einer Seite des Schreibtischs, wo ich, begleitet von leisen Jazzklängen und dem Duft von Pops Pfeife, meine Hausaufgaben machen konnte.

Mein Pop war der Ansicht, das bestehende Schulsystem lähme die Entwicklung des Denkvermögens; man müsse seine Lehrer respektvoll behandeln, dürfe aber nicht weiter auf sie hören. Da Vinci, Galileo, Einstein und Darwin, um nur vier der größten Denker des Westens zu nennen, denn es gab ja noch viele andere, etwa die arabischen Philosophen und Mathematiker Avicenna und Al-Chwarizmi, hätten das Wissen ihrer Zeit in Frage gestellt. Wären sie dem Unsinn gefolgt, den die Alten sie lehrten, sie hätten weder etwas erfunden noch etwas entdeckt. »Deine Enkelin ist kein zweiter Avicenna, und wenn sie nicht lernt, muss sie ihr Geld später mit Hamburgerbraten verdienen«, hielt meine Nini ihm vor. Aber ich hatte andere Pläne, ich wollte Fußballprofi werden, die verdienten Millionen. »Die Männer, dummes Huhn. Kannst du mir eine Frau nennen, die damit Millionen verdient?«, führte meine Großmutter ins Feld und hob dann zu einer Schmährede an, die auf feministischem Terrain entsprang, einen Umweg über Fragen der sozialen Gerechtigkeit nahm und in dem Schluss mündete, ich würde vom Fußballspielen stark behaarte Beine bekommen. Hinterher nahm mich mein Großvater beiseite und erklärte mir, dass Körperbehaarung nichts mit Sport, sondern mit der genetischen Veranlagung und den Hormonen zu tun hat.

Während meiner ersten Jahre schlief ich im Zimmer meiner Großeltern, erst zwischen den beiden in ihrem Bett und später in einem Schlafsack, den wir unter dem Bett aufbewahrten, wobei wir vorgaben, von seiner Existenz nichts zu wissen. Am Abend stieg mein Pop mit mir auf den Turm, um das unendliche, mit Sternen übersäte Weltall zu betrachten, ich lernte, die blauen von den roten Sternen zu unterscheiden, konnte Galaxienhaufen und die noch größeren Galaxiensuperhaufen erkennen, von denen es Millionen gibt. Er erklärte mir, dass unsere Sonne ein kleiner Stern ist zwischen Milliarden anderen in unserer Milchstraße und dass es gewiss noch Millionen andere Galaxien gibt außer denen, die wir heute beobachten können. »Dann sind wir ja nicht mal ein Flohseufzer, Pop«, lautete meine logische Schlussfolgerung. »Ist es nicht phantastisch, Maya, dass ein Flohseufzer das Wunder des Weltraums erfassen kann? Ein Astronom braucht mehr poetisches Vorstellungsvermögen als praktische Vernunft, denn das Universum ist so gewaltig und vielgestaltig, es lässt sich weder ermessen noch erklären, man kann es nur erspüren.« Er erzählte mir, wie Gase und Sternenstaub wundervolle Nebel bilden, wahre Kunstwerke, berückende Zeichnungen in überwältigenden Farben am Firmament, erzählte, wie Sterne geboren werden und sterben, von Schwarzen Löchern, von Raum und Zeit, vom Urknall, mit dem wahrscheinlich alles begonnen hat, und von den winzigen Teilchen, aus denen die ersten Protonen und Neutronen entstanden und dann in immer komplexeren Prozessen die Galaxien, die Planeten, das Leben. »Wir kommen von den Sternen«, sagte er oft zu mir. »Meine Rede«, sagte meine Nini und dachte an ihr Horoskop.

Nach dem Besuch auf dem Turm mit seinem zauberischen Teleskop rührte mir mein Großvater ein Glas warme Milch mit Zimt und Honig an, der Zaubertrank des Astronomen zur Förderung der Eingebung, passte auf, dass ich mir danach die Zähne putzte, und brachte mich ins Bett. Dann kam meine Nini und erzählte mir eine Geschichte, jeden Abend eine andere, die sie aus dem Stegreif erfand und die ich durch Nachfragen möglichst in die Länge zu ziehen versuchte, doch unvermeidlich kam der Moment, wo ich allein blieb, und dann zählte ich Schafe, starrte auf das Schaukeln des geflügelten Drachen über meinem Bett, horchte auf das Knarren der Dielen, auf das Trippeln und zurückhaltende Murmeln der unsichtbaren Bewohner dieses verwunschenen Hauses. Der Kampf gegen meine Angst war reine Spiegelfechterei, denn kaum dass meine Großeltern schliefen, schlüpfte ich in ihr Zimmer, tastete mich im Dunkeln zum Bett, zerrte meinen Schlafsack in eine Ecke und schlief in Frieden. Über Jahre trafen sich meine Großeltern zu unziemlichen Uhrzeiten im Hotel, um sich ungestört zu lieben. Erst jetzt als Erwachsene wird mir allmählich klar, welche Opfer sie für mich brachten.

Manuel und ich dechiffrierten die Nachricht, die O'Kelly geschickt hatte. Gute Neuigkeiten: Zu Hause war alles normal, von meinen Verfolgern kein Mucks, was allerdings nicht hieß, dass sie mich vergessen hatten. Sicherheitshalber hatte der Ire das nicht offen geschrieben, sondern einen Code benutzt wie die Japaner im Zweiten Weltkrieg, den er mir einmal beigebracht hatte.

Ich bin seit einem Monat auf der Insel. Ob ich mich je an das Schneckentempo von Chiloé gewöhnen werde? An diese Trägheit, den ständig drohenden Regen, den immer gleichen Anblick von Wasser und Wolken und grünen Wiesen? Alles ist einerlei, alle haben die Ruhe weg. Die Chiloten kennen keine Pünktlichkeit, jedes Vorhaben hängt von Wetter und Laune ab, alles geschieht, wenn es geschieht, warum heute besorgen, was sich auch morgen tun lässt. Manuel lacht über meine To-do-Listen und Pläne, die keinen Sinn haben, wo Zeit keine Rolle spielt, ob eine Stunde oder eine Woche, das ist hier alles einerlei; er selbst hält seine Arbeitszeiten allerdings ein und kommt mit seinem Buch voran, wie er es sich vorgenommen hat.

Chiloé besitzt seine eigene Stimme. Früher nahm ich die Kopfhörer nie von den Ohren, die Musik war wie Luft zum Atmen für mich, aber jetzt lausche ich auf das schwer entwirrbare Spanisch der Leute. Juanito Corrales hat meinen iPod wieder in die Rucksacktasche gesteckt, wir haben kein Wort darüber verloren, und in der Woche ohne ihn habe ich gemerkt, dass er mir nicht so sehr fehlt, wie ich dachte. Ohne den iPod kann ich die Stimmen der Insel hören: Vögel, Wind, Regen, das Knistern von Brennholz, das Rumpeln der Karren und manchmal die fernen Geigenklänge von Bord der Caleuche, eines Geisterschiffs, das im Nebel kreuzt, an seiner Musik zu erkennen ist und an dem Knochenklappern der Schiffbrüchigen, die an Deck singen und tanzen. Das Schiff wird von dem Delfin Cahuilla begleitet, nach dem Manuel sein Boot benannt hat.

Manchmal würde ich gern einen Schluck Wodka auf die alten Zeiten trinken, die fürchterlich waren, aber etwas fetziger als die heutigen. Es sind flüchtige Anwandlungen, nicht zu vergleichen mit der Panik des Entzugs, die ich früher erlebt habe. Ich will mein Versprechen auf jeden Fall halten, kein Alkohol, keine Drogen, kein Telefon, keine Mails, und im Grunde fällt es mir leichter als gedacht. Seit wir das besprochen haben, versteckt Manuel die Weinflaschen nicht mehr. Ich habe ihm gesagt, er soll seine Gewohnheiten nicht wegen mir ändern, Alkohol gibt es überall, und dafür, dass ich nüchtern bleibe, bin nur ich selbst verantwortlich. Er hat es verstanden und ist jetzt nicht weiter beunruhigt, wenn ich in die »Taverne zum lieben Toten« gehe, weil etwas im Fernsehen kommt oder ich beim Truco zuschauen will, einem argentinischen

Kartenspiel, das man mit spanischem Blatt spielt und bei dem die Spieler mit jedem Zug aus dem Stegreif Verse aufsagen.

Manche Eigenarten hier auf der Insel gefallen mir sehr, wie dieses Trucospiel, aber andere gehen mir inzwischen auf den Senkel. Wenn ich den Chucao, einen kleinen schreifreudigen Vogel, links von mir höre, dann bedeutet das Unglück, und ehe ich weitergehe, sollte ich ein Kleidungsstück ausziehen und es auf links gedreht wieder überstreifen; muss ich im Dunkeln irgendwo hin, sollte ich ein sauberes Messer und Salz mitnehmen, denn wenn mir ein schwarzer Hund begegnet, dem ein Ohr fehlt, dann ist das ein Hexer, und um ihn loszuwerden, muss ich mit dem Messer ein Kreuz in die Luft zeichnen und Salz verstreuen. Der Durchfall, der mich nach meiner Ankunft in Chiloé fast ins Jenseits beförderte, war keine gewöhnliche Infektion, sonst hätten die Antibiotika des Arztes ja geholfen, sondern ein Fluch, was man daran sehen kann, dass Eduvigis mich durch ihre Gebete, die Myrte-, Leinsamen- und Melissetees und die Einreibungen meines Bauchs mit Metallputzpaste geheilt hat.

Das »Nationalgericht« der Chiloten ist Curanto, und das beste Curanto gibt es auf unserer Insel. Es war Manuels Idee, es zur Touristenattraktion zu machen und damit etwas gegen die Isolation des Dorfs zu tun, das nur wenige Besucher anlockt, weil die Jesuiten uns keine ihrer Holzkirchen hinterlassen haben und es hier keine Pinguine oder Wale gibt, nur Schwäne, Flamingos und Delfine, die man überall in der Gegend reichlich sieht. Zusätzlich streute Manuel das Gerücht, hier befinde sich die Höhle der Pincoya, was nicht zu widerlegen ist, denn die genaue Lage der Grotte ist umstritten, und etliche Inseln reklamieren sie für sich. Jetzt sind die Höhle und das Curanto unsere Highlights.

Die Nordwestküste der Insel besteht aus schroffen Klippen, gefährliche Gewässer für Schiffe, aber ausgezeichnete Fischgründe; dort liegt eine Unterwassergrotte, die nur bei Ebbe zu sehen ist, das perfekte Reich für die Pincoya, die zu den wenigen liebenswürdigen Gestalten zwischen den vielen grausigen chilotischen Fabelwesen gehört, denn sie hilft Fischern und Seeleuten in Not. Die Pincoya ist ein schönes junges Mädchen mit langem Haar und einem Kleid aus Seetang, und wenn sie mit dem Gesicht zum Meer tanzt, dann bedeutet das Glück beim Fischen, doch wenn sie an Land schaut, ist wenig zu holen und man sollte die Netze woanders auswerfen. Da die Pincoya fast noch nie gesehen wurde, ist diese Information nutzlos. Obendrein sollte man, wenn man sie sieht, schnell die Augen schließen und von ihr fortlaufen, denn sie verführt die Wollüstigen und zieht sie mit sich auf den Grund des Meeres.

Der Weg vom Dorf zur Grotte ist mit festen Schuhen und gutem Mut in fünfundzwanzig Minuten über einen steilen Pfad bergauf zu schaffen. Ganz oben stehen wie Herrscher über die Gegend ein paar einzelne Araukarien, und man hat einen schönen Blick in den Himmel, übers Meer und die nahen unbewohnten Inselchen. Einige liegen so dicht beieinander, dass man sich bei Ebbe von einem Ufer zum anderen rufend verständigen könnte. Von dort oben sieht die Grotte aus wie ein großer, zahnloser Mund. Über die von Möwenkot bedeckten Felsen kann man nach unten kraxeln, auf die Gefahr hin, sich den Hals zu brechen, oder man nähert sich, sofern man die Strömungen und Klippen kennt, mit dem Kajak an der Küste entlang. Es bedarf allerdings einiger Phantasie, sich den Unterwasserpalast der Pincoya vorzustellen, außer dem Hexenschlund ist nämlich nichts zu sehen. Vor einigen Jahren wollten ein paar deutsche Touristen zu der Höhle schwimmen, aber die Polizei hat es wegen der tückischen Strömung untersagt. Wir können es nicht brauchen, dass hier Auswärtige zum Ertrinken herkommen.

Angeblich soll es im Januar und Februar in diesen Breiten trocken und warm sein, aber dieses Jahr muss ein ungewöhnlicher Sommer sein, jedenfalls regnet es ständig. Die Tage sind lang, noch hat die Sonne keine Eile beim Untergehen.

Ich schwimme im Meer, obwohl Eduvigis mich vor den Strömungen warnt, vor den räuberischen Lachsen, die aus den Käfigen der Züchter ausgebrochen sind, und vor Millalobo, einem golden behaarten Mischwesen aus Mensch und Seelöwe, das mich bei Flut entführen könnte. An diese Liste drohender Unbilden fügt Manuel noch Unterkühlung an, weil angeblich nur eine leichtsinnige Gringa auf die Idee kommen kann, ohne Neopren in diesem Eiswasser zu baden. Ich habe hier überhaupt noch nie jemanden gesehen, der zum Vergnügen ins Meer geht. Kaltes Wasser sei gut für die Gesundheit, behauptete meine Nini früher, wenn bei uns in Berkeley der Warmwasserboiler ausfiel, also ungefähr zwei-, dreimal die Woche. Im letzten Jahr habe ich zu viel Schindluder mit meinem Körper getrieben, ich hätte draufgehen können; hier erhole ich mich langsam, und dafür ist nichts besser als ein Bad im Meer. Ich möchte bloß nicht noch einmal eine Blasenentzündung bekommen, aber bisher ist alles in Ordnung.

Ich bin mit Manuel auf andere Inseln und in andere Dörfer gereist, um die alten Leute zu interviewen, und habe jetzt einen groben Überblick über den Archipel, auch wenn ich noch nicht im Süden war. Mit seinen vierzigtausend Einwohnern ist Castro das Herz der Isla Grande und eine belebte Einkaufsstadt. »Belebt« ist vielleicht etwas hochgegriffen, aber nach sechs Wochen hier ist Castro für mich wie New York. Die Stadt zieht sich hinunter zum Meer, es gibt Pfahlbauten am Ufer und Häuser in gewagten Farben, damit man im Winter, wenn Himmel und Meer grau sind, nicht trübsinnig wird. In Castro hat Manuel seine Bank, seinen Zahnarzt und seinen Friseur, dort deckt er sich mit Vorräten ein, bestellt seine Bücher und holt sie ab.

Wenn das Meer aufgewühlt ist und wir nicht mehr rechtzeitig nach Hause kämen, übernachten wir in der Pension einer Österreicherin, deren prachtvolles Hinterteil und praller Vorbau Manuel zum Erröten bringen, und stopfen uns bei ihr mit Schweinebraten und Apfelstrudel voll. Österreicher gibt es hier wenige, dafür wimmelt es von Deutschen. Die chilenische Einwanderungspolitik ist immer sehr rassistisch gewesen, man ließ keine Asiaten, Schwarzen oder sonstigen Farbigen ins Land, sondern ausschließlich weiße Europäer. Im neunzehnten Jahrhundert wollte ein Präsident die Rasse veredeln, hat Deutsche aus dem Schwarzwald angeworben und ihnen Land im Süden gegeben, das ihm nicht gehörte, sondern den Mapuche-Indianern; die Deutschen sollten den Chilenen Pünktlichkeit, Arbeitseifer und Disziplin beibringen. Keine Ahnung, ob das gelungen ist, aber jedenfalls haben sie durch ihre Anstrengungen einige Provinzen im Süden wirtschaftlich vorangebracht und die Gegend mit ihren blauäugigen Kindeskindern bevölkert. Die Familie von Blanca Schnake stammt von diesen Einwanderern ab.

Wir unternahmen extra einen Ausflug, weil Manuel mich mit Pater Luciano Lyon bekannt machen wollte, einem unglaublichen alten Mann, der während der Militärdiktatur zwischen 1973 und 1989 ein paarmal inhaftiert war, weil er sich für die Verfolgten des Regimes einsetzte. Dem Vatikan wurde seine Aufmüpfigkeit irgendwann zu viel, und man schickte ihn aufs Altenteil in ein winziges Dorf in Chiloé, aber der alte Kämpfer fand auch dort genug Gründe, sich zu empören. Zu seinem achtzigsten Geburtstag kamen seine Anhänger von allen Inseln und obendrein zwanzig Busse aus Santiago; zwei Tage wurde auf dem Platz vor der Kirche gefeiert, es gab Lamm und Huhn vom Grill, und der Tafelwein floss in Strömen. Eine wundersame Brotvermehrung, denn egal wie viele Menschen sich anschlossen, immer war noch Essen übrig. Die berauschten Gäste aus Santiago übernachteten auf dem Friedhof und scherten sich nicht um die spukenden Seelen.

Das Häuschen des Geistlichen wurde von einem majestätischen Hahn mit schillerndem Gefieder bewacht, der krähend auf dem Dach stand, und von einem imposanten, ungeschorenen Schafbock, der wie tot über der Türschwelle lag. Wir mussten durch die Küchentür eintreten. Der Bock, der den passenden Namen Methusalem trägt, entgeht einem Ende als Eintopf schon seit so vielen Jahren, dass er sich inzwischen vor Altersschwäche kaum noch rühren kann.

»Was machst du denn hier, so weit weg von daheim, Kind?«, begrüßte mich Pater Lyon.

»Ich bin auf der Flucht vor den Behörden«, sagte ich ernst, und er lachte.

»Das war ich auch sechzehn Jahre lang, und um ehrlich zu sein, fehlt mir das heute.«

Mit Manuel ist er seit 1975 befreundet, als beide nach Chiloé verbannt waren. Die Verbannung sei eine sehr harte Strafe, erklärte er mir, wenn auch nicht so schlimm wie das Exil, denn immerhin sei der Verbannte im eigenen Land.

»Man schickte uns weit weg von der Familie, an irgendeinen unwirtlichen Ort, wo wir allein waren, ohne Geld und Arbeit, und von der Polizei schikaniert wurden. Manuel und ich hatten Glück, denn hier in Chiloé nahmen die Leute uns freundlich auf. Du wirst es nicht glauben, mein Kind, aber wir kamen bei Don Lionel Schnake unter, und der hasst die Linken mehr als den Teufel.«

Dort lernte Manuel auch Blanca kennen, die Tochter des Hauses. Sie war damals Anfang zwanzig und verlobt, ihre Schönheit war in aller Munde und lockte einen Reigen von Verehrern an, die sich von ihrem Verlobten nicht abschrecken ließen.

Manuel verbrachte ein Jahr in Chiloé, kam mit Fischfang und Schreinerarbeiten notdürftig über die Runden, las Bücher über die Geschichte und die Sagenwelt des Archipels, durfte aber Castro nicht verlassen, wo er sich täglich auf dem Kommissariat melden und im Buch der Verbannten unterschreiben musste. Trotz der Umstände verlor er sein Herz an die Gegend; er wollte alle Inseln bereisen, sie erforschen, davon erzählen. Deshalb kam er nach einer langen Wanderung durch die Welt zurück, um seine Tage hier zu beschließen. Nach dem Ende seiner Verbannung konnte er zunächst nach Australien ausreisen, wo chilenische Flüchtlinge Aufnahme fanden und seine Frau ihn erwartete. Mich überraschte, dass Manuel verheiratet gewesen war, er hatte das nie erwähnt. Wie sich herausstellte, hat er sogar zwei Ehen hinter sich, beide ohne Kinder, ist aber lange schon geschieden, und keine der beiden Frauen lebt in Chile.

»Warum wurdest du verbannt, Manuel?«, wollte ich wissen.

»Das Militär schloss die Fakultät für Sozialwissenschaften, wo ich lehrte, weil sie meinten, das sei eine Brutstätte des Kommunismus. Viele Dozenten und Studenten wurden verhaftet, nicht wenige wurden umgebracht.«

»Warst du im Gefängnis?«

»Ja.«

»Und meine Nini? Weißt du, ob sie auch?«

»Nein, sie nicht.«

Wie ist es möglich, dass ich so wenig über Chile weiß? Ich traue mich nicht, Manuel auszufragen, weil ich nicht möchte, dass er mich für ahnungslos hält, habe aber angefangen, im Internet zu recherchieren. Dank der kostenlosen Tickets, die mein Vater als Pilot bekam, gingen meine Großeltern an allen möglichen verlängerten Wochenenden und in den Ferien mit mir auf Reisen. Mein Pop hatte eine Liste von Orten zusammengestellt, die wir sehen sollten, nachdem wir Europa bereist hatten und ehe wir starben. Also besuchten wir die Galapagosinseln, den Amazonas, Kappadokien und Machu Picchu, doch in Chile waren wir nie, obwohl das doch logisch gewesen wäre. Dass meine Nini ihr Heimatland nicht mehr sehen wollte, ist mir unbegreiflich, an ihren chilenischen Gewohnheiten hält sie nämlich eisern fest und wird heute noch rührselig, wenn sie zu den Nationalfeiertagen im September die chilenische Fahne vom Balkon hängt. Ich glaube, sie hat Angst, ihre romantische Vorstellung von Chile mit der Wirklichkeit zu konfrontieren, oder vielleicht gibt es hier etwas, woran sie nicht erinnert werden möchte.

Meine Großeltern waren versierte Reisende. Auf den Bildern in den Fotoalben sieht man uns drei an den erstaunlichsten Orten in den immer gleichen Anziehsachen, weil wir unser Gepäck auf das Unerlässliche beschränkt hatten und die Handkoffer stets gepackt bereitstanden, einer für jeden, so dass wir binnen einer halben Stunde aufbrechen konnten, wenn sich eine günstige Gelegenheit bot oder uns die Reiselust überkam. Einmal lasen mein Pop und ich im *National Geographic* eine Reportage über Gorillas, in der es hieß, sie seien sanftmütige Pflanzenfresser mit ausgeprägtem Familiensinn, und meine Nini, die eben mit einer Blumenvase in der Hand durchs Wohnzimmer ging, bemerkte leichthin, wir sollten uns die Gorillas mal ansehen. »Ausgezeichnete Idee«, antwortete mein Pop, griff zum Telefon, rief meinen Vater an, besorgte Tickets, und tags darauf waren wir mit unseren sturmerprobten Köfferchen unterwegs nach Uganda.

Mein Pop wurde zu Seminaren und Konferenzen eingeladen und nahm uns wenn möglich mit, weil meine Nini fürchtete, es könne ein Unglück geschehen, wenn wir gerade nicht zusammen waren. Chile ist ein Fädchen zwischen dem Gebirge der Anden und den Tiefen des Pazifiks, das Land besitzt Hunderte Vulkane, und die Lava ist noch nicht in allen erkaltet, sie können jederzeit aus dem Schlaf erwachen und das Land im Meer versenken. Wahrscheinlich rechnet meine chilenische Großmutter deshalb immer mit dem Schlimmsten, ist auf Notfälle vorbereitet und geht, unterstützt von einigen katholischen Heiligen und den vagen Ratschlägen aus dem Horoskop, mit einem gesunden Fatalismus durchs Leben.

Ich fehlte oft in der Schule, weil ich mit meinen Großeltern unterwegs war und die Schule mich anödete; dass ich nicht rausflog, verdankte ich allein meinen guten Fortschritten und der Flexibilität der italienischen Lehrmethode. Ich hatte jede Menge Tricks auf Lager, simulierte schlimmes Bauchweh, Kopf- oder Halsschmerzen und als letztes Mittel Krampfanfälle. Mein Großvater war leicht hinters Licht zu führen, aber meine Nini heilte mich mit drastischen Maßnahmen, stellte mich unter die eiskalte Dusche oder flößte mir Lebertran ein, sofern es ihr nicht gelegen kam, dass ich fehlte, weil sie mich zum Demonstrieren gegen den aktuellen Krieg oder zum Plakatieren gegen Tierversuche mitnehmen wollte oder wir uns zum Ärger irgendwelcher Holzfällerunternehmen an einen Baum ketteten. Ihre Entschlossenheit, mein soziales Gewissen zu fördern, ist immer heroisch gewesen.

Mein Pop musste uns mehr als einmal aus dem Polizeigewahrsam befreien. Die Polizei von Berkeley ist Kummer gewohnt wegen der vielen demonstrierenden Weltverbesserer, es gibt in der Stadt massenhaft Fanatiker, die in bester Absicht monatelang an öffentlichen Plätzen zelten, Studenten, die in Solidarität mit Palästina oder den Rechten der Nudisten die Uni besetzen, zerstreute Genies, die bei Rot über die Ampel fahren, Penner, die in einem früheren Leben summa cum laude promoviert haben, Drogensüchtige auf der Suche nach dem Paradies und eben jede Menge tugendhafte, intolerante und kämpferische Bürger, und in dieser Hunderttausend-Einwohner-Stadt ist auch fast alles erlaubt, sofern es manierlich zugeht. Meine Nini und Mike O'Kelly pflegen ihre Manieren im Eifer des Gefechts häufiger zu vergessen, landen aber nach der Festnahme nie in der Arrestzelle, sondern im Büro von Sergeant Walczak, der ihnen dort Cappuccino serviert.

Ich war zehn, als mein Vater wieder heiratete. Er hatte uns nie eine seiner Liebschaften vorgestellt und verfocht mit großer Verve die Vorzüge der Freiheit, weshalb wir nicht erwartet hätten, er würde je auf sie verzichten. Dann kündigte er eines Tagen an, er bringe eine Freundin zum Abendessen mit, und meine Nini, die seit Jahren heimlich Ausschau nach einer Frau für ihn hielt, rüstete sich, einen guten Eindruck zu machen, während ich mich rüstete, die Frau zu vergraulen. Im Haus wurden fieberhaft Vorbereitungen getroffen: Meine Nini beauftragte ein Reinigungsunternehmen, das die Luft mit dem Geruch von Scheuerpulver und Gardenien schwängerte, während sie sich in der Küche bei der Zubereitung eines marokkanischen Huhns mit Zimt verausgabte, das am Ende wie ein Dessert schmeckte. Mein Pop stellte eine Auswahl seiner Lieblingsstücke zusammen als stimmungsvolle Hintergrundmusik. Zahnarztmusik für meinen Geschmack.

Wir hatten meinen Vater zwei Wochen nicht gesehen, und jetzt tauchte er mit Susan auf, einer sommersprossigen, schlechtgekleideten Blondine, die uns überraschte, weil wir gedacht hatten, er stehe auf glamouröse Frauen, wie Marta Otter eine gewesen war, ehe sie in Odense als Mutter und Hausfrau auf Grund lief. Mit ihrer ungekünstelten Art hatte Susan meine Großeltern im Handumdrehen für sich eingenommen, mich aber nicht; ich war so unfreundlich zu ihr, dass meine Nini irgendwann zu mir sagte, ich solle mitkommen, das Huhn holen, mich am Arm in die Küche zog und mir einen Satz heiße Ohren androhte, wenn ich mich nicht zusammenriss. Nach dem Essen tat mein Pop das Undenkbare, er lud Susan auf seinen Sterngucker-turm ein, wohin er außer mir nie jemanden mitnahm, und dort sahen sie lange zusammen in den Himmel, während meine Großmutter und mein Vater mir die Leviten lasen.

Ein paar Monate später feierten mein Vater und Susan eine lässige Hochzeit am Strand. Das war schon vor zehn Jahren aus der Mode gekommen, aber die Braut hatte es sich gewünscht. Mein Pop hätte es gern etwas bequemer gehabt, meine Nini war dagegen in ihrem Element. Die Trauung wurde von einem Freund von Susan durchgeführt, dem die Iglesia Universal per Post die Befähigung dazu erteilt hatte. Ich musste dabei sein, weigerte mich aber, als Fee verkleidet die Ringe zu halten, wie meine Großmutter es gern gesehen hätte. Mein Vater trug einen weißen Anzug im Mao-Stil, der weder zu ihm noch zu seinen politischen Ansichten passte, und Susan ein luftiges Hemd und einen Kranz aus Wildblumen, was beides auch längst aus der Mode gekommen war. Die Hochzeitsgäste standen mit ihren Schuhen in der Hand im Sand und ertrugen eine halbe Stunde die Gischtschwaden und die zuckersüßen Ratschläge des Priesters. Danach gab es einen Empfang im nahe gelegenen Yachtclub, und die Gäste tanzten und tranken bis nach Mitternacht, während ich mich im Volkswagen meiner Großeltern verschanzt hielt und die Nase nur herausstreckte, als der gute Mike O'Kelly in seinem Rollstuhl kam und mir ein Stück Torte brachte.

Meine Großeltern hätten es gern gesehen, wenn die Frischvermählten bei uns eingezogen wären, Platz hätten wir mehr als genug gehabt, aber mein Vater mietete im selben Viertel ein Häuschen, das bequem in die Küche seiner Mutter gepasst hätte, denn für mehr reichte das Geld nicht. Piloten arbeiten viel, verdienen wenig und sind immer müde; kein beneidenswerter Beruf. Nachdem sie eingezogen waren, entschied mein Vater, ich solle bei ihnen wohnen, und meine Tobsuchtsanfälle konnten weder ihn zermürben noch schreckten sie Susan ab, von der ich zunächst gedacht hatte, sie sei leicht einzuschüchtern. Sie war aber die Ausgeglichenheit in Person, kein bisschen launisch, immer hilfsbereit, jedoch ohne das aggressive Mitgefühl, mit dem meine Nini oft denen zu nahe tritt, denen sie helfen will.

Heute ist mir klar, wie undankbar Susans Aufgabe

war, sie hatte ein verwöhntes und störrisches Gör am Hals, das bei zwei alten Leuten aufgewachsen war, bloß weißes Essen zu sich nahm – Reis, Popcorn, Toastbrot, Bananen – und nachts nicht schlief. Statt mich mit herkömmlichen Methoden zum Essen zu nötigen, bereitete sie mir Putenbrust mit Schlagsahne zu, Blumenkohl mit Kokoseis und andere gewagte Kombinationen, bis ich allmählich zu beigem Essen überging – Humus, ein paar Frühstücksflocken, Milchkaffee – und schließlich zu Farben mit mehr Charakter, zum einen oder anderen Grün-, Orange- oder Rotton, wenn auch nicht zu Roter Beete. Susan konnte keine Kinder bekommen und wollte zum Ausgleich gern meine Zuneigung gewinnen, aber ich bot ihr stur die Stirn. Ich ließ meine Sachen bei meinen Großeltern und ging nur zum Schlafen zu meinem Vater, mit einer Tasche, in der mein Wecker steckte und das Buch, das ich gerade las. Nachts lag ich zitternd vor Angst wach, mit der Bettdecke über dem Kopf. Da ich mir bei meinem Vater Frechheiten nicht erlauben konnte, legte ich eine hochnäsige Höflichkeit an den Tag, die ich mir bei den Butlern in englischen Filmen abgeschaut hatte.

Mein einziges Zuhause war die bunt bemalte Villa, in die ich täglich nach der Schule zurückkehrte, um meine Hausaufgaben zu machen und zu spielen, und im Stillen betete ich, Susan möge vergessen, mich abzuholen, wenn sie von ihrer Arbeit in San Francisco kam, was jedoch nie geschah: Meine Stiefmutter besaß einen krankhaften Sinn für Verantwortung. So verging der erste Monat, bis Susan einen Hund mitbrachte, der bei uns wohnen sollte. Sie bildete für das Police Department von San Francisco Bombenspürhunde aus, was seit dem Beginn der Terrorangst 2001 eine angesehene Tätigkeit ist, damals, als sie meinen Vater heiratete, jedoch für jede Menge blöder Sprüche von Seiten ihrer ruppigen Kollegen sorgte, weil es in Kalifornien seit Ewigkeiten keinen Bombenanschlag mehr gegeben hatte.

Jeder Hund arbeitete in seinem Leben nur mit einem einzigen Menschen, und beide waren irgendwann so gut aufeinander eingespielt, als könnten sie die Gedanken des anderen lesen. Susan wählte immer den pfiffigsten Welpen eines Wurfs aus und suchte die passende Person dazu, vorzugsweise jemand, der mit Tieren aufgewachsen war. Aus meinem Vorsatz, die Nerven meiner Stiefmutter zu zerrütten, wurde nichts wegen Alvy, einer sechs Jahre alten Labradorhündin, die intelligenter und freundlicher war als jeder Mensch. Alles, was ich über Tiere weiß, habe ich von Susan gelernt, und sie erlaubte mir entgegen jeder Grundregel der Hundeerziehung, Alvy mit ins Bett zu nehmen. Damit half sie mir bei meinem Kampf gegen die Schlaflosigkeit.

Dass meine Stiefmutter in ihrer unaufdringlichen Art immer da war, wurde in meiner Familie zur Selbstverständlichkeit, und wir erinnerten uns kaum noch an das Leben vor ihrem Auftauchen. War mein Vater auf Reisen, also eigentlich die meiste Zeit, erlaubte mir Susan, im verwunschenen Haus meiner Großeltern zu übernachten, wo mein Zimmer unverändert geblieben war. Susan mochte meinen Pop sehr, ging mit ihm in schwedische Filme aus den fünfziger Jahren, schwarzweiß und ohne Untertitel, so dass man die Dialoge erraten musste, und in Jazzkonzerte in verqualmten Kellerlokalen. Bei meiner Nini, die alles andere als handzahm ist, wandte sie dieselbe Methode an wie bei ihren Bombenspürhunden: Zuneigung und Strenge, Strafe und Belohnung. Sie machte ihr liebevoll klar, dass ihre Zuneigung nicht in Frage stand und sie immer für sie da sein würde, untersagte ihr streng, durchs Fenster einzusteigen, um den Hausputz zu überwachen oder ihrer Enkelin Süßigkeiten zuzustecken; wenn ihr meine Nini mit Geschenken, Ratschlägen oder chilenischem Schmorbraten zu sehr auf die Pelle rückte, verschwand sie zur Strafe für ein paar Tage von der Bildfläche, und sie belohnte sie mit Waldspaziergängen, wenn alles gut lief. Genauso verfuhr sie mit ihrem Mann und mit mir.

Meine gute Stiefmutter drängte sich nicht zwischen mich und meine Großeltern, obwohl deren unsteter Erziehungsstil sie erschreckt haben muss. Bestimmt bin ich zu sehr verwöhnt worden, aber das war nicht der Grund für meine Schwierigkeiten, auch wenn die

Therapeuten, mit denen ich es als Jugendliche zu tun bekam, das vermuteten. Meine Nini erzog mich auf chilenisch, Essen und Liebe satt, klare Regeln und hin und wieder eins hinter die Löffel, aber nicht oft. Einmal drohte ich ihr, sie wegen Kindesmisshandlung bei der Polizei anzuzeigen, und sie haute mir die Suppenkelle auf den Kopf, dass mir ein Horn spross. Damit war mein Vorhaben vom Tisch.

Ich habe ein Curanto-Essen erlebt, eine üppige und deftige Schlemmerei, an der das ganze Dorf beteiligt ist. Die Vorbereitungen begannen früh, denn die Boote der Ökotourismus-Veranstalter treffen vor dem Mittag ein. Die Frauen hackten Tomaten, Zwiebeln, Knoblauch und frischen Koriander für die Würze und bereiteten aufwendig und langwierig *milcao* und *chapalele* zu, eine Art Brötchen aus Kartoffeln, Mehl, Schweineschmalz und Grieben, ungenießbar, wenn man mich fragt, und unterdessen gruben die Männer am Strand ein großes Loch, legten den Boden mit Steinen aus und entzündeten darüber ein Feuer. Als die Scheite heruntergebrannt waren, glühten die Steine, und dann trafen auch schon die Boote ein. Die Reiseleiter zeigten den Besuchern das Dorf und gaben ihnen Gelegenheit, Wollsachen zu kaufen, Muschelketten, Guavenmarmelade, Licor de Oro, den hiesigen Schnaps, Schnitzereien, Creme aus Schneckenschleim gegen Altersflecken, Lavendelsträußchen, kurz, das wenige, was wir hier haben, und dann wurden alle zu der qualmenden Mulde an den Strand gerufen. Die Curanto-Köche stellten Tonschalen auf die Steine, um den Sud aufzufangen, der, wie allgemein bekannt, aphrodisisch wirkt, darüber kamen in Schichten Chapalele und Milcao, Fleisch von Schwein, Lamm und Huhn, Muscheln, Fisch, Gemüse und weitere Köstlichkeiten, die ich mir nicht gemerkt habe, man deckte alles mit feuchten weißen Tüchern ab, dann mit riesigen Gunnera-Blättern, mit einem Jutesack, der wie ein Rock über den Rand des Lochs ragte, und am Ende mit Sand. Das Garen dauerte etwas über eine Stunde, und während sich die Zutaten in der Hitze geheimnisvoll verwandelten, ihren Sud und ihre Aromen vereinten, vertrieben sich die Besucher die Zeit damit, den Dampf zu fotografieren, tranken Pisco Sour und hörten Manuel zu.

Hier kommen unterschiedliche Touristen her: chilenische Rentner, Europäer auf Urlaub, alle möglichen Argentinier, Backpacker woher auch immer. Manchmal sieht man ganze Reisegruppen aus Asien oder den USA, mit Karten und Bestimmungsbüchern über Flora und Fauna, in denen sie todernst alles nachschlagen. Außer den Backpackern, die lieber hinter den Büschen Marihuana rauchen, hören alle gern einem Schriftsteller zu, dessen Bücher sogar verlegt sind und der ihnen die Geheimnisse des Archipels nach Bedarf auf Englisch oder Spanisch erklären kann. Was Manuel sagt, ist nicht immer nur öde; auf seinem Fachgebiet kann er für eine kurze Weile recht unterhaltsam sein. Er erzählt den Besuchern etwas über die Geschichte, die Legenden und die Lebensgewohnheiten von Chiloé und erklärt ihnen, die Inselbewohner seien zurückhaltend, man müsse ihnen Zeit geben und sie mit Respekt für sich gewinnen, wie man sich auch Zeit nehmen und sich mit Respekt an die raue Natur hier gewöhnen müsse, an die langen Winter, die Launen der See. Langsam. Sehr langsam. Chiloé ist nichts für Menschen, die es eilig haben.

Die Leute besuchen Chiloé, weil sie meinen, hier sei die Zeit stehengeblieben, und werden von den Städten auf der Isla Grande enttäuscht, aber bei uns finden sie, was sie suchen. Wir wollen niemandem etwas vormachen, Gott bewahre, aber am Curanto-Tag tauchen schon mal unversehens Ochsen und Lämmer in den Dünen auf, es liegen mehr Boote und Netze als sonst zum Trocknen am Strand, die Leute tragen ihre rustikalsten Mützen und Ponchos, und niemand käme auf die Idee, in der Öffentlichkeit sein Handy zu zücken.

Die erfahrenen Köche wussten genau, wann die kulinarischen Schätze gehoben werden konnten, und schippten den Sand beiseite, entfernten vorsichtig den Sack, die Blätter und die Tücher, und eine Wolke köstlichster Düfte stieg uns in die Nase. Erst erwartungsvolle Stille, dann großer Applaus. Die Frauen verteilten die Portionen auf Papptellern, und dazu gab es wieder Pisco Sour, das chilenische Nationalgetränk, das einen Kosaken aus den Stiefeln heben kann. Am Ende mussten wir etliche Besucher auf dem Weg zu den Booten stützen.

Meinem Pop hätte das Leben hier gefallen, die Landschaft, die Fülle an Meeresgetier, das gemächliche Verstreichen der Zeit. Er hat nie von Chiloé gehört, sonst hätte er es auf seine Liste der Orte geschrieben, die man sehen muss, bevor man stirbt. Mein Pop … Er fehlt mir so! Er war ein großer, starker, bedächtiger und sanfter Bär, war warm wie ein Ofen, duftete nach Tabak und Kölnisch Wasser, besaß eine dunkle Stimme, ein erdentiefes Lachen und mächtige Hände, mit denen er mich hielt. Er ging mit mir zum Fußball und in die Oper, beantwortete meine endlosen Fragen, kämmte mir die Haare und freute sich über meine ermüdend langen Gedichte, die von den Kurosawa-Filmen inspiriert waren, die wir zusammen sahen. Wir stiegen auf den Ausguck am Haus, suchten mit seinem Teleskop die schwarze Himmelskuppel nach seinem scheuen Planeten ab, einem grünen Gestirn, das wir nie finden konnten. »Versprich mir, dass du dich immer so liebhaben wirst, wie ich dich liebhabe, Maya«, sagte er oft zu mir, und ich versprach es, ohne zu begreifen, was er mir mit diesem seltsamen Satz sagen wollte. Er hatte mich bedingungslos lieb, nahm mich, wie ich bin, mit meinen Begrenztheiten, meinen Ticks und Fehlern, zollte mir Anerkennung, auch wenn ich sie nicht verdiente, ganz anders als meine Nini, die meint, man solle die Bemühungen der Kinder nicht über den grünen Klee loben, sonst gewöhnten sie sich daran und nachher gehe es ihnen im Leben dreckig, weil niemand sie mehr lobt. Mein Pop verzieh mir alles, tröstete mich, lachte, wenn ich lachte, war mein bester Freund, mein Verbündeter und Vertrauter, ich war seine einzige Enkelin und die Tochter, die er nie gehabt hat. »Sag mir, dass ich dir von allen deinen Lieben die liebste bin, Pop«, bat ich ihn, um meine Nini zu ärgern. »Du bist uns die liebste, Maya«, antwortete er diplomatisch, aber ich war seine Nummer eins, das weiß ich genau; meine Großmutter hatte keine Chance gegen mich. Mein Pop war nicht in der Lage, sich selbst etwas zum Anziehen auszusuchen, das tat meine Nini für ihn, aber als ich dreizehn wurde, ging er mit mir meinen ersten BH kaufen, weil er mitbekam, dass ich mir die Brüste mit einem Schal abband und die Schultern nach vorn zog, um sie zu verbergen. Mit meiner Nini oder mit Susan darüber zu reden wäre mir peinlich gewesen, dagegen fand ich nichts dabei, BHs vor meinem Großvater anzuprobieren.

Das Haus in Berkeley war meine Welt: abends mit meinen Großeltern Fernsehserien anschauen, im Sommer sonntags auf der Terrasse frühstücken, manchmal, wenn mein Vater da war, zusammen zu Abend essen, während im Hintergrund Maria Callas auf alten Vinylplatten sang, das Arbeitszimmer, die Bücher, der Duft aus der Küche. In dieser kleinen Familie spielte sich der erste Teil meines Lebens ab, ohne dass es nennenswerte Probleme gegeben hätte, aber als ich sechzehn wurde, brachten die katastrophischen Naturgewalten, wie meine Nini das nennt, mein Blut in Wallung und trübten mir den Verstand.

Ich habe am linken Handgelenk das Jahr eintätowiert, in dem mein Pop starb: 2005. Im Februar erfuhren wir, dass er krank war, im August nahmen wir Abschied von ihm, im September wurde ich sechzehn, und meine Familie zerbröselte.

An dem unvergessenen Tag, als mein Pop zu sterben begann, war ich länger in der Schule geblieben, weil wir mit der Theater-AG *Warten auf Godot* probten, darunter machte es unsere ambitionierte Lehrerin nicht, und dann war ich zu Fuß zu meinen Großeltern gegangen. Als ich ankam, war es bereits dunkel. Ich ging rufend und auf Lichtschalter drückend hinein, wunderte mich über die Stille und Kühle, denn eigentlich war das die gemütlichste Zeit im Haus, die Räume im Erdgeschoss kuschelig warm, Musik und der Duft aus Ninis Töpfen in der Luft. Ich hätte erwartet, meinen Pop lesend in seinem Sessel im Arbeitszimmer zu finden und meine Nini in der Küche, wo sie um diese Zeit meist die Radionachrichten hörte, aber an diesem Abend war alles anders. Meine Großeltern saßen zusammen auf dem Wohnzimmersofa, das meine Nini nach der Anleitung aus einer Zeitschrift neu bezogen hatte. Sie saßen sehr dicht beieinander. Beide waren kleiner geworden, und zum ersten Mal bemerkte ich ihr Alter, waren sie doch bis dahin für mich vom Zahn der Zeit unberührt gewesen. Tag für Tag hatte ich mit ihnen verbracht, Jahr für Jahr, und die Veränderungen waren mir entgangen, meine Großeltern unwandelbar und ewig wie die Berge. Ich weiß nicht, ob ich sie bisher allein mit den Augen der Seele gesehen hatte oder sie in diesen Stunden tatsächlich gealtert waren. Ich hatte auch nicht bemerkt, dass mein Großvater in den Monaten zuvor abgenommen hatte, die Kleider an ihm schlotterten und meine Nini an seiner Seite nicht mehr so winzig wirkte wie früher.

»Was ist los, ihr zwei?« Und mein Herz stürzte ins Leere, weil ich es erriet, ehe sie mir antworten konnten. Die unbesiegbare Kriegerin Nidia Vidal, meine Nini, war geschlagen, ihre Augen vom Weinen geschwollen. Mein Pop winkte mich zu sich, legte mir einen Arm um die Schulter, zog mich an seine Brust und sagte, er fühle sich schon seit einer Weile nicht gut, habe Schmerzen im Magen, es seien verschiedene Untersuchungen gemacht worden, und der Arzt habe ihm die Diagnose heute bestätigt. »Was hast du, Pop?«, brach es aus mir heraus wie ein Schrei. »Etwas an der

Bauchspeicheldrüse«, sagte er, und das tierhafte Wimmern seiner Frau gab mir zu verstehen, dass es Krebs war.

Gegen neun kam Susan zum Abendessen, wie sie es häufig tat, und fand uns zusammengedrängt und zitternd auf dem Sofa. Sie drehte die Heizung auf, bestellte Pizza, rief meinen Vater in London an, um ihm die schlechte Nachricht mitzuteilen, und dann setzte sie sich zu uns und hielt schweigend die Hand ihres Schwiegervaters.

Meine Nini gab alles auf und kümmerte sich nur noch um ihren Mann: die Bibliothek, die Erzählstunden, die Straßendemos, den Verbrecherclub, den Küchenherd, den sie meine gesamte Kindheit über befeuert hatte und nun ausgehen ließ. Ein hinterhältiger Feind war diese Krankheit, hatte meinen Pop ohne Warnsignale überfallen und sich erst zu erkennen gegeben, als der Kampf schon aussichtslos war. Meine Nini brachte ihn in die Klinik der Georgetown University in Washington zu den besten Spezialisten, aber es half alles nichts. Man sagte ihm, eine Operation sei sinnlos, und er wollte sich nicht einem chemischen Bombardement aussetzen, das sein Leben allenfalls um Monate verlängert hätte. Aus dem Internet und den Büchern, die ich in der Bibliothek auslieh, erfuhr ich, dass in den USA jährlich dreiundvierzigtausend Menschen an dieser Krebsart erkrankten, die Krankheit bei etwa siebenunddreißigtausend tödlich verlief und auch die fünf Prozent, die auf die Behandlung ansprachen, nur eine maximale Lebenserwartung von weiteren fünf Jahren besaßen; also würde nur ein Wunder meinen Großvater retten.

In der Woche, die meine Großeltern in Washington verbrachten, verschlechterte sich der Zustand meines Großvaters so sehr, dass Susan, mein Vater und ich ihn fast nicht erkannten, als wir sie am Flughafen abholten. Er hatte weiter abgenommen, ging gebeugt, zog die Füße nach, seine Augen waren gelb und die Haut stumpf, wie Asche. In kleinen, mühevollen Schrittchen erreichte er schwitzend vor Anstrengung Susans Kombi, und zu Hause kam er die Treppe in den ersten Stock nicht hoch, wir mussten ihm unten das Sofa im Arbeitszimmer herrichten, auf dem er schlief, bis wir ein Pflegebett bekamen. Meine Nini schlief an seiner Seite, zusammengerollt wie eine Katze.

So leidenschaftlich, wie sie sich sonst in aussichtslose politische und humanitäre Gefechte stürzte, legte sich meine Großmutter jetzt mit dem lieben Gott an, um das Leben ihres Mannes zu retten, bat erst, betete und versprach und drohte ihm dann, Atheistin zu werden. »Warum gegen den Tod kämpfen, Nidia? Früher oder später gewinnt er ja doch«, spottete mein Pop. Da die Schulmedizin mit ihrem Latein am Ende war, versuchte sie es mit alternativen Heilmethoden, mit Kräutern,

Kristallen, Akupunktur, Schamanen, Aura-Massage und einem Mädchen aus Tijuana, das die Wundmale trug und übersinnlich zu wirken verstand. Ihr Mann ließ ihre Spinnereien gutgelaunt geschehen wie von jeher. Erst versuchten mein Vater und Susan noch, die beiden vor den vielen Scharlatanen zu schützen, die von der Möglichkeit Wind bekommen hatten, meine Nini auszunehmen, aber schließlich sahen sie ein, dass diese verzweifelten Versuche ihr etwas zu tun gaben, während die Tage verstrichen.

In den letzten Wochen ging ich nicht mehr zur Schule. Ich zog in die verwunschene Villa, weil ich meiner Nini helfen wollte, war aber schwermütiger als der Kranke, und sie musste sich um uns beide kümmern.

Susan war die Erste, die es wagte, die *Hospice Foundation* zu erwähnen. »Die ist für Leute, die sterben, und Paul stirbt nicht!«, wehrte sich meine Nini, musste aber schließlich nachgeben. Carolyn kam zu uns, eine ehrenamtliche Mitarbeiterin der Hospizstiftung, die sanft war und uns sehr erfahren erklärte, was uns bevorstand und wie ihre Organisation uns kostenlos unterstützen könne, damit es der Kranke weiter so gut wie möglich hatte, wir Trost und psychologischen Beistand bekamen und uns der Papierkram für die medizinische Versorgung und die Beerdigung abgenommen würde.

Mein Pop wollte unbedingt zu Hause sterben. Die Krankheit schritt in den Phasen und Zeiträumen fort, wie von Carolyn vorhergesagt, trotzdem traf es mich unvorbereitet, weil ich wie meine Nini erwartet hatte, ein göttliches Eingreifen werde das Unglück noch abwenden. Der Tod stößt anderen zu, nicht denen, die wir am meisten lieben, und erst recht nicht meinem Pop, der das Zentrum meines Lebens war, das Kraftfeld, das die Welt zusammenhielt; ohne ihn würde ich ohne Anker sein und das leiseste Lüftchen würde mich fortwehen. »Du hast mir geschworen, dass du niemals stirbst, Pop!« »Nein, Maya, ich sagte, ich würde immer bei dir sein, und ich habe vor, mein Versprechen zu halten.«

Die Mitarbeiter der Hospizstiftung richteten das Pflegebett vor dem breiten Fenster im Wohnzimmer ein, damit sich mein Pop nachts vorstellen konnte, wie die Sterne und der Mond ihn beschienen, denn sehen konnte er sie durch die Kronen der Kiefern nicht. Sie legten ihm am Brustkorb einen Port, über den er mit Medikamenten versorgt werden konnte, so dass man keine Spritzen setzen musste, und sie zeigten uns, wie wir ihn bewegen, ihn waschen und die Laken wechseln konnten, ohne ihn aus dem Bett zu holen. Carolyn sah häufig nach ihm, sprach mit dem Arzt, dem Krankenpfleger und der Apotheke; mehr als einmal kaufte sie für uns ein, wenn niemand von der Familie die Kraft aufbrachte, in den Laden zu gehen.

Mike O'Kelly kam auch zu Besuch. Er steuerte seinen elektrischen Rollstuhl wie einen Rennwagen und hatte oft zwei von seinen ehemaligen Gang-Kids dabei, damit sie den Müll rausbrachten, den Staubsauger anwarfen, den Hof fegten oder sich sonst im Haus nützlich machten, während er mit meiner Nini in der Küche Tee trank. Die beiden hatten sich wegen einer Demonstration gegen Abtreibung, die O'Kelly als gläubiger Katholik ohne Wenn und Aber ablehnt, sehr gestritten und waren sich ein paar Monate aus dem Weg gegangen, doch die Krankheit meines Großvaters brachte sie wieder zusammen. Auch wenn sie zuweilen extrem unterschiedliche Ansichten vertreten, können sie nicht dauerhaft miteinander im Clinch liegen, dafür mögen sie sich zu gern und haben zu viel gemeinsam.

War mein Pop wach, unterhielt sich Schneewittchen eine Weile mit ihm. Eine echte Freundschaft war zwischen den beiden nicht entstanden, ich glaube, sie waren ein bisschen eifersüchtig aufeinander. Einmal hörte ich, wie Mike O'Kelly zu meinem Pop etwas über Gott sagte, und dachte, ich sollte ihn darauf hinweisen, dass er seine Zeit verschwendete, weil mein Großvater nicht an Gott glaubte. »Bist du dir da so sicher?«, sagte er. »Paul hat sein Leben lang den Himmel mit seinem Teleskop angeschaut. Wie soll er da Gott nicht wahrgenommen haben?« Aber er versuchte nicht, die Seele meines Großvaters gegen seinen Willen zu retten. Als der Arzt Morphium verschrieb und Carolyn uns zu verstehen gab, wir könnten so viel haben, wie wir brauchten, da der Kranke ein Recht habe, ohne Schmerzen und in Würde zu sterben, verzichtete O'Kelly darauf, uns die Sterbehilfe auszureden.

Unvermeidlich kam der Moment, da die Kräfte meines Großvaters erschöpft waren, und wir mussten den Strom der Studenten und Freunde kappen, die sich bei uns die Klinke in die Hand gaben. Meinem Pop ist sein Aussehen nie gleichgültig gewesen und war es auch jetzt nicht, obwohl er so schwach war und nur wir ihn sahen. Er bat uns, ihn zu waschen und zu rasieren und das Zimmer gut zu lüften, weil er fürchtete, das Elend seiner Krankheit könnte uns abstoßen. Seine Augen waren glanzlos und in die Höhlen gesunken, die Hände wie Vogelfüße, die Lippen wund, die Haut hing ihm, von Blutergüssen übersät, von den Knochen; mein Großvater war zu einem dürren, verkohlten Baum geworden, aber noch konnte er Musik hören und sich erinnern. »Macht das Fenster auf und lasst die Freude herein«, bat er uns. Manchmal war er so weit weg, dass er kaum sprechen konnte, aber es gab auch bessere Momente, dann richtete ich die Rückenlehne seines Bettes auf, damit er sitzen konnte, und wir unterhielten uns. Er wollte mich an seinen Erfahrungen und seinem Wissen teilhaben lassen, ehe er ging. Bis zum Schluss war er bei Verstand.

»Hast du Angst, Pop?«, fragte ich ihn.

»Nein, aber Kummer, Maya. Ich würde gern noch zwanzig Jahre mit euch leben.«

»Was ist wohl auf der anderen Seite? Glaubst du, es gibt ein Leben nach dem Tod?«

»Schon möglich, aber bewiesen ist es nicht.«

»Dass es deinen Planeten gibt, ist auch nicht bewiesen, und du glaubst trotzdem an ihn«, hielt ich ihm entgegen, und er lachte zufrieden.

»Da hast du recht, Maya. Es wäre absurd, nur zu glauben, was sich beweisen lässt.«

»Weißt du noch, wie du mich ins Observatorium mitgenommen hast, um diesen Kometen anzusehen, Pop? In der Nacht habe ich Gott gesehen. Es war Neumond, der Himmel pechschwarz und über und über funkelnd, und als ich durchs Teleskop schaute, sah ich ganz deutlich den Schweif des Kometen.«

»Trockeneis, Ammoniak, Methan, Eisen, Magnesium und …«

»Es war ein Brautschleier, und dahinter war Gott«, beharrte ich.

»Wie war er?«

»Wie ein leuchtendes Spinnennetz. Alles, was es gibt, ist durch die Fäden des Netzes miteinander verbunden. Ich kann's dir nicht erklären. Wenn du stirbst, dann fliegst du davon wie ein Komet, und ich halte mich an deinem Kometenschweif fest.«

»Wir werden zu Sternenstaub.«

»Ach, Pop.«

»Wein doch nicht, mein Kind, sonst muss ich auch weinen, und dann fängt deine Nini an und weint, und wir können nie mehr damit aufhören.«

In seinen letzten Tagen konnte er nur noch ein paar Löffelchen Joghurt und etwas Wasser zu sich nehmen. Er sprach fast nicht, klagte auch nicht; er trieb über Stunden im Morphiumdämmer, hielt die Hand seiner Frau oder meine umfasst. Er wusste wohl nicht mehr, wo er war, doch wusste er noch, dass er uns liebte. Meine Nini erzählte ihm weiter Geschichten bis zum Schluss, als er ihnen schon nicht mehr folgen konnte und nur noch der Klang ihrer Stimme ihn wiegte. Sie erzählte ihm von zwei Liebenden, die durch die Zeitalter immer wiedergeboren wurden, Fährnisse überstanden, starben und sich im nächsten Leben wiederfanden, immer zusammen.

Ich sprach in der Küche, im Bad, auf dem Turm, im Garten, überall, wo ich mich verkriechen konnte, erfundene Gebete vor mich hin und bat den Gott von Mike O'Kelly, er möge sich unserer erbarmen, aber er blieb fern und stumm. Ich bekam am ganzen Körper Quaddeln, die Haare gingen mir aus, und ich kaute meine Nägel ab, bis Blut kam; meine Nini umwickelte mir die Finger mit Klebeband und zwang mich, mit Handschuhen zu schlafen. Ich konnte mir ein Leben ohne meinen Großvater nicht vorstellen, sein langsames Siechen aber auch nicht ertragen, und betete am Ende darum, er möge bald sterben und nicht mehr leiden. Hätte er mich darum gebeten, ich hätte ihm mehr Morphium gegeben und ihm beim Sterben geholfen, es wäre einfach gewesen, aber er tat es nicht.

Ich lag angezogen auf dem Wohnzimmersofa, schlief halb, wachte mit einem Auge und wusste es deshalb als Erste, als der Abschied kam. Ich lief meine Nini wecken, die ein Schlafmittel genommen hatte, um ein bisschen auszuruhen, und rief meinen Vater und Susan an, die zehn Minuten später bei uns waren.

Meine Großmutter schlüpfte im Nachthemd ins Bett ihres Mannes und legte ihren Kopf an seine Brust, wie sie das immer zum Schlafen getan hatte. Auf der anderen Bettseite beugte auch ich mich zu seiner Brust hinunter, die früher für uns beide gereicht hatte, in der es jetzt aber kaum noch pochte. Sein Atem ging ganz flach und schien für lange Augenblicke auszusetzen, doch plötzlich schlug er die Augen auf, ließ seinen Blick über meinen Vater und Susan gleiten, die lautlos weinend bei ihm standen, hob mühsam seine große Hand und legte sie auf meinen Kopf. »Wenn ich den Planeten finde, nenn ich ihn nach dir, Maya«, war das Letzte, was er sagte.

In den drei Jahren seit dem Tod meines Großvaters habe ich sehr selten über ihn gesprochen. Und mir damit in Oregon einigen Ärger mit den Therapeuten eingehandelt, weil die mich zwingen wollten, »meine Trauer zu bewältigen«, oder sonst einen Mist. Manche Leute glauben ja ernsthaft, eine Trauer sei wie die andere und es gäbe Patentrezepte und Fristen, um damit fertig zu werden. Die stoische Haltung meiner Nini scheint mir da schon passender: »Jetzt heißt es leiden, also Zähne zusammenbeißen«, sagte sie. Und dass ein solcher Schmerz, ein Schmerz der Seele, nicht durch Medikamente, Therapie oder Urlaub verschwindet; dass ein solcher Schmerz einfach durchlitten sein will, gründlich durchlitten, ohne Linderung, wie es sich gehört. Ich hätte gut daran getan, ihrem Beispiel zu folgen, anstatt so zu tun, als litte ich nicht, und jeden Klagelaut, der mir die Brust durchbohrte, in meinem Innern zu ersticken. In Oregon verschrieben sie mir Antidepressiva, die ich nicht nahm, weil sie mich blöd im Kopf machten. Die Einnahme wurde überwacht, aber ich trickste sie aus, hatte unbemerkt einen Kaugummi im Mund, in den ich die Tablette mit der Zunge drückte, und spuckte sie wenig später unversehrt aus. Meine Traurigkeit war meine Gefährtin, ich wollte sie nicht einfach loswerden wie eine Erkältung. Außerdem wollte ich meine Erinnerungen nicht mit diesen wohlgesinnten Therapeuten teilen, weil alles, was ich ihnen über meinen Großvater gesagt hätte, nur banal klingen konnte. Und doch vergeht hier auf dieser Insel in Chiloé kein Tag, an dem ich Manuel nicht etwas von meinem Pop erzähle. Die zwei sind sehr verschieden, haben aber beide etwas von einem großen Baum, bei dem ich mich geborgen fühle.

Mit Manuel habe ich gerade einen seltenen Moment der Verbundenheit erlebt, wie ich sie oft mit meinem Pop hatte. Ich sah, wie er bei Sonnenuntergang aus dem Fenster schaute und wollte wissen, was er machte.

»Atmen.«

»Atmen tu ich auch. Das meine ich nicht.«

»Bevor du mich unterbrochen hast, Maya, habe ich geatmet, weiter nichts. Wenn du wüsstest, wie schwierig das ist, zu atmen, ohne zu denken.«

»Das nennt man Meditation. Meine Nini meditiert andauernd, sie behauptet, dann spürt sie meinen Pop an ihrer Seite.«

»Und du? Spürst du ihn?«

»Früher nicht, weil ich innerlich wie eingefroren war und überhaupt nichts gespürt habe. Aber jetzt kommt es mir vor, als wäre mein Pop hier irgendwo, irgendwie um mich …«

»Was ist denn jetzt anders?«

»Na, alles, Manuel. Erstens bin ich nüchtern, und außerdem gibt es hier Ruhe, Stille und Weite. Zu meditieren wie meine Nini würde mir guttun, aber ich kann das nicht, ich denke ständig, und mein Kopf ist voller Ideen. Meinst du, das ist schlecht?«

»Kommt auf die Ideen an …«

»Ein zweiter Avicenna bin ich nicht, da hat meine Großmutter recht, aber meine Ideen sind gut.«

»Zum Beispiel?«

»Gerade fällt mir keine ein, aber sobald ich wieder eine habe, die genial ist, sage ich es dir. Du denkst zu viel über dein Buch nach, verschwendest aber keinen Gedanken an Wichtigeres, etwa daran, wie deprimierend dein Leben war, ehe ich gekommen bin. Und was soll aus dir werden, wenn ich wieder gehe? Denk an die Liebe, Manuel. Jeder braucht eine Liebe im Leben.«

»Aha. Und wo ist deine?«, sagte er lachend.

»Ich kann warten, ich bin neunzehn und habe das Leben vor mir; du bist neunzig und kannst in den nächsten fünf Minuten tot sein.«

»Ich bin erst zweiundsiebzig, aber es stimmt, ich kann in den nächsten fünf Minuten tot sein. Was ein guter Grund ist, die Liebe zu meiden, schließlich wäre es unhöflich, eine arme Frau zur Witwe zu machen.«

»Wenn du das so siehst, dann ist dir nicht zu helfen.«

»Setz dich her zu mir, Maya. Ein sterbender alter Mann und ein hübsches Mädchen werden jetzt zusammen atmen. Sofern du es schaffst, eine Weile den Mund zu halten, versteht sich.«

Das taten wir, bis es dunkel war. Und mein Pop leistete uns Gesellschaft.

Mit dem Tod meines Großvaters verlor ich meine Familie und jede Orientierung: Mein Vater lebte in der Luft, Susan wurde mit Alvy in den Irak geschickt, um

Bomben aufzuspüren, und meine Nini saß da und weinte um ihren Mann. Nicht mal Hunde hatten wir. Susan hatte oft trächtige Hündinnen mitgebracht, die dann geblieben waren, bis die Welpen drei, vier Monate alt waren und sie mit dem Training beginnen konnte; es war immer ein Drama gewesen, wenn man sie zu sehr ins Herz schloss. Die kleinen Hunde wären mir ein Trost gewesen, als meine Familie zerbrach. Ohne Alvy und ohne Welpen war da niemand, mit dem ich meinen Kummer hätte teilen können.

Mein Vater hatte Affären mit anderen Frauen und hinterließ dabei beeindruckend viele Spuren, als bettelte er darum, dass Susan es herausfand. Mit seinen einundvierzig Jahren versuchte er wie dreißig auszusehen, gab ein Vermögen für seine Frisur und lässige Klamotten aus, stemmte Gewichte und legte sich auf die Sonnenbank. Er sah besser aus denn je, die grauen Haare an den Schläfen gaben ihm etwas Distinguiertes. Susan dagegen hatte genug davon, auf einen Ehemann zu warten, der nie vollständig landete, immer auf dem Sprung war oder am Handy flüsternd mit anderen Frauen sprach, und überließ sich dem Altersverschleiß, wurde dicker, zog sich an wie ein Mann, trug billige Brillen, die sie im Dutzend im Drogeriemarkt kaufte. Sie ergriff die Chance, in den Irak zu gehen, und floh aus ihrer demütigenden Ehe. Die Trennung war für beide eine Erleichterung.

Meine Großeltern hatten sich aufrichtig geliebt. Was

1976 zwischen der Exilchilenin, die auf gepackten Koffern saß, und dem amerikanischen Astronomen, der auf Vortragsreise in Toronto war, begonnen hatte, war auch drei Jahrzehnte später noch unverbraucht. Als mein Pop starb, wusste meine Nini nicht ein noch aus, sie war nicht mehr sie selbst. Außerdem hatte sie kein Geld, weil die Krankheit binnen weniger Monate ihr Erspartes aufgefressen hatte. Sie bekam zwar die Pension ihres Mannes, konnte damit aber das ruderlose Schlachtschiff, zu dem ihr Haus geworden war, nicht unterhalten. Von einem Tag auf den anderen und ohne mich vorzuwarnen, vermietete sie das Haus an einen indischen Geschäftsmann, der es mit Verwandten und mit Waren füllte, und zog selbst in ein Zimmer über der Garage meines Vaters. Sie trennte sich vom größten Teil ihrer Habe, behielt nur die Liebesbotschaften, die ihr Mann ihr in den Jahren des Zusammenseins hier und da auf Zettelchen hinterlassen hatte, nahm meine Zeichnungen mit, meine Gedichte und Zeugnisse und die Fotoalben, die von dem Glück zeugten, das sie mit Paul Ditson II erlebt hatte. Die Villa aufzugeben, in der sie so rundum geliebt worden war, war wie ein zweiter Tod. Für mich war es der Gnadenstoß, jetzt hatte ich alles verloren.

Meine Nini war völlig in ihrer Trauer verkapselt, wir lebten unter einem Dach, aber sie sah mich nicht. Noch ein Jahr zuvor hatte sie jugendlich gewirkt, war voller Elan, fröhlich und aufdringlich gewesen, mit wilden Haaren, Jesuslatschen und langen Röcken, war immer beschäftigt, half Gott und der Welt, sprühte vor Einfallsreichtum; jetzt war sie eine ältliche Witwe mit gebrochenem Herzen. Sie hielt die Urne mit der Asche ihres Mannes umklammert und sagte zu mir, das Herz sei wie Glas, es zerspringe manchmal lautlos, manchmal berste es klirrend in tausend Stücke. Ohne es selbst zu merken, entfernte sie Stück um Stück die Farben aus ihrer Garderobe und endete in strengem Schwarz, färbte sich das Haar nicht mehr und sah zehn Jahre älter aus. Sie rückte von ihren Freunden ab, selbst von Schneewittchen, der sie für keine Protestaktion gegen die Bush-Regierung interessieren konnte, obwohl die Möglichkeit lockte, verhaftet zu werden, was früher unwiderstehlich für sie gewesen war. Jetzt spielte sie Katz-und-Maus mit dem Tod.

Mein Vater überschlug, was meine Nini an Schlafmitteln nahm, wie oft sie mit ihrem VW irgendwo dagegen fuhr, den Gasherd nicht abdrehte und wie vom Blitz getroffen zusammenbrach, griff aber erst ein, als er sie dabei ertappte, dass sie das bisschen Geld, das ihr geblieben war, dafür ausgab, in Kontakt mit ihrem verstorbenen Ehemann zu treten. Er fuhr ihr nach Oakland nach und holte sie aus dem mit Sternbildern bemalten Trailer einer Seherin, die gegen gutes Geld eine Verbindung zwischen Hinterbliebenen und ihren Toten herstellte, einerlei ob Angehörigen oder Haustieren. Meine Nini ließ sich zu einem Psychiater bringen, der mit zwei Sitzungen in der Woche begann und sie mit Pillen vollstopfte. Sie »bewältigte« ihre Trauer nicht und weinte weiter um meinen Pop, wurde die lähmende Schwermut aber los, in der sie versunken gewesen war.

Nach und nach kroch meine Nini aus ihrem Bau über der Garage zurück in die Welt, wo sie überrascht feststellte, dass die nicht stehengeblieben war. Binnen kurzer Zeit war der Name Paul Ditson II wie ausgelöscht, nicht einmal ihre Enkelin sprach mehr von ihm. Ich hatte mich wie ein Käfer unter einen Panzer zurückgezogen und ließ niemanden an mich heran. Ich wurde zu einer Fremden, trotzig, mürrisch, gab keine Antwort, wenn man mit mir sprach, fegte durch die Wohnung wie eine Windbö, half nicht im Haushalt und machte mich bei der geringsten Kritik türenschlagend davon. Laut dem Psychiater meiner Nini litt ich unter dem Heranwachsen und hatte außerdem eine Depression, deshalb riet er ihr, mich bei einer Gruppe für trauernde Jugendliche anzumelden, aber ich wollte nichts davon wissen. In den dunkelsten Nächten, wenn meine Verzweiflung am größten war, spürte ich meinen Pop bei mir. Meine Traurigkeit beschwor ihn herauf.

Meine Nini hatte dreißig Jahre an der Brust ihres Mannes geschlafen und war vom gleichmäßigen Raunen seines Atems gewiegt worden; ihr Leben war sorgenfrei gewesen und wohlbehütet in der Wärme ihres fürsorglichen Ehemanns, der ihren Horoskopspleen, ihren Hippiestil, den politischen Extremismus und ihre fremdartigen Kochgewohnheiten liebenswert fand, der ihre Launen und sentimentalen Anwandlungen bereitwillig ertrug und auch ihre jähen Vorahnungen, derentwegen wir oft die schönsten Familienpläne über den Haufen warfen. Als sie am dringendsten Trost gebraucht hätte, war ihr Sohn nicht zur Hand, und ihre Enkelin war tobsüchtig geworden.

Da tauchte Mike O'Kelly wieder auf, der noch einmal am Rücken operiert worden war und Wochen in einer Rehaklinik verbracht hatte. »Du hast mich nicht einmal besucht, Nidia, nicht mal angerufen«, sagte er zur Begrüßung. Er hatte zehn Kilo abgenommen und sich einen Bart stehen lassen, fast hätte ich ihn nicht erkannt, er sah älter aus und nicht mehr wie der Sohn meiner Nini. »Was kann ich tun, damit du mir verzeihst, Mike?«, sagte sie, über seinen Rollstuhl gebeugt. »Back Kekse für meine Jungs.« Meine Nini musste sie allein backen, denn ich erklärte, ich hätte genug von Schneewittchens reuigen Kleinkriminellen und überhaupt würde mich dieses ganze Gutmenschengetue einen Scheiß interessieren. Meine Nini hob die Hand und wollte mir eine kleben, was ich übrigens verdient gehabt hätte, aber ich packte ihr Handgelenk und hielt es fest. »Schlag mich noch einmal, und du siehst mich nie wieder, verstanden?« Sie verstand.

O'Kellys Besuch war der Weckruf, den meine Großmutter gebraucht hatte, um auf die Füße zu kommen und einen Schritt nach vorn zu tun. Sie fing wieder in der Bibliothek an, obwohl ihr keine neuen Geschichten mehr einfielen und sie nur die alten wiederholte. Sie unternahm lange Wanderungen durch den Wald und besuchte das Zen-Zentrum. Ihr fehlt jedes Talent zur Gelassenheit, doch in der erzwungenen Ruhe der Meditation rief sie meinen Pop, und er kam und setzte sich wie ein sanfter Schemen zu ihr. Ein einziges Mal ging ich an einem Sonntag mit zu einer Zendo-Zeremonie und hörte mir missmutig eine Geschichte über Mönche an, die das Kloster fegen, von der ich rein gar nichts begriff. Als ich meine Nini da im Lotossitz zwischen kahlgeschorenen, in kürbisfarbene Tücher gehüllten Buddhisten sah, bekam ich eine Vorstellung davon, wie einsam sie war, aber mein Mitgefühl währte nur kurz. Schon als danach alle zusammen grünen Tee tranken und süße Vollkornteilchen aßen, hasste ich sie wieder, wie ich die ganze Welt hasste.

Keiner sah mich mehr weinen, nachdem wir meinen Pop eingeäschert hatten und seine Asche in einer Keramikurne ausgehändigt bekamen; ich erwähnte ihn mit keinem Wort und erzählte niemandem davon, dass er mir erschien.

Ich ging inzwischen auf die Berkeley High, die einzige staatliche Highschool der Stadt und eine der besten im Land, wenn auch mit fast dreieinhalbtausend Schülern zu groß. Etwa ein Drittel der Schüler waren Weiße, ein Drittel Schwarze und der Rest Latinos, Asiaten und Mischmasch. Als mein Pop die Berkeley High besuchte, war es dort zugegangen wie im Zoo, die Rektoren hatten nie länger als ein Jahr durchgehalten und dann erschöpft aufgegeben, aber zu meiner Zeit funktionierte der Lehrbetrieb vorbildlich; das Niveau der Schüler war sehr unterschiedlich, aber es ging gesittet zu, die Schule war sauber, abgesehen von den Toiletten, die am Ende des Tages ekelerregend waren, und der Rektor hatte seinen Posten schon seit fünf Jahren inne. Es hieß, er komme von einem anderen Stern, weil er so dickfellig war, dass nichts zu ihm durchdrang. Wir hatten Unterricht in Kunst, Musik, Theater, Sport, es gab Labore für die naturwissenschaftlichen Fächer, Sprachen, vergleichenden Religionsunterricht, Politik, Sozialprogramme, jede Menge AGs und einen erstklassigen Sexualkundeunterricht, der allen gleichermaßen zuteilwurde, auch fundamentalistischen Christen und Muslimen, die das nicht immer zu schätzen wussten. Meine Nini veröffentlichte einen Brief in *The Berkeley Daily Planet*, in dem sie vorschlug, die LSBTZ (Vereinigung der Lesben, Schwulen, Bi-, Transsexuellen und Zweifelnden) solle ihrem Namen ein H hinzufügen für die Hermaphroditen. So sahen die typischen Initiativen meiner Großmutter aus, die mich stets nervös machten, weil sie unweigerlich Fahrt aufnahmen, und am Ende gingen wir mit Mike O'Kelly dafür auf die Straße. Sie schaffte es immer, mich reinzuziehen.

Die motivierten Schüler blühten an der Berkeley High auf und wechselten von dort direkt an eine der renommierten Universitäten, wie mein Pop, der wegen seiner guten Noten, und weil er ein Ass im Baseball war, ein Stipendium für Harvard bekam. Die mittelmäßigen lavierten sich durch und versuchten nicht aufzufallen, und die schwachen wurden abgehängt oder in Sonderprogramme gesteckt. Die schwierigsten, die drogensüchtig waren oder zu einer Gang gehörten, flogen raus oder gingen von allein und landeten auf der Straße. In den ersten zwei Jahren war ich eine gute Schülerin und Sportlerin gewesen, aber binnen drei Monaten rutschte ich in die unterste Kategorie ab, meine Noten wurden katastrophal, ich prügelte mich, klaute, kiffte und schlief im Unterricht. Mein Geschichtslehrer, Mr Harper, wandte sich besorgt an meinen Vater, der nichts tun konnte, außer mir einen erbaulichen Vortrag zu halten, und schickte mich zum Gesundheitsdienst, wo ich ein paar Fragen beantworten musste und man, da ich offenbar nicht magersüchtig war und nicht versucht hatte, mich umzubringen, dann wieder von mir abließ.

Berkeley High ist eine offene Campus-Schule mitten in der Stadt, und man konnte im Massenbetrieb leicht unbemerkt bleiben. Ich fing an, systematisch zu schwänzen, verließ die Schule zum Mittagessen und kam nachmittags nicht zurück. Wir hatten eine Cafeteria, in die gingen bloß Langweiler, es war nicht cool, dort gesehen zu werden. Meine Nini war gegen die Hamburger und Pizzas, die es im Viertel um die Schule gab, und wollte unbedingt, dass ich in der Cafeteria aß, die schmackhafte und preiswerte Vollwertkost anbot, aber ich ließ mir nichts vorschreiben. Wie die anderen ging ich auf einen Platz in der Nähe, der bei uns »Park« hieß, nur fünfzig Meter von der Polizeiwache entfernt lag und seine eigenen Gesetze hatte. Eltern beschwerten sich wegen der Drogen und dem Rumhängen im Park, in der Presse erschienen Artikel dazu, die Polizei ging Streife, griff aber nicht ein, und die Lehrer wuschen ihre Hände in Unschuld, weil der Park nicht zum Schulgelände gehörte.

Im Park teilten sich die Grüppchen nach sozialer Herkunft und Hautfarbe auf. Die Kiffer und die Skater hatten ihren Bereich, die Weißen hingen zusammen ab, die Latino-Gangs hielten sich am Rand und verteidigten ihr eingebildetes Terrain mit ritualisierten Drohgebärden, und in der Mitte standen die Dealer herum. In einer Ecke trafen sich die Stipendiaten aus dem Jemen, die bekannt geworden waren, weil ein paar afroamerikanische Jungs mit Baseballschlägern und Messern auf sie losgegangen waren. Eine andere Ecke gehörte Stuart Peel, der immer allein blieb, weil er ein zwölfjähriges Mädchen dazu gebracht hatte, über den Highway zu rennen; sie war von zwei oder drei Autos erfasst worden, hatte überlebt, war aber verkrüppelt und entstellt, und für den schlechten Scherz strafte man Stuart jetzt mit Verachtung: Keiner sprach mehr ein Wort mit ihm. Zwischen den Schülern hingen die »Gossenpunks« herum, mit grünen Haaren, gepierct und tätowiert, ein paar Obdachlose mit vollgepackten Einkaufswagen und fetten Hunden, etliche Säufer, eine geistesgestörte Lady, die ständig ihren Hintern entblößte, und noch das eine oder andere Park-Faktotum.

Ein paar von den Schülern rauchten, tranken Alkohol aus Cola-Flaschen, spielten um Geld, ließen unter den Augen der Polizisten Joints und Pillentütchen rumgehen, aber die meisten aßen einfach zu Mittag und kehrten nach der dreiviertelstündigen Pause in die Schule zurück. Zu denen gehörte ich nicht, ich ging nur zum Unterricht, wenn ich mitbekommen musste, was wir gerade durchnahmen.

Nach Schulschluss gehörte die Innenstadt von Berkeley uns, wir zogen in Horden durch die Straßen, misstrauisch beäugt von Passanten und Geschäftsleuten, denen unser schlurfender Gang, die Handys und Kopfhörer, die Rucksäcke, Kaugummis, zerrissenen Jeans und der unverständliche Slang suspekt waren. Ich wollte wie alle anderen vor allem dazugehören und gemocht werden; es gab nichts Schlimmeres, als rausgekickt zu werden wie Stuart Peel. Aber in dem Jahr, als ich sechzehn wurde, fühlte ich mich anders, wie gemartert, lehnte mich auf und war wütend auf die Welt. Jetzt wollte ich nicht mehr in der Herde unbemerkt bleiben, sondern mich abheben; ich wollte nicht akzeptiert, sondern gefürchtet sein. Ich entfernte mich von meinen früheren Freunden oder sie sich von mir und schloss mich Sarah und Debbie an, den beiden Mädchen mit dem schlechtesten Ruf an der Schule, und das will was heißen, denn an der Berkeley High gab es einige Kandidatinnen für die Klapse. Wir drei brauchten sonst niemanden, vertrauten einander wie Schwestern, erzählten uns unsere geheimsten Träume, waren immer zusammen oder über Handy in Kontakt, redeten, teilten Klamotten, Schminkzeug, Geld, Essen, Drogen miteinander, konnten uns ein Leben ohne die anderen nicht vorstellen und dachten, unsere Freundschaft werde ewig halten und nichts und niemand könne sich je zwischen uns drängen.

Ich veränderte mich innerlich und äußerlich. Ich fühlte mich, als würde ich bersten, zu viel Fleisch an mir, zu wenig Knochen und Haut, mein Blut in Aufruhr, ich ertrug mich selbst nicht und fürchtete, eines Morgens wie in einem kafkaesken Albtraum als Ungeziefer zu erwachen. Akribisch untersuchte ich meine Mängel: Zähne zu groß, Beine zu kräftig, Segelohren, Haare schlaff, Nase zu kurz, fünf Mitesser, Fingernägel abgekaut, krummer Rücken, Haut zu weiß, alles zu groß und unbeholfen. Ich fühlte mich grauenvoll, konnte zwar für Momente erahnen, welche Macht in meinem erwachenden fraulichen Körper steckte, wusste aber nicht damit umzugehen. Es nervte mich, wenn Männer mich ansahen oder im Auto neben mir hielten und mich mitnehmen wollten, wenn meine Klassenkameraden mich anfassten oder sich ein anderer Lehrer als der untadelige Mr. Harper übermäßig für mein Benehmen oder meine Noten interessierte.

An der Schule gab es keine Frauenfußballmannschaft, ich trainierte im Verein, wo mich der Trainer einmal auf dem Platz Sit-ups machen ließ, bis alle anderen gegangen waren, mich dann hinterher in der Dusche am ganzen Körper befummelte, und, weil ich wie erstarrt war, wohl meinte, mir würde das gefallen. Ich schämte mich so, dass ich nur Sarah und Debbie davon erzählte, nahm ihnen das Versprechen ab, keinem was zu sagen, gab das Spielen auf und setzte nie mehr einen Fuß in den Verein.

Die Veränderungen an mir trafen mich unvorbereitet, wie wenn man auf dem Eis ausrutscht, ich bekam gar nicht mit, dass ich dabei war, mich auf die Fresse zu legen. Mit der Entschlossenheit einer Hypnotisierten steuerte ich in gefährliche Situationen hinein; es dauerte nicht lange, da führte ich ein Doppelleben, log erstaunlich geschickt und legte mich schreiend und Türen schlagend mit meiner Großmutter an, die als

Einzige im Haus noch etwas zu sagen hatte, seit Susan im Krieg war. Mein Vater war praktischerweise von der Bildfläche verschwunden, hatte wohl seine Flugstunden verdoppelt, damit er sich nicht mit mir anlegen musste.

Sarah, Debbie und ich entdeckten wie alle an unserer Schule die Internetpornographie, und wir ahmten die Gesten und Posen der Frauen nach, in meinem Fall mit zweifelhaftem Ergebnis, weil es einfach bloß lächerlich aussah. Meine Großmutter bekam Wind davon und startete einen verbalen Frontalangriff auf die Pornoindustrie, die die Frauen herabwürdige und benutze; nichts Neues für mich, sie und Mike O'Kelly hatten mich schon vor Jahren mit zu einer Demo gegen den *Playboy* genommen, als Hugh Hefner auf die dumme Idee gekommen war, Berkeley zu besuchen. Ich glaube, damals bin ich neun gewesen.

Meine Freundinnen waren meine Welt, nur sie konnten meine Gedanken und Gefühle nachempfinden, sahen die Dinge wie ich und verstanden mich, keiner sonst teilte unseren Humor und unsere Vorlieben. An der Berkeley High, das waren alles Kinder und wir davon überzeugt, dass niemand es im Leben so schwer hatte wie wir. Weil sie angeblich von ihrem Stiefvater vergewaltigt und geschlagen wurde, ließ Sarah zwanghaft Zeug in Geschäften mitgehen, während Debbie und ich Schmiere standen. In Wahrheit lebte Sarah allein mit ihrer Mutter und hatte nie einen

Stiefvater gehabt, doch war dieser eingebildete Psychopath in unseren Gesprächen präsent, als wäre er aus Fleisch und Blut. Sarah sah aus wie eine Heuschrecke, bestand nur aus Ellbogen, Knien, Schlüsselbeinen und anderen vorstehenden Knochen, lief mit Tüten voller Süßigkeiten herum, die sie hinunterschlang, und rannte dann aufs nächste Klo, um sich den Finger in den Hals zu stecken. Sie war so untergewichtig, dass ihr ständig schwarz vor Augen wurde und sie nach Tod roch, wog siebenunddreißig Kilo, acht mehr als mein vollbepackter Schulrucksack, und sie hatte vor, auf fünfundzwanzig zu kommen und restlos zu verschwinden. Debbie wiederum wurde zu Hause wirklich geschlagen und war von einem Onkel vergewaltigt worden, stand auf Horrorfilme und fühlte sich krankhaft zu allem hingezogen, was mit dem Jenseits zu tun hatte, Zombies, Voodoo, Graf Dracula und Dämonen, die in Menschen fuhren; sie kaufte sich *Der Exorzist*, einen uralten Film, den wir dauernd mit ihr sehen mussten, weil sie allein zu viel Schiss hatte. Sarah und ich übernahmen ihren Gothic-Style, alles schwarz, selbst der Nagellack, dazu leichenblasses Make-up, Schlüssel, Kreuze und Totenkopfanhänger und den trägen Zynismus der Hollywoodvampire, der uns den Spitznamen eintrug: die Vampire.

Wir drei hatten einen Straftaten-Wettbewerb am Laufen. Für alles, bei dem wir nicht erwischt wurden, gab es Punkte, hauptsächlich für Sachbeschädigung, den Verkauf von Gras, Ecstasy, LSD und geklauten Medikamenten, Graffitis an den Schulwänden, gefälschte Schecks und Ladendiebstahl. Wir schrieben alles auf, zählten am Ende des Monats die Punkte zusammen, und die Siegerin bekam eine Flasche KU:L-Wodka, billig und hochprozentig, ein polnischer Fusel, mit dem man auch Ölfarbe verdünnen konnte. Meine Freundinnen prahlten mit ihren vielen Jungs, mit Geschlechtskrankheiten und Abtreibungen, auch wenn ich in der Zeit, die wir zusammen waren, nie wirklich was davon mitbekam. Meine Prüderie war mir trotzdem peinlich, deshalb beeilte ich mich, meine Jungfräulichkeit loszuwerden und machte es mit Rick Laredo, der dumpfsten Dumpfbacke des Planeten.

Ich habe mich sehr anpassungsfähig und freundlich in Manuels Alltag eingefügt, meine Großmutter würde Augen machen. Sie hält mich nach wie vor für einen verdammten Mistkäfer, was je nach Tonfall vorwurfsvoll oder zärtlich gemeint sein kann, wobei die Vorwürfe bei weitem überwiegen. Sie weiß nicht, wie sehr ich mich verändert habe, ich bin ein Goldschatz geworden. »Aus Schaden wird man klug« ist auch eins ihrer gern benutzten Sprichwörter, das in meinem Fall sogar stimmt.

Um sieben am Morgen schürt Manuel das Feuer im Ofen, um Wasser für die Dusche und die Handtücher anzuwärmen, danach bringen Eduvigis oder Azucena uns für ein phantastisches Frühstück frische Eier von ihren Hühnern, Brot aus ihrem Ofen und Milch von ihrer Kuh, noch schaumig und warm. Die Milch hat einen sehr eigenen Geruch, den ich erst abstoßend fand, inzwischen aber liebe; sie riecht nach Stall, Heu und frischem Mist. Eduvigis sähe es gern, wenn ich im Bett frühstückte »wie ein Fräulein«, das ist in Chile in manchen Häusern noch üblich, in denen es »Nanas« gibt, wie die Hausangestellten hier heißen, aber ich tue das nur sonntags, wenn ich spät aufstehe, weil da ihr Enkel Juanito mitkommt und wir zusammen im Bett lesen, mit Fákin am Fußende. Den ersten Band von *Harry Potter* haben wir schon zur Hälfte durch.

Nachmittags jogge ich nach meiner Arbeit für Manuel ins Dorf; die Leute gucken ein bisschen, und mehr als einmal bin ich schon gefragt worden, wohin ich so eilig will. Ich muss was tun, oder ich werde kugelrund, beim Essen hole ich alles nach, was ich im letzten Jahr ausgelassen habe. Das Essen hier hat viel zu viele Kohlenhydrate, trotzdem ist niemand fettleibig, was an der körperlichen Betätigung liegen muss, man ist hier viel in Bewegung. Azucena Corrales ist für ihre dreizehn Jahre ein bisschen pummelig, will aber nicht mit mir laufen, weil sie meint, es sei ihr peinlich, »was die Leute sagen«. Sie ist ziemlich einsam hier, Gleichaltrige gibt es kaum, bloß ein paar Jungs, die zum Fischen rausfahren, ein halbes Dutzend gelangweilter Kiffer und den Jungen vom Internetcafé mit dem löslichen Kaffee und der launischen Internetverbindung, in das ich so wenig wie möglich gehe, um nicht in Versuchung zu geraten und E-Mails zu schreiben. Doña Lucinda und ich sind die Einzigen auf der Insel, die ohne Kontakt zur Außenwelt leben, sie wegen ihres hohen Alters und ich, weil ich auf der Flucht bin. Alle anderen im Dorf haben ein Handy und nutzen die Computer im Internetcafé.

Ich langweile mich nicht. Was mich überrascht, weil ich mich früher sogar bei Action-Filmen gelangweilt habe. Ich habe mich an die leeren Stunden gewöhnt, an die langen Tage, ans Nichtstun. Ich brauche sehr wenig zum Zeitvertreib, habe meine Arbeitsroutine mit Manuel, die Schundromane von Tía Blanca, bekomme Besuch von den Nachbarn und den Kindern, die unbeaufsichtigt im Pulk umherziehen. Am liebsten mag ich Juanito, der aussieht wie eine Puppe: ein schmächtiger Jungenkörper, ein großer Kopf und schwarze Augen, die alles sehen. Man hält ihn für dumm, weil er kaum redet, dabei ist er sehr klug; er hat bloß früh gemerkt, dass es keinen interessiert, was man sagt, deshalb sagt er nichts. Ich spiele mit den Jungs Fußball, aber die Mädchen konnte ich bislang nicht begeistern, was daran liegt, dass die Jungs nicht mit ihnen spielen wollen, aber auch daran, dass man hier noch nie eine Frauenfußballmannschaft gesehen hat. Wenn es nach Tía Blanca und mir geht, dann wird sich das ändern, wir kümmern uns darum, sobald im

März die Schule wieder losgeht und die Kinder uns nicht entwischen können.

Die Türen der Dorfbewohner stehen mir offen, also im übertragenen Sinn, de facto stehen ihre Türen sowieso offen. Mein Spanisch ist viel besser geworden, ich kann mich jetzt unterhalten, wenn auch noch etwas holprig. Der Dialekt hier ist nicht leicht zu verstehen, und es kommen Wörter und grammatikalische Wendungen vor, die man in keinem geschriebenen Text findet und die sich laut Manuel aus einem altertümlichen Spanisch erhalten haben, weil Chiloé lange Zeit vom Rest des Landes abgeschnitten war. Chile wurde im Jahr 1810 unabhängig von Spanien, Chiloé aber erst sechzehn Jahre später, es war das letzte spanische Territorium im Süden des Kontinents.

Manuel hatte mich gewarnt, die Leute hier seien schwer zugänglich, aber ich habe sie anders erlebt: Zu mir sind sie sehr freundlich. Sie bitten mich herein, wir sitzen zusammen am Ofen, plaudern und trinken Mate, einen bitteren grünen Kräutertee, der in kleinen Kalebassen immer frisch aufgegossen und herumgereicht wird, wobei alle denselben Trinkhalm benutzen. Sie erzählen mir von ihren Krankheiten und von den Krankheiten ihrer Pflanzen, die vom Neid der Nachbarn verursacht sein können. Zwischen einigen Familien herrscht Streit, weil geraunt oder vermutet wird, die einen hätten bei den anderen etwas verhext; mir ist unbegreiflich, wie man hier dauerhaft miteinander im Clinch liegen kann, wir leben ja mit nur ungefähr dreihundert Leuten auf engem Raum wie die Hühner im Stall. Es lässt sich nichts geheim halten, das Dorf ist wie eine große Familie mit ihren Verwerfungen, ihrem Groll und der Notwendigkeit, zusammenzuleben und einander beizustehen, wenn es sein muss.

Wir reden über Kartoffeln – es gibt endlos viele Sorten oder »Qualitäten«, rote, violette, schwarze, weiße, gelbe, runde, längliche und so weiter – und darüber, dass man sie bei abnehmendem Mond setzt und nie an einem Sonntag, dass man Gott dankt, wenn man die erste setzt und die erste erntet, und dass man sie besingt, während sie in der Erde schlummern. Doña Lucinda, die nach allgemeiner Berechnung hundertneun sein muss, ist eine von den Sängerinnen, die Liebeslieder auf die Kartoffel singt: »Chiloé, du musst deine Kartoffel hüten, hüten musst du sie, Chiloé, sonst kommt einer von anderswo und nimmt sie dir, Chiloé.« Die Leute klagen über die Lachsfarmen, die hier kräftig Schaden angerichtet haben, und über die Regierung, die viel verspricht und wenig hält, aber alle sagen, Michelle Bachelet sei besser als alle Präsidenten vor ihr, obwohl sie eine Frau ist – nobody is perfect.

Manuel ist weit davon entfernt, perfekt zu sein; er ist spröde, mürrisch, hat nicht so einen Bauch zum Ankuscheln und keinen poetischen Blick auf das Universum oder in die Herzen der Menschen wie mein Pop, aber ich muss zugeben, ich habe ihn gern. Ich habe ihn genauso gern wie Fákin, und das, obwohl er sich kein bisschen anstrengt, um von anderen gemocht zu werden. Seine größte Macke ist sein Ordnungswahn, im Haus sieht es aus wie in einer Militärkaserne, manchmal lasse ich absichtlich etwas herumliegen oder spüle die Teller in der Küche nicht gleich ab, damit er lernt, sich mal ein bisschen locker zu machen. Wir streiten uns nicht richtig, sind aber schon ein paarmal aneinandergeraten. Heute hatte ich zum Beispiel nichts zum Anziehen, weil ich vergessen hatte, Eduvigis meine Wäsche mitzugeben, also nahm ich ein paar von Manuels Sachen, die zum Trocknen am Ofen hingen. Ich dachte, wenn andere hier alles Mögliche mitnehmen können, kann ich mir auch etwas ausleihen, das er gerade nicht benutzt.

»Das nächste Mal fragst du mich bitte, bevor du meine Unterhosen anziehst«, sagte er in einem Tonfall, der mir nicht gefiel.

»Sei doch nicht so kleinkariert, Manuel! Man könnte ja meinen, du hast keine anderen«, gab ich in einem Tonfall zurück, der ihm vielleicht nicht gefiel.

»Ich nehme nie was von dir, Maya.«

»Weil ich nichts habe! Hier hast du deine blöde Unterhose wieder!« Und ich machte Anstalten, meine Hose auszuziehen, um sie ihm zurückzugeben, aber er hielt mich entsetzt zurück.

»Nein, nein! Ich schenk sie dir, Maya.«

Da brach ich völlig idiotisch in Tränen aus. Natürlich nicht wegen der blöden Unterhose, weiß der Himmel, wieso ich heulen musste, vielleicht weil ich meine Tage kriege oder weil ich gestern Nacht daran gedacht habe, wie mein Pop gestorben ist, und den ganzen Tag schon traurig war. Mein Pop hätte mich in den Arm genommen, und zwei Minuten später hätten wir zusammen gelacht, aber Manuel fing an herumzutigern, kratzte sich am Kopf und trat gegen die Möbel, als hätte er noch nie im Leben jemanden flennen sehen. Schließlich kam ihm die brillante Idee, mir einen löslichen Kaffee mit Kondensmilch zu machen; das brachte mich ein bisschen runter, und wir konnten reden. Er sagte, ich solle versuchen, ihn zu verstehen, er habe seit zwanzig Jahren mit keiner Frau unter einem Dach gelebt, habe seine eingefleischten Gewohnheiten, Ordnung sei wichtig auf so engem Raum, und das Zusammenleben einfacher, wenn wir die Unterwäsche des jeweils anderen respektierten. Der Ärmste.

»Hör mal, Manuel, ich verstehe eine Menge von Psychologie, schließlich habe ich über ein Jahr unter Spinnern und Therapeuten gelebt. Dein Fall ist sonnenklar, und ich kann dir sagen, was du hast, ist Angst.«

»Und wovor?« Er lächelte.

»Weiß ich nicht, kann ich aber rausfinden. Wenn ich es dir sage: Das mit der Ordnung und dem Raum sind Anzeichen für eine Neurose. Was für ein Aufstand wegen einer jämmerlichen Unterhose! Wenn dagegen irgendwer deine Anlage mitnimmt, zuckst du nicht mit der Wimper. Du versuchst alles zu kontrollieren, vor allem deine Gefühle, damit du dich sicher fühlst, dabei weiß jeder Depp, dass es auf dieser Welt keine Sicherheit gibt, Manuel.«

»Aha. Interessant …«

»Nach außen tust du gelassen und distanziert wie Siddhartha, aber mir machst du nichts vor. Ich weiß, in dir sieht's übel aus. Siddhartha kennst du, oder? Buddha.«

»Ja, sicher. Buddha.«

»Lach nicht. Die Leute halten dich für weise und meinen, du hättest inneren Frieden oder sonst was gefunden. Bei Tag bist du die Ruhe und Ausgeglichenheit in Person, wie Siddhartha eben, aber ich höre dich nachts, Manuel. Du schreist und wimmerst im Schlaf. Was gibt es da so Schreckliches, das keiner wissen soll?«

Bis dahin und nicht weiter ging unsere Therapiesitzung. Er setzte seine Mütze auf, zog die Jacke an, pfiff Fákin zu sich, und ging mit ihm spazieren, fuhr mit dem Boot raus oder beklagte sich bei Blanca über mich. Er kam sehr spät zurück. Ich fürchte mich zu Tode, wenn ich nachts allein in diesem Haus voller Fledermäuse bin!

Das Alter scheint mir wie die Wolken nicht scharf umrissen und wechselhaft. Manchmal sieht man Manuel die Jahre an, die er auf dem Buckel hat, dann wieder kann ich, je nachdem, wie das Licht und sein Gemütszustand sind, den jungen Mann erkennen, der nach wie vor in seiner Haut steckt. Wenn er sich im kalten bläulichen Bildschirmlicht über die Tastatur beugt, wirkt er sehr betagt, am Steuer seines Bootes dagegen wie fünfzig. Als ich herkam, sah ich seine Falten, die Tränensäcke und rotgeränderten Augen, die Adern auf seinen Händen, die Flecken auf seinen Zähnen, die Knochen in seinem Gesicht, wie mit dem Meißel herausgehauen, die müde Geste, wenn er seine Brille abnimmt und sich die Lider reibt, und ich hörte, wie er morgens hustete und sich räusperte, aber all das fällt mir inzwischen weniger auf als seine unaufdringliche Männlichkeit. Er ist attraktiv. Blanca würde mir sicher recht geben, jedenfalls sieht sie ihn so an. Himmel, ich habe gerade geschrieben, dass Manuel attraktiv ist! Er ist älter als die Pyramiden! Ich muss mir in Las Vegas das Hirn weggeballert haben, anders ist das nicht zu erklären.

Meine Nini sagt, an Frauen seien die Hüften besonders sexy, weil man an denen die Gebärfähigkeit erkennt, und bei Männern die Arme, weil die zeigen, ob einer arbeiten kann. Keine Ahnung, wo sie diese Theorie ausgegraben hat, aber ich muss sagen, Manuels Arme sind wirklich sexy. Nicht so muskulös wie bei einem jungen Mann, aber stark, mit kräftigen Handgelenken und großen Händen, wie man sie bei einem Schriftsteller nicht erwarten würde, eher bei einem Seemann oder Bauarbeiter, mit rissiger Haut und Nägeln, die schwarz sind von Motoröl, Diesel, Brennholz, Erde. Diese Hände schneiden Tomaten und Koriander und häuten sehr sorgsam einen Fisch. Ich kann ihn nur verstohlen betrachten, weil er mich etwas auf Abstand hält, wahrscheinlich hat er Angst vor mir, aber von hinten habe ich ihn gründlich studiert. Ich würde gern sein drahtiges Haar anfassen und meine Nase in dieser Mulde vergraben, die er, wie wir alle vermutlich, dort hat, wo sein Nacken entspringt. Wie er wohl riecht? Er raucht nicht und benutzt kein Rasierwasser wie mein Pop, den ich immer zuerst am Duft wahrnehme, wenn er mich besucht. Manuels Kleider riechen wie meine und wie alles hier im Haus: nach Wolle, Holz, Katzen, Rauch aus dem Ofen.

Wenn ich von Manuel etwas über seine Vergangenheit oder seine Gefühle erfahren will, wehrt er ab, aber Tía Blanca hat mir ein bisschen erzählt, und über anderes bin ich gestolpert, als ich Unterlagen in seinen Ordnern abgeheftet habe. Er ist nicht nur Anthropologe, sondern auch Soziologe, wobei mir der Unterschied nicht ganz klar ist, aber vielleicht ist das der Grund, warum er sich so für die Kultur der Menschen von Chiloé interessiert. Seine Begeisterung ist ansteckend. Ich arbeite gern mit ihm, reise gern mit ihm zu anderen Inseln, lebe gern in seinem Haus und gern mit ihm zusammen. Ich lerne viel; als ich nach Chiloé kam, war mein Kopf hohl und leer, aber in der kurzen Zeit hier ist schon einiges hineingekommen.

Von Blanca Schnake lerne ich auch eine Menge. Ihr Wort ist hier auf der Insel Gesetz, sie hat mehr zu sagen als die beiden Polizisten von der Wache. Als Kind war sie bei den Nonnen im Internat, danach hat sie eine Weile in Europa gelebt und Pädagogik studiert, sie ist geschieden und hat zwei Töchter, eine lebt in Santiago und die andere mit Mann und zwei Kindern in Florida. Auf den Fotos, die sie mir gezeigt hat, sehen ihre Töchter aus wie Mannequins und ihre Enkelkinder wie Engelchen. Blanca hat eine Oberschule in Santiago geleitet und vor einigen Jahren um ihre Versetzung nach Chiloé gebeten, weil sie in der Nähe ihres Vaters in Castro sein wollte, hat aber nur den Posten auf diesem unbedeutenden Eiland bekommen. Eduvigis sagt, Blanca hatte Brustkrebs und ist von einer Machi geheilt worden, aber Manuel hat mich aufgeklärt, dass man ihr erst beide Brüste entfernt und sie eine Chemotherapie gemacht hat; vorerst ist der Krebs weg. Sie wohnt hinter der Schule, im besten Haus im Dorf, frisch renoviert und vergrößert, ein Geschenk ihres Vaters, der es aus der Portokasse bezahlt hat. Am Wochenende fährt sie ihn immer besuchen.

Don Lionel Schnake gilt in Chiloé als bedeutende Persönlichkeit und wird sehr geliebt, weil er anscheinend grenzenlos spendabel ist. »Je mehr mein Vater verschenkt, desto besser laufen seine Geschäfte, deshalb habe ich kein schlechtes Gewissen, ihn um etwas zu bitten«, erklärte mir Blanca. Die Allende-Regierung hatte 1971 im Zuge der Agrarreform die Familie Schnake enteignet und ihre Ländereien in Osorno an die Bauern gegeben, die dort seit Jahrzehnten lebten und arbeiteten. Don Lionel verschwendete seine Kräfte nicht wie andere mit politischen Hasstiraden und Sabotageakten, sondern hielt nach neuen Möglichkeiten und Horizonten Ausschau. Er fühlte sich jung und konnte noch einmal von vorn anfangen. Also zog er nach Chiloé und baute einen Handel mit Fisch und Meeresfrüchten auf, der die besten Restaurants in Santiago beliefert. Das Unternehmen überstand alle politischen und ökonomischen Wirren und später auch die Konkurrenz der japanischen Fangflotten und der Lachsfarmen. 1976 gab die Militärregierung Don Lionel seine Ländereien zurück, er überließ es seinen Söhnen, sie wieder auf Vordermann zu bringen, und blieb selbst in Chiloé, denn er hatte gerade seinen ersten Herzinfarkt überstanden und meinte, es wäre gut für ihn, sich dem gemächlichen Tempo hier anzupassen. »Nach fünfundachtzig nicht schlecht gelebten

Jahren läuft mein Herz besser als ein Schweizer Uhrwerk«, sagte er am Sonntag zu mir, als Blanca mich mitnahm, damit ich ihn kennenlerne.

Als Don Lionel hörte, ich sei »die Gringuita von Manuel Arias«, drückte er mich fest an seine Brust. »Sag dem undankbaren Kommunisten, er soll mich mal besuchen, das letzte Mal war er Neujahr da, und hier wartet eine Flasche vom besten Brandy Gran Reserva auf ihn.« Er ist ein rotgesichtiger Patriarch mit mächtigem Schnauzbart und vier schlohweißen Haarsträhnen auf dem Schädel; ein dickbauchiger, raumfüllender Lebemann, der lauthals über die eigenen Witze lacht und jeden, der vorbeikommt, an seinen Tisch einlädt. So stelle ich mir den Millalobo vor, den Unterwasserkönig, der Jungfrauen in sein Reich auf dem Meeresgrund entführt. Der Millalobo mit dem deutschen Nachnamen behauptet, er sei ein Opfer der Frauen im Allgemeinen – »Ich kann diesen bezaubernden Geschöpfen nichts abschlagen!« – und seiner Tochter im Besonderen, weil die ihn ausnehme. »Blanca ist zudringlicher als jeder Chilote, ständig bettelt sie mich wegen der Schule an. Weiß du, was sie neulich von mir wollte? Kondome! Das fehlt in diesem Land gerade noch: Kondome für die Kinder!«, erzählte er mir prustend vor Lachen.

Don Lionel ist nicht der Einzige, der vor Blanca die Waffen streckt. Auf ihren Wunsch hin versammelten sich über zwanzig Freiwillige zum Renovieren und

Streichen des Schulgebäudes; *minga* nennt man das hier, wenn sich die Leute zusammentun und unentgeltlich eine Arbeit erledigen, weil sie wissen, dass sie auch selbst Hilfe bekommen, wenn sie welche brauchen. Dieses Geben und Nehmen wird hier heilig gehalten: Heute bist du an der Reihe, morgen ich. Das funktioniert bei der Kartoffelernte, wenn ein Dach neu gedeckt werden muss und man die Netze flickt; oder wenn Manuel einen Kühlschrank transportieren muss.

Rick Laredo hatte die Highschool vorzeitig verlassen und hing mit ein paar anderen auf der Straße rum, verkaufte Drogen an Kinder, klaute Kleinkram und kam mittags im Park vorbei, um seine ehemaligen Klassenkameraden von der Berkeley High zu treffen und ihnen möglichst irgendwas zu verticken. Er hätte das zwar niemals zugegeben, wäre aber gern wieder in die Schülerherde aufgenommen worden, aus der er vertrieben worden war, weil er Mr. Harper den Lauf seiner Pistole ans Ohr gehalten hatte. Ehrlich gesagt, war Mr. Harper noch viel zu nett zu ihm gewesen, er setzte sich sogar für seinen Verbleib an der Schule ein, aber Laredo schaufelte sich sein eigenes Grab, indem er den Rektor und die Mitglieder der Ausschlusskonferenz beschimpfte. Rick Laredo verwandte viel Mühe auf sein Äußeres, trug blitzsaubere weiße Sneakers, Tanktops, die seine Muskeln und Tattoos zur Geltung brachten, schmierte sich Gel ins Haar, dass es aussah wie ein Stachelschweinrücken, und trug solche Unmengen von Ketten und Armbändern, dass man ihn mit einem starken Magneten hätte außer Gefecht setzen können. Seine Jeans waren extra weit und hingen irgendwo unten, deshalb hatte er einen Gang wie ein Schimpanse. Er war so ein kleines Licht, dass sich weder die Polizei noch Mike O'Kelly für ihn interessierten.

Als ich beschloss, meiner Jungfräulichkeit ein Ende zu setzen, bestellte ich Laredo ohne weitere Erklärung ins Parkhaus eines Kinos, das um die Uhrzeit wie ausgestorben war, weil noch keine Vorstellung lief. Ich sah schon von weitem, wie er da mit seinem schwankenden Angeberschritt auf und ab ging, mit einer Hand seine Hose festhielt, die aussah, als trüge er eine Windel darunter, und mit der anderen Hand rauchte, was alles aufgeregt und hibbelig wirkte, aber als ich näher kam, tat er gleichgültig, wie sich das für einen Macker von seinem Kaliber gehört. Er trat die Zigarette aus und musterte mich spöttisch von oben bis unten. »Nicht glotzen, machen, ich muss in zehn Minuten den Bus kriegen«, sagte ich, und begann meine Hose auszuziehen. Das wischte ihm das überhebliche Grinsen vom Gesicht; vermutlich hatte er irgendein Vorspiel erwartet. »Du hast mir schon immer gefallen, Maya Vidal«, sagte er. Wenigstens weiß der Trottel, wie ich heiße, dachte ich.

Laredo nahm mich am Arm und wollte mich küssen, aber ich drehte das Gesicht weg: Das war in meinem Plan nicht vorgesehen, und Laredos Atem roch nach Auspuff. Er wartete, bis ich meine Hose los war, dann presste er mich auf den Asphalt, kämpfte sich ein, zwei Minuten auf mir ab, drückte mir seine Ketten und Anhänger in die Brust, hatte bestimmt keine Ahnung, dass er es mit einer Anfängerin machte, und sackte danach auf mir zusammen wie ein totes Tier. Ich schüttelte ihn zornig ab, wischte mir mit dem Slip durch den Schritt, pfefferte ihn irgendwo hin, zog meine Hose an, nahm meinen Rucksack und rannte davon. Im Bus bemerkte ich den dunklen Fleck zwischen meinen Beinen und die Tränen, von denen meine Bluse feucht war.

Am nächsten Tag kreuzte Rick Laredo im Park mit einer Rap-CD und einem Tütchen Marihuana für »sein Mädchen« auf. Der Ärmste tat mir leid, und ich brachte es nicht über mich, ihn mit Hohn in die Wüste zu schicken, wie es sich für einen Vampir gehört hätte. Ich stahl mich aus Sarahs und Debbies Blickfeld und lud ihn auf ein Eis ein. In der Eisdiele kaufte ich für jeden eine Waffel mit drei Kugeln, Pistazie, Vanille und Malaga, und während wir die schleckten, bedankte ich mich für sein Interesse an mir und für den Gefallen, den er mir im Parkhaus getan hatte, und versuchte ihm begreiflich zu machen, dass er seine Chance gehabt hatte, aber die Botschaft drang nicht in sein Primatenhirn durch. Ich wurde Rick Laredo nicht los, bis ihn ein Unfall Monate später unerwartet aus meinem Leben tilgte.

Ich verließ morgens das Haus wie eine, die zur Schule geht, traf mich jedoch auf halber Strecke mit Sarah und Debbie in einem Starbucks, wo die Angestellten uns für ein bisschen Gefummel auf dem Klo einen Latte macchiato spendierten, staffierte mich als Vampir aus, und wir zogen herum, bis es nachmittags Zeit war, abgeschminkt und als brave Schülerin wieder nach Hause zu gehen. Die Freiheit währte einige Monate, bis meine Nini die Antidepressiva absetzte, unter die Lebenden zurückkehrte und Zeichen wahrzunehmen begann, die ihr zuvor wegen ihres nach innen gewandten Blicks entgangen waren: Aus ihrer Brieftasche verschwand Geld, die Zeiten, wenn ich aufkreuzte, passten zu keinem in der Welt der Bildungsanstalten bekannten Stundenplan, ich sah aus und benahm mich wie ein Flittchen, redete mich aus allem heraus und log sie an. Meine Kleider rochen unverkennbar nach Shit und mein Atem verdächtig nach Pfefferminzbonbons. Noch hatte sie nicht mitbekommen, dass ich den Unterricht schwänzte. Mr. Harper hatte einmal erfolglos mit meinem Vater geredet, kam aber nicht auf den Gedanken, meine Großmutter anzurufen. Ihre Versuche, mit mir ins Gespräch zu kommen, hatten gegen die laute Musik aus meinem Kopfhörer, gegen mein Handy, den Computer und das Fernsehen keine Chance.

Für das Wohlbefinden meiner Nini wäre es das Beste gewesen, sie hätte vor den Warnsignalen die Augen verschlossen und friedlich mit mir unter einem Dach gelebt, aber weil sie mich beschützen wollte und so lange darin geübt war, detektivische Rätsel in Kriminalromanen zu lösen, meinte sie, sie müsste Nachforschungen anstellen. Erst nahm sie sich meinen Kleiderschrank und die in meinem Handy gespeicherten Telefonnummern vor. In einer Handtasche fand sie Kondome und ein Tütchen mit zwei gelben Pillen mit Mitsubishi-Logo. Sie wusste nicht, was das war, steckte sie zerstreut in den Mund und erlebte fünfzehn Minuten später, wie sie wirkten. Ihr Blick und ihr Verstand trübten sich, ihre Zähne begannen zu klappern, ihr Körper fühlte sich wattig an, und sie spürte all ihren Kummer schwinden. Sie legte eine von ihren alten Platten auf und hüpfte dazu herum, wollte dann draußen frische Luft schnappen und tanzte dort weiter, während sie ihre Kleider auszog. Zwei Nachbarn sahen, wie sie hinfiel, kamen eilig angelaufen und deckten sie mit einem Handtuch zu. Als sie gerade einen Krankenwagen rufen wollten, kam ich nach Hause, erkannte die Symptome und ließ mir von den Nachbarn dabei helfen, meine Großmutter ins Haus zu schaffen.

Es gelang uns nicht, sie hochzuheben, sie wog plötzlich Tonnen, also zerrten wir sie aufs Sofa im Wohnzimmer. Dabei erklärte ich den beiden guten Samaritern, das sei alles halb so wild, meine Großmutter bekomme regelmäßig solche Anfälle und die würden von selber weggehen. Freundlich schob ich sie dann zur Tür hinaus, rannte den Kaffee vom Frühstück aufwärmen und holte eine Wolldecke, denn meine Nini zitterte wie Espenlaub. Im nächsten Moment schien sie zu glühen. In den kommenden drei Stunden packte ich sie abwechselnd in die Wolldecke und in kalte Umschläge, bis sich ihre Körpertemperatur stabilisiert hatte.

Es wurde eine lange Nacht. Am nächsten Morgen hatte meine Nini eine Laune wie ein k. o.-geschlagener Preisboxer, aber ihr Kopf war klar, und sie erinnerte sich an alles. Sie glaubte mir kein Wort davon, dass ich die Pillen für eine Freundin hätte aufheben sollen und selbst nicht wusste, dass es Ecstasy war. Was sie da erlebt hatte, spornte sie dazu an, die Lektionen aus dem Verbrecherclub endlich praktisch umzusetzen. Sie fand noch zehn Mitsubishi-Pillen zwischen meinen Schuhen und erfuhr von Mike O'Kelly, dass jede davon doppelt so viel kostete, wie ich in der Woche an Taschengeld bekam.

Meine Großmutter konnte leidlich mit dem Computer umgehen, weil sie in der Bibliothek daran arbeitete, war aber alles andere als eine Expertin. Deshalb wandte sie sich an Norman, einen Technikfreak, der mit sechsundzwanzig Jahren schon gebeugt und halb blind war, weil er von früh bis spät mit der Nase am Bildschirm hing. Mike O'Kelly greift bisweilen zu illegalen Zwecken auf ihn zurück. Wenn er seinen Jungs damit helfen kann, hat Schneewittchen noch nie Skrupel gehabt, heimlich die Computer von Strafverteidigern, Staatsanwälten, Richtern und Polizisten zu durchstöbern. Norman kommt überall rein, ohne die geringste Spur zu hinterlassen, wenn er wollte, könnte er sich sämtliche Dateien des Vatikans anschauen und jede Menge schlüpfrige Fotos von amerikanischen Kongressabgeordneten mit Prostituierten. Er müsste nicht mal das Zimmer im Haus seiner Mutter verlassen, könnte Leute erpressen, Bankkonten plündern und mit Aktienbetrug einen Reibach machen, aber ihm fehlt jede kriminelle Energie, sein diesbezügliches Interesse ist rein theoretisch.

Norman war nicht scharf darauf, seine kostbare Zeit an den Computer und das Handy einer sechzehnjährigen Göre zu verschwenden, knackte für meine Nini und Mike O'Kelly aber doch meine Passwörter, damit sie meine Mails lesen konnten, und stellte Dateien wieder her, die ich für endgültig gelöscht gehalten hatte. An einem einzigen Wochenende sammelten die beiden detektivischen Spürnasen genug Indizien, um die schlimmsten Befürchtungen meiner Nini zu bestätigen und ihr jeden Boden unter den Füßen wegzuziehen: Ihre Enkelin trank von Gin bis Hustensaft alles, was sie in die Finger bekam, sie kiffte, dealte mit Ecstasy, Acid und Beruhigungsmitteln, klaute Kreditkarten und hatte ein Geschäft der besonderen Art aufgezogen.

Die verwegene Idee dazu war mir gekommen, als ich im Fernsehen einen Bericht über FBI-Agenten sah, die sich im Internet als minderjährige Mädchen ausgeben, um Kinderschändern das Handwerk zu legen. Zusammen mit meinen Vampirfreundinnen wählte ich unter Hunderten ähnlicher Kontaktanzeigen im Netz eine aus:

> Vater sucht Tochter: Geschäftsmann, weiß, 54, väterlich, aufrichtig, liebevoll, sucht junges Mädchen jeder Hautfarbe, klein, niedlich, willig und freizügig in der Rolle der Tochter; mit deinem Papi Spaß haben, einfach und direkt, für eine Nacht oder länger, da kann der Papi sehr großzügig sein. Nur ernst gemeinte Antworten, keine Homosexuellen. Unbedingt mit Foto.

Wir schickten ihm eins von Debbie, der kleinsten von uns, mit dreizehn auf dem Fahrrad, und bestellten ihn in ein Hotel in Berkeley, das wir kannten, weil Sarah dort im Sommer gejobbt hatte.

Debbie tauschte die schwarzen Kleider und die Kadaverschminke gegen Schulmädchenrock, weiße Bluse, Kniestrümpfe und Bänder im Haar, kippte ein Glas Hochprozentigen gegen das Muffensausen und klopfte an die Tür des Hotelzimmers. Der Mann schien kurz verstimmt, weil sie älter war als auf dem Foto, konnte sich aber nicht beschweren, da er sich in der Anzeige selbst zehn Jahre jünger gemacht hatte. Er erklärte Debbie, ihre Rolle bestehe darin zu gehorchen, und seine, ihr zu sagen, was sie zu tun habe, und sie ein bisschen zu bestrafen, womit er ihr aber nicht wehtun, sondern ihr Betragen korrigieren wolle, was ja die Pflicht eines guten Vaters sei. Und was ist die Pflicht einer guten Tochter? Lieb sein zu Papi. Wie heißt du? Ach, das tut nichts zur Sache, für mich bist du Candy. Komm, Candy, setz dich zu mir, hier auf Papis Schoß, und erzähl mal, ob du heute Stuhlgang hattest, das ist sehr wichtig, mein Kleines, das A und O für die Gesundheit. Debbie sagte, sie habe Durst, und er bestellte beim Zimmerservice eine Limo und ein Sandwich. Während er ihr die Vorzüge von Einläufen erklärte, gewann sie Zeit, indem sie, Daumen lutschend, mit gespielter kindlicher Neugier das Zimmer in Augenschein nahm.

Sarah und ich warteten in der Tiefgarage des Hotels wie vereinbart zehn Minuten ab und schickten dann Rick Laredo los, der mit dem Fahrstuhl hoch fuhr und an die Tür klopfte. »Zimmerservice!«, rief er, wie ich es ihm vorher eingeschärft hatte. Sobald die Tür geöffnet wurde, stürmte er mit gezogener Pistole in den Raum.

Laredo, von uns »der Psychopath« genannt, weil er damit prahlte, dass er Tiere quälte, konnte mit seinen Muskeln und seinem Gang-Gehabe Eindruck schinden, hatte seine Waffe aber bisher nur dazu benutzt, die Kinder einzuschüchtern, an die er seine Drogen verkaufte, und von der Berkeley High zu fliegen. Als er hörte, wir wollten Pädophile ausnehmen, rutschte ihm das Herz in die Hose, weil die Nummer ein bisschen zu groß für ihn war, aber er wollte ein Held sein und die Vampire beeindrucken. Also erklärte er sich bereit, uns zu helfen, und brachte sich mit Tequila und Crack in Fahrt. Als er, mit irrem Blick und mit seinen Anhängern und Ketten klimpernd, ins Hotelzimmer stürmte und mit beiden Händen die Pistole schwenkte, wie er das im Kino gesehen hatte, taumelte der verhinderte Papi rückwärts auf den einzigen Sessel im Zimmer und krümmte sich darauf zusammen wie ein Fötus. Laredo zögerte, wusste vor lauter Aufregung nicht mehr, was jetzt kam, aber Debbie hatte ein besseres Gedächtnis.

Wahrscheinlich hörte der Mann nicht die Hälfte dessen, was sie ihm sagte, weil er erschrocken wimmernd die Arme um den Kopf geschlungen hatte, aber manche Wörter wie »Bundesverbrechen«, »Kinderpornographie«, »versuchte Vergewaltigung Minderjähriger« und »Jahre im Gefängnis« verfehlten ihre Wirkung nicht. Gegen die Zahlung von zweihundert Dollar in bar könne er diese Unannehmlichkeiten vermeiden.

Der Typ schwor bei allem, was ihm heilig war, so viel Geld habe er nicht dabei, und das regte Laredo derart auf, dass er ihn womöglich erschossen hätte, wäre Debbie nicht geistesgegenwärtig genug gewesen, mich auf dem Handy anzurufen; ich war das Superhirn der Bande. In dem Moment wurde wieder an die Tür geklopft, und diesmal war es der Zimmerkellner mit der Limo und dem Sandwich. Debbie nahm das Tablett an der Tür entgegen, unterschrieb die Rechnung und schirmte dabei die Sicht auf das Spektakel im Zimmer ab, wo ein Mann in Unterhosen auf einem Sessel wimmerte, während ein anderer in schwarzer Lederjacke ihm den Lauf einer Pistole in den Mund schob.

Ich fuhr hoch in das Papi-Zimmer und sorgte mit der Seelenruhe, die mir ein Joint in der Tiefgarage verschafft hatte, für Entspannung der Lage. Ich sagte dem Mann, er solle sich anziehen, und versprach ihm, wenn er keine Dummheiten machte, werde ihm kein Haar gekrümmt. Nachdem ich die Limo getrunken und zwei Bissen von dem Sandwich gegessen hatte, forderte ich den Mann auf, mitzukommen und bloß keinen Aufstand zu machen, weil ihm das schlecht bekäme. Ich nahm ihn am Arm, und wir gingen die vier Stockwerke mit Laredo hinter uns zu Fuß hinunter, weil wir im Fahrstuhl jemandem hätten begegnen können. Wir stießen den Mann in den VW meiner Großmutter, den ich, ohne zu fragen (ich besaß eh keinen Führerschein), ausgeliehen hatte, und fuhren zum nächsten Bankautomaten, wo der Mann das Lösegeld zog. Er gab uns die Scheine, wir stiegen wieder ins Auto und machten, dass wir wegkamen. Den Mann ließen wir auf der Straße stehen, er atmete erleichtert auf und war fürs Erste vermutlich vom Papi-Spielen geheilt. Die gesamte Operation hatte fünfunddreißig Minuten gedauert, und der Adrenalinschub war mindestens so gut wie die fünfzig Dollar, die jeder von uns dabei einstrich.

Am meisten war meine Nini von meiner Skrupellosigkeit schockiert. In den Mails, die täglich massenhaft hin und her gingen, fand sie keinerlei Hinweis auf Gewissensbisse oder Furcht vor möglichen Konsequenzen, ich schrieb mit der Unverfrorenheit der geborenen Betrügerin. Die Papi-Nummer hatten wir inzwischen noch dreimal wiederholt und es dann bleiben lassen, weil uns Rick Laredo auf die Nerven ging mit seiner Knarre, seiner pudelhaften Anhänglichkeit und seinen Drohungen, mich umzubringen oder uns anzuzeigen, wenn ich nicht »sein Mädchen« sein würde. Er war gemeingefährlich, konnte jederzeit den Kopf verlieren und in einem Wutanfall jemanden umbringen. Außerdem wollte er einen größeren Anteil vom Gewinn, weil er, wenn wir aufflögen, für ein paar Jahre in den Knast gehen würde, während wir mit einer Jugendstrafe davonkämen. »Ich habe das Wichtigste: die Knarre«, sagte er. »Nein, Rick, das Wichtigste habe ich:

Köpfchen«, sagte ich. Er hielt mir den Lauf seiner Pistole an die Stirn, aber ich schob ihn mit einem Finger zur Seite, drehte mich um und ging mit den beiden anderen Vampiren lachend weg. Das war das Ende unseres einträglichen Geschäfts mit den Pädophilen, aber Laredo war ich damit nicht los, er bettelte weiter um meine Gunst, und ich begann ihn zu hassen.

Bei der nächsten Durchsuchung meines Zimmers fand meine Nini wieder Drogen und Pillentütchen und außerdem eine schwere Goldkette, auf deren Herkunft meine Mails keinen Hinweis gaben. Sarah hatte sie ihrer Mutter geklaut und ich sie an mich genommen, bis wir herausbekommen hätten, wie wir sie am besten zu Geld machen konnten. Sarahs Mutter war eine ergiebige Einkommensquelle für uns, weil sie für einen Unternehmerverband arbeitete, viel Geld verdiente und gern shoppen ging; außerdem war sie ständig auf Reisen, kam abends spät heim, ließ sich leicht hinters Licht führen und merkte nicht, wenn etwas wegkam. Sie hielt sich für die beste Freundin ihrer Tochter und glaubte, die würde ihr alles erzählen, dabei hatte sie keinen Schimmer, wie Sarah eigentlich lebte, und sah nicht einmal, wie unterernährt und blass sie war. Manchmal lud sie uns zum Biertrinken und Grasrauchen ein, weil das, wie sie sagte, in ihren vier Wänden sicherer sei als auf der Straße. Ich konnte nur schwer nachvollziehen, wieso Sarah an diesem Märchen vom grausamen Stiefvater strickte, wo sie doch eine Mutter hatte, um die man sie beneiden konnte; im Vergleich zu ihr war meine Nini ein Monstrum.

Meine Großmutter verlor das bisschen Seelenfrieden, das sie besaß, und war überzeugt, ihre Enkelin werde zwischen Junkies und Pennern in der Gosse enden oder im Knast unter den Jugendlichen, die Schneewittchen nicht hatte retten können. Irgendwo las sie, Teile des jugendlichen Gehirns entwickelten sich erst spät, deshalb stünden die Halbwüchsigen neben sich und ließen nicht vernünftig mit sich reden. Daraus schloss sie, dass ich in der Phase des magischen Denkens feststeckte wie sie selbst, als sie versucht hatte, mit dem Geist ihres verstorbenen Mannes in Verbindung zu treten, und in die Fänge dieser Seherin in Oakland geraten war. Als treuer Freund und Vertrauter gab Mike O'Kelly sich Mühe, sie zu beruhigen, meinte, über mich gehe gerade ein Tsunami von Hormonen hinweg, das sei aber nichts Besonderes in dem Alter und ich im Grunde ein anständiges Mädchen, ich würde das mit heiler Haut überstehen, sie müssten mich bloß vor mir selbst und den Gefahren der Welt schützen, bis die gnadenlose Natur ihr Umbauwerk vollendet hätte. Meine Nini stimmte ihm zu, immerhin litt ich nicht an Bulimie wie Sarah, ritzte mich nicht mit Rasierklingen wie Debbie, war nicht schwanger und hatte weder Gelbsucht noch Aids.

All das und einiges mehr hatten Schneewittchen und meine Großmutter durch den schwatzhaften

E-Mail-Verkehr der Vampire und Normans teuflisches Hackergeschick herausgefunden. Meine Nini rang noch mit sich, ob sie es meinem Vater sagen müsste, mit Folgen, die sie nicht absehen konnte, oder mir, wie Mike vorschlug, helfen könnte, ohne dass er es mitbekam, konnte aber keine Entscheidung mehr treffen, weil der Sturm der Ereignisse über sie hinwegfegte.

Zu den wichtigen Leuten auf der Insel gehören die beiden Polizisten, die *pacos*, Laurencio Cárcamo und Humilde Garay, die für die Ordnung zuständig und zu mir sehr freundlich sind, weil ich ihren Hund ausbilde. Die Pacos waren wegen ihrer Brutalität während der Diktatur nicht gerade beliebt, aber in den vergangenen zwanzig Jahren Demokratie konnten sie das Vertrauen und die Achtung der Menschen zurückgewinnen. Laurencio war zu Diktaturzeiten ein Kind und Humilde Garay noch gar nicht geboren. Auf den Werbeplakaten für das chilenische Polizeikorps sieht man die Uniformierten mit stattlichen Deutschen Schäferhunden, aber hier haben wir eine Promenadenmischung, einen Rüden, der Livingston heißt zu Ehren des berühmtesten chilenischen Fußballers, der schon ein alter Mann ist. Der Welpe ist gerade sechs Monate alt und damit im richtigen Alter, um mit der Ausbildung zu beginnen, aber ich fürchte, bei mir wird er nur lernen, wie man Sitz macht, Pfötchen gibt und sich tot stellt. Die beiden Polizisten wollten, dass ich ihn für den Angriff und für das Aufspüren von Leichen schule, aber für das eine braucht es Aggressivität, für das andere Geduld, zwei entgegengesetzte Charaktereigenschaften. Vor die Wahl gestellt, entschieden sie sich für das Aufspüren von Leichen, weil es hier niemanden gibt, den man angreifen müsste, hingegen bei Erdbeben manchmal Leute verschüttet werden.

Ich habe das vorher noch nie versucht, aber in einem Lehrbuch gelesen, man solle Lappen in Kadaverin tränken, einer stinkenden Substanz, die bei der Verwesung entsteht, den Hund daran riechen und ihn die Lappen dann suchen lassen. »Das mit dem Kadaverin wird schwierig, Gnädigste. Könnten wir nicht faulige Hühnerinnereien nehmen?«, schlug Humilde Garay vor, aber als wir es ausprobierten, führte uns der Hund schnurstracks in die Küche von Aurelio Ñancupel in der »Taverne zum lieben Toten«. Jetzt improvisiere ich mit verschiedenen Methoden herum, eifersüchtig beäugt von Fákin, der grundsätzlich nichts übrighat für andere Tiere. Mir bietet es auch einen Vorwand, um stundenlang auf der Wache zu sitzen, Instantkaffee zu trinken und mir die packenden Geschichten der beiden »Männer im Dienst am Vaterland« anzuhören, wie sie sich selbst nennen.

Die Wache ist ein Betonhäuschen in den Polizeifarben Weiß und Dunkelgrün mit einem Mäuerchen darum, das mit Reihen von Trogmuschelschalen verziert ist. Die Polizisten reden sehr seltsam, sagen »negativ« und »positiv« anstelle von »nein, nein« und »ja, ja«, wie es sonst in Chiloé üblich ist, ich bin eine »Gnädigste« und Livingston »der Rüde«, ebenfalls für das Vaterland im Dienst. Laurencio Cárcamo, der Ranghöhere, war länger in einem gottverlassenen Nest in der Provinz Última Esperanza stationiert und musste dort einmal einem Mann, der bei einem Bergrutsch eingeklemmt worden war, das Bein amputieren. »Mit einer Handsäge, Gnädigste, und ohne Betäubung, Schnaps hatten wir, sonst nichts.«

Humilde Garay, der mir als Hundeführer für Livingston geeigneter scheint, sieht wahnsinnig gut aus, ein bisschen wie dieser Schauspieler, der in den Zorrofilmen spielt, wie heißt der noch … Jedenfalls ist ein ganzes Bataillon Frauen hinter ihm her, angefangen bei Touristinnen, die sich her verirren und bei seinem Anblick den Verstand verlieren, bis hin zu Mädchen vom Festland, die gezielt anreisen, um ihn zu sehen, aber Humilde Garay ist in doppelter Hinsicht seriös, erstens, weil er die Uniform trägt, und dann, weil er evangelikal ist. Von Manuel wusste ich, dass Garay ein paar argentinische Bergsteiger gerettet hat, die in den Anden verschollen waren. Die Suche sollte schon aufgegeben werden, weil man die Vermissten für tot hielt, aber dann meldete sich Garay. Er markierte mit dem Bleistift einen Punkt auf der Karte, man schickte einen Helikopter hin und fand genau dort die Verschollenen, mit schweren Erfrierungen, aber am Leben. »Positiv, Gnädigste, die Position der mutmaßlichen Todesopfer aus der Schwesterrepublik war auf der Michelin-Karte korrekt eingetragen«, antwortete er mir, als ich ihn danach fragte, und zeigte mir einen Zeitungsartikel aus dem Jahr 2007 mit der Meldung und einem Foto des Polizeiobersten, der ihm damals den Einsatzbefehl gegeben hatte. »Wenn Humilde Garay Ranquileo, Unteroffizier im aktiven Dienst, Wasser unter der Erde findet, dann kann er auch fünf Argentinier in den Bergen finden«, sagt der Oberst in dem Interview. Weil nämlich die Polizei, wenn sie irgendwo im Land einen Brunnen bohren muss, über Funk bei Garay anfragt, der auf einer Karte markiert, wo und in welcher Tiefe man Wasser findet, und ihnen die Karte dann faxt. Ich muss diese Geschichten aufschreiben, damit meine Nini neues Rohmaterial für ihre Erzählstunden hat.

Unsere beiden Inselpolizisten erinnern mich an Sergeant Walczak in Berkeley: Sie sind den Schwächen der Menschen gegenüber tolerant. Die Zellen auf der Wache – eine für Damen, eine für Herren, sagen die Schilder an den Gitterstäben – dienen vor allem dazu, dass Betrunkene ein Dach über dem Kopf haben, wenn es regnet und man sie nicht nach Hause bringen kann.

Meine letzten drei Jahren, zwischen sechzehn und neunzehn, enthielten so viel Sprengstoff, dass meine Nini um ein Haar dabei draufgegangen wäre, was sie zu dem Resümee bewog: »Ich bin froh, dass dein Pop nicht mehr unter uns ist und nicht mit ansehen muss, was aus dir geworden ist, Maya.« Fast hätte ich ihr entgegnet, dass, wäre mein Pop noch unter uns, aus mir nicht geworden wäre, was ich bin, aber ich verkniff es mir gerade noch; es wäre nicht fair gewesen, ihn für mein Verhalten verantwortlich zu machen.

An einem Tag im November 2006, vierzehn Monate nach dem Tod meines Großvaters, rief das Bezirkskrankenhaus morgens um vier bei Familie Vidal an, um mitzuteilen, die minderjährige Maya Vidal sei mit dem Rettungswagen in der Notaufnahme eingeliefert worden und werde gerade operiert. Meine Großmutter war als Einzige zu Hause, bekam Mike O'Kelly ans Telefon, bat ihn, meinen Vater zu verständigen, und eilte ins Krankenhaus. Ich hatte mich am Abend zuvor davongestohlen, um mich mit Sarah und Debbie auf einem Rave in einer stillgelegten Fabrikhalle zu treffen. Den VW konnte ich nicht nehmen, der war in der Werkstatt, weil meine Nini wieder irgendwo drangefahren war, deshalb stieg ich auf mein altes, etwas rostiges Fahrrad mit den schlechten Bremsen.

Der Türsteher war ein Typ mit Verbrechervisage und dem Hirn eines Brathähnchens, kannte uns und ließ uns rein, ohne sich um die Altersbeschränkung zu kümmern. In der Halle wummerten die Bässe, die Massen tobten wie verrenkte Marionetten, die einen tanzten und hüpften, die anderen lagen auf dem Boden und zappelten im Takt. Trinken bis zum Umfallen, rauchen, was man nicht spritzen kann, mit dem Nächstbesten hemmungslos rummachen, darum ging es hier. Der Schweißgeruch, der Qualm und die Hitze waren so heftig, dass wir zwischendurch rausgehen mussten, um Luft zu schnappen. Ich brachte mich gleich zu Anfang mit einem Spezialcocktail in Stimmung – Gin, Wodka, Whisky, Tequila und Cola – und rauchte ein Pfeifchen mit einer Mischung aus Gras, Kokain und etwas LSD, was abging wie Dynamit. Bald hatten sich meine Freundinnen in der wogenden Masse aufgelöst, und ich sah sie nicht wieder. Ich tanzte allein, trank weiter, ließ mich von ein paar Jungs befummeln … An Einzelheiten erinnere ich mich nicht mehr und auch nicht an das, was dann geschah. Als die Beruhigungsmittel im Krankenhaus zwei Tage später abgesetzt wurden, erfuhr ich, dass mich auf dem Heimweg ein Auto angefahren hatte. Ich muss völlig zugedröhnt auf meinem Fahrrad ohne Licht und Bremsen gesessen haben, wurde von dem Wagen erfasst, durch die Luft geschleudert und landete etliche Meter weiter im Gestrüpp am Straßenrand. Der Fahrer hatte noch versucht, mir auszuweichen, war gegen einen Pfosten geprallt und hatte eine Gehirnerschütterung erlitten.

Ich verbrachte zwölf Tage im Krankenhaus mit einem gebrochenen Arm, ausgerenktem Unterkiefer und einem brandroten Ausschlag am ganzen Körper, weil ich in einem Gestrüpp aus Giftsumach gelandet war, und blieb danach zwanzig Tage eingesperrt zu Hause, mit Drahtstiften und Schrauben im Knochen und bewacht von meiner Großmutter und Schneewittchen, der sie hin und wieder für ein paar Stunden ablöste, damit sie schlafen konnte. Meine Nini hielt den Unfall für eine Verzweiflungstat meines Großvaters, um mich zu beschützen. »Das sieht man schon daran, dass du am Leben bist und kein Bein gebrochen hast, sonst könntest du ja nicht mehr Fußball spielen«, sagte sie. Im Grunde war sie wohl erleichtert, dass sie auf diese Weise meinem Vater nicht sagen musste, was sie über mich herausgefunden hatte; das übernahm die Polizei.

Meine Nini ging in diesen Wochen nicht arbeiten und blieb argwöhnisch wie ein Gefängniswärter an meiner Seite. Als Sarah und Debbie endlich zu Besuch kamen – sie hatten sich nach dem Unfall nicht aus der Deckung getraut –, warf sie die beiden keifend wie ein Waschweib aus dem Haus, wurde aber schwach, als Rick Laredo mit einem Strauß hängeköpfiger Tulpen und mit gebrochenem Herzen vor der Tür stand. Ich wollte ihn nicht sehen, also musste sie sich in der Küche geschlagene zwei Stunden sein Leid anhören. »Ich soll dir von dem Jungen etwas ausrichten, Maya: Er schwört Stein und Bein, er hat nie einem Tier was getan, und du sollst ihm bitte noch mal eine Chance geben«, sagte sie hinterher. Meine Großmutter hat eine Schwäche für Leute mit Liebeskummer. »Wenn er noch mal wiederkommt, Nini, dann kannst du ihm sagen, selbst wenn er Vegetarier wäre und sich für die Rettung des Thunfischs einsetzte, würde ich ihn nicht mehr sehen wollen.«

Die Schmerzmittel, die ich nehmen musste, und der Schreck, dass ich aufgeflogen war, machten mich willenlos, und ich gestand meiner Nini alles, wonach sie in endlosen Verhören zu fragen die Freundlichkeit hatte, obwohl sie es längst wusste, da es ja dank Norman, der miesen Ratte, in meinem Leben keine Geheimnisse mehr gab.

»Ich glaube nicht, dass du ein schlechter Mensch bist, Maya, und für restlos schwachsinnig halte ich dich auch nicht, auch wenn du alles dafür tust, so zu wirken«, sagte sie seufzend. »Wie oft haben wir über Drogen gesprochen? Und wie konntest du diese Männer nur mit vorgehaltener Pistole erpressen!«

»Das waren Schweine, Perverse, Kinderschänder, Nini. Die hatten es verdient, dass man sie fickt. Also nicht in echt fickt, du weißt schon, was ich meine.«

»Und da kommst du und sorgst für Gerechtigkeit? Bist du Batman? Die hätten dich umbringen können!«

»Es ist mir ja nichts passiert, Nini …«

»Nichts passiert nennst du das! Sieh dich an! Was soll ich bloß mit dir machen, Maya?« Und sie brach in Tränen aus.

»Verzeih mir, Nini. Bitte, nicht weinen. Ich schwöre dir, ich hab's kapiert. Der Unfall hat mir die Augen geöffnet.«

»Ich glaube dir kein Wort. Schwör es mir beim Andenken deines Großvaters!«

Meine Reue war aufrichtig, ich war ehrlich erschrocken, aber es half mir nichts, denn sobald der Arzt sein Einverständnis gab, brachte mich mein Vater in ein Internat für schwererziehbare Jugendliche in Oregon. Ich ging nicht freiwillig mit, vielmehr musste er einen mit Susan befreundeten Polizisten anheuern, ein menschliches Ungetüm, groß wie eine Moai-Figur von den Osterinseln, der ihm bei meiner Verschleppung zur Hand ging. Meine Nini hatte sich verkrochen, um nicht mit ansehen zu müssen, wie sie mich wie ein Tier zur Schlachtbank schleiften, während ich brüllte, dass keiner mich liebte, dass alle mich loswerden wollten, warum sie mich nicht einfach umbringen würden, bevor ich das selber tat.

In dem Internat in Oregon hatte ich bis Anfang Juni 2008 zu bleiben, zusammen mit sechsundfünfzig anderen Jugendlichen, die aufsässig, drogenabhängig, selbstmordgefährdet, magersüchtig, manisch-depressiv oder von der Schule geflogen waren oder einfach nirgends hineinpassten. Ich nahm mir vor, jedes Hilfsangebot zu sabotieren, und schmiedete Pläne, wie ich mich an meinem Vater rächen konnte, weil er mich in dieses Irrenhaus gebracht hatte, an meiner Nini, weil sie das zuließ, und an der ganzen Welt, weil sie sich von mir abgewandt hatte. In Wahrheit war ich dort, weil die Richterin, die über den Unfall entschied, das so verfügt hatte. Mike O'Kelly kannte sie und bot seine ganze Beredsamkeit für mich auf; sonst wäre ich im Strafvollzug gelandet, wenn auch nicht in San Quentin, wie meine Großmutter in einem ihrer Tobsuchtsanfälle schrie. Sie neigt zu Übertreibung. Einmal nahm sie mich in einen schrecklichen Film über einen Mörder mit, der in San Quentin hingerichtet wird. »Damit du siehst, was mit einem passiert, wenn man sich nicht an die Gesetze hält, Maya«, sagte sie, als wir aus dem Kino kamen. »Erst klaut man in der Schule Buntstifte, und am Ende landet man auf dem elektrischen Stuhl.« Das war in unserer Familie zum Running Gag geworden, aber diesmal meinte sie es ernst.

Weil ich noch so jung und nicht vorbestraft war, stellte mich die Richterin, eine Asiatin, die nervtötender war als eine Zahnwurzelbehandlung, vor die Wahl: Resozialisierungsprogramm oder Jugendgefängnis, wie es der Fahrer des Wagens verlangte, der mich über den Haufen gefahren hatte; nachdem ihm klar geworden war, dass die Versicherung meines Vaters ihn nicht so üppig wie erhofft entschädigen würde, wollte er mich bestraft sehen. Die Entscheidung traf nicht ich, sondern mein Vater, ohne mich zu fragen. Die Kosten übernahm zum Glück der kalifornische Staat; andernfalls hätte meine Familie das Haus verkaufen müssen, denn dieses Resozialisierungsprogramm kostete sechzigtausend Dollar im Jahr. Die Eltern einiger Insassen kamen im Privatjet zu Besuch.

Mein Vater nahm den Urteilsspruch des Gerichts erleichtert an, weil er mich loswerden wollte wie eine heiße Kartoffel. Er schaffte mich als strampelndes Etwas nach Oregon, mit drei Valium im Bauch, die ohne Wirkung blieben, hätte es bei jemand wie mir doch der doppelten Dosis bedurft, immerhin konnte ich mit einem Cocktail aus Vicodin und mexikanischen Pilzen einwandfrei funktionieren. Susans Freund und er zerrten mich aus dem Haus, trugen mich ins Flugzeug, dann in einen Mietwagen und fuhren mich auf einer endlosen Straße durch den Wald vom Flughafen zu der Therapieeinrichtung. Ich hatte eine Zwangsjacke und Elektroschocks erwartet, aber das Internat war eine Ansammlung freundlicher Holzgebäude in einem Park. Es erinnerte nicht mal entfernt an eine Irrenanstalt.

Die Leiterin empfing uns in ihrem Büro zusammen mit einem bärtigen jungen Mann, der sich als einer der Psychologen vorstellte. Man hätte die zwei für Geschwister halten können, beide hatten das flachsblonde Haar zu einem Pferdeschwanz gebunden, trugen verwaschene Jeans, ein graues Sweatshirt und Stiefel, den Einheitslook der Angestellten, mit dem sie sich von den Insassen und ihren ausgeflippten Staffagen unterschieden. Sie begrüßten mich wie eine Freundin, die zu Besuch kommt, nicht wie ein kreischendes Gör, das völlig durch den Wind ist und von zwei Männern in den Raum gezerrt wird. »Du kannst Angie zu mir sagen, und das ist Steve. Wir werden dir helfen, Maya. Du wirst sehen, das Programm ist ganz einfach«, versuchte es die Frau aufmunternd. Ich kotzte die Nüsse aus dem Flugzeug auf den Teppich. Mein Vater sagte, nichts werde einfach sein mit seiner Tochter, aber sie hatte meine Akte auf dem Schreibtisch und vermutlich schon schlimmere Fälle gesehen. »Es wird schon dunkel, Herr Vidal, und Sie haben einen weiten Heimweg. Sie sagen Ihrer Tochter jetzt besser auf Wiedersehen. Seien Sie unbesorgt, Maya ist hier in guten Händen«, sagte sie. Er ließ sich das nicht zweimal sagen, eilte zur Tür, aber ich warf mich auf ihn, klammerte mich an sein Jackett und schrie, er solle nicht weggehen, bitte, Papa, bitte. Angie und Steve hielten mich ohne große Mühe fest, während mein Vater und der Moai machten, dass sie wegkamen.

Müdegekämpft gab ich mich schließlich geschlagen und rollte mich auf dem Boden zusammen wie ein Hund. Sie ließen mich eine Weile so liegen, wischten das Erbrochene auf, und als ich aufhörte zu schluchzen und zu schniefen, gaben sie mir ein Glas Wasser. »Ich bleibe nicht in diesem Irrenhaus! Keine Chance! Bei der ersten Gelegenheit bin ich weg!«, schrie ich sie an mit dem bisschen Stimme, das mir geblieben war, sträubte mich aber nicht, als sie mir aufhalfen und mich mitnahmen, um mir die Räumlichkeiten zu zeigen. Draußen war es dunkel und sehr kalt, drinnen aber warm und gemütlich, es gab lange überdachte Korridore zwischen den Gebäuden, große Räume mit hohen Decken und offenliegenden Balken, Panoramafenster mit beschlagenen Scheiben, es duftete nach Holz, war einfach und geschmackvoll. Keine Gitterstäbe, keine Vorhängeschlösser. Sie zeigten mir ein kleines Hallenbad, einen Kraftraum, einen Gemeinschaftsraum mit Sesseln, Billardtisch und einem großen Kamin, in dem dicke Scheite brannten. Die Schüler saßen im Speisesaal an rustikalen Tischen, auf denen kleine Blumensträuße standen, was mir nicht entging, zumal es nicht die Jahreszeit für einen Blumengarten war. Zwei füllige Mexikanerinnen in weißen Schürzen reichten mit einem Lächeln das Essen über die Theke. Die Atmosphäre war ungezwungen, locker, lärmend. Mir stieg der köstliche Geruch von dicken Bohnen und Grillfleisch in die Nase, ich lehnte es aber ab, etwas zu essen, wollte mich auf keinen Fall unter das Gesocks hier mischen.

Angie nahm ein Glas Milch und ein Tellerchen Kekse und brachte mich in einen schlicht eingerichteten Schlafraum, vier Betten und ein paar Schränke aus hellem Holz, Bilder von Vögeln und Blumen an den Wänden. Nur die Familienbilder auf den Nachttischen deuteten darauf hin, dass die Betten benutzt wurden. Mich grauste bei dem Gedanken, wie gestört man sein musste, um in einem derart geleckten Zimmer zu leben. Mein Koffer und mein Rucksack lagen geöffnet auf einem der Betten und waren offensichtlich durchsucht worden. Ich wollte Angie schon sagen, ich sei nicht bereit, mir mit anderen ein Zimmer zu teilen, aber dann fiel mir ein, dass ich verschwinden würde, sobald die Sonne aufging, und es lohnte sich nicht, wegen einer Nacht einen Aufstand zu machen.

Ich zog Schuhe und Hose aus und legte mich unter dem aufmerksamen Blick der Schulleiterin ungewaschen ins Bett. »Da, bitte, keine Einstiche und Schnitte an den Handgelenken auch nicht«, sagte ich herausfordernd und hielt ihr meine Arme hin. »Das freut mich, Maya. Schlaf gut«, antwortete Angie wie selbstverständlich, stellte die Milch und die Kekse auf den Nachttisch und ging, ohne die Tür zu schließen.

Ich schlang das leichte Abendessen hinunter, sehnte mich nach etwas Gehaltvollerem, war aber fix und fertig und im Nu in einen todesähnlichen Schlaf gesunken. Beim ersten Morgenlicht, das durch die Sprossenfenster fiel, wachte ich hungrig und verwirrt auf. Als ich die Umrisse der schlafenden Mädchen in den anderen Betten wahrnahm, fiel mir wieder ein, wo ich war. Hastig zog ich mich an, nahm meinen Rucksack und meine dicke Jacke und schlich auf Zehenspitzen aus dem Zimmer. Ich ging durch die Halle auf eine große Tür zu, die aussah, als führte sie vom Gelände ins Freie, fand mich dahinter jedoch in einem der überdachten Korridore zwischen den Gebäuden wieder.

Die Kälte traf mich wie eine Ohrfeige und brachte mich zum Stehen. Der Himmel hatte einen orangefarbenen Glanz, die Erde war von einer dünnen Schneeschicht bedeckt, die Luft roch nach Kiefernnadeln und Holzfeuer. Wenige Meter vor mir stand eine Rehfamilie und sah zu mir her, erwog mit dampfenden Nüstern und zitternden Schwänzen die Gefahr. Zwei Kitze mit den Flecken der Neugeborenen hielten sich schwankend auf ihren staksigen Beinen, die Mutter sah mich wachsam und mit gespitzten Ohren an. Wir schauten einander für einen endlos langen Moment in die Augen, warteten reglos, dass die andere etwas tat, bis eine Stimme hinter mir uns beide aufschreckte und die Rehe davonsprangen. »Sie kommen zum Trinken her. Waschbären, Füchse und Bären auch manchmal.«

Es war der bärtige Psychologe vom Vortag, diesmal in Ski-Anorak und Stiefeln und einer pelzgefütterten Mütze. »Wir haben uns gestern gesehen, ich weiß nicht, ob du dich erinnerst. Ich bin Steve, einer von den Betreuern. Bis zum Frühstück sind es fast noch zwei Stunden, aber es gibt Kaffee«, und er ging los, ohne sich nach mir umzusehen. Ich folgte ihm wie ferngesteuert in den Gemeinschaftsraum und sah ihm abwartend zu, wie er die Scheite im Kamin mit Zeitungspapier neu entfachte und dann aus einer Thermoskanne zwei Becher Milchkaffee einschenkte. »Das ist der erste Schnee in diesem Jahr«, bemerkte er und fächelte mit seiner Mütze Luft ins Feuer.

Tía Blanca musste überstürzt nach Castro, weil die Berichterstattung zur Wahl der Popokönigin an den Stränden des Landes bei ihrem Vater ein beunruhigendes Herzrasen ausgelöst hat. Blanca sagt, der Millalobo sei nur deshalb noch am Leben, weil er es auf dem Friedhof sterbenslangweilig fände. Die Bilder im Fernsehen hätten für jemanden, der es am Herz hat, tödlich sein können: Mädchen in unsichtbaren Stringtangas schwenken ihr Hinterteil vor Horden von Männern, die in ihrer Begeisterung Flaschen werfen und auf die Presse losgehen. In der »Taverne zum lieben Toten« schnauften die Männer den Bildschirm an, und die Frauen hatten die Arme vor der Brust verschränkt und spuckten auf den Boden. Was würden meine Nini und ihre feministischen Freundinnen wohl zu diesem Wettbewerb sagen! Gewonnen hat ein Mädchen mit blondgefärbten Haaren und dem Po einer Schwarzen, am Strand von Pichilemu, wo auch immer das ist. »Und wegen diesem kleinen Luder geht mein Vater um ein Haar hops«, war Blancas Kommentar, als sie aus Castro zurückkam.

Ich soll mit den Kindern eine Fußballmannschaft zusammenstellen, was einfach ist, weil die Kleinen hierzulande gegen den Ball treten, sobald sie freihändig stehen können. Ich habe schon eine erste und eine zweite Jungsmannschaft und ein Mädchenteam, das eine Woge von Geraune ausgelöst hat, aber offen hat sich niemand dagegen geäußert, weil er es dann mit Tía Blanca zu tun bekäme. Mit unserer ersten Mannschaft würden wir gern an den Schulmeisterschaften teilnehmen, die zu den Nationalfeiertagen im September ausgetragen werden. Noch bleiben uns einige Monate zum Trainieren, aber dazu brauchen wir Schuhe, und weil die Familien hier kein Geld haben, um welche zu kaufen, machten Blanca und ich Don Lionel Schnake, mittlerweile vom Eindruck des sommerlichen Hinterteils genesen, unsere Aufwartung.

Zur Einstimmung überreichten wie ihm zwei Flaschen vom feinsten Licor de Oro, den Blanca mit Schnaps, Zucker, Molke und Gewürzen ansetzt, dann legten wir ihm dar, wie sinnvoll es sei, die Kinder mit sportlichen Aktivitäten zu beschäftigen, damit sie nicht auf dumme Gedanken kämen. Don Lionel war ganz unserer Meinung. Von da bis zum Fußball dauerte es nur ein weiteres Gläschen Licor de Oro, und schon versprach er, uns elf Paar Schuhe in den benötigten Größen zu schenken. Wir mussten ihm erklären, dass wir elf für die Caleuches brauchten, das Jungsteam, elf für die Pincoyas, die Mädchen, und sechs als Ersatz. Als er hörte, was es kosten würde, schimpfte er los über die Wirtschaftskrise, die Lachsfarmen, die Entlassungswelle, und schnaubte, seine Tochter sei ein Fass ohne Boden und sein schwaches Herz werde noch mal versagen bei ihren unersättlichen Forderungen, und wo man das überhaupt je gehört habe, dass dem mangelhaften Bildungswesen im Land ausgerechnet durch Fußballschuhe abzuhelfen sei.

Am Ende tupfte er sich die Stirn trocken, genehmigte sich ein viertes Gläschen Licor de Oro und stellte uns den Scheck aus. Noch am selben Tag gaben wir in Santiago die Bestellung auf und holten die Fußballschuhe eine Woche später vom Bus in Ancud ab. Tía Blanca hält sie unter Verschluss, damit die Kinder sie nicht jeden Tag anziehen, und hat angekündigt, dass, wem die Füße wachsen, aus der Mannschaft fliegt.

HERBST

April, Mai

Die Reparaturarbeiten am Schulhaus sind abgeschlossen. In das Gebäude flüchten sich die Leute in Notfällen, es ist das sicherste auf der Insel, abgesehen von der Kirche, deren wacklige Holzkonstruktion von Gott gehalten wird, wie sich im Jahr 1960 zeigte, als das Land vom schwersten je auf der Erde gemessenen Beben heimgesucht wurde: 9,5 auf der Richterskala. Das Meer stieg an und hätte beinahe das Dorf verschlungen, doch hielten die Wellen vor dem Portal der Kirche inne. In den zehn Minuten, in denen die Erde bebte, schrumpften Seen, verschwanden Inseln, barst die Erde und schluckte Eisenbahngleise, Brücken und Wege. Chile ist anfällig für Katastrophen, Überschwemmungen, Dürren, Stürme, Erdstöße und Riesenwellen, die Schiffe auf Marktplätze spülen können. Die Leute hier nehmen das schicksalsergeben hin, es sind Prüfungen, die ihnen der Herr auferlegt, aber sie werden nervös, wenn lange nichts passiert ist. Ich kenne das von meiner Nini, sie rechnet auch ständig damit, dass ihr der Himmel auf den Kopf fällt.

Für das nächste Wüten der Natur ist unser Schulhaus jedenfalls gewappnet; es ist der Mittelpunkt des sozialen Lebens auf der Insel, hier treffen sich der Frauenkreis, die Handarbeitsgruppe und die Anonymen Alkoholiker, bei denen ich zweimal war, weil ich es Mike O'Kelly versprochen hatte, aber ich saß da als einzige Frau mit vier oder fünf Männern, die sich vor mir nicht zu reden trauten. Ich glaube, ich brauche es nicht, ich bin jetzt über vier Monate trocken. In der Schule sehen wir uns Filme an, hier werden kleinere Konflikte aus der Welt geschafft, für die man die Polizei nicht bemühen würde, und man bespricht, was ansteht, ob Aussaat oder Ernte, Preise für Kartoffeln oder Meeresfrüchte; Liliana Treviño führt hier ihre Impfungen durch und hält Vorträge über die Grundlagen der Hygiene, denen die älteren Frauen amüsiert zuhören. »Nichts für ungut, Señorita Liliana, aber Sie wollen uns doch nichts vom Gesundwerden erzählen!«, sagen sie. Den alten Frauen sind Pillen, die man kaufen kann, nicht zu Unrecht verdächtig, denn jemand verdient sich eine goldene Nase daran, deshalb nehmen sie lieber Hausmittel, die kostenlos sind, oder homöopathische Globuli aus kleinen Papiertüten. In der Schule wurde uns das Programm des Gesundheitsministeriums zur Empfängnisverhütung vorgestellt, was etliche der Omis entsetzt hat, und hier haben uns die Polizisten erklärt, was gegen Läuse zu tun ist, sollte es wieder eine Plage geben, was alle zwei Jahre geschieht. Schon bei dem Gedanken an Läuse juckt mir der Kopf, mir sind Flöhe lieber, die bleiben bei Fákin und den Katzen.

Die Computer in der Schule stammen aus präkolumbianischer Zeit, sind aber gut in Schuss, und ich benutze sie für alles, was ich brauche, außer für E-Mails. Ich habe mich an die Kontaktsperre gewöhnt. Wem sollte ich auch schreiben ohne Freunde? Von meiner Nini und Schneewittchen bekomme ich verschlüsselte Nachrichten, die an Manuel gehen, würde den beiden aber zu gern von meiner eigentümlichen Verbannung erzählen; sie machen sich keine Vorstellung von Chiloé, diese Gegend muss man erlebt haben.

Ich wartete im Internat in Oregon darauf, dass die Kälte etwas nachließ und ich fliehen konnte, aber mit seiner kristallinen Schönheit aus Schnee und Eis und seinem Himmel, der mal blau und unschuldig war, mal bleiern und grollend, war der Winter in diese Wälder gekommen, um zu bleiben. Als die Tage endlich länger wurden, die Temperaturen stiegen und die Aktivitäten im Freien begannen, schmiedete ich erneut Fluchtpläne, aber dann wurden die Vicuñas gebracht, zwei zartgliedrige Tiere mit gespitzten Ohren und sinnlichen Wimpern, das kostspielige Geschenk eines dankbaren Vaters, dessen Sohn im Jahr zuvor hier seinen Abschluss gemacht hatte. Angie gab sie in meine Obhut, weil sie meinte, keiner sei besser dafür geeignet, man müsse behutsam mit ihnen umgehen und ich sei immerhin mit Susans Bombenspürhunden aufgewachsen. Ich musste meine Flucht aufschieben, weil die Vicuñas mich brauchten.

Mit der Zeit gewöhnte ich mich an den Tagesablauf, an Sport, Kunstgruppe und Therapiesitzungen, fand aber keine Freunde, weil der Internatsbetrieb Freundschaften nach Kräften unterband; die Schüler taten sich allenfalls für Unfug zusammen. Sarah und Debbie vermisste ich nicht, als hätten die beiden durch die neue Umgebung und die veränderten Umstände jede Wichtigkeit verloren. Ich dachte neidisch daran, wie sie ihr Leben ohne mich weiterlebten und sich mit dem Rest der Berkeley High das Maul zerrissen über die bekloppte Maya Vidal, die im Irrenhaus saß. Wahrscheinlich hatte längst eine andere meinen Platz im Vampir-Trio eingenommen. Im Internat lernte ich den Psychologen-Sprech, und wie man zwischen den Regeln hindurchlavierte, die hier nicht Regeln hießen, sondern Absprachen. In der ersten von vielen Absprachen, die ich unterschrieb, ohne mich daran halten zu wollen, versprach ich wie die anderen Schüler auch, auf Alkohol, Drogen, Gewalt und Sex zu verzichten. Auf die ersten drei verzichtete man schon aus Mangel an Gelegenheit, meine Mitinsassen bekamen es aber trotz der ständigen Beobachtung durch Betreuer und Psychologen hin, Sex zu haben. Ich hielt mich raus.

Um Ärger zu vermeiden, musste man vor allem normal rüberkommen, wobei nicht immer klar war, wie man das verstehen sollte. Aß ich viel, litt ich an Angstzuständen, aß ich wenig, war ich magersüchtig; blieb ich gern allein, war ich depressiv, doch weckte jede freundschaftliche Geste Argwohn; nahm ich an irgendeiner Aktivität nicht teil, sabotierte ich den Betrieb, nahm ich an zu vielen teil, wollte ich Aufmerksamkeit erregen. »Dresche fürs Tun, Dresche fürs Lassen« lautet eine weitere Redensart meiner Nini.

Das Therapieprogramm gründete auf drei einfachen Fragen: Wer bist du? Was möchtest du aus deinem Leben machen? Wie kannst du das erreichen? Die therapeutischen Methoden waren dagegen weit weniger durchschaubar. Ein Mädchen, das vergewaltigt worden war, musste im sexy Dienstmädchenkostüm vor anderen Schülern tanzen, einen selbstmordgefährdeten Jungen schickten sie auf einen Turm der Forstwacht, um zu sehen, ob er sprang, und ein anderer, der an Klaustrophobie litt, wurde regelmäßig in einen Wandschrank gesperrt. Wir mussten in Reinigungsritualen Buße tun und in Gruppensitzungen die traumatischen Ereignisse unseres Lebens nachspielen, um sie zu überwinden. Ich weigerte mich, den Tod meines Großvaters nachzuspielen, und die anderen mussten das für mich tun, bis der Psychologe, der gerade Dienst tat, erklärte, ich sei geheilt oder nicht zu heilen, das weiß ich schon nicht mehr. In langen Gruppentherapiesitzungen beichteten – teilten – wir unsere Erinnerungen, Träume, Wünsche, Ängste, Absichten, Phantasien, die intimsten Geheimnisse. Die Seele zu entblößen war Sinn und Zweck dieser Marathonsitzungen. Handys waren verboten, das Telefon wurde kontrolliert, Briefe, Musik, Bücher und Filme zensiert, keine E-Mails, keine Überraschungsbesuche.

Nach drei Monaten im Internat bekam ich zum ersten Mal Besuch von meiner Familie. Während mein Vater meine Fortschritte mit Angie besprach, zeigte ich meiner Großmutter den Park und die Vicuñas, die ich mit Bändern an den Ohren geschmückt hatte. Meine Nini hatte mir ein kleines eingeschweißtes Foto von meinem Pop mitgebracht, darauf trägt er seinen Hut, hält die Pfeife in der Hand und strahlt in die Kamera. Mike O'Kelly hat es drei Jahre vor seinem Tod an Weihnachten gemacht, als ich dreizehn war und meinem Großvater seinen nicht zu findenden Planeten schenkte: einen kleinen grünen Ball, auf dem an die hundert Nummern verteilt waren, und die dazugehörigen Karten und Zeichnungen dessen, was man auf dem Planeten nach unseren gemeinsamen Vorstellungen alles finden konnte. Über das Geschenk hatte er sich sehr gefreut, deshalb strahlt er auf dem Foto wie ein Honigkuchenpferd.

»Dein Pop ist immer bei dir. Vergiss das nicht, Maya«, sagte meine Großmutter.

»Er ist tot, Nini!«

»Ja, aber du trägst ihn in dir, auch wenn du das noch nicht weißt. Am Anfang hat es so wehgetan, dass ich dachte, ich hätte ihn für immer verloren, aber jetzt kann ich ihn fast sehen.«

»Und jetzt tut es nicht mehr weh? Du Glückliche!«, fuhr ich sie böse an.

»Es tut noch weh, aber ich nehme es hin. Es geht mir deutlich besser.«

»Glückwunsch. Mir geht es immer schlechter in diesem Deppenheim. Hol mich hier raus, Nini, bevor ich restlos irre werde.«

»Jetzt werd nicht melodramatisch. Hier ist es viel schöner, als ich dachte, die Leute sind verständnisvoll und freundlich.«

»Weil ihr zu Besuch seid!«

»Willst du damit sagen, wenn wir weg sind, behandeln sie dich schlecht?«

»Geschlagen werden wir nicht, aber was die hier anwenden, ist Psycho-Folter, Nini. Sie machen uns mürbe mit Essens- und Schlafentzug, und dann waschen sie uns das Gehirn, sie stopfen uns den Kopf voll mit Zeug.«

»Was für Zeug?«

»Fürchterlicher Kram über Drogen, Geschlechtskrankheiten, Gefängnis, Nervenheilanstalten, Abtreibung, wir werden wie Idioten behandelt. Ist das etwa nichts?«

»Das ist zu viel. Dieser, wie heißt sie noch? Dieser Angie, der werde ich Bescheid stoßen. Die wird mich kennenlernen!«

»Nein, bloß nicht!« Ich hielt sie fest.

»Was soll das heißen, bloß nicht! Glaubst du, ich

lasse zu, dass meine Enkelin behandelt wird wie ein Guantánamo-Häftling?« Und die chilenische Mafia stürmte mit großen Schritten zum Büro der Direktorin. Wenige Minuten später rief Angie mich zu sich.

»Maya, würdest du bitte vor deinem Vater wiederholen, was du deiner Großmutter erzählt hast?«

»Was genau?«

»Du weißt schon, was ich meine«, beharrte Angie, ohne die Stimme zu erheben.

Mein Vater wirkte nicht beeindruckt und erinnerte nur an die Entscheidung der Richterin: Therapie oder Knast. Ich blieb in Oregon.

Bei ihrem zweiten Besuch zwei Monate später war meine Nini froh: Endlich habe sie ihr Mädchen wieder, sagte sie, keine Dracula-Schminke mehr und kein Gang-Gehabe, ich sah gesund aus und war gut in Form. Was an den acht Kilometern lag, die ich täglich lief. Das gestattete man mir, denn soviel ich auch rannte, weit würde ich doch nicht kommen. Niemand ahnte, dass ich für meine Flucht trainierte.

Ich erzählte meiner Nini, wie wir Schüler uns über die Psychotests und Therapeuten lustig machten, die so leicht zu durchschauen waren, dass jeder Neuzugang sie hinters Licht führen konnte, und das Unterrichtsniveau könne man sowieso vergessen, hier würden sie uns zum Abschluss ein Zeugnis der Ahnungslosigkeit ausstellen, das könnten wir uns dann daheim an die Wand hängen. Alle hätten die Nase voll von Dokumentarfilmen über das Abschmelzen der Polkappen und Forschungsreisen zum Mount Everest, wir wollten wissen, was in der Welt geschah. Sie meinte, das sei alles nicht der Rede wert, bloß schlechte Nachrichten und keine Lösungen dazu, die Welt gehe vor die Hunde, aber langsam genug, dass ich meinen Abschluss noch machen könne. »Ich kann es kaum erwarten, dass du wieder nach Hause kommst, Maya. Du fehlst mir so!« Und sie strich mir seufzend über mein buntscheckiges Haar, das ich mit den in der Natur nicht vorkommenden Farben bearbeitete, die sie mir per Post schickte.

Trotz des Regenbogens auf meinem Kopf fiel ich zwischen meinen Mitschülern nicht weiter auf. Als Ausgleich für die unzähligen Beschränkungen und um uns ein falsches Gefühl von Freiheit zu geben, wurden unserer Phantasie bei Kleidern und Haaren keine Grenzen gesetzt, es durften nur keine neuen Piercings und Tattoos zu den bereits vorhandenen dazukommen. Ich hatte einen goldenen Ring in der Nase und meine 2005-Tätowierung am Handgelenk. Ein Junge, der eine kurze Neonazi-Phase durchgemacht hatte, ehe er auf Methamphetamin umgeschwenkt war, trug ein Hakenkreuz als Brandzeichen auf dem rechten Arm, und ein anderer hatte sich »fuck« auf die Stirn tätowiert.

»Der ist wie geschaffen zum Geficktwerden, Nini. Man hat uns verboten, sein Tattoo zu erwähnen. Der Psychiater sagt, das könnte ihn traumatisieren.«

»Welcher ist es, Maya?«

»Der Lulatsch mit dem Vorhang bis über die Augen.«

Und was tut meine Nini? Geht hin und sagt ihm, das sei alles halb so schlimm, heutzutage gebe es Laser, die könnten ihm die Unflätigkeit von der Stirn radieren.

Manuel hat den kurzen Sommer zum Materialsammeln genutzt und will dann später, in den dunklen Winterstunden, sein Buch über die Magie von Chiloé abschließen. Mir scheint, wir vertragen uns sehr gut, auch wenn er mich bisweilen anknurrt. Ich ignoriere das. Ich weiß noch, als ich ihn kennenlernte, kam er mir schroff vor, aber in den Monaten unseres Zusammenlebens habe ich gemerkt, dass er zu denen gehört, die ein großes Herz haben und sich dafür schämen; er gibt sich keine Mühe, freundlich zu sein, und erschrickt, wenn ihn jemand liebgewinnt, deshalb hat er ein bisschen Angst vor mir. Zwei seiner früheren Bücher sind in Australien erschienen, großformatig und mit Farbfotografien, und das aktuelle soll, dank der Unterstützung des Kulturrats und verschiedener Reiseveranstalter, ähnlich prächtig werden. Der Verlag hat einen sehr namhaften Maler aus Santiago mit den Illustrationen betraut, der wird bei manchen der grausigen Mythengestalten ins Schwitzen geraten. Ich hoffe, Manuel gibt mir weiterhin etwas zu tun, damit ich mich für seine Gastfreundschaft revanchieren kann; sonst stehe ich auf ewig in seiner Schuld. Leider kann er überhaupt nicht delegieren, er überträgt mir die einfachsten Arbeiten und verplempert danach seine Zeit damit, alles noch mal zu überprüfen. Wahrscheinlich hält er mich für dämlich. Und dann hat er mir obendrein Geld geben müssen, weil ich doch nichts hatte, als ich hier ankam. Er versichert mir zwar, meine Großmutter habe ihm etwas überwiesen, aber das glaube ich ihm nicht, das wäre zu einfach für sie. Zu ihr würde eher passen, dass sie mir eine Schaufel schickt, damit ich einen Schatz hebe. Es gibt hier alte Piratenschätze, das weiß jedes Kind. In der Johannisnacht, am 24. Juni, zeigen Lichter an den Stränden an, wo ein Schatz vergraben ist. Leider bewegen sich die Lichter, das führt die Habgierigen in die Irre, und außerdem können sie auch der faule Zauber eines Hexers sein. Bis jetzt ist noch niemand reich geworden, der in der Johannisnacht gegraben hat.

Die Witterung ändert sich rasch, und Eduvigis hat mir eine dicke Mütze gestrickt. Die alte Doña Lucinda färbt ihr die Wolle mit Pflanzen, Rinde und Früchten von der Insel. Sie ist eine Expertin darin und bringt die haltbarsten Farben zustande, mehrere Brauntöne, einen, der ins Rötliche geht, Grau, Schwarz und ein galliges Grün, das mir gut steht. Für sehr wenig Geld konnte ich mir warme Sachen und Turnschuhe kaufen, meine rosa Stiefel haben sich in der Nässe aufgelöst. Kleidung ist in Chile für jedermann erschwinglich: Überall werden Second-Hand-Sachen oder Restposten aus dem amerikanischen und chinesischen Schlussverkauf angeboten, und da ist manchmal was in meiner Größe dabei.

Ich habe Respekt vor Manuels Boot, der Cahuilla, bekommen, die äußerlich ein Seelenverkäufer, aber im Herzen eine Heldin ist. Mit ihr sind wir über den Golf von Ancud galoppiert, und nach dem Winter wollen wir weiter in den Süden, an den Buchten der Isla Grande vorbei durch den Golf von Corcovado. Die Cahuilla ist langsam, aber auf den ruhigen Gewässern hier verlässlich; die wirklich heftigen Stürme gibt es draußen auf dem offenen Pazifik. Auf den Inseln und in den abgelegenen Dörfern besuchen wir die alten Leute, die die Legenden kennen. Sie leben von ihrem Land, von ihrem Vieh und vom Fischen, in kleinen Weilern, die vom prahlerischen Fortschritt unberührt sind.

Manuel und ich brechen im Morgengrauen auf und versuchen je nach Entfernung vor Einbruch der Dunkelheit wieder nach Hause zu kommen, doch wenn die Fahrt über drei Stunden dauert, übernachten wir lieber, weil nur die Schiffe der Marine und die Caleuche, das Geisterschiff, bei Nacht draußen auf See sind. Die alten Leute sagen, alles, was es auf der Erde gibt, findet sich auch unter Wasser. Es gibt Unterwasserstädte im Meer, in Seen, Flüssen und Teichen, und dort wohnen die *pigüichenes*, die nichts Gutes im Schilde führen, schwere See und tückische Strömungen heraufbeschwören können. Vor allem an feuchten Orten sollten wir vor ihnen auf der Hut sein, was aber hier, im Land des Dauerregens, kein sehr hilfreicher Ratschlag ist, es ist überall feucht. Manchmal begegnen wir alten Leuten, die gern berichten, was ihre Augen gesehen haben, und kehren mit einem wahren Schatz von Aufnahmen nach Hause zurück, die wir dann mühselig entwirren müssen, weil diese Leute ihre eigene Art haben zu erzählen. Erst reden sie um das Thema Zauberei herum, das sei früher gewesen, sagen sie, heute glaube kein Mensch mehr daran; vielleicht fürchten sie, von denen der »Kunst«, wie sie die Hexer nennen, gestraft zu werden, oder sie wollen nicht weiter dazu beitragen, dass man sie für abergläubisch hält, aber mit Geschick und Apfel-Chicha löst Manuel ihnen die Zunge.

Wir hatten das schwerste Gewitter, seit ich hier bin, es kam mit Siebenmeilenstiefeln über uns und hat seine Wut an der Welt ausgelassen. Blitze, Donner und ein irrer Wind, der gegen das Haus peitschte und entschlossen schien, es im Regen aufs Meer hinaus zu treiben. Die drei Fledermäuse ließen die Deckenbalken los und drehten im flackernden Licht der Kerzen Runden durchs Wohnzimmer, verfolgt von mir mit dem Besen, um sie nach draußen zu scheuchen, und vom Dusselkater, der sinnlos mit den Tatzen nach ihnen schlug. Der Generator macht seit Tagen Zicken, und wir wissen nicht, wann der »Meister Reisig« kommt, wenn er überhaupt kommt, was keiner sagen kann, weil sich in diesem Land kein Mensch an verabredete Zeiten hält. Meister Reisig nennen sie hier Leute, die mit einer Kneifzange und einem Draht alle möglichen Geräte wieder einigermaßen hinkriegen, aber auf unserer Insel gibt es keinen, und wir müssen welche von auswärts bestellen, die auf sich warten lassen wie Hochwürden. Das Toben des Sturms war ohrenbetäubend, rollender Fels, Panzer im Krieg, entgleisende Züge, Löwengebrüll und plötzlich ein Kreischen aus den Tiefen der Erde. »Ein Beben, Manuel!« Aber der las im Schein seiner Grubenlampe ungerührt weiter. »Bloß der Wind, wenn es bebt, fallen die Töpfe vom Haken.«

Da ging die Tür auf, Azucena Corrales stand in einem Plastikponcho und mit Anglerstiefeln, triefend vom Regen auf der Schwelle und bat um Hilfe, weil es ihrem Vater sehr schlechtging. Wegen des Gewitters hatte ihr Handy keinen Empfang, und zu Fuß ins Dorf zu gehen war ausgeschlossen. Manuel zog Regenmantel, Mütze und Stiefel an, nahm die Taschenlampe und wandte sich zur Tür. Ich kam hinterher, ich dachte nicht daran, mit den Fledermäusen und dem Unwetter allein zu bleiben.

Bis zum Haus der Familie Corrales ist es nicht weit,

aber wir brauchten ewig im Dunkeln, wurden von den Regenschwaden durchgeweicht, versanken im Schlamm und kämpften gegen die Böen, die uns zurücktreiben wollten. Für Augenblicke war mir, als hätten wir uns verlaufen, dann tauchte vor uns unversehens der gelbliche Schein im Fenster der Corrales' auf.

Das Haus ist kleiner als unseres und arg baufällig, seine losen Bretter knirschten und knarrten bedenklich, aber innen war es warm. Im Licht von zwei Petroleumlampen sah ich ein Durcheinander alter Möbel, dazu Körbe mit ungesponnener Wolle, Berge von Kartoffeln, Töpfe, Kleiderbündel, Wäsche, die an einem Draht zum Trocknen hing, Eimer für das Wasser, das durch die Decke tropfte, und sogar die Ställe mit den Kaninchen und Hühnern, die man in so einer Nacht unmöglich draußen lassen konnte. In einer Ecke brannte eine Kerze vor einem Altar mit Gipsmadonna und einem Bild von Pater Hurtado, dem Heiligen der Chilenen. An den Wänden Kalender, gerahmte Fotografien, Postkarten, Werbung für Ökotourismus und ein Schaubild aus der »Ernährungsfibel für den älteren Erwachsenen«.

Carmelo Corrales muss einmal ein kräftiger Mann gewesen sein, Zimmermann und Bootsbauer, aber der Alkohol und der Diabetes haben ihm jahrelang zugesetzt, und jetzt ist er ein Wrack. Erst nahm er die Symptome nicht ernst, dann behandelte ihn seine

Frau mit Knoblauch, rohen Kartoffeln und Eukalyptus, und als Liliana Treviño ihn nötigte, nach Castro ins Krankenhaus zu gehen, war es zu spät. Wenn man Eduvigis glauben will, haben die Ärzte seinen Zustand verschlimmert. Corrales änderte nichts an seinem Lebensstil, trank weiter und vergriff sich an seiner Familie, bis man ihm im letzten September das Bein amputierte. Jetzt kriegt er Juanito und Azucena nicht mehr zu fassen, um ihnen eins mit dem Gürtel überzuziehen, aber Eduvigis läuft oft mit einem blauen Auge herum, und niemand wundert sich. Manuel hat mir geraten, nicht nachzufragen, weil es für Eduvigis beschämend wäre, man redet hier nicht über häusliche Gewalt.

Das Krankenbett stand am Ofen. Wegen der Geschichten, die ich über Carmelo Corrales gehört hatte, über seine Prügeleien im Suff und darüber, wie er seine Familie malträtierte, hatte ich ihn mir als großen, widerlichen Kerl vorgestellt, aber im Bett lag ein hilfloser Greis mit verrenkten, knochigen Gliedern, hatte die Augen halb geschlossen und atmete röchelnd wie ein Sterbender durch den offenen Mund. Ich hätte gedacht, dass man Zuckerkranken immer Insulin gibt, aber Manuel flößte dem Mann ein paar Löffelchen Honig ein, und dadurch und durch die Gebete von Eduvigis kam er wieder zu sich. Azucena kochte uns einen Tee, den wir schweigend tranken, während wir darauf warteten, dass der Sturm abflaute.

Gegen vier am Morgen kehrten Manuel und ich nach Hause zurück, wo der Ofen schon vor einer Weile erloschen sein musste. Es war kühl, Manuel ging Brennholz holen, ich zündete Kerzen an und machte Wasser und Milch auf dem Petroleumkocher warm. Erst merkte ich gar nicht, wie ich zitterte, weniger vor Kälte als wegen der Anspannung dieser Nacht, wegen des Unwetters, der Fledermäuse, des sterbenskranken Mannes und wegen etwas, das ich im Haus der Familie Corrales gespürt hatte und nicht richtig erklären kann, etwas, das einen angreift wie Hass. Falls es stimmt, dass Häuser von dem Leben getränkt sind, das in ihnen geführt wird, dann gibt es im Haus der Familie Corrales etwas Böses.

Manuel hatte das Feuer rasch entfacht, wir wechselten unsere nassen Sachen gegen Schlafanzüge und dicke Socken und warfen uns Wolldecken über. Im Stehen, dicht beim Ofen, trank er seine zweite Tasse Tee und ich meine Milch, dann sah er nach, ob alle Fensterläden dem Sturm standgehalten hatten, machte meine Wärmflasche fertig, legte sie mir ins Bett und verschwand in sein Zimmer. Ich hörte, wie er ins Bad ging, zurückkam und sich ins Bett legte. Ich blieb auf, lauschte auf das letzte Grummeln des Gewitters, den sich entfernenden Donner, den Wind, der des Wehens langsam müde wurde.

Ich habe verschiedene Strategien ausprobiert, um meine Angst vor der Nacht zu besiegen, und keine taugt etwas. Seit ich in Chiloé bin, fühle ich mich körperlich und im Kopf gesund, aber meine Schlaflosigkeit ist schlimmer geworden, und ich will keine Tabletten nehmen. Mike O'Kelly hat mich vorgewarnt, das Letzte, was bei einem Süchtigen wieder normal funktioniere, sei das Schlafen. Ich vermeide ab nachmittags Kaffee und schwarzen Tee und alles, was mich aufregt, sehe keine Filme und lese keine Bücher mit Gewaltszenen, die mir nachts nachgehen könnten. Bevor ich mich hinlege, trinke ich einen Becher warme Milch mit Honig und Zimt, den Zaubertrank meines Großvaters, als ich klein war, und außerdem einen Beruhigungstee von Eduvigis: Lindenblüten, Holunder, Pfefferminz und Veilchen, aber egal, was ich tue, selbst wenn ich bis in die Puppen aufbleibe und lese, bis mir die Augen zufallen, ich kann die Schlaflosigkeit nicht austricksen, sie ist unerbittlich. Ich habe viele Nächte meines Lebens wach gelegen, zählte früher Schafe, zähle heute Schwäne mit schwarzem Hals oder Delfine mit weißem Bauch. Stundenlang liege ich da im Dunkeln, ein, zwei, drei Uhr früh, lausche auf das Atmen des Hauses, das Wispern der Gespenster, das Scharren der Monster unter meinem Bett und fürchte um mein Leben. Die immer gleichen Feinde überfallen mich, Schmerz, Verlust, Erniedrigung, Schuld. Das Licht anzumachen kommt einer Niederlage gleich, an Schlaf ist nicht mehr zu denken, weil im Licht das Haus nicht nur atmet, es bewegt sich, es pocht, es wachsen ihm Höcker und Tentakeln, die Gespenster nehmen sichtbare Gestalt an, die Fratzen geraten in Aufruhr. Jetzt stand mir wieder eine endlose Nacht bevor, zu viel Aufregung und dazu sehr spät. Ich lag unter einem Berg Wolldecken begraben und ließ Schwäne an mir vorüberziehen, als ich hörte, dass Manuel nebenan im Schlaf mit etwas rang, wie schon so viele Male zuvor.

Etwas verursacht ihm Albträume, es hat mit seiner Vergangenheit zu tun und vielleicht mit der Vergangenheit des Landes. Ich habe im Internet einiges gefunden, das von Bedeutung sein mag, tappe aber weitgehend im Dunkeln, habe kaum Anhaltspunkte und keine Gewissheiten. Angefangen hat alles damit, dass ich etwas über den ersten Mann meiner Nini herausfinden wollte, Felipe Vidal, dabei bin ich über den Putsch von 1973 gestolpert, der Manuels Leben über den Haufen geworfen hat. Ich fand einige Artikel von Felipe Vidal über das Kuba der sechziger Jahre – offenbar war er einer von wenigen chilenischen Journalisten, die über die Revolution berichteten – und mehrere Reportagen aus verschiedenen Teilen der Welt; er ist wohl viel rumgekommen. Einige Monate nach dem Putsch verschwand er, was mit ihm passiert ist, habe ich im Internet nicht gefunden. Nur dass er verheiratet war und einen Sohn hatte, aber die Namen von Frau und Kind tauchen nirgends auf. Ich fragte Manuel, wo er Felipe Vidal eigentlich kennengelernt hatte, und er entgegnete kurz angebunden, er wolle nicht darüber reden, aber ich werde das Gefühl nicht los, dass die Geschichte der beiden irgendwie zusammenhängt.

Viele Chilenen wollten nicht wahrhaben, dass unter der Militärdiktatur Gräueltaten begangen wurden, bis in den neunziger Jahren erdrückende Beweise ans Licht kamen. Blanca sagt, inzwischen könne niemand mehr leugnen, was geschehen ist, doch würden einige es weiterhin rechtfertigen. Man darf das Thema vor ihrem Vater und dem Rest der Familie Schnake nicht anschneiden, für sie ist die Vergangenheit begraben, das Militär hat das Land vor dem Kommunismus bewahrt, für Ordnung gesorgt, die Subversiven beseitigt, die freie Marktwirtschaft eingeführt und damit den Wohlstand gebracht, weil das die Chilenen, die von Natur aus faul sind, zum Arbeiten zwang. Gräueltaten? Sind im Krieg unvermeidlich, und das war ein Krieg gegen den Kommunismus.

Was Manuel wohl träumt heut Nacht? Ich spürte wieder seine schlimmen Traumgespinste, die mich zuvor schon erschreckt hatten. Schließlich stand ich auf und tastete mich an den Wänden entlang in sein Zimmer, in das eine Andeutung von Licht aus dem Ofen fiel, genug, um die Umrisse der Möbel zu erahnen. Ich war nie zuvor in diesem Raum gewesen. Wir haben eng zusammengelebt, er hat mir beigestanden, als ich den üblen Durchfall hatte – was könnte intimer sein? –, wir begegnen uns im Bad, er hat mich sogar schon nackt gesehen, wenn ich unbedacht aus der Dusche kam, aber sein Schlafzimmer ist für mich tabu, dort gehen nur der Dusselkater und der Literatenkater wie selbstverständlich ein und aus. Warum habe ich das getan? Damit er aufwacht und sich nicht mehr quält, ich meiner Schlaflosigkeit ein Schnippchen schlagen und bei ihm schlafen kann. Sonst nichts, aber ich wusste, ich spiele mit dem Feuer, er ist ein Mann, ich eine Frau, auch wenn er zweiundfünfzig Jahre älter ist als ich.

Ich sehe Manuel gern an, trage gern seine alte Jacke, rieche gern seine Seife im Bad, höre gern seine Stimme. Ich mag seine spöttische Art, seine Selbstsicherheit, seine stille Gesellschaft, mag es, dass er keine Ahnung hat, wie gern die Leute ihn haben. Ich fühle mich nicht zu ihm hingezogen, nichts dergleichen, aber ich habe ihn so schrecklich lieb, dafür gibt es gar keine Worte. Ich habe ja nicht viele Menschen zum Liebhaben: meine Nini, meinen Vater, Schneewittchen, zwei, die ich in Las Vegas gelassen habe, und niemanden in Oregon, abgesehen von den Vicuñas, und dann ein paar hier auf der Insel, die ich fast schon zu lieb habe. Ich ging zu Manuel, gab mir keine Mühe, leise zu sein, schlüpfte in sein Bett, umarmte ihn von hinten, schob meine Füße zwischen seine und vergrub meine Nase in seinem Nacken. Er rührte sich nicht, aber ich wusste, dass er aufgewacht war, weil er zu einem Marmorblock versteinerte. »Entspann dich, Mann, ich will bloß mit dir atmen«, war alles, was mir zu sagen einfiel. Also lagen wir da, ein altes Ehepaar, in die Wärme der Wolldecken und in unsere Wärme gehüllt, und atmeten. Und ich schlief tief und fest ein wie damals im Bett zwischen meinen beiden Großeltern.

Manuel weckte mich um acht mit einer Tasse Kaffee und Toastbrot. Das Gewitter hatte sich verzogen, und die Luft roch frisch gewaschen, nach nassem Holz und Salz. Die Schrecken der letzten Nacht schienen im Morgenlicht, das ins Haus flutete, wie ein böser Traum. Manuel war rasiert, hatte feuchtes Haar und trug seine üblichen Sachen: ausgebeulte Hose, Hemd mit Stehkragen, Strickjacke mit fadenscheinigen Ellbogen. Er reichte mir das Tablett und setzte sich neben mich.

»Entschuldige. Ich konnte nicht schlafen, und du hattest einen Albtraum. War wohl dumm von mir, in dein Zimmer zu kommen …«

»Sehe ich auch so.«

»Schau mich doch nicht an wie eine alte Jungfer, Manuel. Man könnte ja meinen, ich hätte ein unverzeihliches Verbrechen verübt. Ich bin dir nicht an die Wäsche gegangen oder so.«

»Zum Glück«, sagte er ernst.

»Darf ich dich was Persönliches fragen?«

»Kommt drauf an.«

»Ich schaue dich an und sehe einen Mann, auch wenn du alt bist. Aber du behandelst mich wie deine Katzen. Du siehst mich nicht als Frau, oder?«

»Ich sehe dich, Maya. Deshalb möchte ich dich bitten, dass du nicht mehr zu mir ins Bett kommst. Nie mehr. Ist das klar?«

»Ja, ist klar.«

Auf dieser lieblichen Insel in Chiloé scheint mir meine frühere Unruhe unbegreiflich. Ich weiß nicht, was das für ein Stachel war, der mich früher im Innern fortwährend gepiesackt hat, warum ich ständig mal dies, mal das getan habe, immer auf der Suche war, ohne zu wissen, wonach; ich kann meine Handlungen und Gefühle der letzten drei Jahre nicht mehr richtig nachvollziehen, als wäre die Maya Vidal von damals eine andere Person gewesen, eine Unbekannte. Das habe ich Manuel in einem unserer seltenen intimeren Gespräche erzählt, die wir führen, wenn wir allein sind, es draußen regnet, der Strom abgestellt ist und er sich nicht vor meinem Geplauder an den Computer flüchten kann, und er meinte dazu, Adrenalin mache süchtig, man gewöhne sich an ein Leben wie auf glühenden Kohlen, könne auf die Dramatik nicht verzichten, das sei ja auch spannender als die Normalität. Außerdem suche man in meinem Alter nicht nach Seelenfrieden, sondern nach Abenteuern, mein

Exil in Chiloé sei zwar eine Auszeit, aber jemand wie ich könne nie dauerhaft so leben. »Willst du damit sagen, je früher ich dein Haus verlasse, desto besser, meinst du das?«, fragte ich ihn. »Desto besser für dich, Maya, nicht für mich«, antwortete er. Ich glaube ihm, denn wenn ich gehe, wird er sich einsamer fühlen als eine Muschel.

Adrenalin macht wirklich süchtig. In Oregon gab es ein paar Fatalisten, die hatten sich in ihrem Unglück bestens eingerichtet. Glück hat etwas Seifiges, es glitscht einem durch die Finger, an Problemen dagegen kann man sich festklammern, sie sind rau und hart und geben Halt. Dort im Internat hatte ich meinen eigenen russischen Roman am Laufen: Ich war böse, schändlich und verderbt, enttäuschte und verletzte die Menschen, die mich am meisten liebten, hatte mein Leben verpfuscht. Hier auf der Insel fühle ich mich dagegen fast immer als guter Mensch, als wäre ich mit der veränderten Umgebung in eine andere Haut geschlüpft. Hier kennt niemand außer Manuel meine Vergangenheit; die Leute vertrauen mir, für sie bin ich eine Studentin auf Urlaub, die Manuel bei der Arbeit zur Hand geht, ein unbedarftes und gesundes junges Ding, das im eiskalten Meer schwimmt und Fußball spielt wie ein Mann, eine Gringa, die ein bisschen spinnt. Ich habe nicht vor, sie eines Besseren zu belehren.

Manchmal, wenn ich nicht schlafen kann, fühle ich

mich schuldig wegen dem, was ich getan habe, aber dieses stechende Gefühl verflüchtigt sich bei Tagesanbruch mit dem Duft der Holzscheite im Ofen, Fákins Pfote, die an der Bettdecke kratzt, damit ich ihn raus in den Hof lasse, mit Manuels allergischem Räuspern, wenn er ins Bad geht. Ich schlage die Augen auf, gähne, räkele mich und atme durch. Ich muss nicht auf die Knie sinken und mir gegen die Brust schlagen oder für meine Fehler mit Tränen und Blut büßen. Mein Pop hat das Leben einmal mit einem Wandteppich verglichen, an dem man Tag für Tag weiterknüpft mit Fäden in vielen Farben, manche davon grob und dunkel, andere zart und strahlend, jeder Faden ist zu gebrauchen. Die Dummheiten, die ich begangen habe, sind schon in dem Teppich verewigt, man kriegt sie dort nicht mehr weg, sie werden mich aber auch nicht bis ans Ende meiner Tage belasten. Was geschehen ist, ist geschehen; ich muss nach vorn schauen. In Chiloé gibt es nichts, was die Feuer der Verzweiflung nähren würde. In diesem Haus aus Zypressenholz kommt das Herz zur Ruhe.

Im Juni 2008 endete für mich das Programm im Internat in Oregon, in dem ich so lange gefangen gewesen war. In wenigen Tagen würde ich durch die Tür nach draußen spazieren, und vermissen würde ich nur die Vicuñas und Steve, den Lieblingsbetreuer der weiblichen Schülerschaft. Ich war ein bisschen in ihn verknallt, wie die übrigen Mädchen auch, aber viel zu stolz, um das zuzugeben. Andere waren schon nachts heimlich zu ihm ins Zimmer geschlichen und freundlich zurück in ihr Bett geschickt worden; Steve war ein Genie darin, jemanden abblitzen zu lassen. Freiheit. Endlich. Ich würde mich wieder in die Welt der Normalen einklinken, alles nachholen, was mir an Musik, Büchern und Filmen durch die Lappen gegangen war, mich bei Facebook anmelden, worauf wir im Internat alle scharf waren, weil es von den sozialen Netzwerken das angesagteste war. Ich schwor mir, bis ans Ende meiner Tage keinen Fuß mehr in den Staat Oregon zu setzen.

Zum ersten Mal seit Monaten dachte ich an Sarah und Debbie und fragte mich, was aus ihnen geworden war. Mit etwas Glück würden sie ihren Abschluss gemacht haben und wären auf Jobsuche, denn dass sie aufs College gingen, war eher unwahrscheinlich, dafür fehlte ihnen der Grips. Debbie war immer schwer von Begriff gewesen, und Sarah hatte zu viele Schwierigkeiten; wenn sie ihre Bulimie nicht überwunden hatte, war sie wahrscheinlich sowieso auf dem Friedhof.

Dann lud mich Angie eines Morgens zu einem Spaziergang unter den Bäumen ein, reichlich verdächtig, denn das war so gar nicht ihre Art, und sie erklärte mir, sie sei sehr zufrieden mit meiner Entwicklung, das hätte ich alles aus eigener Kraft geschafft, das Internat habe mich darin lediglich unterstützt, und ich könne jetzt an die Universität gehen, auch wenn in meinem Wissen verschiedentlich Lücken klafften. »Lücken ist gut: Krater«, fiel ich ihr ins Wort. Sie ließ das mit einem Lächeln an sich abgleiten und erinnerte mich daran, ihre Aufgabe bestehe nicht wie bei einer herkömmlichen Bildungsanstalt vor allem in der Vermittlung von Kenntnissen, sondern sei wesentlich heikler, sie müssten den jungen Menschen das emotionale Rüstzeug an die Hand geben, um das eigene Potenzial bestmöglich zu entfalten.

»Du bist reifer geworden, Maya, darauf kommt es an.«

»Du hast recht, Angie. Mit sechzehn wollte ich einen millionenschweren Tattergreis heiraten, ihn vergiften und sein Vermögen erben, inzwischen will ich Vicuñas für den Verkauf züchten.«

Sie fand das nicht lustig. Über einige Umwege kam sie zu dem Vorschlag, ich könne den Sommer über als Sportlehrerin und Helferin in der Kunstwerkstatt im Internat bleiben; im September könne ich dann direkt aufs College gehen. Mein Vater und Susan seien ja, wie ich wisse, dabei, sich scheiden zu lassen, und mein Vater habe eine Flugroute in den Mittleren Osten bekommen.

»Deine Lage ist kompliziert, Maya, du brauchst in der Übergangszeit Stabilität. Hier hattest du einen geschützten Raum, aber in Berkeley fehlt dir eine feste

Struktur. Du solltest nicht in dein altes Umfeld zurückkehren.«

»Ich werde bei meiner Großmutter wohnen.«

»Deine Oma ist nicht in einem Alter, um …«

»Du kennst sie nicht, Angie! Sie hat mehr Power als Madonna. Und nenn sie nicht Oma, ihr zweiter Name ist Don Corleone, wie im Paten. Meine Nini hat mich mit Kopfnüssen erzogen, wie viel Struktur willst du noch?«

»Wir werden uns nicht über deine Großmutter streiten, Maya. Zwei oder drei weitere Monate hier können für deine Zukunft entscheidend sein. Denk darüber nach.«

Da begriff ich, dass mein Vater das längst mit ihr vereinbart hatte. Er und ich hatten uns nie sehr nahgestanden, als ich klein war, war er fast immer weg gewesen, meine Nini und mein Pop hatten mich am Hals, er hielt sich raus. Als es nach dem Tod meines Großvaters zwischen uns schwierig wurde, schob er mich ins Internat nach Oregon ab und wusch seine Hände in Unschuld. Jetzt hatte er eine Flugroute in den Mittleren Osten, die kam ihm wie gerufen. Wozu hatte er mich in die Welt gesetzt? Er hätte bei der Prinzessin aus Lappland ein bisschen aufpassen können, wenn sie schon beide keine Kinder wollten. Gummis gab es da ja bestimmt bereits. All das fegte wie eine Bö durch meinen Kopf, und schnell war mir klar, dass ich gar nicht versuchen musste, mich zu weigern oder mit ihm zu feilschen, weil er, wenn er sich etwas in den Kopf gesetzt hat, stur ist wie ein Esel, also musste eine andere Lösung her. Ich war achtzehn, rein rechtlich konnte er mich nicht zwingen, im Internat zu bleiben; deshalb hatte er sich mit Angie verbündet, deren Wort einer medizinischen Diagnose gleichkam. Wenn ich ablehnte, würde das als Problemverhalten gewertet, und mit der Unterschrift des hiesigen Psychiaters konnte man mein Programm verlängern oder mich in ein anderes stecken. Ich nahm Angies Vorschlag so umgehend an, dass jeder, der sich seiner Autorität weniger sicher gewesen wäre, misstrauisch geworden wäre, und stellte mich ein auf meine lange überfällige Flucht.

In der zweiten Juniwoche, wenige Tage nach meinem Spaziergang mit Angie unter den Bäumen, steckte ein Schüler durch eine Zigarettenkippe versehentlich die Turnhalle in Brand. Erst fraßen sich die Flammen durch eine Matte, dann schlugen sie hoch bis zur Decke, noch ehe der Alarm losging. Nichts ähnlich Dramatisches oder Vergnügliches war seit der Gründung des Internats hier passiert. Während sich die Lehrer und Gärtner mit den Schläuchen abmühten, nutzten die Jugendlichen die Gunst der Stunde, tobten und schrien herum, ließen den Dampf ab, der sich in Monaten der Selbstbespiegelung angestaut hatte, und als schließlich Feuerwehr und Polizei eintrafen, fanden sie bestätigt, dass es sich, wie allgemein vermutet, bei der Schule um eine Irrenanstalt handelte. Der Brand griff um sich, bedrohte die umliegenden Wälder, und die Feuerwehr forderte ein Flugzeug an. Das schürte den Taumel der Schüler weiter, alle rannten unter den Schwaden aus Chemieschaum herum und scherten sich nicht um die Anweisungen der Einsatzleitung.

Es war ein strahlender Morgen. Ehe die Qualmwolken den Himmel verdüsterten, war die Luft lau und rein gewesen, wie gemacht für meine Flucht. Doch zunächst musste ich die Vicuñas in Sicherheit bringen, an die in dem Durcheinander niemand einen Gedanken verschwendete, und ich verlor eine halbe Stunde, weil ich sie nicht vom Fleck bewegen konnte; vom Schreck über den Brandgeruch waren ihre Beine wie blockiert. Endlich kam ich auf die Idee, ihnen zwei angefeuchtete T-Shirts über den Kopf zu ziehen, und konnte sie damit bis zum Tennisplatz zerren, wo ich sie mit ihren Kapuzen überm Kopf festband. Danach ging ich in meinen Schlafraum, stopfte das Unerlässliche in meinen Rucksack – das Foto von meinem Pop, ein paar Sachen zum Anziehen, zwei Energieriegel und eine Flasche Wasser –, zog meine guten Laufschuhe an und rannte in den Wald. Das war keine Entscheidung Hals über Kopf, schließlich wartete ich schon ewig auf eine günstige Gelegenheit, trotzdem folgte ich keinem vernünftigen Plan, besaß weder einen Ausweis noch Geld oder eine Karte, und hatte nur die verrückte Vorstellung im Kopf, ich könnte mich für ein paar Tage in Luft auflösen und meinem Vater einen Schreck einjagen, den er so schnell nicht vergaß.

Angie wartete achtundvierzig Stunden, bis sie meine Familie anrief, denn es war normal, dass ab und zu Schüler verschwanden; sie stellten sich an die Landstraße, ließen sich von jemandem die dreißig Kilometer in den nächsten Ort mitnehmen, testeten die Freiheit aus und kamen dann entweder selber zurück, weil sie nicht wussten, wohin, oder wurden von der Polizei gebracht. Fluchtversuche gehörten zum Alltag und galten vor allem bei Neuzugängen als Zeichen seelischer Gesundheit. Nur wer vollkommen antriebslos und depressiv war, fügte sich brav in die Gefangenschaft. Da die Feuerwehr ausschließen konnte, dass durch den Brand jemand zu Schaden gekommen war, machte man sich über mein Verschwinden keine ernsteren Sorgen, doch als am nächsten Morgen von der Aufregung des Feuers nur noch Asche übrig war, suchte man mich im Ort und durchkämmte mit Patrouillen den Wald. Da hatte ich bereits viele Stunden Vorsprung.

Ich weiß nicht, wie ich ohne Kompass in diesem Kiefernmeer einen Weg finden und es im Zickzack bis zur Interstate schaffen konnte. Ich hatte wohl einfach

Glück. Stundenlang rannte ich nur, brach morgens auf, sah es Abend werden, dann Nacht. Ein paarmal blieb ich schweißüberströmt stehen, trank Wasser und aß meine Energieriegel, dann lief ich weiter, bis die Dunkelheit mich zwang, innezuhalten. Ich kauerte mich für die Nacht zwischen die Wurzeln eines Baumes und flehte zu meinem Pop, er möge die Bären fernhalten; es gab viele hier, auf der Suche nach Essbarem waren oft welche bis in den Garten des Internats gekommen. Wir beobachteten durchs Fenster, wie sie in den Mülltonnen wühlten, und keiner wagte es, sie zu vertreiben. Die Begegnungen mit meinem Pop, die flüchtig waren wie Seifenblasen, hatten in meiner Zeit im Internat stark gelitten. Unmittelbar nach seinem Tod war er mir öfter erschienen, daran kann kein Zweifel sein; ich sah ihn im Türrahmen stehen, sah ihn draußen auf dem Gehsteig gegenüber oder durchs Fenster eines Restaurants. Er ist unverkennbar, niemand sieht aus wie mein Pop, niemand tritt so elegant und bühnenreif auf mit Pfeife, Goldrandbrille und Borsalino. Aber dann begann dieser Absturz, die vielen Drogen und der Alkohol, der ständige Lärm, mein Kopf war umnebelt, und ich sah ihn nicht mehr, auch wenn ich glaube, dass er manchmal in meiner Nähe war; ich konnte seinen Blick in meinem Rücken spüren. Meine Nini sagt, nur in einem leeren, stillen und sauberen Raum ohne Uhren könne man, wenn man zur Ruhe kommt, die Geister spüren.

»Wie willst du deinen Pop hören, wenn du dauernd Kopfhörer trägst?«, sagte sie zu mir.

In dieser Nacht allein im Wald empfand ich dieselbe bodenlose Angst wie in den durchwachten Nächten meiner Kindheit, griffen mich dieselben Monster an wie im Haus meiner Großeltern. Nur die Umarmung und die Wärme eines anderen, der größer und stärker war als ich, konnten mir in den Schlaf helfen: mein Pop, ein Bombenspürhund. »Pop, Pop«, rief ich ihn mit rasendem Herzen. Ich kniff die Augen zu und presste mir die Hände auf die Ohren, um die gaukelnden Schatten nicht zu sehen und ihr bedrohliches Raunen nicht zu hören. Ich nickte ein, es muss sehr kurz gewesen sein, und schreckte dann hoch, weil ein Lichtschein zwischen die Baumstämme fiel. Ich brauchte einen Moment, bis ich wieder wusste, wo ich war, und begriff, dass es die Scheinwerfer eines Autos gewesen sein mussten, die Straße also nicht weit sein konnte; ich sprang auf, schrie vor Erleichterung und rannte los.

Die Schule hat vor einigen Wochen begonnen, und ich arbeite jetzt als Lehrerin, allerdings ohne Gehalt. Ich bezahle Manuel in einem komplizierten Tauschgeschäft dafür, dass ich bei ihm wohnen darf. Für meine Arbeit in der Schule gibt Tía Blanca mir kein Geld, sondern sie bezahlt Manuel mit Brennholz, Schreibpapier, Benzin, Licor de Oro und ein paar Annehmlichkeiten, bringt ihm zum Beispiel Filme vorbei, die im Dorf nicht gezeigt werden, weil sie ohne Untertitel oder »garstig« sind. Nicht Blanca sortiert die Filme aus, sondern ein Nachbarschaftskomitee, das alle Hollywood-Filme mit vielen Sexszenen »garstig« findet. Chilenische Filme werden mit diesem Adjektiv nie belegt, dort wälzen sich die Schauspieler oft nackt und stöhnend herum, ohne dass das Publikum auf der Insel mit der Wimper zuckt.

Tauschgeschäfte sind ein wichtiger Pfeiler der Wirtschaft auf der Insel, man tauscht Fisch gegen Kartoffeln, Brot gegen Holz, Hühner gegen Kaninchen, und viele Handreichungen werden durch Waren vergolten. Den milchgesichtigen Arzt mit dem Boot muss man nicht bezahlen, weil er für den staatlichen Gesundheitsdienst arbeitet, aber seine Patienten geben ihm trotzdem Hühner oder Wollsachen. Niemand sagt, was etwas kostet, alle kennen jedoch den genauen Wert und führen im Kopf Buch. Das funktioniert reibungslos, man verliert kein Wort über Schulden oder darüber, was man gibt oder bekommt. Wer nicht hier geboren ist, wird dieses Tauschen nie in allen Verzweigungen und Feinheiten durchschauen können, aber ich habe wenigstens gelernt, mich für die unzähligen Tassen Mate und Kräutertee zu revanchieren, die man mir im Dorf anbietet. Erst wusste ich nicht, wie ich das anstellen soll, denn ich bin nie ärmer gewesen als jetzt, nicht einmal in meiner Zeit auf der

Straße, doch dann habe ich gemerkt, dass die Leute froh sind, wenn ich mich um ihre Kinder kümmere und Doña Lucinda beim Färben und Aufwickeln der Wolle helfe. Doña Lucinda ist so alt, dass schon niemand mehr weiß, aus welcher Familie sie stammt, und alle reihum nach ihr sehen; sie ist die Ururgroßmutter der Insel und nach wie vor rüstig, besingt die Kartoffeln und verkauft ihre Wolle.

Man muss einen Gefallen nicht direkt vergelten, man kann auch über Bande spielen, wie Tía Blanca und Manuel das bei meiner Mithilfe in der Schule tun. Manchmal wird auch über zwei oder drei Banden gespielt: Liliana Treviño besorgt Glucosamin gegen die Gelenkschmerzen von Eduvigis Corrales, die strickt Wollsocken für Manuel, der tauscht seine gelesenen Ausgaben des *National Geographic* in der Buchhandlung in Castro gegen Frauenzeitschriften ein, die er Liliana Treviño gibt, wenn sie die Medizin für Eduvigis vorbeibringt, womit der Kreis sich schließt, und alle sind froh. Wobei Eduvigis das Glucosamin nur widerstrebend nimmt, um die Krankenschwester nicht zu kränken, da in ihren Augen nur Abreibungen mit Brennnesseln und Bienenstiche wirksam gegen die Schmerzen helfen. Bei den Rosskuren hier muss man sich nicht wundern, dass die Leute vorzeitig altern. Außerdem gehen der Wind und die Kälte auf die Knochen, und die Feuchtigkeit kriecht in die Gelenke; der Körper wird es leid, Kartoffeln aus der Erde zu holen und Meerestiere aus dem Meer, und das Herz wird schwer, weil die Kinder fortgehen. Chicha und Wein halten den Schmerz eine Weile in Schach, doch gewinnt die Müdigkeit am Ende immer die Oberhand. Das Leben ist hier nicht leicht und der Tod für viele eine Einladung, sich auszuruhen.

Mein Alltag ist bunter geworden, seit die Schule angefangen hat. Vorher war ich die Gringuita, aber seit ich die Kinder unterrichte, bin ich die Tía Gringa. In Chile werden die Erwachsenen als Tío oder Tía angesprochen, auch wenn sie gar keine Onkel oder Tanten sind. Aus Respekt sollte ich zu Manuel eigentlich Tío sagen, was ich aber nicht wusste, als ich hier ankam, und mittlerweile ist es zu spät. Ich schlage langsam Wurzeln auf der Insel, was ich mir nie hätte träumen lassen.

Im Winterhalbjahr beginnt der Unterricht, wenn es nicht schüttet und hell genug ist, gegen neun am Morgen. Ich jogge zur Schule, Fákin kommt mit, liefert mich am Eingang ab und geht zurück nach Hause ins Warme. Zu Beginn des Schultags wird die chilenische Fahne gehisst, alle stehen stramm und singen die Nationalhymne – »Rein, mein Chile, ist dein blaues Firmament, rein auch die Winde, die dich durchwehen«, usw. –, und dann gibt uns Tía Blanca ein paar Gedanken für den Tag mit. Freitags sagt sie, wer belohnt wird und wer bestraft, und hält zur Festigung unserer Moral eine kleine erbauliche Rede.

Ich bringe den Kindern ein bisschen Englisch bei, die Sprache der Zukunft, wie Tía Blanca glaubt, mit einem Schulbuch aus dem Jahr 1952, in dem die Flugzeuge Propeller haben und die Mütter, durch die Bank blond, in hochhackigen Schuhen am Herd stehen. Außerdem zeige ich ihnen Dinge an den Computern, die einwandfrei funktionieren, wenn Strom da ist, und ich bin die offizielle Fußballtrainerin, obwohl jeder von den Dreikäsehochs besser mit dem Ball umgehen kann als ich. Unsere Caleuche-Jungs sind mit olympischem Eifer bei der Sache, denn als Don Lionel Schnake uns die Schuhe schenkte, habe ich mit ihm gewettet, dass wir die Schulmeisterschaften im September gewinnen, und sollten wir verlieren, muss ich mir den Kopf rasieren, was für meine Jungs eine unerträgliche Schmach wäre. Die Pincoya, unsere Mädchenmannschaft, ist unterirdisch, und man verliert besser kein Wort über sie.

Die Caleuches wollten Juanito Corrales nicht in der Mannschaft haben, sie nennen ihn Zwerg, weil er so schmächtig ist, dabei rennt er wie ein Hase und hat keine Angst vor scharf geschossenen Bällen. Die Kinder hänseln ihn, und wenn sie können, schlagen sie ihn auch. Unser ältester Schüler ist Pedro Pelanchugay, er ist ein paarmal sitzengeblieben, und der allgemeine Befund lautet, er sollte sich den Lebensunterhalt als Fischer bei seinen Onkeln verdienen, anstatt sein bisschen Grips darauf zu verwenden, Zahlen und

Buchstaben zu lernen, mit denen er später doch wenig anfangen kann. Er ist ein Huilliche-Indianer, massig, dunkel, stur und geduldig, ein gutmütiger Kerl, mit dem sich aber keiner anlegt, denn wenn er doch einmal die Geduld verliert, walzt er jeden platt. Tía Blanca hat ihn mit Juanitos Schutz betraut. »Wieso denn ich?«, fragte er und starrte auf seine Füße. »Weil du der Stärkste bist.« Dann rief sie Juanito dazu und wies ihn an, Pedro bei den Hausaufgaben zu helfen. »Wieso denn ich?«, stammelte der Kleine, der fast nie den Mund aufmacht. »Weil du der Schlauste bist.« Auf diese salomonische Weise löste Blanca das Problem, dass der eine gepiesackt wird und der andere schlechte Noten schreibt, und legte obendrein den Grundstein zu einer dicken Freundschaft zwischen den Jungs, die zum beidseitigen Nutzen unzertrennlich geworden sind.

Mittags helfe ich bei der Essensausgabe. Das Bildungsministerium finanziert Huhn oder Fisch, Kartoffeln, Gemüse, Nachtisch und ein Glas Milch. Tía Blanca sagt, für viele Kinder in Chile sei das die einzige Mahlzeit am Tag, aber hier auf der Insel ist das nicht so; wir sind arm, aber zu essen gibt es genug. Mein Einsatz endet nach dem Mittagessen, dann gehe ich nach Hause, arbeite zwei Stunden für Manuel und habe den Rest des Nachmittags frei. Freitags gibt Tía Blanca den drei Kindern, die sich während der Woche am besten betragen haben, zur Belohnung ein gelbes

Zettelchen mit ihrer Unterschrift, das bedeutet, sie dürfen das Badefass mit dem heißen Wasser benutzen, das bei Tío Manuel hinterm Haus steht. Erst bekommen sie drinnen bei uns eine Tasse Kakao und ein paar von meinen selbstgebackenen Keksen, dann schicken wir sie zum Abseifen unter die Dusche, und danach können sie in dem Fass plantschen, bis es dunkel wird.

Diese Nacht in Oregon hat sich mir unauslöschlich eingebrannt. Ich lief aus dem Internat fort und den ganzen Tag weiter durch den Wald, ohne zu wissen, wohin, hatte nur diesen einen Gedanken, dass ich meinen Vater verletzen und die Therapeuten loswerden wollte, ich hatte sie so satt mit ihren Gruppensitzungen, ihrer zuckersüßen Freundlichkeit und ihrem obszönen Drang, mein Inneres bloßzulegen. Ich wollte normal sein, weiter nichts.

Geweckt hatte mich das vorbeigleitende Licht eines Wagens, und ich rannte durchs Unterholz, stolperte über Wurzeln und bog Kiefernzweige zur Seite, aber als ich die Straße schließlich fand, die keine fünfzig Meter entfernt lag, waren die Lichter verschwunden. Der Mond beleuchtete den gelben Mittelstreifen der Fahrbahn. Ich nahm an, es würden weitere Autos kommen, denn es war noch nicht sehr spät, und ich behielt recht, hörte kurz darauf ein tiefes Motorengeräusch und sah weit hinten das Licht von zwei Scheinwerfern, erkannte wenig später den gigantischen Truck, zu dem sie gehörten, mit Rädern, so groß wie ich, und zwei flatternden Fahnen an der Fahrerkabine. Ich trat vor ihm auf die Fahrbahn und ruderte mit den Armen. Erschrocken über die jähe Erscheinung stieg der Fahrer in die Eisen, ich musste aber dennoch zur Seite springen, weil das massige Gefährt erst zwanzig Meter weiter zum Stehen kam. Ich lief hin. Der Fahrer sah aus dem Seitenfenster, leuchtete mich von Kopf bis Fuß mit einer Taschenlampe ab, musterte mich, fragte sich wohl, ob dieses Mädchen der Köder einer Gang von Strauchdieben sein könnte. Als er mein Medusenhaupt in Sorbetfarben sah und sich vergewissert hatte, dass niemand bei mir war, schien er beruhigt. Er hielt mich wohl für eine harmlose Fixerin, wieder so ein dummes Kind auf Droge. Er winkte mich heran, entriegelte die Beifahrertür, und ich kletterte in die Kabine.

Aus der Nähe wirkte der Mann ähnlich einschüchternd wie sein Gefährt, groß, durchtrainiert, Arme wie ein Gewichtheber, ärmelloses Shirt und ein dünner Pferdeschwanz unter der Baseballkappe, wie der Brutalo aus einem Comic, aber ich konnte nicht mehr zurück. Ich sah auf den Babyschuh und die Heiligenbildchen, die am Rückspiegel baumelten. »Ich fahre nach Las Vegas«, sagte er. Ich sagte, ich sei nach Kalifornien unterwegs, und fügte hinzu, Las Vegas sei mir auch recht, in Kalifornien erwarte mich niemand.

Das war der zweite Fehler; der erste war, in diesen Truck zu steigen.

Die nächste Stunde verging mit einem angeregten Monolog des Fahrers, der eine Energie ausschwitzte, als wäre er auf Speed. Unermüdlich funkte er andere Fahrer an, sie rissen Witze und plauderten übers Wetter, den Straßenbelag, Baseball, den eigenen Truck und die Restaurants an der Strecke, und dazu kündeten evangelikale Prediger im Radio aus vollem Hals von der Wiederkehr Christi. Er rauchte Kette, schwitzte, kratzte sich, trank Wasser. Die Luft in der Kabine war zum Schneiden. Er bot mir Kartoffelchips aus einer Tüte auf seinem Sitz an und eine Dose Coca-Cola, fragte aber weder nach meinem Namen noch danach, was ich mitten in der Nacht auf dieser gottverlassenen Straße zu suchen hatte. Dafür erzählte er mir von sich: Er hieß Roy Fedgewick, kam aus Tennessee, war beim Militär gewesen, bis er nach einem Unfall entlassen wurde. In der Klinik für Orthopädie, in der er Wochen verbrachte, hatte er zu Jesus gefunden. Er redete und redete und zitierte Bibelstellen, während ich vergeblich versuchte, mich zu entspannen, den Kopf an die Seitenscheibe lehnte, so weit wie möglich weg von seiner Zigarette; ich hatte Krämpfe in den Beinen und ein unangenehmes Kribbeln auf der Haut von meinem Gewaltlauf des vergangenen Tages.

Etwa achtzig Kilometer weiter bog Fedgewick von der Straße ab und hielt vor einem Motel. Der Name stand auf einer blauen Leuchtreklame mit etlichen kaputten Birnen. Nichts deutete auf Betrieb hin, eine Reihe von Zimmertüren, ein Getränkeautomat, eine Telefonzelle, ein Laster und zwei PKWs, die aussahen, als stünden sie seit Anbeginn der Zeit dort.

»Ich sitze seit sechs Uhr früh am Steuer. Wir übernachten hier. Steig aus«, sagte Fedgewick.

»Ich würde lieber im Truck schlafen, wenn's Ihnen recht ist«, sagte ich, weil ich kein Geld für ein Zimmer hatte.

Der Mann griff mit ausgestrecktem Arm über mich zum Handschuhfach und holte eine Viertelliterflasche Whisky und eine halbautomatische Pistole heraus. Er zog einen Stoffbeutel unterm Sitz hervor, stieg aus, ging um das Führerhaus herum, öffnete die Tür auf meiner Seite und befahl mir auszusteigen, das sei besser für mich.

»Wir wissen doch beide, weshalb wir hier sind, du Flittchen. Oder hast du gedacht, die Fahrt ist kostenlos?«

Ich gehorchte instinktiv, obwohl wir in einem Selbstverteidigungskurs an der Berkeley High gelernt hatten, in einer Situation wie dieser solle man sich auf den Boden werfen und wie wahnsinnig schreien und keinesfalls mit dem Aggressor kollaborieren. Ich sah, dass der Mann hinkte und auch kleiner und beleibter war, als er im Sitzen gewirkt hatte, ich hätte weglaufen können, er hätte mich bestimmt nicht eingeholt, aber die Pistole hielt mich ab. Fedgewick musste meine Gedanken erraten haben, er packte mich fest am Arm und trug mich fast zum Empfangsschalter, der durch eine dicke Scheibe und ein Gitter geschützt war, reichte ein paar Scheine durch eine Öffnung, bekam den Zimmerschlüssel und bestellte noch ein Sixpack Bier und eine Pizza. Ich konnte den Angestellten nicht sehen, geschweige denn mich bemerkbar machen, weil Fedgewick mich mit seiner Körpermasse abschirmte.

Die Pranke des Mannes hatte mir fast den Arm zerquetscht, bis wir beim Zimmer Nummer 32 ankamen. Drinnen der Gestank nach Feuchtigkeit und Holzschutzmittel, ein Doppelbett, gestreifte Tapeten, Fernseher, elektrischer Heizlüfter und eine Klimaanlage, wegen der sich das einzige vorhandene Fenster nicht öffnen ließ. Fedgewick befahl mir, im Bad zu verschwinden, bis das Bier und die Pizza kämen. Im Bad eine Dusche mit rostigen Armaturen, ein Waschbecken, ein Klo von zweifelhafter Sauberkeit und zwei fadenscheinige Handtücher; kein Riegel an der Tür und bloß eine kleine Deckenluke für die Belüftung. Ich sah mich angstvoll in dieser Zelle um und begriff, dass ich noch nie so ausgeliefert gewesen war. Meine krummen Dinger von früher waren hiermit verglichen ein Witz, ich hatte mich auf vertrautem Terrain bewegt, mit meinen Freundinnen, hatte Rick Laredo als Rückendeckung gehabt und die Gewissheit, dass ich mich notfalls unter die Rockzipfel meiner Großmutter flüchten konnte.

Fedgewick nahm Bier und Pizza entgegen, wechselte ein paar Sätze mit dem Angestellten, schloss die Tür und rief, ich solle essen kommen, ehe die Pizza kalt würde. Ich brachte nichts runter, mir steckte ein Kloß in der Kehle. Fedgewick bestand nicht darauf. Er kramte etwas aus seinem Stoffbeutel, ging aufs Klo, ohne die Tür zu schließen, und kam mit offener Hose und einem Plastikbecher mit einem Fingerbreit Whisky wieder. »Nervös? Damit wird's besser.« Er hielt mir den Becher hin. Ich schüttelte den Kopf, war unfähig, etwas zu sagen, da packte er mich am Nacken und setzte mir den Becher an die Lippen. »Trink, blöde Schlampe, oder soll ich's dir mit Gewalt einflößen?« Ich schluckte, hustete, mir schossen Tränen in die Augen; seit über einem Jahr hatte ich keinen Alkohol getrunken und vergessen, wie er brannte.

Mein Entführer setzte sich aufs Bett, zappte durchs Programm, bis er eine Komödie fand, trank drei Dosen Bier und aß zwei Drittel der Pizza, lachte, rülpste, hatte mich anscheinend vergessen, und ich stand abwartend in einer Ecke an der Wand. Mir drehte sich alles, der Raum bewegte sich, die Möbel veränderten ihre Form, Fedgewicks massige Gestalt verschwamm mit den Bildern im Fernsehen. Meine Beine knickten ein, und ich musste mich auf den Boden setzen, kämpfte an gegen das Verlangen, die Augen zu schließen und wegzudriften. Ich konnte keinen klaren Gedanken fassen, begriff aber doch, dass in dem Pappbecher mehr gewesen sein musste als Whisky. Der Mann hatte genug von der Komödie, schaltete den Fernseher aus und kam zu mir, um mich in Augenschein zu nehmen. Seine dicken Finger hoben meinen Kopf an, der ein Stein geworden war, zu schwer für meinen Hals. Sein widerlicher Atem schlug mir ins Gesicht. Fedgewick setzte sich wieder aufs Bett, legte mit seiner Kreditkarte eine Line Kokain auf dem Nachttisch und zog sie genüsslich. Dann drehte er sich wieder zu mir um, befahl mir, mich auszuziehen, und rieb sich dabei mit dem Lauf seiner Pistole zwischen den Beinen, aber ich konnte mich nicht rühren. Er zog mich hoch aufs Bett und zerrte mir die Kleider vom Leib. Ich versuchte mich zu wehren, aber mein Körper gehorchte mir nicht, ich versuchte zu schreien und hatte keine Stimme. Ich versank in einem zähen Morast, bekam keine Luft, erstickte, starb.

In den kommenden Stunden war ich mehr tot als lebendig und bekam von den schlimmsten Misshandlungen nichts mit, aber irgendwann kehrte mein Geist von weit her zurück und betrachtete die Szene in dem schäbigen Motelzimmer wie auf einer Leinwand in Schwarzweiß: eine Frauengestalt, lang und dünn, leblos, zu einem Kreuz geöffnet, über ihr ein Minotaurus, der Obszönitäten speit und wieder und wieder zustößt, dunkle Flecken auf dem Laken, ein Gürtel, die Waffe, die Flasche. Dann endlich sackt Fedgewick mit dem Gesicht nach unten zusammen, ausgepowert, befriedigt, sabbernd, und im nächsten Moment schnarcht er schon. Mit einer übermenschlichen Anstrengung schaffte ich es, zu mir zu kommen, kehrte in meinen schmerzenden Körper zurück, bekam aber die Augen kaum auf und konnte nicht nachdenken. Aufstehen, um Hilfe rufen, fliehen, waren Wörter ohne Sinn für mich, formten sich wie Seifenblasen in meinem dumpfen, mit Watte gefüllten Hirn und zerplatzten sofort. Ich sank zurück ins gnädige Dunkel.

Um zehn vor drei am Morgen wachte ich auf, das sagte die Leuchtanzeige der Uhr auf dem Nachttisch, mein Mund war trocken, die Lippen aufgesprungen und der Durst quälend. Ich versuchte mich aufzusetzen, und es ging nicht, weil Fedgewick mein linkes Handgelenk mit Handschellen ans Kopfteil des Bettrahmens gefesselt hatte. Die Hand war geschwollen und der Arm, den ich mir bei meinem Fahrradunfall gebrochen hatte, war ganz steif. Mit der aufsteigenden Panik lichtete sich der Drogennebel in meinem Kopf ein wenig. Vorsichtig bewegte ich mich, kniff die Augen zusammen, um im Zwielicht etwas zu erkennen. Licht fiel nur als bläulicher Schein von der Leuchtreklame draußen durch die speckigen Vorhänge, und die Leuchtanzeige der Uhr gab ein grünes Schimmern ab. Das Telefon! Ich entdeckte es, als ich wieder zur Uhr sah, es stand direkt neben ihr, ganz nah.

Mit der freien Hand zog ich am Laken und wischte mir die klebrige Feuchtigkeit von Bauch und Schenkeln, dann drehte ich mich nach links und ließ mich quälend langsam zu Boden gleiten. Das Metall schnitt in mein Handgelenk, mir entfuhr ein Wimmern, und die Bettfedern quietschten wie die Bremsen eines Zugs. Ich kniete auf dem kratzigen Teppich, hielt den Arm unmöglich verdreht, wartete ängstlich auf eine Reaktion meines Peinigers, hörte aber nur meinen eigenen Herzschlag als Dröhnen in den Ohren und dahinter Fedgewicks Schnarchen. Ich wartete fünf Minuten, bis ich sicher war, dass er weiter seinen Rausch ausschlief, dann erst wagte ich, nach dem Telefon zu greifen. Ich rückte vom Bett weg, so weit die Handschellen es zuließen, klemmte mir ein Kissen unters Kinn, um meine Stimme zu dämpfen, und wählte kauernd die Nummer des Notrufs. Keine Verbindung nach draußen. Man konnte vom Zimmer nur die Rezeption anrufen, für externe Gespräche musste man die Telefonzelle draußen benutzen oder ein Handy, aber das von Fedgewick war unerreichbar für mich. Ich wählte die Nummer der Rezeption und hörte es elfmal klingeln, dann eine Männerstimme mit indischem Akzent. »Man hat mich entführt, helfen Sie mir, helfen Sie …«, flüsterte ich, aber der Angestellte hatte schon aufgelegt. Ich versuchte es noch einmal mit demselben Ergebnis. Ich erstickte mein verzweifeltes Schluchzen in dem schmierigen Kissen.

Fast eine halbe Stunde verging, ehe ich mich an die Pistole erinnerte, die Fedgewicks perverses Spielzeug gewesen war, kaltes Metall im Mund, in der Scheide, Geschmack von Blut. Ich musste sie finden, sie war meine einzige Hoffnung. Mit der gefesselten Hand zurück aufs Bett zu kommen erforderte akrobatische Verrenkungen, und ich konnte nicht vermeiden, dass die Matratze unter meinem Gewicht federte. Fedgewick schnaubte ein paarmal wie ein Stier, drehte sich auf den Rücken, seine Hand fiel schwer wie ein Ziegelstein auf meine Hüfte, ich erstarrte, aber gleich darauf schnarchte er wieder, und ich atmete auf. Die Leuchtziffern zeigten drei Uhr fünfundzwanzig, die Zeit schleppte sich hin, es würde noch Stunden dauern, bis die Sonne aufging. Ich begriff, diese Minuten waren meine letzten, Fedgewick würde mich niemals am Leben lassen, ich konnte ihn wiedererkennen und seinen Truck beschreiben, wenn er mich noch nicht umgebracht hatte, dann nur weil er sich weiter an mir vergehen wollte. Der Gedanke, dass ich verloren war, dass ich umgebracht und meine Leiche in diesen Wäldern niemals gefunden würde, weckte einen unerwarteten Zorn in mir. Ich hatte nichts zu verlieren.

Jäh schob ich Fedgewicks Hand von meiner Hüfte und drehte mich zu ihm, um den Kampf aufzunehmen. Sein Geruch traf mich wie ein Schlag: Raubtieratem, Schweiß, Alkohol, Sperma, gammelige Pizza. Ich sah seine fiese Visage im Profil, den gewaltigen Brustkorb, die Wölbung der Muskeln am Unterarm, sein haariges Geschlechtsteil, ein Bein, so dick wie ein Baumstamm, und würgte den galligen Geschmack hinunter, der meine Kehle hinaufkroch. Mit der freien Hand tastete ich unter sein Kopfkissen auf der Suche nach der Pistole. Ich fand sie fast sofort, sie lag in greifbarer Nähe, wenn auch eingeklemmt unter Fedgewicks schwerem Schädel. Er musste fest auf die eigene Macht vertrauen und darauf, dass ich mich in die Rolle des Opfers gefügt hatte, sonst hätte er sie nicht dort liegen lassen. Ich atmete tief ein, schloss die Augen, nahm den Lauf mit zwei Fingern und zog, Millimeter für Millimeter, ohne das Kopfkissen zu bewegen. Schließlich hatte ich sie draußen, sie war schwerer als erwartet, und ich hielt sie, bebend vor Anspannung und Angst, gegen meine Brust gepresst. Außer der von Rick Laredo hatte ich nie eine Waffe gesehen, und auch die hatte ich nie in der Hand gehabt, aber wie sie funktionierte, wusste ich aus dem Kino.

Ich zielte auf Fedgewicks Kopf, es hieß sein Leben oder meins. Ich konnte die Waffe mit einer Hand kaum halten, zitterte vor Aufregung, lag ganz verdreht und war noch geschwächt von dem, was Fedgewick mir eingeflößt hatte, aber es würde ein Schuss aus nächster Nähe sein, er konnte nicht fehlgehen. Ich legte den Finger an den Abzug und zögerte, war blind von dem harten Pochen in meinen Schläfen. Ich überlegte, sah es in aller Deutlichkeit, es war meine einzige Chance, diesem Vieh zu entkommen. Ich zwang mich, den Zeigefinger zu bewegen, spürte den leichten Widerstand des Abzugs und zögerte erneut, nahm im Geist das Feuern vorweg, den Rückstoß der Waffe, das infernalische Spritzen von Knochen und Blut und Gehirnmasse. Tu's, jetzt tu's endlich, flüsterte ich, aber ich konnte nicht. Ich wischte mir den Schweiß ab, der mir übers Gesicht rann und meinen Blick trübte, trocknete meine Hand am Laken und hob wieder die Waffe, legte den Finger an den Abzug und zielte. Noch zwei Mal wiederholte ich das, ohne dass ich hätte abdrücken können. Ich sah auf die Uhr: halb vier. Schließlich ließ ich die Pistole aufs Kopfkissen sinken, neben das Ohr meines schlafenden Peinigers. Ich drehte ihm den Rücken zu und zog die Beine an, lag da nackt und taub und weinte vor Enttäuschung über meine Skrupel und vor Erleichterung, weil ich mich gegen den unwiderruflichen Horror entschieden und nicht getötet hatte.

Bei Tagesanbruch erwachte Roy Fedgewick rülpsend und räkelte sich, war augenscheinlich nüchtern, gesprächig und guter Dinge. Er sah die Pistole auf dem Kissen, nahm sie, hielt sie sich an die Schläfe und drückte ab. »Pum! Du hast doch nicht etwa gedacht, die ist geladen?« Und er lachte. Nackt stand er auf, wog seine morgendliche Erektion in beiden Händen, überlegte kurz, verwarf den Gedanken dann aber. Er steckte die Waffe in den Stoffbeutel, kramte einen Schlüssel aus seiner Hosentasche, öffnete die Handschellen und befreite mich. »Du glaubst gar nicht, welche Dienste mir die schon geleistet haben, die Frauen stehen voll drauf. Wie fühlst du dich?« Er strich mir väterlich über den Kopf. Ich konnte noch immer nicht glauben, dass ich am Leben war. Ich hatte zwei Stunden wie betäubt geschlafen, traumlos. Ich rieb mir Handgelenk und Hand, damit wieder Blut hineinströmte.

»Wir gehen gleich frühstücken, das ist die wichtigste Mahlzeit des Tages. Mit einem anständigen Frühstück im Bauch kann ich zwanzig Stunden fahren«, verkündete er mir mit einer Zigarette im Mund vom Klo aus. Kurz darauf hörte ich, wie er duschte und sich die Zähne putzte, dann kam er zurück ins Zimmer, zog sich trällernd an, legte sich mit seinen Cowboystiefeln aus Schlangenlederimitat aufs Bett und schaltete den Fernseher an. Ich bewegte nach und nach meine tauben Glieder, kam schwerfällig wie eine alte Frau auf die Füße, schwankte ins Bad und schloss die Tür. Die heiße Dusche regnete wie Balsam auf mich nieder. Ich wusch mir mit dem billigen Motelshampoo die Haare und schrubbte wütend an mir herum, wollte mit der Seife die Schändungen der Nacht abwaschen. Ich hatte blaue Flecken und Kratzer an den Beinen, den Brüsten, der Hüfte; mein linkes Handgelenk und die Hand waren dick geschollen. Meine Scheide, mein Anus, alles brannte, und ein Rinnsal Blut lief mir die Beine hinunter; ich steckte mir eine Einlage aus Klopapier in die Unterhose und zog mich an. Fedgewick warf zwei Tabletten ein und spülte sie mit einer halben Flasche Bier hinunter, der letzten, dann bot er mir den Rest aus der Flasche an und ebenfalls zwei Tabletten. »Nimm, ist Aspirin, hilft gegen den Kater. Heute Abend sind wir in Las Vegas. Du bleibst besser bei mir, Mädchen, die Fahrt hast du ja schon bezahlt«, sagte er. Er nahm seinen Beutel, sah nach, dass er nichts vergessen hatte, und verließ das Zimmer. Ich ging kraftlos hinter ihm her zum Truck. Es wurde gerade erst hell.

Kurze Zeit später hielten wir an einer Raststätte, vor der schon andere schwere Lastwagen und ein Trailer standen. Drinnen erwachte beim Geruch von Schinken und Kaffee mein Hunger, ich hatte außer zwei Energieriegeln und einer Handvoll Kartoffelchips seit über zwanzig Stunden nichts gegessen. Fedgewick war die Leutseligkeit in Person, verteilte Scherze an die Gäste, die er offenbar kannte, und Küsschen an die Kellnerin und begrüßte in gekautem Spanisch die beiden Guatemalteken, die in der Küche standen. Er bestellte Orangensaft, Eier, Würstchen, Pancakes, Toast und Kaffee für zwei, während ich den Blick auf den Linoleumboden heftete, auf die Deckenventilatoren, die Berge von süßen Teilchen unter den Glashauben auf dem Tresen. Als das Essen kam, nahm Fedgewick über den Tisch hinweg meine beiden Hände in seine, senkte theatralisch den Kopf und schloss die Augen. »Danke, o Herr, für dieses kräftige Frühstück und den wundervollen Tag. Dein Segen sei mit uns, o Herr, und beschütze uns auf dem Rest der Reise. Amen.« Ich sah ohne Hoffnung zu den essenden Männern an den Nachbartischen, zu der müde wirkenden Frau mit den gefärbten Haaren, die Kaffee nachschenkte, zu den steinalten Indios, die in der Küche Eier und Speck brieten. Keiner dabei, an den ich mich wenden konnte. Was hätte ich auch sagen sollen? Dass ich getrampt war und der Fahrer sich den Gefallen in einem Motel hatte bezahlen lassen, dass ich eine Idiotin war und es nicht besser verdient hatte. Ich senkte den Kopf wie Fedgewick und betete still: »Lass mich nicht los, Pop, pass auf mich auf.« Danach aß ich mein Frühstück bis auf den letzten Krümel.

Weil es so fern der Vereinigten Staaten und so nah an nichts liegt, führen die großen Drogenhandelsrouten nicht durch Chile, aber Drogen gibt es hier trotzdem wie überall auf der Welt. Manchmal sieht man junge

Leute, die schon jenseits sind; einer stand auf der Fähre, als ich über den Kanal von Chacao nach Chiloé fuhr, wusste nicht, wohin mit sich, war bereits in der Phase der unsichtbaren Wesen, hörte Stimmen, führte Selbstgespräche, gestikulierte. Marihuana kann man hier überall kriegen, es ist verbreiteter und billiger als Zigaretten und an jeder Ecke zu haben; Freebase oder Crack findet man eher unter ärmeren Leuten, die auch Benzin, Klebstoff, Lösungsmittel und anderen Dreck schnüffeln; wer genug Geld hat, kann alle möglichen Halluzinogene probieren, Kokain, Heroin und verschiedene Derivate, Amphetamine und was der Schwarzmarkt an Pharmazeutika hergibt, aber bei uns auf der Insel ist die Auswahl begrenzt, es gibt bloß Alkohol für jeden, der will, und Marihuana und Freebase für die Jugendlichen. »Du musst bei den Kindern gut aufpassen, Gringuita, keine Drogen in der Schule«, sagte Blanca und erklärte mir auch gleich, wie ich die Symptome bei den Schülern erkennen kann. Sie weiß nicht, dass ich Expertin bin.

Wir standen während der Pause zusammen, als Blanca mir erzählte, dass Azucena Corrales nicht zum Unterricht gekommen war und sie fürchtete, sie werde die Schule womöglich abbrechen wie ihre älteren Geschwister, von denen keiner einen Abschluss gemacht hat. Die Mutter von Juanito kennt sie nicht, weil die bereits fort war, als Blanca auf die Insel kam, aber sie muss eine blitzgescheite Schülerin gewesen sein, wurde mit fünfzehn schwanger, ging nach der Geburt fort und kam nie mehr wieder. Heute lebt sie in Quellón, im Süden der Isla Grande, wo es die meisten Lachsfarmen gab, ehe das Virus die Fische tötete. Zu Zeiten des Lachs-Booms war Quellón eine Art Far West, Land der Abenteurer und einzelgängerischen Männer, die das Gesetz in die eigenen Hände nahmen, und der Frauen mit lockeren Moralvorstellungen und gutem Geschäftssinn, die in einer Woche so viel verdienen konnten wie ein Arbeiter in einem Jahr. Die gefragtesten Frauen kamen aus Kolumbien, wurden von der Presse als wandernde Sexarbeiterinnen tituliert und von ihren dankbaren Kunden als schwarze Heldinnen der Hintern.

»Azucena ist immer eine gute Schülerin gewesen wie ihre Schwester, und plötzlich wird sie so abweisend und geht den Leuten aus dem Weg. Ich habe keine Ahnung, was mit ihr los ist«, sagte Blanca.

»Sie war auch schon lange nicht mehr bei uns zum Putzen. Das letzte Mal habe ich sie in dieser Sturmnacht gesehen, als sie Manuel holen kam, weil es ihrem Vater so schlechtging.«

»Manuel hat es mir erzählt. Der Mann hatte einen Zuckerschock, was bei Alkoholikern mit Diabetes nicht selten ist, trotzdem war es eine gewagte Entscheidung, ihm Honig zu geben; das hätte ihn umbringen können. Denk nur, was für eine Verantwortung!«

»Er war sowieso schon halb tot, Tía Blanca. Manuel

ist bewundernswert kaltblütig. Ist dir schon mal aufgefallen, dass er sich nie aufregt oder es eilig hat?«

»Das liegt an der Blase in seinem Gehirn.«

Weil vor einem Jahrzehnt bei Manuel nämlich ein Aneurysma festgestellt wurde, das jeden Moment platzen kann. Und ich erfahre erst jetzt davon! Blanca sagt, Manuel sei nach Chiloé gekommen, um in dieser großartigen Landschaft sein Leben auszukosten und ruhig und in Frieden zu tun, was er liebt, zu schreiben und zu forschen.

»Dieses Aneurysma kommt einem Todesurteil gleich, es hat ihn gelassen gemacht, aber nicht gleichgültig. Manuel nutzt seine Zeit gut, Gringuita. Er lebt im Hier und Jetzt, Stunde für Stunde, und er ist mit dem Gedanken ans Sterben viel eher versöhnt als ich, obwohl ich ja auch eine Zeitbombe in mir trage. Andere meditieren jahrelang im Kloster und erreichen nicht den Frieden, den Manuel gefunden hat.«

»Du glaubst also auch, er ist wie Siddhartha.«

»Wie wer?«

»Ach, niemand.«

Wahrscheinlich hat Manuel nie eine große Liebe erlebt wie die zwischen meinen Großeltern, deshalb begnügt er sich mit seinem Dasein als einsamer Wolf. Die Blase in seinem Kopf ist ein willkommener Vorwand, um die Liebe zu meiden. Hat er vielleicht keine Augen für Blanca? Jesses!, würde Eduvigis sagen, man könnte meinen, ich wollte ihn mit Blanca verkuppeln. Diese törichte Gefühligkeit kommt von den Schnulzenromanen, die ich in letzter Zeit lese. Ich lande aber zwangsläufig immer bei der Frage, was Manuel dazu bewogen hat, eine wie mich bei sich aufzunehmen, eine Unbekannte aus einer anderen Welt, von fragwürdigem Lebenswandel und obendrein auf der Flucht; wie kann seine Freundschaft zu meiner Nini, die er seit Jahrzehnten nicht gesehen hat, schwerer wiegen als seine lebensnotwendige Ruhe.

»Manuel war besorgt über dein Kommen«, sagte Blanca, als ich sie danach fragte. »Er dachte, du würdest sein Leben durcheinanderbringen, konnte deiner Großmutter die Bitte aber nicht abschlagen, weil ihm bei seiner Verbannung 1975 auch jemand Schutz gewährt hatte.«

»Dein Vater.«

»Ja. Damals war es riskant, den Verfolgten der Diktatur zu helfen, mein Vater wurde davor gewarnt, Verwandte und Freunde brachen mit ihm, selbst meine Brüder waren sauer deswegen. Lionel Schnake gewährt einem Kommunisten Unterschlupf! Aber er sagte, wenn man in diesem Land seinem Nächsten nicht mehr helfen dürfe, dann gehe man besser fort. Mein Vater hielt sich für unverwundbar, sagte, das Militär werde es nicht wagen, ihn anzurühren. Die Überheblichkeit seiner sozialen Schicht half ihm in diesem Fall, das Gute zu tun.«

»Und jetzt entschädigt Manuel Don Lionel dadurch, dass er mir hilft. Ein chilotisches Tauschgeschäft über Bande.«

»Genau.«

»Manuels Befürchtungen waren ja nur zu berechtigt. Ich bin wie ein wilder Stier durch seinen Porzellanladen getobt, ich …«

»Aber das hat ihm sehr gutgetan!«, unterbrach sie mich. »Mir scheint, er hat sich verändert, er ist lockerer geworden.«

»Lockerer? Er ist zugeschnürter als ein Seemannsknoten. Ich glaube, er hat eine Depression.«

»Das ist seine Art, Gringuita. Ein Clown war er nie.«

Ich merkte an Blancas Tonfall und ihrem versonnenen Blick, wie gern sie ihn hat. Sie erzählte mir, Manuel sei damals, als er nach Chiloé verbannt wurde und bei den Schnakes im Haus lebte, neununddreißig gewesen. Er war traumatisiert von einem Jahr im Gefängnis, der Verbannung, dem Verlust seiner Familie, seiner Freunde, seiner Arbeit, von allem, während Blanca damals eine großartige Zeit erlebte: Sie war Schönheitskönigin geworden und drauf und dran zu heiraten. Ein brutaler Kontrast zwischen den beiden. Blanca wusste so gut wie nichts über den Gast ihres Vaters, fühlte sich aber wegen seiner unglücklichen und melancholischen Art zu ihm hingezogen; im Vergleich kamen ihr andere Männer, auch ihr Verlobter, oberflächlich vor. In der Nacht, bevor Manuel ins Exil aufbrach – die Familie Schnake feierte gerade die Rückgabe ihrer enteigneten Ländereien in Osorno –, ging sie in Manuels Zimmer, um ihm ein wenig Freude zu schenken, etwas, woran er in Australien gern zurückdenken würde. Blanca hatte schon mit ihrem Verlobten geschlafen, einem erfolgreichen Ingenieur aus wohlhabender Familie, Anhänger des Militärregimes, katholisch, das genaue Gegenteil von Manuel und wie gemacht für eine junge Frau wie sie, aber was sie mit Manuel in dieser Nacht erlebte, war sehr anders. Der Morgen fand die beiden eng umschlungen und traurig, wie zwei Waisen.

»Er war es, der mir etwas schenkte. Manuel hat mich verändert, er hat mir zu einem anderen Blick auf die Welt verholfen. Er hat mir nicht erzählt, was sie im Gefängnis mit ihm gemacht haben, darüber redet er nie, aber ich spürte, wie sehr er gelitten hat. Wenig später habe ich meine Verlobung gelöst und bin auf Reisen gegangen.«

In den zwanzig Jahren danach hörte sie immer wieder von Manuel, weil er nie aufhörte, an Don Lionel zu schreiben; so erfuhr sie von seinen Scheidungen, seinem Aufenthalt in Australien, dann in Spanien, von seiner Rückkehr nach Chile 1998. Sie selbst war damals verheiratet und hatte zwei halbwüchsige Kinder.

»Meine Ehe holperte zu der Zeit heftig, mein Mann

war ein chronischer Fremdgeher und dazu erzogen, sich von Frauen bedienen zu lassen. Du wirst schon gemerkt haben, wie machohaft dieses Land ist, Maya. Mein Mann hat mich verlassen, als der Krebs diagnostiziert wurde; er konnte sich nicht vorstellen, mit einer Frau ohne Brüste das Bett zu teilen.«

»Und was ist zwischen dir und Manuel passiert?«

»Nichts. Wir sind uns hier in Chiloé wieder begegnet, beide reichlich beschädigt vom Leben.«

»Du liebst ihn, oder?«

»So einfach ist das nicht …«

»Dann solltest du ihm das sagen«, fiel ich ihr ins Wort. »Wenn du warten willst, bis er was tut, dann leg schon mal die Füße hoch.«

»Bei mir kann jederzeit der Krebs wiederkommen, Maya. Kein Mann will eine Frau wie mich am Hals haben.«

»Und in Manuels Kopf kann jederzeit diese gottverdammte Blase platzen, Tía Blanca. Ihr habt keine Zeit zu verlieren.«

»Und du hältst dich da schön raus!«, fuhr sie mich erschrocken an. »Das Letzte, was wir brauchen, ist eine Gringa, die uns verkuppelt.«

Ich fürchte, wenn ich mich raushalte, werden die beiden steinalt sterben, ohne dass sich da irgendwas tut. Als ich später nach Hause kam, überarbeitete Manuel im Lehnsessel am Fenster einzelne Manuskriptseiten, hatte eine Tasse Tee auf dem Beistelltisch, den

Dusselkater zu Füßen und den Literatenkater zusammengerollt auf dem Manuskript. Das Haus roch nach Zucker, weil Eduvigis aus den letzten Früchten des Jahres Aprikosenkompott gekocht hatte. Er kühlte in einer Reihe verschieden großer Schraubgläser aus, bereit für den Winter, wenn die Fülle verebbt und die Erde schläft, wie sie sagt. Manuel hörte mich reinkommen, deutete einen Gruß mit der Hand an, sah aber nicht von seinen Papieren auf. Ach, Pop! Pass auf ihn auf, ich könnte es nicht ertragen, dass Manuel etwas zustößt, dass er mir auch noch stirbt. Auf Zehenspitzen trat ich zu ihm und legte von hinten meine Arme um ihn. Eine traurige Umarmung. Seit der Nacht, als ich uneingeladen in sein Zimmer kam, habe ich alle Scheu vor Manuel verloren; jetzt nehme ich seine Hand, küsse ihn, stibitze Essen von seinem Teller – was er nicht ausstehen kann –, lege meinen Kopf auf seine Knie, wenn wir lesen, und bitte ihn, mir den Rücken zu kratzen, was er verschreckt tut. Er beschwert sich nicht mehr, wenn ich seine Sachen anziehe und seinen Computer benutze oder seine Texte für das Buch korrigiere, weil ich einfach besser schreibe als er. Ich vergrub meine Nase in seinen festen Haaren, und meine Tränen fielen wie Steinchen auf ihn.

»Ist was?«, fragte er verwundert.

»Ja, dass ich dich liebhabe.«

»Keine Küsse, Señorita. Etwas mehr Respekt bitte vor einem alten Mann«, brummelte er.

Nach dem üppigen Frühstück mit Roy Fedgewick fuhr ich den ganzen Tag mit ihm im Truck, hörte mit halbem Ohr die Country-Musik und die evangelikalen Predigten aus dem Radio und Fedgewicks endlosen Monolog, döste aber immer wieder ein wegen meines Drogenkaters und dem Grauen der vergangenen Nacht. Zwei oder drei Mal hätte ich abhauen können, er hätte mich nicht zurückgehalten, hatte das Interesse an mir verloren, aber mir fehlte die Kraft dazu, meine Beine waren schlaff, meine Gedanken wirr. Wir hielten an einer Tankstelle, und während er Zigaretten kaufte, ging ich auf die Toilette. Ich hatte Schmerzen beim Wasserlassen, und es blutete noch immer ein bisschen. Ich dachte daran, in der Toilette zu bleiben, bis Fedgewick verschwunden wäre, war aber so müde und fürchtete, womöglich einem anderen Widerling in die Hände zu fallen, deshalb verwarf ich den Gedanken. Mit hängendem Kopf trottete ich zum Truck zurück, drückte mich in meine Ecke und schloss die Augen. Am Abend, als ich mich etwas besser fühlte, erreichten wir Las Vegas.

Fedgewick setzte mich mitten auf dem Boulevard ab, auf dem Strip im Herzen von Las Vegas, und gab mir zehn Dollar Trinkgeld, weil ich ihn an seine Tochter erinnerte, wie er mir versicherte, wobei er mir zum Beweis sein Handy mit dem Foto eines etwa fünfjährigen blonden Mädchens unter die Nase hielt. Zum Abschied strich er mir mit einem »Gott segne dich,

Liebes« über den Kopf. Da wurde mir klar, dass er nichts befürchtete und reinen Gewissens weiterfuhr; hinter ihm lag eine von vielen Begegnungen, auf die er mit Pistole, Handschellen, Alkohol und K. o.-Tropfen vorbereitet war; er würde mich im Handumdrehen vergessen haben. Irgendwann während seines Monologs war er darauf gekommen, dass an den Highways immer Dutzende halbwüchsige Ausreißer unterwegs waren, Jungen wie Mädchen, die sich den Fernfahrern anboten; eine eigene Welt der Kinderprostitution. Zu seinen Gunsten lässt sich einzig sagen, dass er Vorkehrungen traf, damit er sich bei mir nichts holte. Ich möchte lieber nicht genau wissen, was in der Nacht im Motel geschah, aber ich erinnere mich, dass am Morgen benutzte Kondome auf dem Boden lagen. Ich hatte Glück, er hat mich mit Gummi vergewaltigt.

Um diese Uhrzeit war die Luft in Las Vegas schon kühler, doch der Asphalt strahlte weiter die Hitze der vorangegangenen Stunden ab. Mit Schmerzen am ganzen Leib und überfordert von dem grellen Lichtspektakel dieser Stadt, die als unwirkliches Hexenwerk aus dem Staub der Wüste ragt, setzte ich mich auf eine Bank. In den Straßen war der Teufel los, Autos, Busse, Limousinen, Musik, Massen von Leuten: alte Herrschaften in Shorts und Hawaiihemden, reife Frauen mit Cowboyhüten, paillettenbestickten Bluejeans und chemisch gebräuntem Teint, einfache und ärmliche Touristen, viele Fettleibige. Ich war weiter fest entschlossen, meinen Vater zu bestrafen, und machte ihn für all mein Unglück verantwortlich, aber ich wollte meine Großmutter anrufen. In unserem Handyzeitalter sind Telefonzellen ein rares Gut. Als ich endlich eine funktionstüchtige gefunden hatte, wollte oder konnte die Vermittlung kein R-Gespräch für mich anmelden.

Um den Zehndollarschein in Münzen zu wechseln, ging ich in eins der Hotelcasinos, eine dieser weitläufigen Luxusanlagen mit aus der Karibik verpflanzten Palmen, ausbrechenden Vulkanen, Feuerwerk, grellbunten Wasserfällen und Stränden ohne Meer. Protzerei und Vulgarität konzentrieren sich in Las Vegas auf wenige Straßen, dort drängen sich neben den Casinos auch die Bordelle, Bars, Kaschemmen, zwielichtige Massagesalons und Pornokinos. An einem Ende vom Strip kann man in sieben Minuten in einer Kapelle mit blinkenden Herzen heiraten, am anderen Ende ist man in der gleichen Zeit wieder geschieden. So sollte ich die Stadt Monate später meiner Großmutter beschreiben, aber das ist nur die halbe Wahrheit, denn in Las Vegas gibt es Reichenviertel mit umzäunten Villen, Mittelklasse-Vororte, in denen Mütter ihre Kinder durch den Park schieben, abgewrackte Gegenden voller Penner und Gangs, es gibt Schulen, Kirchen, Museen und Grünanlagen, die ich nur von weitem sah, denn mein Leben spielte sich nachts ab. Ich rief in dem Haus an, das einmal meinem Vater und Susan gehört hatte und in dem meine Nini jetzt allein lebte. Meine Flucht aus dem Internat lag zwei Tage zurück, aber ich wusste nicht, ob Angie ihr mein Verschwinden schon mitgeteilt hatte. Es läutete viermal, dann sagte das Band, ich solle eine Nachricht hinterlassen; da fiel mir wieder ein, dass meine Großmutter donnerstags Nachtdienst für die Hospizstiftung macht, um sich für die Hilfe zu revanchieren, die sie bekam, als mein Pop im Sterben lag. Ich legte auf; bis zum nächsten Morgen würde ich niemanden erreichen.

Ich hatte an dem Tag sehr zeitig gefrühstückt und mittags mit Fedgewick nichts essen wollen, spürte jetzt ein Loch im Bauch, wollte mein Kleingeld aber zum Telefonieren aufheben. Ich ging los, weg von den erleuchteten Casinos, von den vielen Leuten, dem Rummelplatzblinken der Lichter, dem wasserfallartigen Tosen des Verkehrs. Die gleißend glitzernde Stadt wich einer anderen, stillen und düsteren. Ich wanderte ziellos und ohne Vorstellung, fand in einer verschlafenen Straße eine Bank an einer überdachten Bushaltestelle und lehnte mich dort zum Ausruhen an meinen Rucksack. Erschöpft schlief ich ein.

Wenig später fasste mich ein Unbekannter an der Schulter und weckte mich in einem Tonfall, mit dem man Pferde zähmt: »Soll ich dich nach Hause fahren, Dornröschen?« Er war klein, sehr dünn, hatte einen krummen Rücken, ein Gesicht wie ein Hase und strohfarbenes, fettiges Haar. »Nach Hause?«, fragte ich schlaftrunken. Er streckte mir die Hand hin, lächelte mich mit fleckigen Zähnen an und sagte mir seinen Namen: Brandon Leeman.

Bei dieser ersten Begegnung war Brandon Leeman von Kopf bis Fuß khakifarben angezogen, trug Hemd und Hose mit unzähligen Taschen und klobige Schuhe mit Gummisohle. Das gab ihm die beruhigende Ausstrahlung eines Parkrangers. Die langen Ärmel verbargen seine martialischen Tattoos, und auch die blau unterlaufenen Einstichstellen sollte ich erst später zu Gesicht bekommen. Leeman hatte zwei Gefängnisstrafen abgesessen und wurde in mehreren Bundesstaaten von der Polizei gesucht, fühlte sich in Las Vegas aber sicher und hatte hier vorübergehend einen Unterschlupf gefunden. Er war Dieb, Dealer und heroinabhängig und nicht der Einzige von seinem Schlag in der Stadt. Aus Vorsicht und Gewohnheit trug er eine Waffe, neigte aber nicht zu Gewalttätigkeiten und konnte, wenn nötig, auf zwei Schläger zurückgreifen, auf Joe Martin aus Kansas und auf den Chinesen, einen pockennarbigen Philippino, den er im Knast kennengelernt hatte. Brandon war achtunddreißig, sah aber aus wie fünfzig. An diesem Donnerstag kam er gerade aus der Sauna, die zu den wenigen Vergnügen gehörte, die er sich gönnte, nicht weil er hart gegen sich gewesen wäre, sondern weil ihm in seinem Zustand schon alles gleichgültig war außer seinem Stoff, seinem Schnee, seinem Smack, seinem Hero. Er hatte sich gerade einen Schuss gesetzt und fühlte sich wach und gut aufgelegt, um seine nächtliche Runde zu beginnen.

Leeman saß in seinem Auto, einem düsteren Geländewagen, als er mich schlafend auf der Bank an der Straße entdeckte. Wie er mir später anvertraute, sagte ihm seine Menschenkenntnis, die sich auf seinem Arbeitsgebiet schon oft als nützlich erwiesen hatte, er könnte da einen Rohdiamanten vor sich haben. Er fuhr eine Runde um den Block, noch einmal langsam an mir vorbei und sah seinen ersten Eindruck bestätigt. Er schätzte mich auf ungefähr fünfzehn, eigentlich zu jung für seine Zwecke, durfte aber in seiner Lage keine überzogenen Ansprüche stellen, denn er suchte schon seit Monaten nach jemandem wie mir. Fünfzig Meter weiter hielt er an, stieg aus, befahl seinen Handlangern zu verschwinden, bis er sie riefe, und ging zu der Bushaltestelle.

»Ich habe noch nichts zu Abend gegessen. Drei Straßen weiter ist ein McDonald's. Willst du mitkommen? Ich lade dich ein«, bot er mir an.

Ich überschlug rasch, was zu tun war. Die Begegnung mit Fedgewick war mir eine Warnung, aber vor diesem Hänfling in Entdeckerkluft musste man sich nicht fürchten. »Gehen wir?«, sagte er noch einmal. Ich folgte ihm erst etwas zögerlich, doch als wir um die Ecke bogen und weiter vorn das beleuchtete

McDonald's-Schild auftauchte, konnte ich der Verlockung nicht widerstehen; ich hatte Hunger. Wir plauderten im Gehen, und ich erzählte ihm schließlich, ich sei gerade erst in der Stadt angekommen und auf der Durchreise und wolle nach Kalifornien zurück, sobald ich meine Großmutter erreicht hätte und sie mir Geld schickte.

»Ich würde dir ja mein Handy geben, aber der Akku ist leer«, sagte er.

»Danke, aber ich kann sowieso erst morgen anrufen. Heute ist sie nicht zu Hause.«

Im McDonald's waren wenig Gäste und drei Angestellte, eine junge Schwarze mit künstlichen Fingernägeln und zwei Latinos, davon einer mit der Jungfrau von Guadelupe auf dem T-Shirt. Der Fettgeruch befeuerte meinen Appetit, und kurz darauf gaben mir ein doppelter Hamburger und eine Portion Pommes etwas Selbstvertrauen zurück, neue Kraft in den Beinen und einen etwas klareren Kopf. Jetzt schien es mir nicht mehr so eilig, meine Nini anzurufen.

»Las Vegas sieht aus, als würde richtig was geboten«, sagte ich mit vollem Mund.

»Stadt der Sünde, sagen die Leute. Wie heißt du eigentlich?«, fragte Leeman, der sein Essen nicht anrührte.

»Sarah Laredo«, behauptete ich, weil ich einem Fremden meinen Namen nicht sagen wollte.

»Was ist mit deiner Hand passiert?« Er deutete auf mein geschwollenes Gelenk.

»Bin hingefallen.«

»Erzähl mir von dir, Sarah. Du bist doch nicht von zu Hause abgehauen?«

»Natürlich nicht!« Ich verschluckte mich an meinen Pommes. »Ich bin mit der Highschool fertig und wollte Las Vegas sehen, bevor das College anfängt, aber mein Geldbeutel ist weg, deshalb muss ich meine Großmutter anrufen.«

»Verstehe. Wo du schon mal hier bist, solltest du dir Las Vegas trotzdem ansehen, es ist wie Disneyworld für Erwachsene. Wusstest du, dass es die am schnellsten wachsende Stadt in den Staaten ist? Alle wollen hierherziehen. Du solltest deine Pläne nicht wegen so einer Lappalie ändern, bleib ein bisschen. Hör zu, Sarah, solange das Geld von deiner Großmutter nicht da ist, kann ich dir was vorstrecken.«

»Warum? Du kennst mich doch gar nicht«, sagte ich, hellhörig geworden.

»Weil ich echt nett bin. Wie alt bist du?«

»Ich werde bald neunzehn.«

»Du siehst jünger aus.«

»Offensichtlich.«

In diesem Moment betraten zwei Polizisten das McDonald's, ein junger Kraftprotz, der, obwohl es schon dunkel war, eine schwarze, verspiegelte Sonnenbrille trug und aussah, als wollte er mit seinen Muskelpaketen die Uniform sprengen, und einer um die fünfundvierzig, der ziemlich durchschnittlich wirkte. Während der junge die Bestellung bei dem Mädchen mit den künstlichen Nägeln aufgab, trat der andere zu Brandon Leeman an den Tisch, und der stellte uns vor: sein Freund, Officer Arana, und ich, seine Nichte aus Arizona, für ein paar Tage zu Besuch in der Stadt. Der Polizist hatte ein offenes Gesicht, war von der Wüstensonne braungebrannt wie Backstein und lächelte herzlich, während seine hellen Augen mich fragend musterten. »Pass gut auf deine Nichte auf, Leeman. In dieser Stadt kommt ein anständiges Mädchen schnell unter die Räder«, sagte er und setzte sich ein paar Tische weiter zu seinem Kollegen.

»Wenn du willst, kannst du den Sommer über für mich arbeiten, bis das College im September anfängt«, bot Brandon Leeman mir an.

Etwas sagte mir, dass es bei so viel Großzügigkeit einen Haken geben musste, aber ich hatte die Nacht vor mir und war nicht gezwungen, diesem halben Hemd sofort zu antworten. Wahrscheinlich war er ein von seiner Sucht geheilter Alkoholiker, der seine Lebensaufgabe darin sah, Seelen zu retten, ein zweiter Mike O'Kelly, wenn auch ohne dessen Ausstrahlung. Mal sehen, was sich ergibt, dachte ich. Ich ging auf die Toilette, wusch mich ein bisschen, stellte fest, dass ich nicht mehr blutete, zog die sauberen Sachen aus meinem Rucksack an, putzte mir die Zähne, und war dann erfrischt und bereit, mit meinem neuen Freund Las Vegas zu erkunden.

Als ich aus der Toilette kam, sah ich, wie Brandon Leeman in sein Handy sprach. Hatte er nicht behauptet, der Akku sei leer? Auch egal. Wahrscheinlich hatte ich mich verhört. Wir gingen zu Fuß zu seinem Auto, an dem zwei wenig vertrauenerweckende Typen lehnten. »Joe Martin und der Chinese, meine Partner«, stellte Leeman sie vor. Der Chinese setzte sich ans Steuer, der andere auf den Beifahrersitz, Leeman und ich nahmen die Rückbank. Je weiter wir fuhren, desto mulmiger wurde mir. Was ich sah, gefiel mir immer weniger, leerstehende oder übel heruntergekommene Gebäude, Müll, Gruppen von Jugendlichen, die in den Hauseingängen abhingen, zwei Penner in versifften Schlafsäcken neben ihren Karren voller Tüten mit Plunder.

»Keine Bange, bei mir bist du sicher, hier kennen mich alle«, beschwichtigte Leeman, der erraten haben musste, dass ich drauf und dran war, das Weite zu suchen. »Es gibt bessere Viertel, aber hier fällt man nicht auf, und hier betreibe ich mein Geschäft.«

»Was ist das für ein Geschäft?«

»Das siehst du gleich.«

Wir hielten vor einem dreistöckigen, halb verfallenen Gebäude mit kaputten Scheiben und Graffiti an den Wänden. Leeman und ich stiegen aus, und die beiden anderen fuhren weiter auf den Parkplatz an der Rückseite. Um es mir anders zu überlegen, war es inzwischen zu spät, also folgte ich Leeman und versuchte nicht misstrauisch zu wirken, was womöglich eine unschöne Reaktion bei ihm hervorgerufen hätte. Er führte mich durch eine Seitentür – der Vordereingang war vernagelt – in ein völlig heruntergekommenes Foyer, in dem ein paar Glühbirnen an nackten Kabeln spärliches Licht gaben. Leeman sagte, ursprünglich sei das Gebäude ein Hotel gewesen und später dann in Wohnungen aufgeteilt worden, aber die Hausverwaltung kümmere sich nicht gut, was angesichts des Zustands ziemlich untertrieben schien.

Über eine schmutzige, stinkende Treppe passierten wir den ersten Stock, wo etliche schief in den Angeln hängende Türen den Blick in höhlenhafte Räume freigaben. Wir begegneten niemandem auf der Treppe, aber ich hörte Stimmen und Lachen und sah reglose menschliche Schatten in den offenen Zimmern. Später erfuhr ich, dass sich hier und im Erdgeschoss die Junkies zum Schnüffeln und Drücken trafen, zum Anschaffen, Dealen und Sterben, aber niemand ging ohne Erlaubnis hoch in den zweiten Stock. Die Treppe ins obere Stockwerk war durch ein elektronisch gesichertes Gitter versperrt, Leeman öffnete es mit einer Fernbedienung, und wir gelangten in einen im Vergleich zu dem Schweinestall unten ziemlich sauberen Flur. Leeman schloss eine Metalltür auf zu einer Wohnung mit vernagelten Fenstern. Nackte Glühbirnen an der Decke und der bläuliche Schein eines Fernsehers sorgten für Licht und ein Klimagerät für erträgliche Temperaturen; es roch nach Lösungsmittel und Menthol. Im Raum vor uns ein Dreisitzersofa in gutem Zustand, zwei verschlissene Matratzen auf dem Boden, ein langer Tisch mit ein paar Stühlen und ein gigantischer neuer Fernseher, vor dem ein etwa zwölf Jahre alter Junge auf dem Boden lag und Popcorn aß.

»Du hast mich eingesperrt, du Arsch!«, maulte der Junge, ohne den Blick vom Bildschirm zu wenden.

»Und?«, gab Brandon Leeman zurück.

»Bei einem Scheißbrand wär ich gegrillt worden wie ein Würstchen!«

»Warum sollte es hier brennen? Das ist Freddy, der künftige King of Rap«, wandte er sich an mich. »Freddy, sag dem Mädchen Hallo. Sie wird für mich arbeiten.«

Freddy sah nicht auf. Ich machte einen Rundgang durch diese seltsame Wohnung, in der es fast keine Möbel gab, sich in den Zimmern aber veraltete Computer und sonstige Bürogeräte türmten, in der Küche, wo offenbar nie gekocht worden war, jede Menge Bunsenbrenner herumstanden, die ich mir nicht erklären konnte, und einer der Flure gesäumt war von Kisten und Säcken.

Die Wohnung war im selben Stockwerk durch ein großes, anscheinend mit dem Vorschlaghammer geöffnetes Loch in der Wand mit einer zweiten verbunden. »Hier ist mein Büro, und dort schlafe ich«, erklärte mir Brandon Leeman. Wir kletterten gebückt durch die Öffnung in einen Wohnraum, der aussah wie auf der anderen Seite, aber ohne Möbel, ebenfalls klimatisiert, die Fenster vernagelt und die Tür nach draußen mit mehreren Riegeln gesichert. »Wie du siehst, habe ich keine Familie«, sagte mein Gastgeber und wies mit übertriebenem Pathos in den leeren Raum. In einem der angrenzenden Zimmer stand ein großes, ungemachtes Bett, in einer Ecke ein Stapel Kisten und ein Koffer und dem Bett gegenüber ein zweiter teurer Fernseher. Im Raum nebenan, kleiner und genauso versifft wie die gesamte Wohnung, ein schmales Bett, eine Kommode und zwei weiß gestrichene Nachttischchen wie für ein kleines Mädchen.

»Falls du bleibst, wohnst du hier«, sagte Brandon Leeman.

»Warum sind die Fenster vernagelt?«

»Vorsichtsmaßnahme, ich mag keine Gaffer. Ich sage dir, worin deine Arbeit bestehen würde. Ich brauche ein Mädchen, das gut aussieht, für die exklusiven Hotels und Casinos. Eine wie dich, die keinen Verdacht erregt.«

»Hotels?«

»Nicht für das, was du denkst. Gegen die Banden, die ihr Geld mit Prostituierten machen, hätte ich sowieso keine Chance. Das Geschäft ist brutal, und hier gibt es mehr Nutten und Zuhälter als Freier. Nein,

nein, nichts in die Richtung, du würdest nur Lieferungen dort abgeben, wo ich's dir sage.«

»Was für Lieferungen?«

»Stoff. Leute von Welt wissen Zimmerservice zu schätzen.«

»Das ist saugefährlich!«

»Nein. Die Hotelangestellten kriegen ihren Anteil und winken einen durch, ihnen ist daran gelegen, dass die Gäste zufrieden sind. Schwierigkeiten könnte allenfalls jemand von der Drogenfahndung machen, aber von denen hat sich noch nie einer blicken lassen, das kannst du mir glauben. Es ist ein Kinderspiel, und du wirst im Geld schwimmen.«

»Sofern ich mit dir ins Bett gehe …«

»Ach was, nein! Damit bin ich lange durch, und du glaubst nicht, wie das mein Leben vereinfacht.« Er lachte herzhaft. »Ich muss los. Versuch zu schlafen, morgen können wir anfangen.«

»Du warst echt nett zu mir, und ich will auch nicht undankbar sein, aber ehrlich, ich werde dir wenig helfen können. Ich …«

»Schlaf einmal drüber«, unterbrach er mich. »Ich zwinge keinen, für mich zu arbeiten. Wenn du morgen wegwillst, ist das dein gutes Recht, aber im Moment bist du hier besser aufgehoben als auf der Straße, oder?«

Ich setzte mich mit meinem Rucksack auf den Knien aufs Bett. Ich hatte einen Nachgeschmack von Fett und

Zwiebeln im Mund, der Hamburger lag mir wie ein Stein im Magen, meine Muskeln schmerzten, meine Knochen fühlten sich an wie Gummi, ich war groggy. Ich dachte an den anstrengenden Lauf durch den Wald, an die Misshandlungen im Motel, die stundenlange Fahrt im Truck, noch benebelt von diesem Zeug, und eigentlich war mir klar, dass ich mich ausruhen musste.

»Du kannst auch mitkommen, wenn dir das lieber ist«, bot Leeman an, »dann lernst du meine Jagdgründe gleich kennen, aber ich warne dich, es wird eine lange Nacht.«

Ich konnte unmöglich allein in dieser Wohnung bleiben. Bis vier Uhr früh klapperten wir Hotels und Casinos auf dem Strip ab, wo Leeman verschiedenen Leuten Tütchen zusteckte, Türstehern, Parkplatzwächtern, jungen Frauen und Männern, die aussahen wie Touristen und an dunklen Ecken auf ihn warteten. Der Chinese saß am Steuer, Joe Martin stand Schmiere, und Brandon Leeman besorgte die Übergabe; keiner der drei betrat die Gebäude, dafür waren sie schon zu lange in derselben Gegend aktiv, die Polizei kannte sie oder hatte jedenfalls ein Auge auf sie. »Ich kann diese Arbeit schlecht selbst übernehmen, aber Zwischenhändler möchte ich auch keine, sie kassieren übertrieben viel Kommission, und man kann ihnen nicht trauen.« Ich begriff, welche Vorteile es für Leeman haben würde, wenn ich für ihn arbeitete, ich würde mein Gesicht hinhalten und das Risiko tragen, aber keine Kommission bekommen. Was würde ich verdienen? Ich traute mich nicht zu fragen. Nach der Runde kehrten wir in die Wohnung zurück, wo Freddy, der Junge, den ich schon gesehen hatte, auf einer der Matratzen schlief.

Brandon Leeman hat über seine Geschäfte und das Leben, das er mir bot, immer Klartext mit mir geredet, ich kann nicht behaupten, er hätte mir was vorgemacht. Als ich bei ihm blieb, wusste ich genau, was ich tat.

Manuel sieht mich konzentriert in mein Heft schreiben, fragt aber nie, was ich schreibe. Was ihm an Neugier fehlt, habe ich im Überfluss: Ich wüsste gern mehr über ihn, seine Vergangenheit, sein Liebesleben, seine Albträume, wüsste gern, was er für Blanca empfindet. Er erzählt mir nichts, erfährt von mir dagegen fast alles, weil er gut zuhören kann und mir keine Ratschläge erteilt, da könnte sich meine Nini eine Scheibe von abschneiden. Noch habe ich ihm nichts von der demütigenden Nacht mit Roy Fedgewick erzählt, aber irgendwann werde ich das tun. Das ist ein Geheimnis, das einem, wenn man es für sich behält, irgendwann den Geist verseucht. Schuldig fühle ich mich nicht, schuld ist der Vergewaltiger, aber ich schäme mich.

Gestern fand mich Manuel vor seinem Computer versunken in einen Artikel über die »Karawane des Todes«, eine Einheit der Streitkräfte, die im Oktober

1973, einen Monat nach dem Putsch, von Norden nach Süden durch Chile zog und politische Gefangene ermordete. Die Einheit wurde von einem gewissen General Arellano Stark befehligt, der willkürlich Gefangene auswählte und ohne Verfahren erschießen ließ. Die Leichen jagte man danach mit Dynamit in die Luft, um die Zivilbevölkerung und Soldaten, deren Loyalität in Frage stand, in Angst und Schrecken zu versetzen. Manuel spricht nie über diese Zeit, aber als er sah, dass es mich interessierte, lieh er mir ein Buch, das Patricia Verdugo, eine unerschrockene Journalistin, vor einigen Jahren über diese grausamen Ereignisse geschrieben hat. »Ich weiß nicht, ob du das verstehst, Maya, du bist zu jung und noch dazu Ausländerin«, sagte er. »Unterschätzen Sie mich nicht, Compañero«, sagte ich. Er zuckte kurz, weil der Begriff, unter Allende en vogue, von den Militärs verboten wurde und heute von niemandem mehr benutzt wird. Das weiß ich aus dem Netz.

Der Putsch liegt jetzt sechsunddreißig Jahre zurück, und seit zwanzig Jahren wird das Land wieder demokratisch regiert, aber es sind Narben geblieben und in manchen Fällen auch offene Wunden. Man redet wenig über die Diktatur, wer unter ihr gelitten hat, möchte sie vergessen, und für die Jüngeren ist sie Geschichte und lange vorbei, aber ich kann alles nachlesen, was ich wissen will, es gibt unzählige Seiten im Netz, und in der Buchhandlung in Castro, in der Manuel einkauft, habe ich eine Menge Bücher, Zeitschriften, Dokumentarfilme und Fotobände gesehen. Über die Militärzeit wird an den Universitäten geforscht, sie wird aus den unterschiedlichsten Blickwinkeln beleuchtet, sich öffentlich dazu zu äußern gilt jedoch als anstößig. Durch Chile geht noch immer ein Riss. Der Vater der Präsidentin Michelle Bachelet war Brigadegeneral der Luftwaffe und starb durch die Hand seiner eigenen Waffenbrüder, weil er sich der Erhebung nicht anschließen wollte, danach wurden sie und ihre Mutter festgenommen, gefoltert und ins Exil gezwungen, aber sie redet nicht darüber. Blanca sagt, dieser Teil der chilenischen Vergangenheit sei wie der Schlick am Grund eines Sees, man solle ihn nicht aufwühlen, das trübe nur das Wasser.

Die Einzige, mit der ich darüber sprechen kann, ist Liliana Treviño, die Krankenschwester, die mir bei meinen Nachforschungen helfen will. Sie hat mir angeboten, mich zu Pater Luciano Lyon zu begleiten, der Essays und etliche Artikel über die Unterdrückung während der Diktatur geschrieben hat. Wir haben vor, ihn ohne Manuel zu besuchen, damit wir offen reden können.

Schweigen. Dieses Haus aus Zypressenholz kennt lange Phasen des Schweigens. Ich habe vier Monate gebraucht, um mich auf Manuels introvertierte Art einzustellen. Dass ich hier bin, muss einem Eigenbrötler wie ihm auf den Wecker gehen, noch dazu in einem Haus ohne Türen, wo die Privatsphäre eine Frage der Rücksichtnahme ist. Auf seine Weise ist er mir gegenüber aufmerksam: Zwar übersieht er mich oft oder antwortet mir kurz angebunden, aber dann wärmt er mir die Handtücher am Ofen an, wenn er davon ausgeht, dass ich duschen will, bringt mir mein Glas Milch ans Bett, umsorgt mich. Neulich hat er zum ersten Mal, seit ich ihn kenne, die Fassung verloren, weil ich mit zwei Fischern hinausgefahren war, wir von einem Wetterumschwung überrascht wurden, Regen und schwere See, und sehr spät und nass bis auf die Haut zurückkamen. Manuel wartete mit Fákin am Anleger und hatte einen der Polizisten dabei, Laurencio Cárcamo, der bereits über Funk auf der Isla Grande ein Boot der Marine angefordert hatte, um uns zu suchen. »Was soll ich deiner Großmutter sagen, wenn du hier ertrinkst?«, schrie Manuel mich zornig an, kaum dass ich festen Boden unter den Füßen hatte. »Beruhige dich, Mann. Ich kann allein auf mich aufpassen«, sagte ich. »Ja, sicher! Deshalb bist du ja hier! Weil du so gut allein auf dich aufpassen kannst!«

Im Jeep von Laurencio Cárcamo, der so freundlich war, uns nach Hause zu fahren, nahm ich Manuels Hand und erklärte ihm, dass wir bei gutem Wetter und mit Einwilligung der Küstenwacht rausgefahren waren, kein Mensch konnte mit diesem plötzlichen Wetterumschwung rechnen. Binnen Minuten hatten sich Himmel und Meer mausgrau gefärbt, und wir mussten die Netze einholen. Zwei Stunden waren wir draußen ohne Orientierung gewesen, es war dunkel geworden, und wir hatten keinen Satellitenempfang, sonst hätte ich über Handy Bescheid sagen können; es war bloß ungemütlich, nicht gefährlich, das Boot ist verlässlich, und die beiden Fischer kennen die Gewässer hier. Manuel würdigte mich keines Blickes und sagte nichts dazu, aber er zog auch seine Hand nicht zurück.

Eduvigis hatte uns Lachs mit Ofenkartoffeln gemacht, was bei meinem Bärenhunger ein Segen war, und das Ritual, zusammen am Tisch zu sitzen, und die vertraute gemeinsame Routine vertrieben Manuels schlechte Laune. Nach dem Essen setzten wir uns auf das verschlissene Sofa, er zum Lesen, ich zum Schreiben, alle beide mit einem großen Becher süßen, cremigen Kaffees mit Kondensmilch. Regen, Wind, das Kratzen der Zweige am Fenster, Knistern im Ofen, das Schnurren der Katzen, das ist jetzt meine Musik. Das Haus schloss sich wie in einer Umarmung um uns und die Tiere.

Der Morgen graute, als ich mit Brandon Leeman von meiner ersten Runde zu den Casinos am Strip zurückkehrte. Ich hätte stehend einschlafen können, musste aber noch für ein Foto posieren, das für meine neue Identität benötigt wurde. Leeman wird geahnt haben, dass ich nicht Sarah Laredo hieß, aber mein wirklicher Name war ihm gleichgültig. Schließlich konnte ich in mein Zimmer gehen und warf mich auf das unbezogene Bett, ließ Kleider und Schuhe an, weil die Matratze mich ekelte, die aussah, als wäre sie schon von einigen Leuten mit fragwürdigen Hygienevorstellungen benutzt worden. Erst gegen zehn wurde ich wieder wach. Das Bad war genauso widerlich wie die Matratze, aber ich duschte trotzdem bibbernd, denn es kam kein warmes Wasser, und aus der Klimaanlage blies ein sibirischer Wind. Ich zog meine Sachen vom Vortag wieder an, dachte noch, ich müsste unbedingt irgendwo die wenigen Klamotten waschen, die ich im Rucksack hatte, und kletterte durch das Loch in die Nachbarwohnung, das »Büro«, in dem niemand zu sehen war. Die Wohnung lag im Dunkeln, durch die Ritzen der vernagelten Fenster fiel so gut wie kein Licht, aber dann ertastete ich einen Schalter für die Glühbirnen an der Decke. Im Kühlschrank fand ich nur kleine, mit Klebestreifen verschlossene Päckchen, eine halb leere Ketchupflasche und mehrere Joghurts mit grünlichem Pelz. Ich besah mir die übrigen Zimmer, alle schmutziger als die Wohnung nebenan, traute mich nicht, etwas anzufassen, entdeckte leere Flaschen, Spritzen, Nadeln, Gummis, Pfeifen, rußgeschwärzte Glaskolben, Spuren von Blut. Jetzt begriff ich, wofür die Bunsenbrenner in der Küche benutzt wurden, ich war in einem Unterschlupf von Junkies und Dealern gelandet. Das Vernünftigste war, ich sah zu, dass ich wegkam.

Die Metalltür war nicht abgeschlossen, und im Flur traf ich niemanden; ich war allein auf dem Stockwerk, konnte aber nicht raus, weil das elektronisch gesicherte Gitter an der Treppe verriegelt war. Ich ging zurück und stellte die Wohnung auf den Kopf, fluchte vor Aufregung, fand weder die Fernbedienung für das Gitter noch ein Telefon, um Hilfe zu rufen. In meiner Verzweiflung zerrte ich an den Brettern vor einem der Fenster, versuchte mich zu erinnern, in welchem Stock ich mich befand, aber die Nägel saßen fest, und ich bekam keinen einzigen raus. Ich war drauf und dran zu schreien, da hörte ich Stimmen, dann das Quietschen der Gittertür im Treppenhaus, und im nächsten Moment traten Brandon Leeman, seine beiden Partner und der kleine Freddy ins Zimmer. »Magst du chinesisches Essen?«, fragte Leeman zur Begrüßung. In meiner Panik brachte ich kein Wort heraus, aber nur Freddy fiel auf, wie sehr ich durch den Wind war. »Ich kann es auch nicht leiden, wenn man mich einsperrt«, sagte er und zwinkerte mir aufmunternd zu. Brandon Leeman erklärte mir, das sei eine Vorsichtsmaßnahme, in seiner Abwesenheit dürfe niemand in die Wohnung, aber wenn ich bliebe, bekäme ich meinen eigenen elektronischen Schlüssel.

Die beiden Leibwächter oder »Partner«, wie sie genannt werden wollten, und der Junge setzten sich vor den Fernseher und aßen mit Stäbchen direkt aus den Pappschachteln, während Brandon Leeman in einem der Zimmer die Tür hinter sich zuzog, dort eine geraume Weile jemanden über sein Handy anbrüllte, dann meinte, er lege sich jetzt aufs Ohr, und durch das Loch in die Nachbarwohnung verschwand. Wenig später gingen Joe Martin und der Chinese, ich blieb mit Freddy allein, und wir verbrachten die heißen Mittagsstunden mit Fernsehen und Kartenspielen. Freddy zeigte mir eine eins a Michael-Jackson-Performance, er war ein großer Fan.

Gegen fünf tauchte Brandon Leeman wieder auf, und wenig später brachte der Chinese den Führerschein einer gewissen Laura Barron, zweiundzwanzig Jahre, aus Arizona, mit meinem Foto.

»Benutz den, solange du hier bist«, sagte Leeman.

»Wer ist das?« Ich besah mir das Kärtchen.

»Ab jetzt bist du Laura Barron.«

»Okay, aber ich kann nur bis August in Las Vegas bleiben.«

»Das weiß ich doch. Du wirst es nicht bereuen, Laura, das ist ein guter Job. Allerdings darf keiner wissen, dass du hier bist, weder deine Familie noch deine Freunde. Haben wir uns verstanden?«

»Ja.«

»Wir streuen im Viertel das Gerücht, dass du mein Mädchen bist, damit es keine Probleme gibt. Keiner wird es wagen, dich zu belästigen.«

Leeman schickte seine Partner, eine neue Matratze und Laken für mein Bett kaufen, dann brachte er mich in den edlen Frisiersalon eines Fitnessclubs, wo ein Mann mit Ringen im Ohr und himbeerfarbener Hose angesichts meiner grellen Regenbogenhaare entgeisterte Schreie ausstieß und zum Ergebnis kam, die einzige Lösung bestehe in Abschneiden und Bleichen. Zwei Stunden später erblickte ich im Spiegel einen skandinavischen Hermaphroditen mit übertrieben langem Hals und Mauseohren. Von den chemischen Bleichmitteln stand meine Kopfhaut in Flammen. »Todschick«, fand Brandon Leeman, und nahm mich dann mit auf eine Pilgerwanderung durch die Malls am Boulevard. Er hatte eine erstaunliche Art einzukaufen: Wir gingen in ein Geschäft, er ließ mich mehrere Stücke anprobieren, suchte eins aus, das er mit großen Scheinen bezahlte, steckte das Wechselgeld ein, ging mit mir in den nächsten Laden und kaufte dort dasselbe, was ich vorher anprobiert hatte, er aber nicht hatte haben wollen. Auf meine Frage, ob wir nicht sinnvoller alles in einem Geschäft besorgten, gab er mir keine Antwort.

Meine neue Garderobe bestand aus mehreren sportlichen Outfits, nichts Aufreizendes oder Protziges, außerdem kauften wir ein schlichtes schwarzes Kleid, Sandalen für tagsüber und ein Paar goldene mit Absatz, etwas Make-up und zwei große Handtaschen, auf denen das Emblem des Designers nicht zu übersehen war und die nach meiner Schätzung jeweils so viel kosteten wie der VW meiner Großmutter. Leeman meldete mich in seinem Fitnessclub an, wo sie mir auch die Frisur in Ordnung gebracht hatten, und riet mir, so oft wie möglich hinzugehen, da ich tagsüber mehr als genug freie Zeit haben würde. Er bezahlte bar mit Scheinen, die von einem Gummiband zusammengehalten wurden, und niemand schien sich zu wundern; offenbar floss das Bare in dieser Stadt wie Wasser. Mir fiel auf, dass Leeman immer mit Hundertdollarnoten zahlte, auch wenn der Preis ein Bruchteil betrug, und ich fand keine Erklärung für diesen Spleen.

Gegen zehn am Abend stand meine erste Übergabe an. Sie setzten mich vor dem Mandalay Bay Hotel ab. Wie Leeman mir aufgetragen hatte, ging ich zum Pool, wo ein Pärchen auf mich zukam, das mich an der Handtasche erkannte, die Leeman ihnen offensichtlich als Erkennungszeichen genannt hatte. Die Frau, die ein langes Strandkleid und eine Halskette aus Glasperlen trug, sah mich gar nicht an, aber der Mann, in grauer Hose, weißem Polohemd und ohne Socken, gab mir die Hand. Wir sprachen kurz etwas Belangloses, ich übergab ihnen unauffällig die Ware, erhielt dafür zwei gefaltete Hundertdollarscheine in einer Broschüre für Touristen, und wir verabschiedeten uns.

Aus der Lobby rief ich übers Haustelefon beim nächsten Kunden an, fuhr hoch in den zehnten Stock, spazierte an einem Wachmann vorbei, der neben dem Aufzug stand und mir keine Aufmerksamkeit schenkte, und klopfte an die fragliche Tür. Ein etwa fünfzigjähriger Mann, barfuß und im Bademantel, bat mich herein, bekam das Tütchen, bezahlte, und ich machte, dass ich wegkam. In der Tür begegnete ich einem Traum aus den Tropen, einer schönen Mulattin in Lederkorsett, sehr knappem Rock und Stilettos; es musste eine Dame vom Begleitservice sein, wie die Prostituierten dieser Kategorie inzwischen genannt werden. Wir musterten einander von Kopf bis Fuß, grußlos.

Zufrieden mit meinem ersten Auftrag, atmete ich in der riesigen Hotellobby tief durch; es war ein Kinderspiel gewesen. Leeman erwartete mich im Wagen, der Chinese saß am Steuer und brachte mich zu weiteren Hotels. Bis Mitternacht hatte ich für meinen neuen Boss über viertausend Dollar eingesammelt.

Auf den ersten Blick unterschied sich Brandon Leeman von anderen Abhängigen, die ich in diesen Monaten kennenlernte und die von den Drogen völlig zerstört waren: Er sah normal aus, wenn auch zerbrechlich. Im Zusammenleben mit ihm begriff ich allerdings, wie krank er tatsächlich war. Er aß weniger als ein Vögelchen, behielt fast nichts bei sich, und manchmal lag er auf dem Bett wie tot, und man konnte unmöglich sagen, ob er schlief, ohnmächtig war oder im Sterben lag. Er roch eigenartig, nach einer Mischung aus Zigaretten, Alkohol und etwas Giftigem, das mich an Düngemittel erinnerte. Sein Kopf ließ ihn im Stich, und er wusste das; deshalb wollte er mich an seiner Seite haben, er sagte, er vertraue mehr auf mein als auf sein Gedächtnis. Er war ein Nachttier, verschlief den Tag in seinem klimatisierten Zimmer, ging gegen Abend in den Club, ließ sich massieren, benutzte die Sauna oder das Dampfbad und machte dann nachts seine Geschäfte. Wir sahen uns im Club, kamen aber nie zusammen dort an, und die Losung lautete, so zu tun, als würden wir uns nicht kennen; ich durfte mit niemandem sprechen, was sehr schwierig war, denn ich ging jeden Tag hin und sah die immer gleichen Gesichter.

Leeman war bei seinen Giften anspruchsvoll, wie er sagte, Bourbon nur der teuerste und Heroin nur das sauberste, fünf- bis sechsmal am Tag gespritzt, jeweils mit einer neuen Nadel. Er hatte immer so viel zur Hand, wie er haben wollte, und hielt sich an seine Routine, war nie dem Grauen des Entzugs ausgeliefert wie andere arme Teufel, die sich am ganzen Leib zitternd vor seine Tür schleppten. Ich sah ihm zu bei seinem Ritual, sah den Löffel über der Kerze oder dem Feuerzeug, die Spritze, die Gummipresse am Arm oder Bein, bewunderte ihn für die Entschlossenheit, mit der er in seine geschundenen, kaum noch zu erkennenden Venen stach, sogar an der Leiste, am Bauch oder Hals. Wenn seine Hand zu stark zitterte, ließ er sich von Freddy helfen, denn ich war dazu nicht in der Lage, mir graute vor Spritzen. Leeman war schon so lange auf Heroin, dass er eine Dosis vertrug, die für jeden anderen tödlich gewesen wäre.

»Heroin bringt keinen um, aber das Leben, das die Süchtigen führen, die Armut, die Unterernährung, die Infektionen, der Dreck, die gebrauchten Spritzen«, erklärte er.

»Warum lässt du mich dann nicht probieren?«

»Weil ich dich nicht brauchen kann, wenn du an der Nadel hängst.«

»Bloß einmal, damit ich weiß, wie das ist.«

»Nein. Du kriegst genug anderes Zeug von mir.«

Ich bekam Alkohol, Gras, Halluzinogene und Pillen von ihm, die ich mir wahllos einwarf, machte mir keine Gedanken um die Folgen, wollte bloß, dass sie meine Wahrnehmung veränderten und mir halfen, der Realität zu entkommen, der Stimme meiner Nini, die mich rief, meinem Körper, meiner Angst vor der Zukunft. Zweifelsfrei erkannte ich nur die Schlaftabletten, weil sie orange waren und ein Segen für mich, da sie meine chronische Schlaflosigkeit niederrangen und mir einige Stunden traumloser Ruhe schenkten. Mein Boss ließ mich die eine oder andere Line Kokain ziehen, damit ich bei der Arbeit wach und bei Laune blieb, verbot mir aber Crack, das er auch bei seinen Bodyguards nicht duldete. Joe Martin und der Chinese waren von allem möglichen anderen Zeug abhängig. »Dreck für Loser«, sagte Leeman, dabei waren die Cracksüchtigen seine besten Kunden, er konnte sie ausquetschen bis aufs Blut, sie zum Klauen oder auf den Strich schicken, sie ließen sich restlos herabwürdigen für die nächste Dosis. Ich kann nicht sagen, wie viele dieser lebenden Toten um uns herumstrichen, Gerippe mit triefenden Nasen und eiternden Geschwüren, fahrig, zitternd, schwitzend, gefangen in ihren Halluzinationen, nicht ansprechbar und verfolgt von Stimmen und Ungeziefer, das ihnen durch alle Öffnungen in den Körper kroch.

Freddy durchlitt diese Zustände, das arme Kind, mir tat es in der Seele weh, ihn so zu sehen. Manchmal half ich ihm, den Brenner an die Pfeife zu halten und wartete so angespannt wie er, dass in der Hitze die gelben Kristalle mit einem Knacken aufbrachen und der ersehnte Qualm den Glaskolben füllte. Binnen Sekunden hob Freddy ab in eine andere Welt. Die Freude, die Großartigkeit und Euphorie hielten nur Augenblicke vor, danach versank er erneut in Agonie, in einem tiefen, lichtlosen Schacht, aus dem ihn nur die nächste Dosis holen konnte. Er brauchte immer mehr, um sich am Leben zu halten, und Brandon Leeman, der ihn gernhatte, gab es ihm. »Warum helfen wir ihm nicht, einen Entzug zu machen?«, fragte ich Leeman einmal. »Für Freddy ist es zu spät, vom Crack führt kein Weg zurück. Deshalb musste ich mich auch von anderen Mädchen trennen, die vor dir für mich gearbeitet haben.« Ich verstand das so, dass er sie entlassen hatte. Mir war nicht klar, dass mit »sich trennen« in diesem Metier in der Regel etwas Unwiderrufliches gemeint ist.

Der Überwachung durch Joe Martin und den Chinesen, die mich im Auge behalten sollten, konnte ich nicht entgehen, dafür nahmen sie ihre Aufgabe zu ernst. Der Chinese, ein scheues Wiesel, sagte nie ein Wort zu mir und sah mich auch nicht an, Joe Martin dagegen hielt mit seinen Absichten nicht hinterm Berg. »Leih mir die Kleine für einen Blowjob, Boss«, hörte ich ihn einmal zu Brandon Leeman sagen. »Ich weiß, das soll ein Witz sein, sonst hättest du jetzt und hier eine Kugel im Kopf«, entgegnete der seelenruhig. Ich schloss daraus, dass sich die beiden Handlanger, solange Leeman der Boss war, nicht an mich rantrauen würden.

Es war kein Geheimnis, womit die Bande ihr Geld verdiente, trotzdem war Brandon Leeman für mich kein Krimineller wie Joe Martin und der Chinese, die laut Freddy schon etliche Leute auf dem Gewissen hatten. Dabei war Leeman sehr wahrscheinlich auch ein Mörder, aber er sah nicht danach aus. Und jedenfalls wusste man besser nichts darüber, er wollte ja auch nichts über mich wissen. Für den Boss hatte Laura Barron keine Vergangenheit oder Zukunft, und was sie empfand, spielte keine Rolle, solange sie tat, was er sagte. Er vertraute mir das eine oder andere Geschäftliche an, weil er fürchtete, es selbst zu vergessen, und es nicht für ratsam hielt, alles aufzuschreiben: wer ihm wie viel schuldete, wo eine Lieferung abzuholen war, welcher Betrag an die Polizisten ging, wie der Einsatzplan für den Tag aussah.

Der Boss war sehr genügsam, lebte wie ein Mönch, zeigte sich mir gegenüber jedoch überaus großzügig. Ich bekam weder ein festes Gehalt noch eine Kommission von ihm, er steckte mir Scheine aus seinem unerschöpflichen Bündel zu, ohne sich die Beträge zu merken, wie Trinkgeld, und bezahlte den Fitnessclub und meine Einkäufe direkt. Wollte ich mehr, gab er es mir ohne Murren, aber ich hörte bald auf, darum zu bitten, weil ich nichts brauchte und sowieso alles, was irgendwie wertvoll war, aus der Wohnung verschwand. Unsere Schlafzimmer waren durch einen schmalen Flur getrennt, und er machte nie Anstalten, ihn zu überqueren. Aus Sicherheitsgründen hatte er mir Beziehungen zu anderen Männern verboten. Er sagte, im Bett löse sich die Zunge.

Mit sechzehn hatte ich, neben dem Desaster mit Rick Laredo, ein paar Erfahrungen mit Jungs gesammelt, die mich enttäuscht und erbost hatten. Aus den Internet-Pornos, die an der Berkeley High alle sahen, lernten die Jungs nichts, ihre Unbeholfenheit war grotesk; sie priesen den Sex mit wechselnden Partnerinnen an, als hätten sie ihn erfunden, das Modewort war »Freundschaft mit Extras«, es war aber sonnenklar, dass sie die Extras allein einstrichen. Im Internat in Oregon war die Luft mit jugendlichen Hormonen gesättigt – wir sagten, das Testosteron triefe von den Wänden –, wir lebten zusammengepfercht, waren aber zur Keuschheit verpflichtet. Die explosive Gemengelage lieferte den Therapeuten in den Gruppensitzungen bis zum Sankt-Nimmerleins-Tag Gesprächsstoff. Für manche war die »Absprache« über die sexuelle Enthaltsamkeit schlimmer als der Drogenverzicht, mich dagegen belastete sie nicht, denn abgesehen von Steve, dem Psychologen, der für Verführungsversuche nicht empfänglich war, konnte man das Männerangebot dort vergessen. In Las Vegas wehrte ich mich nicht gegen die Kontaktsperre, dafür war die üble Nacht mit Fedgewick in meiner Erinnerung noch zu frisch. Ich wollte mich von niemandem anfassen lassen.

Brandon Leeman behauptete, er könne seinen Kunden jeden Extrawunsch erfüllen, dem Perversen ein Vorschulkind und dem Fanatiker ein Schnellfeuergewehr besorgen, aber das war mehr Angeberei als Realität: Ich habe nie dergleichen erlebt; ausschließlich Drogenhandel und Hehlerei, alles Kinkerlitzchen, verglichen mit dem, was sonst in der Stadt an illegalen Geschäften ungestraft abgewickelt wurde. Wegen der Drogen kamen Prostituierte verschiedener Preisklassen in die Wohnung, einige richtig teuer, das sah man ihnen an, andere schon ganz tief unten, die einen zahlten bar, andere bekamen was auf Kredit, und manchmal ließen sich Joe Martin und der Chinese, wenn der Boss nicht da war, in Naturalien bezahlen. Brandon Leeman besserte sein Einkommen mit dem Verkauf geklauter Autos auf, die ihm eine Bande cracksüchtiger Minderjähriger besorgte. Sie wurden umlackiert, bekamen neue Nummernschilder, er verkaufte sie in anderen Staaten weiter, konnte dadurch aber auch selbst alle zwei, drei Wochen den Wagen wechseln und war weniger leicht zu erkennen. Alles trug dazu bei, seinen märchenhaften Batzen Scheine zu vergrößern.

»Du hast ein Huhn, das goldene Eier legt, damit könntest du ein Penthouse haben, anstelle von diesem Schweinestall, einen Privatjet, eine Jacht, was immer du willst«, beschwerte ich mich, als unser Abfluss barst, sich eine stinkende Brühe in unser Bad ergoss und wir in die Duschen im Club ausweichen mussten.

»Du willst eine Jacht in der Wüste von Nevada?«

»Nein! Alles, was ich will, ist ein Bad, das die Bezeichnung verdient! Warum ziehen wir nicht um?«

»Hier ist es gut für mich.«

»Dann besorg in drei Gottes Namen einen Klempner! Und wenn du schon dabei bist, könnest du jemanden zum Putzen anstellen.«

Er lachte sich kaputt. Die Vorstellung, dass eine Illegale zum Putzen in den Bau von ein paar Verbrechern und Drogensüchtigen käme, amüsierte ihn köstlich. Eigentlich war Freddy fürs Saubermachen zuständig, das war der Vorwand, unter dem er bei Leeman wohnte, aber er brachte nur den Müll runter und verbrannte Beweisstücke in einem Ölfass im Hof. Obwohl mir für Haushaltstätigkeiten jede Begabung fehlt, musste ich, wenn ich dort wohnen wollte, zuweilen Gummihandschuhe anziehen und zum Putzeimer greifen, es blieb mir nichts anderes übrig, aber ich kam gegen den Verfall und den Siff, der wie eine schlimme Seuche um sich griff, einfach nicht an. Ich war die Einzige, der das etwas ausmachte, die anderen sahen es nicht. Für Brandon Leeman waren die beiden Wohnungen ein Provisorium, er würde sein Leben ändern, sobald ein mysteriöses Geschäft, an dem er mit seinem Bruder feilte, unter Dach und Fach wäre.

Mein Boss, wie er gern von mir genannt wurde, schuldete seinem Bruder Adam eine Menge, so jedenfalls erklärte er es mir. Seine Familie stammte aus Georgia. Die Mutter hatte sie verlassen, als die beiden Kinder noch klein waren, der Vater starb im Gefängnis, wahrscheinlich ermordet, auch wenn es offiziell hieß, er habe Selbstmord begangen, und Brandons älterer Bruder kümmerte sich um ihn. Adam war nie einer ehrlichen Arbeit nachgegangen, aber auch nie mit dem Gesetz in Konflikt geraten wie sein kleiner Bruder, der mit dreizehn zum ersten Mal straffällig wurde. »Wir mussten uns trennen, sonst hätte ich Adam mit meinen Problemen geschadet«, vertraute Brandon mir an. Zusammen hatten sie sich für Las Vegas entschieden, mit seinen über hundertachtzig rund um die Uhr geöffneten Casinos, dem vielen Bargeld, das atemberaubend schnell den Besitzer wechselte, und einer brauchbaren Anzahl käuflicher Polizisten der ideale Ort für ihn.

Adam gab seinem Bruder einen Stapel Führerscheine und Pässe mit verschiedenen Namen, die ihm von großem Nutzen sein konnten, und stattete ihn mit Startkapital aus. Keiner der beiden benutzte Kreditkarten. In einer unserer seltenen entspannten Unterhaltungen erzählte mir Brandon Leeman, er selbst habe nie geheiratet, sein Bruder sei sein einziger Freund und sein Neffe, der Sohn von Adam, seine einzige Schwäche. Er zeigte mir ein Foto der Familie, mit seinem Bruder, stattlich und durchtrainiert und deutlich anders als er, der rundlichen Schwägerin und dem Neffen, einem pausbäckigen Kind, das Hank hieß. Ich ging öfter mit Brandon elektronische Spielsachen kaufen, die er dem Jungen schickte, sündhaft teuer und wenig geeignet für einen Zweijährigen.

Für die Touristen, die übers Wochenende nach Las Vegas kamen, um dem Alltagseinerlei zu entfliehen und in den Casinos ihr Glück zu versuchen, waren die Drogen bloß ein Zeitvertreib, für die Prostituierten, die Obdachlosen, Penner, kleinen Diebe, für die Jungs aus den Gangs und für andere Elende, die in Leemans Stützpunkt aufkreuzten und für ein bisschen Stoff den letzten Rest Menschlichkeit verkauft hätten, waren sie dagegen die einzige Rettung. Manchmal kamen welche ohne einen Cent in der Tasche und bettelten, bis er ihnen aus Barmherzigkeit etwas gab oder weil er sie weiter an der Nadel haben wollte. Andere waren schon Hand in Hand mit dem Tod unterwegs, und es lohnte nicht mehr, sich ihrer anzunehmen, sie spuckten Blut, hatten Krämpfe, verloren das Bewusstsein. Die ließ Leeman auf die Straße befördern. Einige waren unvergesslich, wie dieser Junge aus Indiana, der in Afghanistan eine Bombe überlebt hatte, in Las Vegas gelandet war und sich nicht mal an den eigenen Namen erinnerte. »Wenn du beide Beine verlierst, kriegst du ’nen Orden, aber verlier den Verstand, und du gehst leer aus«, wiederholte er wie eine Gebetsmühle zwischen einer Crackpfeife und der nächsten. Oder Margaret, etwa so alt wie ich, aber körperlich am Ende, die mir eine der beiden Designerhandtaschen klaute. Freddy erwischte sie, und wir konnten ihr die Tasche abnehmen, ehe sie sie verkaufte, was Brandon sie sehr teuer hätte bezahlen lassen. Einmal kam Margaret völlig fertig zu Leemans Wohnung, und weil sie niemanden antraf, der ihr half, schnitt sie sich mit einer Glasscherbe die Pulsadern auf. Freddy fand sie in einer Blutlache im Flur, schaffte sie irgendwie nach draußen, legte sie eine Straße weiter ab und rief einen Rettungswagen. Als der kam, lebte sie noch, aber wir erfuhren nie, was mit ihr geschehen war, und sahen sie nicht wieder.

Und wie könnte ich Freddy vergessen? Ich verdanke ihm mein Leben. Ich gewann ihn lieb wie einen kleinen Bruder, er war ein Kind, das nicht stillsitzen konnte, spindeldürr, winzig, mit glasigen Augen, Rotznase, nach außen hin hart und innen sanft, konnte noch lachen und sich beim Fernsehen an meine Seite kuscheln. Ich gab ihm Vitamine und Kalzium, damit er wuchs, und kaufte zwei Töpfe und ein Kochbuch, um die Küche einzuweihen, aber was ich kochte, wanderte unangetastet in den Müll; Freddy nahm zwei Bissen, dann verging ihm der Appetit. Manchmal war er so krank, dass er nicht von der Matratze aufstehen konnte, dann wieder verschwand er tagelang ohne jede Erklärung. Brandon Leeman versorgte ihn mit Drogen, Alkohol, Zigaretten, mit allem, was er wollte. »Siehst du nicht, dass du ihn umbringst?«, warf ich ihm vor. »Keine Sorge, Laura, ich bin schon tot«, mischte Freddy sich fröhlich ein. Er nahm, was die Welt an giftigen Substanzen zu bieten hat, sagenhaft, wie viel Dreck dieses Kind schlucken, rauchen, schniefen und spritzen konnte! Er war wirklich schon halb tot, aber er hatte Musik im Blut, konnte eine Bierdose in ein Drumset verwandeln und endlos rappen; er träumte davon, dass ihn jemand entdeckte, er einen kometenhaften Aufstieg hinlegte und ein Star würde wie Michael Jackson. »Wir gehen zusammen nach Kalifornien, Freddy. Dort fängst du ein neues Leben an. Mike O'Kelly hilft dir, der hat schon Hunderte von Jungs aus dem Dreck geholt, einige davon übler am Arsch als du, wenn du die jetzt sehen könntest, du würdest es nicht glauben. Meine Großmutter kann dir auch helfen, sie ist gut in so was. Du kannst bei uns wohnen, was meinst du?«

Eines Abends, als ich in einem überladenen Salon des Caesar's Palace zwischen römischen Statuen und Brunnen auf einen Kunden wartete, sah ich Officer Arana wieder. Ich wollte mich schon verdrücken, aber er hatte mich entdeckt, kam lächelnd, mit ausgestreckter Hand an meinen Tisch und fragte nach meinem Onkel. »Mein Onkel?« Ich sah ihn verwirrt an, dann fiel mir wieder ein, dass Brandon Leeman mich bei unserer ersten Begegnung im McDonald's als seine Nichte aus Arizona vorgestellt hatte. Unruhig, weil ich die Ware in der Handtasche hatte, fing ich an Erklärungen zu stammeln, um die er mich nicht gebeten hatte.

»Ich bin nur den Sommer über hier, ich gehe bald aufs College.«

»Auf welches?« Arana setzte sich neben mich.

»Weiß ich noch nicht …«

»Du siehst aus wie eine, die es zu was bringen kann,

dein Onkel ist bestimmt stolz auf dich. Entschuldige, wie heißt du noch mal …«

»Laura. Laura Barron.«

»Freut mich, dass du studieren gehst, Laura. In meinem Job sehe ich öfter tragische Fälle, junge Leute, die viel aus sich machen könnten, aber komplett abdriften. Möchtest du was trinken?« Und ehe ich ablehnen konnte, hatte er schon bei einer Kellnerin in römischer Tunika einen Fruchtcocktail für mich bestellt. »Ich würde dir ja gern mit einem Bier Gesellschaft leisten, geht aber leider nicht, ich bin im Dienst.«

»Hier im Hotel?«

»Das gehört mit zu meiner Runde.«

Er erzählte mir, das Caesar' s Palace habe in seinen fünf Türmen über dreitausenddreihundert Zimmer und einige davon seien fast hundert Quadratmeter groß, dazu neun schicke Restaurants, eine Mall mit Luxusläden und einen Theatersaal im Stil des Kolosseums von Rom mit mehr als viertausend Sitzplätzen, in dem große Stars auftraten. Ob ich den Cirque du Soleil schon gesehen hätte? Nein? Ich solle meinen Onkel bitten, mit mir hinzugehen, die Show sei das Beste, was Las Vegas zu bieten habe. Die falsche Vestalin kam bald wieder und brachte mir ein grünliches, von einem Ananaskunstwerk gekröntes Getränk. Ich zählte die Minuten, weil draußen Joe Martin und der Chinese mit der Uhr in der Hand auf mich warteten und mein Kunde hier drin irgendwo zwischen den

Säulen und Spiegeln herumtigerte und nicht ahnte, dass seine Kontaktperson das Mädchen im trauten Gespräch mit dem Polizisten in Uniform war. Was wusste Arana wohl über Brandon Leemans Geschäfte?

Ich trank den Fruchtsaft, der zu süß war, und verabschiedete mich mit einer Hast, die Arana verdächtig vorgekommen sein muss. Der Officer war mir sympathisch, er sah einem freundlich in die Augen, gab einem fest die Hand und machte einen lockeren Eindruck. Bei genauerer Betrachtung sah er nicht mal schlecht aus, auch wenn er ein paar Kilo zu viel hatte; seine strahlend weißen Zähne hoben sich schön von der gebräunten Haut ab, und wenn er lächelte, schlossen sich seine Augen zu kleinen Schlitzen.

Der Mensch, der Manuel am nächsten steht, ist Blanca, was aber nicht viel heißen will, denn er braucht niemanden, auch sie nicht, und könnte den Rest seines Lebens schweigend verbringen. Alle Bemühungen um die Freundschaft der beiden gehen von ihr aus. Sie lädt ihn zum Essen ein oder kommt unangemeldet mit einem Schmortopf und einer Flasche Wein vorbei; sie nötigt ihn, nach Castro zu fahren und sich bei ihrem Vater, dem Millalobo, blicken zu lassen, weil der gekränkt ist, wenn man ihn nicht regelmäßig besucht; sie wacht über seine Kleidung, seine Gesundheit und sein häusliches Wohlergehen wie eine Haushofmeisterin. Ich bin der Eindringling, der ihre Zweisamkeit stört; früher konnten sie für sich sein, jetzt haben sie mich ständig am Hals. Diese Chilenen halten was aus, von den beiden hat nie einer gereizt auf mich reagiert.

Vor ein paar Tagen aßen wir bei Blanca, was wir öfter tun, weil es bei ihr viel gemütlicher ist als bei uns. Sie hatte ihre beste Tischdecke aufgelegt, dazu gestärkte Leinenservietten, Kerzen und einen Korb mit dem Rosmarinbrot, das ich ihr mitgebracht hatte: ein Esstisch, so schlicht und erlesen wie alles, womit Blanca sich umgibt. Manuel hat für so was kein Auge, aber ich staune immer, denn ehe ich diese Frau kannte, dachte ich, Inneneinrichtung sei etwas für Hotels und Zeitschriften. Im Haus meiner Großeltern sah es aus wie auf dem Flohmarkt, drängten sich Möbel und Gerümpel, weil man das irgendwie noch gebrauchen konnte oder es nicht über sich brachte, es wegzuwerfen. Blanca kann mit drei blauen Hortensien in einer Glasschale voller Zitronen ein Kunstwerk erschaffen und schärft meinen Blick für das Schöne. Während sie und Manuel drinnen Suppe mit Meeresfrüchten kochten, ging ich hinaus in den Garten, um Salat und Basilikum zu ernten, solange ich noch etwas sehen konnte, denn inzwischen wird es früh dunkel. Auf wenigen Quadratmetern hat Blanca Obstbäume gepflanzt und zieht Gemüse, um das sie sich selbst kümmert; man sieht sie ständig mit Strohhut und

Handschuhen in ihrem Garten hantieren. Wenn der Frühling kommt, werde ich sie bitten, dass sie mir hilft, einen Garten auf Manuels Grundstück anzulegen, wo bisher bloß Unkraut wächst und Steine liegen.

Beim Nachtisch redeten wir über Magie und übersinnliche Phänomene – Manuels Buch fesselt mich nach wie vor. Ich erzählte ihnen, dass ich eine Expertin auf dem Gebiet sein könnte, hätte ich mehr auf meine Großmutter gehört. Mein Großvater war ja Astronom, Wissenschaftler und in Gottesfragen unentschieden, meine Großmutter aber begeistert sich für Tarot, bildet sich zur Astrologin fort, kann die Aura und Energiefelder lesen und Träume deuten, sammelt Glücksbringer, Kristalle und heilige Steine, ganz zu schweigen davon, dass sie Freundschaften mit Geistern pflegt.

»Meine Nini langweilt sich nie, sie vertreibt sich die Zeit damit, gegen die Regierung zu protestieren und mit den Toten zu sprechen.«

»Mit welchen Toten?«, wollte Manuel wissen.

»Mit meinem Pop und mit anderen, etwa mit dem heiligen Antonius von Padua, der kann verlorene Sachen und Lebensgefährten für Singles finden.«

»Deine Großmutter braucht einen Freund.«

»Gott bewahre! Sie ist fast so alt wie du!«

»Hast du nicht gesagt, ich soll mich verlieben? Wenn du meinst, ich wäre noch nicht zu alt dafür, dann ist es

Nidia erst recht nicht, sie ist um einiges jünger als ich.«

»Du bist scharf auf meine Nini!« Bei dem Gedanken, wir könnten zu dritt leben, vergaß ich für einen Augenblick völlig, dass Blanca die beste Partie für ihn wäre.

»Dieser Schluss ist etwas voreilig, Maya.«

»Du müsstest sie Mike O'Kelly ausspannen. Er sitzt im Rollstuhl und ist Ire, sieht aber ziemlich gut aus und ist berühmt.«

»Dann hat er mehr zu bieten als ich.« Und Manuel lachte.

»Und du, Tía Blanca, glaubst du an Zauberei?«

»Ich sehe das pragmatisch, Maya. Wenn ich eine Warze habe, gehe ich zum Hautarzt, und sicherheitshalber binde ich mir ein Haar um den kleinen Finger und pinkele hinter eine Eiche.«

»Manuel hat behauptet, du bist eine Hexe.«

»Stimmt. In Vollmondnächten treffe ich mich mit anderen Hexen. Willst du mitkommen? Nächsten Mittwoch ist es wieder so weit. Wir können zusammen nach Castro fahren, übernachten bei meinem Vater, und ich nehme dich mit zu unserem Hexensabbat.«

»Zum Hexensabbat? Ich habe keinen Besen.«

»An deiner Stelle würde ich das Angebot annehmen, Maya«, meldete sich Manuel. »So eine Gelegenheit bekommst du nicht zweimal. Mich hat Blanca noch nie eingeladen.«

»Weil es eine Frauenrunde ist, Manuel. Du würdest am Östrogen ersticken.«

»Ihr wollt mich auf den Arm nehmen ...«, sagte ich.

»Nein, im Ernst, Gringuita. Aber es ist nicht das, was du denkst, keine Hexerei wie in Manuels Buch, keine Westen aus der Haut von Toten, keine Invunches. Unsere Gruppe ist sehr geschlossen, was sie auch sein muss, damit alle unbefangen reden können. Gäste sind nicht zugelassen, aber bei dir würden wir eine Ausnahme machen.«

»Warum?«

»Weil ich denke, du bist ziemlich allein und kannst Freundinnen brauchen.«

Ein paar Tage später begleitete ich Blanca nach Castro. Wir kamen pünktlich zum Tee beim Millalobo an, zu einer Uhrzeit, die den Chilenen so heilig ist wie den Engländern, von denen sie das übernommen haben. Blanca und ihr Vater folgen einer festgelegten Choreographie, die Komödie geht so: Erst begrüßen sie sich überschwänglich, als hätten sie sich nicht in der Woche zuvor gesehen und jeden Tag miteinander telefoniert, gleich darauf schimpft sie mit ihm, weil er »jeden Tag dicker wird« und »wie lange wollen Sie noch rauchen und trinken, Papa, das bringt Sie noch ins Grab«, worauf er ein paar Bemerkungen über Frauen macht, die ihre grauen Haare nicht färben und sich anziehen wie rumänische Fabrikarbeiterinnen, danach erzählen sie einander den neuesten Klatsch und Tratsch, dann bittet sie ihn um ein weiteres Darlehen, was er mit einem Aufschrei quittiert, sie ruiniere ihn, er werde ausgezogen bis aufs Hemd und müsse bald Konkurs anmelden, woraufhin sie fünf Minuten miteinander feilschen und die Einigung schließlich mit Küssen besiegeln. Inzwischen bin ich bei meiner vierten Tasse Tee.

Am Abend lieh der Millalobo uns sein Auto, und Blanca fuhr mit mir zu dem Treffen. Wir kamen an der Kathedrale mit den zwei Türmen vorbei, die vollständig mit Metallplatten verkleidet ist, und am Platz, wo auf jeder Parkbank ein Pärchen saß, ließen die Altstadt hinter uns, dann die neueren Viertel mit den hässlichen Betonhäusern und folgten einem kurvigen und einsamen Sträßchen. Nach kurzer Fahrt bog Blanca in einen Hof ein, wo bereits andere Autos parkten, und im Schein ihrer Taschenlampe gingen wir über einen kaum sichtbaren Pfad zum Haus. Drinnen empfing uns eine Gruppe von zehn jungen Frauen, im selben folkloristischen Stil gekleidet, den auch meine Nini pflegt, lange Blusen und Röcke oder weite Baumwollhosen und Ponchos darüber, denn es war kühl. Sie wussten, dass ich kommen würde, und begrüßten mich mit der spontanen Herzlichkeit der Chilenen, die mich am Anfang, als ich hier neu war, überrumpelte, die ich inzwischen jedoch erwarte. Das Haus war ohne Schnickschnack eingerichtet, auf dem

Sofa lag ein alter Hund und auf dem Boden verstreut Spielzeug. Die Gastgeberin erklärte mir, in Vollmondnächten schliefen ihre Kinder bei der Großmutter und ihr Mann nutze die Gelegenheit für einen Pokerabend mit Freunden.

Durch die Küche gingen wir hinaus in einen großen, von Petroleumfackeln beleuchteten Hof hinter dem Haus, wo Gemüse in Kästen wuchs, ein Hühnerstall, zwei Schaukeln und ein großes Campingzelt standen, und etwas, das auf den ersten Blick wie ein mit Gewebeplane abgedeckter Erdhaufen aussah, jedoch stieg aus der Mitte eine dünne Rauchsäule auf. »Das ist unsere Ruca«, sagte die Hausherrin. Die Ruca war rund wie ein Iglu oder eine indianische Kiva, nur das Dach ragte über die Erdoberfläche, der Rest lag darunter. Gebaut hatten sie die Ehemänner und Gefährten der Frauen, die manchmal an den Treffen teilnahmen, aber dann versammelten sich alle im Zelt, weil die Ruca ein heiliger Ort nur für die Frauen war. Ich tat es den anderen gleich und legte meine Kleider ab; einige zogen sich ganz aus, andere ließen den Slip an. Blanca entzündete ein Büschel Salbei, um uns mit dem duftenden Rauch zu »reinigen«, während wir nacheinander durch einen engen Tunnel ins Innere krabbelten.

Die Ruca war eine runde Höhle von etwa vier Metern Durchmesser, an der höchsten Stelle eins siebzig hoch. In der Mitte brannten Holzscheite zwischen heißen Steinen, der Rauch zog über die einzige Öffnung in der Deckenmitte ab, und an den Wänden lief ein mit Wolldecken gepolstertes Podest entlang, auf dem wir im Kreis Platz nahmen. Die Hitze war stark, aber auszuhalten, die Luft roch nach etwas Organischem, nach Pilzen oder Hefe, und nur das Feuer warf ein wenig Licht. In Schalen lag etwas Obst, Aprikosen und Feigen, dazu gab es Mandeln und zwei Kannen mit kaltem Tee.

Die Frauen sahen aus, als wären sie den Geschichten von Tausendundeine Nacht entstiegen, eine Versammlung von Odalisken. Das warme Licht in der Ruca machte sie wunderschön, schwer umrahmte das Haar ihre Gesichter, sie fühlten sich wohl in ihren Körpern, ruhten darin, wirkten hingegeben. In Chile werden die Menschen nach Klassen eingeteilt wie in Indien nach Kasten oder in den USA nach Hautfarbe, und ich habe kein Auge dafür, die Unterschiede zu erkennen, aber diese europäisch aussehenden Frauen müssen einer anderen Klasse angehören als die Frauen von Chiloé, die ich bisher kennengelernt habe und die fast durchweg stämmig sind, klein, mit indianischen Zügen, gezeichnet von Arbeit und Kummer. Eine von ihnen war schwanger, nach der Größe ihres Bauchs zu urteilen im siebten oder achten Monat, und eine andere hatte erst kürzlich entbunden, ihre Brüste waren prall und die Brustwarzen bläulich umrandet. Blanca hatte ihren Haarknoten gelöst, und aufgewühlt wie Gischt ergossen sich ihre Locken bis zu den Schultern. Sie zeigte ihren gealterten Körper mit der Selbstverständlichkeit von jemandem, der immer schön gewesen ist, obwohl sie keine Brüste mehr hat, sondern eine Piratennarbe quer über dem Oberkörper.

Blanca klingelte mit einem Glöckchen, einige Minuten schwiegen alle und sammelten sich, und dann rief eine der Frauen die Pachamama an, die Mutter Erde, in deren Bauch wir zusammengekommen waren. Die nächsten vier Stunden verstrichen langsam, ohne dass wir es merkten, wir reichten ein großes Seeschneckenhaus von Hand zu Hand und sprachen reihum, tranken Tee, aßen von dem Obst und erzählten uns, was gerade in unserem Leben geschah und welchen Kummer wir aus der Vergangenheit mitschleppten, hörten einander respektvoll zu, fragten nicht, gaben keine Urteile ab. Die meisten der Frauen stammen aus anderen Landesteilen, sind wegen der eigenen Arbeit hier oder weil ihre Männer hier zu tun haben. Zwei arbeiten als Heilpraktikerinnen mit verschiedenen Methoden, mit Kräutern, Reflexzonenmassage, Aroma-, Magnet- und Lichttherapie, mit Homöopathie, dem Auflösen von Energieblockaden und anderen alternativen Heilmethoden, die in Chile sehr gefragt sind. Arzneimittel aus der Apotheke werden hier erst genommen, wenn alles andere versagt. Die Frauen erzählten von sich ohne Scham, eine war am Boden zerstört, weil sie herausgefunden hatte, dass ihr Mann ein Verhältnis mit ihrer besten Freundin hatte, eine andere brachte es nicht über sich, einen Mann zu verlassen, der sie körperlich und seelisch misshandelte. Sie redeten von ihren Träumen, Krankheiten, Ängsten und Hoffnungen, sie lachten, manche weinten auch, und alle freuten sich mit Blanca, weil die Nachuntersuchungen bestätigt hatten, dass der Krebs überwunden war. Eine junge Frau, deren Mutter gerade gestorben war, bat darum, für ihre Seele ein Lied zu singen, und eine andere stimmte mit glockenheller Stimme eines an, in das die anderen dann einfielen.

Es war nach Mitternacht, als Blanca vorschlug, unser Treffen mit einer Ehrung der Vorfahren zu beschließen, und dann nannte jede jemanden – die gerade gestorbene Mutter, die Großmutter, eine Patin – und beschrieb, was dieser Mensch ihr vermacht hatte; für die eine war es die künstlerische Ader, für die andere ein Buch mit Mitteln aus der Naturheilkunde, für eine dritte die Liebe zur Wissenschaft, und so sagte jede etwas. Ich war als Letzte an der Reihe und nannte meinen Pop, bekam aber keinen Ton heraus, um den Frauen zu sagen, wer das war. Danach meditierten wir schweigend mit geschlossenen Augen, dachten an den Toten, den wir uns in Erinnerung gerufen hatten, dankten ihm für das, was er uns gegeben hatte, und verabschiedeten uns von ihm. Dabei kam mir der Satz in den Sinn, den mein Pop über Jahre immer wieder zu mir gesagt hatte: »Versprich mir, dass du dich immer so liebhaben wirst, wie ich dich liebhabe.« Ich hörte es so deutlich, als würde er es mir gerade eben mit lauter Stimme sagen. Ich musste weinen und weinte das Meer von Tränen, die ich nicht vergossen hatte, als er starb.

Zum Schluss ließen sie eine Holzschale herumgehen, und jede konnte ein Steinchen hineinlegen. Blanca zählte nach, und es waren so viele Steinchen wie Frauen in der Ruca; das war eine Wahl, und ich damit einstimmig angenommen, nur so kann man Teil der Gruppe werden. Sie beglückwünschten mich, und wir stießen mit Tee an.

Ich kehrte stolz auf unsere Insel zurück und ließ Manuel wissen, dass er ab jetzt in Vollmondnächten auf mich verzichten muss.

Nach dem Abend mit den guten Hexen von Castro habe ich viel über meine Erfahrungen vom letzten Jahr nachgedacht. Mein Leben ist so grundverschieden vom Leben dieser Frauen, und ich weiß nicht, ob ich ihnen in der Ruca je werde erzählen können, was mir passiert ist, ob ich ihnen den Zorn schildern kann, der mich früher auffraß, ihnen begreiflich machen kann, wie es ist, wenn man unbedingt Alkohol oder Drogen braucht, nicht stillsitzen kann, ständig reden muss. Im Internat in Oregon attestierten sie mir ein »Aufmerksamkeitsdefizit«, was als Diagnose so endgültig klingt wie »lebenslänglich«, aber als mein Pop noch lebte, machte sich das so wenig bemerkbar wie hier. Ich kann die Symptome der Sucht beschreiben, ihre brutale Macht aber nicht mehr nachempfinden. Wo war meine Seele in dieser Zeit? In Las Vegas gab es Bäume, Sonne, Parks, das Lachen von Freddy, King of Rap, es gab Eiscreme, Comedy im Fernsehen, sonnengebräunte junge Leute und Limonade am Pool im Club, Musik und Lichter in den langen Nächten auf dem Strip, es gab fröhliche Momente, sogar eine Hochzeit bei Leemans Freunden und eine Geburtstagstorte für Freddy, aber ich erinnere mich nur an das flüchtige Glück, wenn ich mir einen Schuss gesetzt hatte, und an die endlose Hölle auf der Suche nach dem nächsten. Wie ich damals gelebt habe, verschwimmt schon in meiner Erinnerung, obwohl seither erst wenige Monate vergangen sind.

Die Zeremonie mit den Frauen im Bauch der Pachamama hat mich endgültig mit dem zauberischen Chiloé verbunden und auf geheimnisvolle Weise auch mit meinem eigenen Körper. Im vergangenen Jahr war ich wie aufgerieben, ich dachte, mein Leben sei verbraucht und mein Körper für immer besudelt. Jetzt fühle ich mich heil, empfinde mir gegenüber einen Respekt, den ich nie zuvor hatte, und suche vor dem Spiegel nicht mehr nach Mängeln. Ich gefalle mir, wie ich bin, ich möchte nichts ändern. Auf dieser segensreichen Insel finden meine bösen Erinnerungen keine Nahrung, dennoch überwinde ich mich und schreibe alles auf, damit es mir nicht ergeht wie Manuel, der seine Erfahrungen in eine Höhle gesperrt hat, und wenn er sich nicht vorsieht, fallen sie ihn an wie tollwütige Hunde.

Heute habe ich auf Manuels Schreibtisch fünf Blumen aus Blancas Garten gestellt, die letzten vor dem Winter, und wenn Manuel auch nichts für sie übrighat, erfüllen sie mich doch mit einem stillen Glück. Es muss einen nicht wundern, dass jemand sich an Farben berauscht, der dem Grau entronnen ist. Das letzte Jahr war ein graues Jahr für mich. Dieser minimalistische Blumenstrauß ist perfekt: ein Wasserglas, fünf Blumen, ein Krabbelkäfer, Tageslicht durchs Fenster. Sonst nichts. Mich an das frühere Dunkel zu erinnern fällt mir zu Recht schwer. Wie lange ich gebraucht habe, um erwachsen zu werden! Eine unterirdische Reise.

Für Brandon Leemans Geschäft war mein Aussehen wichtig: Ich sollte unschuldig wirken, einfach und frisch wie die strahlenden Mädchen, die in den Casinos arbeiteten. Das schuf Vertrauen und sorgte dafür, dass ich nicht auffiel. Er mochte mein sehr kurz geschnittenes platinblondes Haar, mit dem ich fast männlich wirkte. Er gab mir eine elegante Männerarmbanduhr mit breitem Lederband, um mein Tattoo zu verdecken, weil ich mich weigerte, es entfernen zu lassen. In Boutiquen ließ er mich schaulaufen in den Sachen, die er für mich auswählte, und amüsierte sich über meine übertriebenen Modelposen. Ich hatte nicht zugenommen, obwohl ich mich ausschließlich von Junkfood ernährte und im Studio bloß rumhing; das Laufen hatte ich aufgegeben, weil ich es nicht ausstehen konnte, wenn Joe Martin und der Chinese mir an den Hacken klebten.

Zweimal nahm Brandon Leeman mich in eine Suite in einem der Hotels am Strip mit, bestellte Champagner und bat mich dann, mich langsam für ihn auszuziehen, während er mit seinem Stoff und einem Glas Bourbon davondriftete, ohne mich anzufassen. Ich tat es erst zögerlich, merkte aber bald, dass es genauso war, als würde ich mich allein vor dem Spiegel ausziehen, weil sich für den Boss die Erotik auf die Spritze und das Glas beschränkte. Er sagte mir immer wieder, wie viel Glück ich mit ihm hätte, andere Mädchen würden in Massagesalons und Bordellen ausgebeutet, bekämen nie die Sonne zu sehen und würden geschlagen. Ob mir klar sei, dass es in den USA Hunderttausende von Sexsklavinnen gibt? Einige stammten aus Asien oder vom Balkan, aber viele seien Amerikanerinnen, seien auf der Straße, in U-Bahn-Stationen oder an Flughäfen entführt worden oder minderjährig von zu Hause abgehauen. Sie wurden eingesperrt und unter Drogen gesetzt, mussten dreißig und mehr Männer am Tag bedienen, und wenn sie aufbegehrten, machte man sie mit Elektroschocks gefügig; sie waren unsichtbar, Wegwerfware, wertlos. Manche Etablissements waren auf sadistische Praktiken spezialisiert, dort konnten die Freier die Mädchen nach Belieben quälen, sie auspeitschen, vergewaltigen, sogar umbringen, wenn sie genug dafür zahlten. Prostitution war für die Banden ein einträgliches Geschäft, für die Frauen dagegen ein Fleischwolf, sie hielten nicht lange durch und endeten immer übel. »Das ist etwas für Unmenschen, Laura, und ich habe ein weiches Herz«, sagte er. »Sei brav, und enttäusch mich nicht. Ich würde dich ungern eines Tages in so einem Milieu sehen.«

Als ich irgendwann begann Verbindungen zwischen Ereignissen zu ziehen, die auf den ersten Blick nichts miteinander zu tun hatten, stieß mir dieser Teil von Brandon Leemans Geschäft besonders übel auf. Er hatte nicht direkt mit Prostitution zu tun, außer dass er den Frauen, die ihn darum baten, etwas verkaufte, aber er hatte undurchsichtige Verabredungen mit Zuhältern, und die fielen öfter mit dem Verschwinden von jungen Mädchen aus seinem Kundenkreis zusammen. Mehrmals bekam ich mit, dass er sehr junge Mädchen, die erst seit kurzem an der Nadel hingen, mit seiner freundlichen Art in die Wohnung lockte, sie vom Besten probieren ließ, was vorrätig war, sie ein paar Wochen auf Kredit versorgte, und dann waren sie plötzlich weg, wie vom Erdboden verschluckt. Freddy bestätigte meinen Verdacht, dass er sie an die

Banden verkaufte; damit bekam Brandon Leeman etwas von dem Kuchen ab, ohne sich die Hände übermäßig schmutzig zu machen.

Die Regeln waren einfach, und solange ich meinen Teil der Abmachung einhielt, hielt sich der Boss an seinen. Seine erste Bedingung lautete, keinen Kontakt zu meiner Familie oder anderen Menschen aus meinem früheren Leben aufzunehmen, was mir leichtfiel, weil ich außer meiner Großmutter niemanden vermisste, und da ich vorhatte, bald nach Kalifornien zurückzugehen, konnte sie warten. Leeman erlaubte mir auch keine neuen Freundschaften, sagte, die geringste Indiskretion könne das wacklige Gerüst seiner Geschäfte zum Einsturz bringen. Einmal erzählte ihm der Chinese, er habe mich an der Tür zum Club im Gespräch mit einer Frau gesehen. Leeman packte mich am Hals und zwang mich mit einer Entschlossenheit auf die Knie, die ich nicht für möglich gehalten hätte, war ich doch größer und kräftiger als er. »Dumme Kuh! Miststück!«, brüllte er und schlug mir, rot vor Zorn, zweimal ins Gesicht. Das hätte ein Weckruf sein können, aber ich war außerstande zu erfassen, was mit mir geschah; es war einer dieser inzwischen häufiger vorkommenden Tage, an denen mein Denken völlig zerfaserte.

Kurz darauf sagte er, ich solle mir was Hübsches anziehen, wir würden zum Abendessen in ein neues italienisches Restaurant gehen; ich nahm an, das war seine Art, sich zu entschuldigen. Ich zog mein schwarzes Kleid und die goldenen Sandalen an, bemühte mich aber nicht, die aufgesprungene Lippe und die Rötungen auf der Wange mit Make-up zu kaschieren. Das Restaurant erwies sich als unerwartet angenehm: sehr modern, Glas, Stahl und schwarze Spiegelflächen, keine karierten Tischdecken oder als Gondolieri verkleideten Kellner. In unserem Essen pickten wir nur herum, tranken aber zwei Flaschen Quintessa, Jahrgang 2005, die ein Vermögen kosteten und die Verstimmung erfreulich zu lindern vermochten. Leeman erklärte mir, er stehe gerade sehr unter Druck, ihm habe sich die Möglichkeit eines glänzenden, aber sehr riskanten Geschäfts eröffnet. Ich musste daran denken, dass er kürzlich für zwei Tage weggefahren war, ohne zu sagen, wohin, und ohne seine Partner mitzunehmen.

»Eine Sicherheitslücke könnte jetzt verheerender denn je sein, Laura.«

»Ich habe mit der Frau im Club keine fünf Minuten über den Yogakurs geredet, ich schwöre, Brandon, ich weiß nicht mal, wie sie heißt.«

»Tu es nicht wieder. Ich vergess das fürs Erste, aber du besser nicht, haben wir uns verstanden? Ich muss meinen Leuten vertrauen können, Laura. Bei dir habe ich ein gutes Gefühl, du hast Klasse, das gefällt mir, und du lernst schnell. Wir können noch viel zusammen machen.«

»Zum Beispiel?«

»Das sage ich dir, wenn es so weit ist. Du bist noch in der Probezeit.«

Der lange angekündigte Moment kam im September. Von Juni bis August war ich noch in einem Sternennebel unterwegs. In der Wohnung kam kein Wasser aus den Hähnen, und der Kühlschrank war leer, aber Drogen gab es satt. Ich merkte gar nicht, wie zugedröhnt ich war; zwei, drei Pillen mit einem Glas Wodka, ein Joint zwischendurch, es war ein Automatismus, den mein Kopf schon nicht mehr registrierte. Was ich konsumierte, war ein Witz, verglichen mit dem, was sich die anderen ringsum einpfiffen, für mich war das ein Spaß, ich konnte jederzeit damit aufhören, ich war nicht abhängig, das glaubte ich.

Ich gewöhnte mich an das Gefühl, dahinzutreiben, an den Nebel in meinem Kopf, daran, dass ich keinen Gedanken zu Ende denken und keine Idee in Worte fassen konnte, mir von all den vielen Begriffen, auf die meine Nini einmal solchen Wert gelegt hatte, beim besten Willen keiner mehr einfiel. In meinen seltenen klaren Momenten erinnerte ich mich an meinen Vorsatz, nach Kalifornien zurückzukehren, sagte mir aber, das habe Zeit. Zeit. Wo blieb die eigentlich? Wie Sand rieselte sie mir durch die Finger, ich führte ein Leben im Wartestand, aber da war nichts zu erwarten, nur ein neuer Tag, der dem vergangenen glich wie ein Ei dem anderen, den ich mit Freddy vor dem Fernseher abhing. Tagsüber hatte ich nichts zu tun, als Pulver und Kristalle abzuwiegen, Pillen zu zählen, Plastiktütchen zu verschließen. Damit verging der August.

Wenn es Abend wurde, rüttelte ich mich mit ein paar Lines Kokain wach und ging in den Club, um ein bisschen im Pool zu dümpeln. Vor den Spiegelreihen in der Umkleide musterte ich mich kritisch, suchte nach Zeichen für meinen Lebenswandel, man sah aber nichts; keine Spur vom Schindluder früherer Zeiten oder meinen jetzigen Exzessen. Ich sah aus wie eine junge Studentin, genau wie Brandon Leeman mich haben wollte. Noch eine Line, ein paar Pillen, ein starker Kaffee, und ich war bereit für meine Nachtschicht. Vielleicht hatte Brandon Leeman andere, die tagsüber den Vertrieb übernahmen, aber die bekam ich nie zu Gesicht. Manchmal begleitete er mich, doch nachdem ich gelernt hatte, wie es ablaufen sollte, und er Vertrauen zu mir fasste, schickte er mich meistens allein mit seinen Partnern los.

Ich mochte den Trubel, die Lichter, die Farben, die rauschhafte Verschwendung in den Hotels und Casinos, die Anspannung der Spieler an den Automaten und Spieltischen, das Klick-Klack der Chips, die Cocktails mit dem Orchideenschmuck und den Papierschirmchen. Meine Kunden hatten mit denen auf der Straße nichts gemeinsam, sie besaßen die Unverfrorenheit von Leuten, die wissen, dass sie ungestraft bleiben. Auch die Händler hatten nichts zu befürchten, als habe man sich in dieser Stadt stillschweigend darauf verständigt, das Gesetz zu verletzen, ohne die Konsequenzen zu tragen. Leeman stand mit mehreren Polizisten in Verbindung, die ihren Anteil bekamen und ihn in Ruhe ließen. Ich kannte sie nicht, und Leeman sagte mir nie ihre Namen, allerdings wusste ich, wann sie wie viel zu bekommen hatten. »Das sind widerliche, unersättliche Dreckschweine, bei denen muss man aufpassen, die sind zu allem fähig, schieben Unschuldigen Beweismittel unter, lassen bei Razzien Schmuck und Geld mitgehen, stecken die Hälfte der konfiszierten Drogen und Waffen selber ein und halten sich gegenseitig den Rücken frei. Die sind korrupt, rassistisch und geistesgestört. Eigentlich gehörten die hinter Gitter«, regte der Boss sich auf. Die Jammergestalten, die auf der Suche nach Drogen zu uns ins Gebäude kamen, waren Gefangene ihrer Sucht, waren in tiefster Armut arm, in unwiderruflicher Einsamkeit allein; sie schleppten sich durch, verfolgt, geschlagen, verkrochen sich wie Maulwürfe in ihren Löchern im Untergrund, waren machtlos, wenn das Gesetz zuschlug. Für sie gab es keine Straflosigkeit, nur Leiden.

Geld, Alkohol und Pillen hatte ich mehr als genug, ich musste nur danach fragen, aber sonst hatte ich nichts, keine Familie, keine Freunde, keine Liebe, noch nicht einmal Sonne in meinem Leben, das ich nachts führte, wie die Ratten.

Eines Tages verschwand Freddy aus Leemans Wohnung, und wir hörten erst freitags wieder von ihm, als wir zufällig Officer Arana trafen, dem ich sehr selten begegnet war, der aber stets ein paar freundliche Worte für mich gehabt hatte. Das Gespräch kam auf Freddy, und er ließ wie nebenbei fallen, der Junge sei schwerverletzt gefunden worden. Der King of Rap hatte sich auf feindliches Gebiet gewagt, eine Gang hatte ihn zusammengeschlagen und dann auf einer Müllkippe abgeladen im Glauben, er sei tot. Arana meinte mir erklären zu müssen, dass die Stadt in Territorien aufgeteilt war, die von verschiedenen Gangs kontrolliert wurden, und ein Latino konnte, selbst wenn er wie Freddy halb schwarz war, nicht einfach bei den Schwarzen auflaufen. »Gegen den Jungen liegen mehrere Haftbefehle vor, aber eine Gefängnisstrafe würde er nicht überleben. Was der Kleine braucht, ist Hilfe«, sagte Arana zum Abschied.

Brandon Leeman war zwar nicht wohl bei dem Gedanken, dass man ihn mit Freddy sehen könnte, den die Polizei ja jetzt im Visier hatte, er ging aber trotzdem zu einem Besuch mit ins Krankenhaus. Wir fuhren hoch in den fünften Stock und liefen durch neonbeleuchtete Korridore auf der Suche nach dem Zimmer, ohne dass jemand Notiz von uns genommen hätte, wir waren einfach zwei mehr im Hin und Her von Pflegern, Ärzten, Patienten und Angehörigen, aber Leeman drückte sich an den Wänden entlang, sah ständig über die Schulter und hatte die Hand an der Pistole in seiner Tasche. Freddy lag mit drei anderen in einem Raum, war mit Gurten am Bett fixiert und an jede Menge Schläuche angeschlossen; sein Gesicht war entstellt, er hatte mehrere Rippen gebrochen, und eine Hand war so übel zugerichtet worden, dass man ihm zwei Finger hatte amputieren müssen. Unter den Tritten war eine Niere gerissen, und der Urin in seinem Beutel war rostrot.

Der Boss erlaubte mir, so viele Stunden am Tag bei dem Jungen zu verbringen, wie ich wollte, solange ich nachts meine Arbeit tat. Zu Anfang bekam Freddy Morphium, dann wurde ihm Methadon verabreicht, weil er in seinem Zustand einen kalten Entzug niemals durchgestanden hätte, aber das Methadon genügte nicht. Er war verzweifelt, ein gefangenes Tier, rang gegen die Gurte an seinem Bett. Wenn das Pflegepersonal nichts mitbekommen konnte, spritzte ich ihm Heroin in die Schläuche an seinem Tropf, wie Brandon Leeman es mir aufgetragen hatte. »Wenn du das nicht machst, stirbt er. Was er hier kriegt, ist wie Wasser für Freddy«, sagte er.

Im Krankenhaus lernte ich eine schwarze Krankenschwester kennen, sie war etwas über fünfzig und beleibt und besaß eine durchdringende, kehlige Stimme, die im Kontrast zu ihrem sanften Wesen und ihrem großartigen Namen stand: Olympia Pettiford. Sie hatte

Freddy auf der Station aufgenommen, als er aus der Chirurgie in den fünften Stock verlegt wurde. »Mir bricht es das Herz, wenn ich den Jungen sehe, so dünn und so schwach, der könnte mein Enkelkind sein«, sagte sie zu mir. Ich hatte mich mit niemandem angefreundet, seit ich in Las Vegas war, außer mit Freddy, der jetzt mit einem Fuß im Grab stand, und dieses eine Mal setzte ich mich über Brandon Leemans Anweisungen hinweg; ich musste mit jemandem reden, und Olympia war umwerfend. Sie fragte mich nach meiner Beziehung zu dem Patienten, ich sagte der Einfachheit halber, ich sei seine Schwester, und sie wunderte sich nicht, dass eine Weiße mit platinblondem Haar und teuren Kleidern die Angehörige eines farbigen, drogensüchtigen und wohl auch kriminellen Jungen sein wollte.

Olympia nutzte jede freie Minute, um sich zum Beten an Freddys Bett zu setzen. »Er muss Jesus in sein Herz lassen, Jesus wird ihn retten«, versicherte sie mir. Sie leitete eine Kirchengemeinde im Westen der Stadt und lud mich zu den abendlichen Gottesdiensten ein, aber ich erklärte ihr, dass ich um die Zeit arbeitete und mein Chef sehr streng war. »Dann komm einmal sonntags, Kindchen. Nach dem Gottesdienst bieten die Witwen für Jesus das beste Frühstück von ganz Nevada an.« Die »Witwen für Jesus« waren eine nicht sehr zahlreiche, aber rege Gruppe, das Rückgrat ihrer Gemeinde. Witwe musste man nicht unbedingt sein, um Aufnahme zu finden, es genügte, wenn man einmal eine Liebe verloren hatte. »Ich zum Beispiel«, erklärte mir Olympia, »bin zurzeit verheiratet, hatte aber vorher zwei Männer, die weggegangen sind, und ein dritter ist gestorben, ich bin also praktisch Witwe.«

Die für Freddy zuständige Sozialarbeiterin der staatlichen Kinderschutzbehörde war eine ältere Frau, schlecht bezahlt, überlastet mit den Fällen auf ihrem Schreibtisch, hatte offensichtlich genug von ihrem Job und zählte die Tage bis zur Verrentung. Sie sah sich die Kinder kurz an, holte sie vorübergehend aus der Familie, und wenig später kamen sie wieder, waren wieder geschlagen, wieder missbraucht worden. Zweimal sah sie nach Freddy und sprach mit Olympia, und dadurch erfuhr ich etwas über seine Vergangenheit.

Freddy war vierzehn und nicht zwölf, wie ich gedacht hatte, oder sechzehn, wie er behauptete. Geboren war er im Latino-Viertel von New York, seine Mutter stammte aus der Dominikanischen Republik, der Vater war unbekannt. Mit der Mutter war er nach Nevada gekommen, in der schrottreifen Karre ihres Lebensgefährten, eines Paiute-Indianers, der Alkoholiker war wie sie auch. Sie kampierten mal hier, mal da, zogen weiter, wenn sie Geld für Benzin hatten, sammelten Strafzettel und hinterließen überall Schulden. Beide verschwanden nach kurzer Zeit aus Nevada, aber jemand fand den sieben Monate alten Freddy unterernährt und von Blutergüssen übersät an einer Tankstelle. Er wuchs in Heimen auf, wurde herumgereicht, blieb nirgends lange, war verhaltensauffällig und schwierig im Umgang, besuchte aber die Schule und hatte gute Noten. Mit neun wurde er wegen bewaffneten Raubüberfalls verhaftet, er verbrachte mehrere Monate in einer Besserungsanstalt und verschwand danach vom Radar der Kinderschutzbehörde und der Polizei.

Die Sozialarbeiterin hätte herausfinden sollen, wie und wo Freddy die letzten Jahre verbracht hatte, aber der stellte sich schlafend oder schwieg beharrlich. Er fürchtete, dass man ihn in ein Entzugsprogramm steckte. »Das würde ich nicht einen Tag überleben, Laura, du kannst dir nicht vorstellen, wie das ist. Das hat mit Entzug nichts zu tun, das ist reine Bestrafung.« Brandon Leeman sah das genauso und traf Vorbereitungen, es zu verhindern.

Als man Freddy die Sonden entfernte, er feste Nahrung zu sich nehmen und aufstehen konnte, halfen wir ihm, sich anzuziehen, führten ihn ungesehen durch das Gedränge, das zur Besuchszeit im Korridor des fünften Stocks herrschte, zum Aufzug und von dort mit winzigen Schrittchen weiter zum Ausgang, wo Joe Martin mit laufendem Motor wartete. Ich könnte schwören, dass Olympia Pettiford im Korridor war, aber die gute Seele tat, als hätte sie nichts bemerkt.

Ein Arzt, der Brandon Leeman mit Medikamenten

für den Schwarzmarkt belieferte, kam in die Wohnung, um nach Freddy zu sehen, und zeigte mir, wie ich den Verband an seiner Hand wechseln sollte, damit die Wunde sich nicht entzündete. Ich wollte es ausnutzen, dass der Junge in meiner Gewalt war, und ihm die Drogen entziehen, brachte es aber nicht übers Herz, ihn so elend leiden zu sehen. Zum Erstaunen des Arztes, der gemeint hatte, er würde ein paar Monate das Bett hüten müssen, erholte sich Freddy schnell, tanzte mit seinem Arm in der Schlinge bald wieder wie Michael Jackson, pinkelte allerdings weiterhin Blut.

Joe Martin und der Chinese besorgten die Vergeltung, weil sie der Meinung waren, man könne das den Schlägern dieser Gang nicht durchgehen lassen.

Die Abreibung, die Freddy im Schwarzenviertel bekommen hatte, machte mir schwer zu schaffen. In Brandon Leemans verkorkstem Universum tauchten Leute auf und verschwanden und hinterließen keine Erinnerungen, die einen gingen weg, andere landeten im Knast oder starben, aber Freddy war keine dieser namenlosen Schattengestalten, er war mein Freund. Zu sehen, wie er da im Krankenhaus lag, um Atem rang, vor Schmerzen stöhnte, manchmal das Bewusstsein verlor, trieb mir die Tränen in die Augen. Wahrscheinlich weinte ich auch um mich selbst. Ich fühlte mich in der Falle, glaubte mir selbst nicht mehr, dass ich nicht abhängig war, brauchte den Alkohol, die Pillen, das Gras, das Koks und was ich sonst konsumierte, um den Tag zu überstehen. Morgens erwachte ich mit einem fürchterlichen Kater und nahm mir fest vor, das jetzt durchzustehen und clean zu werden, aber es dauerte keine halbe Stunde, da trank ich das erste Glas. Bloß ein bisschen Wodka gegen die Kopfschmerzen, redete ich mir ein. Die Kopfschmerzen gingen nicht weg, und die Flasche war zur Hand.

Ich konnte mir auch nicht länger weismachen, ich sei in den Ferien und vertriebe mir die Zeit, bis die Uni anfing: Ich befand mich unter Kriminellen. Beim kleinsten Fehler konnte ich tot sein oder wie Freddy im Krankenhaus an einem halben Dutzend Schläuchen und Infusionen hängen. Ich hatte schreckliche Angst, auch wenn ich nicht wagte, mein Empfinden beim Namen zu nennen, es fühlte sich an, als würde in meiner Zwerchfellgegend eine Raubkatze zum Sprung ansetzen. Eine innere Stimme warnte mich eindringlich, ob ich die Gefahr denn nicht sehen wollte, wieso ich nicht das Weite suchte, ehe es zu spät wäre, worauf ich noch wartete, um endlich zu Hause anzurufen. Aber eine andere Stimme antwortete trotzig, es kümmere ja doch keinen, was mit mir war; wenn mein Pop noch gelebt hätte, dann hätte er Himmel und Hölle in Bewegung gesetzt, um mich zu finden, aber meinem Vater war ja alles zu viel. »Du hast mich nicht angerufen, weil du noch nicht genug gelitten hattest, Maya«, sagte meine Nini, als wir uns wiedersahen.

Die heißesten Wochen des Sommers in Nevada verstrichen, die Temperaturen kletterten auf über vierzig Grad, aber ich lebte in klimatisierten Räumen, war nachts auf Achse und bekam wenig davon mit. Ich hatte meinen festen Tagesablauf, die Arbeit ging unverändert weiter. Nie war ich allein, der Club war der einzige Ort, wo ich vor Brandon Leemans Partnern meine Ruhe hatte, denn auch wenn sie nicht mit in die Hotels und Casinos gingen, warteten sie doch draußen mit dem Blick auf die Uhr.

Der Boss litt in diesen Tagen an einem hartnäckigen Husten, den er »allergisch« nannte, und mir fiel auf, dass er abgenommen hatte. In der kurzen Zeit, die ich ihn kannte, war er schwächer geworden, die Haut hing an seinen Armen wie knittriger Stoff, seine Tätowierungen hatten ihre Form verloren, man konnte seine Rippen und Wirbel zählen, er war grau im Gesicht, hatte Ringe unter den Augen, sah hundemüde aus. Joe Martin bekam das sofort spitz, fing an sich aufzuplustern und stellte Leemans Anweisungen in Frage, während der stille Chinese hübsch den Mund hielt, aber zur Hand ging. So unverhohlen verkauften die beiden Stoff hinter dem Rücken vom Boss und tricksten bei den Abrechnungen, dass Freddy und ich es mitbekamen. »Halt bloß den Mund, Laura, die lassen dich das büßen, die sind gnadenlos«, warnte mich Freddy.

Die beiden Schläger nahmen Freddy nicht für voll, für sie war er ein harmloser Clown, ein Junkie, der sich das Hirn weggefixt hatte; dabei funktionierte Freddys Hirn besser als das von allen anderen, so viel steht fest. Ich redete auf ihn ein, er solle einen Entzug machen, zur Schule gehen, etwas mit seinem Leben anfangen, bekam aber nur immer die hohle Phrase zu hören, die Schule könne ihm nichts beibringen, er besuche die Universität des Lebens. Außerdem wiederholte er lapidar das, was auch Leeman sagte: »Für mich ist es zu spät.«

Anfang September flog Leeman nach Utah und kam mit einem brandneuen Mustang Cabrio wieder, außen blau mit verchromten Zierleisten und innen schwarz. Den habe er für seinen Bruder gekauft, sagte er mir, weil der das aus irgendwelchen komplizierten Gründen nicht selbst tun konnte. Bis zu Adam waren es zwölf Stunden Fahrt, und er wollte in ein paar Tagen jemanden schicken, der das Auto abholte. Einen Wagen wie diesen konnte man in unserer Gegend keine Minute auf der Straße stehen lassen, er wurde sofort geklaut oder zerlegt, deshalb fuhr Leeman ihn in eine der beiden Garagen des Gebäudes, die man abschließen konnte. Alle übrigen waren dunkle Löcher voller Gerümpel, wo sich die Junkies vorübergehend einquartierten oder ihre Freier bedienten. Ein paar Elende lebten seit Jahren in diesen Höhlen und verteidigten den eigenen Quadratmeter zäh gegen die Ratten und andere Obdachlose.

Am nächsten Tag schickte Brandon Leeman seine Partner nach Fort Ruby, eine der sechshundert Geisterstädte in Nevada, zu einem Treffen mit seinen mexikanischen Zulieferern, und als sie weg waren, lud er mich zu einer Probefahrt mit dem Mustang ein. Der starke Motor, der Geruch nach neuem Leder, der Wind in den Haaren, die Sonne auf der Haut, die endlose, von der Straße wie mit dem Skalpell durchschnittene Landschaft, die Berge vor dem blassen und wolkenlosen Himmel, alles trug zu meinem rauschhaften Gefühl von Freiheit bei. Was auch dadurch nicht getrübt wurde, dass wir an mehreren Bundesgefängnissen vorbeikamen. Die schlimmste Sommerhitze war eigentlich ausgestanden, aber es wurde ein heißer Tag, und bald brannte uns die Sonne zu stark, so dass wir das Verdeck schlossen und die Klimaanlage anschalteten.

»Du weißt, dass Joe Martin und der Chinese mich beklauen, oder?«, wollte Leeman wissen.

Ich sagte lieber nichts. Wenn er das Thema anschnitt, dann bestimmt nicht ohne Grund; stritt ich es ab, lebte ich hinterm Mond, aber wenn ich es zugab, kam das einem Verrat gleich, weil ich ihn nicht gewarnt hatte.

»Früher oder später musste es so kommen«, redete Leeman weiter. »Ich kann mich auf keinen verlassen.«

»Auf mich schon«, nuschelte ich. Mir war, als schlidderte ich über Öl.

»Das hoffe ich. Joe und der Chinese sind Vollidioten. Sie wären bei keinem besser dran als bei mir, ich bin sehr großzügig zu ihnen gewesen.«

»Was willst du tun?«

»Sie ersetzen, ehe sie mich ersetzen.«

Schweigend fuhren wir etliche Kilometer weiter, aber als ich schon dachte, das sei es gewesen mit den Vertraulichkeiten, fing er noch einmal an.

»Einer von den Polizisten will mehr Geld. Wenn ich es ihm gebe, will er bald noch mehr. Was meinst du dazu, Laura?«

»Davon verstehe ich nichts, ich …«

Wieder fuhren wir etliche Kilometer ohne ein Wort. Weil er langsam unruhig wurde, bog Leeman vom Highway ab, um eine geschützte Stelle zu suchen, aber ringsum war alles Ödnis, trockene Erde, Steine, kümmerliches Gestrüpp und vereinzelte, dürre Gräser. Also parkten wir für alle sichtbar am Straßenrand, stiegen aus, hockten uns hinter die offene Wagentür, und ich hielt das Feuerzeug, über dem er seine Mischung kochte. Im Nu war er fertig. Danach rauchten wir eine Bong und freuten uns, dass alles so einfach war; hätte uns eine Streife gefilzt, sie hätten eine nicht registrierte Waffe, Kokain, Heroin, Gras, Demerol und noch andere lose Pillen in einem Tütchen gefunden. »Die blöden Bullen würden noch was anderes finden, was wir ihnen nicht erklären könnten«, sagte Brandon Leeman geheimnistuerisch und lachte glucksend. Er war so high, dass ich ans Steuer musste, obwohl ich kaum je gefahren war und das Gras mir den Blick vernebelte.

Wir kamen nach Beatty, ein kleiner Ort, der um diese Mittagsstunde aussah wie unbewohnt, und hielten zum Essen an einer mexikanischen Raststätte mit Cowboys mit Hüten und Lassos auf dem Werbeschild, die sich innen als verqualmte Spielhölle entpuppte. Leeman bestellte zwei Margaritas, irgendwas von der Speisekarte für uns beide und die teuerste Flasche Rotwein, die sie hatten. Ich zwang mich zu essen, während Leeman mit der Gabel auf seinem Teller herumstocherte und Furchen durch sein Kartoffelpüree zog.

»Weißt du, was ich mit Joe und dem Chinesen mache? Wenn ich dem Bullen sowieso geben muss, was er verlangt, kann er mir ruhig einen kleinen Gefallen tun.«

»Verstehe ich nicht.«

»Er will seinen Anteil aufbessern, ich mich von den beiden trennen, das kann er für mich erledigen, ohne dass er mich mit reinzieht.«

Jetzt verstand ich, und die Mädchen fielen mir wieder ein, die vor mir für Leeman gearbeitet hatten und von denen er sich auch hatte »trennen« müssen. Ich sah erschreckend deutlich den klaffenden Abgrund vor mir und dachte wieder, ich müsste abhauen, aber da war diese Lähmung, wie zähe Melasse, in der ich feststeckte, bewegungsunfähig, ohne eigenen Willen. Ich kann nicht denken, Sägespäne im Kopf, die vielen Pillen, Marihuana, Wodka, was habe ich heute genommen, ich muss runterkommen von dem Zeug, sagte ich mir im Stillen und trank mein zweites Glas Wein, nachdem ich die Margarita geleert hatte.

Brandon Leeman hatte sich auf seinem Stuhl zurückgelehnt, den Kopf in den Nacken gelegt und die Augen halb geschlossen. Das Licht traf ihn von der Seite, betonte seine kantigen Wangenknochen, die eingefallenen Wangen, die grünlichen Augenringe. Er sah aus wie seine eigene Leiche. »Lass uns heimfahren«, sagte ich. Mir drehte sich alles. »Ich muss hier noch was erledigen. Bestell mir einen Kaffee«, sagte er.

Leeman bezahlte bar wie immer, und wir traten aus der klimatisierten Kühle in die gnadenlose Hitze von Beatty, das Leeman als ein Kaff bezeichnete, in dem radioaktive Abfälle lagerten, bloß noch bewohnt wegen der Touristen, die unterwegs ins zehn Minuten entfernte Death Valley waren. Er bog mehrmals ab, bis zu einer Straße, wo man in einem flachen Betongebäude hinter einer Reihe türkisfarbener Stahltüren Lagerräume mieten konnte. Leeman musste schon einmal hier gewesen sein, denn er fuhr ohne Zögern vor eine der Türen, befahl mir, im Wagen zu bleiben, und machte sich umständlich an zwei schweren Kombinationsschlössern zu schaffen, fluchend, weil er das Bild vor seinen Augen nicht mehr scharf stellen konnte und seine Hände schon seit geraumer Zeit heftig zitterten. Als er die Tür endlich geöffnet hatte, winkte er mich heran.

Die Sonne schien in den kleinen Raum, in dem lediglich zwei große Holzkisten standen. Aus dem Kofferraum des Mustang holte Leeman eine schwarze Sporttasche mit dem Aufdruck »El Paso TX«, und wir betraten den Lagerraum, der vor Hitze kochte. Unwillkürlich durchzuckte mich der Gedanke, Leeman könnte mich hier lebendig begraben. Er packte mich am Arm und sah mich scharf an.

»Weißt du noch, was ich dir gesagt habe? Dass wir Großes zusammen unternehmen würden?«

»Ja …«

»Jetzt ist es so weit. Lass mich bloß nicht hängen.« Er ließ mich los.

Ich nickte, war erschrocken über seinen drohenden Ton und darüber, allein mit ihm in diesem Backofen zu sein, ohne eine Menschenseele weit und breit. Leeman ging in die Hocke, öffnete die Tasche und zeigte mir den Inhalt. Ich begriff nicht sofort, dass die grünen Packen Geldscheinbündel waren.

»Das Geld ist nicht geklaut, und keiner sucht danach«, sagte Leeman. »Das ist nur eine Probe, bald gibt es viel mehr davon. Dir ist klar, dass das ein wahnsinniger Vertrauensbeweis ist? Du bist der einzige anständige Mensch, den ich kenne, abgesehen von meinem Bruder. Von jetzt an sind wir Partner, du und ich.«

»Was soll ich machen?«, brachte ich mühsam heraus.

»Fürs Erste nichts, aber wenn ich es dir sage oder wenn mir etwas zustößt, dann rufst du sofort Adam an und sagst ihm, wo seine El-Paso-TX-Tasche ist, hast du das verstanden? Wiederhol, was ich gesagt habe.«

»Ich soll deinen Bruder anrufen und ihm sagen, wo seine Tasche ist.«

»Seine El-Paso-TX-Tasche, merk dir das. Irgendwelche Fragen?«

»Wie kriegt dein Bruder die Schlösser auf?«

»Das lässt du seine Sorge sein!«, schnauzte Leeman mich an, und ich zuckte zurück, weil ich dachte, er würde mich schlagen, aber dann beruhigte er sich, schloss die Tasche, schob sie auf eine der Holzkisten, und wir gingen hinaus.

Die Ereignisse überschlugen sich von dem Tag an, als ich mit Brandon Leeman diese Tasche in den Lagerraum in Beatty brachte, und später fiel es mir schwer, alles in meinem Kopf zu sortieren, weil manches gleichzeitig geschah und ich bei anderem nicht dabei war, sondern erst hinterher davon erfuhr. Zwei Tage nach dieser Fahrt befahl mir Leeman, in einen Acura zu steigen, der gerade eine frische Lackierung und neue Nummernschilder bekommen hatte, und hinter ihm herzufahren. Ich folgte dem Mustang auf der Route 95 eine Dreiviertelstunde in sengender Hitze durch eine flirrende, spiegelnde Landschaft bis nach Boulder City, das für Brandon Leeman sonst keine Rolle spielte, weil es zu den beiden Städten in Nevada gehört, in denen das Glücksspiel verboten ist. Wir hielten an einer Tankstelle und warteten in der Mittagsglut.

Nach zwanzig Minuten tauchte ein Auto mit zwei Männern auf, Brandon gab ihnen die Schlüssel für den Mustang, nahm eine mittelgroße Reisetasche dafür in Empfang und stieg zu mir in den Acura. Der Mustang und das andere Auto fuhren in Richtung Süden davon, und wir nahmen die Straße, auf der wir gekommen waren. Wir fuhren an Las Vegas vorbei direkt weiter zu dem Lagerraum in Beatty, wo Brandon Leeman wieder die Schlösser öffnete, ohne mich die Kombination sehen zu lassen. Er stellte die Tasche neben die andere und schloss die Tür.

»Eine halbe Million Dollar, Laura!« Er rieb sich frohlockend die Hände.

»Mir gefällt das nicht …«, sagte ich leise und wich vor ihm zurück.

»Was gefällt dir nicht, Miststück?«

Blass geworden, packte Leeman mich an den Armen, aber ich stieß ihn wimmernd weg. Dieser kranke Hänfling, den ich mühelos hätte zertreten können, jagte mir eine Heidenangst ein, er war zu allem fähig.

»Lass mich.«

»Überleg doch, Mädchen«, sagte er beschwichtigend. »Willst du weiter so ein beschissenes Leben führen? Mein Bruder und ich haben alles klargemacht, wir gehen weg aus diesem Drecksland, und du kommst mit.«

»Wohin?«

»Nach Brasilien. Noch zwei Wochen, dann liegen wir am Strand unter Palmen. Wolltest du nicht eine Jacht?«

»Eine Jacht? Wieso eine Jacht? Ich will bloß zurück nach Kalifornien!«

»Ach, die dämliche Kuh will zurück nach Kalifornien!«, feixte er.

»Bitte, Brandon. Ich sage keinem was, versprochen, du kannst beruhigt mit deiner Familie nach Brasilien gehen.«

Mit großen Schritten ging er hin und her, stampfte zornig auf, während ich schweißgebadet neben dem Wagen stand und zu begreifen versuchte, wie es dazu gekommen war, dass ich mich in dieser staubigen Hölle befand und von diesen Taschen voller grüner Scheine wusste.

»Ich habe mich in dir getäuscht, Laura, du bist dümmer, als ich dachte«, sagte er schließlich. »Von mir aus kannst du zum Teufel gehen, wenn es das ist, was du willst, aber in den nächsten zwei Wochen musst du mir helfen. Kann ich auf dich zählen?«

»Natürlich, Brandon, ich tue, was du willst.«

»Vorerst tust du gar nichts, außer den Rand halten. Wenn ich es dir sage, rufst du Adam an. Erinnerst du dich an meine Anweisung?«

»Ja, ich rufe ihn an und sage ihm, wo seine beiden Taschen sind.«

»Nein! Du sagst ihm, wo seine El-Paso-TX-Taschen sind. Und sonst nichts. Verstanden?«

»Ja, natürlich, ich sage ihm, wo seine El-Paso-TX-Taschen sind. Mach dir keine Sorgen.«

»Und sei bloß vorsichtig, Laura. Wenn dir nur ein Wort über all das rausrutscht, dann wird es dir leidtun. Willst du wissen, was dann passiert? Ich kann es dir genau sagen.«

»Ich schwöre dir, Brandon, ich sage niemand was.«

Wir fuhren schweigend nach Las Vegas zurück, aber in meinem Kopf dröhnte es wie Glockenschläge: Brandon Leeman würde sich von mir »trennen«. Mir war schwindlig und übel wie in jener Nacht, als Fedgewick mich in dem schäbigen Motel mit Handschellen ans Bett gefesselt hatte; ich sah den grünlichen Schimmer der Leuchtanzeige wieder vor mir, hatte den Geruch in der Nase, spürte die Schmerzen, die Todesangst. Nachdenken, ich muss nachdenken, ich brauche einen Plan … Aber wie hätte ich nachdenken sollen bei allem, was ich intus hatte, ich wusste ja nicht einmal mehr, was ich wann genommen hatte. Um vier Uhr am Nachmittag kamen wir müde, staubig, verschwitzt und durstig in der Stadt an. Leeman setzte mich am Club ab, damit ich mich vor meiner abendlichen Runde frischmachte, und fuhr selbst weiter zur Wohnung. Zum Abschied gab er mir die Hand und sagte, ich solle mir keine Sorgen machen, er habe alles im Griff. Es war das letzte Mal, dass ich ihn sah.

Der Club besaß nicht den extravaganten Luxus der Hotels am Strip, keine angeberischen Milchbäder in Marmorbecken oder blinden Masseure aus Shanghai, aber er war das größte Fitnessstudio der Stadt und hatte das vielfältigste Angebot, mehrere Trainingshallen, jede Menge Foltergeräte für Muskelaufbau und Dehnung, einen Wellnessbereich mit allen erdenklichen Anwendungen für Gesundheit und Schönheit, einen Frisiersalon für Menschen und einen für Hunde und ein Hallenbad, in dem man einen Pottwal hätte halten können. Ich sah ihn als meinen Stützpunkt an, hatte unbegrenzt Kredit, konnte den Wellnessbereich nutzen, schwimmen oder zum Yoga gehen, wozu ich mich allerdings immer seltener aufraffte. Die meiste Zeit verbrachte ich auf einem der Liegestühle und starrte ins Leere. In den Club-Schließfächern bewahrte ich meine Wertsachen auf, die in der Wohnung vor Unglücklichen wie Margaret nicht sicher waren und selbst vor Freddy nicht, wenn der was brauchte.

Nach unserer Rückkehr aus Beatty wusch ich mir die Müdigkeit unter der Dusche ab und schwitzte den Schreck in der Sauna aus. Sauber und zur Ruhe gekommen, schien mir meine Lage weniger beängstigend, mir blieben zwei volle Wochen, Zeit genug, mir etwas einfallen zu lassen. Ich durfte nichts überstürzen, jede unüberlegte Handlung konnte fatale Folgen für mich haben, also musste ich tun, was Brandon Leeman wollte, bis ich eine Möglichkeit gefunden hätte, ihn mir vom Hals zu schaffen. Die Vorstellung, mit seiner Familie unter Palmen an einem brasilianischen Strand zu liegen, ließ mich schaudern; ich musste nach Hause.

Als ich nach Chiloé kam, beschwerte ich mich, hier sei nichts los, aber ich muss das zurücknehmen, denn es ist etwas passiert, das es verdient, in goldener Tinte und Großbuchstaben geschrieben zu werden: ICH BIN VERLIEBT! Mag sein, ich sollte das noch gar nicht so nennen, es sind erst fünf Tage, aber die Zeit spielt dabei gar keine Rolle, ich bin mir meiner Gefühle absolut sicher. Ich bin im siebten Himmel, wie sollte ich das für mich behalten? »Ja, wo die Liebe hinfällt«, heißt es in einem dämlichen Lied, das Blanca und Manuel im Duett für mich singen, und sie lachen sich kaputt über mich, seit Daniel aufgetaucht ist. Wo soll ich hin mit so viel Glück? Mir läuft das Herz über.

Aber von vorn. Ich war mit Manuel und Blanca auf

der Isla Grande, um zu sehen, wie ein Haus »getreidelt« wird, und ich hätte mir nicht träumen lassen, dass dort zufällig und unverhofft etwas Zauberhaftes mit mir geschehen, ich dem Mann meines Lebens begegnen würde, Daniel Goodrich. So etwas wie dieses Treideln gibt es auf der Welt bestimmt nur einmal. Man bewegt dabei nämlich ein komplettes Haus. Erst wird es auf dem Meer von zwei Booten gezogen, dann von sechs Ochsengespannen über Land bis an seinen Bestimmungsort gezerrt. Wenn ein Chilote auf eine andere Insel umzieht oder wenn sein Brunnen versiegt und er ein paar Kilometer weiter einen neuen graben muss, dann nimmt er sein Haus mit wie eine Schnecke. Die Häuser in Chiloé sind aus Holz und nicht fest auf einem Fundament verankert, deshalb kann man sie schwimmen lassen und an Land über Stämme vorwärtsrollen. Das geschieht in einer Minga, zu der sich Nachbarn, Familie und Freunde zusammenfinden; die einen sorgen für die Boote, die anderen für die Ochsen, und der Hausherr sorgt für Schnaps und Essen, aber in diesem Fall war die Minga eine Show für Touristen, denn es ist immer dasselbe kleine Haus, das da monatelang zu Wasser und zu Land hin und her wandert, bis es auseinanderfällt. Es war das letzte Treideln für diese Saison, im nächsten Sommer gibt es ein neues Wanderhaus. Die Chiloten wollen der Welt zeigen, was sie für irre Sachen anstellen, und damit die Ahnungslosen erfreuen, die von den Reisebüros in Bussen hingebracht werden. Unter den Touristen war auch Daniel.

Schon seit Tagen war es für die Jahreszeit ungewöhnlich trocken und warm gewesen. Alles sah verändert aus, ich hatte den Himmel nie so blau, das Meer nie so silbern gesehen, auf den Wiesen tummelten sich die Hasen, und in den Bäumen zwitscherten die Vögel lauter denn je. Ich mag den Regen, man sitzt zusammen und fühlt sich einander nah, aber bei Sonnenschein kommt die Schönheit der Inseln und Wasserarme besser zur Geltung. Bei schönem Wetter kann ich schwimmen, ohne um mein Leben zu fürchten, und mich ein bisschen sonnen, allerdings mit Vorsicht, denn die Ozonschicht ist hier so dünn, dass viele Schafe blind und viele Frösche verkrüppelt zur Welt kommen. Jedenfalls wird das behauptet, gesehen habe ich es noch nicht.

Am Ufer war alles fürs Treideln bereit: Ochsen, Taue, Pferde, zwanzig kräftige Männer und etliche Frauen mit Körben voller Empanadas, dazu jede Menge Kinder, Touristen, Leute aus dem Ort, die sich das Gelage nicht entgehen lassen, zwei Polizisten, um die Taschendiebe abzuschrecken, und ein Kirchenhelfer zum Segnen. Im siebzehnten Jahrhundert, als das Reisen beschwerlich war und es nicht genug Priester gab, um die weit verstreuten und schwer zugänglichen Ortschaften in Chiloé zu versorgen, führten die Jesuiten das Amt des Kirchenhelfers ein, das von einer Person mit untadeligem Ruf ausgeübt wird. Der Kirchenhelfer ruft die Gemeinde zusammen, leitet Beisetzungen, teilt die Kommunion aus, segnet und darf in echten Notfällen auch Taufen und Heiraten vornehmen.

Mit der Flut kam das Haus, flankiert von zwei Booten und bis zu den Fenstern im Wasser versunken, schaukelnd heran wie eine alte Karavelle. An einem Mast auf dem Dach flatterte die chilenische Fahne, und zwei Kinder saßen, ohne Schwimmwesten, rittlings auf dem Giebelbalken. Vom Ufer wurde die Ankunft gebührend beklatscht, dann vertäuten die Treidler das Haus am Steg, um auf die Ebbe zu warten. Alles war gut geplant und die Wartezeit nicht lang. Es gab Unmengen Empanadas, Alkohol in Strömen, Gitarrenklänge, Bolzereien und einen Sängerwettstreit mit gereimten Stegreifversen, die mir alle doppeldeutig und ziemlich schlüpfrig vorkamen. Den Humor in einer fremden Sprache zu verstehen ist das Schwerste, da muss ich noch einiges lernen. Als es dann so weit war, wurden Stämme unter das Haus geschoben, die zwölf Ochsen in einer Reihe aufgestellt, ihre Geschirre mit Tauen und Ketten an den Hauspfeilern befestigt, und, angefeuert von den Rufen und dem Applaus der Schaulustigen und den Pfiffen der Polizisten, hieß es dann: Ziehen.

Die Ochsen senkten ihre Nacken, an ihren großartigen Leibern trat jeder Muskel hervor, und auf einen Befehl der Treidler setzten sie sich schnaubend in Bewegung. Der erste Ruck kam noch zögerlich, aber dann hatten die Tiere ihre Kräfte aufeinander abgestimmt und pflügten viel schneller, als ich gedacht hätte, durch die Menschenmenge, ein paar Männer bahnten ihnen vorneweg einen Weg, andere trieben sie von der Seite an, und die übrigen schoben von hinten das Haus. Großes Theater! Ein gemeinsamer Kraftakt und ein Heidenspaß! Ich lief vorne mit den Kindern mit, schrie vor Vergnügen, und Fákin wuselte zwischen den Beinen der Ochsen durch hinter mir her. Alle zwanzig, dreißig Meter kam der Zug zum Stehen, die Ochsen wurden neu ausgerichtet, die Weinflasche unter den Treidlern herumgereicht, und man posierte für die Kameras.

Es war eine Minga-Show für Touristen, was aber die menschliche Kühnheit und die Leistung der Ochsen nicht schmälerte. Als das Haus schließlich oben am Ufer mit Blick aufs Meer stand, wie es stehen sollte, segnete es der Kirchenhelfer mit Weihwasser, und das Publikum zerstreute sich langsam.

Die Auswärtigen stiegen in ihre Busse, und die Einheimischen auf ihre Pferde, um die Ochsen heimzubringen, und ich setzte mich ins Gras, ließ das Geschehen Revue passieren und ärgerte mich, dass ich mein Heft nicht dabeihatte, um alles aufzuschreiben. Da spürte ich jemandes Blick auf mir, sah hoch, und meine Augen trafen die von Daniel Goodrich, runde

Augen von einer Farbe wie dunkles Holz, Fohlenaugen. Mein Magen krampfte sich erschrocken zusammen, als hätte da ein Wesen aus meiner Gedankenwelt Gestalt angenommen, jemand, den ich aus einer anderen Wirklichkeit kannte, aus einer Oper oder von einem der Renaissancegemälde, die ich mit meinen Großeltern in Europa gesehen habe. Jeder würde denken, ich habe sie nicht alle: Da steht ein Fremder vor mir, und in meinem Kopf schwirrt es wie Kolibris; jeder würde das denken, außer meiner Nini. Sie würde es verstehen, ihr ist es genauso gegangen, als sie in Kanada meinen Pop traf.

Seine Augen, das war das Erste, was ich sah, Augen mit schläfrigen Lidern, Wimpern wie von einer Frau, kräftigen Brauen. Ich brauchte bestimmt eine Minute, bis ich das Übrige würdigen konnte: groß, muskulös, langgliedrig, sinnliches Gesicht, volle Lippen, karamellfarbene Haut. Er begrüßte mich in gutem Spanisch, stellte seinen Rucksack auf den Boden, setzte sich neben mich und fächelte sich mit seinem Hut Luft zu; sein Haar war kurz, schwarz, dicht gelockt. Er hielt mir eine dunkle Hand mit langen Fingern hin und sagte seinen Namen, Daniel Goodrich. Ich bot ihm den Rest aus meiner Wasserflasche an, und er trank sie in drei Schlucken aus, ohne sich um meine Keime zu scheren.

Wir redeten über das Treideln, das er aus allen möglichen Blickwinkeln gefilmt hatte, und ich klärte ihn auf, dass es ein Fake für Touristen war, was seiner Begeisterung aber nichts anhaben konnte. Er kommt aus Seattle und ist seit fünf Monaten in Südamerika unterwegs, ohne Pläne oder festes Ziel, als Tramp. So hat er sich selber genannt: Tramp. Er wolle so viel wie möglich sehen und sein Schulspanisch verbessern, das mit dem, was die Leute hier reden, wenig zu tun hat. In seinen ersten Tagen in Chile ist es ihm gegangen wie mir, er hat nichts verstanden, weil die Chilenen in Verkleinerungsformen sprechen, in einem irren Tempo und im Singsang, außerdem verschlucken sie bei jedem Wort die letzte Silbe und hauchen das S. »Bei dem Unsinn, den die Leute reden, ist es besser, man versteht sie nicht«, behauptet Tía Blanca.

Daniel ist durch ganz Chile gereist, hat die Atacama-Wüste mit ihren salzigen Mondlandschaften und ihren Geysiren gesehen, war in Santiago und anderen Städten, die ihn wenig interessierten, im Süden, wo die großen Wälder sind, die rauchenden Vulkane und smaragdfarbenen Seen, und er will weiter nach Patagonien und Feuerland zu den Fjorden und Gletschern.

Manuel und Blanca waren zum Einkaufen ins Dorf gegangen, kamen zu früh wieder und unterbrachen unser Gespräch, aber Daniel gefiel ihnen, und zu meiner großen Freude lud Blanca ihn ein, ein paar Tage bei ihr zu wohnen. Sie meinte, wer Chiloé besuche, müsse ein echtes Curanto essen, und am Donnerstag gebe es eins auf unserer Insel, das letzte für diese Saison und das beste des ganzen Archipels, das dürfe er sich nicht entgehen lassen. Daniel ließ sich nicht lange bitten, er hatte schon Erfahrungen gemacht mit der ungestümen Gastfreundschaft der Chilenen, die jedem Fremden, der ihnen hilfsbedürftig scheint, ihre Tür öffnen. Ich glaube, er ist wegen mir mitgekommen, aber Manuel meint, ich solle mir nichts einbilden, Daniel wäre schön blöd gewesen, hätte er auf die Übernachtungsmöglichkeit und das kostenlose Essen verzichtet.

Bei freundlicher See und mit dem Wind im Rücken brachen wir mit der Cahuilla auf und kamen genau richtig, um die Schwarzhalsschwäne in der Bucht zu sehen, schlank und elegant wie die Gondeln von Venedig. »Verlass ist auf die Schwäne«, sagte Blanca, die manchmal redet wie die Leute von Chiloé. Im Abendlicht sah die Insel schöner aus denn je; ich war stolz, dass ich in diesem Paradies lebte und es Daniel zeigen konnte. Mit einer weiten Armbewegung wies ich auf die Küstenlinie und den gesamten Horizont. »Willkommen auf der Insel von Maya Vidal, mein Freund«, sagte Manuel mit einem Augenzwinkern, das mir nicht entging. Wenn wir allein sind, kann er sich meinetwegen über mich lustig machen, soviel er will, aber wenn er das vor Daniel versucht, wird es ihm leidtun. Das habe ich ihm gesagt, sobald wir unter uns waren.

Wir gingen hoch zu Blanca, die mit Manuel sofort

in der Küche verschwand. Daniel bat darum, duschen zu dürfen, was dringend nötig war, und wollte gern etwas Wäsche waschen, unterdessen lief ich heim, um zwei gute Flaschen Wein zu holen, die der Millalobo Manuel geschenkt hatte. Ich schaffte die Strecke in elf Minuten, Weltrekord, mir wuchsen Flügel an den Fersen. Ich wusch mich, schminkte mir die Augen, zog zum ersten Mal mein einziges Kleid an und lief in meinen Sandalen und mit den beiden Weinflaschen in einem Beutel wieder zurück, gefolgt von Fákin, der hechelte und sein lahmes Bein nachzog. Alles in allem hatte ich vierzig Minuten gebraucht, und in dieser Zeit hatten Manuel und Blanca einen Salat auf den Tisch gezaubert und Pasta mit Meeresfrüchten, was man in Kalifornien *tutti-mare* nennen würde und was hier Nudeln mit Resten heißt, weil es aus dem besteht, was vom Vortag übrig ist. Manuel pfiff bei meinem Anblick durch die Zähne, denn er hat mich bisher nur in Hosen gesehen und denkt wahrscheinlich, ich hätte keinen Stil. Das Kleid stammt aus einem Second-Hand-Laden in Castro, ist aber fast ungetragen und nicht völlig altbacken.

Daniel kam frisch rasiert aus der Dusche, sein Haar schimmerte wie poliertes Holz, und er sah so gut aus, dass ich Mühe hatte, ihn nicht dauernd anzuschauen. Weil es inzwischen abends schon kühl wird, hüllten wir uns in Ponchos, um auf der Terrasse zu essen. Daniel zeigte sich sehr dankbar für die Gastfreundschaft, erzählte, dass er seit Monaten mit wenig Geld unterwegs ist und schon an den unwirtlichsten Orten und oft im Freien schlafen musste. Er freute sich an dem schönen Tisch, dem guten Essen, dem chilenischen Wein und dem Ausblick auf das Wasser, den Himmel und die Schwäne. Sie vollführten einen eleganten, langsamen Tanz auf dem seidigen Violett des Meeres, und wir sahen ihnen schweigend zu. Eine zweite Gruppe kam von Westen, verdunkelte mit ihren großen Schwingen den letzten orangeroten Schein am Himmel und zog davon. Diese Vögel mit der würdevollen Haltung und dem kämpferischen Herzen sind für ein Leben auf dem Wasser gemacht – an Land erinnern sie an fette Enten –, aber nie sehen sie majestätischer aus als im Flug.

Die drei anderen leerten die beiden Weinflaschen vom Millalobo, und ich trank Limonade, war von der Gesellschaft schon wie berauscht und hatte den Wein nicht nötig. Nach dem Dessert (Bratapfel mit Karamellcreme) fragte Daniel ungeniert, ob wir einen Joint mit ihm rauchen wollten. Ich zuckte zusammen, weil ich dachte, der Vorschlag würde bei den beiden anderen gar nicht gut ankommen, aber sie waren nicht nur einverstanden, sondern Blanca ging zu meiner Überraschung sogar eine Pfeife holen. »Kein Wort davon in der Schule, Gringuita«, sagte sie mit Verschwörermiene und klärte mich auf, sie rauche hin und wieder was mit Manuel. Außerdem erfuhr ich, dass auf der Insel etliche Familien erstklassiges Marihuana im Garten haben; das beste baut die Ururoma Doña Lucinda an und beliefert seit einem halben Jahrhundert andere Teile von Chiloé damit. »Doña Lucinda besingt ihre Pflanzen, sie sagt, sie brauchen das wie die Kartoffeln, damit sie gut gedeihen, und offenbar stimmt das, jedenfalls kann mit ihrem Gras niemand mithalten«, erzählte uns Blanca. Ich weiß nicht, wo ich meine Augen habe, ich war ja schon x-mal bei ihr und habe ihr beim Wollefärben geholfen, aber die Pflanzen sind mir nicht aufgefallen. Wie Blanca und Manuel, die beiden Grauschöpfe, da saßen und die Wasserpfeife rumreichten, war jedenfalls der Hammer. Ich rauchte mit, ich weiß, ich kann das tun, ohne dass ich drauf hängenbleibe, aber an Alkohol wage ich mich noch nicht wieder ran. Noch nicht, vielleicht nie mehr.

Ich musste Manuel und Blanca nicht sagen, wie Daniel auf mich gewirkt hat; sie errieten es, sobald sie mich im Kleid und geschminkt sahen, schließlich laufe ich sonst eher abgerissen herum. Blanca, die alte Romantikerin, wird uns goldene Brücken bauen, denn wir haben nicht viel Zeit. Manuel dagegen spielt den Miesepeter.

»Bevor du vor Liebe vergehst, findest du besser heraus, ob das Objekt deiner Begierde vom selben Leiden befallen ist, Maya, nicht dass er weiterzieht und dich sitzen lässt«, riet er mir.

»Bei so viel Vorsicht würde sich kein Mensch verlieben, Manuel. Bist du etwa eifersüchtig?«

»Im Gegenteil, Maya, ich mache mir Hoffnungen. Vielleicht nimmt Daniel dich ja mit nach Seattle; die ideale Stadt, um sich vorm FBI und dem organisierten Verbrechen zu verstecken.«

»Du wirfst mich raus!«

»Aber nicht doch, Kindchen, wie sollte ich dich rauswerfen, wo du der Sonnenschein meiner trüben alten Tage bist«, sagte er in diesem sarkastischen Ton, der mich auf die Palme bringt. »Ich mache mir nur Sorgen, dass du mit dieser Liebesgeschichte auf die Nase fällst. Hat Daniel dir seine Gefühle irgendwie angedeutet?«

»Noch nicht, aber das wird er.«

»Du scheinst dir ja sehr sicher.«

»So eine Liebe auf den ersten Blick kann unmöglich einseitig sein, Manuel.«

»Nein, natürlich nicht, es ist ja die Begegnung zweier Seelen …«

»Genau, aber du hast das nie erlebt, deshalb machst du dich lustig.«

»Red nicht über Dinge, von denen du keine Ahnung hast, Maya.«

»Du bist es doch, der über Dinge redet, von denen er keine Ahnung hat!«

Daniel ist der erste Amerikaner in meinem Alter, den ich getroffen habe, seit ich in Chiloé bin, und der einzig interessante, seit ich denken kann; die Kinder an der Highschool, die Neurotiker in Oregon und die Loser in Las Vegas zählen nicht. Wir sind nicht wirklich gleich alt, ich bin acht Jahre jünger, habe allerdings ein Jahrhundert mehr auf dem Buckel und könnte ihm einiges beibringen. In seiner Nähe habe ich mich von Anfang an wohlgefühlt; wir mögen ähnliche Bücher, Filme, Musik, lachen über die gleichen Sachen und kennen zusammen ungefähr hundert Irren-Witze: Die Hälfte hat er am College gelernt, die andere Hälfte ich im Internat. Ansonsten sind wir sehr verschieden.

Daniel ist eine Woche nach seiner Geburt von einem weißen Ehepaar adoptiert worden, gutsituierte, liberale und gebildete Leute, die geschützt unter dem weiten Schirm der Normalität leben. Er war ein passabler Schüler und guter Sportler, hat ein geordnetes Leben geführt und kann seine Zukunft planen mit der irrationalen Zuversicht eines Menschen, dem es nie dreckig gegangen ist. Er ist gesund, selbstsicher, umgänglich und locker drauf; ohne seine Wissbegierde wäre er schwer auszuhalten. Aber er reist, um etwas mitzukriegen, deshalb ist er nicht bloß ein Tourist wie jeder andere. Weil er in die Fußstapfen seines Adoptivvaters treten wollte, hat er Medizin studiert, seine praktische Ausbildung mit Schwerpunkt Psychiatrie Mitte letzten Jahres abgeschlossen, und wenn er nach Seattle zurückkommt, hat er eine Stelle an der privaten Entzugsklinik seines Vaters sicher. Ironie des Schicksals, ich könnte seine Patientin sein.

Daniels naturgegebenes Glück, das so wenig betont werden muss wie das Glück der Katzen, macht mich neidisch. Auf seinem Weg durch Lateinamerika ist er mit den unterschiedlichsten Leuten zusammengetroffen: mit Geldsäcken in Acapulco, Fischern in der Karibik, Flößern auf dem Amazonas, Kokabauern in Bolivien, Hochlandindianern in Peru und auch mit Bandenkids, Zuhältern, Drogenhändlern, Kriminellen, korrupten Polizisten und Militärs. Er ist von einem Abenteuer ins nächste gesegelt und dabei heil geblieben. Bei mir hat dagegen alles, was ich erlebt habe, zu Schürfwunden und Prellungen geführt und Narben hinterlassen. Daniel ist ein Glückskind, ich hoffe, das wird nicht zum Problem zwischen uns. Die erste Nacht hat er bei Tía Blanca auf Leinenlaken unter Daunendecken geschlafen, so fein geht es bei ihr zu, aber dann ist er zu uns gekommen, weil sie einen Vorwand fand, um nach Castro zu fahren und ihren Gast in meine Hände zu geben. Daniel hat seinen Schlafsack in eine Ecke des Wohnzimmers gelegt und schläft dort zusammen mit den Katzen. Wir essen abends immer spät, steigen in die Badetonne, reden, er erzählt mir von seinem Leben und seiner Reise, ich zeige ihm die Sternbilder am Südhimmel, erzähle von Berkeley und von meinen Großeltern, auch vom Internat in Oregon, behalte die Zeit in Las Vegas aber vorerst für mich. Wir müssen uns erst ein bisschen näher sein, sonst verscheuche ich ihn noch. Mir ist, als wäre ich im letzten Jahr kopfvor hinab ins Dunkel gestürzt. Wie ein Samenkorn oder eine Wurzelknolle war ich unter der Erde, und eine neue Maya Vidal drängte ins Freie; mir sind Wurzelfädchen gesprossen auf der Suche nach Feuchtigkeit, dann Wurzeln wie Finger auf der Suche nach Nahrung und schließlich Stiel und Blätter, die entschlossen ans Licht wollen. Jetzt treibe ich offenbar Blüten, deshalb kann ich die Liebe erkennen. Hier im Süden der Welt macht der Regen alles fruchtbar.

Tía Blanca ist zurück auf der Insel, aber trotz ihrer Leinenlaken hat Daniel nicht angedeutet, dass er gern wieder zu ihr ziehen würde, und wohnt weiter bei uns. Ein gutes Zeichen. Wir sind rund um die Uhr zusammen, ich arbeite nicht, weil Blanca und Manuel mich von allen Pflichten entbunden haben, solange Daniel hier ist. Wir haben über vieles gesprochen, aber noch hat er mir keine Gelegenheit gegeben, ihm meine Geheimnisse anzuvertrauen. Er ist viel zurückhaltender als ich. Auf seine Frage, warum ich in Chiloé bin, habe ich ihm erzählt, dass ich Manuel helfe und das Land kennenlerne, weil meine Familie chilenische Wurzeln hat, was nicht ganz der Wahrheit entspricht. Ich habe ihm das Dorf gezeigt, er hat den Friedhof gefilmt, die Pfahlbauten, unser armseliges, verstaubtes Museum mit seinen vier Ausstellungsstücken aus der Rumpelkammer und den Ölgemälden unbekannter Herkunft, außerdem Doña Lucinda, die mit ihren hundertneun Jahren noch immer Wolle verkauft und Kartoffeln und Marihuana erntet, die Truco-Poeten in der »Taverne zum lieben Toten« und Aurelio Ñancupel mit seinen Geschichten von Piraten und Mormonen.

Manuel ist begeistert, weil er endlich einen aufmerksamen Gast hat, der ihm bewundernd zuhört und nicht wie ich an ihm herumkrittelt. Wenn die beiden sich unterhalten, zähle ich die Minuten, die mit Legenden über Hexer und Monstern draufgehen; Daniel könnte sie sinnvoller mit mir allein verbringen. Er muss seine Reise in wenigen Wochen beenden, hat die Südspitze des Kontinents und Brasilien noch nicht gesehen, und es ist ein Jammer, dass er seine kostbare Zeit mit Manuel verschwendet. Wir hätten Gelegenheit gehabt, uns näherzukommen, allerdings wenig wie mir scheint, und er hat nur einmal meine Hand genommen, um mir über eine Klippe zu helfen. Wir sind fast nie allein, Juanito Corrales, Pedro Pelanchugay und Fákin folgen uns auf Schritt und Tritt, und die alten Frauen aus dem Dorf haben ein Auge auf uns. Sie ahnen meine Gefühle für Daniel, und wahrscheinlich ist ihnen ein Stein vom Herzen gefallen, denn es waren absurde Gerüchte über mich und Manuel im Umlauf. Den Leuten kommt es verdächtig vor, dass wir zusammenwohnen, wo Manuel doch mehr als ein halbes Jahrhundert älter ist als ich. Eduvigis Corrales hat sich mit ein paar anderen verschworen, um mich zu verkuppeln, aber sie sollten es etwas unauffälliger versuchen, sonst schlagen sie Daniel noch in die Flucht. Manuel und Blanca schmieden ebenfalls Pläne.

Gestern fand das von Blanca angekündigte Curanto-Essen statt, und Daniel konnte es vollständig filmen. Die Leute aus dem Dorf sind freundlich zu den Touristen, weil die hier Kunsthandwerk kaufen und die Reiseveranstalter für das Curanto bezahlen, aber wenn alle wieder weg sind, macht sich ein Gefühl der Erleichterung breit. Diese Horden von Fremden, die neugierig ihre Nasen in die Häuser stecken und Fotos machen, als wären nicht sie die Exoten, sind den Inselbewohnern unangenehm. Bei Daniel ist das anders, er ist Gast in Manuels Haus, das öffnet ihm die Türen, und außerdem sehen ihn die Leute mit mir, deshalb lassen sie ihn filmen, was er möchte, sogar in ihren Häusern.

Diesmal waren die meisten der Touristen weißhaarige Rentner aus Santiago und sehr fröhlich, obwohl das Gehen im Sand beschwerlich für sie war. Sie hatten eine Gitarre dabei und sangen, während das Curanto garte, und dazu tranken sie Unmengen Pisco Sour; der trug zur allgemeinen Ausgelassenheit bei. Daniel schnappte sich die Gitarre und sang mexikanische Boleros und peruanische Walzer für uns, die er unterwegs gelernt hat; seine Stimme ist nichts Besonderes, aber er trifft die Töne, und dass er wie ein Beduine aussieht, entzückte die Gäste.

Als von den Meeresfrüchten und dem Fleisch nichts mehr übrig war, tranken wir den Curanto-Sud aus den Tonschälchen, die immer als Erstes auf die heißen Steine gestellt werden. Der Geschmack ist unbeschreiblich, ein Konzentrat aus den Köstlichkeiten von Erde und Meer, das einen berauscht wie sonst nichts auf der Welt; wie ein heißer Strom fließt es durch einen hindurch und lässt das Herz höher schlagen. Es wurden jede Menge Witze über seine aphrodisische Wirkung gerissen, die Tattergreise aus Santiago verglichen ihn mit Viagra und bogen sich dabei vor Lachen. Aber es muss etwas dran sein, denn zum ersten Mal in meinem Leben spüre ich das überwältigende und eindeutige Verlangen, mit jemandem zu schlafen – mit Daniel.

Ich hatte Gelegenheit, ihn aus der Nähe zu beobachten und auszuloten, was er für Freundschaft hält, was aber, wie ich weiß, etwas anderes ist. Er ist auf der Durchreise, bald wird er fort sein, er will sich nicht festlegen, vielleicht sehe ich ihn nie wieder, aber dieser Gedanke ist unerträglich, ich verscheuche ihn sofort. Man kann aus Liebe sterben. Manuel sagt das im Scherz, aber es stimmt, ich spüre einen verhängnisvollen Druck in der Brust, stärker und stärker, und wenn nicht bald etwas geschieht, dann platze ich.

Blanca rät mir, ich soll den ersten Schritt machen, was sie selbst bei Manuel auch nicht tut, und ich traue mich nicht. Das ist lächerlich, in meinem Alter und bei meiner Vergangenheit könnte ich eine Abfuhr doch locker verkraften. Könnte ich? Würde Daniel mich abblitzen lassen, ich würde mich den Lachsen zum Fraß vorwerfen. Ich sehe angeblich nicht so schlecht aus. Wieso küsst er mich nicht?

Die Nähe dieses Mannes, den ich kaum kenne, macht mich high, und ich wähle das Wort mit Bedacht, schließlich weiß ich nur zu gut, was es bedeutet, aber ich finde kein anderes, mit dem sich dieser Gefühlsüberschwang beschreiben ließe und diese Abhängigkeit, die so sehr einer Sucht gleicht. Jetzt verstehe ich, warum sich die Liebenden auf der Bühne oder in Romanen umbringen oder vor Kummer sterben, wenn ihnen die Trennung droht. Die Tragödie mag groß und würdevoll sein und deshalb inspirierend wirken, aber ich will keine Tragödie, selbst wenn sie einen unsterblich macht, was ich will, ist ein unaufgeregtes Glück, ganz für uns allein und ohne Aufsehen, damit die Rachsucht der eifersüchtigen Götter nicht erwacht. Was rede ich bloß für ein Zeug! Es gibt überhaupt keine Basis für diese Phantasien, Daniel ist zu mir in der gleichen Weise freundlich wie zu Blanca, die seine Mutter sein könnte. Vielleicht bin ich nicht sein Typ. Oder ist er schwul?

Ich habe ihm erzählt, dass Blanca in den siebziger Jahren Schönheitskönigin war, und manche glauben, sie habe Pablo Neruda zu einem seiner *Zwanzig Liebesgedichte* inspiriert, dabei war Blanca 1924, als sie erschienen, noch gar nicht geboren. Auf was für Ideen die Leute kommen. Blanca spricht sehr selten über ihren Krebs, doch sie ist wohl auf die Insel gekommen, um sich davon und von ihrer Scheidung zu erholen. Krankheiten sind hierzulande Gesprächsthema Nummer eins, aber ich bin zufällig bei den beiden einzigen stoischen Chilenen gelandet, bei Blanca Schnake und Manuel Arias, die über ihre Leiden kein Wort verlieren, weil sie finden, das Leben ist schwer, und Jammern macht es schlimmer. Sie sind seit Jahren eng befreundet, teilen alles, außer den Geheimnissen, die er hütet, und der zwiespältigen Haltung, die sie gegenüber der Diktatur einnimmt. Sie verbringen Zeit miteinander, leihen sich Bücher, kochen zusammen, und manchmal sehe ich sie am Fenster sitzen und den Schwänen nachschauen, schweigend.

»Blanca sieht Manuel verliebt an«, bemerkte Daniel, ich bin also nicht die Einzige, der das auffällt. Nachdem wir ein paar Scheite in den Ofen geschoben und die Fensterläden geschlossen hatten, sind wir zu Bett gegangen, er in seinen Schlafsack, ich in mein Zimmer. Es war schon sehr spät. Ich lag wach unter drei Wolldecken in meinem Bett, hatte die Knie unters Kinn gezogen und meine gallegrüne Mütze auf dem Kopf, weil Eduvigis behauptet, die Fledermäuse würden sich in den Haaren verfangen, und ich konnte das Seufzen der Bretter im Haus hören, das Knistern der brennenden Scheite, den Schrei der Eule auf dem Baum vor meinem Fenster, das nahe Atmen von Manuel, der einschläft, sobald er den Kopf aufs Kissen legt, und Fákins sanftes Schnarchen. Ich musste daran denken, dass ich mit meinen fast zwanzig Jahren nur Daniel verliebt angesehen habe.

Blanca hat auf Daniel eingeredet, er solle noch eine Woche in Chiloé bleiben, dann könne er ein paar abgelegenere Dörfer besuchen, Wanderungen durch die Wälder unternehmen und die Vulkane sehen. Danach kann er im Privatjet nach Patagonien fliegen mit einem Freund ihres Vaters, einem Multimillionär, dem halb Chiloé gehört und der zu den Präsidentschaftswahlen im Dezember kandidieren will, aber ich möchte, dass Daniel hier bei mir bleibt, er ist schon genug herumgezogen. Er muss nicht nach Patagonien und Brasilien, er kann im Juni auch von hier aus nach Seattle fliegen.

Niemand kann mehr als ein paar Tage auf der Insel sein, ohne dass die Leute es mitbekommen, und mittlerweile wissen alle, wer Daniel Goodrich ist. Die Leute im Dorf sind besonders lieb zu ihm, weil sie ihn exotisch finden, sich freuen, dass er Spanisch spricht, und weil sie denken, wir wären ein Paar (schön wär's!).

Außerdem hat es Eindruck auf sie gemacht, wie er sich bei der Sache mit Azucena Corrales verhalten hat.

Wir hatten uns warm angezogen, denn es ist ja schon Ende Mai, und waren mit dem Kajak raus zur Höhle der Pincoya gefahren, ohne zu ahnen, was uns bei der Rückkehr erwartete. Der Himmel war wolkenlos, das Meer ruhig und die Luft schneidend kalt. Zu der Höhle nehme ich einen anderen Weg als die Touristenboote, er ist etwas riskanter wegen der Klippen, aber ich mag ihn lieber, weil man bei den Seelöwen vorbeikommt. Das ist eine spirituelle Übung für mich, anders kann man das nicht nennen, ich gerate nämlich in eine Art mystische Verzückung, wenn ich die steifen Barthaare von Pincoya sehe, wie ich das Seelöwenweibchen getauft habe, mit dem ich befreundet bin. Auf den Felsen gibt es ein bedrohliches Männchen, dem ich nicht zu nah kommen darf, und etwa acht bis zehn Muttertiere mit ihren Jungen, die sich dort sonnen und zusammen mit ein paar Ottern im Wasser spielen. Als ich das erste Mal dort war, ließ ich den Kajak treiben, ohne nah heranzufahren, und rührte mich nicht, weil ich hoffte, die Otter aus der Nähe sehen zu können, und nach kurzer Zeit begann eins von den Seelöwenweibchen meinen Kajak zu umkreisen. An Land sind die Seelöwen unbeholfen, im Wasser aber sehr anmutig und schnell. Das Tier schoss wie ein Torpedo unter meinem Boot hindurch und tauchte dann wieder auf mit seinem Freibeuterbart und den schwarzen, neugierigen Knopfaugen. Die Pincoya stupste meine Nussschale mit der Nase an, als wüsste sie, dass es ihr ein Leichtes wäre, mich auf dem Meeresgrund zu versenken, aber sie wirkte, als wollte sie nur spielen. Nach und nach lernten wir uns kennen. Ich fuhr sie öfter besuchen, und bald schwamm sie mir entgegen, sobald sie meinen Kajak sah. Sie reibt ihren Bürstenschnurrbart mit Vorliebe an meinem nackten Arm.

Diese Momente mit der Pincoya sind mir heilig, ich empfinde eine grenzenlose Zuneigung zu ihr und würde mich am liebsten kopfüber ins Wasser stürzen und mit ihr herumtoben. Einen größeren Liebesbeweis, als ihn zu der Höhle mitzunehmen, hätte ich Daniel nicht machen können. Die Pincoya sonnte sich gerade, glitt ins Wasser, sobald sie mich sah, schwamm mir entgegen, hielt dann aber Abstand, beäugte Daniel und kehrte schließlich zurück auf die Felsen, eingeschnappt, weil ich einen Fremden mitgebracht hatte. Ich werde lange brauchen, ihr Vertrauen zurückzugewinnen.

Als wir gegen eins zum Dorf zurückkamen, warteten Juanito und Pedro aufgeregt am Anleger und berichteten, Azucena habe beim Putzen bei Manuel eine schlimme Blutung bekommen, Manuel habe sie in einer Blutlache gefunden, über Handy die Polizisten verständigt und die hätten sie mit dem Jeep abgeholt. Jetzt sei sie auf der Wache, sagte Juanito, und würde auf das Boot der Ambulanz warten.

Die Polizisten hatten Azucena auf die Pritsche in der Frauenzelle gelegt, und Humilde Garay kühlte ihr die Stirn mit feuchten Umschlägen, weil er sonst nichts tun konnte, während Laurencio Cárcamo mit dem Kommissariat in Dalcahue telefonierte und um Anweisungen bat. Daniel wies sich als Arzt aus, schickte uns aus der Zelle, und untersuchte Azucena. Nach zehn Minuten kam er heraus und sagte, das Mädchen sei schwanger. Ungefähr im fünften Monat. Sie ist dreizehn! Ich begreife nicht, dass niemand es gemerkt hat, Eduvigis nicht, Blanca nicht, noch nicht einmal die Krankenschwester; sie sah einfach nur dick aus.

Dann kam das Boot, und die Polizisten erlaubten Daniel und mir, bei Azucena zu bleiben, die völlig verschreckt war und weinte. In Castro begleiteten wir sie in die Notaufnahme, ich musste im Gang warten, aber Daniel machte seinen Arzttitel geltend und folgte der Trage hinein. Azucena wurde noch in der Nacht operiert, um das Kind rauszuholen, das tot war. Es wird eine Untersuchung geben, ob es sich um eine willkürliche Abtreibung gehandelt hat, das ist in solchen Fällen gesetzlich vorgeschrieben und interessiert offenbar mehr als die Frage, wer ein dreizehnjähriges Mädchen schwängert, worüber sich Blanca sehr aufgeregt hat, und das zu Recht.

Azucena weigert sich zu sagen, wer es war, und auf der Insel raunt man schon vom Trauco, einem Zwerg aus der Sage mit Wanderstab und Axt, der in hohlen

Bäumen haust und die Wälder beschützt. Er kann einem Mann mit dem Blick das Genick brechen und stellt Jungfrauen nach, um sie zu schwängern. Es muss der Trauco gewesen sein, heißt es, weil man nah beim Haus der Familie Corrales gelben Kot gefunden hat.

Eduvigis hat seltsam reagiert, sie weigert sich, ihre Tochter zu sehen, und will nichts hören von dem, was geschehen ist. Die Trinkerei, die Gewalt in den Familien und der Inzest sind der Fluch von Chiloé, vor allem in den abgelegenen Gegenden, und Manuel sagt, die Legende vom Trauco sei erfunden worden, um die Schwangerschaften von Mädchen zu erklären, die von ihren Vätern oder Brüdern vergewaltigt wurden. Bei der Gelegenheit habe ich auch erfahren, dass Juanito Corrales nicht nur der Enkel von Carmelo Corrales ist, sondern auch sein Sohn. Juanitos Mutter, die in Quellón lebt, ist von ihrem Vater missbraucht worden und war fünfzehn, als das Kind zur Welt kam. Eduvigis hat es aufgezogen wie ihr eigenes, aber im Dorf weiß man Bescheid. Ich frage mich, wie ein bettlägeriger Alter sich an Azucena vergehen konnte, es muss passiert sein, bevor ihm das Bein amputiert wurde.

Gestern ist Daniel abgereist! Der 29. Mai 2009 ist nach Pops Todestag der zweittraurigste Tag meines Lebens. Ich lasse mir »2009« auf das andere Handgelenk tätowieren, damit ich immer dran denke. Ich habe zwei Tage durchgeweint, Manuel sagt, ich würde noch austrocknen, er habe noch nie so viele Tränen gesehen, kein Mann würde so viel Kummer verdienen und schon gar nicht, wenn er bloß nach Seattle geht und nicht in den Krieg. Was weiß der schon! Sich zu trennen ist saugefährlich. In Seattle leben bestimmt eine Million Mädchen, die besser aussehen als ich und weniger schwierig sind. Wieso habe ich ihm meine Vergangenheit so haarklein erzählt? Jetzt hat er Zeit, alles zu analysieren, kann sogar mit seinem Vater darüber reden, und wer weiß, welche Schlüsse die beiden ziehen, wahrscheinlich, dass ich eine Suchtpersönlichkeit und neurotisch bin. Durch die Entfernung kühlt Daniels Begeisterung sicher ab, und dann denkt er, dass er von einer wie mir besser die Finger lässt. Wieso bin ich nicht mit ihm gegangen! Ach, wenn ich ehrlich bin, hat er mich nicht darum gebeten …

WINTER

Juni, Juli, August

Hätte man mich vor ein paar Wochen nach der glücklichsten Zeit meines Lebens gefragt, ich hätte geantwortet, die sei bereits vorbei, und an meine Kindheit mit meinen Großeltern in dem großen verwunschenen Haus in Berkeley gedacht. Nun allerdings würde ich sagen, dass ich meine glücklichsten Tage Ende Mai mit Daniel erlebte, und sofern keine Katastrophe geschieht, werden sie sich in naher Zukunft wiederholen. Neun Tage habe ich in seiner Gesellschaft verbracht, drei davon mit ihm allein hier in diesem Haus mit der Seele eines alten Zypressenbaums. In diesen traumhaften Tagen hat sich eine Tür in meinem Innern aufgetan, ich habe mich der Liebe genähert, und ihr Licht war so hell, dass ich es fast nicht aushalten konnte. Mein Pop hat einmal gesagt, die Liebe mache einen gut. Einerlei, wen wir lieben, ob wir wiedergeliebt werden oder die Beziehung von Dauer ist. Schon die Erfahrung, zu lieben, verwandelt uns.

Ob ich die einzigen Tage der Liebe in meinem Leben beschreiben kann? Manuel war Hals über Kopf für drei Tage nach Santiago gefahren, angeblich, um etwas wegen seines Buchs zu klären, aber Blanca sagt, er war beim Arzt und hat die Blase in seinem Gehirn untersuchen lassen. Ich glaube, er ist gefahren, damit ich mit Daniel allein sein kann. Wir waren wirklich allein, denn Eduvigis ist nach dem Aufruhr um die Schwangerschaft von Azucena, die sich im Krankenhaus in Castro noch von einer Infektion erholt, nicht mehr zum Putzen gekommen, und Blanca hat Juanito und Pedro verboten, uns zu stören. Ende Mai sind die Tage kurz und die Nächte lang und frostig, ideale Bedingungen, um einander näherzukommen.

Manuel reiste mittags ab und bat uns noch, aus den Tomaten Marmelade zu kochen, ehe sie faulten. Tomaten, Tomaten, wir ertrinken in Tomaten. Tomaten im Herbst, es ist nicht zu fassen. In Blancas Garten wachsen sie in rauen Mengen, und sie beschenkt uns so großzügig damit, dass wir nicht mehr wissen, was wir damit anstellen sollen: zu Soße verarbeiten, pürieren, trocknen, einkochen. Tomatenmarmelade ist eine Verzweiflungstat, keine Ahnung, wem die schmecken soll. Daniel und ich enthäuteten jedenfalls kiloweise Tomaten, schnitten sie klein, entfernten die Kerne, wogen sie und schütteten sie in Töpfe; dafür brauchten wir über zwei Stunden, die aber nicht vergeudet waren, denn zwischen den Bergen von Tomaten lösten sich unsere Zungen, und wir erzählten einander viel. Pro Kilo geputzter Tomaten gaben wir ein Kilo Zucker und etwas Zitronensaft dazu, kochten die Mischung gut zwanzig Minuten unter ständigem Rühren, bis sie eindickte, und füllten sie in saubere Gläser. Die vollen Gläser stellten wir dann noch mal für eine halbe Stunde in kochendes Wasser, dann waren sie, luftdicht verschlossen, bereit, gegen anderes getauscht zu werden, etwa gegen das Quittenbrot von Liliana Treviño und die Wolle von Doña Lucinda. Als wir fertig waren, war es dunkel in der Küche, und das Haus roch köstlich nach Zucker und Holzfeuer.

Wir setzten uns ans Fenster, um in die Nacht zu sehen, hatten ein Tablett vor uns mit Brot, Butterkäse, Manuels Räucherfisch und einer Salami, die Don Lionel Schnake geschickt hat. Daniel öffnete eine Flasche Rotwein, goss ein Glas ein, und als er das zweite füllen wollte, hielt ich ihn zurück, es war an der Zeit, ihm zu sagen, wieso ich nichts trank, und ihn zu beruhigen, dass er selbst trinken kann, wie er will, ohne sich um mich zu kümmern. Ich erzählte ihm allgemein von meiner Neigung zur Sucht, noch ohne allzu sehr auf mein Leben im letzten Jahr einzugehen, und sagte auch, dass ich das Trinken nicht vermisse, um irgendwelchen Kummer zu ersäufen, sondern in Momenten wie diesem, hier am Fenster, wenn es etwas zu feiern gibt, aber wir könnten ja trotzdem anstoßen, er mit Wein, ich mit Apfelsaft.

Wahrscheinlich muss ich für den Rest meines Lebens die Finger vom Alkohol lassen; das ist schwieriger als bei den illegalen Sachen, weil man überall drankommt und zum Trinken aufgefordert wird. Aber wenn ich ein Glas annehme, ist es vorbei mit meiner Willensstärke, es würde mir schwerfallen, das zweite abzulehnen, und von dort in die früheren Abgründe sind es bloß ein paar Schlucke. Ich hatte Glück, sagte ich zu Daniel, in den paar Monaten in Las Vegas hat sich die Abhängigkeit bei mir nicht übermäßig festgesetzt, und wenn ich jetzt in Versuchung gerate, denke ich an Mike O'Kelly, der als trockener Alkoholiker weiß, wovon er spricht, und zu mir gesagt hat, mit der Sucht sei es wie mit einer Schwangerschaft, es gibt bloß Ja oder Nein und nichts dazwischen.

Endlich, nach all den vielen Umschweifen, küsste mich Daniel, erst sehr zart, dass ich es kaum spürte, dann entschlossener, seine vollen Lippen auf meinen, seine Zunge in meinem Mund. Ein leichter Geschmack von Wein, seine festen Lippen, die wohlige Nähe seines Atems, sein Geruch nach Wolle und Tomaten, sein leises Atemholen, seine warme Hand an meinem Nacken. Er löste sich von mir und sah mich fragend an, da erst merkte ich, dass ich stocksteif war, die Arme an den Oberkörper gepresst hielt und die Augen aufgerissen hatte. »Entschuldige«, sagte er und ließ mich los. »Nein! Ich muss mich entschuldigen!«, rief ich viel zu heftig, was ihn erschreckt haben muss. Aber wie hätte ich ihm erklären sollen, dass das mein erster Kuss überhaupt war, alles vorher etwas anderes gewesen war, nichts mit Liebe zu tun gehabt hatte, dass ich mir seit einer Woche diesen Kuss ausmalte und jetzt, weil ich ihn mir so oft vorgestellt hatte, völlig versagte und aus lauter Angst, es würde vielleicht nie dazu kommen, bestimmt gleich weinen müsste. Ich wusste nicht, wie ich ihm das alles hätte sagen sollen, und das Beste, was ich tun konnte, war, seinen Kopf in beide Hände zu nehmen und ihn wiederzuküssen wie bei einem tragischen Abschied. Und von diesem Augenblick an waren alle Leinen los, mit geblähten Segeln ging es in unbekannte Gewässer, und aller Ballast der Vergangenheit flog über Bord.

In einer Pause zwischen Kuss und Kuss rückte ich damit heraus, dass ich zwar schon Sex gehabt, aber eigentlich noch nie jemanden geliebt hatte. »Hättest du gedacht, dass es hier passieren würde, am Ende der Welt?«, fragte Daniel. »Als ich hier ankam, war Chiloé für mich der Arsch der Welt, Daniel«, sagte ich, »aber inzwischen weiß ich, es ist der Nabel.«

Manuels altes Sofa erwies sich als ungeeignet für die Liebe, überall drücken die Sprungfedern durch, und es ist überzogen von den graubraunen Haaren des Dusselkaters und den orangeroten des Literatenkaters, deshalb holten wir Wolldecken aus meinem Zimmer und bauten uns ein Nest neben dem Ofen. »Wenn ich gewusst hätte, dass es dich gibt, Daniel, dann hätte ich auf meine Großmutter gehört und besser auf mich achtgegeben«, sagte ich und wollte ihm schon meine Verfehlungen herunterbeten, aber im nächsten Augenblick hatte ich sie vergessen, denn was hätten sie mich in meinem überwältigenden Verlangen auch kümmern sollen. Ich zerrte Daniel den Pulli und das langärmlige T-Shirt über den Kopf und machte mich an seinem Gürtel und den Knöpfen seiner Jeans zu schaffen – was für eine Zumutung, diese Männerklamotten! –, aber er nahm meine Hände und küsste mich wieder. »Wir haben drei Tage, wir müssen uns nicht hetzen«, sagte er. Ich streichelte seinen nackten Oberkörper, seine Arme, seine Schultern, erwanderte die unbekannten Landschaften seines Körpers, seine Täler und Hügel, bestaunte seine glatte Haut mit ihrem Farbton alter Bronze, afrikanische Haut, den Bau seiner langen Knochen, seine edle Kopfform, küsste das Grübchen an seinem Kinn, die verwegenen Wangenknochen, die schläfrigen Lider, die unschuldigen Ohren, den Adamsapfel, sein Brustbein, das gar kein Ende nehmen will, seine Brustwarzen, klein und dunkel wie Blaubeeren. Wieder machte ich mich an seinem Gürtel zu schaffen, und wieder hielt Daniel mich zurück, sagte, er wolle mich ansehen.

Er begann mich auszuziehen, und das ist ein endloses Unterfangen: Manuels alte Kaschmirweste, dickes Flanellhemd, darunter ein dünneres T-Shirt, so verwaschen, dass man Obama nur noch erahnen kann, ein BH aus Baumwolle, an dem ein Träger mit einer Sicherheitsnadel befestigt ist, eine Hose, die ich mit Blanca im Second-Hand-Laden gekauft habe, etwas zu kurz, aber schön warm, dicke Wollstrümpfe und am Ende ein weißer Schulmädchenslip, den meine

Großmutter mir in Berkeley in den Rucksack gestopft hat. Daniel bettete mich in unser Nest, und ich spürte die kratzige Wolle am Rücken, unter anderen Umständen nicht auszuhalten, jetzt jedoch erregend. Mit der Zungenspitze leckte er an mir wie an einem Bonbon, kitzelte mich an ein paar Stellen, weckte wer weiß welches schlafende kleine Tier, machte Bemerkungen über den Kontrast von seiner dunklen Haut zu meiner original skandinavischen, deren Totenblässe vor allem da zu erkennen ist, wo die Sonne nie hinscheint.

Ich schloss die Augen und überließ mich der Lust, räkelte mich diesen genießerischen und wissenden Fingern entgegen, die auf mir spielten wie auf einer Geige, und so ging das Schrittchen für Schrittchen, bis es mir plötzlich kam in einem langen, langsamen, hinausgezögerten Orgasmus, und mein Schrei schreckte Fákin auf, der mit gefletschten Zähnen zu knurren begann. »It's okay, fucking dog«, und ich schmiegte mich in Daniels Arme, glücklich schnurrend in die Wärme seines Körpers und unser beider Geruch nach Moschus. »Jetzt bin ich aber dran«, sagte ich schließlich nach einer ganzen Weile, und da erlaubte er mir dann, dass ich ihn auszog und mit ihm anstellte, wonach mir der Sinn stand.

Drei denkwürdige Tage lange blieben wir im Haus, ein Geschenk von Manuel; meine Schuld gegenüber dem alten Menschenfresser ist besorgniserregend angewachsen. Wir hatten uns so viel zu erzählen und unsere Liebe zu erfinden. Wir lernten, uns aufeinander einzustellen, ergründeten in aller Ruhe, was dem anderen gefällt, und wie wir schlafen konnten, ohne einander zu stören. Darin hat er keine Übung, dagegen ist es für mich selbstverständlich, ich habe ja als Kind immer bei meinen Großeltern gelegen. Wenn ich mich bei jemand ankuscheln kann, brauche ich keine Schafe, Schwäne oder Delfine, schon gar nicht, wenn der Jemand groß und warm ist, gut riecht und leise schnarcht, so dass ich weiß, er lebt. Mein Bett ist sehr schmal, und es wäre uns taktlos erschienen, das von Manuel zu benutzen, deshalb häuften wir weitere Decken und Kissen neben den Ofen. Wir kochten, redeten, liebten uns; wir schauten aus dem Fenster, gingen vor an die Klippen, hörten Musik, liebten uns; wir stiegen in die Badetonne, schleppten Brennholz herbei, lasen in Manuels Büchern über Chiloé, liebten uns wieder. Es regnete und lockte einen nicht ins Freie, die Schwermut der Wolken von Chiloé ist wie gemacht für Romantik.

So allein und ungestört mit Daniel wollte ich die einmalige Gelegenheit nutzen und, von ihm geleitet, alles lernen, was sich den Sinnen an Spielarten bietet, wollte die Lust auskosten, ihn ohne Vorsatz streicheln, Haut an Haut spüren. Mit einem Männerkörper kann man sich jahrelang vergnügen, da gibt es diese entscheidenden Punkte, die man erregen kann, und jene, die eine andere Art der Aufmerksamkeit wünschen, welche, die man berührt, und andere, die man nicht berühren, sondern nur anhauchen muss; jeder Wirbel besitzt seine eigene Geschichte, man kann sich in der Weite der Schultern verlieren, die so gut dafür geeignet sind, Lasten und Kummer zu tragen, und in den harten Muskeln der Arme, die die Welt halten sollen. Und unter der Haut verbergen sich nie ausgesprochene Wünsche, versteckte Traurigkeit, Vernarbungen, die selbst unterm Mikroskop nicht zu sehen sind. Über Küsse sollte es Lehrbücher geben, Spechtküsse, Fischküsse, unendliche Varianten. Die Zunge ist eine kühne und zudringliche Schlange, und damit meine ich nicht, was sie sagt. Herz und Schwanz sind mir am liebsten: ungezähmt, durchschaubar in ihren Absichten, arglos und verletzlich, man darf sie nicht missbrauchen.

Irgendwann konnte ich Daniel meine Geheimnisse anvertrauen. Ich erzählte ihm von Roy Fedgewick und Brandon Leeman und von den Männern, die ihn umgebracht haben, davon, wie es gewesen ist, Drogen zu verkaufen, und alles zu verlieren und auf der Straße zu sein, was für eine Frau ungleich gefährlicher ist als für einen Mann, weil eine Frau besser die Straßenseite wechselt, wenn ihr in einem menschenleeren Viertel ein Mann entgegenkommt, sie besser schleunigst verschwindet, wenn es mehrere sind, sie aufpassen muss, was hinter ihr und ringsum geschieht, sie sich besser unsichtbar macht. In meinen letzten Wochen in Las

Vegas, als ich schon ganz am Boden war, schützte ich mich dadurch, dass ich mich als Junge ausgab; es half, dass ich groß bin, und damals war ich flach wie ein Brett, trug die Haare kurz und Männerkleider von der Heilsarmee. Das hat mir wahrscheinlich mehr als einmal die Haut gerettet. Die Straße ist gnadenlos.

Ich erzählte ihm von den Vergewaltigungen, die ich mit angesehen habe und von denen bisher nur Mike O'Kelly weiß, dem so schnell nichts auf den Magen schlägt. Beim ersten Mal war es ein besoffener Widerling, ein Kerl wie ein Schrank, oder vielleicht wirkte er nur so wegen der vielen Kleider, vielleicht war er darunter ein Knochengestell, jedenfalls fiel er am helllichten Tag in einer Hofeinfahrt voller Müll über ein Mädchen her. Die Küche eines Restaurants ging zu dem Hof, und ich war nicht die Einzige, die in den Mülltonnen nach Essensresten suchte, die man den streunenden Katzen streitig machen konnte. Ratten gab es da auch, man konnte sie hören, aber gesehen habe ich nie welche. Das Mädchen, eine junge Fixerin, hungrig, verdreckt, hätte ich sein können. Der Mann packte sie von hinten, stieß sie mit dem Gesicht aufs Pflaster, in den Dreck und die Pfützen aus fauligem Etwas, und mit einem Messer schlitzte er ihr seitlich die Hose auf. Ich hockte keine drei Meter entfernt zwischen den Mülltonnen, es war purer Zufall, dass es die andere erwischte, dass sie schrie und nicht ich. Sie wehrte sich nicht. In zwei oder drei Minuten war er fertig, schob sich die Lumpen zurecht und ging hustend davon. Während er auf ihr war, hätte ich ihm eine von den Flaschen, die überall herumlagen, über den Schädel ziehen und ihn niederschlagen können, es wäre leicht gewesen, und ich dachte daran, verwarf den Gedanken aber sofort: Es war nicht mein Scheißproblem. Und als er weg war, ging ich nicht zu ihr hin, sie lag da nur und rührte sich nicht, sondern an ihr vorbei und schnell weiter, ohne sie anzusehen.

Das zweite Mal waren es zwei junge Männer, vielleicht Dealer oder welche aus einer Gang, und ihr Opfer war eine Frau, die ich zuvor schon auf der Straße gesehen hatte, sehr verbraucht, krank. Ihr half ich auch nicht. Sie zerrten sie in eine Unterführung, johlten, lachten sie aus, während sie in geballtem und sinnlosem Zorn um sich schlug. Plötzlich sah sie mich. Unsere Blicke begegneten sich für einen endlosen, unvergesslichen Moment, und ich drehte mich um und rannte weg.

In diesen Monaten in Las Vegas schwamm ich im Geld und war doch nicht fähig, genug für ein Flugticket nach Kalifornien zurückzulegen. Meine Nini anzurufen, daran war nicht mehr zu denken. Aus meinem Sommerabenteuer war ein Albtraum geworden, und ich konnte sie unmöglich in die Machenschaften von Brandon Leeman hineinziehen.

Nach der Sauna ging ich im Bademantel in die

Schwimmhalle, bestellte mir eine Limo, die ich mit einem Schuss Wodka aus dem Flachmann in meiner Tasche aufpeppte, und nahm zwei Beruhigungstabletten und noch eine dritte, von der ich nicht wusste, was es war; ich konsumierte so viele Pillen in allen erdenklichen Farben und Formen, ich konnte sie unmöglich auseinanderhalten. Ich suchte mir einen Liegestuhl möglichst weit entfernt von der Gruppe geistig behinderter Jugendlicher, die mit ihren Betreuern im Wasser herumplantschten. Unter anderen Umständen hätte ich eine Weile mit ihnen gespielt, ich sah sie oft hier, und sie waren die Einzigen, in deren Nähe ich mich wagte, weil sie Brandon Leemans Sicherheit nicht gefährdeten, aber heute hatte ich Kopfschmerzen und musste für mich sein.

Langsam machte sich die segensreiche Gelassenheit der Pillen in mir breit, da hörte ich über Lautsprecher den Namen Laura Barron. Das war noch nie passiert, und ich dachte erst, ich hätte mich verhört, doch dann kam ein zweiter Aufruf, ich erhob mich, ging zu einem der Haustelefone, rief die Rezeption an, und dort sagte man mir, jemand suche mich und es sei dringend. Barfuß und im Bademantel ging ich ins Foyer und sah dort Freddy aufgeregt herumtigern. Er war ein einziges Nervenbündel, nahm meine Hand und zog mich in eine Ecke, wo er mir mitteilte, Joe Martin und der Chinese hätten Brandon Leeman umgebracht.

»Sie haben ihn mit Kugeln durchsiebt, Laura!«

»Was redest du da!«

»Überall war Blut und Fetzen von Hirn … Du musst abhauen, die bringen dich auch um!«

»Mich? Wieso mich?«

»Das erkläre ich dir später, wir müssen hier weg, los, beeil dich.«

Ich rannte mich anziehen, raffte mein Geld zusammen und war gleich darauf wieder bei Freddy, der unter den argwöhnischen Blicken der Angestellten im Foyer herumschlich wie eine Raubkatze. Wir gingen hinaus und schnell weg vom Eingang, rannten aber nicht, um nicht aufzufallen. Zwei Straßen weiter konnten wir ein Taxi anhalten. Nachdem wir zur Ablenkung dreimal das Taxi gewechselt und in einem Supermarkt Haarfärbemittel und die billigste und hochprozentigste Flasche Gin gekauft hatten, die wir finden konnten, entschieden wir uns für ein Motel außerhalb von Las Vegas. Ich bezahlte die Nacht, und wir schlossen uns im Zimmer ein.

Während er mir die Haare schwarz färbte, erzählte mir Freddy, Joe Martin und der Chinese seien den ganzen Tag in der Wohnung ein und aus gegangen, hätten ununterbrochen telefoniert und überhaupt nicht auf ihn geachtet. »Heute Morgen ging's mir dreckig, Laura, du weißt ja, wie das manchmal ist, aber ich habe trotzdem mitgekriegt, dass da was faul ist, also bin ich liegen geblieben und habe zugehört. Die Wichser haben mich vergessen oder gedacht, ich bin jenseits.« Aus den Telefonaten und Unterhaltungen der beiden reimte sich Freddy einiges zusammen.

Die beiden wussten, dass Brandon Leeman jemanden bezahlt hatte, der sie beseitigen sollte, aber aus irgendeinem Grund hatte der das nicht getan, sondern die beiden gewarnt und angewiesen, Brandon Leeman zu entführen und aus ihm herauszubringen, wo er sein Geld hatte. Aus dem unterwürfigen Ton, den Joe Martin und der Chinese am Telefon anschlugen, schloss Freddy, dass ihr geheimnisvoller Gesprächspartner jemand sein musste, der etwas zu sagen hatte. »Ich konnte Brandon nicht mehr warnen. Ich kam nicht ans Telefon, und es ging alles so schnell«, wimmerte er. Brandon Leeman war in Freddys Leben das, was einer Familie am nächsten kam, er hatte ihn von der Straße geholt, ihm ein Dach über dem Kopf und zu essen gegeben und ihm Schutz gewährt, ohne Bedingungen zu stellen, hatte ihn nie zu einem Entzug gedrängt, ihn mit seinen vielen Süchten akzeptiert und über seine Witze und seinen Moonwalk gelacht. »Er hat mich so oft dabei erwischt, dass ich ihm was geklaut habe, Laura, und weißt du, was er dann gemacht hat? Er hat mich nicht geschlagen, er hat gesagt, ich soll ihn fragen, dann würde er mir geben, was ich will.«

Joe Martin bezog in der Garage Stellung, wo Brandon Leeman über kurz oder lang den Wagen parken würde, und der Chinese wartete in der Wohnung. Freddy lag weiter auf der Matratze und stellte sich schlafend, und dort hörte er, wie der Chinese über Handy die Nachricht erhielt, der Boss sei im Anmarsch. Der Chinese rannte die Treppe hinunter, und Freddy folgte ihm mit etwas Abstand.

Der Acura bog in die Garage ein, Leeman stellte den Motor ab, öffnete die Tür und wollte schon aussteigen, da sah er im Rückspiegel die schattenhaften Umrisse der beiden Männer, die ihm den Weg nach draußen versperrten. Der Argwohn war Leeman zur zweiten Natur geworden, instinktiv zog er seine Waffe, warf sich auf den Boden und schoss sofort. Aber wie versessen er auch auf seine Sicherheit war, mit der Waffe konnte er kaum umgehen. Freddy hatte nie gesehen, dass er sie gereinigt oder das Schießen geübt hätte, dagegen konnten Joe Martin und der Chinese ihre Knarren in Sekundenschnelle zerlegen und wieder zusammensetzen. Damit, dass er dort in der Garage blindlings auf die beiden schoss, beschleunigte Brandon Leeman sein Ende, auch wenn sie ihn wohl so oder so umgelegt hätten. Der Boss saß zwischen Auto und Wand in der Falle, und die beiden Killer schossen ihre Magazine leer.

Freddy sah das Gemetzel und rannte davon, ehe der Aufruhr sich legte und man ihn entdeckte.

»Wieso denkst du, dass sie mich umbringen wollen? Ich habe doch nichts damit zu tun, Freddy.«

»Sie dachten, du würdest auch in dem Auto sitzen. Sie wollten euch beide erwischen, sie sagen, du weißt zu viel. Wo bist du da reingeraten, Laura?«

»In nichts! Ich weiß nicht, was die von mir wollen!«

»Joe und der Chinese haben dich bestimmt im Club gesucht, du konntest ja sonst nirgends sein. Sie müssen uns knapp verpasst haben.«

»Was soll ich jetzt machen, Freddy?«

»Hierbleiben, bis uns was einfällt.«

Nebeneinander auf dem Bett öffneten wir die Ginflasche und tranken abwechselnd, bis wir restlos knülle waren.

Ich erwachte viele Stunden später in einem fremden Zimmer, fühlte mich, als würde ein Elefant auf mir liegen, als steckten Nadeln in meinen Augen, konnte mich an nichts erinnern. Mühsam setzte ich mich auf, rutsche auf den Boden und kroch auf allen vieren eben rechtzeitig ins Bad, um die Kloschüssel zu umklammern und einen nicht enden wollenden Schwall Kanalbrühe zu speien. Zitternd blieb ich auf dem Linoleum liegen, hatte einen bitteren Geschmack im Mund, um meine Gedärme krallte sich eine Pranke, ich würgte trocken und dachte nur: Sterben, ich will sterben. Eine Ewigkeit später fand ich die Kraft, mir Wasser ins Gesicht zu spritzen und meinen Mund auszuspülen, erschrak vor der leichenblassen Fremden mit dem schwarzen Haar, die mich im Spiegel ansah. Ich schaffte es nicht zurück ins Bett, krümmte mich wimmernd auf dem Boden zusammen.

Etwas später wurde dreimal an die Tür geklopft, was in meinem Schädel dröhnte wie Kanonenschläge, und eine Stimme rief mit spanischem Akzent, man komme, um das Zimmer zu säubern. An der Wand entlang wankte ich bis zur Tür, öffnete einen Spaltbreit, schickte das Zimmermädchen zum Teufel und hängte das Bitte-nicht-stören-Schild an die Klinke; dann knickten mir die Knie wieder ein. Ich schleppte mich zurück zum Bett, hatte das unbestimmte Gefühl einer drohenden Gefahr, bekam sie aber nicht zu fassen. Ich erinnerte mich nicht, warum ich in diesem Zimmer war, begriff allerdings, das war alles keine Einbildung, kein Albtraum, es war etwas Schlimmes geschehen, etwas, das mit Freddy zu tun hatte. Eine Eisenkrone presste mir die Schläfen zusammen, immer fester und fester, während ich mit dünner Stimme nach Freddy rief. Schließlich wurde ich das leid und machte mich verzweifelt auf die Suche nach ihm, sah unters Bett, in den Schrank, ins Bad, als hielte ich es für möglich, dass er mich auf den Arm nehmen wollte. Er war nirgends, aber ich sah, dass er mir ein Tütchen Crack dagelassen hatte, eine Pfeife und ein Feuerzeug. Wie einfach, als hätte ich nie was anderes getan!

Das Crack war Freddys Paradies und sein Verhängnis, ich hatte ihn täglich damit gesehen, es aber selbst nie probiert, weil der Boss es mir verboten hatte. Braves Mädchen. Scheiße. Meine Hände gehorchten mir nicht richtig, und ich war wie blind vor Kopfschmerzen, bekam die Kristalle aber irgendwie in die Glaspfeife und hielt das Feuerzeug dran. Eine Titanenaufgabe. Erbittert, wahnsinnig geworden, wartete ich endlose Sekunden, dass die wachsfarbenen Kristalle zu schmelzen begannen, verbrannte mir Finger und Lippen an dem Glaskolben, und endlich brachen sie auf, und ich sog tief die erlösende Wolke ein, das süße Duftgemisch, ein Hauch Menthol und Benzin, und dann waren die Übelkeit und die bösen Vorahnungen verschwunden, und ich im siebten Himmel, leicht, anmutig, ein Vogel im Wind.

Für einen kurzen Moment fühlte ich mich euphorisch und unbesiegbar, dann stürzte ich mit Getöse zurück ins Halbdunkel des Zimmers. Noch ein Zug und noch einer. Wo war Freddy? Wieso hatte er mich hier sitzen lassen, ohne sich zu verabschieden, ohne ein Wort der Erklärung? Es war noch etwas Geld übrig, und ich ging zögerlich nach draußen, mir eine neue Flasche zu besorgen, danach schloss ich mich wieder in meiner Höhle ein.

Mit Schnaps und Crack driftete ich zwei Tage dahin, schlief nicht, aß nicht, wusch mich nicht, kotzte mich voll, weil ich es nicht bis ins Bad schaffte. Als die Flasche und das Tütchen nichts mehr hergaben, kippte ich meine Handtasche aus und fand noch ein Briefchen mit Kokain, das ich sofort sniffte, und ein Röhrchen mit drei Schlaftabletten, die ich mir einteilen wollte. Zwei nahm ich gleich, und weil sie kein bisschen wirkten, nahm ich auch die dritte. Ich weiß nicht, ob ich schlief oder bewusstlos war, die Uhr auf dem Nachttisch zeigte Zahlen an, die nichts bedeuteten. Welcher Tag ist heute? Wo bin ich? Keine Ahnung. Ich schlug die Augen auf, bekam keine Luft, mein Herz war eine Zeitbombe, tick-tack-tick-tack, schneller und schneller, Stromschläge durch meinen Körper, krampfen, röcheln, dann Leere.

Wieder Klopfen an der Tür und drängendes Rufen, diesmal vom Geschäftsführer des Motels. Ich vergrub den Kopf unter den Kissen, flehte um etwas, das mir helfen würde, nur ein Zug noch von dem wohltuenden Rauch, ein Schluck von irgendetwas. Zwei Männer brachen die Tür auf und kamen fluchend und drohend ins Zimmer. Wie erstarrt blieben sie stehen, als sie die verängstigte Irre sahen, die da, völlig außer sich und unverständliches Zeug stammelnd, in einem Zimmer lag, das einem stinkenden Schweinestall glich, aber sie hatten in dieser Absteige schon einiges gesehen und errieten, was mit mir los war. Sie befahlen mir, mich anzuziehen, packten meine Arme, schleiften mich die Treppe hinunter und setzten mich vor die Tür. Was ich an Wertsachen besaß, nahmen sie mir weg, meine Handtasche und die Sonnenbrille, waren aber so freundlich, mir den Führerschein und den Geldbeutel zu lassen mit meinen letzten zwei Dollar und vierzig Cent.

Draußen war es brütend heiß, und ich spürte den angeschmolzenen Asphalt durch die Sohlen meiner Turnschuhe, aber es kümmerte mich nicht. Mein einziger Gedanke war, dass ich etwas auftreiben musste, um mein Verlangen und meine Angst zu lindern. Ich konnte nirgends hin und hatte niemanden, den ich um Hilfe bitten konnte. Ich erinnerte mich an mein Versprechen, Brandon Leemans Bruder anzurufen, aber das konnte warten, und ich erinnerte mich außerdem an die vielen Schätze, die in der Wohnung lagerten, in der ich in den letzten Monaten gelebt hatte, bergeweise herrliches Pulver, kostbare Kristalle, wunderwirksame Pillen, die ich sortiert, gewogen, gezählt und sorgfältig in Plastiktütchen verpackt hatte. Dort konnte jeder, auch wenn er noch so elend war, ein Stückchen vom Himmel für sich haben, und sei es auch nur für einen Augenblick. In den Höhlengängen der Tiefgarage und den Leichenhallen im Erdgeschoss und ersten Stock würde ich ganz bestimmt etwas kriegen können, ich würde jemanden finden, der mir was gab, das musste doch möglich sein; aber mein Denkvermögen reichte gerade noch, um zu begreifen, dass es Selbstmord gewesen wäre, mich auch nur in der Nähe blicken zu lassen.

Denk nach, Maya, denk nach, sagte ich mir laut vor, wie ständig in den letzten Monaten. In dieser Scheißstadt gibt es Drogen an jeder Ecke, treib halt was auf, wimmerte ich und schlich weiter vor dem Motel auf und ab wie ein hungriger Kojote, bis die schiere Not die Schleier aus meinem Kopf vertrieb und ich nachdenken konnte.

Ich ging zu Fuß zu einer Tankstelle, bat um den Toilettenschlüssel und wusch mich etwas, danach fand ich jemanden, der mich im Auto mit in die Stadt nahm und wenige Straßen vom Club entfernt absetzte.

Die Schlüssel zu meinen Schließfächern steckten in meiner Hosentasche. Ich wartete in der Nähe des Eingangs auf eine Gelegenheit, möglichst unbemerkt hineinzugelangen, und als sich drei ins Gespräch vertiefte Leute näherten, schloss ich mich ihnen unauffällig an. Ich durchquerte das Foyer und stieß an der Treppe fast mit einem Angestellten zusammen, der wegen meiner Haarfarbe erst stutzte, mich dann aber grüßte. Ich sprach nie mit jemandem im Club und galt dort wahrscheinlich als hochnäsig oder bescheuert, aber viele der Clubmitglieder kannten mich vom Sehen und etliche der Angestellten wussten meinen Namen. Ich stürmte hoch zu den Umkleiden und leerte den Inhalt meiner Fächer derart hektisch auf den Boden, dass eine Frau mich fragte, ob ich etwas verloren hätte; ich fluchte vor mich hin, weil ich nichts fand, was ich mir hätte einwerfen können, während die Frau vorm Spiegel mich unverhohlen anstarrte. »Was gibt es da zu glotzen!«, fuhr ich sie an, und dann sah ich im Spiegel das, was auch sie sah, eine Wahnsinnige mit blutunterlaufenen Augen, fleckiger Haut und einem schwarzen Tier auf dem Kopf.

Ich stopfte alles wieder zurück in die Schließfächer, warf meine schmutzigen Kleider in den Müll und auch das Handy, das ich von Brandon Leeman hatte und dessen Nummer die Killer kannten, stellte mich unter die Dusche und wusch mir eilig die Haare, dachte, ich könnte die zweite Handtasche, die ich noch hatte, verkaufen, und das Geld würde ein paar Tage für Stoff reichen. Ich zog das schwarze Kleid an, steckte einmal Wäsche zum Wechseln in eine Plastiktüte und versuchte erst gar nicht, mich zu schminken, denn ich zitterte am ganzen Leib, und meine Hände gehorchten mir kaum.

Die Frau stand noch immer in ein Badetuch gehüllt und mit dem Fön in der Hand vor dem Spiegel, obwohl ihr Haar längst trocken war, beobachtete mich und überlegte wohl, ob sie den Sicherheitsdienst alarmieren sollte. Ich setzte ein Lächeln auf und fragte, ob sie meine Handtasche kaufen wolle, es sei eine echte Louis Vuitton und fast neu, man habe mir den Geldbeutel gestohlen und ich müsse nach Kalifornien zurück. Sie verzog verächtlich das Gesicht, konnte der Verlockung aber doch nicht widerstehen, kam näher, um die Tasche in Augenschein zu nehmen, und bot mir hundert Dollar. Ich zeigte ihr den Stinkefinger und machte mich davon.

Weit kam ich nicht. Von der Treppe konnte man die Empfangshalle überblicken, und hinter der gläsernen Eingangstür entdeckte ich den Wagen von Joe Martin und dem Chinesen. Vielleicht standen sie jeden Tag dort, weil sie wussten, dass ich früher oder später im Club auftauchen würde, vielleicht hatte ihnen aber auch jemand Bescheid gegeben, was bedeutete, dass in diesem Augenblick einer der beiden hier drin nach mir suchte.

Ich rang die panische Angst nieder und lief zurück zum Wellnessbereich, der in einem Seitenflügel des Gebäudes lag, mit einem Buddha am Eingang, Schalen voller Blütenblätter, leisem Vogelgezwitscher aus den Lautsprechern, Vanilleduft in der Luft und Gurkenscheiben in Wasserkrügen. Die Masseure beiderlei Geschlechts waren an ihren türkisfarbenen Bademänteln zu erkennen, die übrigen Angestellten waren junge Frauen in rosa Bademänteln und sahen eine aus wie die andere. Die Wellnessangebote des Clubs gehörten zum Luxus, den Brandon Leeman mir gönnte, deshalb kannte ich mich hier aus und schaffte es ungesehen über den Korridor in eine der Kabinen. Ich schloss die Tür und schaltete die Lampe an, die anzeigte, dass die Kabine besetzt war. Niemand störte einen, solange das rote Licht brannte. Auf einem Tisch simmerten Eukalyptusblätter in einer Wasserschale mit Stövchen, es lagen flache Steine für die Massage bereit und daneben standen eine Reihe Tiegel mit Schönheitsmittelchen. Ich sortierte die Cremes aus und kippte den Inhalt einer Flasche Gesichtswasser, aber falls es überhaupt Alkohol enthielt, dann nicht genug, um mir Linderung zu verschaffen.

In der Kabine war ich in Sicherheit, zumindest für eine Stunde, solange dauerten die Anwendungen für gewöhnlich, aber mir wurde schnell mulmig in dem engen, fensterlosen Raum, der nur einen Ausgang besaß und so penetrant nach Zahnarzt roch, dass sich mir der Magen umdrehte. Ich musste raus. Neben der Massageliege hing ein Bademantel, ich zog ihn über mein Kleid, schlang mir ein Handtuch um den Kopf, bedeckte mein Gesicht mit einer dicken Schicht weißer Creme und trat hinaus in den Flur. Fast blieb mir das Herz stehen: Joe Martin redete einige Meter weiter mit einer der Angestellten in Rosa.

Wegrennen, nur weg, war mein erster Impuls, aber ich zwang mich, so ruhig wie möglich den Flur hinunterzugehen. Irgendwo hier musste der Personalausgang sein. Ich kam an mehreren belegten Kabinen vorbei, fand dann eine etwas breitere Tür, stieß sie auf und gelangte auf die Hintertreppe. Von der freundlichen Sauna-Atmosphäre war hier nichts zu spüren, der Boden gefliest, die Wände aus nacktem Beton, kaltes Neonlicht, unverkennbarer Geruch nach Zigaretten und Frauenstimmen auf dem Treppenabsatz ein Stockwerk tiefer. Eine Ewigkeit stand ich an die Wand gepresst da, konnte nicht weiter und nicht zurück in den Saunabereich, bis die Frauen endlich aufgeraucht hatten und von der Treppe verschwanden. Ich wischte mir hastig die Creme vom Gesicht, ließ Handtuch und Bademantel in einer Ecke liegen und stieg hinab in die Eingeweide des Gebäudes, die wir Clubmitglieder nie zu Gesicht bekamen. Hinter der erstbesten Tür fand ich einen riesigen Kellerraum, wo Wasserleitungen und Lüftungsrohre an der Decke entlangliefen und Waschmaschinen und Trockner dröhnten. Die gegenüberliegende Tür führte nicht auf die Straße, wie ich gehofft hatte, sondern in die Schwimmhalle. Ich kehrte um und kauerte mich trotz des Lärms und der stickigen Hitze im Waschkeller in eine Ecke hinter einen Berg gebrauchter Handtücher; ich würde hier nicht wegkommen, ehe Joe Martin aufgab und ging.

Die Minuten verstrichen in diesem ohrenbetäubend dröhnenden Unterseeboot, und die Furcht, Joe Martin in die Hände zu fallen, wich dem Verlangen, mir irgendwas einzupfeifen. Ich hatte seit Tagen nichts gegessen und irrsinnigen Durst, durch meinen Kopf fegte ein Wirbelsturm, mein Magen krampfte. Mir schliefen die Hände und Füße ein, vor meinen Augen blitzte ein Strudel bunter Lichtpunkte. Ich verlor jedes Zeitgefühl, wusste nicht, ob ich seit einer Stunde dort hockte oder seit vielen, war vielleicht eingeschlafen oder zwischendurch bewusstlos geworden. Bestimmt kamen Angestellte herein, um Wäsche zu waschen, aber ich blieb unentdeckt. Irgendwann kroch ich aus meinem Versteck, rappelte mich mühsam auf und tastete mich mit bleischweren Beinen und schwindlig im Kopf an der Wand entlang zur Tür.

Draußen war es noch hell, es musste zwischen sechs und sieben Uhr abends sein, denn in der Schwimmhalle herrschte Hochbetrieb. Um diese Zeit füllte sich der Club mit Angestellten aus den Büros. Und es war auch die Zeit, in der Joe Martin und der Chinese sich auf ihre nächtliche Runde vorbereiteten, also waren sie wahrscheinlich weg. Ich sank auf einen der Liegestühle, atmete keuchend die chlorgesättigte Luft aus dem Becken ein, wagte es aber nicht, mir ein Bad zu gönnen, weil ich notfalls zur Flucht bereit sein musste. Bei einem der Kellner bestellte ich einen Fruchtshake, fluchte innerlich, weil man hier nur diese Fitnessgetränke bekam, und ließ die Bestellung anschreiben. Ich nahm zwei Schlucke von dem dickflüssigen Shake, fand ihn aber widerlich und musste ihn stehenlassen. Es hatte keinen Zweck, hier weiter Zeit zu verlieren, ich gab mir einen Ruck und machte mich auf den Weg zum Foyer in der Hoffnung, dass der Angestellte, der mich verpfiffen hatte, inzwischen gegangen war. Ich hatte Glück und kam unbehelligt nach draußen.

Der Weg zur Straße führte über den Parkplatz, der um diese Zeit voller Autos stand. Von weitem sah ich, wie ein Mann aus dem Club, um die vierzig und gut in Form, seine Tasche im Kofferraum seines Wagens verstaute, und ich ging hin und fragte ihn mit schamrotem Gesicht, ob er Zeit habe, mich auf einen Drink einzuladen. Keine Ahnung, wo ich den Mut hernahm. Von dem Frontalangriff überrascht, brauchte der Mann einen Moment, bis er mich einordnen konnte; falls er mich früher schon gesehen hatte, erkannte er mich nicht, und ich entsprach offenbar nicht seiner Vorstellung von einer Stricherin. Er musterte mich von Kopf bis Fuß, zuckte die Achseln, stieg in sein Auto und fuhr weg.

Bis zu diesem Moment hatte ich in meinem Leben schon einige Leichtsinnigkeiten begangen, mich aber nie zuvor vergleichbar erniedrigt. Von Roy Fedgewick war ich entführt und vergewaltigt worden, ich war unvorsichtig gewesen, nicht unverfroren. Das hier war etwas anderes, es gab ein Wort dafür, das ich nicht mal denken wollte. Kurz darauf entdeckte ich einen zweiten Mann, zwischen fünfzig und sechzig, Bauch, Shorts, bleiche Beine mit blauen Adern, unterwegs zu seinem Wagen, und ich folgte ihm. Bei dem hatte ich mehr Glück … oder weniger, ich weiß nicht. Hätte auch der mich abgewiesen, ich wäre vielleicht nicht ganz so derb abgestürzt.

Wenn ich an Las Vegas denke, wird mir schlecht. Manuel mahnt mich, dass alles erst wenige Monate zurückliegt und meine Erinnerungen daran frisch sind, er versichert, die Zeit werde helfen und ich mich eines Tages über diese Phase meines Lebens lustig machen können. Das behauptet er, aber bei ihm ist es nicht so, er redet nie über seine Vergangenheit. Ich hatte gedacht, ich hätte meine Fehler eingesehen, und war sogar ein bisschen stolz auf sie, weil sie mich stärker gemacht haben, aber seit ich Daniel kenne, wäre ich froh, ich hätte eine weniger bewegte Vergangenheit, um ihm ohne Scham begegnen zu können. Diese junge Frau, die auf einem Parkplatz einen Fettsack mit Krampfadern angesprochen hat, war ich; diese Frau, die bereit war, sich für einen Schluck Hochprozentigen zu verkaufen, war ich, aber heute bin ich eine andere. Hier in Chiloé habe ich eine zweite Chance, ich habe noch tausend Chancen, aber manchmal kann ich die Stimme in mir, die mir Vorwürfe macht, nicht zum Schweigen bringen.

Der Alte in den Shorts war der erste von mehreren Männern, mit denen ich mich zwei Wochen über Wasser hielt, bis ich das nicht länger ertrug. Mich in dieser Weise zu verkaufen war schlimmer als Hunger und schlimmer als das Grauen des Entzugs. Wie betrunken oder zugedröhnt ich auch sein mochte, ich wurde das Gefühl tiefer Erniedrigung nicht los, immer sah mein Großvater mich an, litt wegen mir. Die Männer nutzten meine Zurückhaltung und Unerfahrenheit aus. Im Vergleich zu anderen Frauen, die dasselbe taten, war ich jung und sah gut aus, ich hätte mich besser vermarkten könnten, gab mich aber her für ein paar Schlucke, eine Prise weißen Pulvers, eine Handvoll gelber Steine. Die anständigeren bezahlten mir ein paar Drinks in einer Bar oder boten mir Koks an, ehe sie mich in ein Hotelzimmer mitnahmen; andere kauften bloß eine Flasche Fusel und machten es im Auto mit mir. Einige gaben mir zehn oder zwanzig Dollar, andere warfen mich ohne einen Cent auf die Straße, mir war nicht klar, dass man vorher kassieren sollte, und als ich es gelernt hatte, war ich nicht mehr bereit, auf dem Weg weiterzugehen.

Durch einen Freier kam ich schließlich zu meinem ersten Schuss, und als das Heroin in meine Vene drang, verfluchte ich Brandon Leeman, dass er mich an seinem Paradies nicht hatte teilhaben lassen. Unbeschreiblich der Moment, wenn der göttliche Stoff ins Blut gelangt. Ich versuchte damals, das wenige, was ich besaß, zu verkaufen, fand aber keinen, der es haben wollte, und bekam von einer Vietnamesin, die ich an der Tür ihres Friseurgeschäfts lange bekniete, nur sechzig Dollar für meine Handtasche. Sie war das Zwanzigfache wert, aber ich hätte sie ihr auch für die Hälfte gegeben, so dringend brauchte ich was.

Ich hatte Adam Leemans Telefonnummer nicht vergessen und auch nicht, dass ich Brandon versprochen hatte, seinen Bruder anzurufen, sollte ihm etwas zustoßen, aber ich tat es nicht, weil ich selbst nach

Beatty fahren und mir das Vermögen in diesen Taschen holen wollte. Nur hätte es dafür einer Strategie bedurft und der Fähigkeit, klar zu denken, die mir vollkommen abging.

Angeblich sortiert einen die Gesellschaft nach ein paar Monaten auf der Straße endgültig aus, weil man dann schon aussieht wie ein Bettler, das eigene Ich verliert, das Umfeld wegbricht. Bei mir ging es schneller, innerhalb von drei Wochen war ich unten. Ich versank erschreckend rasant in diesem elenden, gewalttätigen, dreckigen Dasein, das parallel zur Normalität jeder Stadt existiert, lebte zwischen Verbrechern und ihren Opfern, Verrückten und Süchtigen in einer Welt ohne Solidarität oder Mitgefühl, wo nur durchkommt, wer die anderen wegstößt. Ich war ständig zugedröhnt oder auf der Suche nach etwas, womit ich es sein konnte, ich stank, war schmutzig und ausgezehrt, verlor immer mehr den Verstand und wurde krank und kränker. Ich behielt nichts bei mir, zwei Bissen, und ich musste mich übergeben, ich hustete, mir lief die Nase, ich konnte die eitrigen Augenlider kaum offenhalten, klappte immer wieder zusammen. Etliche Einstichstellen entzündeten sich, ich hatte offene Wunden und Blutergüsse an den Armen. Nachts streifte ich durch die Stadt, das war sicherer, als zu schlafen, und bei Tag suchte ich mir irgendwo einen Platz, wo ich mich verkriechen und ausruhen konnte.

Ich lernte, dass die belebtesten Orte die sichersten sind, ich mit einem Pappbecher bettelnd vor dem Eingang zu einer Mall oder Kirche die Passanten bei ihrem schlechten Gewissen packen konnte. Einige ließen Münzen in den Becher fallen, aber nie redete jemand mit mir; Armut ist heute das, was früher Lepra war: Sie stößt die Leute ab und macht ihnen Angst.

Ich mied die Orte, an denen ich früher unterwegs gewesen war, ging nicht zum Strip, weil dort auch Joe Martin und der Chinese ihre Geschäfte machten. Bettler und Süchtige markieren ihr Revier wie Tiere, und ihr Radius umfasst meist nur wenige Straßen, ich aber drang in meiner Verzweiflung in die unterschiedlichsten Viertel vor, scherte mich nicht um Rassengrenzen, Schwarz zu Schwarz, Latino zu Latino, Asiate zu Asiate, Weiß zu Weiß. Ich blieb nirgends länger als ein paar Stunden. Die elementarsten Dinge, wie essen und mich waschen, bekam ich nicht auf die Reihe, schaffte es aber irgendwie, an Alkohol und an Drogen zu kommen. Ich war immer auf der Hut, ein gehetztes Tier, bewegte mich schnell, redete mit niemandem, witterte Feinde an jeder Ecke.

Ich begann Stimmen zu hören und überraschte mich dabei, dass ich ihnen antwortete, obwohl ich wusste, dass sie nicht existierten, denn ich kannte die Symptome von etlichen Leuten im Haus von Brandon Leeman. Freddy nannte sie »die Unsichtbaren« und machte sich über sie lustig, aber wenn es ihm dreckig ging, erwachten die Unsichtbaren zum Leben, genau wie die Insekten, ebenfalls unsichtbar, die ihn mit ihrem Gekrabbel um den Verstand brachten. Sah ich einen schwarzen Wagen wie den meiner Verfolger oder jemanden, der mir bekannt vorkam, machte ich mich sofort davon, aber ich hatte die Hoffnung nicht aufgegeben, Freddy wiederzufinden. Ich dachte mit einer Mischung aus Dankbarkeit und Groll an ihn, konnte nicht begreifen, wieso er verschwunden war, wieso er mich nicht fand, obwohl er die Stadt doch kannte wie seine Westentasche.

Die Drogen brachten den Hunger und die vielen Schmerzen, die ich hatte, zum Schweigen, halfen aber nicht gegen meine Krämpfe. Ich schleppte schwer an meinen Knochen, und meine dreckige Haut juckte, an den Beinen und am Rücken bekam ich einen seltsamen Ausschlag, den ich mir blutig kratzte. Wenn mir plötzlich wieder einfiel, dass ich seit zwei oder drei Tagen nichts gegessen hatte, schleppte ich mich in eine Obdachlosenunterkunft für Frauen oder stellte mich bei der Armenspeisung von San Vicente de Paul in die Schlange der Wartenden, wo ich immer eine warme Mahlzeit bekommen konnte. Viel schwerer war es, einen Schlafplatz zu finden. Nachts war es noch um die zwanzig Grad warm, aber weil ich so geschwächt war, fror ich viel, bis man mir bei der Heilsarmee eine Wolljacke gab. Die Organisation war Gold wert für mich, ich musste nicht wie andere Obdachlose mit einem geraubten Einkaufswagen voller Plastiktüten herumziehen, wenn meine Kleidung zu sehr stank oder mir am Leib schlotterte, tauschte ich sie bei der Heilsarmee gegen neue. Ich hatte etliche Konfektionsgrößen abgenommen, meine Schlüsselbeine und Hüftknochen standen vor, und meine einst kräftigen Beine waren mitleiderregend dürr. Es sollte Dezember werden, bis ich mich auf eine Waage stellen konnte und sah, dass ich binnen zwei Monaten dreizehn Kilo verloren hatte.

In den öffentlichen Toiletten trieben sich Kriminelle und Perverse herum, aber was sollte ich machen, ich musste mir die Nase zuhalten und sie benutzen, in einen Laden oder ein Hotel konnte ich nicht gehen, dort hätte man mich achtkantig rausgeworfen. Auch die Toiletten der Tankstellen blieben mir verwehrt, weil die Angestellten sich weigerten, mir die Schlüssel zu geben. Rasch stieg ich so die Stufen zur Hölle hinab wie so viele andere Aussätzige, die auf der Straße betteln und stehlen für ein bisschen Crack, Meth oder Acid, einen kratzigen, derben Schluck von etwas Hartem. Je billiger der Alkohol, desto wirksamer, genau, was ich brauchte. Oktober und November verbrachte ich so; ich kann nicht genau sagen, wie ich das durchstand, erinnere mich dagegen noch sehr gut an die kurzen Höhenflüge und an die unwürdigen Szenen danach auf der Jagd nach dem nächsten Schuss.

Ich setzte mich nie an einen Tisch, wenn ich Geld hatte, kaufte ich Tacos, Burritos oder Hamburger, die ich gleich wieder in endlosen Würganfällen auf allen vieren von mir gab, mit einem Brennen im Magen, wundem Mund, Entzündungen an Lippen und Nase, nie war etwas sauber oder freundlich, überall Glasscherben, Kakerlaken, Mülltonnen, nicht ein Gesicht in der Menge, das mich angelächelt hätte, keine Hand, die mir half, meine gesamte Welt bevölkert von Dealern, Junkies, Zuhältern, Dieben, Schwerverbrechern, Huren und Irren. Mir tat alles weh. Ich hasste meinen Scheißkörper, mein Scheißleben, hasste mich dafür, dass ich nicht die Scheißkraft aufbrachte, mich zu retten, hasste meine Scheißseele, mein Scheißschicksal.

In Las Vegas verbrachte ich ganze Tage, ohne mit jemandem einen Gruß zu wechseln, ohne dass jemand ein Wort oder eine Geste für mich übrig gehabt hätte. Die Einsamkeit hatte mich im Griff, eine eisige Pranke auf der Brust, ich kam nicht einmal auf die schlichte Idee, ein Telefon zu suchen und daheim in Berkeley anzurufen. Das hätte genügt: ein Anruf. Aber ich hatte jede Hoffnung verloren.

Zu Anfang, als ich noch wegrennen konnte, drückte ich mich in der Nähe von Cafés und Restaurants mit Außenbestuhlung herum, wo die Raucher saßen, und wenn jemand ein Päckchen auf den Tisch legte, steckte ich es im Vorbeilaufen ein, weil ich es gegen Crack tauschen konnte. Ich habe genommen, was auf der Straße an Giften zu haben ist, aber geraucht habe ich nie, obwohl ich den Geruch von Tabak mag, weil er mich an meinen Pop erinnert. Ich klaute auch Obst im Supermarkt oder Schokoriegel an den Kiosken am Bahnhof, aber so wenig ich für das traurige Gewerbe der Stricherin taugte, so wenig war ich fähig, das Klauen zu lernen. Freddy war ein Meister darin, er sagte, er habe damit angefangen, da steckte er noch in den Windeln, und er hatte mir das eine oder andere vorgeführt, damit ich seine Tricks lernte. Er erklärte mir, Frauen seien sehr nachlässig mit ihren Handtaschen, hängten sie an Stuhllehnen, ließen sie rumliegen, wenn sie in Boutiquen etwas aussuchten oder anprobierten, pfefferten sie beim Friseur in die Ecke, trügen sie im Bus über der Schulter, sie würden ja förmlich darum betteln, dass jemand sie von dem Problem erlöste. Freddy besaß unsichtbare Hände und zauberisch flinke Finger und bewegte sich anmutig wie ein Gepard. »Genau hinsehen, Laura, lass mich nicht aus den Augen«, wies er mich an. Wir betraten eine Mall, er suchte unter den Leuten ein passendes Opfer, spazierte mit dem Handy am Ohr herum, schien völlig in ein lautstark geführtes Telefonat vertieft, näherte sich einer Frau, die nicht auf ihn achtete, fischte, schneller, als ich begreifen konnte, den Geldbeutel aus ihrer Handtasche und ging seelenruhig, und immer noch telefonierend, davon. Ähnlich elegant konnte er jedes beliebige Auto aufbrechen oder verschwand in einer Ladenpassage und kam fünf Minuten später mit zwei Parfümflakons oder Uhren durch eine Seitentür wieder heraus.

Ich versuchte anzuwenden, was Freddy mir gezeigt hatte, aber es fehlte mir an Selbstverständlichkeit, ich wurde nervös, und mein erbärmliches Aussehen weckte Argwohn; in den Geschäften wurde ich überwacht, und auf der Straße wichen die Leute mir aus, ich stank nach Gosse, hatte fettiges Haar und Verzweiflung im Blick.

Mitte Oktober schlug das Wetter um, die Nächte wurden kühl, und ich war krank, musste ständig pinkeln, was stechend und brennend wehtat, sofern ich nicht bedröhnt war. Blasenentzündung. Ich kannte die Symptome, hatte mit sechzehn schon mal eine gehabt und wusste, dass man sie mit Antibiotika rasch loswird, aber ohne Rezept ist ein Antibiotikum in den USA schwerer zu bekommen als ein Kilo Kokain oder ein Schnellfeuergewehr. Ich hatte Mühe beim Gehen, konnte mich kaum aufrichten, traute mich aber nicht zur Notaufnahme ins Krankenhaus, weil sie dort Fragen gestellt hätten und am Eingang immer Polizei stand.

Ich musste einen sicheren Ort zum Übernachten finden und beschloss, es bei einer Armenunterkunft zu versuchen, die sich als schlecht gelüftete Baracke erwies, wo in engen Reihen Feldbetten für etwa zwanzig Frauen und viele Kinder standen. Mich überraschte, dass sich wenige der Frauen ihrem Elend so überließen wie ich; nur ein paar führten wie geistesgestört Selbstgespräche oder waren auf Randale aus, die übrigen kamen mir sehr zielstrebig vor. Vor allem die mit Kindern wirkten entschlossen, tatkräftig, sauber, sogar fröhlich, kümmerten sich um die Kleinen, machten Fläschchen fertig, wuschen Wäsche; eine sah ich, die las ihrer ungefähr vierjährigen Tochter ein Buch von Dr. Seuss vor, das die Kleine auswendig konnte und mitsprach. Nicht alle Leute, die auf der Straße leben, sind geisteskrankes Gesindel, wie gern geglaubt wird, viele sind einfach arm, alt oder ohne Job, oft sind es Frauen mit Kindern, die verlassen wurden oder vor Gewalt aller Art geflohen sind.

An der Wand der Unterkunft hing ein Plakat mit einem Satz, der sich mir für immer eingeprägt hat: »Ohne Würde ist das Leben nicht lebenswert.« Würde? Ich begriff jäh und mit erschreckender Deutlichkeit, dass eine Drogenabhängige und Alkoholikerin aus mir geworden war. Offenbar glomm noch ein Rest Würde unter der Asche in meinem Innern, ausreichend, dass es mir einen Stich versetzte, als hätte mir jemand ein Messer in die Brust gerammt. Ich brach vor dem Plakat in Tränen aus, und meine Verzweiflung muss wohl groß gewesen sein, jedenfalls kam sehr bald eine der Betreuerinnen zu mir, führte mich in ihr winziges Büro, gab mir ein Glas kalten Tee zu trinken und fragte mich freundlich, wie ich hieß, was ich nahm, wie oft, wann das letzte Mal, ob ich schon einmal in Behandlung gewesen war, ob wir jemandem Bescheid sagen sollten.

Ich kannte die Telefonnummer meiner Großmutter, ich hatte sie nicht vergessen, aber sie anzurufen hätte sie umgebracht vor Kummer und Scham und außerdem bedeutet, dass ich einen Entzug machen musste und nie wieder etwas nehmen durfte. Daran war nicht zu denken. »Hast du Familie?«, fragte die Betreuerin noch einmal. Ich bekam einen Wutanfall, wie ständig damals, und antwortete ihr mit Verwünschungen. Sie wartete in Ruhe, bis mein Zorn verraucht war, und erlaubte mir dann, die Nacht in der Unterkunft zu bleiben, was gegen die Regeln verstieß, weil man eigentlich nur aufgenommen wurde, wenn man trocken und clean war.

Es gab Fruchtsaft, Milch und Kekse für die Kinder, Kaffee und Tee rund um die Uhr, einen Waschraum, Telefon und Waschmaschinen, die mir nichts nutzten, weil ich nur hatte, was ich am Leib trug. Die Plastiktüte mit meinen paar Habseligkeiten hatte ich verloren. Ich stellte mich lange unter die Dusche, das erste Mal seit Wochen, genoss das heiße Wasser auf der Haut, die Seife, den Schaum in den Haaren, den köstlichen Geruch des Shampoos. Danach musste ich wieder meine stinkenden Sachen anziehen. Ich rollte mich auf meinem Feldbett zusammen, rief leise nach meiner Nini und meinem Pop, bat sie, mich in die Arme zu nehmen wie früher, mir zu sagen, dass alles gut würde, dass ich mir keine Sorgen machen sollte, dass sie auf mich aufpassten, schlaf nur, mein Kind, schlaf gut, mein Schatz, träum schön, mein Augenstern. Schlafen ist mir immer schwergefallen, von klein auf, aber ich konnte mich ausruhen, obwohl die Luft stickig war und viele der Frauen schnarchten. Einige schrien im Schlaf.

Nah bei meinem Feldbett hatte sich eine Mutter mit zwei Kindern eingerichtet, einem Säugling und einem zauberhaften kleinen Mädchen von zwei oder drei Jahren. Die Mutter war eine junge Weiße, sommersprossig und dick und offenbar noch nicht lange obdachlos, jedenfalls schien sie ein Ziel zu haben und Pläne. Als wir uns im Waschraum begegneten, lächelte sie mich an, und ihre Tochter betrachtete mich lange aus ihren runden blauen Augen und fragte mich, ob ich einen Hund hätte. »Früher habe ich ein Hündchen gehabt, das hat Toni geheißen«, sagte sie. Die Frau wickelte gerade den Säugling, da sah ich, dass in einem Fach ihrer Handtasche ein Fünf-Dollar-Schein steckte, und ich bekam den Gedanken daran nicht mehr aus dem Kopf. Als bei Tagesanbruch endlich Ruhe im Schlafsaal einkehrte und die Frau mit ihren Kindern im Arm friedlich schlief, schlich ich zu ihr, kramte in ihrer Tasche und stahl ihr das Geld. Geduckt kehrte ich in mein Bett zurück, wie eine Hündin mit eingeklemmtem Schwanz.

Von allem, was ich in meinem Leben schlecht oder falsch gemacht habe, kann ich mir das am wenigsten verzeihen. Dass ich jemanden beklaut habe, der bedürftiger war als ich, eine Mutter, die mit dem Geld Essen für ihre Kinder gekauft hätte. Das ist unverzeihlich. Wenn man den Anstand verliert, streckt man die Waffen, man verliert alle Menschlichkeit, seine Seele.

Nachdem ich um acht am Morgen einen Kaffee getrunken und einen Muffin gegessen hatte, gab mir dieselbe Betreuerin, die mich am Vorabend aufgenommen hatte, einen Zettel mit der Anschrift einer Entzugsklinik. »Frag nach Michelle, sie ist meine Schwester, sie hilft dir«, sagte sie. Ich machte, dass ich wegkam, bedankte mich nicht und warf den Zettel draußen in den nächsten Papierkorb. Die fünf Dollar reichten für etwas Billiges und Wirkungsvolles. Ich brauchte das Mitgefühl von irgendeiner Michelle nicht.

Am selben Tag verlor ich das Foto von meinem Pop, das meine Nini mir im Internat in Oregon gegeben und das ich seither bei mir getragen hatte. Mir schien das ein fürchterliches Vorzeichen, es konnte nur bedeuten, dass mein Großvater gesehen hatte, wie ich die fünf Dollar stahl, dass er tief enttäuscht war und sich abgewandt hatte, dass niemand mehr auf mich aufpasste. Angst, Sucht, mich verstecken, fliehen, betteln, alles war zu einem einzigen Albtraum geworden, jeder Tag, jede Nacht.

Manchmal überfällt mich die Erinnerung, steht mir

eine Szene aus dieser Zeit auf der Straße wie in gleißendes Licht getaucht plötzlich vor Augen, und es schaudert mich. Oder ich wache schweißgebadet auf mit Bildern im Kopf, die so lebendig sind, als wären sie echt. Im Traum renne ich nackt und ohne Stimme rufend durch ein Labyrinth enger Gassen, die sich winden wie Schlangen, rechts und links Gebäude mit blinden Fenstern und Türen, keine Menschenseele, die ich um Hilfe bitten könnte, mein Körper in Flammen, die Füße blutig, Galle im Mund, allein. In Las Vegas glaubte ich mich unwiderruflich verdammt zu dieser Einsamkeit, die mit dem Tod meines Großvaters begonnen hatte. Nie hätte ich mir vorstellen können, dass ich eines Tages auf einer Insel in Chiloé, ohne Kontakt zur Welt, versteckt, unter fremden Leuten und weit fort von allem, was mir vertraut ist, dass ich hier sein könnte, ohne mich einsam zu fühlen.

Als ich Daniel gerade kennengelernt hatte, wollte ich einen guten Eindruck machen, meine Vergangenheit löschen, auf einem weißen Blatt Papier von vorn beginnen und eine bessere Version von mir erfinden, doch als wir uns näherkamen und liebten, wurde mir klar, dass das nicht möglich ist und auch nicht wünschenswert. Was ich bin, bin ich durch meine Erfahrungen geworden und auch durch meine groben Fehler. Mich bei Daniel auszusprechen hat gutgetan, es hat mir bestätigt, was Mike O'Kelly immer sagt, dass die Dämonen an Macht verlieren, wenn wir sie aus den Tiefen holen, wo sie sich versteckt halten, und ihnen im hellen Licht in die Augen sehen, und doch bin ich mir jetzt nicht mehr sicher, ob ich das hätte tun sollen. Ich glaube, ich habe Daniel erschreckt, und deshalb erwidert er meine Gefühle nicht mit der gleichen Leidenschaft, die ich empfinde. Wahrscheinlich traut er mir nicht über den Weg, das wäre nur natürlich. Eine Geschichte wie meine kann den mutigsten Mann das Fürchten lehren. Aber er hat auch selbst dafür gesorgt, dass ich ihm alles anvertraue. Es war sehr leicht, ihm auch von den schlimmsten Demütigungen zu erzählen, weil er sich alles angehört hat, ohne mich zu verurteilen, was er wahrscheinlich in seiner Ausbildung gelernt hat. Therapeuten machen doch nichts anderes, oder? Zuhören und den Mund halten. Er hat mich kein einziges Mal gefragt, was passiert ist, wollte nur wissen, was ich fühle, während ich davon erzähle, und ich beschrieb ihm das Brennen auf der Haut, das Herzklopfen, das Tonnengewicht, das mich erdrückte. Er meinte, ich soll die Empfindungen nicht wegschieben, sondern sie zulassen und sie mir ansehen, denn wenn ich dazu den Mut fände, dann würden sie irgendwann aufgehen wie Samenkapseln und mein Geist könnte sich befreien.

»Du hast viel gelitten, Maya, nicht nur wegen dem, was dir als Jugendliche widerfahren ist, sondern auch, weil du als Kind verlassen worden bist«, sagte er.

»Verlassen? Verlassen war ich nicht, ehrlich. Du kannst dir nicht vorstellen, wie meine Großeltern mich verwöhnt haben.«

»Ja, aber deine Mutter und dein Vater haben dich verlassen.«

»Das haben die Therapeuten in Oregon auch behauptet, aber meine Großeltern …«

»Irgendwann musst du dir das alles in einer Therapie noch mal ansehen«, unterbrach er mich.

»Ihr Psychos mit euren Therapien!«

»Es bringt nichts, wenn man seelische Verletzungen zu begraben versucht, sie müssen an die Luft, damit sie vernarben können.«

»Ich habe in Oregon bis zum Abwinken Therapie gemacht, Daniel, aber wenn es ohne nicht geht, könntest du mir ja helfen.«

Seine Antwort klang eher vernünftig als romantisch, er meinte, das sei ein langfristiges Vorhaben und er reise bald ab, außerdem dürfe es in der Beziehung zwischen Patient und Therapeut keinen Sex geben.

»Dann bitte ich meinen Pop, dass er mir hilft.«

»Gute Idee.« Und er lachte.

In der unseligen Zeit in Las Vegas kam mein Pop ein einziges Mal zu mir. Ich hatte für so wenig Geld einen Schuss gekauft, dass ich hätte stutzig werden müssen. Ich wusste von Fixern, die an dem Dreck, mit dem der Stoff verschnitten wird, draufgegangen waren, aber ich brauchte dringend was und konnte nicht widerstehen. Ich sniffte das Zeug in einer ekelhaften öffentlichen Toilette. Dass ich kein Spritzbesteck hatte, hat mich wahrscheinlich gerettet. Kaum hatte ich eingeatmet, fühlte ich etwas wie Huftritte gegen meine Schläfen, mein Herz raste, und im nächsten Moment war mir, als hätte jemand eine schwarze Decke über mich geworfen, ich bekam keine Luft, erstickte. Ich brach auf den vierzig Zentimetern zwischen Klo und Wand zusammen, landete auf benutztem Klopapier, in einer Wolke aus Ammoniak.

Vage begriff ich, dass es ans Sterben ging, und erschrak überhaupt nicht, sondern empfand große Erleichterung. Ich trieb durch dunkles Wasser, immer tiefer hinab, immer sorgloser, wie in einem Traum, froh, dass ich sanft auf den Boden dieses flüssigen Abgrunds sank und die Scham ein Ende hatte, ich gehen konnte, fort auf die andere Seite, raus aus dieser Farce, die mein Leben war, aus meinen Lügen und Rechtfertigungen, aus diesem würdelosen, unehrlichen und feigen Etwas, das ich selber war, diesem Etwas, das meinen Vater, meine Großmutter und den Rest des Universums für die eigene Dummheit verantwortlich machte, eine Jammergestalt, die es mit gerade neunzehn Jahren geschafft hatte, sich alle Wege zu verbauen, und am Ende war, in der Falle saß, verloren, nur noch ein mit Quaddeln und Flöhen bedecktes Knochengestell, eine Elende, die es für einen Schluck Alkohol mit jedem trieb, die eine obdachlose Mutter beklaute; ich wünschte mir nichts, als ein für alle Mal Joe Martin und dem Chinesen zu entkommen, meinem eigenen Körper, meinem beschissenen Leben.

Da, als ich schon weg war, hörte ich von sehr weit her ein Rufen: »Maya, Maya, atme! Atme! Atme!« Ich zögerte lange, war verwirrt, wollte zurück in die Ohnmacht, keine Entscheidung treffen müssen, mich loslassen und wie ein Pfeil ins Nichts verschwinden, aber diese drängende Stimme, die mich rief, band mich an diese Welt. Atme, Maya! Unwillkürlich öffnete ich den Mund, schluckte Luft und japste. Nach und nach und lähmend langsam kehrte ich aus diesem letzten Traum zurück. Da war niemand bei mir, aber in dem handbreiten Spalt zwischen Klotür und Boden sah ich ein Paar Männerschuhe und erkannte sie. Pop? Bist du das, Pop? Keine Antwort. Die englischen Mokassins standen eine Weile reglos und entfernten sich dann ohne einen Laut. Ich saß da, atmete keuchend, meine Beine schlotterten, gehorchten mir nicht, und ich rief nach ihm: Pop, Pop.

Daniel wunderte sich kein bisschen darüber, dass mein Großvater zu mir gekommen war, und versuchte auch nicht, mir eine vernünftige Erklärung für das Geschehene zu liefern, wie es die Therapeuten getan hätten, denen ich bisher begegnet war. Er warf mir nicht mal einen spöttischen Blick zu, was Manuel tut, wenn er meint, dass ich esoterisch werde, wie er das nennt. Wie sollte ich nicht in Daniel verliebt sein? Er sieht ja nicht nur gut aus, er ist noch dazu feinfühlig. Vor allem sieht er gut aus. Wie Michelangelos David, nur in einem viel ansprechenderen Farbton. In Florenz kauften meine Großeltern eine Miniatur der Statue. Im Laden wurde ein David mit Feigenblatt angeboten, aber mir gefielen vor allem seine Genitalien gut; an einem echten Mann hatte ich noch nie welche gesehen, ich kannte sie nur aus Pops Anatomiebuch. Wie auch immer, ich schweife ab, also Daniel jedenfalls meint, die Hälfte der Probleme dieser Welt wären gelöst, wenn jeder einen Pop hätte, der ihn bedingungslos liebt, statt eines Über-Ichs, das ständig Forderungen stellt, weil die guten Eigenschaften durch Zuneigung gedeihen.

Verglichen mit meinem Leben ist das von Daniel ein Spaziergang gewesen, aber auch bei ihm war nicht alles eitel Sonnenschein. Er ist jemand, der ernsthaft seine Vorhaben verfolgt, hat früh gewusst, wo er hinmöchte, und sich nicht treiben lassen wie ich. Der erste Eindruck von ihm ist trügerisch, ein Söhnchen aus reichem Haus, immer mit einem Lächeln auf den Lippen, zufrieden mit sich und der Welt. Diese unbeschwerte Ausstrahlung ist erstaunlich, immerhin muss er in seinem Medizinstudium, seinen Praktika im Krankenhaus und auf seinen Reisen einiges an Armut und Leid gesehen haben. Hätte ich nicht mit ihm geschlafen, ich würde denken, er ist der nächste Siddhartha-Anwärter, noch einer, der sich von den eigenen Empfindungen abgekoppelt hat wie Manuel.

Über die Geschichte der Familie Goodrich ließe sich ein Roman schreiben. Daniel weiß, dass sein leiblicher Vater ein Schwarzer, seine Mutter eine Weiße war, kennt sie aber nicht und hat nie versucht, das zu ändern, weil er die Familie, bei der er aufgewachsen ist, als seine einzige ansieht. Sein Adoptivvater Robert Goodrich ist Engländer und ein echter Sir, aber weil er für den Titel in den USA nur Spott ernten würde, führt er ihn nicht. Zum Beweis existiert allerdings eine Farbfotografie, auf der er sich mit einem pompösen Orden an orangefarbenem Band vor Königin Elisabeth II. verbeugt. Er ist ein sehr renommierter Psychiater, hat einiges publiziert, und der Titel wurde ihm für seine wissenschaftlichen Verdienste verliehen.

Der englische Sir heiratete Alice Wilkins, eine junge amerikanische Geigerin, die in London gastierte, und zog mit ihr in die Vereinigten Staaten, nach Seattle, wo er seine eigene Klinik eröffnete und sie eine Stelle beim Symphonieorchester antrat. Wie sich herausstellte, konnte Alice keine Kinder bekommen, und nach langem Nachdenken adoptierten die beiden Daniel. Vier Jahre später wurde Alice völlig unerwartet schwanger. Erst dachten sie, es handele sich um eine Scheinschwangerschaft, was aber nicht der Fall war, und nach der vorgesehenen Zeit brachte Alice die kleine Frances zur Welt. Statt eifersüchtig auf die Konkurrentin zu sein, begegnete Daniel seiner Schwester mit inniger und ungeteilter Liebe, die mit der Zeit nur größer und von dem Mädchen rundheraus erwidert wurde. Robert und Alice verband die Liebe zur klassischen Musik, die sie an ihre Kinder weitergaben, zu Cockerspaniels, die sie von jeher hatten, und zum Sport in den Bergen, was Frances zum Verhängnis werden sollte.

Daniel war neun und seine Schwester fünf, als ihre Eltern sich trennten und Robert Goodrich zehn Straßen weiter zu Alfons Zaleski zog, dem begabten Pianisten aus Alices Orchester, einem Polen mit rüden Umgangsformen, dem massigen Körper eines Holzfällers, einer unbändigen Künstlermähne und einem zotigen Humor, der in auffälligem Kontrast zu der britischen Ironie und Finesse von Sir Robert Goodrich stand. Daniel und Frances tischte man eine märchenhafte Erklärung für diesen ausgefallenen Freund ihres Vaters auf, und sie hielten zunächst alles für ein vorübergehendes Arrangement, aber das ist jetzt neunzehn Jahre her, und die beiden Männer sind noch immer ein Paar. Inzwischen spielt Alice die erste Geige im Orchester, und Alfons Zaleski sitzt weiterhin am Flügel, die beiden kommen gut miteinander aus, weil der Pole nie versucht hat, ihr den Ehemann wegzunehmen, sondern nur etwas von ihm abhaben wollte.

Alice blieb im Haus der Familie, behielt die Hälfte der Möbel und zwei von den Cockerspaniels, während sich Robert im selben Viertel in einem ähnlichen Haus mit seinem Liebhaber, den restlichen Möbeln und dem dritten Hund einrichtete. Daniel und Frances wuchsen da und dort auf, zogen mit ihren Köfferchen wochenweise hin und her. Sie besuchten immer dieselbe Schule, an der die Lebensumstände ihrer Eltern nichts Besonderes waren, verbrachten Festtage und Geburtstage mit beiden Eltern und glaubten lange, die vielen Onkel und Tanten der Familie Zaleski, die jährlich zu Thanksgiving wie die Heuschrecken aus Washington einfielen, seien Zirkusakrobaten, denn das war eine der ungezählten Geschichten, die Alfons sich einfallen ließ, um die Kinder für sich zu gewinnen. Die Mühe hätte er sich sparen können, denn Daniel und Frances liebten ihn aus anderen Gründen: Er ist wie eine Mutter für sie gewesen. Er vergötterte sie, verbrachte mehr Zeit mit ihnen als ihre wirklichen Eltern, ist fröhlich und lebenslustig und führte ihnen im Schlafanzug mit Sir Roberts Orden um den Hals akrobatische russische Volkstänze vor.

Die Goodrichs trennten sich, ersparten sich die Unannehmlichkeiten einer rechtmäßigen Scheidung und haben es geschafft, Freunde zu bleiben. Sie teilen noch immer dieselben Vorlieben wie vor der Begegnung mit Alfons Zaleski, nur in die Berge fahren sie seit dem Unfall von Frances nicht mehr.

Daniel schloss die Highschool mit guten Noten ab, da war er gerade siebzehn geworden, und hätte gleich mit dem Medizinstudium beginnen können, war aber so offensichtlich unreif, dass Alfons ihn drängte, noch ein Jahr zu warten und sich ein bisschen der rauen Wirklichkeit auszusetzen. »Du bist ein Grünschnabel, Daniel, wie willst du Arzt sein, du kannst dir ja nicht mal allein die Nase putzen.« Gegen den hartnäckigen Widerstand von Robert und Alice schickte Alfons den Jungen mit einem Austauschprogramm nach Guatemala, damit ein Mann aus ihm würde und er Spanisch lernte. Daniel wohnte neun Monate in einem Dorf am Atitlán-See bei einer Maya-Familie, baute Mais an und drehte Sisalschnüre, ließ nichts von sich hören und kam petroleumfarben zurück, hatte ein undurchdringliches Haargestrüpp auf dem Kopf und Guerilla-Ideen darin und redete fließend K'iche'. Danach war das Medizinstudium ein Kinderspiel für ihn.

Vielleicht wäre die herzliche Dreiecksverbindung Goodrich-Zaleski nach dem Heranwachsen der Kinder zerbrochen, aber die Notwendigkeit, sich um Frances zu kümmern, hat die drei zusammengeschweißt. Frances ist völlig von ihnen abhängig.

Als die Familie vor neun Jahren ohne den Polen zum Klettern in der Sierra Nevada war, stürzte Frances schwer, brach sich unzählige Knochen und kann sich auch nach dreizehn schwierigen Operationen und mit ständigem Training noch heute kaum bewegen. Daniel fand sich in seinem Entschluss zum Medizinstudium bestärkt, als er seine Schwester schwerverletzt auf der Intensivstation sah, und entschied sich für die Psychiatrie, weil sie ihn darum bat.

Drei lange Wochen lag Frances im Koma. Ihre Eltern trugen sich mit dem Gedanken, die künstliche Beatmung einzustellen, weil sie eine Hirnblutung erlitten hatte und die Ärzte ihnen keine Hoffnung machten, dass sie je wieder zu Bewusstsein käme, aber Alfons Zaleski ließ es nicht zu. Eine Eingebung sagte ihm, dass Frances in einem Zwischenreich trieb, aus dem sie zurückkehren würde, wenn man sie nicht losließ. Die Familienmitglieder wechselten einander ab, um Tag und Nacht bei ihr im Krankenhaus zu sein, redeten mit ihr, streichelten sie, riefen sie, und als sie schließlich an einem Samstagmorgen um fünf die Augen aufschlug, saß Daniel bei ihr. Frances konnte wegen des Luftröhrenschnitts nicht sprechen, aber er übersetzte, was ihre Augen sagten, und ließ die Welt wissen, seine Schwester sei überglücklich, dass sie lebte, und sie sollten ihr barmherziges Vorhaben, ihr beim Sterben zu helfen, besser aufgeben. Die beiden waren wie Zwillinge aufgewachsen, kannten den anderen besser als sich selbst und brauchten keine Worte, um einander zu verstehen.

Die Hirnblutung hatte nicht den befürchteten Schaden angerichtet, Frances hatte nur vorübergehende Gedächtnisausfälle, schielte etwas und war auf einem Ohr taub, aber Daniel merkte, dass etwas grundsätzlich anders geworden war. Früher war seine Schwester wie sein Vater sehr rational und logisch gewesen, mit einer Neigung zu Wissenschaft und Mathematik, aber seit dem Unfall denkt sie mit dem Herzen, sagt er. Sie errate Absichten und Stimmungen anderer, man könne ihr unmöglich etwas verheimlichen oder vormachen, und manchmal habe sie hellseherische Ahnungen, weshalb Alfons Zaleski mit ihr übe, die Gewinnzahlen der Lotterie vorherzusagen. Ihr Vorstellungsvermögen, ihre Kreativität und Intuition haben sich atemberaubend entwickelt. »Der Geist ist viel interessanter als der Körper, Daniel. Du solltest Psychiater werden wie Papa, vielleicht findest du heraus, wieso ich so gern leben will, während andere, die gesund sind, sich umbringen«, sagte sie, als sie wieder sprechen konnte.

Die Unerschrockenheit, mit der Frances früher riskanten Sportarten nachging, hilft ihr heute dabei, all das durchzustehen; sie hat sich geschworen, dass sie wieder auf die Beine kommt. Zurzeit ist sie vollauf mit den Reha-Maßnahmen beschäftigt, die täglich mehrere Stunden in Anspruch nehmen, führt daneben ein erstaunliches soziales Leben im Internet und studiert; dieses Jahr macht sie ihren Abschluss in Kunstgeschichte. Sie lebt bei ihrer außergewöhnlichen Familie. Die Goodrichs und Zaleski hielten es für sinnvoller, zusammenzuziehen, und bewohnen jetzt mit ihren Cockerspaniels, die mittlerweile zu siebt sind, ein großes, einstöckiges Haus, in dem Frances sich mit ihrem Rollstuhl bequem bewegen kann. Zaleski hat mehrere Kurse besucht, um Frances bei ihren Übungen zu helfen, und inzwischen weiß niemand mehr so genau, was das eigentlich für ein Verhältnis ist zwischen dem Ehepaar Goodrich und dem polnischen Pianisten; es spielt keine Rolle, es sind drei gute Seelen, die einander wertschätzen und sich um eine Tochter kümmern, sie lieben Musik, Bücher und Theaterbesuche, besitzen einen gut sortierten Weinkeller und teilen sich Hunde und Freunde.

Frances kann sich nicht selbst die Haare kämmen und die Zähne putzen, aber die Finger bewegen und ihren Computer bedienen, über den sie mit der Uni und der Welt in Kontakt steht. Daniel hat mir ihre Facebookseite gezeigt mit etlichen Fotos von ihr vor und nach dem Unfall: ein Mädchen mit Eichhörnchengesicht, Sommersprossen, roten Haaren, zierlich und fröhlich. Auf ihrer Seite gibt es auch viele Kommentare, Fotos und Filme von Daniels Reise.

»Frances und ich sind sehr verschieden«, sagte er. »Ich bin eher der ruhige und sesshafte Typ, sie ein Pulverfässchen. Als sie noch klein war, wollte sie immer Entdeckerin werden und ihr Lieblingsbuch war *Die Schiffbrüche des Álvar Núñez Cabeza de Vaca* von einem spanischen Eroberer aus dem sechzehnten Jahrhundert. Sie wäre gern in die hintersten Winkel der Erde gereist, auf den Grund des Meeres, auf den Mond. Meine Reise durch Südamerika war ihre Idee, sie hatte das vor und konnte es nicht tun. Jetzt sehe ich mit ihren Augen, höre mit ihren Ohren und filme mit ihrer Kamera.«

Ich fürchtete und fürchte weiterhin, dass ich Daniel mit dem, was ich ihm anvertraut habe, erschreckt haben könnte und er mich als Wackelkandidatin nicht haben will, aber ich musste ihm alles erzählen, man kann nichts Festes aufbauen auf Lügen und Auslassungen. Blanca habe ich deswegen gelöchert, bis sie es leid wurde, und sie meint, jeder habe das Recht auf seine Geheimnisse und meine Neigung, mich im schlechtesten Licht darzustellen, sei eine Form von Hochmut. Daran habe ich auch schon gedacht. Ob es nicht hochmütig ist, wenn ich von Daniel erwarte, dass er mich trotz meiner Probleme und meiner Vergangenheit liebt. Meine Nini hat einmal gesagt, dass man die eigenen Kinder und Enkel bedingungslos liebt, den Partner aber nicht. Manuel äußert sich nicht dazu, hat mich aber davor gewarnt, mich in jemanden zu verlieben, den ich kaum kenne und der so weit weg wohnt. Was hätte er auch sonst sagen sollen? So ist er: bloß kein emotionales Risiko eingehen, lieber allein bleiben in der heimischen Höhle, wo er sich sicher fühlt.

Im November letzten Jahres war mein Leben in Las Vegas derart aus dem Ruder gelaufen und ich so krank, dass ich mich an die Einzelheiten kaum noch erinnere. Ich trug Männerklamotten, die Kapuze meiner Jacke tief in der Stirn, den Kopf zwischen den Schultern vergraben, war immer fluchtbereit, sah nie jemandem ins Gesicht. Zum Ausruhen drückte ich mich irgendwo an eine Wand, besser noch in den Winkel zweier Wände, kauerte mich zusammen, hielt eine zerbrochene Flasche in der Hand, die mir zur Verteidigung wenig genutzt hätte. Ich ging zum Essen nicht mehr ins Obdachlosenheim der Frauen, sondern in das der Männer, wartete, bis ich mich als Letzte anstellen konnte, nahm den Teller und schlang das Essen hastig hinunter. Unter den Männern konnte schon ein offener Blick als Angriff verstanden werden, jedes Wort zu viel war gefährlich, hier waren alle anonym, unsichtbar, außer den Alten, die schon ein bisschen tattrig waren und seit Jahren herkamen, die waren hier zu Hause, und niemand legte sich mit ihnen an. Ich ging als einer von vielen drogensüchtigen Jungs durch, die hier angespült wurden. Ich sah so verletzlich aus, dass mich manchmal jemand, dem noch ein Funken Mitgefühl geblieben war, mit einem »Hi, Crackhead« begrüßte. Ich gab keine Antwort, weil meine Stimme mich verraten hätte.

Derselbe Dealer, bei dem ich Zigaretten gegen Crack tauschen konnte, nahm auch Elektrogeräte, CD- und DVD-Player, iPods, Handys und Computerspiele, aber es war nicht leicht, da ranzukommen. Um etwas dieser Größenordnung zu klauen, muss man dreist und schnell sein, was man von mir nicht behaupten konnte. Freddy hatte mir seine Methode erklärt. Erst muss man dem Laden einen Erkundungsbesuch abstatten, damit man weiß, wo die Ausgänge sind und wo die Kameras hängen; dann wartet man, bis Betrieb im Laden ist und die Angestellten zu tun haben, was vor allem bei Schlussverkäufen, vor Feiertagen und zu Anfang und Mitte des Monats der Fall ist, wenn die Leute Geld bekommen haben. Theoretisch alles gut und schön, aber wenn man dringend was braucht, kann man nicht auf Idealbedingungen warten.

An dem Tag, als Officer Arana mich aufgriff, hatte ich seit Stunden gelitten wie ein Hund. Ich hatte nichts aufgetrieben und schon seit dem Morgen Krämpfe, zitterte wegen des Entzugs und krümmte mich vor Schmerzen wegen der Blasenentzündung, die schlimmer geworden war und sich nur noch mit Heroin und Schmerzmitteln in Schach halten ließ, die auf dem Schwarzmarkt ein Vermögen kosteten. Ich ertrug es keine Stunde länger und tat genau das Gegenteil dessen, was Freddy mir geraten hatte: Ich ging in meiner Verzweiflung in einen Elektronik-Laden, den ich nicht kannte und bloß deshalb aussuchte, weil kein bewaffneter Wachmann vor der Tür stand wie bei vielen anderen, scherte mich weder um Angestellte noch um Kameras und suchte hektisch nach der Spieleabteilung. Mein Verhalten und mein Aussehen müssen aufgefallen sein. Ich fand die Spiele, nahm ein japanisches Kriegsspiel, das Freddy gefallen hätte, schob es unter mein Hemd und machte, dass ich rauskam. Der Magnetstreifen auf der Verpackung löste den kreischenden Alarm aus, da war ich noch nicht durch die Tür.

Mit einer Energie, die mich angesichts meines Zustands selbst überraschte, rannte ich los, ehe die Angestellten mich aufhalten konnten. Ich rannte erst mitten auf der Straße, wich den Autos aus, dann weiter auf dem Gehweg, stieß die Leute zur Seite und verscheuchte sie mit obszönen Beschimpfungen, bis ich begriff, dass niemand mir folgte. Keuchend blieb ich stehen, rang nach Luft, als steckte mir ein Messer quer in der Lunge, spürte einen dumpfen Schmerz in der Seite und der Blase, warmen Urin zwischen den Beinen und sank, an meine japanische Beute geklammert, auf den Gehweg.

Augenblicke später packten mich zwei schwere Hände fest von hinten an den Schultern. Als ich mich umdrehte, begegnete mein Blick zwei hellen Augen in einem sonnengebräunten Gesicht. Ich erkannte Officer Arana nicht sofort, er trug keine Uniform, ich war einer Ohnmacht nah, und vor meinen Augen verschwamm alles. Wenn ich jetzt darüber nachdenke, ist es ein Wunder, dass Arana mich nicht früher gefunden hat. Die Welt der Bettler, Diebe, Prostituierten und Süchtigen beschränkt sich auf bestimmte Viertel und Straßen, die Polizei kennt sich dort aus und hat ein Auge darauf, genau wie auf die Obdachlosenheime, wo über kurz oder lang jeder auftaucht, der Hunger hat. Ich war zu keiner Gegenwehr fähig, zog das Spiel unter meinem Hemd hervor und gab es ihm.

Officer Arana half mir auf und musste mich stützen, weil mir die Knie wegsackten. »Komm mit«, sagte er unerwartet freundlich. »Bitte … Nehmen Sie mich nicht fest, bitte …«, brachte ich stockend heraus. »Nur die Ruhe, ich nehme dich nicht fest.« Er ging mit mir zwanzig Meter weiter ins La Taquería, ein Tex-Mex-Restaurant, wo die Kellner mich erst nicht hineinlassen wollten, als sie sahen, in welchem Zustand ich war, mich dann aber durchwinkten, weil Arana ihnen seine Marke zeigte. Mit dem Gesicht in den Händen sackte ich auf einem Stuhl zusammen, wurde von unkontrollierbaren Zuckungen geschüttelt.

Keine Ahnung, wie Arana mich erkannt hat. Er hatte mich nur wenige Male gesehen, und was ihm da jetzt gegenübersaß, erinnerte nicht entfernt an das gesunde Mädchen mit dem platinblonden federzarten Haar und den modischen Klamotten, als das er mich kennengelernt hatte. Er merkte sofort, dass es nicht Essen war, was ich am nötigsten brauchte, half mir wie einer Invaliden auf und brachte mich zu den Toiletten. Er versicherte sich, dass wir allein waren, drückte mir etwas in die Hand, schob mich sanft nach drinnen und blieb selbst als Aufpasser vor der Tür. Weißes

Pulver. Ich putzte mir die Nase mit Klopapier, gierig, hastig, und schniefte das Zeug, das mir wie eine kühle Klinge in die Stirn drang. Im nächsten Moment durchflutete mich diese grenzenlose Erleichterung, die jeder Junkie kennt, ich hörte auf zu zittern und zu wimmern, bekam einen klaren Kopf.

Am Waschbecken machte ich mir das Gesicht nass und versuchte mit den Fingern meine Haare ein bisschen zu kämmen, erkannte mich selbst nicht wieder in diesem Kadaver mit den geröteten Augen und den fettigen, zweifarbigen Strähnen. Ich konnte meinen eigenen Gestank nicht ertragen, aber mich zu waschen war sinnlos, wenn ich nicht auch was anderes anziehen konnte. Vor der Tür stand Arana mit verschränkten Armen gegen die Wand gelehnt und wartete. »Ich habe immer was dabei für Notfälle wie diesen.« Und er lächelte mich an mit seinen Augen, die dabei zu kleinen Schlitzen wurden.

Wir setzten uns wieder an den Tisch, der Officer bestellte mir ein Bier, das sich wie Heilwasser in meinen Magen ergoss, und nötigte mich dann, ein paar Bissen von den Fajitas mit Huhn zu essen, bevor er mir zwei Pillen gab. Es musste irgendein ziemlich starkes Schmerzmittel sein, denn er bestand darauf, dass ich etwas im Bauch hatte, ehe ich die Tabletten nahm. In weniger als zehn Minuten war ich wieder unter den Lebenden.

»Als Brandon Leeman umgebracht wurde, habe ich

dich für eine Zeugenaussage gesucht und damit du die Leiche identifizierst. Reine Formsache, wir wussten ja, wer das ist. Ein typisches Verbrechen im Drogenmilieu.«

»Weiß man, wer es war?«

»Wir können es uns denken, haben aber keine Beweise. Er hat elf Kugeln abbekommen, und die Schießerei müssen etliche Leute gehört haben, aber niemand redet mit der Polizei. Ich dachte, du wärst wieder bei deiner Familie, Laura. Wolltest du nicht an die Uni? Ich hätte nie gedacht, dass ich dich in diesem Zustand finde.«

»Ich habe Schiss gekriegt, Officer. Als ich hörte, dass sie ihn umgebracht haben, habe ich mich nicht zurück in die Wohnung getraut und mich versteckt. Meine Familie habe ich nicht erreicht und bin auf der Straße gelandet.«

»Und offensichtlich an der Nadel. Du brauchst …«

»Nein!«, fiel ich ihm ins Wort. »Ehrlich, es geht mir gut, Officer, ich brauche nichts. Ich fahre nach Hause, sie schicken mir Geld für den Bus.«

»Du bist mir ein paar Erklärungen schuldig, Laura. Dein angeblicher Onkel hieß nicht Brandon Leeman, und auch nicht so wie auf dem halben Dutzend gefälschter Ausweise, die wir bei ihm gefunden haben. Er wurde als Hank Trevor identifiziert, in Atlanta zu zwei Haftstrafen verurteilt.«

»Davon hat er nie was gesagt.«

»Hat er auch nie was über seinen Bruder Adam gesagt?«

»Den hat er vielleicht mal erwähnt, weiß ich nicht mehr.«

Der Officer bestellte noch Bier und erzählte mir dann, Adam Trevor sei einer der besten Geldfälscher der Welt. Mit fünfzehn hatte er in einer Druckerei in Chicago angefangen und gelernt, wie man mit Druckfarben und Papier umgeht, und später eine Technik entwickelt, mit der er Geldscheine so täuschend echt nachmachen konnte, dass sie weder durch Filzstifttest noch UV-Licht entdeckt würden. Er verkaufte seine Scheine für vierzig oder fünfzig Cent pro Dollar an Banden aus China, Indien oder vom Balkan, und die mischten sie mit echten Scheinen, ehe sie die Blüten in Umlauf brachten. Das Geschäft mit Falschgeld gehört zu den lukrativsten überhaupt und erfordert eine Menge Diskretion und Kaltblütigkeit.

»Brandon Leeman, oder vielmehr Hank Trevor, besaß weder das Talent noch den Grips seines Bruders, er war eine kleine Nummer. Gemeinsam war den beiden bloß die kriminelle Energie. Wozu sich krumm schuften, wenn man mit unsauberen Geschäften mehr Geld und mehr Spaß haben kann? Da ist doch was dran, meinst du nicht, Laura? Um ehrlich zu sein, bewundere ich Adam Trevor ein bisschen, er ist ein Künstler und hat außer der Regierung nie jemandem geschadet«, sagte Arana.

Die Grundregel beim Geldfälschen laute, das Geld nicht selbst auszugeben, sondern es so weit entfernt wie möglich zu verkaufen, ohne Spuren zu hinterlassen, die zum Hersteller oder zur Druckerei führen könnten. Adam Trevor habe diese Regel verletzt und seinem Bruder eine erhebliche Summe überlassen, gewiss mit der Anweisung, die Scheine zu verwahren, der aber habe damit angefangen, sie in Las Vegas auszugeben. An der Stelle betonte Arana, er sei jetzt seit fünfundzwanzig Jahren bei der Polizei und wisse sehr gut, womit Brandon Leeman sein Geld verdient habe und was meine Rolle dabei gewesen sei, er habe uns nur nicht hochgenommen, weil Junkies wie wir nicht weiter ins Gewicht fielen; wenn sie jeden Süchtigen und jeden Dealer in Nevada einsperren wollten, hätten sie nicht genug Zellen. Aber als Leeman Falschgeld in Umlauf brachte, habe er versucht, in einer Liga zu spielen, die weit über seiner lag. Er sei nur deshalb nicht sofort festgenommen worden, weil man hoffte, über ihn an Adam Trevor zu kommen.

»Ich war seit Monaten an ihm dran in der Hoffnung, er führt mich zu seinem Bruder, du kannst dir vorstellen, wie es mich gewurmt hat, als er umgebracht wurde. Ich habe nach dir gesucht, weil du weißt, wo dein Freund das Geld von seinem Bruder hat und …«

»Er war nicht mein Freund!«, unterbrach ich ihn.

»Ist auch egal. Ich will bloß wissen, wo das Geld ist und wie ich Adam Trevor finde.«

»Wenn ich wüsste, wo Geld ist, glauben Sie, ich wäre auf der Straße, Officer?«

Noch vor einer Stunde hätte ich ihm alles, ohne zu zögern, gesagt, aber der Stoff und die Pillen, das Bier und ein kleiner Tequila hatten meinen Bedarf fürs Erste gedeckt, und ich erinnerte mich wieder, dass ich mich aus der Sache raushalten sollte. Ich hatte keine Ahnung, ob die Scheine in dem Lagerraum in Beatty falsch waren oder echt oder beides gemischt, aber Arana sollte mich auf keinen Fall mit diesen Taschen in Verbindung bringen. Es war, wie Freddy gesagt hatte, man hielt am besten den Mund. Brandon Leeman war brutal umgebracht worden, seine Mörder waren auf freiem Fuß, der Officer hatte etwas von kriminellen Banden gesagt, und für alles, was ich verriet, würde Adam Trevor mich büßen lassen.

»Wie kommen Sie darauf, dass Brandon Leeman mir so was anvertraut, Officer? Ich war sein Kuriermädchen. Joe Martin und der Chinese waren seine Partner, die haben an seinen Geschäften mitverdient und ihn überallhin begleitet, nicht ich.«

»Sie waren Partner?«

»Glaube schon, aber sicher bin ich mir nicht, Brandon Leeman hat mir nichts erzählt. Bis eben wusste ich ja nicht mal, dass er Hank Trevor hieß.«

»Dann wissen also Joe Martin und der Chinese, wo das Geld ist.«

»Fragen Sie die beiden. Außer dem, was Brandon

Leeman mir als Trinkgeld zugesteckt hat, habe ich kein Geld gesehen.«

»Und dem, was du in den Hotels kassiert hast.«

Er fragte mich weiter aus über Einzelheiten unseres Zusammenlebens in dieser Räuberhöhle, die Brandon Leemans Hauptquartier war, und ich antwortete vorsichtig, ließ Freddy unerwähnt und sagte nichts, was auf die El-Paso-TX-Taschen hingedeutet hätte. Dafür bemühte ich mich, Joe Martin und den Chinesen reinzureiten, weil ich hoffte, sie würden vielleicht festgenommen und ich wäre sie damit los, aber Arana schien nicht interessiert an den beiden. Wir waren schon länger mit dem Essen fertig, es war bald fünf am Nachmittag und in dem kleinen Restaurant außer uns nur noch ein Kellner, der darauf wartete, dass wir gingen. Als hätte er nicht sowieso schon viel für mich getan, schenkte Arana mir noch zehn Dollar und gab mir seine Handy-Nummer, wollte mit mir in Kontakt bleiben und bat mich, ihn anzurufen, wenn ich in der Klemme steckte. Ich solle ihm Bescheid geben, ehe ich die Stadt verließ, und auf mich aufpassen, in manchen Vierteln von Las Vegas sei es sehr gefährlich, vor allem nachts. Wem sagte er das. Als wir uns verabschiedeten, fragte ich ihn noch, wieso er keine Uniform trug, worauf er mir anvertraute, dass er mit dem FBI zusammenarbeitete: Geldfälschung ist ein Bundesverbrechen.

All meine Vorsichtsmaßnahmen, um in Las Vegas unentdeckt zu bleiben, vermochten nichts gegen »Die Macht des Schicksals«, wie mein Großvater in Anspielung auf eine seiner Lieblingsopern von Verdi gesagt hätte. Mein Pop hing einer romantischen Vorstellung vom Schicksal an, nur damit ließ sich ja erklären, dass er der Frau seines Lebens in Toronto begegnet war, aber er war weniger fatalistisch als meine Großmutter, für die das Schicksal so unveränderlich und handfest ist wie die Gene, mit denen man zur Welt kommt. Beides, Schicksal und Gene, legen fest, was wir sind, man kann sie nicht ändern; ist die Mischung explosiv, sind wir angeschmiert, aber sofern unsere astrologischen Karten passabel sind, haben wir unser Leben in Maßen selbst in der Hand. Meine Nini sagt, wir kämen mit einem bestimmten Blatt auf der Hand zur Welt und müssten damit unser Spiel machen; mit ähnlichen Karten geht der eine unter, der andere wächst über sich hinaus. »Das Gesetz vom Ausgleich, Maya. Wenn das Schicksal dich blind hat zur Welt kommen lassen, heißt das nicht, dass du in der U-Bahn Flöte spielen musst, du kannst deine Nase schulen und Weinprüferin werden.« Ein typisches Beispiel meiner Großmutter.

Nach der Theorie meiner Großmutter bin ich mit einer Veranlagung zur Sucht geboren, weiß der Himmel, woher ich die habe, in den Genen liegt sie eher nicht, meine Großmutter trinkt gar nicht, mein Vater bloß ab und an ein Glas Weißwein und meine Mutter, die Prinzessin aus Lappland, machte bei unserer einzigen Begegnung einen soliden Eindruck auf mich. Okay, es war elf Uhr morgens, und um die Zeit sind die meisten Leute mehr oder weniger nüchtern. Auf jeden Fall ist die Sucht eine von den Karten, die ich auf der Hand habe, aber wenn ich will und es klug anstelle, kann ich mir meisterhafte Spielzüge einfallen lassen, mit denen ich sie unter Kontrolle halte. Statistisch sieht es allerdings nicht gut für mich aus, jedenfalls gibt es mehr Blinde, die Weinprüfer werden, als Süchtige, die dauerhaft clean sind. Bedenkt man die sonstigen Fußangeln, die das Schicksal für mich auslegte, etwa die Begegnung mit Brandon Leeman, dann waren meine Aussichten auf ein normales Leben verschwindend gering, hätte nicht im entscheidenden Moment Olympia Pettiford eingegriffen. Das sagte ich zu meiner Nini, worauf die meinte, man könne ja beim Spielen immer auch schummeln. Das hat sie gemacht, als sie mich auf diese winzige Insel in Chiloé schickte: Sie hat beim Spielen geschummelt.

Der Tag meiner Begegnung mit Arana war auch der Tag, an dem Joe Martin und der Chinese mich schließlich fanden, nur wenige Straßen von dem Restaurant entfernt, wo der Officer mir geholfen hatte. Die zehn Dollar hatte ich gleich umgesetzt und war high, deshalb sah ich den bedrohlichen schwarzen Geländewagen nicht und bemerkte die beiden erst, als es schon zu spät war. Sie packten mich von beiden Seiten, schleiften mich mit und zerrten mich in das Auto. Ich schrie und trat verzweifelt um mich, ein paar Passanten blieben stehen, aber niemand griff ein. Wer legt sich schon wegen einer hysterischen Pennerin mit zwei üblen Schlägertypen an. Ich wollte mich aus dem fahrenden Auto werfen, aber Joe Martin setzte mich mit einem Schlag auf den Hals außer Gefecht.

Sie fuhren mit mir zu dem Gebäude, das ich schon kannte, in Brandon Leemans Revier, wo sie jetzt die Bosse waren, und obwohl ich benommen war, merkte ich doch, dass alles noch erbärmlicher aussah, noch mehr obszöne Schmierereien an den Wänden, überall Abfall und Scherben, Gestank nach Fäkalien. Sie brachten mich in den zweiten Stock, öffneten das Gitter, und wir betraten die leere Wohnung. »Los, raus damit, du blödes Luder«, spie Joe Martin mir aus zwei Zentimetern Entfernung ins Gesicht und quetschte dabei meine Brüste in seinen Affenpranken. »Wo hat Leeman sein Geld? Raus damit, oder ich brech dir jeden Scheißknochen.«

In diesem Moment klingelte das Handy des Chinesen, er wechselte zwei Sätze mit dem Anrufer und sagte dann zu Joe Martin, mir die Knochen zu brechen habe Zeit, sie müssten weg und würden erwartet. Sie knebelten mich mit einem Lappen und Klebeband, warfen mich auf eine Matratze, fesselten meine Knöchel und Handgelenke mit einem Elektrokabel und verknoteten es hinter meinem Rücken. Nachdem sie mir noch einmal angekündigt hatten, was sie nach ihrer Rückkehr mit mir anstellen würden, ließen sie mich allein, ich konnte weder schreien noch mich rühren, das Kabel schnitt mir in Handgelenke und Knöchel, ich würgte an dem Knebel, hatte Todesangst vor dem, was mir drohte, und spürte, dass die Wirkung der Drogen und des Alkohols nachließ. Ich schmeckte den Lappen im Mund und etwas von den Fajitas mit Huhn vom Nachmittag. Der Geschmack wanderte meine Kehle hinauf, und ich rang gegen den Brechreiz, um nicht an meiner Kotze zu ersticken.

Wie lange lag ich auf dieser Matratze? Das werde ich nie erfahren, mir kam es wie Tage vor, es kann auch weniger als eine Stunde gewesen sein. Sehr bald begann ich heftig zu zittern und grub die Zähne in den speichelnassen Lappen, um ihn nicht zu schlucken. Bei jedem Krampfanfall schnitt mir das Kabel tiefer in die Gelenke. Vor Angst und Schmerzen konnte ich nicht denken, ich bekam kaum Luft und begann darum zu beten, dass Joe Martin und der Chinese zurückkämen, damit ich ihnen alles sagen, mit ihnen nach Beatty fahren könnte, wo sie die Kombinationsschlösser vielleicht mit der Pistole aufbekämen, und wenn sie mir dann gnädig eine Kugel in den Kopf jagten, wäre das allemal besser, als hier zu verrecken wie ein Vieh. Mir war dieses verfluchte Geld scheißegal, warum hatte ich bloß Officer Arana nichts gesagt, warum bloß, warum. Wenn ich heute, Monate später in Chiloé, in Ruhe und mit Abstand darüber nachdenke, wird mir klar, dass das die Art war, mich zum Reden zu bringen, man musste mir nicht die Knochen brechen, die Folter des Entzugs war mehr als genug. Bestimmt war das die Anweisung, die der Chinese am Telefon erhalten hatte.

Draußen war es dunkel geworden, durch die Spalten zwischen den Brettern vorm Fenster drang kein Licht mehr, und im Finstern flehte ich, krank und kränker, dass die Killer wiederkämen. Die Macht des Schicksals. Nicht Joe Martin und der Chinese schalteten das Licht ein und beugten sich über mich, sondern Freddy, so dürr, so weggetreten, dass ich ihn im ersten Moment nicht erkannte. »Scheiße, Laura, Scheiße, Scheiße«, nuschelte er und machte sich mit zittrigen Fingern an dem Knebel zu schaffen. Endlich zog er den Lappen aus meinem Mund, und ich atmete einen riesigen Schwall Luft ein, sog meine Lungen voll, krümmte mich, hustete. Freddy, Freddy, Gott segne dich, Freddy. Er schaffte es nicht, mich loszubinden, die Knoten hatten sich festgezurrt, und er konnte nur eine Hand gebrauchen, an der anderen fehlten zwei Finger, und sie war steif geblieben. Er ging in der Küche ein Messer holen und kämpfte mit dem Kabel, bis er es nach einer Ewigkeit durchtrennt hatte und mich frei bekam. Ich blutete aus den Schnitten an Handgelenken und Knöcheln, aber das bemerkte ich erst später, der Entzug war alles, was mich in diesem Moment beherrschte, etwas zu kriegen mein einziger Gedanke.

Jeder Versuch aufzustehen war sinnlos, ich wurde von Krämpfen geschüttelt, und meine Arme und Beine gehorchten mir nicht. »Scheiße, Scheiße, Scheiße, du musst hier weg, Scheiße, Laura, Scheiße«, wiederholte Freddy wie in einer Litanei. Er ging noch einmal in die Küche, kam mit einer Pfeife, einem Brenner und einem Häufchen Crack wieder. Er steckte die Pfeife an und schob sie mir in den Mund. Ich nahm einen tiefen Zug, und das gab mir wieder etwas Kraft. »Wie sollen wir hier rauskommen, Freddy?«, flüsterte ich; mir klapperten die Zähne. »Zu Fuß, anders geht's nicht. Steh auf, Laura.«

Und zu Fuß gingen wir hinaus, ganz einfach durch die Tür. Freddy hatte die Fernbedienung für das Gitter, und wir schlichen im Dunkeln, gegen die Wand gedrückt, die Treppe hinunter, er hielt mich um die Taille gefasst, ich stützte mich auf seine Schultern. Er war so klein! Aber sein Löwenherz machte seine Zerbrechlichkeit mehr als wett. Vielleicht sahen uns welche von den Gespenstern in den unteren Stockwerken und sagten Joe Martin und dem Chinesen, dass Freddy mir geholfen hatte, das werde ich nie erfahren. Doch selbst wenn es ihnen niemand gesagt hat, werden sie es sich gedacht haben, wer sonst hätte sein Leben für mich aufs Spiel gesetzt?

Im Schatten der Häuser entfernten wir uns ein paar Blocks von dem Gebäude. Freddy versuchte mehrmals, ein Taxi anzuhalten, aber wenn die Fahrer uns sahen, gaben sie Gas, wir müssen fürchterlich ausgesehen haben. An einer Bushaltestelle nahmen wir den ersten Bus, der hielt, achteten nicht auf die angewiderten Gesichter der übrigen Fahrgäste, nicht auf die Blicke des Fahrers im Rückspiegel. Ich stank nach Pisse, war verdreckt, hatte Blut an den Armen und den Schuhen. Der Fahrer hätte uns zum Aussteigen zwingen oder die Polizei verständigen können, aber auch darin kam uns das Schicksal zu Hilfe, und er tat es nicht.

Wir fuhren bis zur Endhaltestelle, dort ging Freddy mit mir in ein öffentliches Klo, und ich wusch mich, was wenig half, weil meine Kleider und meine Haare ekelhaft stanken, und dann stiegen wir in den nächsten Bus und in einen weiteren und fuhren stundenlang kreuz und quer durch Las Vegas, um unsere Fährte zu verwischen. Zu guter Letzt brachte Freddy mich in ein Schwarzenviertel, in dem ich nie zuvor gewesen war: spärlich beleuchtete Straßen, menschenleer um diese Zeit, bescheidene Häuser von Arbeitern und kleinen Angestellten, Korbsessel vor den Türen, Vorgärten voller Gerümpel, alte Autos. Nach der schlimmen Prügel, die Freddy in einem Viertel bezogen hatte, wo er nicht hingehörte, war es sehr mutig von ihm, mich dort hinzuführen, aber er wirkte nicht besorgt, als wäre er hier schon oft gewesen.

Vor einem Haus, das sich in nichts von den übrigen in der Straße unterschied, blieb Freddy stehen und klingelte Sturm. Dann eine Donnerstimme von drinnen: »Wer wagt es, um diese Zeit zu stören!« Im Windfang ging das Licht an, die Tür wurde einen Spaltbreit geöffnet und ein Auge musterte uns. »Dem Himmel sei Dank, bist du das, Freddy?«

In der Tür stand in einem rosa Frotteebademantel Olympia Pettiford, die Krankenschwester, die sich nach der Prügelei um Freddy gekümmert hatte – sanfte Riesin, Madonna der Schutzlosen, großartige Leiterin ihrer eigenen Gemeinde der Witwen für Jesus. Olympia öffnete uns die Tür und gewährte mir ihren Schutz wie eine afrikanische Göttin, »du armes Mädchen, armes Mädchen«. Auf ihren Armen trug sie mich zum Sofa im Wohnzimmer und bettete mich dort behutsam wie eine Mutter ihr Neugeborenes.

Im Haus von Olympia Pettiford war ich dem Horror des Entzugs vollständig ausgeliefert, der, wie es heißt, schlimmer ist als jeder andere körperliche Schmerz, jedoch weniger schlimm war als die seelische Qual, mich weiter als würdeloser Abschaum zu fühlen, und weniger schlimm als der fürchterliche Schmerz, einen geliebten Menschen wie meinen Pop zu verlieren. Allein der Gedanke, ich könnte Daniel verlieren … Olympias Ehemann, Jeremiah Pettiford, war ein echter Engel, und die Witwen für Jesus, einige ältere schwarze

Frauen, leidgeprüft, herrisch und großherzig, wechselten sich mit ihm ab, um mich durch die schlimmsten Tage zu bringen. Als mir die Zähne so sehr klapperten, dass ich kaum ein Wort herausbrachte, ich verzweifelt um einen Schluck bettelte, nur einen einzigen Schluck von was Hartem, nur um weiterzuleben, als das Zittern und die Zuckungen mich marterten, und die Krake des Verlangens meine Schläfen zusammenpresste, mich zerquetschte mit ihren tausend Tentakeln, als ich schwitzte und mich wand und kämpfte und zu fliehen versuchte, hielten diese wundervollen Frauen mich fest, wiegten mich, trösteten mich, beteten und sangen für mich und ließen mich nicht einen Augenblick allein.

»Ich habe mein Leben zerstört, ich kann nicht mehr, ich will sterben«, schluchzte ich irgendwann, als ich mehr herausbekam als Beleidigungen, Bitten und Flüche. Olympia nahm mich an den Schultern, zwang mich, ihr in die Augen zu sehen, sie wirklich anzusehen, die Ohren zu spitzen und ihr zuzuhören: »Wer hat gesagt, dass es leicht wird, Mädchen? Halt durch. Daran stirbt man nicht. Ich verbiete dir, noch einmal davon zu reden, dass du sterben willst, das ist Sünde. Gib dich in Jesu Hand, und du wirst ein anständiges Leben führen in den siebzig Jahren, die dir bleiben.«

Irgendwie trieb Olympia Pettiford ein Antibiotikum für mich auf, das meiner Harnwegsentzündung den Garaus machte, und Valium, um mir beim Entzug zu helfen; vermutlich ließ sie beides reinen Gewissens aus dem Krankenhaus mitgehen, da sie sich der Vergebung durch Jesus von vornherein sicher sein durfte. Meine Blasenentzündung habe auf die Nieren übergegriffen, erklärte sie mir, aber durch ihre Spritzen wurde es binnen Tagen besser, und dann bekam ich Tabletten, die ich noch zwei Wochen nahm. Ich weiß nicht, wie lange die Höllenqualen des Entzugs dauerten, es werden nur zwei, drei Tage gewesen sein, sie fühlten sich jedoch an wie Monate.

Sehr langsam kroch ich aus dem Schacht und zurück an die Oberfläche. Ich konnte schon etwas Suppe und Haferflocken mit Milch essen, mich ausruhen und für Momente sogar schlafen; die Uhr erlaubte sich einen Spaß mit mir, zeigte Stunden an, die mir lang wurden wie Wochen. Die Witwen für Jesus badeten mich, sie schnitten mir die Nägel und entlausten mich, sie versorgten die entzündeten Einstichstellen an meinen Armen und die Wunden, wo die Kabel mir ins Fleisch geschnitten hatten, massierten die Krusten mit Babyöl, damit sie weich wurden, besorgten mir etwas Sauberes zum Anziehen und passten auf, dass ich nicht aus dem Fenster sprang und auf die Suche nach Drogen ging. Als ich schließlich wieder einigermaßen bei Kräften war, nahmen sie mich mit in ihre Kirche, einen himmelblau gestrichenen Schuppen, in dem sich die Mitglieder ihrer kleinen Gemeinde versammelten. Junge Leute gab es keine, alle waren Afroamerikaner, die meisten Frauen, und ich erfuhr, dass die wenigen Männer nicht notwendig verwitwet sein mussten. Jeremiah und Olympia Pettiford trugen violette Priesterkutten mit gelben Schließen und leiteten einen Gottesdienst, um Jesus in meinem Namen zu danken. Diese Stimmen! Sie sangen mit dem ganzen Körper, wiegten sich mit zum Himmel erhobenen Armen wie Palmen – und waren fröhlich, so fröhlich, dass ihr Gesang mich von innen reinigte.

Olympia und Jeremiah wollten nichts über mich erfahren, nicht einmal meinen Namen, ihnen genügte, dass Freddy mich zu ihnen gebracht hatte. Sie errieten wohl, dass ich vor etwas auf der Flucht war, und wollten lieber nicht wissen, wovor, sollte ihnen irgendwann jemand heikle Fragen stellen. Sie beteten jeden Tag für Freddy, baten Jesus darum, dass er einen Entzug machte und Hilfe und Liebe annahm, »aber manchmal dauert es ein bisschen länger, bis Jesus antwortet, er muss sich ja um so viele Bitten kümmern«, erklärten sie mir. Auch ich musste ständig an Freddy denken, fürchtete, dass er Joe Martin und dem Chinesen in die Hände fiel, aber Olympia vertraute auf seine Klugheit und seine erstaunliche Fähigkeit, am Leben zu bleiben.

Als eine Woche später die Symptome meiner Infektion abgeklungen waren und ich auch ohne Valium einigermaßen ruhig war, bat ich Olympia, in Kalifornien bei meiner Großmutter anzurufen, weil ich das selbst nicht geschafft hätte. Es war sieben Uhr morgens, als Olympia die Nummer wählte, die ich ihr vorsagte, und meine Nini nahm sofort ab, als hätte sie sechs Monate neben dem Telefon gesessen und gewartet. »Ihre Enkelin ist so weit, nach Hause zu kommen, holen Sie sie ab.«

Elf Stunden später hielt ein roter Pick-up vor dem Haus der Pettifords. Meine Nini drückte in liebevoller Ungeduld den Finger auf den Klingelknopf, und unter den zufriedenen Blicken der Hausherren, etlicher Witwen und Mike O'Kellys, der eben seinen Rollstuhl aus dem Mietwagen wuchtete, flog ich in ihre Arme. »Du verdammter Mistkäfer! Was hast du uns angetan! Was hätte es dich gekostet anzurufen, dann hätten wir wenigstens gewusst, dass du lebst!«, begrüßte mich meine Nini auf Spanisch, in das sie immer verfällt, wenn sie sehr aufregt ist, und dann: »Du siehst fürchterlich aus, Maya, aber deine Aura ist grün, die Farbe der Genesung, ein gutes Zeichen.« Meine Großmutter war viel kleiner, als ich sie in Erinnerung hatte, in wenigen Monaten war sie geschrumpft, und ihre dunklen Augenringe, die früher so sinnlich gewesen waren, machten sie jetzt alt. »Ich habe deinem Vater Bescheid gesagt, er ist unterwegs aus Dubai und erwartet dich morgen daheim«, sagte sie, hielt meine Hand umklammert und sah mich mit Eulenaugen an, damit ich mich bloß nicht noch einmal in Luft auflöste, aber sie verkniff es sich, mich mit Fragen zu löchern. Es dauerte nicht lange, da riefen uns die Witwen zu Tisch: Grillhähnchen, Pommes, frittiertes Gemüse und zum Nachtisch in Fett ausgebackene Schmalzkringel, ein Cholesterinfest zur Feier der Familienzusammenführung.

Nach dem Abendessen verabschiedeten sich die Witwen für Jesus, und wir Übrigen zogen in das kleine Wohnzimmer um, wo Mike O'Kellys Rollstuhl gerade eben Platz fand. Olympia gab meiner Nini und Mike einen kurzen Überblick über meinen Gesundheitszustand, riet ihnen, mich in Kalifornien umgehend in ein Entzugsprogramm zu schicken, was Mike, der eine Menge Erfahrung auf dem Gebiet besitzt, sowieso schon entschieden hatte, und ließ uns dann taktvoll allein. Als wir unter uns waren, erzählte ich den beiden in knappen Worten, was seit meiner Flucht aus dem Internat geschehen war, ließ die Nacht mit Roy Fedgewick im Motel und meine Erfahrungen auf dem Strich allerdings unerwähnt, weil meine Nini das nicht verkraftet hätte. Je mehr ich ihnen von dieser Geschichte mit Brandon Leeman, besser gesagt Hank Trevor erzählte, von dem Falschgeld und den beiden Killern, die mich entführt hatten, desto mehr rutschte meine Großmutter, »du verdammter Mistkäfer« zischend, auf ihrem Sessel hin und her, während Schneewittchens blaue Augen zu leuchten begannen wie Scheinwerfer. Endlich war er in einen echten Kriminalfall verwickelt.

»Geldfälschung ist ein schweres Vergehen, die Strafe dafür ist höher als für vorsätzlichen Mord aus Heimtücke«, ließ er uns begeistert wissen.

»Das hat Officer Arana auch gesagt. Am besten rufe ich ihn an und gestehe alles, er hat mir seine Nummer gegeben«, schlug ich vor.

»Großartige Idee! Da kann nur meine bekloppte Enkelin draufkommen!«, brauste meine Nini auf. »Willst du die nächsten zwanzig Jahre in San Quentin verbringen und auf dem elektrischen Stuhl landen, dummes Huhn? Nur zu, geh zu deinem Polizistenfreund und erzähl ihm, dass du da mitgemacht hast.«

»Beruhige dich, Nidia. Zunächst sollten wir die Beweise beseitigen, die deine Enkelin mit dem Geld in Verbindung bringen können. Dann schaffen wir sie nach Kalifornien, ohne dass eine Spur von ihrem Aufenthalt in Las Vegas zurückbleibt, und danach, wenn sie gesundheitlich wieder auf dem Damm ist, lassen wir sie verschwinden, okay?«

»Wie sollen wir das anstellen?«

»Hier kennen alle außer den Witwen für Jesus dich als Laura Barron, oder, Maya?«

»Die Witwen wissen auch nicht, wie ich wirklich heiße.«

»Ausgezeichnet. Wir fahren mit dem Mietwagen nach Kalifornien zurück«, entschied Mike.

»Clever gedacht«, stimmte meine Nini ihm zu, und ihre Augen begannen jetzt ebenfalls zu leuchten. »Für den Flug müsste sie ein Ticket auf ihren Namen und irgendein Ausweispapier haben, aber im Auto können wir sie einmal quer durchs Land fahren, ohne dass es Spuren hinterlässt. Wir geben den Wagen einfach in Berkeley ab.«

Ganz in ihrem Element planten die beiden Experten vom Verbrecherclub mein Verschwinden aus der Stadt der Sünde. Es wurde spät, uns fielen die Augen zu, und wir brauchten Schlaf, ehe der Plan in die Tat umgesetzt werden konnte. Diese Nacht verbrachte ich noch bei Olympia, während Mike und meine Großmutter sich ein Hotelzimmer nahmen. Am nächsten Morgen trafen wir uns bei den Pettifords am Frühstückstisch, von dem wir gar nicht mehr aufstehen wollten, weil uns der Abschied von den beiden schwerfiel. Weil sie ihnen so dankbar war und sich für immer in ihrer Schuld fühlte, bot meine Nini an, sie könnten jederzeit und so lange sie wollten nach Berkeley kommen und bei ihr wohnen, »mein Haus ist Ihr Haus«, aber sie wollten den Namen meiner Familie und die Anschrift vorsichtshalber nicht wissen. Als Schneewittchen ihnen allerdings sagte, er habe schon einige Jungs wie Freddy von der Straße geholt und könne ihm bestimmt helfen, nahm Olympia seine Visitenkarte. »Die Witwen für Jesus suchen den Jungen und bringen ihn nach Kalifornien, und wenn wir ihn fesseln müssen«, versicherte sie. Ich drückte diese beiden wunderbaren Menschen zum Abschied fest ans Herz und versprach ihnen, dass wir uns wiedersehen würden.

Meine Großmutter, Mike und ich brachen in dem roten Pick-up nach Beatty auf und redeten unterwegs darüber, wie die beiden Kombinationsschlösser am Lagerraum zu knacken wären. Wir konnten die Tür nicht wegsprengen, wie es meiner Nini vorschwebte, denn ohne Aufsehen würde uns das niemals gelingen, und außerdem ist grobe Gewalt für einen guten Detektiv das letzte aller Mittel. Die beiden ließen sich meine zwei Fahrten mit Brandon Leeman zu dem Lager immer wieder in allen Einzelheiten erzählen.

»Was solltest du seinem Bruder am Telefon genau sagen?«, fragte mich meine Nini nun schon zum x-ten Mal.

»Wo die Taschen sind.«

»Und sonst nichts?«

»Doch! Jetzt fällt es mir wieder ein, Leeman hat wahnsinnigen Wert darauf gelegt, dass ich ihm sage, wo die El-Paso-TX-Taschen sind.«

»Meinte er aus der Stadt El Paso in Texas?«

»Denke schon, aber ich weiß nicht. Die erste hatte so einen Aufdruck, aber die zweite war eine gewöhnliche Reisetasche.«

Die beiden Hobbydetektive überlegten, dass die Zahlenkombination wahrscheinlich in dem Namen steckte und Leeman deshalb so viel Wert auf den genauen Wortlaut gelegt hatte. Sie brauchten drei Minuten, um die Buchstaben in Zahlen zu übersetzen, und waren schwer enttäuscht von dem simplen Code, hatten sie sich doch etwas auf der Höhe ihrer Fähigkeiten erhofft. Für diese Verschlüsselung brauchte man bloß auf ein Telefon zu schauen: Die acht Buchstaben entsprachen acht Zahlen, vier für jedes Schloss, 3572 und 7689.

Wir hielten unterwegs, kauften Gummihandschuhe, einen Lappen, einen Besen, Streichhölzer und Reinigungsalkohol, dann in einer Eisenwarenhandlung noch einen Plastikkanister und einen Spaten und fuhren von dort zu einer Tankstelle, wo wir unseren Tank und den Kanister füllten. Danach ging es weiter zu dem Lager, das ich zum Glück wiederfand, es gibt nämlich etliche in der Gegend. Ich erkannte auch die Tür, meine Nini zog Gummihandschuhe an und hatte beim zweiten Versuch die Schlösser geöffnet; ich habe sie selten zufriedener gesehen. Drinnen fanden wir die beiden Taschen, wie Brandon Leeman sie hingestellt hatte. Ich sagte zwar, ich hätte bei meinen beiden Besuchen hier nichts angefasst, Leeman habe die Schlösser geöffnet, die Taschen aus dem Wagen geholt und das Lager danach wieder verschlossen, aber meine Nini war der Meinung, ich hätte unter Drogen gestanden und da könne man sich auf nichts verlassen. Also tränkte Mike den Lappen in Reinigungsalkohol und wischte, von der Tür nach innen, über alle Flächen, auf denen Fingerabdrücke sein konnten.

Aus Neugier warfen wir dann einen Blick in die Kisten und fanden Gewehre, Pistolen und Munition darin. Da wir sowieso schon so tief in kriminelle Machenschaften verstrickt waren, wäre meine Nini gern bis unter die Zähne bewaffnet weitergezogen, und Schneewittchen war sofort Feuer und Flamme, aber ich ließ es nicht zu. Mein Pop hat nie eine Waffe besitzen wollen, er sagte, die würden vom Teufel geladen und wenn man eine habe, dann benutze man sie früher oder später, und das täte einem hinterher leid. Meine Nini glaubt, wenn er eine Waffe besessen hätte, dann wäre sie eine Woche nach ihrer Hochzeit zum Einsatz gekommen, als er feststellte, dass sie seine Opernpartituren ins Altpapier getan hatte. Was hätten die Mitglieder des Verbrecherclubs nicht alles für die beiden Kisten voller tödlichem Spielzeug gegeben! Doch wir warfen nur die Taschen ins Auto, meine Nini fegte einmal durch, um unsere Fußabdrücke und die Reifenspuren des Rollstuhls zu verwischen, dann schlossen wir ab und fuhren davon. Unbewaffnet.

Nachdem wir Wasser und Proviant für die Fahrt gekauft hatten, die etwa zehn Stunden dauern würde, suchten wir uns ein Motel, um uns zunächst ein paar Stunden auszuruhen. Mike und meine Nini waren im Flugzeug angereist und hatten den Wagen am Flughafen gemietet, sie machten sich keine Vorstellung davon, wie lang und öde die Fahrt auf dem schnurgeraden Highway ist, aber zumindest herrschte zu dieser Jahreszeit nicht die übliche Bruthitze von über vierzig Grad Celsius. Mike O'Kelly nahm die Taschen mit dem Räuberschatz in sein Zimmer mit, und ich teilte mir nebenan ein breites Bett mit meiner Großmutter, die die ganze Nacht meine Hand hielt. »Ich hau schon nicht ab, Nini, keine Sorge«, versicherte ich ihr, schon halb weggetreten vor Müdigkeit, aber sie ließ mich nicht los. Wir schliefen beide nicht gut und nutzten die Zeit dann lieber zum Reden, wir hatten viel auf dem Herzen. Sie erzählte mir von meinem Vater, wie sehr er darunter gelitten hatte, dass ich abgehauen war, und sagte noch einmal, sie werde es mir nie verzeihen, dass ich sie fünf Monate, eine Woche und zwei Tage ohne ein Lebenszeichen gelassen hatte, ich hätte ihr und meinem Vater die Nerven ruiniert und das Herz gebrochen. »Verzeih mir, bitte, Nini, daran habe ich nicht gedacht, ich …« Und tatsächlich war ich gar nicht auf den Gedanken gekommen, ich hatte nur an mich gedacht.

Ich fragte nach Sarah und Debbie, und sie erzählte, sie sei bei der Abschlussfeier meiner Klasse an der Berkeley High gewesen, auf besonderen Wunsch von Mr Harper, mit dem sie inzwischen befreundet war, weil er immer nach mir gefragt hatte. Debbie hatte mit den anderen aus meiner Klasse ihren Abschluss gemacht, aber Sarah hatte von der Schule abgehen müssen, war seit Monaten in einer Klinik, nur noch Haut und Knochen und wohl kaum zu retten. Nach der Feier sei Debbie zu ihr gekommen und habe nach mir gefragt. Sie trug ein blaues Kleid, war rosig und hübsch, keine Spur von den Vampir-Klamotten und der Kadaverschminke, und meine Nini hatte ihr grimmig geantwortet, ich hätte einen Millionenerben geheiratet und sei auf den Bahamas. »Wieso hätte ich der sagen sollen, dass du verschwunden bist, Maya? Das Vergnügen hätte ich ihr nicht gegönnt, bei allem, was die miese Schnepfe angerichtet hat mit ihrem Benehmen.« Da war er wieder: der Don Corleone der chilenischen Mafia, der nie verzeiht.

Rick Laredo wiederum war für einen Schwachsinn ins Gefängnis gewandert, wie er nur ihm einfallen konnte: Entführung von Haustieren. In miserabel geplanten Operationen stahl er irgendwelche Schoßhündchen, rief dann bei der Familie an und forderte Lösegeld. »Die Idee hat er wohl von dieser Guerilla, wie heißt die noch? FARC? Die da in Kolumbien Millionäre entführen. Aber keine Sorge, Mike kümmert sich um ihn, und er kommt bald raus.« Ich erklärte ihr, es bereite mir nicht die geringste Sorge, Rick Laredo hinter Gittern zu wissen, ich sei vielmehr überzeugt, dass es sich hierbei um den Ort handele, den die Ordnung des Universums für ihn vorsehe. »Sei doch nicht so, Maya, der arme Junge war sehr verliebt in dich. Wenn er rauskommt, besorgt Mike ihm einen Job beim Tierschutzverein, damit er lernt, anderer Leute Hunde zu respektieren, das ist doch gut, oder?« Auf die Idee wäre Schneewittchen im Leben nicht gekommen, sie musste auf Ninis Mist gewachsen sein.

Mike rief uns um drei in der Früh von seinem Zimmer aus an, wir frühstückten Bananen und Muffins, luden unsere paar Sachen ins Auto und waren eine halbe Stunde später mit meiner Großmutter am Steuer unterwegs nach Kalifornien. Es war stockfinstre Nacht, eine gute Zeit, um dem Verkehr und möglichen Kontrollen zu entgehen. Ich nickte immer wieder ein, hatte Sägemehl in den Augen, Trommeln im Kopf, Watte in den Knien und hätte Gott weiß was darum gegeben, ein Jahrhundert durchzuschlafen wie Dornröschen. Nach hundertneunzig Kilometern fuhren wir vom Highway ab und auf einer Sandpiste weiter, die Mike auf der Karte ausgesucht hatte, weil sie nirgends hinführte, und wenig später umgab uns mondleere Einsamkeit.

Es war kalt, aber mir wurde schnell warm, als ich das Loch grub, was ich in meinem Zustand zwischen Wachen und Träumen nur schwer hinbekam, aber immer noch besser als Mike im Rollstuhl oder meine Nini mit ihren sechsundsechzig Jahren. Der Boden war steinig, bewachsen mit trockenem und hartem, flachem Gestrüpp, ich war ausgelaugt, hatte nie zuvor einen Spaten benutzt, und die Anweisungen von Mike und meiner Großmutter trugen nicht zu meiner Erbauung bei. Nach einer halben Stunde hatte ich nicht mehr als eine Kuhle geschafft, dafür aber unter den Gummihandschuhen Blasen, und ich konnte den Spaten kaum noch halten, also mussten die beiden Mitglieder des Verbrecherclubs mit der Mulde zufrieden sein.

Eine halbe Million Dollar zu verbrennen war gar nicht so einfach, wir hatten weder den Wind auf der Rechnung noch daran gedacht, dass die Scheine steif waren wie feste Stofflappen und als Bündel dicht zusammengepackt. Nach mehreren Versuchen entschieden wir uns für die brachialste Methode, häuften händeweise Scheine in die Kuhle, schütteten Benzin darüber, warfen ein Streichholz hinterher und fächelten den Rauch in alle Richtungen, damit man ihn nicht von weitem sah, was wegen der Dunkelheit aber sowieso nicht wahrscheinlich war.

»Bist du dir sicher, dass das alles Blüten sind, Maya?«, fragte meine Großmutter nach.

»Woher denn? Officer Arana meinte, normalerweise werden die falschen Scheine mit echten gemischt.«

»Es wäre doch Verschwendung, gutes Geld zu verbrennen, bei all den Ausgaben, die wir haben. Wir könnten ein bisschen aufheben, für Notzeiten …«

»Bist du noch zu retten, Nidia? Das Zeug ist gefährlicher als Nitroglyzerin«, widersprach ihr Mike.

Die beiden stritten hitzig weiter, während ich die

restlichen Scheine aus der ersten Tasche verbrannte und dann die zweite öffnete. Dort fand ich nur vier Bündel mit Scheinen und außerdem zwei Pakete, ungefähr so groß wie Bücher, in Plastikfolie eingeschlagen und mit Paketklebeband umwickelt. Wir bissen das Klebeband mit den Zähnen durch und rissen daran herum, weil wir nichts zum Schneiden hatten und uns beeilen mussten, der Morgen graute, und bleierne Wolken fegten über den zinnoberroten Himmel. Unter der Verpackung kamen vier Platten zum Vorschein für den Druck von Hundert- und von Fünfzigdollarscheinen.

»Die sind ein Vermögen wert!«, rief Mike. »Dagegen waren die verbrannten Scheine Kinkerlitzchen.«

»Woher willst du das wissen?«, fragte ich.

»Wenn es stimmt, was dir dieser Officer gesagt hat, dann sind die Blüten von Adam Trevor so gut, dass man sie kaum von echten Scheinen unterscheiden kann. Das organisierte Verbrechen würde Millionen für die Platten zahlen.«

»Dann verkaufen wir sie?« Meine Nini freute sich schon.

»Vergiss es, Don Corleone«, sagte Mike und sah sie scharf an.

»Verbrennen kann man sie jedenfalls nicht«, meldete ich mich.

»Wir müssen sie vergraben oder ins Meer werfen«, entschied Mike.

»So ein Jammer, es sind Kunstwerke«, seufzte meine Nini und wickelte sie behutsam, damit sie keine Kratzer bekamen, erneut in die Folie.

Wir verbrannten den Rest der Beute, schippten die Kuhle zu, und ehe wir aufbrachen, bestand Schneewittchen darauf, dass wir die Stelle markierten. Auf meine Nachfrage, wozu, erklärte er: »Für alle Fälle. In Krimis macht man das so.« Also musste ich Steine suchen und über der Kuhle eine Pyramide aufschichten, während meine Nini die Schritte zu den nächsten markanten Punkten zählte und Mike auf einer unsrer Papiertüten aus dem Supermarkt einen Plan zeichnete. Mir kam es vor, als würden wir Pirat spielen, aber ich konnte mich nicht aufraffen, mit den beiden zu streiten. Wir schafften den Weg nach Berkeley mit drei Pausen, in denen wir aufs Klo gingen, Kaffee tranken, tankten und die Taschen, den Spaten, den Kanister und die Gummihandschuhe in verschiedenen Müllcontainern loswurden. Aus dem flammenden Morgenlicht war ein gleißender Tag geworden, und wir schwitzten im fiebrigen Flirren der Wüste, weil die Klimaanlage im Wagen nur so lala funktionierte. Meine Großmutter wollte mich nicht ans Steuer lassen, sagte, mein Hirn sei noch blockiert und meine Reflexe taub, und sie fuhr auf diesem endlosen Band den ganzen Tag bis in die Nacht hinein, ohne sich ein einziges Mal zu beklagen. »Für etwas muss es ja gut sein, dass ich früher Leute chauffiert habe«, sagte sie nur.

Als ich ihm davon erzählte, fragte Daniel nach, was wir mit den Druckplatten gemacht hatten. Wir hatten uns darauf verständigt, dass meine Nini sie von der Fähre aus in die Bucht von San Francisco werfen würde.

Ich weiß noch, dass Daniels Therapeuten-Phlegma bei diesem Teil meiner Geschichte vorübergehend ins Wanken geriet, damals im Mai. Eine Ewigkeit ist das her. Wie habe ich es bloß ausgehalten ohne ihn? Daniel hörte mir mit offenem Mund zu, und ihm war anzusehen, dass ihm nie etwas ähnlich Aufregendes zugestoßen war. Er sagte, wenn er wieder in den USA sei, werde er sich mit meiner Nini und Schneewittchen in Verbindung setzen, aber noch hat er das nicht getan. »Deine Nini ist echt ein Original, Maya. Die würde gut zu Alfons Zaleski passen«, bemerkte er.

»Jetzt weißt du, warum ich hier bin, Daniel. Die schöne Landschaft ist jedenfalls nicht der Grund, das kannst du dir denken. Meine Nini und Mike O'Kelly wollten mich so weit wie möglich aus der Schusslinie haben, bis sich der Schlamassel etwas geklärt hat. Joe Martin und der Chinese sind hinter dem Geld her, weil sie nicht wissen, dass es falsch ist; das FBI will Adam Trevor festnageln und der seine Druckplatten wiederhaben, ehe das FBI sie findet. Die Fäden laufen bei mir zusammen, und wenn sie das rausfinden, habe ich sie alle an den Hacken.«

»Die Fäden laufen bei Laura Barron zusammen«, erinnerte mich Daniel.

»Die Polizei weiß sicher längst, dass ich das bin. Meine Fingerabdrücke sind doch überall, an den Schließfächern im Club, in der Wohnung von Brandon Leeman, auch im Haus von Olympia Pettiford, falls sie Freddy geschnappt und zum Reden gebracht haben, daran mag ich gar nicht denken.«

»Du hast Arana vergessen.«

»Der ist okay. Er arbeitet mit dem FBI zusammen, aber als er mich hätte einkassieren können, hat er's nicht getan, obwohl er mich im Verdacht hatte. Er hat mir geholfen. Der will bloß die Falschgeldproduktion stoppen und Adam Trevor festnehmen. Von mir kriegt er einen Orden, wenn er das schafft.«

Daniel fand es richtig, dass ich für eine Weile abgetaucht war, meinte allerdings, man müsse den Verfolgungswahn nicht übertreiben und wir könnten uns gefahrlos schreiben. Ich richtete mir die E-Mail-Adresse juanitocorrales@gmail.com ein. Niemand würde Verdacht schöpfen, wenn Daniel Goodrich aus Seattle an einen Jungen aus Chiloé schriebe, eine von vielen Reisebekanntschaften, mit denen er Kontakt hält. Seit Daniel fort ist, habe ich die Adresse täglich benutzt. Manuel ist nicht damit einverstanden, er glaubt, die Spione und Hacker im Dienste des FBI sind wie Gott, allgegenwärtig und mit Augen, die alles sehen.

Juanito Corrales ist der Bruder, den ich gern gehabt

hätte, so wie Freddy das gewesen ist. »Nehmen Sie ihn mit in Ihr Land, Gringuita, ich kann ihn hier nicht gebrauchen«, sagte Eduvigis einmal im Scherz zu mir, aber Juanito hat es für bare Münze genommen und schmiedet Pläne, mit mir in Berkeley zu leben. Er ist das einzige Wesen auf der Welt, das mich bewundert. »Wenn ich groß bin, heirate ich dich, Tía Gringa«, sagt er. Wir sind beim dritten Band von Harry Potter, und er träumt davon, auf die Hogwarts-Schule für Hexerei und Zauberei zu gehen und seinen eigenen Flugbesen zu haben. Er ist stolz, mir seinen Namen für den E-Mail-Account ausleihen zu können.

Natürlich fand Daniel es leichtsinnig, dass wir das Geld in der Wüste verbrannt hatten, wo wir leicht hätten entdeckt werden können, denn auf der Interstate 15 sind viele Trucks unterwegs, und sie wird nicht nur am Boden, sondern auch aus der Luft mit Hubschraubern überwacht. Ehe sie sich dafür entschieden, hatten Schneewittchen und meine Nini noch etliche andere Möglichkeiten erwogen, unter anderem auch, die Scheine in Rohrreiniger aufzulösen, wie sie das einmal mit einem Kilo Koteletts getan hatten, aber riskant wäre auch das gewesen und nichts so endgültig und theatralisch wie Flammen. Wenn sie die Geschichte in ein paar Jahren erzählen können, ohne dafür ins Kittchen zu wandern, klingt ein Feuer in der Mojave-Wüste besser als eine Wanne voll Rohrreiniger.

Ehe ich Daniel begegnet bin, habe ich nie einen Gedanken an den männlichen Körper verschwendet oder mir die Zeit genommen, einen zu betrachten, außer während jenes unvergesslichen Besuchs beim David in Florenz, der für seine fünf Meter siebzehn Vollkommenheit in Marmor allerdings einen etwas klein geratenen Penis besitzt. Die Jungs, mit denen ich geschlafen hatte, erinnerten nicht mal entfernt an den David, sie müffelten, waren unbeholfen, behaart und pickelig. Ich schwärmte für irgendwelche Schauspieler, an deren Namen ich mich heute nicht mal erinnere, nur weil Sarah und Debbie oder welche von den Mädchen im Internat in Oregon das ebenfalls taten, aber sie waren ähnlich körperlos wie die Heiligen meiner Großmutter. Man fragte sich, ob sie überhaupt von dieser Welt waren, so weiß schimmerten ihre Zähne, so weich ihr mit Wachs enthaarter, sonnengebräunter Leib. Aus der Nähe würde ich so jemanden niemals sehen, geschweige denn ihn anfassen, sie waren für die Leinwand geschaffen und nicht für das köstliche Tasten der Liebe. Keiner davon kam in meinen erotischen Phantasien vor. Als ich klein war, schenkte mein Pop mir ein zierliches Puppentheater aus Karton, mit Figuren in Papierkostümen, mit denen man die verwickelten Opern-Handlungen nachspielen konnte. Die Liebhaber, die ich mir vorstellte, waren wie diese Pappfiguren, hatten keine eigene Persönlichkeit, wurden von mir über eine Bühne bewegt. Jetzt sind alle durch Daniel ersetzt, der meine Nächte und Tage füllt, meine Gedanken und Träume. Er ist zu schnell abgereist, wir konnten nichts festigen.

Die Nähe zwischen zwei Menschen braucht Zeit, um zu gedeihen, gemeinsame Erlebnisse, zusammen vergossene Tränen, überwundene Hindernisse, Fotos in einem Album, sie ist eine Pflanze, die langsam wächst. Mit Daniel schwebe ich im virtuellen Nirgendwo, und diese Trennung kann die Liebe zerstören. Er ist etliche Tage länger hiergeblieben, als er ursprünglich vorhatte, ist nicht mehr nach Patagonien gekommen, von hier nach Brasilien geflogen und von dort weiter nach Seattle, wo er jetzt schon in der Klinik seines Vaters arbeitet. Ich muss sehen, wann mein Exil auf dieser Insel endet, und danach entscheiden wir wohl gemeinsam, wo wir uns zusammentun. Seattle ist nicht schlecht, es regnet weniger als hier, aber ich würde lieber in Chiloé leben, möchte nicht weg von Manuel, Blanca, Juanito und Fákin.

Keine Ahnung, ob es für Daniel hier Arbeit gäbe. Manuel sagt, als Psychiater würde man in Chile am Hungertuch nagen, obwohl es mehr Geisteskranke gebe als in Hollywood, aber die Chilenen fänden Glück kitschig und würden nicht gern Geld dafür ausgeben, ihr Unglück zu überwinden. Er selbst scheint mir dafür das beste Beispiel, denn wäre er nicht Chilene, hätte er seine Traumata längst mit professioneller Hilfe erforscht und könnte ein bisschen unbeschwerter leben. Und ich bin nach dem, was ich in Oregon erlebt habe, wahrlich keine Freundin der Psychotherapie, aber manchmal hilft sie doch, wie damals meiner Nini, als sie Witwe wurde. Vielleicht könnte Daniel eine andere Arbeit finden. Ich kenne einen Oxford-Absolventen, so einen in Tweedjackett mit Lederflicken auf den Ellbogen, der hat sich in eine Chilenin verliebt, ist auf der Isla Grande geblieben und leitet dort jetzt ein Reiseunternehmen. Und dann diese Österreicherin mit dem episch breiten Hinterteil und dem Apfelstrudel; die war in Innsbruck Zahnärztin und hat jetzt ein Gästehaus. Ich könnte mit Daniel Kekse backen, das hat Zukunft, sagt Manuel, oder wir züchten Vicuñas, wie ich es mir in Oregon ausgemalt habe.

Als ich Daniel am 29. Mai verabschiedete, tat ich gelassen, weil am Anleger etliche Schaulustige standen – über uns wurde mehr geredet als über die letzte Folge der Soap – und ich vor den chilotischen Waschweibern kein Drama aufführen wollte, aber allein mit Manuel weinte ich, bis wir es beide leid waren. Daniel war ohne Computer unterwegs, hatte bei seiner Ankunft in Seattle allerdings fünfzig E-Mails von mir im Postfach und schrieb zurück, nicht gerade überschäumend vor Romantik, denn bestimmt war er erschöpft. Seitdem schreiben wir uns ständig, vermeiden alles, was mich identifizieren könnte, und haben einen Code für die Liebe, den er sehr maßvoll benutzt, wie es seine Art ist, und den ich maßlos ausnutze, wie es meine ist.

Meine Vergangenheit ist kurz und müsste mir eigentlich klar vor Augen stehen, aber ich traue meiner launenhaften Erinnerung nicht und schreibe lieber alles auf, ehe ich es in Gedanken verändere und zensiere. Im Fernsehen kam ein Bericht über ein neues, in den USA entwickeltes Medikament, mit dem sich Erinnerungen löschen lassen, das soll bei seelischen Verwundungen eingesetzt werden, vor allem zur Behandlung von Soldaten, die traumatisiert aus dem Krieg heimkommen. Noch ist es in der Testphase, man feilt daran, damit das Gedächtnis nicht insgesamt Schaden nimmt. Wenn ich die Wahl hätte, was würde ich vergessen wollen? Nichts. Die schlimmen Erlebnisse der Vergangenheit sind Lehren für die Zukunft, und an das Schlimmste von allem, den Tod meines Großvaters, will ich mich immer erinnern.

Oben auf dem Hügel, nah bei der Grotte der Pincoya, habe ich meinen Pop gesehen. Er stand am Rand der Klippe und schaute in die Ferne, trug seinen italienischen Hut und seine Reisekleider und hielt seinen Koffer in der Hand, als wäre er von weit her gekommen und unschlüssig, ob er gehen oder bleiben soll. Viel zu kurz sah ich ihn so, rührte mich nicht, hielt den Atem an, um ihn nicht zu verscheuchen, und rief ohne Stimme nach ihm; dann flog kreischend ein Schwarm Möwen vorbei, und er war fort. Ich habe niemandem davon erzählt, weil ich mir keine an den Haaren herbeigezogenen Erklärungen anhören will, obwohl man mir hier ja vielleicht glauben würde. Wenn in Cucao unerlöste Seelen heulen, im Golf von Ancud ein Schiff mit Vogelscheuchenbesatzung kreuzt und sich in Quicaví die Hexer in Hunde verwandeln, ist es sehr gut denkbar, dass bei der Grotte der Pincoya ein toter Weltraumforscher erscheint. Vielleicht ist es kein Geist, sondern meine Vorstellungskraft macht ihn in der Atmosphäre sichtbar wie bei einer Filmvorführung. Chiloé bietet ideale Bedingungen für das Ektoplasma eines Großvaters und die Vorstellungskraft einer Enkelin.

Mit Daniel habe ich viel über meinen Pop geredet, als wir allein waren und einander unser Leben erzählten. Er weiß alles über meine glücklichen Kindertage in dem Zuckerbäckerhaus in Berkeley. Die Erinnerung an diese Jahre und daran, wie meine Großeltern mich behütet haben, hat mich die schlimmen Zeiten überstehen lassen. Mein Vater spielte dagegen kaum eine Rolle, war als Pilot mehr in der Luft als auf der Erde. Vor seiner Heirat wohnte er mit uns in einem Haus, in zwei Zimmern im Obergeschoss, die über eine schmale Außentreppe einen eigenen Eingang besaßen, aber wir sahen ihn wenig, denn wenn er nicht flog, konnte er in den Armen einer dieser Frauen liegen, die zu den unmöglichsten Zeiten anriefen und von ihm nie erwähnt wurden. Sein Dienstplan wechselte alle zwei Wochen, und wir gewöhnten uns daran, nicht auf ihn zu warten und ihm keine Fragen zu stellen. Um mich kümmerten sich meine Großeltern, sie gingen zu den Elternabenden in der Schule, fuhren mit mir zum Zahnarzt, halfen mir bei den Hausaufgaben, brachten mir bei, wie man Schuhe bindet, Fahrrad fährt, einen Computer bedient, sie trockneten meine Tränen, lachten mit mir; ich kann mich an keinen einzigen Moment in meinen ersten fünfzehn Lebensjahren erinnern, in dem meine Nini und mein Pop nicht da gewesen wären, und jetzt spüre ich meinen Pop, obwohl er tot ist, so nah bei mir wie nie zuvor. Er hat sein Versprechen gehalten, immer bei mir zu sein.

Daniel ist jetzt seit zwei Monaten fort, zwei volle Monate, ohne ihn zu sehen, zwei Monate mit einem Knoten im Herzen, zwei Monate, in denen ich in dieses Heft schreibe, worüber ich eigentlich mit ihm reden sollte. Wie sehr er mir fehlt! Es ist ein Siechtum, eine tödliche Krankheit. Als Manuel im Mai aus Santiago zurückkam, tat er, als merkte er nicht, dass das ganze Haus nach Küssen roch und Fákin unruhig war, weil ich mich nicht um ihn kümmerte und er allein spazieren gehen musste wie jeder normale Hund in diesem Land; noch vor kurzem war er ein Straßenköter, und jetzt macht er auf Schoßhund. Manuel stellte seinen Koffer ab, sagte, er müsse ein paar Dinge mit Blanca besprechen, und weil es nach Regen aussehe, werde er über Nacht bei ihr bleiben. Hier weiß man, dass es regnen wird, wenn die Delfine tanzen und es

»Lichtbalken« gibt, wie das hier heißt, wenn die Sonnenstrahlen durch die Wolken schneiden. Soviel ich weiß, hat Manuel nie zuvor bei Blanca übernachtet. Danke, danke, danke, hauchte ich ihm ins Ohr und drückte ihn lange an mich, was er nicht ausstehen kann. Er schenkte mir eine weitere Nacht mit Daniel, der gerade Holz im Ofen nachlegte, weil er Huhn mit Senf und Speck zubereiten wollte, ein Rezept, das seine Schwester Frances sich ausgedacht hatte, die nie in ihrem Leben selbst gekocht hat, aber Kochbücher sammelt und ein Chef de théorie ist. Ich hatte mir vorgenommen, nicht auf die Schiffsuhr an der Wand zu sehen, die eilig die Zeit fraß, die mir mit ihm blieb.

In unseren kurzen Flitterwochen erzählte ich Daniel auch von der Entzugsklinik in San Francisco, in der ich fast einen Monat war und die der seines Vaters in Seattle wohl sehr ähnlich ist.

Während der 919 Kilometer zwischen Las Vegas und Berkeley schmiedeten meine Großmutter und Mike O'Kelly Pläne, wie ich von der Bildfläche verschwinden konnte, bevor die Behörden oder die Gangster mich in die Finger bekamen. Ich hatte meinen Vater ein Jahr nicht gesehen, hatte ihn nicht vermisst und machte ihn für mein Unglück verantwortlich, aber mein Groll war verraucht, als wir in dem roten Pick-up vor dem Haus hielten und er uns an der Tür erwartete. Genau wie meine Nini war auch mein Vater schmaler und gebeugter geworden; er war gealtert und nicht mehr der Frauenheld mit dem Filmstarlächeln, an den ich mich erinnerte. Er drückte mich fest an sich, sagte immer wieder meinen Namen mit einer Zärtlichkeit, die ich nicht von ihm kannte. »Ich dachte, wir hätten dich verloren, Tochter.« Ich hatte ihn nie von Gefühlen übermannt gesehen. Mein Vater war immer der Inbegriff von Haltung gewesen, sehr smart in seiner Pilotenuniform, von den Widrigkeiten des Daseins unberührt, von schönen Frauen begehrt, weltmännisch, kultiviert, zufrieden, gesund. »Gott segne dich, Gott segne dich, Tochter«, sagte er immer wieder. Wir kamen abends an, aber er hatte uns Frühstück gemacht: Schokoladenmilchshake und Arme Ritter mit Schlagsahne und Bananen, mein Lieblingsessen.

Während wir frühstückten, berichtete Mike O'Kelly uns über das Entzugsprogramm, von dem auch Olympia Pettiford gesprochen hatte, und sagte noch einmal, es handele sich um die beste bekannte Methode, mit der Sucht umzugehen. Mein Vater und meine Nini zuckten jedes Mal zusammen wie unter Stromstößen, wenn er »drogensüchtig« oder »Alkoholikerin« sagte, aber ich sah das mittlerweile als Teil meiner Wirklichkeit, denn die Witwen für Jesus, die einige Erfahrung auf dem Gebiet besaßen, hatten mir gegenüber kein Blatt vor den Mund genommen. Laut Mike war die Sucht ein gerissenes und geduldiges Raubtier, kannte unendlich viele Tricks, lag beständig auf der Lauer und wolle einem zu gern weismachen, man sei ja eigentlich nicht süchtig. Er gab uns einen kurzen Überblick über die Therapie-Angebote, die zur Auswahl standen, angefangen bei seinem eigenen Programm, gratis und sehr bescheiden, bis hin zu einer Klinik in San Francisco, die tausend Dollar am Tag kostete und von mir umgehend verworfen wurde, weil wir das Geld dazu nicht hatten. Mein Vater hörte mit zusammengebissenen Zähnen und geballten Fäusten zu, war sehr bleich im Gesicht und eröffnete uns am Ende, er werde die Ersparnisse seiner Altersvorsorge für meine Behandlung einsetzen. Er war durch nichts davon abzubringen, obwohl Mike versicherte, das Programm sei nicht viel anders als seins, bloß die Einrichtung sei schöner und man habe einen Blick aufs Meer.

Ich verbrachte den Dezember in der Klinik, deren japanische Architektur zu innerem Frieden und Meditation einlud: Holz, große Panoramafenster und Terrassen, viel Licht, ein Garten mit lauschigen Wegen und Bänken, auf denen man dick eingemummelt den Nebel betrachten konnte, ein wohltemperiertes Schwimmbad. Der Blick auf Wasser und Wälder war die tausend Dollar am Tag wert. Ich war die jüngste Patientin, die anderen waren freundliche Männer und Frauen zwischen dreißig und sechzig, die mich auf den Gängen grüßten und zum Scrabble- oder Tischtennisspielen einluden, als wären wir im Urlaub. Abgesehen von ihrer gierigen Art, zu rauchen und Kaffee zu trinken, wirkten sie normal, niemand hätte sie für suchtkrank gehalten.

Das Programm ähnelte dem im Internat in Oregon, es gab Gesprächsrunden, Kurse, Gruppensitzungen, denselben Psycho-Slang von Therapeuten und Betreuern, der mir schon zu den Ohren rauskam, außerdem Zwölf-Schritte-Treffen, Abstinenz, Genesung, Nüchternheit. Ich brauchte eine Woche, ehe ich erste Kontakte zu den anderen Bewohnern knüpfte und die ständige Versuchung, mich davonzumachen, niedergekämpft war, denn die Türen standen offen, und der Aufenthalt war freiwillig. »Das ist nichts für mich«, lautete mein Mantra in dieser Woche, aber dass mein Vater seine Ersparnisse in diese achtundzwanzig Tage investiert hatte, die man vorab bezahlen musste, hielt mich zurück, weil ich ihn nicht noch einmal enttäuschen wollte.

Ich teilte mir ein Zimmer mit Loretta, einer attraktiven Sechsunddreißigjährigen, verheiratet, Mutter von drei Kindern, Immobilienmaklerin, Alkoholikerin. »Das hier ist meine letzte Chance. Mein Mann hat mir angekündigt, wenn ich mit dem Trinken nicht aufhöre, dann lässt er sich scheiden und nimmt mir die Kinder weg«, sagte sie. An den Besuchstagen kam ihr Mann mit den Kindern, sie brachten selbstgemalte Bilder, Blumen und Pralinen mit, sie wirkten wie eine glückliche Familie. Loretta zeigte mir wieder und wieder ihre Fotoalben: »Als mein ältester Sohn, Patrick, zur Welt kam, nur Bier und Wein. Urlaub auf Hawaii, Daiquiris und Martinis. Weihnachten 2002, Champagner und Gin. Hochzeitstag 2005, Magenspülung und Entzug. Picknick zum 4. Juli, erster Whisky nach elf Monaten trocken. Geburtstag 2006, Bier, Tequila, Rum, Amaretto.« Sie wusste, das Vier-Wochen-Programm in der Klinik würde nicht genügen, sie würde zwei oder drei Monate bleiben müssen, ehe sie zu ihrer Familie zurückkehrte.

Neben den Gruppensitzungen, die uns Mut machen sollten, wurde uns viel Wissen vermittelt über Sucht und ihre Folgen, und es gab Einzelgespräche mit den Suchtberatern. Für die tausend Dollar am Tag durften wir Schwimmbad und Fitnessraum nutzen, an Ausflügen in die nahen Nationalparks teilnehmen, es gab Massagen und verschiedene Wellness- und Schönheitsbehandlungen, außerdem Kurse für Yoga, Pilates, Meditation, Gartengestaltung und Kunst, aber ungeachtet der zig Angebote schleppte jeder an seinen Problemen wie an einem toten Pferd, das sich unmöglich ignorieren ließ. Für mich war am schlimmsten, dass ich unbedingt abhauen wollte, weg von diesem Ort, weg aus Kalifornien, aus der Welt, von mir. Das Leben kostete zu viel Kraft, es lohnte nicht, morgens aufzustehen und zu sehen, wie die Stunden sich ohne ein Ziel hinschleppten. Schlafen. Sterben. Sein oder Nichtsein. »Nicht nachdenken, Maya, versuch dich zu beschäftigen«, riet mir Mike O'Kelly. »Diese negative Phase ist normal und geht bald vorbei.«

Um mich zu beschäftigen, färbte ich mir zu Lorettas Entsetzen öfter die Haare. Von dem Schwarz, das Freddy im September benutzt hatte, waren nur bleigraue Reste an den Spitzen übrig. Ich vertrieb mir die Zeit damit, einzelnen Strähnen Farben zu geben, wie man sie von Staatsflaggen kennt. Meine Therapeutin stufte das als Autoaggression ein, eine Form der Selbstbestrafung; dasselbe dachte ich über ihren Altweiberdutt.

Zweimal in der Woche gab es Frauentreffen mit einer Psychologin, die mich wegen ihrer Körperfülle und ihrer Güte an Olympia Pettiford erinnerte. Wir setzten uns im Saal, der nur von ein paar Kerzen erleuchtet war, auf den Boden, und jede gab etwas, womit ein Altar zusammengestellt wurde: ein Kreuz, einen Buddha, Fotos der Kinder, einen Teddybär, das Kästchen mit etwas Asche von einem geliebten Menschen, einen Ehering. Im Halbdunkel und im Kreis nur mit Frauen fiel uns das Reden leichter. Die Frauen erzählten, wie die Sucht ihr Leben zerstörte, sie steckten bis zum Hals in Schulden, ihre Freunde, ihre Familie oder ihre Partner hatten sich von ihnen abgewandt, sie wurden von Schuldgefühlen gemartert, weil sie betrunken jemanden angefahren oder ihr krankes Kind alleingelassen hatten, um Drogen aufzutreiben. Manche erzählten auch davon, wie tief sie sich erniedrigt hatten, von den Entbehrungen, den Diebstählen, der Prostitution, und ich hörte ihnen mit der Seele zu, weil ich dasselbe durchgemacht hatte. Viele waren rückfällig geworden und ohne jedes Zutrauen zu sich selbst, weil sie wussten, wie flüchtig und vergänglich die Nüchternheit sein kann. Der Glaube half, man konnte sich in die Hände von Gott oder einer höheren Macht begeben, aber nicht alle waren dazu in der Lage. Dieser Kreis der suchtkranken Frauen und ihre Traurigkeit war das genaue Gegenteil der Runde der schönen Hexen von Chiloé. In der Ruca schämt sich niemand, alles ist Fülle und Leben.

An den Samstagen und Sonntagen fanden Sitzungen mit den Angehörigen statt, sehr schmerzhaft, aber notwendig. Mein Vater stellte präzise Fragen: Was ist Crack und wie wird es genommen? Was kostet Heroin? Wie wirken halluzinogene Pilze? Wie hoch ist die Erfolgsquote bei den Anonymen Alkoholikern? Und die Antworten waren wenig ermutigend. Andere Angehörige machten ihrer Enttäuschung und ihrem Misstrauen Luft, hatten den Süchtigen über Jahre ertragen und konnten nicht begreifen, wie jemand derart entschlossen sich selbst und alles zerstörte, was man einmal an Gutem miteinander geteilt hatte. Ich dagegen fand in den Blicken meines Vaters und meiner Nini nur Zärtlichkeit, und es fiel nicht ein Wort des Vorwurfs oder des Zweifels. »Du bist nicht wie die, Maya, du hast in den Abgrund geblickt, aber du bist nicht wirklich gestürzt«, sagte meine Nini einmal zu mir. Genau davor hatten Olympia und Mike mich gewarnt, vor der Versuchung, sich selbst für etwas Besseres zu halten.

Reihum setzte sich jede Familie in die Mitte des Kreises und erzählte den anderen von ihren Erfahrungen. Die Suchtberater leiteten diese Beichtrunden mit großem Geschick und schufen eine geschützte Atmosphäre, in der wir alle gleich waren und keiner außergewöhnliche Fehler begangen hatte. Das ließ niemanden kalt, irgendwann wurden alle von Gefühlen überwältigt, manchmal brach jemand schluchzend zusammen, und nicht immer war das der Süchtige. Kindesmissbrauch, prügelnde Partner, hassenswerte Mütter, Inzest, eine Ahnengalerie von Alkoholikern in der Familie, es war alles dabei.

Als meine Familie an der Reihe war, begleitete uns Mike O'Kelly mit seinem Rollstuhl in den Kreis und bat darum, einen zusätzlichen Stuhl aufzustellen, der leer blieb. Ich hatte meiner Nini viel von dem erzählt, was seit meiner Flucht aus dem Internat geschehen war, ihr jedoch alles verschwiegen, was sie tödlich getroffen hätte; dagegen konnte ich Mike alles erzählen, wenn er mich allein besuchte. Ihn wirft so schnell nichts um.

Mein Vater sprach von seiner Arbeit als Pilot, davon, dass er mir fern gewesen war, von seiner Leichtlebigkeit und dass er mich aus Egoismus zu meinen

Großeltern abgeschoben habe, ihm die Tragweite seiner Vaterrolle erst bewusst geworden sei, als ich mit sechzehn meinen Fahrradunfall hatte; da erst habe er begonnen, mir Aufmerksamkeit zu schenken. Er sei mir nicht böse und habe auch das Vertrauen in mich nicht verloren, sagte er, und werde alles tun, was in seiner Macht stehe, um mir zu helfen. Meine Nini erzählte von dem Kind, das ich gewesen war, gesund und fröhlich, von meinen Einfällen, den endlos langen Gedichten und den Fußballspielen und sagte wieder, wie sehr sie mich liebte.

In diesem Augenblick betrat mein Pop den Raum, sah genauso aus wie vor seiner Krankheit, war groß, roch nach feinem Tabak, trug seine Goldrandbrille und seinen Borsalino, setzte sich auf den Stuhl, der für ihn bereitstand, und bat mich mit offenen Armen zu sich. Nie zuvor war er mir mit solchem Selbstbewusstsein erschienen. Ungewöhnlich für ein Gespenst. Ich hielt seine Knie umklammert, weinte und weinte, bat um Verzeihung und sah endgültig ein, dass niemand mich vor mir selbst schützen kann und ich allein verantwortlich bin für mein Leben. »Gib mir deine Hand, Pop«, bat ich ihn, und seitdem hat er mich nicht mehr losgelassen. Was die anderen sahen? Sie sahen mich einen leeren Stuhl umarmen, aber Mike hatte meinen Pop erwartet und deshalb um den Platz für ihn gebeten, und für meine Nini war es nur natürlich, dass er bei uns war, auch wenn man ihn nicht sah.

Ich erinnere mich nicht mehr an das Ende der Sitzung und weiß nur noch, dass ich bleiern müde war, meine Nini mich aufs Zimmer begleitete, ich gemeinsam mit Loretta zu Bett ging und zum ersten Mal in meinem Leben vierzehn Stunden am Stück schlief. Ich schlief meine ungezählten durchwachten Nächte aus, die ganze Würdelosigkeit der letzten Monate und die hartnäckige Angst. Es war eine heilsame Nacht, wie ich sie kein zweites Mal erlebte, die Schlaflosigkeit wartete schon geduldig auf ihren nächsten Auftritt. Von da an begab ich mich mit Haut und Haaren in das Programm und wagte mich nach und nach in die dunklen Höhlen meiner Vergangenheit vor. Blind ging ich hinein in eine dieser Höhlen, um dort mit den Drachen zu kämpfen, und wenn ich meinte, ich hätte sie besiegt, tat sich die nächste Höhle auf und die nächste, ein düsteres Labyrinth, das kein Ende nahm. Ich musste meine Seele erforschen, die nicht, wie ich in Las Vegas geglaubt hatte, abwesend war, sondern wie taub, kauernd, verschreckt. Ich fühlte mich nie sicher in diesen dunklen Höhlen, verlor jedoch die Angst vor dem Alleinsein, und deshalb konnte ich mich wohl so gut auf mein neues, einsames Leben in Chiloé einlassen. Was für einen Unsinn schreibe ich da? Ich bin nicht einsam in Chiloé. Tatsächlich hatte ich nie so viel Gesellschaft wie hier auf der Insel, in unserem kleinen Haus, bei dem neurotischen Edelmann Manuel Arias.

Während ich das Entzugsprogramm absolvierte, besorgte mir meine Nini einen neuen Pass, setzte sich mit Manuel in Verbindung und bereitete meine Reise nach Chile vor. Hätte sie das Geld dafür gehabt, sie hätte mich persönlich bei ihrem Freund in Chiloé abgeliefert. Zwei Tage vor dem Ende meiner Behandlung packte ich meine Sachen in den Rucksack und verließ bei Einbruch der Dunkelheit die Klinik, ohne mich von jemandem zu verabschieden. Meine Nini wartete wie abgesprochen zwei Straßen weiter in ihrem altersschwachen VW. »Jetzt löst du dich in Luft auf, Maya«, sagte sie und zwinkerte mir verschwörerisch zu. Sie drückte mir das gleiche eingeschweißte Foto von meinem Pop in die Hand, das ich in Las Vegas verloren hatte, und brachte mich zum Flughafen von San Francisco.

Ich töte Manuel mit meiner Fragerei den letzten Nerv: Glaubst du, Männer verlieben sich genauso rettungslos wie Frauen? Meinst du, Daniel würde der Welt Lebewohl sagen und sich zu mir nach Chiloé absetzen? Findest du mich dick, Manuel? Sicher? Sag die Wahrheit! Manuel sagt, man könne hier im Haus nicht mehr atmen, die Luft sei geschwängert von Tränen und weiblichen Seufzern, brennender Leidenschaft und albernen Zukunftsplänen. Sogar die Tiere benehmen sich komisch, der Literatenkater, der immer sehr reinlich gewesen ist, kotzt neuerdings auf die Tastatur, und der Dusselkater, der immer verdrießlich gewesen ist, wetteifert mit Fákin um meine Zuneigung, liegt morgens in meinem Bett und streckt alle viere in die Luft, damit ich ihm den Bauch kraule.

Wir haben öfter über die Liebe gesprochen, zu oft, sagt Manuel. »Die Liebe ist das Tiefste überhaupt«, ist eine von den Binsenweisheiten, die ich zu ihm sage, worauf er mir mit seinem Gelehrtengedächtnis aus dem Stand ein Gedicht von D. H. Lawrence aufsagt, in dem es heißt, etwas sei tiefer als Liebe, die Einsamkeit des Einzelnen, und am Grund dieser Einsamkeit brenne das schwere Feuer des nackten Lebens, was ich aber nicht hören will, schließlich habe ich gerade erst das schwere Feuer des nackten Daniels entdeckt. Abgesehen davon, dass er tote Dichter zitiert, hält Manuel den Mund. Unsere Gespräche sind eher Monologe, in denen ich ihm mein Herz ausschütte; ich rede über Daniel und erwähne Blanca mit keinem Wort, weil sie sich das verbeten hat, dennoch geht es unterschwellig auch um sie. Manuel hält sich für zu alt zum Verlieben und meint, er habe einer Frau nichts zu bieten, aber ich glaube, da ist etwas faul und im Grunde hat er Schiss, fürchtet sich davor, zu teilen, abhängig zu sein, zu leiden, hat Angst, dass bei Blanca der Krebs wiederkommt und sie vor ihm stirbt oder er sie umgekehrt zur Witwe macht oder schon tatterig wird, wenn sie noch vital ist, wovon man wohl ausgehen muss, denn er ist viel älter als sie. Wäre da nicht dieses makabre Bläschen in seinem Gehirn, Manuel würde bestimmt gesund und munter neunzig werden können. Wie die Liebe wohl ist im Alter? Ich meine körperlich. Ob man's dann noch miteinander macht? Als ich zwölf war und anfing, meinen Großeltern nachzuspionieren, schlossen die manchmal ihr Schlafzimmer ab. Ich fragte meine Nini, was sie da hinter der verschlossenen Tür taten, und sie sagte, sie würden den Rosenkranz beten.

Manchmal gebe ich Manuel Ratschläge, ich kann es mir nicht verkneifen, und er nimmt sie immer spöttisch auseinander, aber ich weiß, dass er mir eigentlich zuhört und etwas davon umsetzt. Er legt seine mönchischen Gewohnheiten nach und nach ab, ist nicht mehr so zwanghaft ordentlich und mir gegenüber aufmerksamer, versteinert nicht mehr, wenn ich ihn berühre, und sucht nicht mehr das Weite, wenn ich mit meinen Kopfhörern auf den Ohren herumhüpfe und tanze; ich muss was tun, sonst sehe ich bald aus wie eine von diesen schweinsfarbenen Barockfrauen, die ich in München in der Pinakothek gesehen habe. Manuels Bläschen im Gehirn ist kein Geheimnis mehr, er kann seine Migräne-Anfälle nicht vor mir verbergen und auch nicht die Phasen, wenn er alles doppelt sieht, ihm die Buchstaben vor den Augen verschwimmen. Als Daniel von dem Aneurysma hörte, empfahl er mir die Mayo Clinic in Minneapolis, die habe die beste Neurochirurgie in den USA, und Blanca versichert, dass ihr Vater die Operation bezahlen würde, aber Manuel wollte nichts davon wissen; er stehe schon zu tief in Don Lionels Schuld. »Eben deshalb doch«, widersprach ihm Blanca. »Wegen einer Sache in jemandes Schuld stehen oder wegen zwei bleibt sich gleich.« Ich könnte mich ohrfeigen, dass ich diesen Haufen Scheine in der Mojave-Wüste verbrannt habe; ob falsch oder nicht, sie hätten uns weitergeholfen.

Ich schreibe wieder in mein Heft, das ich wegen der vielen Mails an Daniel für eine Weile weggelegt hatte. Ich will es ihn lesen lassen, wenn wir wieder zusammen sind, dann lernt er mich und meine Familie besser kennen. In den Mails kann ich ihm nicht alles erzählen, was ich ihm gern erzählen würde, dort schreibe ich nur von meinem Alltag und mache das eine oder andere Liebesgeständnis. Manuel rät mir, meinen Gefühlsüberschwang im Zaum zu halten, weil einem Liebesbriefe mit ihrem Kitsch und ihrer Albernheit im Nachhinein immer peinlich seien, und in meinem Fall finden sie auch kein Echo beim Adressaten. Daniel antwortet nicht sehr häufig und eher knapp. Die Arbeit in der Klinik nimmt ihn wohl ziemlich in Anspruch, oder vielleicht hält er sich auch nur strikt an die Sicherheitsmaßnahmen, die meine Großmutter mir auferlegt hat.

Ich sorge dafür, dass ich was zu tun habe, sonst fange ich noch durch Selbstentzündung Feuer, wenn ich an Daniel denke. Das hat es schon gegeben, dass Leute ohne ersichtlichen Grund plötzlich in Flammen stehen und lodern. Mein Körper ist ein reifer Pfirsich, und wenn er nicht bald vernascht wird, fällt er vom Baum und zermatscht am Boden zwischen den Ameisen. Was zu befürchten ist, jedenfalls macht Daniel keine Anstalten, herzukommen und mich zu vernaschen. Dieses Klosterleben macht mich hundsmiserabel gelaunt, bei jeder Lappalie fahre ich aus der Haut, aber immerhin schlafe ich zum ersten Mal gut, seit ich denken kann, und meine Träume sind spannend, wenn auch nicht ausschließlich erotisch, wie ich das gern hätte. Seit dem plötzlichen Tod von Michael Jackson habe ich öfter von Freddy geträumt. Michael Jackson war doch sein tänzerisches Vorbild, er trauert bestimmt um ihn. Was wohl aus ihm geworden ist? Freddy hat sein Leben für mich riskiert, und ich hatte nicht mal Gelegenheit, mich bei ihm zu bedanken.

Freddy ähnelt Daniel ein bisschen, die gleiche Hautfarbe, die großen Augen mit den dichten Wimpern, die krausen Haare. Hätte Daniel einen Sohn, könnte er aussehen wie Freddy, allerdings wäre mit mir als Mutter die Gefahr groß, dass ein Däne rauskäme. Die Gene von Marta Otter sind sehr dominant, ich habe keinen Tropfen Latino-Blut abbekommen. In den USA gilt Daniel als schwarz, obwohl er hellhäutig ist und als Grieche oder Araber durchgehen könnte. »Junge schwarze Männer gehören in den USA zu den bedrohten Arten, so viele landen im Gefängnis oder werden umgebracht, ehe sie dreißig sind«, sagte er, als wir darüber sprachen. Er ist unter Weißen aufgewachsen, in einer liberalen Stadt im amerikanischen Westen, bewegt sich in privilegierten Kreisen, in denen ihm seine Hautfarbe keine Grenzen auferlegt, aber an vielen Orten wäre das anders. Das Leben ist leichter, wenn man weiß ist, das hat auch mein Großvater gewusst.

Mit seinen ein Meter neunzig, seinen hundertzwanzig Kilo, dem grauen Haar, der Goldrandbrille und den unvermeidlichen Hüten, die mein Vater ihm aus Italien mitbrachte, war mein Pop eine beeindruckende Erscheinung. An seiner Seite fühlte ich mich vor jeder Gefahr gefeit, niemand würde es wagen, diesem großen Mann etwas zu tun. Das jedenfalls glaubte ich bis zu dem Zwischenfall mit dem Fahrradfahrer, als ich ungefähr sieben Jahre alt war.

Die Universität von Buffalo hatte meinen Großvater zu einer Reihe von Vorträgen eingeladen. Wir wohnten in einem Hotel an der Delaware Avenue, in einer dieser prächtigen Millionärsvillen aus dem neunzehnten Jahrhundert, die privat heute kein Mensch mehr bewohnen kann. Es war kalt, es wehte ein eisiger Wind, aber mein Pop war trotzdem der Meinung, wir sollten einen Spaziergang im nahen Park machen. Meine Nini und ich gingen ein paar Schritte voraus und sprangen über Pfützen, sahen deshalb nicht, was geschah, hörten nur den Aufschrei und gleich darauf das Gezeter. Hinter uns war ein junger Mann mit seinem Fahrrad auf einer angefrorenen Pfütze offenbar ins Rutschen geraten, gegen meinen Großvater geschliddert und dann gestürzt. Mein Pop kam durch den Aufprall aus dem Gleichgewicht, der Hut fiel ihm vom Kopf und der geschlossene Regenschirm vom Arm, aber er selbst fing sich wieder. Ich rannte hinter dem Hut her, er bückte sich nach dem Schirm und streckte dem Radfahrer dann die Hand hin, um ihm aufzuhelfen.

Im nächsten Moment schlug die Szene in Gewalt um. Der erschrockene Radfahrer begann zu schreien, ein Auto hielt, ein zweites, und fast sofort war eine Polizeistreife da. Keine Ahnung, wie die Leute darauf kamen, mein Großvater habe den Unfall verursacht und den Radfahrer mit seinem Regenschirm bedroht. Jedenfalls fackelten die Polizisten nicht lange, stießen meinen Großvater grob gegen den Streifenwagen, befahlen ihm, die Hände hochzunehmen, traten ihm die Füße auseinander, tasteten ihn ab und legten ihm Handschellen an. Meine Nini warf sich wie eine Löwin dazwischen, ließ vor den Uniformierten eine lautstarke Erklärung auf Spanisch vom Stapel, weil ihr in kritischen Momenten eine andere Sprache nicht einfällt, und als man sie wegschieben wollte, packte sie den größeren der beiden Polizisten so fest an der Jacke, dass der kurz den Boden unter den Füßen verlor, was eine Leistung ist für eine Frau mit weniger als fünfzig Kilo.

Wir landeten alle auf der Wache, nur war das nicht wie in Berkeley, und es gab keinen Sergeant Walczak, der einem Cappuccino brachte. Mein Großvater blutete aus der Nase und aus einer Wunde über der Augenbraue, versuchte in einem unterwürfigen Ton, den wir nie vom ihm gehört hatten, zu erklären, was geschehen war, und bat darum, die Universität anrufen zu dürfen. Als Antwort drohte man ihm, er werde eingesperrt, wenn er nicht die Klappe hielt. Meine Nini, ebenfalls in Handschellen, damit sie nicht noch mal jemanden angriff, musste sich auf eine Bank setzen, während ein Formular ausgefüllt wurde. Auf mich achtete keiner, und ich drückte mich bibbernd an sie. »Mach was, Maya«, flüsterte sie mir ins Ohr. In ihrem Blick las ich, was sie meinte. Ich holte tief Luft, füllte meine Lungen, stürzte mit einem kehligen Stöhnen, das im Raum widerhallte, zu Boden, bog mich nach hinten und wurde mit Schaum vorm Mund und ins Weiße verdrehten Augen von Krämpfen geschüttelt. Ich verwöhnter Dreikäsehoch hatte, um nicht in die Schule zu müssen, in meinen Trotzattacken schon jede Menge epileptischer Anfälle simuliert, konnte jeden Neurochirurgen hinters Licht führen und erst recht natürlich ein paar Polizisten in Buffalo. Sie ließen uns telefonieren. Man fuhr mich zusammen mit meiner Nini im Rettungswagen ins Krankenhaus, das ich zum Erstaunen der Polizistin, die uns begleitete, vollständig von dem Anfall genesen erreichte, während die

Universität einen Anwalt schickte, um den Astronomen aus der Zelle zu holen, die er mit ein paar Betrunkenen und Taschendieben teilte.

Abends trafen wir uns erschöpft im Hotel wieder. Wir aßen bloß einen Teller Suppe und legten uns dann alle drei in ein Bett. Von dem Zusammenstoß mit dem Fahrrad hatte mein Pop große Blutergüsse und von den Handschellen Striemen an den Gelenken. Im Dunkeln, umhüllt von der Wärme ihrer Körper wie von einem Kokon, fragte ich, was denn passiert sei. »Nichts Schlimmes, Maya, schlaf nur«, sagte mein Pop. Eine Weile schwiegen beide und taten, als würden sie schlafen, bis meine Nini schließlich sagte: »Passiert ist, Maya, dass dein Großvater schwarz ist.« Und in ihrer Stimme lag so viel Zorn, dass ich nicht weiterfragte.

Das war meine erste Lektion über den Unterschied der Hautfarben, den ich zuvor nicht wahrgenommen hatte, über den man aber, wie Daniel sagt, nicht hinwegsehen kann.

Manuel und ich schreiben sein Buch um. Ich sage, wir tun das, weil er die Ideen beisteuert, und ich schreibe, was ich sogar auf Spanisch besser kann als er. Angefangen hat alles damit, dass er Daniel die Mythen von Chiloé erzählte, und der als guter Psychiater anfing, sie zu zerpflücken. Er sagte, Götter verkörpern verschiedene Aspekte der menschlichen Psyche, Mythen erzählen von der Schöpfung, der Natur und grundlegenden Fragen des Menschseins und besitzen eine Verbindung zur Wirklichkeit, aber die hiesigen kommen einem vor, wie mit Kaugummi zusammengeklebt, der Zusammenhang wird nicht klar. Manuel ließ sich das durch den Kopf gehen und verkündete mir zwei Tage später, es sei schon ziemlich viel über die Mythologie Chiloés geschrieben worden und sein Buch trage nichts Neues bei, sofern er nicht eine Interpretation der Geschichten anbieten könne. Er hat mit seinen Verlegern gesprochen, und die haben den Abgabetermin für das neue Manuskript um vier Monate verschoben; wir müssen draufhalten. Daniel beteiligt sich aus der Ferne, weil es ihn interessiert, und so habe ich einen weiteren Vorwand, ständig in Kontakt mit unserem Berater in Seattle zu treten.

Das Winterwetter schränkt die Aktivitäten auf der Insel ein, aber zu tun ist immer etwas: Man muss sich um die Kinder und die Tiere kümmern, bei Ebbe Muscheln sammeln, Netze flicken, notdürftig die Schäden beheben, die der letzte Sturm an den Häusern angerichtet hat, stricken und die Wolken zählen bis um acht am Abend, wenn die Frauen sich für die nächste Folge der Soap und die Männer zum Trinken und Trucospielen treffen. Es regnet schon die ganze Woche, stur vergießt der südliche Himmel seine Tränen, und wo beim Unwetter am Dienstag die Schindeln verrutscht sind, drückt sich das Wasser durch. Wir stellen Schüsseln drunter und sind ständig mit Lappen dabei, den Boden zu trocknen. Wenn es aufklart, klettere ich aufs Dach, denn Manuel ist aus dem Alter für akrobatische Kunststücke raus, und die Hoffnung, dass sich der Meister Reisig vor dem Frühling blicken lässt, haben wir aufgegeben. Das Tropfen des Wassers macht unsere drei Fledermäuse unruhig, die kopfunter an den höchsten Balken hängen, wo der Dusselkater sie mit seinen Tatzenhieben nicht erreichen kann. Mich graust vor diesen geflügelten Mäusen mit ihren blinden Augen, weil sie mir nachts das Blut aussaugen könnten, und wenn Manuel tausendmal behauptet, dass sie mit den transsilvanischen Vampiren weder verwandt noch verschwägert sind.

Wir sind mehr denn je vom Brennholz und dem schwarzen Eisenofen abhängig, auf dem der Teekessel immer bereitsteht für Mate- oder Schwarztee; ein zart rauchiger, würziger Duft hängt in den Kleidern und Haaren. Mein Zusammenleben mit Manuel ist ein behutsamer Tanz, er kümmert sich ums Brennholz, ich spüle, und zusammen kochen wir. Eine Zeitlang haben wir auch beide geputzt, weil Eduvigis nicht mehr kam, obwohl sie weiterhin Juanito schickte, der die schmutzige Wäsche abholte und sie sauber zurückbrachte, aber inzwischen arbeitet sie wieder bei uns.

Nach Azucenas Abtreibung war Eduvigis sehr still, ging nur ins Dorf, wenn es sich nicht vermeiden ließ, und wechselte mit niemandem ein Wort. Sie wusste, was hinter ihrem Rücken über ihre Familie geredet wurde; viele warfen ihr vor, sie habe zugelassen, dass Carmelo Corrales sich an seinen Töchtern verging, aber es gab auch welche, die gaben den Töchtern die Schuld, »die haben den Alten doch verführt, der war betrunken und hat nicht gewusst, was er tut«, hörte ich sie in der »Taverne zum lieben Toten« sagen. Blanca erklärte mir, in den meisten Fällen setze sich die Frau nicht gegen den Missbrauch zur Wehr und es sei ungerecht, Eduvigis als Mittäterin zu verurteilen, sie sei wie die anderen in ihrer Familie ein Opfer. Sie habe sich vor ihrem Mann gefürchtet und ihm nie die Stirn bieten können. »Man hat leicht reden, wenn man selbst so etwas nie erlebt hat«, sagte Blanca. Das brachte mich zum Nachdenken, denn ich hatte zu den Ersten gehört, die Eduvigis heftige Vorwürfe machten. Weil es mir leidtat, ging ich zu ihr. Ich fand sie über ihren Waschtrog gebeugt, in dem sie mit Wurzelbürste und blauer Seife unsere Bettlaken wusch. Sie trocknete sich die Hände an der Schürze ab und bot mir ein »Teechen« an, ohne mich anzusehen. Wir setzten uns vor den Ofen, warteten, bis das Wasser kochte, dann tranken wir schweigend unseren Tee. Dass ich hier war, um mich mit ihr zu versöhnen, lag auf der Hand, es wäre ihr unangenehm gewesen, wenn ich sie um Entschuldigung gebeten hätte, und respektlos, hätte ich Carmelo Corrales erwähnt. Wir wussten beide, weshalb ich gekommen war.

»Wie geht es Ihnen, Doña Eduvigis?«, fragte ich

schließlich, als wir die zweite, mit dem gleichen Beutel aufgebrühte Tasse Tee ausgetrunken hatten.

»Es muss ja. Und Ihnen, Gringuita?«

»Auch, danke. Und Ihre Kuh, ist sie gesund?«

»Ja, ja, hat aber ihre Jährchen auf dem Buckel.« Sie seufzte. »Wenig Milch. Nicht mehr lang, dann ist es vorbei mit ihr, meine ich.«

»Manuel und ich nehmen jetzt Kondensmilch.«

»Jesses! Sagen Sie dem Herrn, gleich morgen bringt der Juanito gute Milch und guten Käse.«

»Danke, Doña Eduvigis.«

»Und das Haus ist wohl auch nicht sehr sauber …«

»Nein, nein, es ist ziemlich schmutzig, was soll ich sagen.«

»Jesses! Verzeihen Sie.«

»Nein, nein, da gibt es nichts zu verzeihen.«

»Sagen Sie dem Herrn, er kann sich auf mich verlassen.«

»Also wie immer, Doña Eduvigis.«

»Ja, ja, Gringuita, wie immer.«

Danach redeten wir über Krankheiten und über Kartoffeln, wie es das Protokoll vorsieht.

Das sind die neuesten Nachrichten. Der Winter in Chiloé ist kalt und lang, aber viel besser zu ertragen als im Norden der Welt, weil man hier keinen Schnee schippen und sich nicht in Pelze packen muss. In der Schule findet Unterricht statt, sofern das Wetter es zulässt, aber das Trucospiel in der Kneipe fällt nie aus, selbst wenn der Himmel von Blitzen zerrissen wird. Es fehlt nie an Kartoffeln in der Suppe, an Brennholz im Ofen oder an Matetee für die Freunde. Mal haben wir Strom, mal zünden wir Kerzen an.

Wenn es nicht regnet, trainieren die Jungs von der Caleuche-Mannschaft wild entschlossen für die Meisterschaft im September, keiner hat größere Füße bekommen, und die Fußballschuhe passen alle noch. Juanito ist Ersatzspieler, und Pedro Pelanchugay wurde zum Torwart gewählt. Hierzulande wird alles durch demokratische Wahl oder das Einsetzen einer Kommission entschieden, was manchmal ein bisschen umständlich ist, aber die Chilenen halten einfache Lösungen für illegal.

Doña Lucinda ist hundertzehn geworden und erinnert in den letzten Wochen mehr und mehr an eine verstaubte Stoffpuppe, kann sich nicht mehr aufraffen, ihre Wolle zu färben, sitzt nur da und sieht hinüber in den Tod, aber ihr wachsen neue Zähne. Bis zum Frühling wird es kein Curanto und keine Touristen hier geben, unterdessen stricken die Frauen und basteln, weil es Sünde ist, die Hände in den Schoß zu legen. Nichtstun ist etwas für Männer. Ich lerne stricken, damit ich nicht schief angeschaut werde; vorerst übe ich an Schals, nur rechte Maschen und mit dicker Wolle.

Die Hälfte der Inselbevölkerung ist erkältet, hat Husten oder Gliederschmerzen, doch wenn das Boot vom Gesundheitsdienst ein oder zwei Wochen ausbleibt, wird es nur von Liliana Treviño vermisst, die, wie es heißt, etwas mit dem milchgesichtigen Arzt hat. Der Priester wiederum ist jeden Sonntag pünktlich zur Stelle, um die Messe zu lesen, damit ihn die Pfingstler und Evangelikalen nicht ausstechen. Manuel meint, das werde so leicht nicht passieren, die katholische Kirche habe in Chile mehr Einfluss als im Vatikan. Er hat mir erzählt, Chile habe als letztes Land dieser Erde ein Scheidungsgesetz verabschiedet, und das sei so kompliziert, dass man den Ehegatten besser umbringt, als die Scheidung einzureichen, deshalb heirateten die Leute erst gar nicht, und die meisten Kinder kämen unehelich zur Welt. Über Abtreibung wird nicht gesprochen, schon das Wort gilt als unfein, praktiziert wird sie allerdings reichlich. Die Chilenen verehren den Papst, hören aber in sexuellen Fragen und bei deren Folgen nicht auf ihn, weil ein alter Mann, der im Zölibat lebt, ein gutes wirtschaftliches Auskommen hat und nie im Leben arbeiten musste, davon wenig versteht.

Die Soap kommt nur schleppend voran, inzwischen sind wir bei Folge zweiundneunzig, und alles ist noch genau wie am Anfang. Die Serie ist das wichtigste Ereignis auf der Insel, und das Unglück der Figuren schlimmer als das eigene. Manuel schaut die Serie nicht, und ich kann dem, was die Schauspieler sagen, nicht richtig und der Handlung fast überhaupt nicht folgen, offenbar ist eine gewisse Elisa von ihrem Onkel entführt worden, der sich in sie verliebt hat und sie irgendwo gefangen hält, und die Tante sucht nach ihr, um sie umzubringen, statt ihren Mann umzubringen, was viel sinnvoller wäre.

Meine Freundin, die Pincoya, und ihre Seelöwenfamilie sind nicht mehr bei der Grotte; sie sind in andere Gewässer und auf andere Klippen umgezogen, kommen aber wieder; die Fischer haben mir versichert, dass die Tiere feste Gewohnheiten pflegen und immer im Sommer zurückkehren.

Livingston, der Polizeihund, ist ausgewachsen und ein polyglottes Tier geworden: Er versteht Anweisungen auf Englisch, Spanisch und Chilotisch. Ich habe ihm eine Handvoll Tricks beigebracht, die jedes Haustier kennt, und den Rest hat er allein gelernt, so dass er jetzt Schafe und Betrunkene zusammentreibt, die Beute apportiert, wenn man ihn zur Jagd mitnimmt, bei Feuer oder Überschwemmung anschlägt, Drogen aufspürt – außer Marihuana – und Humilde Garay zum Spaß angreift, wenn der es ihm zu Vorführzwecken befiehlt, aber im richtigen Leben ist er sehr brav. Leichen hat er noch keine entdeckt, weil wir leider keine hatten, wie Garay sagt, aber er hat den vierjährigen Enkel von Aurelio Ñancupel gefunden, als der auf dem Hügel verlorenging. Für meine Ex-Stiefmutter Susan wäre ein Hund wie Livingston Gold wert.

Ich habe zweimal beim Hexentreffen in der Ruca

gefehlt, das erste Mal, als Daniel hier war, und dann in diesem Monat, weil die Küstenwacht wegen einer Sturmwarnung das Auslaufen verboten hatte und Blanca und ich nicht auf die Isla Grande konnten. Es tat mir sehr leid, denn wir wollten das Neugeborene von einer der Frauen segnen, und ich hatte mich schon darauf gefreut, es zu beschnüffeln. Ich mag Kinder, wenn sie einem noch nicht widersprechen. Unser monatlicher Hexensabbat im Bauch der Pachamama und diese jungen, sinnlichen Frauen, die im Kopf und in der Seele gesund sind, haben mir sehr gefehlt. Bei ihnen fühle ich mich angenommen, ich bin nicht die Gringa, ich bin Maya, eine der Hexen, und ich gehöre auf diese Erde. Wenn wir in Castro sind, bleiben wir immer für ein oder zwei Nächte bei Don Lionel, in den ich mich verliebt hätte, hätten mir die Sterne nicht Daniel zugespielt. Der Mann ist genauso unwiderstehlich wie der mythische Millalobo, ein Trumm von einem Kerl, überschäumend, schnauzbärtig, wollüstig. »Was du ein Glück hast, du Kommunist!«, ruft er jedes Mal, wenn er Manuel sieht, »dass dir diese wunderbare Gringuita ins Haus geschneit ist!«

Das Verfahren im Fall Azucena Corrales wurde aus Mangel an Beweisen eingestellt, nichts deutete darauf hin, dass der Abbruch vorsätzlich herbeigeführt war, was der Vorteil ist bei einem konzentrierten Sud aus Avocadoblättern und Borretsch. Wir haben die Kleine nicht wiedergesehen, sie lebt jetzt in Quellón bei ihrer älteren Schwester, der Mutter von Juanito, die ich bis heute nicht kennengelernt habe. Nach dem Vorfall stellten die beiden Polizisten Cárcamo und Garay auf eigene Faust Nachforschungen über die Vaterschaft des toten Kindes an und vermuteten schließlich, was alle schon wussten, dass Azucena genau wie ihre Schwester vom eigenen Vater vergewaltigt worden war. Das ist »privatim«, sagt man hier, und keiner fühlt sich berechtigt einzugreifen, wenn etwas hinter geschlossenen Türen geschieht. Die dreckige Wäsche wird zu Hause gewaschen.

Die Polizisten wollten die Frauen der Familie zu einer Anzeige überreden, dann hätten sie von Rechts wegen etwas unternehmen können, es gelang ihnen aber nicht. Auch Blanca brachte Azucena oder Eduvigis nicht dazu. Es gingen Gerüchte und Beschuldigungen um, jeder im Dorf hatte eine Meinung zu der Sache, und am Ende löste sich der Skandal in Geplapper auf; doch unverhofft fand die Angelegenheit ein gerechtes Ende, als Carmelo Corrales an dem Fuß, der ihm geblieben war, Wundbrand bekam. Er wartete, bis Eduvigis in Castro war, wo sie die Formalitäten für die zweite Amputation erledigte, und spritzte sich seinen gesamten Vorrat an Insulin. Sie fand ihn bewusstlos und hielt ihn fest, bis er Minuten später starb. Niemand, auch keiner der Polizisten, verlor ein Wort über den Selbstmord; stillschweigend kam man überein, der Mann sei eines natürlichen Todes gestorben, damit er christlich bestattet werden konnte und der Familie, die schon genug durchgemacht hatte, eine weitere Demütigung erspart blieb.

Carmelo Corrales wurde beigesetzt, ohne dass auf den Wanderpriester gewartet wurde, der Kirchenhelfer hob in der kurzen Andacht das handwerkliche Geschick des verstorbenen Bootsbauers hervor, das einzig Gute, was ihm zu sagen einfiel, und anempfahl seine Seele der Gnade Gottes. Aus Mitleid mit der Familie waren eine Handvoll Leute gekommen, darunter Manuel und ich. Blanca war so wütend über das, was mit Azucena geschehen war, dass sie sich auf dem Friedhof nicht blicken ließ, kaufte aber in Castro einen Kranz aus Plastikblumen fürs Grab. Keins von Carmelos Kindern war zur Beerdigung gekommen, nur Juanito stand da in seinem zu klein gewordenen Kommunionsanzug an der Hand seiner Großmutter, die von Kopf bis Fuß Trauer trug.

Wir sind gerade vom Fest von Jesus von Nazareth auf der Insel Caguach zurück. Tausende Pilger reisten an, sogar aus Argentinien und Brasilien, die meisten standen dicht gedrängt auf Lastkähnen, die zwei- bis dreihundert Leute fassen, aber man sah auch kleine Fischerboote. Die Schiffe schwankten bedenklich in der aufgewühlten See, und am Himmel hingen schwere Gewitterwolken, aber niemand wirkte beunruhigt, denn man glaubt, die Jesusfigur beschütze die Pilger. Was nicht stimmen kann, denn in der Vergangenheit ist schon mehr als ein Boot gekentert, und einige Gläubige sind in den Fluten ertrunken. In Chiloé ertrinken viele Leute, weil niemand schwimmen kann außer den Angehörigen der Marine, die es notgedrungen lernen.

Die sehr wundertätige Jesusfigur besteht aus einem Drahtgestell mit Kopf und Händen aus Holz, trägt eine Perücke aus Menschenhaar, hat Glasaugen und eine von Tränen und Blut überströmte Leidensmiene. Zu den Aufgaben des Küsters gehört unter anderem, das Blut vor den Prozessionen mit Nagellack aufzufrischen. Vervollständigt wird das Bild durch eine Dornenkrone, eine dunkelblaue Kutte und ein schweres Kreuz. Manuel hat über den Jesus von Caguach geschrieben, der schon über dreihundert Jahre alt ist und ein Sinnbild für die Gläubigkeit der Menschen von Chiloé, für ihn war das alles nicht neu, aber er ist trotzdem mit mir hingefahren. Für mich, die Gringa aus Berkeley, hätte das Spektakel heidnischer nicht sein können.

In Caguach leben fünfhundert Menschen auf zehn Quadratkilometern, doch zu den Prozessionen im Januar und August kommen Tausende Gläubige; in Massen strömen sie herbei, um ihre Gelübde und Versprechen einzulösen, und es braucht die Unterstützung von Marine und Polizei, um den Betrieb auf See und während der viertägigen Feierlichkeiten an Land in geordneten Bahnen zu halten. Der Jesus von Nazareth vergibt denjenigen nicht, die ihre Schuld für erhaltenen Beistand nicht abgelten. In den Messen quellen die Körbchen für die Kollekte über von Geld und Schmuck, die Pilger geben, was sie können, einige trennen sich sogar von ihren Handys. Mir war angst und bange, erst auf der Cahuilla, die stundenlang schaukelnd in den Wellen hing und von einem tückischen Wind herumgeschubst wurde, während Pater Lyon am Heck saß und Loblieder auf den Herrn sang, dann auf der Insel selbst zwischen den Fanatikern und schließlich auf der Heimfahrt, als die Pilger unser Boot enterten, weil nicht genug Transportmittel verfügbar waren. Elf Männer und Frauen nahmen wir auf der Cahuilla mit, sie mussten stehen, stützten sich gegenseitig, ein paar von ihnen waren betrunken und fünf Mütter hielten ihre schlafenden Kinder im Arm.

Ich war mit gesunder Skepsis nach Caguach gefahren, wollte mir das Fest nur ansehen und es filmen, wie ich es Daniel versprochen hatte, aber ich muss zugeben, dass der religiöse Eifer mich ansteckte, und am Ende dankte auch ich auf Knien vor der Jesusfigur für zwei vorzügliche Neuigkeiten, die meine Nini geschrieben hatte. Ihr Verfolgungswahn treibt sie dazu, verrätselte Botschaften zu verfassen, aber da sie lange schreibt und oft, kann ich erraten, was sie meint. Zum einen ist es ihr endlich gelungen, das buntbemalte

Haus meiner Kindertage zurückzubekommen, nach drei Jahren Rechtsstreit mit dem indischen Geschäftsmann, der den umfassenden Mieterschutz von Berkeley schamlos ausnutzte und nie Miete zahlte. Meine Großmutter hat saubergemacht und die schwersten Schäden behoben und vermietet jetzt einzelne Zimmer an Studenten, das bringt genug Geld, um das Haus zu halten und selbst drin zu wohnen. Wie gern würde ich mal wieder durch diese wunderbaren Räume gehen! Die zweite Neuigkeit ist aber noch viel wichtiger und hat mit Freddy zu tun. Olympia Pettiford hat zusammen mit einer Begleiterin, offenbar eine ähnlich beeindruckende Erscheinung wie sie selbst, Freddy nach Berkeley geschleift und ihn dort in die Obhut von Mike O'Kelly gegeben.

Auf Caguach schliefen Manuel und ich im Zelt, weil es nicht genug Unterkünfte gab. Eigentlich sollte man dort besser auf den Ansturm der Gläubigen vorbereitet sein, schließlich wiederholt der sich zweimal jährlich seit über einem Jahrhundert. Der Tag war feucht und eisig gewesen, aber die Nacht wurde noch schlimmer. Wir bibberten in unseren Schlafsäcken, obwohl wir unsere sämtlichen Sachen anhatten, auch Mütze, Wollsocken und Handschuhe, der Regen prasselte aufs Zeltdach, und das Wasser drückte sich von unten durch die Bodenplane. Schließlich beschlossen wir, die Schlafsäcke zu verbinden, und in einem großen zu schlafen. Ich schmiegte mich an Manuels Rücken, und keiner von uns verlor ein Wort über unsere Abmachung vom Februar, dass ich nicht noch einmal in sein Bett kriechen würde. Wir schliefen selig, bis die Pilger draußen zu lärmen begannen.

Hungern musste keiner, es gab unzählige Stände mit Essen: Empanadas, Würstchen, Meeresfrüchte, in Glut gegarte Kartoffeln, Lamm am Spieß und chilenische Süßigkeiten, außerdem floss der Wein in Strömen, allerdings heimlich und aus Limoflaschen, weil Alkohol bei religiösen Festen von den Geistlichen nicht gern gesehen wird. Es gab zu wenig Toiletten, eine Reihe von Plastikklos, die schon nach ein paar Stunden widerlich waren. Männer und Kinder verschwanden hinter den Büschen, aber für die Frauen war das schon schwieriger.

Am zweiten Tag musste Manuel auf eins der Klos gehen, aus unerfindlichen Gründen verklemmte sich die Tür, und er war drinnen eingesperrt. Ich sah mir gerade an einer Seite der Kirche die Stände für Kunsthandwerk und Krimskrams an und kriegte es erst durch den Tumult mit, der plötzlich losbrach. Aus Neugier ging ich hin, hatte keine Ahnung, was da los war, sah erst nur eine Gruppe von Leuten an einer der Plastikkabinen herumzerren und sie fast umwerfen, und hörte dann Manuel innen schreien und wie wahnsinnig gegen die Wände schlagen. Etliche der Umstehenden lachten, aber ich merkte sofort, dass Manuel Angst hatte wie einer, der lebendig begraben ist. Das Tohuwabohu nahm zu, bis endlich einer, der von der Sache was verstand, die Hilfswilligen beiseiteschob und in aller Ruhe mit einem Taschenmesser den Riegel der Tür abmontierte. Fünf Minuten später konnte er sie öffnen, Manuel schoss heraus, stürzte mit blutrotem Gesicht zu Boden und krampfte und würgte. Da lachte keiner mehr.

Dann war Pater Lyon zur Stelle, und zu zweit halfen wir Manuel auf, hielten ihn an den Armen und machten ein paar zögerliche Schritte auf unser Zelt zu. Der Aufruhr hatte zwei Polizisten angelockt, und sie fragten, ob dem Herrn etwas fehle, obwohl sie bestimmt vermuteten, dass er über Gebühr getrunken hatte, denn mittlerweile schwankten einige Betrunkene durch die Menge. Ich weiß nicht, was Manuel dachte, aber es war, als wäre ihm der Teufel erschienen, mit entsetzter Miene stieß er uns weg, strauchelte, fiel auf die Knie und erbrach einen grünlichen Schaum. Die Polizisten wollten ihm hochhelfen, aber Pater Lyon trat ihnen mit der Gewichtigkeit, die ihm sein Ruf als Heiliger verleiht, in den Weg und versicherte, es handele sich um eine Magenverstimmung und wir könnten uns allein um den Kranken kümmern.

Wir brachten Manuel ins Zelt, wischten ihm mit einem feuchten Tuch Gesicht und Hände sauber und deckten ihn gut zu. Zusammengerollt schlief er drei Stunden lang, als hätte man ihn k. o. geschlagen. »Lass ihn allein, Gringuita, und stell ihm keine Fragen«, hatte Pater Lyon mich angewiesen, ehe er sich wieder seinen Priesterpflichten zuwandte, aber ich wollte nicht weggehen, blieb im Zelt und bewachte Manuels Schlaf.

Auf dem Vorplatz der Kirche waren mehrere Tische aufgebaut, an denen die Priester während der Messe die Kommunion verteilten. Dann begann die Prozession, die Jesusfigur wurde von den Gläubigen auf den Schultern getragen, alles sang aus vollem Hals, Dutzende Büßer rutschten auf den Knien durch den Schlamm oder verbrannten sich die Hände mit dem heißen Wachs der Kerzen und flehten um Vergebung für ihre Sünden.

Ich konnte mein Versprechen, das Ereignis zu filmen, nicht einlösen, weil mir bei der stürmischen Überfahrt nach Caguach die Kamera ins Meer gefallen war; ein geringer Verlust, wenn man bedenkt, dass einer Dame ihr Hündchen über Bord ging. Man zog es halb erfroren, aber atmend aus den Fluten, ein weiteres Wunder des Jesus von Nazareth, wie Manuel sagte. »Lass deinen Atheistenspott, Manuel, sonst gehen wir noch unter«, hatte Pater Lyon geantwortet.

Eine Woche nach der Pilgerreise bin ich mit Liliana Treviño zu Pater Lyon gefahren, eine seltsame, fast konspirative Aktion, von der Manuel und Blanca nichts erfahren sollten. Müsste ich ihnen das erklären, würde ich in die Bredouille geraten, schließlich habe ich kein Recht, in Manuels Vergangenheit zu stöbern, und schon gar nicht hinter seinem Rücken. Aber mich treibt meine Zuneigung, die durch unser Zusammenleben stetig gewachsen ist. Seit Daniel fort ist und es Winter wurde, verbringen wir viele Stunden allein in diesem Haus ohne Türen, das zu klein ist für Geheimnisse. Manuel und ich sind näher zusammengerückt; er vertraut mir endlich, ich darf seine Unterlagen und Notizen lesen, mir seine Bänder anhören, mich an seinen Computer setzen. Die Arbeit bietet mir einen Vorwand, in seinen Schubladen zu kramen. Ich habe ihn gefragt, warum er keine Fotos von Angehörigen und Freunden besitzt, und er sagte, er sei viel gereist, habe oft an unterschiedlichen Orten wieder bei null angefangen, sich auf seinem Weg von materieller und emotionaler Last befreit, und um sich an die Menschen zu erinnern, die ihm wichtig sind, brauche er keine Fotos. Auf seinem Computer habe ich nichts über den Teil seiner Vergangenheit gefunden, der mich interessiert. Ich weiß, dass er nach dem Putsch über ein Jahr im Gefängnis war, dass er nach Chiloé verbannt wurde und 1976 das Land verlassen hat; ich weiß von seinen Frauen, seinen Scheidungen, seinen Büchern, aber ich weiß nichts über seine Klaustrophobie oder seine Albträume. Wenn ich das nicht herausfinde, werde ich ihm nicht helfen können und nie wirklich wissen, wer er ist.

Ich bin sehr gern mit Liliana Treviño zusammen. In ihrer Art ähnelt sie meiner Großmutter: tatkräftig, idealistisch, unnachgiebig und leidenschaftlich, aber sie ist nicht so herrisch. Sie sorgte dafür, dass wir mit dem Boot des Gesundheitsdiensts unauffällig zu Pater Lyon fahren konnten, auf Einladung des Arztes, mit dem sie zusammen ist. Er heißt Juan Pedraza, ist gerade vierzig geworden und damit viel älter, als er aussieht. Seit zehn Jahren arbeitet er hier in Chiloé, lebt von seiner Frau getrennt, kämpft gerade mit der Scheidungsbürokratie, deren Mühlen nervtötend langsam mahlen, und hat zwei Kinder, eins davon mit Down-Syndrom. Sobald die Scheidung durch ist, möchte er Liliana heiraten, obwohl die nicht sieht, wozu das gut sein soll; sie sagt, ihre Eltern hätten neunundzwanzig Jahre zusammengelebt und drei Kinder großgezogen ohne staatliche Beglaubigung.

Die Fahrt nahm kein Ende, weil das Boot mehrere Stopps einlegte, und es war schon vier Uhr nachmittags, als wir beim Pater ankamen. Pedraza ließ uns an Land gehen und setzte seine gewöhnliche Tour fort mit dem Versprechen, uns anderthalb Stunden später wieder abzuholen und nach Hause zu bringen. Der Hahn mit dem schillernden Gefieder und der greise Schafbock, die ich schon kannte, wachten an gewohntem Ort über das kleine Schindelhaus des Geistlichen. Im winterlichen Licht kam mir alles Übrige verändert vor; selbst die Plastikblumen auf dem Friedhof schienen verblasst. Pater Lyon erwartete uns mit Tee, süßen Törtchen, frisch gebackenem Brot, Käse und Wurst, alles aufgetragen von einer Nachbarin, die sich um ihn kümmert und ihn bevormundet, als wäre er ein kleines Kind. »Nun ziehen Sie schön Ihren Poncho über, und das Aspirin nehmen wir auch schön, ich bin hier nicht Ihre Krankenschwester, mein Lieber«, befahl sie ihm, und er grummelte. Als wir allein waren, bat er uns, die Törtchen zu essen, denn sonst müsse er es tun und in seinem Alter lägen sie einem wie Geröll im Magen.

Wir mussten vor Einbruch der Dunkelheit zurück, hatten also wenig Zeit und kamen deshalb gleich zur Sache.

»Vielleicht fragst du besser Manuel nach dem, was du wissen willst, Gringuita«, schlug der Pfarrer zwischen zwei Schlucken Tee vor.

»Das habe ich getan, Pater, aber er weicht mir aus.«

»Dann muss man sein Schweigen akzeptieren.«

»Verzeihen Sie, Pater, aber ich bin nicht hergekommen, um Ihnen aus reiner Neugier die Zeit zu stehlen. Manuels Seele ist krank, und ich möchte ihm helfen.«

»Seine Seele … Und davon verstehst du etwas, Gringuita?« Er sah mich spöttisch lächelnd an.

»Einiges. Als ich nach Chiloé kam, war meine Seele krank, Manuel hat mich bei sich aufgenommen und mir geholfen, gesund zu werden. Jetzt bin ich an der Reihe, etwas für ihn zu tun, finden Sie nicht?«

Der Priester erzählte uns vom Militärputsch, von der gnadenlosen Hetzjagd danach und von seinem Einsatz für die Gefangenen, der aber nicht lange währte, weil er ebenfalls festgenommen wurde.

»Ich hatte mehr Glück als viele andere, Gringuita, der Kardinal persönlich holte mich nach nicht einmal zwei Tagen raus, aber gegen meine Verbannung konnte ich nichts machen.«

»Was geschah mit den Gefangenen?«

»Unterschiedlich. Du konntest der Geheimpolizei in die Hände fallen, der DINA oder späteren CNI, der herkömmlichen Polizei oder dem Sicherheitsdienst, der zu den Streitkräften gehörte. Manuel war erst im Nationalstadion und danach in der Villa Grimaldi.«

»Warum will er nicht darüber sprechen?«

»Es ist möglich, dass er sich nicht erinnert. Manchmal blockiert die Psyche traumatische Erfahrungen und wehrt sich damit gegen Wahnsinn oder Depression. Ein Beispiel. Aus meiner Zeit bei der Gefangenenhilfe. 1974 führte ich ein Interview mit einem Mann, der gerade aus einem der Foltergefängnisse entlassen worden war. Er war körperlich und seelisch am Ende. Ich zeichnete das Gespräch auf. Das taten wir damals immer. Wir konnten ihn außer Landes schaffen, und ich sah ihn lange nicht wieder. Fünfzehn Jahre später war ich in Brüssel und suchte ihn auf, ich wusste, dass er dort lebte und wollte ihn für einen Aufsatz interviewen, den ich für die Jesuiten-Zeitschrift *Mensaje* schrieb. Er erinnerte sich nicht an mich, war aber bereit, mit mir zu reden. Die zweite Aufzeichnung hat mit der ersten nicht die geringste Ähnlichkeit.«

»Wie das?«

»Der Mann erinnerte sich daran, dass er festgenommen worden war, an sonst nichts. Er hatte Orte, Daten und Einzelheiten aus seinem Gedächtnis gestrichen.«

»Sie haben ihm die erste Aufnahme doch sicher vorgespielt.«

»Aber nein, das wäre grausam gewesen. In dem ersten Gespräch hat er von Folterungen und sexuellen Übergriffen berichtet, die er erlitten hat. Er hatte das vergessen, um unversehrt weiterleben zu können. Vielleicht ist es bei Manuel genauso.«

»Falls dem so ist, kommt das, was Manuel verdrängt, in seinen Träumen an die Oberfläche«, meldete sich Liliana, die unser bisheriges Gespräch aufmerksam verfolgt hatte.

»Ich muss herausfinden, was ihm zugestoßen ist, Pater, bitte helfen Sie mir«, versuchte ich es noch einmal.

»Dafür müsstest du nach Santiago, Gringuita, und du wirst ziemlich tief graben müssen. Ich kann dir Leute nennen, die dir helfen würden …«

»Ich fahre hin, sobald ich kann. Haben Sie vielen Dank.«

»Ruf mich an, wann immer du willst, mein Kind. Ich habe jetzt mein eigenes Handy, aber E-Mails kannst du mir keine schreiben, die Geheimnisse der Computerwelt habe ich mir noch nicht erschließen können. Bei der Kommunikation bin ich arg veraltet.«

»Sie kommunizieren mit dem Himmel, Pater, was brauchen Sie einen Computer?«, sagte Liliana.

»Im Himmel ist man längst auf Facebook, mein Kind!«

Seit Daniel fort ist, werde ich immer ungeduldiger. Es sind schon drei endlose Monate vergangen, und ich mache mir Sorgen. Meine Großeltern haben sich nie getrennt, weil sie sich dann womöglich nicht wiedergefunden hätten; ich fürchte, das könnte mit Daniel und mir passieren. Allmählich vergesse ich, wie er riecht, wie fest seine Hände mich halten, wie seine Stimme klingt, wie schwer er ist, wenn er auf mir liegt, und logisch befallen mich Zweifel, ob er mich überhaupt liebt, ob er wiederkommen will oder unsere Begegnung für ihn bloß die Laune eines vorbeiflatternden Backpackers war. Zweifel über Zweifel. Er schreibt mir, das könnte mich beruhigen, argumentiert Manuel, wenn ich ihn mal wieder in den Wahnsinn treibe, aber er schreibt nicht oft genug und immer sehr knapp; nicht jeder kann sich schriftlich so gut ausdrücken wie ich (Bescheidenheit hin oder her), aber er sagt nicht, dass er nach Chile kommt, und das ist ein schlechtes Zeichen.

Ich brauchte unbedingt jemanden zum Reden, eine

Freundin in meinem Alter, der ich mein Herz ausschütten könnte. Blanca ist von meinen Liebeskummerlitaneien gelangweilt, und Manuel will ich nicht überstrapazieren, weil seine Kopfschmerzen häufiger und heftiger geworden sind, sie strecken ihn oft nieder, und dann helfen keine Schmerztabletten, keine kalten Umschläge und keine homöopathischen Kügelchen. Eine Zeitlang wollte er so tun, als wäre nichts, hat aber dann auf Blancas und mein Drängen hin seinen Neurologen angerufen und muss bald in die Hauptstadt, um dieses verdammte Bläschen in seinem Kopf untersuchen zu lassen. Er ahnt nicht, dass ich vorhabe mitzufahren, dank der großzügigen Hilfe des wundervollen Millalobo, der mir die Reise bezahlen und mir ein bisschen Taschengeld geben will. Die Tage in Santiago werde ich nutzen können, um das Puzzle von Manuels Vergangenheit richtig zusammenzusetzen. Ich muss ergänzen, was ich in Büchern und im Internet gelesen habe. Informationen gibt es zuhauf, es war nicht schwer dranzukommen, aber so ähnlich wie beim Zwiebelschälen, eine dünne und durchsichtige Schicht nach der anderen, und nie stößt man zu einem Kern vor. Ich habe viele Berichte über Folterungen und Morde gelesen, sie sind ausführlich dokumentiert, aber ich muss dorthin, wo all das geschehen ist, wenn ich Manuel verstehen will. Hoffentlich helfen mir die Kontakte von Pater Lyon weiter.

Mit Manuel und mit anderen darüber zu reden ist

schwierig; die Chilenen sind vorsichtig, wollen niemandem zu nahe treten und sagen ungern offen ihre Meinung, ihre Sprache ist ein Tanz der Euphemismen, die Zurückhaltung zur eingefleischten Gewohnheit geworden, und unter der Oberfläche schlummert eine Menge Groll, den niemand wecken will; fast könnte man meinen, dass sich alle irgendwie schämen, die einen, weil sie gelitten, andere, weil sie sich bereichert haben, die einen, weil sie gegangen, andere, weil sie geblieben sind, die einen, weil sie Angehörige verloren, andere, weil sie weggeschaut haben. Wieso hat meine Nini nie etwas davon erzählt? Sie hat Spanisch mit mir geredet, als ich klein war, auch wenn ich ihr auf Englisch geantwortet habe, hat mich ins Chilenische Kulturzentrum in Berkeley mitgenommen, wo die Lateinamerikaner sich treffen, um Musik zu hören, Theaterstücke oder Filme zu sehen, und hat mich Gedichte von Pablo Neruda auswendig lernen lassen, die ich nicht richtig verstand. Durch sie kannte ich Chile schon, ehe ich einen Fuß hierher setzte; sie erzählte mir von schroffen schneebedeckten Bergen, von schlafenden Vulkanen, die manchmal aus ihren Träumen auffahren, dass man meint, die Welt gehe unter, von der langen Pazifikküste mit ihren krausen Wellen und dem weißen Kragen aus Gischt, von der Wüste im Norden, trocken wie der Mond, doch ab und an ein Blütenmeer wie auf einem Gemälde von Monet, von den kühlen Wäldern, den klaren Seen, von sprudelnden Flüssen und blauen Gletschern. Meine Großmutter sprach von Chile im Tonfall einer Verliebten, aber nicht ein Wort sagte sie über die Menschen und ihre Geschichte, als sei das Land unberührt, unbewohnt, erst gestern von der Erde mit einem Seufzen geboren und jetzt unwandelbar. Traf sie auf Landsleute, redete sie schneller, ihre Sprachmelodie veränderte sich, und ich konnte der Unterhaltung nicht mehr folgen. Viele Einwanderer leben mit dem Blick zurück auf das ferne Land, das sie verlassen haben, aber meine Nini machte nie Anstalten, Chile zu besuchen. Sie hat einen Bruder in Deutschland, von dem sie sporadisch hört, ihre Eltern leben nicht mehr, und vom vielbeschworenen chilenischen Leben im Familienclan kann bei ihr keine Rede sein. »Ich habe dort niemanden mehr, warum sollte ich also hin?«, hat sie einmal zu mir gesagt. Ich werde warten müssen, bis wir uns sehen und ich sie von Angesicht zu Angesicht fragen kann, was mit ihrem ersten Ehemann geschah und warum sie nach Kanada gegangen ist.

FRÜHLING

September, Oktober, November und ein dramatischer Dezember

Die Insel ist heiter, denn die Eltern der Kinder sind angereist, um die Nationalfeiertage und den beginnenden Frühling hier zu begehen; der Winterregen, den ich erst poetisch fand, war irgendwann nicht mehr auszuhalten. Und ich feiere am 25. Geburtstag – ich bin Waage –, werde zwanzig und bin damit endlich kein Teenager mehr. Jesses, welche Erleichterung! Übers Jahr kamen an den Wochenenden immer mal wieder jüngere Leute, um ihre Familien zu besuchen, aber jetzt im September sind sie in großer Zahl hier, und alle Boote legten beladen an. Sie haben Geschenke für die Kinder dabei, die sie manchmal seit Monaten nicht gesehen haben, und Geld für die Großeltern, für neue Kleider oder Dinge für den Haushalt oder für ein neues Dach, wenn das alte den Winter nicht überstanden hat. Unter den Besuchern war auch Lucía Corrales, die Mutter von Juanito, eine sympathische Frau, gutaussehend und eigentlich zu jung, um einen elfjährigen Sohn zu haben. Sie berichtete, dass Azucena Arbeit als Putzfrau in einer Pension in Quellón gefunden hat, nicht mehr zur Schule gehen will und nicht vorhat, zurück auf unsere Insel zu kommen, weil sie sich den gehässigen Bemerkungen der Leute nicht aussetzen will. »Bei Vergewaltigungen wird oft den Opfern die Schuld gegeben«, sagte Blanca und bestätigte damit, was ich in der »Taverne zum lieben Toten« gehört habe.

Juanito ist seiner Mutter gegenüber zurückhaltend und vorsichtig, er kennt sie nur von Fotos, weil sie ihn in der Obhut von Eduvigis gelassen hat, als er zwei oder drei Monate alt war, und ihn nie besuchte, solange Carmelo Corrales noch gelebt hat, auch wenn sie oft mit ihm telefoniert hat und von jeher für seinen Lebensunterhalt sorgt. Der Junge hat mir häufig von ihr erzählt, war einerseits stolz, weil sie ihm gute Geschenke schickt, andererseits zornig, weil sie ihn bei den Großeltern gelassen hat. Mit geröteten Wangen und zu Boden gesenktem Blick stellte er sie mir vor: »Das ist die Lucía, die Tochter von meiner Großmutter.« Später erzählte ich ihm davon, dass meine Mutter weggegangen ist, als ich noch ganz klein war, und ich auch bei meinen Großeltern aufgewachsen bin, aber viel Glück hatte, eine unbeschwerte Kindheit, die ich gegen keine andere tauschen wollte. Er sah mich lange aus seinen großen, dunklen Augen an, da fielen mir die Striemen an seinen Beinen wieder ein, die Carmelo Corrales ihm mit dem Gürtel vor Monaten verpasst haben muss, als er ihn noch erwischen konnte. Ich nahm Juanito in die Arme, traurig, weil ich ihn davor nicht beschützen konnte und er von den Schlägen für immer gezeichnet sein wird.

September ist der chilenische Monat schlechthin.

Das Land wird von Nord nach Süd beflaggt, und noch in den entlegensten Siedlungen errichtet man »Asthütten«, vier Pfosten mit einem Dach aus Eukalyptuszweigen, unter dem sich das Dorf versammelt, um zu trinken und die steifen Knochen zu amerikanischer Musik zu schütteln und zur Cueca, dem Nationaltanz, der das Balzverhalten von Hahn und Henne nachahmt. Hier stellten wir ebenfalls Asthütten auf, es gab Berge von Empanadas und Flüsse aus Wein, Bier und Chicha; die Männer endeten schnarchend auf der Erde und wurden gegen Abend von den beiden Polizisten und den Frauen in den kleinen Lieferwagen des Gemüsehändlers verfrachtet und auf ihre Häuser verteilt. Kein Betrunkener wandert am 18. und 19. September in die Ausnüchterungszelle, es sei denn, er zieht ein Messer.

Bei Aurelio Ñancupel sah ich im Fernsehen, wie Präsidentin Michelle Bachelet in Santiago die Militärparade abnahm, umjubelt von den Massen, die sie verehren wie eine Mutter; nie zuvor war ein chilenischer Präsident derart beliebt. Vor der Wahl vor vier Jahren hätte niemand auf sie gewettet, weil man davon ausging, die Chilenen würden nicht für eine Frau stimmen, obendrein für eine Sozialistin und alleinerziehende Mutter, die erklärtermaßen nicht an Gott glaubt, aber sie gewann die Präsidentschaftswahlen und dann den Respekt von »Mann und Maus«, wie Manuel sagt, obwohl Mäuse auch in Chile nicht wahlberechtigt sind.

Wir hatten ein paar milde Tage und blauen Himmel, der Winter hat vor dem Ansturm der patriotischen Begeisterung die Waffen gestreckt. Mit dem beginnenden Frühling wurden die ersten Seelöwen in der Nähe der Grotte gesichtet, sie kehren bestimmt bald an ihren Stammplatz zurück, und ich kann an meine alte Freundschaft mit der Pincoya anknüpfen, sofern sie sich noch an mich erinnert. Ich gehe fast jeden Tag den Hügel hinauf zur Grotte, weil ich dort auf dem Weg meinen Pop treffen kann. Dass er da ist, zeigt sich deutlich, wenn Fákin nervös wird, der manchmal auch den Schwanz einklemmt und wegläuft. Oft sehe ich nur eine verschwommene Silhouette, rieche den köstlichen Duft von englischem Tabak oder habe das Gefühl, dass mein Pop mich umarmt. Dann schließe ich die Augen und überlasse mich der Wärme und Geborgenheit an seiner breiten Brust, seinem Scheichbauch, den starken Armen. Einmal fragte ich ihn, wo er im letzten Jahr gewesen ist, als ich ihn so dringend gebraucht hätte, und ich musste nicht auf die Antwort warten, weil ich sie im Grunde längst kannte: Er ist immer bei mir gewesen. Solange der Alkohol und die Drogen mein Leben beherrschten, drang niemand zu mir durch, ich war unzugänglich wie eine Auster in ihrer Schale, doch wenn ich keinen Ausweg mehr sah, hielt mein Großvater mich in den Armen. Er hatte stets ein Auge auf mich, und als ich in dieser öffentlichen Toilette an dem verschnittenen Heroin fast gestorben wäre, hat er mich gerettet. Heute, ohne Lärm in meinem Kopf, spüre ich ihn immer in meiner Nähe. Wenn ich die Wahl habe zwischen dem flüchtigen Vergnügen, einen Schluck zu trinken, und dem denkwürdigen, mit meinem Großvater einen Spaziergang über den Hügel zu machen, entscheide ich mich ohne Zögern für Letzteres. Mein Pop hat seinen Planeten am Ende doch gefunden. Diese entlegene Insel, unsichtbar im Tumult der Welt und grün, immer grün, ist sein vermisster Planet; anstatt beständig den Himmel danach abzusuchen, hätte er nur nach Süden schauen müssen.

Die Leute haben ihre Jacken ausgezogen und sitzen in der Sonne, aber ich trage weiter meine gallegrüne Wollmütze, weil unsere Mannschaft die Schulmeisterschaft verloren hat. Meine unglücklichen Caleuche-Jungs übernahmen mit hängenden Köpfen die volle Verantwortung für meinen Kahlkopf. Das entscheidende Spiel fand in Castro statt, die Hälfte der Inselbevölkerung war zum Anfeuern da, sogar Doña Lucinda hatten wir, an einem Stuhl festgezurrt und in Schals gewickelt, in Manuels Boot mitgenommen. Rotgesichtiger und stimmgewaltiger denn je spornte Don Lionel Schnake die Unseren aus voller Kehle an. Und wir hätten auch fast gewonnen, ein Unentschieden hätte uns genügt, es war ein böser Streich des Schicksals, dass wir im letzten Moment, dreißig Sekunden vor Abpfiff, noch ein Tor kassierten. Pedro Pelanchugay wehrte unter dem ohrenbetäubenden Jubel unserer Anhänger und den Pfiffen unserer Gegner einen granatenmäßigen Torschuss mit dem Kopf ab, war aber von dem Aufprall noch benommen, als so eine Mistsocke aus der zweiten Reihe die Kugel mit der Fußspitze seelenruhig ins Netz schob. Erst allgemeines Entsetzen, ein paar lange Sekunden völliger Lähmung, dann brach das Kriegsgeschrei los, und es flogen Bierdosen und Limoflaschen aufs Spielfeld. Don Lionel und ich hätten fast zusammen einen Herzstillstand erlitten.

Noch am gleichen Nachmittag ging ich zu ihm, um meine Wettschulden zu begleichen. »Wo denkst du hin, Gringuita! Die Wette war doch ein Witz«, versicherte mir der Millalobo, aber wenn ich in Ñancupels Taverne eines gelernt habe, dann, dass Wettschulden Ehrenschulden sind. Ich ging in einen kleinen Männerfriseurladen, wo der Chef persönlich schneidet, mit einem Lampenrohr in Blau-Weiß-Rot an der Tür und einem einzigen thronähnlichen Friseurstuhl drinnen, auf dem ich mit einigem Bedauern Platz nahm, weil Daniel das überhaupt nicht gut finden wird. Der Friseur rasierte mir sehr gekonnt den Kopf und brachte meinen Schädel mit einem Wildledertuch auf Hochglanz. Meine Ohren sehen überdimensioniert aus wie die Henkel einer etruskischen Vase, und meine Kopfhaut ist buntscheckig wie eine Landkarte von Afrika, was, wie der Friseur sagte, von den billigen Haarfärbemitteln herrührt. Er empfahl Abreibungen mit Zitronensaft und Chlor. Die Mütze ist notwendig, denn die Flecken sehen ansteckend aus.

Don Lionel fühlt sich schuldig und weiß nicht, wie er das wiedergutmachen soll, was aber gar nicht nötig ist, schließlich ist eine Wette eine Wette. Er hat Blanca gebeten, ein paar schicke Hüte für mich zu kaufen, damit ich nicht herumlaufen muss wie eine Lesbe auf Chemotherapie, wie er unverblümt gesagt hat, aber meine chilotische Wollmütze passt besser zu mir. Hierzulande sind die Haare ein Symbol für Weiblichkeit und Schönheit, die jungen Frauen tragen ihr Haar lang und pflegen es nach allen Regeln der Kunst. Was für ein mitleidiges Ach und Weh, als ich kahlköpfig in der Ruca erschien, eine Außerirdische zwischen diesen schönen strahlenden Frauen mit ihren üppigen Renaissancemähnen.

Manuel hatte eine Tasche mit ein bisschen Kleidung und seinem Manuskript gepackt, das er mit seinem Verleger besprechen wollte, und rief mich ins Wohnzimmer, um mir vor seiner Abreise nach Santiago letzte Anweisungen zu geben. Ich erschien mit meinem Rucksack über der Schulter und dem Ticket in der Hand und teilte ihm mit, er werde in den Genuss meiner Gesellschaft kommen, eine kleine Aufmerksamkeit von Don Lionel Schnake. »Und wer kümmert sich um die Tiere?«, versuchte er einen schwachen Widerstand. Ich erklärte ihm, Juanito werde Fákin mit zu sich nehmen und einmal am Tag die Katzen füttern, es sei alles geregelt. Mit keinem Wort erwähnte ich den verschlossenen Umschlag, den mir der wunderbare Millalobo in die Hand gedrückt hatte, damit ich ihn diskret an den Neurologen weitergebe, der, wie sich herausgestellt hat, zur Familie der Schnakes gehört, er ist nämlich mit einer Cousine von Blanca verheiratet. Das Netz der Beziehungen in diesem Land ist wie das schillernde Spinnennetz aus Galaxien, von dem mein Pop mir erzählt hat. Manuel sträubte sich vergebens und musste mich schließlich mitnehmen. Wir fuhren nach Puerto Montt und nahmen dort das Flugzeug nach Santiago. Für die Strecke, die ich in zwölf Stunden mit dem Bus nach Chiloé gefahren war, brauchten wir eine Stunde.

»Was ist los, Manuel?«, fragte ich kurz vor der Landung in Santiago.

»Nichts.«

»Was soll das heißen, nichts? Du hast kein Wort mit mir geredet, seit wir von zu Hause weg sind. Geht's dir nicht gut?«

»Doch.«

»Also bist du sauer.«

»Dass du entschieden hast, mitzukommen, ohne mich zu fragen, ist sehr aufdringlich.«

»Hör zu, Manuel, ich habe dich nicht gefragt, weil

du nein gesagt hättest. Man bittet besser um Verzeihung als um Erlaubnis. Verzeihst du mir, bitte?«

Dazu fiel ihm nichts ein, und bald besserte sich seine Laune. Wir fuhren in ein kleines Hotel im Zentrum, jeder bekam ein eigenes Zimmer, weil er sich keins mit mir teilen wollte, obwohl er weiß, wie schwer es mir fällt, allein zu schlafen, und dann lud er mich zu einer Pizza und ins Kino ein, zu *Avatar*, der bei uns auf der Insel nicht gelaufen ist und den ich unbedingt sehen wollte. Manuel wäre natürlich lieber in irgendeinen düsteren Weltuntergangsfilm gegangen, Asche überall und Menschenfresserbanden, aber wir warfen eine Münze, Zahl fiel, und ich gewann wie immer. Der Trick ist unfehlbar: Bei Zahl gewinne ich, bei Kopf verlierst du. Wir aßen Popcorn, Pizza und Eiscreme, was ein Festessen für mich war; nach Monaten frischer und nahrhafter Kost konnte ich ein bisschen Cholesterin gut gebrauchen.

Dr. Arturo Puga arbeitet vormittags in einem Armenkrankenhaus, wo er auch Manuel empfing, und hat nachmittags Privatsprechstunde in der Clínica Alemana, die in der reichsten Gegend von Santiago liegt. Ohne den geheimnisvollen Brief vom Millalobo, den ich ihm hinter Manuels Rücken über die Sprechstundenhilfe zukommen ließ, hätte er mich vielleicht nicht mit ins Behandlungszimmer gebeten. Der Brief öffnete mir alle Türen. Das Krankenhaus wirkte wie aus einem Film über den Zweiten Weltkrieg, altertümlich und riesig, mit unordentlich über Putz verlaufenden Leitungen, rostigen Waschbecken, gesprungenen Fliesen und blätternder Farbe an den Wänden, aber es war sauber und der Betrieb angesichts der Patientenmassen gut organisiert. Trotzdem warteten wir fast zwei Stunden in einem Raum mit einer Reihe von Metallstühlen, ehe unsere Nummer aufgerufen wurde. Dr. Puga, Leiter der neurochirurgischen Abteilung, empfing uns freundlich in seinem bescheidenen Sprechzimmer und hatte Manuels Krankenakte und seine Röntgenbilder vor sich auf dem Tisch. »In welchem Verhältnis stehen Sie zu dem Patienten, junge Frau?«, wollte er wissen. »Ich bin seine Enkelin«, sagte ich, ohne zu zögern, und erntete einen bestürzten Blick von Manuel.

Manuel steht seit zwei Jahren auf der Warteliste für eine mögliche Operation, und kein Mensch weiß, wie viele Jahre es noch dauern kann, bis er an die Reihe kommt, denn es handelt sich nicht um einen Notfall. Da er mit dem Bläschen in seinem Kopf über siebzig geworden ist, geht man davon aus, dass er gut noch ein paar Jahre warten kann. Die Operation ist riskant, und bei seiner Art von Aneurysma schiebt man sie möglichst lange auf in der Hoffnung, dass der Patient an etwas anderem stirbt, aber wegen der heftiger werdenden Migräneanfälle und Schwindelattacken ist bei Manuel offenbar die Zeit gekommen, etwas zu unternehmen.

Bei der herkömmlichen Methode wird der Schädel geöffnet, man dringt durch das Hirngewebe, bringt einen Clip an, der den Blutfluss in das Aneurysma verhindert, und schließt die Wunde wieder; sich davon zu erholen dauert etwa ein Jahr, und man muss mit ernsten Spätfolgen rechnen. Also wenig erfreuliche Aussichten. In der Clínica Alemana löst man das Problem allerdings über ein kleines Loch im Bein, dort wird ein Arterienkatheter eingeführt, man segelt durch die Gefäße bis zu dem Aneurysma und verfüllt es mit einem Platindraht, der sich wie ein Altweiberdutt darin zusammenrollt. Das Risiko ist viel geringer, man muss sechsunddreißig Stunden im Krankenhaus bleiben und braucht etwa einen Monat, um sich davon zu erholen.

»Elegant, einfach und völlig außerhalb meiner finanziellen Möglichkeiten, Herr Dr. Puga«, sagte Manuel.

»Da machen Sie sich mal keine Gedanken, Herr Arias, das regeln wir schon. Ich kann Sie operieren, ohne dass es Sie etwas kostet. Das Verfahren ist vergleichsweise neu, ich habe es in den USA gelernt, wo es bereits ein Routineeingriff ist, und muss einen Kollegen ausbilden, damit wir im Team arbeiten können. Ihre OP wäre also eine Art Unterrichtsstunde«, erklärte ihm Dr. Puga.

»Wollen Sie damit sagen, ein Meister Reisig schiebt einen Draht in Manuels Hirn?«, meldete ich mich entsetzt.

Der Arzt lachte und zwinkerte mir verstohlen zu, da fiel mir der Brief wieder ein, und ich begriff, dass das eine Verschwörung mit dem Millalobo war, der die Kosten für die OP übernehmen will, was Manuel erst erfahren darf, wenn schon alles gelaufen ist und er nichts mehr dagegen tun kann. Ich bin mit Blanca einer Meinung, dass es sich gleich bleibt, ob man wegen einer oder zwei Sachen in jemandes Schuld steht. Um es kurz zu machen: Manuel wurde in die Clínica Alemana eingewiesen, durchlief die notwendigen Voruntersuchungen, und am nächsten Tag führten Dr. Puga und sein angeblicher Lehrling den Eingriff durch, mit vollem Erfolg, wie sie uns versichert haben, auch wenn es keine Garantie gibt, dass das Bläschen stabil bleibt.

Blanca hat sich in der Schule vertreten lassen und ist gleich nach Santiago gekommen, als ich sie anrief und ihr von der Operation erzählte. Sie hat sich tagsüber wie eine Mutter um Manuel gekümmert, während ich meine Nachforschungen anstellte. Abends ging sie zum Schlafen zu einer Schwester, und ich schlief bei Manuel in der Klinik auf einem Sofa, das bequemer war als mein Bett in Chiloé. Das Kantinenessen hatte ebenfalls fünf Sterne verdient. Ich konnte mich zum ersten Mal seit Monaten hinter einer geschlossenen Tür duschen, aber nach dem, was ich inzwischen weiß, werde ich Manuel nie wieder damit nerven können, dass er bei sich daheim Türen einbauen soll.

Santiago hat sechs Millionen Einwohner und wächst mit seinen neuen Hochhausvierteln rauschhaft weiter in die Höhe. Die Stadt ist umgeben von Hügeln und schneebedeckten Bergen, sie ist sauber, wohlhabend und hektisch und besitzt einige gepflegte Parks. Der Verkehr ist rücksichtslos, denn die Chilenen, sonst so freundlich, lassen am Steuer ihren gesamten Frust ab. Zwischen den Autos wuseln Straßenhändler herum, bieten Obst, Fernsehantennen, Pfefferminzbonbons und allen erdenklichen Krimskrams feil, und an jeder Ampel zeigen Gaukler halsbrecherische Zirkusnummern und gehen mit dem Hut rum. Wir hatten Glück mit dem Wetter, auch wenn man manchmal wegen der Luftverschmutzung die Farbe des Himmels nicht erkennen konnte.

Eine Woche nach dem Eingriff reisten wir zurück nach Chiloé, wo die Tiere auf uns warteten. Fákin begrüßte uns mit einem jämmerlichen Tanz, und man konnte seine Rippen zählen, weil er nicht hatte fressen wollen, während wir fort waren, wie uns Juanito zerknirscht erzählte. Wir fuhren gegen die Empfehlung von Dr. Puga heim, denn Manuel wollte nicht einen ganzen Monat im Haus von Blancas Schwester in Santiago bleiben, wo wir störten, wie er sagte. Blanca bat mich, vor ihrer ultrarechten Familie mit keinem Wort zu erwähnen, was wir über Manuels Vergangenheit herausgefunden hatten, denn das wäre sehr schlecht angekommen. Man kümmerte sich rührend um uns, und alle, sogar die halbwüchsigen Kinder, erboten sich, Manuel zu den Untersuchungen in die Klinik zu begleiten, und sahen nach ihm.

Ich teilte ein Zimmer mit Blanca und bekam einen Eindruck davon, wie die Reichen in ihren eingezäunten Wohngegenden leben, mit Hausangestellten, Gärtnern, Pool, Rassehunden und drei Autos. Man brachte uns das Frühstück ans Bett, ließ uns Bäder mit Aromasalzen ein und bügelte sogar meine Jeans. So etwas hatte ich noch nie erlebt, und ich war ziemlich angetan; ich könnte mich im Nu ans Reichsein gewöhnen. »Die sind gar nicht richtig reich, Maya, sie haben keinen Privatjet«, spottete Manuel, als ich das ihm gegenüber erwähnte. »Du hast die Mentalität eines armen Schluckers, das ist das Problem mit euch Linken«, sagte ich und dachte an Mike O'Kelly und meine Nini, die aus Berufung arm sind. Ich bin da anders, mir kommen Gleichheit und Sozialismus gewöhnlich vor.

In Santiago strengten mich die Luftverschmutzung, der Verkehr und die Anonymität an. In Chiloé erkennt man die Auswärtigen daran, dass sie auf der Straße nicht grüßen, in Santiago glaubt man, wer auf der Straße grüßt, sei nicht ganz dicht. Im Aufzug der Clínica Alemana grüßte ich wie eine Blöde, und die Angesprochenen starrten Löcher in die Wand, um nicht antworten zu müssen. Ich mochte Santiago nicht und konnte es kaum erwarten, zurück auf unsere Insel zu kommen, wo das Leben ein ruhiger Fluss und die Luft sauber ist, man Stille und Zeit findet, um seine Gedanken zu Ende zu denken.

Es wird noch etwas dauern, bis Manuel wieder ganz auf dem Damm ist, der Kopf tut ihm noch weh, und er schwächelt ein bisschen. Die Anweisungen von Dr. Puga waren unmissverständlich, er muss ein halbes Dutzend Pillen am Tag schlucken, bis Dezember weitgehend Ruhe halten, dann noch einmal für eine CT nach Santiago, sollte körperliche Anstrengung bis an sein Lebensende vermeiden und, je nach Glaubensrichtung, auf sein Glück oder auf Gott vertrauen, denn der Platindraht ist keine unfehlbare Einrichtung. Vielleicht könnte es nicht schaden, wenn wir uns für alle Fälle an eine Machi wenden …

Blanca und ich haben beschlossen, auf eine günstige Gelegenheit zu warten, um mit Manuel über das zu sprechen, worüber wir sprechen müssen. Wir wollen ihn nicht unter Druck setzen. Im Moment pflegen wir ihn, so gut wir können. Er ist daran gewöhnt, dass Blanca und diese Gringa, die in seinem Haus lebt, ihn herumkommandieren, deshalb kommt ihm unsere neue Nettigkeit verdächtig vor, er glaubt, wir verheimlichten ihm etwas und sein Zustand sei weitaus kritischer, als ihm Dr. Puga gesagt hat. »Wenn ihr mich behandelt wie einen Invaliden, dann kann ich auf eure Gesellschaft verzichten«, knurrt er.

Mit Hilfe eines Stadtplans und einer Liste von Orten und Namen, die Pater Lyon mir hatte zukommen lassen, konnte ich Manuels Leben in den entscheidenden Jahren zwischen dem Militärputsch und seinem Gang ins Exil nachvollziehen. 1973 war er sechsunddreißig Jahre alt, einer der jüngsten Dozenten an der Fakultät für Sozialwissenschaften, war verheiratet, aber offenbar stand es mit seiner Ehe nicht zum Besten. Er war kein Kommunist, wie der Millalobo glaubt, und auch sonst nicht Mitglied einer Partei, sympathisierte jedoch mit den Anliegen von Salvador Allende und nahm an den Massenkundgebungen teil, die damals sowohl für als auch gegen die Regierung stattfanden. Als es zum Putsch kam, am Dienstag, dem 11. September 1973, war das Land in zwei unversöhnliche Lager gespalten, niemand konnte neutral bleiben. Zwei Tage nach dem Putsch wurde die zunächst für achtundvierzig Stunden verhängte Ausgangssperre aufgehoben, und Manuel ging wieder zur Arbeit. Er fand die Universität besetzt von Soldaten in voller Kriegsbewaffnung und Kampfmontur, die Gesichter rußgeschwärzt, sah Einschusslöcher in den Mauern und Blut auf den Treppen und wurde von jemandem gewarnt, dass sämtliche Studenten und Lehrer, die sich zur Zeit des Putsches im Gebäude aufhielten, festgenommen worden waren.

Chile war immer stolz auf seine Demokratie und seine Institutionen gewesen und dieser Gewaltausbruch so jenseits alles Vorstellbaren, dass Manuel die Tragweite des Geschehenen vollkommen falsch einschätzte und auf die nächste Polizeiwache ging, um sich nach seinen Kollegen zu erkundigen. Er kam dort nicht mehr heraus. Mit verbundenen Augen brachte man ihn ins Nationalstadion, das zum Gefangenenlager umfunktioniert worden war. Darin befanden sich bereits Tausende Menschen, die in den vergangenen zwei Tagen festgenommen worden waren, wurden misshandelt, waren hungrig, schliefen auf dem nackten Betonboden, hockten den Tag über auf den Tribünen und beteten still, man möge sie nicht wie andere Unglückliche zum Verhör in die Krankenstation bringen. Man hörte die Schreie der Opfer und nachts die Schüsse der Hinrichtungen. Die Gefangenen hatten keinen Kontakt zur Außenwelt und zu ihren Familien, die allerdings Pakete mit Essen und Kleidung abgeben konnten in der Hoffnung, dass die Wachen sie auch ablieferten. Manuels Frau gehörte zur Bewegung der revolutionären Linken, der vom Militär am stärksten verfolgten Gruppierung, hatte sich sofort nach Argentinien abgesetzt und floh von dort weiter nach Europa; sie sollte ihren Mann erst drei Jahre später wiedersehen, als beide Zuflucht in Australien fanden.

Gebeugt von Schuld und Gram und aus nächster Nähe von zwei Soldaten bewacht, schritt ein Mann mit Kapuze die Stadiontribüne ab. Er deutete auf angebliche sozialistische oder kommunistische Aktivisten, die unverzüglich hinab in die Katakomben des Stadions gebracht und dort gefoltert oder ermordet wurden. Ob irrtümlich, ob aus Angst, jedenfalls zeigte der unselige Kapuzenmann auf Manuel Arias.

Tag für Tag, Station für Station, vollzog ich Manuels Leidensweg nach und tastete mich so vor zu den unauslöschlichen Narben, die die Diktatur in Chile und in Manuels Seele hinterlassen hat. Jetzt weiß ich, was sich hinter der Fassade dieses Landes verbirgt. In einem Park am Ufer des Río Mapocho, wo fünfunddreißig Jahre zuvor viele Leichen von Gefolterten in der Strömung trieben, las ich, was die mit der Untersuchung der Gräueltaten betraute Kommission zutage gefördert hatte, eine ausführliche Schilderung von Leid und Grausamkeit. Über einen mit Pater Lyon befreundeten Priester konnte ich die Unterlagen der Vicaría de Solidaridad einsehen, einer Einrichtung der katholischen Kirche, die den Opfern der Unterdrückung beigestanden, Buch über die Verschwundenen geführt und der Diktatur aus dem Herzen der Kathedrale heraus die Stirn geboten hatte. Ich sah Hunderte Fotos von Menschen an, die man verhaftet hatte und die dann spurlos verschwanden, junge Leute zumeist, und ich las die Anklagen von Frauen, die noch heute ihre Kinder suchen, ihre Männer, manchmal ihre Enkel.

Manuel war im Sommer und Herbst 1974 im Nationalstadion und anderen Gefangenenlagern interniert und wurde dort unzählige Male verhört. Die Geständnisse waren ohne Belang und landeten irgendwo zwischen blutverschmierten Aktendeckeln, für die sich außer den Ratten niemand interessierte. Genau wie viele andere Gefangene wusste auch Manuel nie, was seine Peiniger hören wollten, und begriff schließlich, dass es keine Rolle spielte, weil auch sie keine Ahnung hatten, wonach sie suchten. Das waren keine Verhöre, sondern Strafaktionen, um eine Herrschaft des Schreckens zu errichten und jeden Widerstand der Bevölkerung im Keim zu ersticken. Angeblich suchte man nach Depots von Waffen, die von der Regierung Allende an die Bevölkerung verteilt worden sein sollten, aber auch Monate nach dem Putsch hatte man nichts gefunden, und niemand glaubte mehr an diese vermeintlichen Waffenlager. Der Terror lähmte die Menschen, er war das wirksamste Mittel, um eine eiskalte Kasernenordnung durchzusetzen. Das war ein langfristiges Vorhaben, mit dem das Land von Grund auf verändert werden sollte.

Im Winter 1974 war Manuel in einem Anwesen außerhalb Santiagos inhaftiert, das einst der einflussreichen, aus Italien stammenden Familie Grimaldi gehört hatte. Die Tochter der Familie war festgenommen worden und hatte sich ihre Freiheit mit dem Familienanwesen erkauft. Der Gebäudekomplex ging in den

Besitz der berüchtigten DINA über, des nationalen Geheimdienstes, der eine eiserne Faust im Wappen trug und für viele Verbrechen verantwortlich ist, darunter auch einige im Ausland verübte, so die Ermordung des früheren Oberbefehlshabers der Streitkräfte in Buenos Aires und eines Ex-Ministers mitten in Washington, wenige Straßen vom Weißen Haus entfernt. Aus der Villa Grimaldi machte man das gefürchtetste Verhörzentrum des Landes, viertausendfünfhundert Gefangene wurden hinter ihre Mauern verschleppt, und viele von ihnen kamen nicht mehr lebend heraus.

Am Ende meiner Woche in Santiago zwang ich mich zum Besuch der Villa Grimaldi, heute ein stiller Park, wo die Erinnerung an diejenigen umgeht, die dort gelitten haben. Als es so weit war, konnte ich nicht allein hin. Meine Großmutter glaubt, dass Orte von dem gezeichnet sind, was die Menschen dort erlebt haben, und ich fand nicht den Mut, mich ohne die Hand eines Freundes der Schlechtigkeit und dem Schmerz auszusetzen, die für immer mit diesem Ort verbunden sind. Weil außer Liliana und Pater Lyon nur Blanca von meinen Nachforschungen über Manuels Vergangenheit wusste, bat ich sie darum, mich zu begleiten. Sie machte einen zaghaften Versuch, mich davon abzubringen, »wozu weiter in etwas stochern, das so lange zurückliegt«, ahnte aber wohl, dass dort der Schlüssel zu Manuels Leben verborgen ist, und ihre Liebe zu ihm war stärker als ihr Unwillen, sich etwas auszusetzen, vor dem sie lieber die Augen verschlossen hätte. »Also schön, Gringuita, dann lass uns sofort gehen, ehe es mir leidtut«, sagte sie.

Die Villa Grimaldi heißt heute Friedenspark, ein Hektar Grün mit schläfrigen Bäumen. Von den Gebäuden, die dort zu Manuels Zeit standen, ist kaum etwas geblieben, weil während der Diktatur alles abgerissen wurde im Bemühen, die Spuren des Unverzeihlichen zu beseitigen. Allerdings gelang es den Bulldozern nicht, die hartnäckigen Geister zu vertreiben oder die Todesschreie zum Verstummen zu bringen, die man noch heute dort wahrnehmen kann. Wir gingen vorbei an Bildern, Denkmälern, großen Leinwänden mit den Gesichtern von Toten und Verschwundenen. Ein Museumsführer erläuterte uns, was man mit den Gefangenen getan hatte, erklärte die gebräuchlichsten Foltermethoden anhand schematischer Zeichnungen menschlicher Figuren, man hängte sie an den Armen auf, drückte ihre Köpfe in Wassertonnen, band sie auf Eisenpritschen, die unter Strom gesetzt wurden, ließ Frauen von Hunden vergewaltigen, schob Männern Besenstiele in den Anus. Auf einer Steinwand fand ich zwischen zweihundertsechsundsechzig Namen auch den von Felipe Vidal und konnte so das letzte Teil des Puzzles legen. In der Hölle der Villa Grimaldi waren Manuel Arias, Universitätsdozent, und Felipe Vidal, Journalist, einander begegnet, dort hatten sie zusammen gelitten, und einer hatte überlebt.

Blanca und ich kamen zu der Überzeugung, dass wir mit Manuel über seine Vergangenheit reden mussten, und bedauerten, dabei nicht auf Daniels Hilfe zurückgreifen zu können, denn bei einem solchen Gespräch wäre professionelle Begleitung angebracht, selbst die eines noch unerfahrenen Psychiaters wie Daniel. Blanca meint, was Manuel erlebt hat, müsse mit so viel Vorsicht und Fingerspitzengefühl behandelt werden wie sein Aneurysma, weil es in einer Blase in seiner Erinnerung verkapselt ist, und wenn die jäh aufbricht, kann ihn das umbringen. An besagtem Tag war Manuel nach Castro gefahren, um ein paar Bücher abzuholen, und wir nutzten die Gelegenheit und bereiteten ein Abendessen vor, weil wir wissen, dass er immer bei Sonnenuntergang heimkommt.

Ich backte Brot, was ich gern tue, wenn ich nervös bin. Es beruhigt mich, den Teig kräftig zu kneten, ihn in Form zu bringen, zu warten, dass er unter dem weißen Tuch geht, ihn auszubacken, bis er golden ist, und das Brot dann noch warm meinen Freunden zu servieren. Ein bedächtiges Ritual, das mir heilig ist. Blanca bereitete unterdessen das unfehlbare Huhn mit Senf und Speck nach Frances' Rezept zu, Manuels neues Lieblingsgericht, und hatte als Nachtisch Maronen in Sirup mitgebracht. Das Haus duftete anheimelnd nach frischem Brot und dem Huhn, das in einem Tontopf leise köchelte. Ein eher kühler Abend, friedlich, mit grauem Himmel und windstill. Bald würde wieder Vollmond sein und ein weiteres Treffen der schönen Frauen in der Ruca stattfinden.

Seit der Operation ist etwas anders zwischen Manuel und Blanca, ihre Aura strahlt, würde meine Großmutter sagen, sie sind umgeben vom flirrenden Licht der frisch Erleuchteten. Es gibt auch ein paar weniger verborgene Zeichen, etwa dass sie sich verschwörerisch ansehen, einander ständig berühren müssen, die Absichten und Wünsche des anderen vorausahnen. Was mich einerseits freut, schließlich tue ich dafür seit Monaten, was ich kann, andererseits mache ich mir Sorgen um meine Zukunft. Was wird aus mir, wenn die beiden endlich doch in diese Liebe eintauchen, die sie so viele Jahre aufgeschoben haben? Manuels Haus ist zu klein für drei, und auch bei Blanca wäre es eng. Ich hoffe bloß, bis dahin ist meine Zukunft mit Daniel geklärt.

Manuel brachte eine Tasche voller Fachbücher nach Hause, die er bei seinen Buchhändlerfreunden bestellt hatte, und einige englischsprachige Romane, die meine Nini postlagernd nach Castro geschickt hatte.

»Feiert jemand Geburtstag?«, fragte er und schnüffelte in der Luft.

»Wir feiern die Freundschaft. Wie dein Zuhause sich verändert hat, seit die Gringuita hier ist!«, sagte Blanca.

»Du meinst die Unordnung?«

»Ich meine die Blumen, das gute Essen und die Gesellschaft, Manuel. Sei nicht undankbar. Sie wird dir sehr fehlen, wenn sie weggeht.«

»Hat sie etwa vor zu gehen?«

»Nein, Manuel. Ich habe vor, Daniel zu heiraten und hier bei dir mit den vier Kindern zu leben, die wir haben werden«, sagte ich lachend.

»Ich hoffe, dein Liebster ist damit einverstanden«, sagte er ebenfalls lachend.

»Warum nicht? Daran gibt's nichts auszusetzen.«

»Ihr würdet euch totlangweilen auf diesem felsigen Eiland, Maya. Von auswärts kommt nur, wer genug hat von der Welt. Niemand zieht sich hierher zurück, bevor er überhaupt angefangen hat zu leben.«

»Ich bin hergekommen, um mich zu verstecken, und schau, was ich alles gefunden habe, euch beide und Daniel, Geborgenheit, Natur und ein Dorf mit dreihundert Chiloten, die man mögen kann. Sogar meinem Pop geht es gut hier, er spaziert oben über den Hügel.«

»Du hast getrunken!« Manuel sah mich aufgeschreckt an.

»Nein, keinen Schluck, Manuel. Ich wusste, du würdest mir nicht glauben, deshalb hatte ich dir nichts davon erzählt.«

Es war ein außergewöhnlicher Abend, an dem alles zu Vertraulichkeiten einlud, das Brot und das Huhn, der Mond, der durch die Wolken lugte, die erwiesene Zuneigung, die wir für einander empfinden, die Unterhaltung, die gespickt war mit unbeschwerten Anekdoten und Neckereien. Die beiden erzählten mir, wie sie sich kennengelernt und welchen Eindruck sie damals voneinander gehabt hatten. Manuel sagte, als junges Mädchen sei Blanca umwerfend schön gewesen, was sie immer noch ist, eine strahlende Walküre, einzig Beine, Haar und Lächeln, selbstsicher und fröhlich wie jemand, der sehr verwöhnt aufgewachsen ist. »Ich hätte sie hassen müssen für ihr privilegiertes Dasein, aber ihre Freundlichkeit war entwaffnend, man musste sie einfach lieben. Bloß war ich damals nicht in der Verfassung, jemanden zu erobern, schon gar nicht eine derart unerreichbare Frau.« Für Blanca besaß Manuel den Reiz des Verbotenen und Gefährlichen, er kam aus einer Welt, die ihrer entgegengesetzt war, aus einem anderen gesellschaftlichen Milieu, und verkörperte den politischen Gegner, doch als Gast ihrer Familie nahm sie ihn bereitwillig auf. Ich erzählte den beiden von meinem Zuhause in Berkeley, davon, warum ich wie eine Skandinavierin aussehe und von der einzigen Begegnung mit meiner Mutter. Außerdem von ein paar Leuten, die ich in Las Vegas kennengelernt hatte, von einer Frau, die hundertachtzig Kilo wog und sich mit ihrer streichelzarten Stimme den Lebensunterhalt mit Telefonsex verdiente, und von dem transsexuellen Pärchen, Freunden von Brandon Leeman, die sich in einer förmlichen Zeremonie das Jawort gaben, sie im Smoking, er im Brautkleid aus weißem Organza. Wir aßen gemächlich und setzten uns dann wie sonst ans Fenster, um in die Nacht zu schauen, die beiden mit ihrem Glas Wein, ich mit einem Tee. Blanca saß dicht neben Manuel auf dem Sofa, und ich auf einem Kissen am Boden bei Fákin, der an Verlustangst leidet, seit wir ohne ihn in Santiago waren. Er folgt mir mit dem Blick und weicht mir nicht von der Seite, eine echte Klette.

»Ich werde das Gefühl nicht los, dass ihr mit diesem kleinen Fest etwas im Schilde führt«, grummelte Manuel. »Seit Tagen liegt hier was in der Luft. Kommt zur Sache, ihr beiden.«

»Du machst unsere Strategie zunichte, Manuel, wir dachten, wir bringen das Thema diplomatisch zur Sprache«, sagte Blanca.

»Was wollt ihr?«

»Nichts, nur reden.«

»Worüber?«

Und da erzählte ich ihm dann, dass ich seit Monaten auf eigene Faust nachforschte, was ihm nach dem Militärputsch widerfahren war, weil ich glaubte, dass seine Erinnerungen tief in ihm schwärten wie eine böse Geschwulst und ihn vergifteten. Ich bat ihn, mir meine Einmischung zu verzeihen, ich hätte das nur getan, weil ich ihn so sehr liebhätte; es tue mir weh, wie er sich nachts quäle, wenn die Albträume ihn heimsuchten. Ich sagte ihm, der Felsbrocken auf seinen Schultern sei zu schwer für ihn, er werde erdrückt davon, lebe wie im Wartestand, als müsse er die Zeit absitzen bis zu seinem Tod. Er habe sich so sehr verschlossen, könne weder Freude noch Liebe empfinden. Ich sagte auch, dass Blanca und ich ihm helfen könnten, den Stein zu tragen. Manuel unterbrach mich nicht, er war sehr bleich, schnaufte wie ein müder Hund, hielt mit geschlossenen Augen Blancas Hand. »Willst du hören, was die Gringuita herausgefunden hat, Manuel?«, fragte Blanca sehr leise, und er nickte stumm.

Ich gestand ihm, dass ich in Santiago, während er sich von seiner Operation erholte, die Unterlagen der Vicaría durchgesehen und mit den Leuten gesprochen hatte, die Pater Lyon mir genannt hatte, zwei Anwälte, ein Priester und einer der Autoren des Rettig-Berichts, der über dreitausendfünfhundert Anzeigen wegen Menschenrechtsverletzungen während der Diktatur enthält. Darunter den Fall von Felipe Vidal, dem ersten Mann meiner Nini, und den von Manuel Arias.

»Ich habe an dem Bericht nicht mitgewirkt.« Manuels Stimme klang brüchig.

»Pater Lyon hat deinen Fall zur Anzeige gebracht. Ihm hast du im Einzelnen berichtet, was dir in den vierzehn Monaten Gefangenschaft passiert ist, Manuel. Du warst gerade aus dem Lager Tres Álamos entlassen und hierher nach Chiloé verbannt worden. Wie Pater Lyon auch.«

»Daran erinnere ich mich nicht.«

»Der Pater erinnert sich, konnte es mir aber nicht erzählen, weil er meint, das falle unter seine Schweigepflicht, deshalb hat er mir nur den Weg gewiesen. Der Fall von Felipe Vidal wurde von seiner Frau angezeigt, von meiner Nini, ehe sie ins Exil ging.«

Ich berichtete Manuel, was ich in dieser einschneidenden Woche in Santiago und bei meinem Besuch mit Blanca in der Villa Grimaldi in Erfahrung gebracht hatte. Die Erwähnung dieses Ortes rief bei Manuel keine besondere Reaktion hervor, er besaß eine vage Vorstellung, dass er dort gewesen war, aber die Bilder überlagerten sich in seiner Erinnerung mit denen aus anderen Gefängnissen. In den mehr als dreißig Jahren, die seither vergangen sind, hat er das Erlebte aus seinem Gedächtnis gelöscht, er erinnert sich daran wie an etwas, worüber er gelesen hat, nicht als etwas, das ihm selbst widerfahren ist, obwohl er Brandnarben am Körper trägt und die Arme nicht über Schulterhöhe anheben kann, weil ihm die Schultergelenke ausgekugelt wurden.

»Ich will die Einzelheiten nicht wissen«, sagte er.

Blanca erklärte ihm, diese Einzelheiten seien irgendwo in seinem Innern unverändert vorhanden und es brauche sehr viel Mut, zu ihnen vorzudringen, aber er müsse das nicht alleine tun, sie und ich würden ihn begleiten. Er sei kein wehrloser Gefangener mehr in den Händen seiner Henker, werde aber niemals wirklich frei sein, wenn er sich dem erfahrenen Leid nicht stellte.

»Das Schlimmste hast du in der Villa Grimaldi erlebt, Manuel. Am Ende unseres Besuchs zeigte uns der Museumsführer die Zellen, die man dort zu Demonstrationszwecken nachgebaut hat. Es gab welche, die waren ein auf zwei Meter groß, dort wurden mehrere Gefangene eingesperrt, sie mussten dicht gedrängt darin stehen, tagelang, wochenlang, und wurden nur herausgeholt, um sie zu foltern, oder damit sie aufs Klo gehen konnten.«

»Ja, ja … in so einer war ich mit Felipe Vidal und anderen Männern. Sie gaben uns kein Wasser … es war eine Kiste ohne Luft, wir schwammen in Schweiß, Blut, Exkrementen«, flüsterte Manuel, nach vorn gebeugt mit dem Kopf auf den Knien. »Und dann gab es diese Nischen für einen allein, Gräber, Hundehütten … die Krämpfe, der Durst … Raus, holt mich hier raus!«

Blanca und ich nahmen ihn in die Arme und bedeckten ihn mit Küssen, hielten ihn, weinten mit ihm. Wir hatten eine dieser Zellen gesehen. Ich lag dem Museumsführer so lange in den Ohren, bis er mich hineinließ. Auf Knien krabbelte ich durch die Luke, konnte mich drinnen nicht aufrichten, hockte da eingezwängt, konnte meine Haltung nicht verändern, mich nicht rühren, und als die Luke zufiel, saß ich im Dunkeln in der Falle. Ich hielt es nicht länger als ein paar Sekunden aus, dann begann ich zu schreien, bis man mich an den Armen wieder herauszog. »Die Gefangenen waren darin bei lebendigem Leib über Wochen begraben, manchmal über Monate. Nur wenige kamen lebend heraus, und die wenigen hatten den Verstand verloren«, hatte uns der Führer gesagt.

»Jetzt wissen wir, wo du bist, wenn du träumst, Manuel«, sagte Blanca.

Schließlich holte man Manuel aus seinem Grab, um einen anderen Gefangenen dort einzusperren, wurde es leid, ihn zu foltern, und verlegte ihn in andere Gefangenenlager. Als die Strafe der Verbannung in Chiloé vorüber war, konnte er nach Australien ausreisen, wo seine Frau lebte, die über zwei Jahre nichts von ihm gehört, ihn totgeglaubt und ein neues Leben angefangen hatte, in dem Manuel, traumatisiert, wie er war, keinen Platz fand. Sie ließen sich nach kurzer Zeit scheiden, wie die meisten Paare im Exil. Dennoch hatte Manuel mehr Glück als viele andere Exilanten, denn Australien ist ein gastfreundliches Land; er fand Arbeit in seinem Beruf, konnte zwei Bücher schreiben und betäubte sich unterdessen mit Alkohol und flüchtigen Liebesaffären, die seine abgrundtiefe Einsamkeit nur verschlimmerten. Die Ehe mit seiner zweiten Frau, einer spanischen Tänzerin, die er in

Sydney kennenlernte, hielt kein Jahr. Er war unfähig, jemandem zu vertrauen oder sich in einer Liebesbeziehung hinzugeben, erlebte Phasen der Gewalttätigkeit und Panikattacken, saß für immer in seiner Zelle in der Villa Grimaldi in der Falle oder lag nackt, festgebunden auf einem Metallrost, während die Gefängniswärter sich einen Spaß daraus machten, ihn mit Stromschlägen zu quälen.

Eines Tages fuhr Manuel in Sydney mit dem Auto gegen einen Pfeiler aus Stahlbeton, was sich selbst mit seiner Alkoholmenge im Blut nicht erklären ließ. Im Krankenhaus, wo er dreizehn Tage in Lebensgefahr schwebte und einen Monat das Bett hüten musste, kamen die Ärzte zu dem Schluss, dass es ein Selbstmordversuch gewesen war. Sie stellten für ihn den Kontakt zu einer internationalen Organisation her, die Hilfen für Folteropfer anbot. Ein Psychiater, der Erfahrung mit Fällen wie seinem besaß, besuchte ihn noch im Krankenhaus. Zwar gelang es ihm nicht, bis zu Manuels Traumata vorzudringen, aber er half ihm dabei, die jähen Stimmungsumschwünge, die Gewaltausbrüche und Panikattacken in den Griff zu bekommen, das Trinken aufzugeben und ein scheinbar normales Leben zu führen. Manuel hielt sich selbst für geheilt, maß seinen Albträumen keine größere Bedeutung bei und auch nicht der Urangst, die ihn in Aufzügen oder geschlossenen Räumen befiel, nahm seine Antidepressiva und gewöhnte sich ans Alleinsein.

Während Manuel uns all das erzählte, war wie immer um diese Zeit auf der Insel der Strom ausgefallen, und keiner war aufgestanden, um Kerzen anzuzünden, wir saßen da zu dritt im Dunkeln, sehr dicht beieinander.

»Verzeih mir, Manuel«, sagte Blanca nach einer langen Pause leise.

»Dir verzeihen? Dir habe ich nur zu danken«, sagte er.

»Verzeih mir, dass ich so wenig verstanden habe und so blind war. Den Tätern kann niemand verzeihen, Manuel, aber vielleicht kannst du mir und meiner Familie verzeihen. Wir haben nichts getan und uns dadurch schuldig gemacht. Wir haben die Augen vor dem Offensichtlichen verschlossen, um nicht mitschuldig daran zu sein. In meinem Fall ist es noch schlimmer, schließlich bin ich viel gereist in diesen Jahren, ich wusste, was die ausländische Presse über die Regierung Pinochet schrieb. Lügen, dachte ich, kommunistische Propaganda.«

Manuel zog sie an sich und umarmte sie. Ich stand tastend auf und legte eine paar Scheite nach, holte Kerzen, eine neue Flasche Wein und weiteren Tee. Im Haus war es kühl geworden. Ich breitete den beiden eine Decke über die Knie und kuschelte mich auf dem altersschwachen Sofa auf Manuels andere Seite.

»Dann hat dir deine Großmutter also von uns erzählt, Maya«, sagte er.

»Dass ihr befreundet ward, sonst nichts. Über die Zeit damals redet sie nicht, Felipe Vidal hat sie kaum je erwähnt.«

»Woher hast du dann gewusst, dass ich dein Großvater bin?«

»Mein Pop ist mein Großvater«, gab ich zurück und rückte von ihm ab.

Was er da sagte, war so ungeheuerlich, dass ich eine kleine Ewigkeit brauchte, bis mir die Tragweite klar wurde. Wie mit der Machete bahnten sich die Worte eine Schneise in meinen dumpfen Kopf und mein wirres Herz, aber ich bekam ihre Bedeutung nicht richtig zu fassen.

»Ich verstehe nicht …«, flüsterte ich.

»Andrés, dein Vater, ist mein Sohn«, sagte Manuel.

»Das kann nicht sein. Meine Nini hätte das doch nicht über vierzig Jahre für sich behalten.«

»Ich dachte, du wüsstest es, Maya. Du hast doch zu Dr. Puga gesagt, dass du meine Enkelin bist.«

»Damit er mich in sein Sprechzimmer lässt!«

Im Jahr 1964 arbeiteten meine Nini als Sekretärin und Manuel als Hilfskraft für einen Lehrstuhl an der Fakultät; sie war zweiundzwanzig und frisch mit Felipe Vidal verheiratet, er war siebenundzwanzig und hatte ein Stipendium für seine Promotion in Soziologie an der New York University in der Tasche. Die beiden waren als Jugendliche ineinander verliebt gewesen und hatten sich dann einige Jahre nicht gesehen, doch als sie sich nun zufällig wiedertrafen, wurden sie überwältigt von einem neuen und drängenden Begehren, das mit ihrer unschuldigen Jugendschwärmerei nichts mehr zu tun hatte. Die Affäre fand ein schmerzhaftes Ende, als er nach New York abreiste. Felipe Vidal machte damals eine steile Karriere als Journalist, berichtete aus Kuba, ahnte nichts vom Betrug seiner Frau und zweifelte deshalb auch nie daran, dass der Sohn, der 1965 geboren wurde, von ihm stammte. Er wusste nichts von Manuel Arias, bis die beiden eine Folterzelle teilten, hingegen hatte Manuel den beruflichen Aufstieg des Reporters aus der Ferne verfolgt. Die Liebe zwischen Manuel und Nidia war mehrfach unterbrochen worden, bei jedem Wiedersehen jedoch unvermeidlich neu aufgeflammt, bis Manuel 1970 schließlich heiratete, in dem Jahr, als Salvador Allende zum Präsidenten gewählt wurde und sich die politische Katastrophe anzubahnen begann, die drei Jahre später im Militärputsch eskalieren sollte.

»Weiß mein Vater das?«, wollte ich von Manuel wissen.

»Ich glaube nicht. Nidia fühlte sich schuldig wegen dem, was zwischen uns geschehen war, es sollte um jeden Preis geheim bleiben, sie wollte es vergessen, und ich sollte es auch vergessen. Sie hat es nie erwähnt bis letztes Jahr im Dezember, als sie mir wegen dir schrieb.«

»Deshalb hast du mich bei dir aufgenommen, verstehe.«

»Nidia schrieb mir hin und wieder, deshalb wusste ich, dass es dich gibt, Maya, und als Tochter von Andrés warst du meine Enkelin, aber ich hielt das nicht für wichtig, ich dachte, ich würde dich nie kennenlernen.«

Die nachdenkliche und vertraute Atmosphäre, die noch eben zwischen uns geherrscht hatte, wich einer heftigen Anspannung. Manuel war der Vater meines Vaters, in unseren Adern floss das gleiche Blut. Das löste keine herzzerreißenden Reaktionen aus, wir fielen einander nicht rührselig in die Arme, vergossen keine Tränen des Wiedererkennens; ich spürte vielmehr diese bittere Härte meiner schlimmen Zeiten, was mir in Chiloé zuvor nie passiert war. Wie ausgelöscht waren die Monate der Neckereien, der gemeinsamen Arbeit und des Zusammenlebens mit Manuel; plötzlich war er ein Unbekannter, und dass meine Nini eine Affäre mit ihm gehabt hatte, widerte mich an.

»Herrgott, Manuel, wieso hast du mir das nicht erzählt? Das ist ja besser als die Soap im Fernsehen«, bemerkte Blanca mit einem Seufzen.

Das brach den Bann. Wir sahen uns im gelben Schein der Kerze an, lächelten schüchtern und lachten dann, erst zögerlich und bald lauthals, darüber, wie absurd und belanglos das war, denn wenn man nicht gerade ein Spenderorgan braucht oder ein Vermögen erbt, ist es doch einerlei, wer die biologischen Vorfahren sind, es zählt bloß die Zuneigung, die wir zum Glück füreinander empfinden.

»Mein Pop ist mein Großvater«, sagte ich noch einmal.

»Das bezweifelt niemand, Maya«, sagte Manuel.

Durch die Mails, die meine Nini über Mike O'Kellys Adresse an Manuel schickt, habe ich erfahren, dass Freddy bewusstlos in Las Vegas auf der Straße gefunden wurde. Ein Rettungswagen brachte ihn in das Krankenhaus, wo er zuvor schon gewesen war und wo Olympia Pettiford arbeitete, eine glückliche Fügung, wie sie von den Witwen für Jesus der Macht des Gebets zugeschrieben wird. Der Junge lag auf der Intensivstation, wurde mit Hilfe eines lärmenden Apparats über einen Schlauch künstlich beatmet, und die Ärzte rangen darum, eine zweiseitige Lungenentzündung in den Griff zu bekommen, wegen der er fast im Krematorium gelandet wäre. Danach mussten sie ihm die Niere entfernen, die geschädigt gewesen war, seit man ihn zusammengeschlagen hatte, und die vielfältigen Leiden behandeln, die sein Lebenswandel angerichtet hatte. Schließlich wurde er auf die Station von Olympia Pettiford verlegt. Die hatte unterdessen die rettenden Kräfte des Herrn Jesu und ihre eigenen mobilisiert, um zu verhindern, dass der Junge der Kinderschutzbehörde oder dem Gesetz in die Hände fiel.

Bis Freddy aus dem Krankenhaus entlassen werden konnte, hatte Olympia Pettiford die juristische Erlaubnis erwirkt, sich seiner anzunehmen, wobei sie eine angebliche Verwandtschaft ins Feld führte, die den Jungen vor Jugendheim oder Gefängnis bewahrte. Offenbar hat Officer Arana ihr dabei geholfen. Als der hörte, im Krankenhaus sei ein Junge eingeliefert worden, dessen Beschreibung auf Freddy passte, ging er außerhalb seiner Dienstzeit hin, um nach ihm zu sehen. Er fand die Tür zum Krankenzimmer von der voluminösen Olympia versperrt, die jeden Besuch unterbinden wollte, weil der Junge noch unschlüssig im Niemandsland zwischen Leben und Tod umherirrte.

Die Krankenschwester fürchtete, Arana wolle ihren Schützling ins Gefängnis bringen, aber der Officer überzeugte sie, dass er nur hoffte, etwas über eine Freundin, eine gewisse Laura Barron, zu erfahren. Er wolle dem Jungen gern helfen, und da sie dieses Anliegen teilten, lud Olympia ihn zu einem Saft in die Cafeteria ein, und die beiden unterhielten sich. Sie erzählte ihm, Ende letzten Jahres habe Freddy eine Laura Barron krank und drogenabhängig zu ihr gebracht und sei danach wie vom Erdboden verschluckt gewesen. Sie habe nichts von ihm gehört, bis man ihn mit nur einer Niere von der Chirurgie auf ihre Station verlegte. Über Laura Barron wisse sie lediglich, dass die einige Tage bei ihr geblieben war, und sobald sie sich etwas erholt hatte, waren ihre Verwandten gekommen, hatten sie mitgenommen und wahrscheinlich in ein Entzugsprogramm gesteckt, wie sie es ihnen geraten hatte. Wohin, das wisse sie nicht, und die Telefonnummer der Großmutter, die sie für das Mädchen angerufen hatte, habe sie längst nicht mehr. Freddy müsse man in Ruhe lassen, sagte sie zu Arana in einem Ton, der keinen Widerspruch duldete, der könne ihm über Laura Barron sowieso nichts sagen.

Als Freddy klapprig wie eine Vogelscheuche aus dem Krankenhaus entlassen wurde, nahm Olympia Pettiford ihn mit nach Hause und gab ihn in die Obhut des furchteinflößenden Kommandos der Witwen für Jesus. Der Junge war inzwischen seit zwei Monaten clean, und seine Lebensgeister reichten gerade, um fernzusehen. Durch die Frittierfett-Diät der Witwen kam er wieder zu Kräften, und als Olympia fürchten musste, er werde abhauen und in die Hölle der Abhängigkeit zurückkehren, erinnerte sie sich an den Mann im Rollstuhl, dessen Visitenkarte zwischen den Seiten ihrer Bibel steckte, und rief ihn an. Sie hob ihr Erspartes von der Bank ab, kaufte die Tickets, und mit einer zweiten Frau als Verstärkung brachte sie Freddy nach Kalifornien. Meine Nini schrieb, sie seien in ihren Sonntagskleidern in dem stickigen Kabuff in der Nähe der Jugendstrafanstalt aufgetaucht, wo Schneewittchen arbeitete und sie schon erwartete. Der Bericht machte mir Hoffnung, denn wenn jemand auf der Welt Freddy helfen kann, dann ist es Mike O'Kelly.

Daniel und sein Vater haben in San Francisco an einer Konferenz über *Das Rote Buch* des Analytikers C. G. Jung teilgenommen, das gerade publiziert worden ist, nachdem es über Jahrzehnte von großem Geheimnis umrankt in einem Schweizer Tresor lag. Sir Robert Goodrich hat für ein Heidengeld eine luxuriöse Faksimile-Ausgabe des Originals gekauft, die Daniel einmal erben wird. Daniel nutzte den vortragsfreien Sonntag, fuhr nach Berkeley zu meiner Familie und brachte ihnen die Fotos von seinem Besuch in Chiloé.

In bester chilenischer Tradition bestand meine Großmutter darauf, er müsse über Nacht bleiben, und richtete ihm mein altes Zimmer her, das nach dem kreischenden Mango-Orange meiner Kindheit in einem etwas ruhigeren Ton gestrichen und inzwischen befreit ist von dem geflügelten Drachen an der Decke und den unterernährten Kindern an den Wänden. Der Gast staunte nicht schlecht über meine kauzige Großmutter und das große Haus in Berkeley, das sich als erheblich knarzender, windschiefer und buntscheckiger erwies, als er es sich nach meiner Schilderung vorgestellt hatte. Der Sternguckerturm war von dem früheren Mieter als Warenlager genutzt worden, aber Mike hatte ein paar von seinen bußfertigen schweren Jungs hingeschickt, die hatten den Siff beseitigt und das alte Teleskop an seinem angestammten Platz aufgestellt. Meine Nini sagt, das habe meinen Pop beruhigt, der vorher, gegen Kisten und Bündel aus Indien stoßend, durchs Haus gespukt sei. Ich verkniff es mir, ihr zu schreiben, dass mein Pop hier auf Chiloé ist, denn womöglich geht er an verschiedenen Orten gleichzeitig um.

Meine Nini zeigte Daniel die Bibliothek, die greisen Hippies auf der Telegraph Road, das beste vegetarische Restaurant, die chilenische Disko und natürlich Mike O'Kelly. »Der Ire ist in deine Großmutter verliebt, und ich glaube, er ist ihr nicht gleichgültig«, schrieb Daniel, aber ich kann mir nur schwer vorstellen, dass meine Nini Schneewittchen für voll nehmen könnte, der verglichen mit meinem Pop ein kleiner Wicht ist. Eigentlich sieht O'Kelly nicht so schlecht aus, aber verglichen mit meinem Pop ist eben jeder ein kleiner Wicht.

In Mikes Wohnung begegnete er Freddy, der sich in den letzten Monaten sehr verändert haben muss, denn Daniels Beschreibung passt überhaupt nicht zu dem Jungen, der mir zweimal das Leben gerettet hat. Freddy nimmt an Mikes Programm teil, ist clean und augenscheinlich gesund, aber sehr niedergeschlagen, hat keine Freunde, verlässt das Haus nicht, will weder zur Schule gehen noch arbeiten. O'Kelly ist der Meinung, er brauche Zeit und wir sollten die Hoffnung nicht aufgeben, er kriege schon noch die Kurve, er sei ja noch sehr jung und habe ein gutes Herz, das helfe immer. Freddy zeigte kein Interesse an den Fotos von Chiloé und den Neuigkeiten über mich; hätten ihm nicht zwei Finger an einer Hand gefehlt, ich würde denken, Daniel hat ihn verwechselt.

Mein Vater war an diesem Sonntag aus irgendeinem arabischen Emirat gekommen und aß mit Daniel zu Mittag. Ich stelle mir vor, wie die drei dort zu Hause in der in die Jahre gekommenen Küche sitzen, sehe die fadenscheinig gewordenen weißen Servietten, den alten grünen Tonkrug für Wasser, die Flasche Sauvignon Blanc von Veramonte, der Lieblingswein meines Vaters, und einen duftenden »Fischtopf« von meiner Nini, den sie selbst als die chilenische Variante des italienischen Cioppino oder der französischen Bouillabaisse bezeichnet. Daniel kam irrtümlich zu dem Schluss, mein Vater habe nah am Wasser gebaut, weil der sentimental wurde, als er die Fotos von mir sah, und stellte außerdem fest, dass ich niemandem aus meiner kleinen Familie ähnele. Er müsste Marta Otter sehen, die Prinzessin aus Lappland. Einen wunderbaren Tag lang wurde er gastfreundlich umsorgt und hält Berkeley jetzt für ein Land der Dritten Welt. Mit meiner Nini hat er sich gut verstanden, obwohl die beiden nichts gemeinsam haben außer mir und einer Schwäche für Minzeis. Nach einer gemeinsamen Risikoabwägung haben sie beschlossen, dass sie telefonisch in Kontakt bleiben wollen, was am wenigsten

Gefahren birgt, so lange sie meinen Namen nicht nennen.

»Ich habe Daniel gebeten, dass er an Weihnachten herkommt«, sagte ich zu Manuel.

»Zu Besuch, um zu bleiben oder um dich abzuholen?«

»Weiß nicht, keine Ahnung.«

»Was wäre dir am liebsten?«

»Dass er bleibt!«, sagte ich wie aus der Pistole geschossen und überraschte Manuel mit meiner Entschiedenheit.

Seit unser Verwandtschaftsverhältnis geklärt ist, sieht Manuel mich oft mit feuchten Augen an, und am Freitag hat er mir aus Castro Pralinen mitgebracht. »Ich will dich nicht heiraten, Manuel, und schlag es dir aus dem Kopf, dass du je meinen Pop ersetzen könntest«, sagte ich. »Das würde mir im Traum nicht einfallen, närrische Gringa«, gab er zurück. Unser Umgang ist wie eh und je, kein Gekuschel und einiges an Spott, aber er kommt mir verändert vor, was auch Blanca nicht entgangen ist, ich kann nur hoffen, er wird uns auf seine alten Tage nicht gefühlsduselig. Die Beziehung der beiden hat sich ebenfalls verändert. Ein paarmal in der Woche schläft er jetzt bei Blanca und lässt mich hier allein mit den drei Fledermäusen, zwei neurotischen Katern und einem hinkenden Hund. Wir hatten schon manchmal Gelegenheit, über seine Vergangenheit zu sprechen, sie ist nicht mehr tabu, aber noch traue ich mich nicht, selbst davon anzufangen; ich warte lieber, bis er das Thema anschneidet, was gar nicht selten geschieht, denn seit seine Büchse der Pandora geöffnet ist, hat er das Bedürfnis, sich auszusprechen.

Darüber, was Felipe Vidal widerfahren ist, konnte ich mir ein ziemlich genaues Bild machen. Neben dem, woran Manuel sich erinnert, gibt es eine ausführliche Schilderung, die seine Frau zu Protokoll gab, und im Archiv der Vicaría finden sich sogar zwei Briefe von ihm, die er vor seiner Verhaftung an sie geschrieben hat. Ich verletzte unsere Sicherheitsvereinbarung und ließ meiner Nini über Daniel einen Brief zukommen, in dem ich sie bat, mir das eine oder andere zu erklären. Sie antwortete mir auf gleichem Weg, und so konnte ich ergänzen, was mir an Information noch gefehlt hatte.

Im Durcheinander der ersten Tage nach dem Militärputsch glaubten Felipe und Nidia, sie könnten, sofern sie nicht auffielen, ihr gewohntes Leben weiterführen. Felipe Vidal hatte während der dreijährigen Regierungszeit Salvador Allendes ein Politmagazin im Fernsehen moderiert, mit dem er sich bei den Militärs mehr als unbeliebt gemacht haben muss; dennoch war er nicht verhaftet worden. Nidia glaubte, die Demokratie werde bald wiederhergestellt sein, aber Felipe befürchtete, die Diktatur könne sich als langlebig erweisen, denn als Reporter hatte er über Kriege, Revolutionen und Machtübernahmen durch das Militär berichtet und wusste, dass sich die Gewalt, wenn sie einmal entfesselt ist, schwer wieder eindämmen lässt. Vor dem Putsch sah er das Land bereits wie ein Pulverfass, das jeden Moment hochgehen konnte, und das sagte er nach einer Pressekonferenz unter vier Augen zum Präsidenten. »Wissen Sie etwas, wovon ich nichts weiß, Compañero Vidal, oder ist es nur eine Vorahnung?«, wollte Allende wissen. »Ich fühle dem Land den Puls und denke, das Militär wird sich erheben«, antwortete er geradeheraus. »Chile besitzt eine lange demokratische Tradition, hier übernimmt niemand mit Gewalt die Macht. Ich bin mir über den Ernst dieser Krise im Klaren, Compañero, doch gehört mein Vertrauen dem Oberkommandierenden der Streitkräfte und dem Ehrgefühl unserer Soldaten, die ihre Pflicht tun werden«, sagte Allende in feierlichem Ton, als spräche er für die Nachwelt. Gemeint war General Augusto Pinochet, dem er unlängst das Kommando übertragen hatte, ein Mann aus der Provinz, aus einer Familie von Militärs, wärmstens empfohlen von seinem Vorgänger, General Prats, der aufgrund politischen Drucks hatte abdanken müssen. Vidal zitierte das Gespräch wörtlich in seiner Zeitungskolumne. Neun Tage später, am Dienstag, dem 11. September 1973, hörte er im Radio die letzten Worte des Präsidenten, der sich von seinem Volk verabschiedete, ehe er starb, und das Krachen der Bomben, die im Präsidentenpalast La Moneda einschlugen. Er rechnete mit dem Schlimmsten. Er glaubte nicht an das Märchen vom zivilisierten Verhalten des chilenischen Militärs, er hatte nicht umsonst Geschichte studiert, und Beispiele für das Gegenteil gab es reichlich. Er sah voraus, dass die Verfolgung gespenstisch sein würde.

Die Militärjunta verhängte das Kriegsrecht, und zu den ersten Maßnahmen gehörte die strenge Zensur sämtlicher Medien. Es gab keine Nachrichten mehr, nur noch Gerüchte, denen von der herrschenden Propaganda nicht widersprochen wurde, weil der daran lag, Angst und Schrecken zu schüren. Man sprach von Konzentrationslagern und Folterzentren, von Tausenden und Abertausenden Gefangenen, von Toten und ins Exil Vertriebenen, davon, dass Panzer ganze Arbeitersiedlungen niederrissen, Soldaten erschossen wurden, weil sie sich geweigert hatten, einen Befehl auszuführen, Gefangene, an Bahnschienen gebunden oder aufgeschlitzt wie Schlachtvieh, aus Hubschraubern ins Meer geworfen wurden, wo sie ertranken. Felipe Vidal machte Notizen über die Soldaten mit Sturmgewehren, die Panzer, die lärmenden Militärlaster, das Dröhnen der Hubschrauber, die mit Schlagstöcken zusammengetriebenen Menschen. Nidia riss die Plakate der Protestsänger von den Wänden ihrer Wohnung und die Bücher aus den Regalen, darunter harmlose Romane, fuhr alles auf eine Müllkippe, weil sie nicht wusste, wie sie es unbemerkt von den Nachbarn hätte verbrennen sollen. Es war eine sinnlose Vorsichtsmaßnahme, war die journalistische Arbeit ihres Mannes doch in Hunderten von kompromittierenden Zeitungsartikeln, Dokumentarfilmen und Tonbandaufnahmen belegt.

Es war Nidias Idee, dass Felipe sich verstecken sollte; so würden sie etwas durchatmen können, deshalb schlug sie vor, er solle in den Süden reisen zu einer Tante. Doña Ignacia war eine reichlich wunderliche Person in den Achtzigern, die seit über fünfzig Jahren Sterbende bei sich zu Hause aufnahm. Drei Dienstmädchen, unerheblich jünger als sie, halfen ihr bei dem noblen Unterfangen, den Todkranken aus begütertem Haus das Sterben leichter zu machen, wenn sich deren Angehörige ihrer nicht annehmen wollten oder konnten. Außer einer Krankenschwester und dem Diakon, die zweimal in der Woche Medikamente und das Abendmahl brachten, besuchte nie jemand ihr düsteres Anwesen, denn es hieß, dort würden die Toten umgehen. Felipe glaubte an so etwas nicht, erwähnt allerdings in einem Brief an seine Frau, die Möbel würden sich von selbst bewegen und man finde nachts keinen Schlaf, weil die Türen unerklärlich zuschlügen und man Schritte auf dem Dach vernehme. Das Esszimmer wurde oft zur Aufbahrung genutzt, und es gab einen Schrank voll mit Gebissen, Brillen und angebrochenen Pillendöschen, Hinterlassenschaften der Gäste, die sich in den Himmel aufgemacht hatten. Doña Ignacia empfing Felipe Vidal mit offenen Armen. Sie erinnerte sich nicht an ihn und hielt ihn für einen weiteren Patienten, den Gott ihr geschickt hatte; deshalb wunderte sie sich über seine gesunde Gesichtsfarbe.

Das Haus war ein Relikt aus der Kolonialzeit, besaß Lehmmauern und ein Ziegeldach, einen quadratischen Grundriss mit Innenhof. Die Zimmer lagen an einem Säulengang, wo in Blumenkästen staubige Geranien vor sich hin kümmerten und Hühner zwischen den Steinplatten scharrten. Balken und Pfeiler waren krumm, die Wände rissig, die Türen hingen schief in den Angeln vom vielen Gebrauch und den Erdbeben; an mehreren Stellen tropfte es durchs Dach, und Zugluft und die Geister der Verstorbenen verschoben häufig die Heiligenfiguren, die zur Zierde in den Zimmern standen. Es war das perfekte Vorzimmer des Todes, kühl, feucht und düster wie ein Friedhof, aber Felipe Vidal kam es vor wie der reine Luxus. Das Zimmer, das man ihm gab, war so groß wie seine Wohnung in Santiago, eingerichtet mit schweren Möbelstücken, die Fenster mit schmiedeeisernen Gittern verziert, und die Wände so hoch, dass man die düsteren Gemälde mit den Bibelszenen schräg aufgehängt hatte, um von unten etwas erkennen zu können. Das Essen war vorzüglich, denn die Tante war ein Schleckermaul und nicht geizig gegenüber ihren Sterbenden, die sehr ruhig in ihren Betten lagen, zwitschernd atmeten und kaum mehr als ein paar Bissen aßen.

Von seinem Zufluchtsort in der Provinz aus versuchte Felipe mit Hilfe seiner früheren Kontakte seine Lage zu klären. Seine Arbeit war er los, der Fernsehsender wurde staatlich kontrolliert, die Zeitung hatte man dichtgemacht und das Gebäude bis auf die Grundmauern niedergebrannt. Er galt als linker Journalist und durfte nicht im Traum darauf hoffen, wieder in seinem Beruf zu arbeiten, besaß aber ein paar Ersparnisse, mit denen er einige Monate über die Runden kommen konnte. Vor allem musste er in Erfahrung bringen, ob er auf der Schwarzen Liste stand, und, falls dem so war, das Land verlassen. Er ließ Leuten verschlüsselte Nachrichten zukommen und führte verstohlen Telefonate, aber seine Freunde und Bekannten wollten ihm nicht antworten oder speisten ihn mit Ausflüchten ab.

Nach drei Monaten trank er eine halbe Flasche Pisco am Tag, war schwermütig und schämte sich, weil er, während andere im Untergrund gegen die Militärdiktatur kämpften, fürstlich auf Kosten einer senilen alten Dame speiste, die ihm alle naselang die Temperatur maß. Er starb vor Langeweile. Er vermied es, fernzusehen, wollte die Militärkapellen und ihre Marschmusik nicht hören, las nicht, weil die Bücher im Haus aus dem neunzehnten Jahrhundert stammten, und seine einzige gesellschaftliche Aktivität war der abendliche Rosenkranz, den die Dienstmädchen und die Tante für die Seelen der Sterbenden beteten und an dem er sich beteiligen musste, weil das Doña Ignacias einzige Bedingung gewesen war, um ihm Obdach zu gewähren. In dieser Zeit schrieb er etliche Briefe an seine Frau, in denen er Einzelheiten aus seinem Alltag berichtete, darunter die beiden, die ich in den Archiven der Vicaría de Solidaridad lesen konnte. Vorsichtig begann er, das Haus zu verlassen, erst nur vor die Tür, dann zum Bäcker an der Ecke und zum Zeitungskiosk, danach eine Runde um den Platz und ins Kino. Überrascht stellte er fest, dass der Sommer angebrochen war und die Leute sich auf die Ferien vorbereiteten, als wäre nichts, als gehörten die Soldaten mit Helm und halbautomatischem Gewehr zum gewohnten Stadtbild. Er verbrachte Weihnachten und den Beginn des Jahres 1974 getrennt von seiner Frau und seinem Sohn, aber im Februar, als er schon fünf Monate wie eine Ratte gelebt hatte und die Geheimpolizei durch nichts hatte erkennen lassen, dass sie ihn suchte, entschied er, es sei an der Zeit, in die Hauptstadt zurückzukehren und die Bruchstücke seines Lebens zu kitten.

Felipe Vidal verabschiedete sich von Doña Ignacia und den Dienstmädchen, die ihm den Koffer mit Käse und Kuchen füllten und sehr gerührt waren, weil er seit einem halben Jahrhundert der erste Patient war, der, anstatt zu sterben, neun Kilo zugenommen hatte. Er trug Kontaktlinsen, hatte sich die langen Haare gestutzt und den Schnurrbart abrasiert. Er war nicht wiederzuerkennen. Er kehrte nach Santiago zurück und begann, seine Lebenserinnerungen aufzuschreiben, denn noch waren die Umstände nicht so, dass er auf Arbeitssuche hätte gehen können. Einen Monat später holte seine Frau auf dem Heimweg von der Arbeit Andrés von der Schule ab und kaufte noch rasch fürs Abendessen ein. Als sie zu Hause ankam, fand sie die Wohnungstür aufgebrochen, und die Katze lag auf der Schwelle, mit eingeschlagenem Schädel.

Wie Hunderte andere angsterfüllte Menschen machte sich auch Nidia Vidal jetzt auf und fragte an den einschlägigen Orten nach ihrem Mann, stellte sich in die Schlangen vor Polizeiwachen, Gefängnissen, Gefangenenlagern, Krankenhäusern, Leichenhallen. Ihr Mann stand nicht auf der Schwarzen Liste, er war nirgends registriert, niemals verhaftet worden, suchen Sie nicht nach ihm, gute Frau, der hat sich bestimmt mit einer Geliebten nach Mendoza abgesetzt. Ihre Wanderung wäre noch Jahre weitergegangen, hätte sie nicht eine Nachricht erhalten.

Manuel Arias befand sich zu der Zeit in der seit kurzem von der DINA genutzten Villa Grimaldi. Mit anderen Gefangenen, die sich nicht rühren konnten, stand er gedrängt in einer der Folterzellen. Unter seinen Mitgefangenen war Felipe Vidal, den wegen seiner Fernsehsendung alle kannten. Natürlich konnte Vidal nicht wissen, dass sein Zellengenosse Manuel Arias der Vater des Jungen war, den er für seinen Sohn hielt. Nach zwei Tagen wurde Felipe Vidal zum Verhör geholt und kam nicht wieder.

Die Gefangenen verständigten sich untereinander durch leises Klopfen und Scharren an den Holzwänden, die sie voneinander trennten, und so erfuhr Manuel, dass Felipe Vidal auf dem Metallrost unter Elektroschocks einen Herzstillstand erlitten hatte. Seine Leiche war, wie so viele andere, ins Meer geworfen worden. Kontakt zu Nidia aufzunehmen wurde für Manuel zu einer Obsession. Er konnte nicht viel für diese Frau tun, die er einmal so sehr geliebt hatte, aber wenigstens wollte er verhindern, dass sie ihr Leben mit der Suche nach ihrem Mann verschwendete, und ihr klarmachen, dass sie das Land verlassen musste, ehe man auch sie verschwinden ließ.

Botschaften nach draußen zu schmuggeln war ausgeschlossen, aber durch eine wundersame Fügung fand in diesen Tagen der erste Besuch des Roten Kreuzes statt, da die Berichte über Menschenrechtsverletzungen mittlerweile um die Welt gingen. Für die Inspektion wurden die Gefangenen weggeschafft, die Blutspuren beseitigt und die Metallroste abgebaut. Manuel und ein paar andere, die in etwas besserer Verfassung waren, päppelte man einige Tage, sie durften sich waschen, bekamen frische Kleidung und wurden den Beobachtern vorgeführt, nachdem man ihnen eingeschärft hatte, dass jedes Wort zu viel ihre Familien teuer zu stehen kommen werde. Manuel genügten wenige unbeobachtete Sekunden, um einem Mitarbeiter des Roten Kreuzes zwei Sätze für Nidia Vidal ins Ohr zu flüstern.

Nidia erhielt die Nachricht, erfuhr, von wem sie stammte, und zweifelte nicht an ihrem Wahrheitsgehalt. Sie nahm Kontakt zu einem befreundeten belgischen Priester auf, der ihre Aussage zu Protokoll nahm und sie zusammen mit ihrem Sohn in die diplomatische Vertretung von Honduras brachte, wo die beiden zwei Monate auf Ausreisepapiere warteten. Im Botschaftsgebäude drängten sich über fünfzig Männer, Frauen und Kinder, schliefen auf dem Boden und hielten die drei vorhandenen Toiletten ständig besetzt, und der Botschafter mühte sich, die Leute auf verschiedene Länder zu verteilen, denn Honduras selbst war überlaufen und konnte keine weiteren Flüchtlinge mehr aufnehmen. Die Aufgabe schien endlos, immer wieder erklommen Verfolgte des Regimes die Mauer des Botschaftsgebäudes und sprangen in den Hof. Als Kanada sich bereit erklärte, zwanzig seiner Schützlinge aufzunehmen, darunter Nidia und Andrés Vidal, mietete der Botschafter einen Bus, ließ ihn mit Diplomatenkennzeichen und zwei honduranischen Fahnen versehen und brachte die Flüchtlinge zusammen mit seinem Militärattaché persönlich zum Flughafen und bis an die Gangway des Flugzeugs.

Nidia wollte ihrem Sohn in Kanada ein normales Leben bieten, ohne Angst, ohne Hass und Groll. Sie hatte nicht gelogen, als sie ihm erklärte, sein Vater sei an Herzversagen gestorben, verschwieg ihm allerdings die grauenhaften Einzelheiten, denn das Kind war noch zu klein, um sie zu verkraften. Die Jahre gingen vorüber, ohne dass sich die Gelegenheit – oder ein guter Grund – ergeben hätte, ihm über die genaueren Umstände dieses Todes zu berichten, aber da ich die Vergangenheit nun aufgedeckt habe, wird meine Nini nicht länger schweigen können. Sie wird ihm auch sagen müssen, dass Felipe Vidal, dessen Foto seit Jahr und Tag auf Andrés' Nachttisch steht, nicht sein Vater gewesen ist.

Wir haben ein Päckchen in die »Taverne zum lieben Toten« bekommen, und bevor wir es öffneten, wussten wir schon, wer es geschickt hatte, denn es kam aus Seattle. Darin war der Brief, auf den ich so sehnlich gewartet habe, lang und informativ, aber ohne den leidenschaftlichen Ton, der meine Zweifel über Daniels Gefühle zerstreut hätte. Außerdem enthielt es die Fotos, die er in Berkeley gemacht hat: meine Nini, die besser aussieht als im vergangenen Jahr, weil sie ihre grauen Haare jetzt färbt, am Arm meines Vaters in Pilotenunform, hübsch wie eh und je; Mike O'Kelly, der, an seinen Rollator geklammert, aufrecht steht, Oberkörper und Arme wie ein Gladiator, die Beine durch die Lähmung verkümmert; mein zauberisches Zuhause an einem strahlenden Herbsttag von den Kiefern umschattet; die Bucht von San Francisco gesprenkelt mit weißen Segeln. Von Freddy ist nur ein Schnappschuss dabei, wahrscheinlich ohne sein Wissen gemacht, auf den anderen Bildern ist er nicht zu sehen, als wäre er der Kamera absichtlich ausgewichen. Ein mageres und trauriges Wesen mit hungrigen Augen, genau wie die lebenden Toten im Gebäude von Brandon Leeman. Bis der arme Kerl seine Sucht in den Griff bekommt, können Jahre vergehen, wenn er es überhaupt schafft; unterdessen quält er sich.

In dem Paket war auch ein Buch über das organisierte Verbrechen, das ich lesen werde, und eine lange Zeitschriftenreportage über den meistgesuchten Dollarfälscher der Welt, den vierundvierzigjährigen US-Amerikaner Adam Trevor, der im August am Flughafen von Miami festgenommen wurde, als er unter falschem Namen aus Brasilien in die USA einreisen wollte. Obwohl von Interpol und dem FBI gesucht, war ihm Mitte des Jahres 2008 mit Frau und Kind die Flucht außer Landes gelungen. Eingelocht in einem Bundesgefängnis und mit der Aussicht, für den Rest seines Lebens in einer Zelle zu wohnen, hat er sich überlegt, lieber mit den Behörden zusammenzuarbeiten in der Hoffnung auf eine mildere Haftstrafe. Mit dem, was Trevor an Informationen ausgeplaudert habe, lasse sich womöglich ein internationaler Verbrecherring aufdecken, der in der Lage sei, die Finanzmärkte von der Wallstreet bis nach Peking zu erschüttern, stand in dem Artikel.

Trevor hatte seine Falschgeldproduktion zunächst im Süden, in Georgia, begonnen und war dann später nach Texas umgezogen in die Nähe der Grenze nach Mexiko. Seine Druckmaschine stand im Keller einer seit einigen Jahren geschlossenen Schuhfabrik in einem Industriegebiet, wo tagsüber reger Betrieb und nachts tote Hose herrschte, so dass er sich Material liefern lassen konnte, ohne aufzufallen. Seine Scheine waren so perfekt wie Officer Arana es mir in Las Vegas versichert hatte, weil er Bögen vom gleichen stärkefreien Papier verwendete, auf das auch die echten gedruckt sind, und außerdem eine geniale Lösung gefunden hatte, um den Metallstreifen anzubringen; auch ein sehr erfahrener Kassierer merkte den Betrug nicht. Noch dazu handelte es sich bei einem Teil seiner Produktion um Fünfzig-Dollar-Noten, die selten so gründlich untersucht werden wie die größeren Scheine. In der Zeitschrift stand das, was auch Arana gesagt hatte: dass die Blüten immer ins Ausland geschafft und dort von den Banden mit echten Scheinen gemischt wurden, ehe man sie in Umlauf brachte.

Bei seinem Geständnis hatte Adam Trevor gesagt, er habe den Fehler begangen, seinem Bruder in Las Vegas eine halbe Million Dollar zur Aufbewahrung zu geben; der sei umgebracht worden, ehe er ihm verraten konnte, wo das Geld versteckt war. Er selbst wäre niemals aufgeflogen, hätte sein Bruder, ein kleiner Drogendealer, der sich Brandon Leeman nannte, nicht angefangen, das Geld auszugeben. In dem Bargeldmeer, das durch die Casinos in Nevada schwappt, hätten die Scheine über Jahre unbemerkt bleiben können, aber Leeman hatte auch Polizisten damit bestochen, und mit diesem Anhaltspunkt begann das FBI den Knoten aufzudröseln.

Dem Police Department von Las Vegas gelang es, den Bestechungsskandal einigermaßen klein zu halten, aber etwas sickerte doch an die Presse durch, es fand eine oberflächliche Säuberung statt, um die erboste Öffentlichkeit zu besänftigen, und ein paar korrupte Beamte wurden suspendiert. Der Artikel endete mit einem Absatz, der mir den Schreck in die Glieder jagte:

> Eine halbe Million Dollar Falschgeld spielt weiter keine Rolle. Entscheidend wird vielmehr sein, die Druckplatten zu finden, die Adam Trevor seinem Bruder anvertraut hat, ehe sie Terrorgruppen oder bestimmten Regierungen in die Hände fallen, man denke an Nordkorea oder den Iran, die ein Interesse daran haben könnten, den Markt mit falschen Dollars zu überfluten und so der amerikanischen Wirtschaft zu schaden.

Meine Großmutter und Schneewittchen sind überzeugt, dass so etwas wie Privatsphäre heutzutage nicht mehr existiert, weil man noch die intimsten Einzelheiten aus dem Leben eines jeden in Erfahrung bringen und niemand sich vollständig verbergen kann, schon wer einmal eine Kreditkarte benutzt, zum Zahnarzt geht, einen Zug besteigt oder einen Telefonanruf tätigt, hinterlässt unauslöschliche Spuren. Und doch verschwinden Jahr für Jahr Tausende von Kindern und Erwachsenen aus ganz unterschiedlichen Gründen: Sie werden entführt, nehmen sich das Leben, werden umgebracht, erleiden einen Unfall; viele sind psychisch krank oder fliehen vor häuslicher Gewalt oder vor dem Gesetz, treten irgendwelchen Sekten bei oder reisen unter falschem Namen, ganz zu schweigen von den Opfern von Menschenhandel, die als Prostituierte oder Arbeitssklaven ausgebeutet werden. Manuel sagt, gegenwärtig gebe es weltweit etwa siebenundzwanzig Millionen Sklaven, obwohl die Sklaverei offiziell überall abgeschafft ist.

Im vergangenen Jahr war auch ich eine dieser verschwundenen Personen, und meine Nini konnte mich nicht finden, obwohl ich keine besonderen Anstrengungen unternahm, um mich zu verstecken. Sie und Mike glauben, die Regierung der USA spähe unter dem Vorwand der Terrorbekämpfung alle unsere Bewegungen und Absichten aus, aber ich bezweifele, dass sie mit all den E-Mails und Telefongesprächen etwas anfangen kann, es schwirren doch Milliarden von Mitteilungen in allen erdenklichen Sprachen durch den Äther, und dieses babylonische Wirrwarr lässt sich unmöglich ordnen und dechiffrieren. »Die können das, Maya, die verfügen über die entsprechende Technik und über Millionen kleiner Bürokraten, deren einzige Aufgabe es ist, uns auszuspionieren. Wenn schon die Unschuldigen sich vorsehen müssen, dann du erst recht, hör bitte auf mich«, schärfte meine Nini mir ein, als wir uns im Januar in San Francisco voneinander verabschiedeten. Weil nämlich einer dieser Unschuldigen, ihr Freund Norman, dieser hinterhältige Computercrack, der ihr damals in Berkeley geholfen hatte, meine E-Mails und meinen Handy-Speicher zu knacken, auf die Idee gekommen war, im Internet Witze über Bin Laden zu verbreiten, und es dauerte keine Woche, da standen zwei FBI-Agenten bei ihm daheim auf der Matte, um ihn zu verhören. Obama hat die von seinem Vorgänger aufgebaute Maschinerie zum Ausspähen von Privatleuten unangetastet gelassen, deshalb kann man nicht vorsichtig genug sein, sagt meine Großmutter, und Manuel ist ganz ihrer Meinung.

Manuel und meine Nini haben einen Code, um über mich zu sprechen: Ich bin das Buch, an dem Manuel schreibt. Will er ihr zum Beispiel eine Vorstellung davon vermitteln, wie ich mich in Chiloé eingelebt habe, dann schreibt er, sein Buch komme besser voran als gedacht, er habe keine ernsthaften Schwierigkeiten damit, und die Chiloten, die ja normalerweise eher verschlossen seien, würden ihn unterstützen. Meine Nini muss sich nicht so sehr vorsehen, wenn sie an ihn schreibt, sofern sie es nicht von ihrem eigenen Computer aus tut. So habe ich erfahren, dass die Scheidung meines Vaters inzwischen rechtskräftig ist, er weiter in den Mittleren Osten fliegt, Susan aus dem Irak zurück und jetzt für die Sicherheit im Weißen Haus zuständig ist. Meine Großmutter hält weiter Kontakt zu ihr, denn die beiden sind trotz der anfänglichen Reibereien, als die Schwiegermutter sich zu sehr in die Angelegenheiten der Schwiegertochter einmischte, Freundinnen geworden. Ich werde Susan auch schreiben, sobald meine Lage das zulässt. Ich will sie nicht verlieren, sie ist wirklich lieb zu mir gewesen.

Meine Nini arbeitet weiter in der Bibliothek, begleitet die Sterbenden, die von der Hospizstiftung betreut werden, und hilft Mike O'Kelly. Der Verbrecherclub hat landesweit für Aufsehen gesorgt, weil zwei seiner Mitglieder die Identität eines Serienmörders in Oklahoma aufgedeckt haben. Was die Polizei mit neuester Ermittlungstechnik nicht hinbekam, gelang den beiden durch logische Schlussfolgerung. Als das bekannt wurde, gab es eine Lawine von Anträgen zur Aufnahme in den Club. Meine Nini würde von den neuen Mitgliedern gern einen Monatsbeitrag erheben, aber

Mike ist der Ansicht, damit würden sie ihre Ideale verraten.

»Diese Druckplatten von Adam Trevor können eine Katastrophe im internationalen Wirtschaftssystem auslösen. Die sind eine Art Atombombe«, sagte ich zu Manuel, nachdem ich den Artikel gelesen hatte.

»Sie liegen in der Bucht von San Francisco auf dem Meeresgrund.«

»Da wäre ich mir nicht so sicher, und selbst wenn, weiß das FBI nichts davon. Was machen wir bloß, Manuel? Wenn sie mich vorher wegen ein paar Bündeln Falschgeld gesucht haben, dann doch erst recht jetzt wegen der Platten. Die setzen bestimmt alle Hebel in Bewegung, um mich zu finden.«

Freitag, der 27. November 2009. Dritter Trauertag. Seit Mittwoch war ich nicht arbeiten, habe das Haus nicht verlassen, meinen Schlafanzug nicht ausgezogen, hatte keinen Appetit, zankte mit Manuel und Blanca. Tage ohne Trost in einer Achterbahn der Gefühle. Noch kurz bevor ich an diesem unseligen Mittwoch zum Telefon griff, flatterte ich hoch oben im Licht und im Glück, dann stürzte ich bleischwer ab wie ein Vogel, dem man durchs Herz geschossen hat. Drei Tage war ich außer mir, klagte aus vollem Hals über meine Liebe und meine Fehler und meinen Kummer, bis ich heute endlich sagte: »Es reicht!«, mich unter die Dusche stellte, das gesamte Wasser aus dem

Tank verbrauchte, mir den Schmerz mit Seife runterwusch und mich danach auf der Terrasse in die Sonne setzte, um das Toastbrot mit Tomatenmarmelade zu essen, das Manuel mir gemacht hatte und das mich nach meinem besorgniserregenden Anfall von Liebesirrsinn erfreulicherweise wieder zur Besinnung brachte. Ich konnte meine Lage etwas neutraler betrachten, auch wenn ich wusste, dass die beruhigende Wirkung der Brote nicht von Dauer sein wird. Ich habe viel geweint und werde weiter weinen, so lange es aus Selbstmitleid und Liebeskummer notwendig ist, schließlich weiß ich, wohin es führt, wenn ich versuche, die starke Frau zu markieren, wie nach dem Tod meines Großvaters. Außerdem kümmert meine Flennerei keinen, Daniel hört sie nicht, und die Welt dreht sich ungerührt weiter.

Daniel ließ mich wissen, es liege ihm viel an unserer »Freundschaft« und er wolle »in Kontakt bleiben« und ich sei eine ganz »außergewöhnliche Frau« und bla, bla, bla; kurz gesagt, er liebt mich nicht. Er kommt über Weihnachten nicht nach Chiloé, was ein Vorschlag von mir gewesen war, zu dem er sich nie geäußert hat, so wenig wie er überhaupt Pläne für ein Wiedersehen machte. Unser Abenteuer im Mai sei überaus romantisch gewesen, er werde immer daran zurückdenken, und weiteres Gefasel, aber sein Leben finde in Seattle statt. Als ich diese Mail in meinem juanitocorrales@gmail.com-Postfach fand, glaubte ich an ein Missverständnis, dachte, da sei kurz etwas durcheinandergeraten wegen der Entfernung, und ich rief ihn an, mein erster Anruf, zur Hölle mit den Sicherheitsvorkehrungen meiner Großmutter. Es war ein kurzes Gespräch, sehr schmerzhaft, das ich unmöglich wiedergeben kann, ohne mich zu winden vor Scham und mich gedemütigt zu fühlen davon, wie ich ihn anflehte, wie er sich entzog.

»Ich bin hässlich, dumm und alkoholsüchtig. Daniel hat recht, dass er nichts von mir will«, schluchzte ich.

»Ja, weiter so, Maya, geißle dich«, riet mir Manuel, der sich mit seinem Kaffee und einem weiteren Teller Toastbroten neben mich gesetzt hatte.

»Soll das mein Leben sein? Erst stürze ich in Las Vegas ab, überlebe das, strande zufällig hier in Chiloé, erlebe mit Daniel die schönste Liebe und verliere ihn dann. Sterben, wiederauferstehen, lieben und wieder sterben. Ich bin ein wandelndes Fiasko, Manuel.«

»Jetzt bleib auf dem Teppich, Maya, wir sind doch nicht in der Oper. Du hast einen Fehler gemacht, aber es ist nicht deine Schuld, der junge Mann hätte etwas pfleglicher mit deinen Gefühlen umgehen können. Schöner Psychiater! Er ist ein Vollidiot.«

»Ja, ein sehr sexy Vollidiot.«

Wir grinsten, aber ich musste gleich wieder weinen, Manuel reichte mir eine Papierserviette, damit ich mich schnäuzen konnte, und nahm mich in den Arm.

»Das mit deinem Computer tut mir schrecklich leid, Manuel«, schniefte ich, in seine Jacke vergraben.

»Mein Buch ist gerettet, ich habe nichts verloren, Maya.«

»Ich kauf dir einen neuen, versprochen.«

»Wovon denn?«

»Ich bitte den Millalobo um ein Darlehen.«

»Kommt nicht in Frage!«

»Dann muss ich das Gras von Doña Lucinda verkaufen, es stehen noch ein paar Pflanzen in ihrem Garten.«

Der kaputte Computer ist nicht das Einzige, was ich ersetzen muss, ich habe meine Wut auch an den Bücherregalen, der Schiffsuhr, den Landkarten, an Tellern, Gläsern und anderem ausgelassen, was ich in die Finger bekam, habe herumgeschrien wie eine zweijährige Rotznase; der schlimmste Tobsuchtsanfall meines Lebens. Die Kater flüchteten wie der Wind durchs Fenster, und Fákin verkroch sich erschrocken unterm Tisch. Als Manuel gegen neun am Abend heimkam, fand er sein Haus vor, als wäre ein Taifun durchgefegt, und ich lag am Boden und war voll wie eine Haubitze. Das ist das Schlimmste, dafür schäme ich mich am meisten.

Manuel rief Blanca an, die kam von daheim angejoggt, obwohl sie dafür eigentlich zu alt ist, und zu zweit schafften sie es, mich mit pechschwarzem Kaffee wiederzubeleben, wuschen mich, packten mich ins

Bett und kehrten die Scherben auf. Ich hatte eine Flasche Wein getrunken und was noch an Wodka und Licor de Oro im Schrank stand und war einer Alkoholvergiftung nah. Ich hatte einfach drauflosgetrunken, ohne nachzudenken. Ich, die ich mir eingebildet hatte, ich hätte meine Probleme überwunden, könnte auf eine Therapie und auf die Anonymen Alkoholiker verzichten, weil ich doch ach so willensstark war und eigentlich auch überhaupt nicht süchtig, ich griff unwillkürlich zur Flasche, kaum dass der Backpacker aus Seattle mir eine Abfuhr erteilte. Okay, das war ein guter Grund, aber darum geht es gar nicht. Mike O'Kelly hat recht: Die Sucht liegt beständig auf der Lauer und wartet auf ihre Gelegenheit.

»Was bin ich bloß für ein Rindvieh gewesen, Manuel!«

»Das hat mit Rindvieh nichts zu tun, Maya, du hast dich einfach in die Liebe verliebt.«

»Wie bitte?«

»Du kennst Daniel doch kaum. Du bist in den Gefühlsüberschwang verliebt, den er bei dir auslöst.«

»Dieser Überschwang ist alles, was ich will, Manuel. Ich kann nicht leben ohne Daniel.«

»Natürlich kannst du ohne ihn leben. Er war bloß der Schlüssel, der dein Herz geöffnet hat. Wenn du nach der Liebe süchtig bist, ruiniert das weder deine Gesundheit noch dein Leben wie Crack oder Wodka, aber du solltest lernen, zwischen dem Objekt deiner

Liebe, in diesem Fall Daniel, und der Begeisterung zu unterscheiden, die sich einstellt, weil dein Herz offen ist.«

»Sag das noch mal, du redest ja daher wie die Therapeuten in Oregon.«

»Du weißt, dass ich mein halbes Leben wie zugemauert war, Maya. Dass ich mich überhaupt etwas öffne, ist neu, aber ich kann mir die Gefühle nicht aussuchen. Durch dieselbe Öffnung, die für die Liebe da ist, dringt auch die Angst. Damit will ich nur sagen, wenn du in der Lage bist, viel zu lieben, dann wirst du auch viel leiden.«

»Ich sterbe, Manuel. Ich kann das nicht aushalten. Das ist das Schlimmste, was mir je passiert ist!«

»Aber nicht doch, Gringuita, es ist schlimm, aber es geht vorbei, und verglichen mit dem, was du letztes Jahr durchgemacht hast, ist es ein Klacks. Dieser Backpacker hat dir einen Gefallen getan, durch ihn hast du einiges über dich lernen können.«

»Ich habe nicht die leiseste Ahnung, wer ich bin, Manuel.«

»Du bist auf dem Weg, das rauszufinden.«

»Weißt du denn, wer Manuel Arias ist?«

»Noch nicht, aber die ersten Schritte habe ich getan. Du bist schon weiter, und du hast noch viel mehr Zeit als ich.«

Manuel und Blanca haben mit vorbildlichem Großmut die Krise dieser absurden Gringa ertragen, wie sie mich seit neuestem nennen; sie haben meine Tränen über sich ergehen lassen, meine Bezichtigungen, mein Selbstmitleid und meine Selbstanklagen, mich allerdings umgehend zum Schweigen gebracht, wenn ich ausfällig oder beleidigend wurde und Anstalten machte, weiter fremdes Eigentum zu beschädigen, was in diesem Fall Manuels Eigentum ist. Zweimal haben wir uns lautstark gestritten, was wir alle drei gebraucht haben. Man kann nicht immer gelassen bleiben wie ein Zen-Mönch. Sie waren so feinfühlig, mit keinem Wort mein Besäufnis oder die Kosten meiner Zerstörungswut zu erwähnen, und wissen, ich bin zu jeder Buße bereit, damit sie mir verzeihen. Als ich mich beruhigt hatte und den Computer am Boden sah, war ich kurz versucht, mich im Meer zu ersäufen. Wie sollte ich Manuel je wieder ins Gesicht sehen? Wie sehr muss dieser neue Großvater mich lieben, dass er mich nicht vor die Tür gesetzt hat! Das ist der letzte Tobsuchtsanfall meines Lebens gewesen, ich bin zwanzig, da ist so was nicht mehr witzig. Ich muss auf jeden Fall einen neuen Computer besorgen.

Manuels Rat, mich meinen Gefühlen zu öffnen, hallt in mir wider, weil er auch von meinem Pop hätte stammen können oder sogar von Daniel Goodrich. Ach! Ich kann seinen Namen nicht hinschreiben, ohne dass mir die Tränen kommen! Ich sterbe noch vor

Kummer, so dreckig ist es mir noch nie gegangen … Unsinn, es ist mir schon dreckiger gegangen, tausendmal dreckiger, als mein Pop starb. Daniel ist nicht der Einzige, der mir das Herz gebrochen hat, wie es in diesen mexikanischen Schnulzen heißt, die meine Nini immer vor sich hin singt. Als ich acht war, beschlossen meine Großeltern, mit mir nach Dänemark zu fahren, damit ich ein für alle Mal aufhörte, mich für eine Waise zu halten. Sie hatten vor, mich für zwei Wochen bei meiner Mutter zu lassen, so dass wir beide Zeit hätten, einander kennenzulernen, sie würden unterdessen Urlaub am Mittelmeer machen, mich danach wieder abholen und zusammen würden wir nach Kalifornien zurückkehren. Es würde meine erste Begegnung mit Marta Otter sein, und damit sie einen guten Eindruck von mir bekam, füllten sie mir den Koffer mit neuen Anziehsachen und rührseligen Geschenken, darunter ein Reliquienkästchen mit ein paar Milchzähnen und einer Haarlocke von mir. Mein Vater, der anfangs gegen die Reise gewesen war und nur aufgrund des geballten Drucks von mir und meinen Großeltern schließlich eingewilligt hatte, warnte uns, diese Haar- und Zahnfetische würden nicht gut ankommen: Die Dänen sammeln keine Körperteile.

Obwohl ich etliche Fotos von meiner Mutter besaß, stellte ich sie mir wegen ihres Nachnamens vor wie die Otter im Aquarium von Monterrey. Auf den Bildern, die sie mir manchmal zu Weihnachten schickte, war sie schlank und elegant und hatte eine platinblonde Haarmähne, daher war es eine Überraschung, sie daheim in Odense zu sehen, etwas pummelig, in Trainingshose und mit schlecht gefärbten weinroten Haaren. Sie war verheiratet und hatte zwei Söhne.

In dem Reiseführer, den mein Pop am Bahnhof von Kopenhagen kaufte, hieß es, Odense sei eine reizende Stadt auf der schönen Insel Fünen, mitten im Herzen von Dänemark, wo einst die Wiege des berühmten Dichters Hans Christian Andersen stand, dessen Bücher in meinem Regal einen prominenten Platz neben der *Astronomie für Anfänger* einnahmen, weil sie unter dem Buchstaben A einsortiert waren. Das hatte für einigen Diskussionsstoff gesorgt, denn mein Pop bestand auf alphabetischer Ordnung, während meine Nini aufgrund ihrer Arbeit in der Bibliothek von Berkeley die Meinung vertrat, Bücher gehörten nach Themen sortiert. Ich sollte nie erfahren, ob die Insel Fünen so lieblich ist, wie im Reiseführer behauptet, weil wir nichts von ihr sahen. Marta Otter wohnte in einer Siedlung, in der alle Häuser gleich waren und einen Rasenfleck als Vorgarten hatten, und ihr Haus war an der auf einem Stein sitzenden Meerjungfrau aus Gips zu erkennen, wie ich eine in klein in einer Glaskugel besaß. Sie öffnete uns die Tür mit überraschtem Gesicht, als sei ihr entfallen, dass meine Nini ihr Monate zuvor geschrieben hatte, um unseren Besuch anzukündigen, es noch einmal getan hatte, ehe wir aus Kalifornien abgereist waren, und sie am Tag zuvor aus Kopenhagen angerufen hatte. Zur Begrüßung gab sie uns steif die Hand, bat uns herein und stellte uns ihre Söhne vor, Hans und Vilhelm, der eine vier, der andere zwei Jahre alt und beide so weiß, dass sie im Dunkeln leuchteten.

Das Haus sah innen aus wie geleckt, unpersönlich und deprimierend, derselbe Stil wie in unserem Hotelzimmer in Kopenhagen, wo wir uns nicht hatten duschen können, weil wir im Bad, das ausschließlich aus glatten weißen Marmorflächen bestand, die Armaturen nicht fanden. Das Essen im Hotel war ebenso karg gewesen wie die Dekoration, und meine Nini, die sich betrogen fühlte, forderte einen Preisnachlass. »Sie verlangen ein Vermögen, und hier gibt's nicht mal Stühle!«, beschwerte sie sich an der Rezeption, einem langen Tresen aus Edelstahl, wo zur floralen Auflockerung eine einzelne Artischockenblüte aus einem Glasrohr ragte. Der einzige Schmuck in Marta Otters Wohnzimmer war die Reproduktion eines ziemlich guten Gemäldes von Königin Margrethe; wäre Margrethe nicht Königin, könnte sie als Künstlerin Furore machen.

Wir setzten uns auf ein unbequemes Sofa aus grauem Plastik, mein Pop stellte meinen Koffer, der riesenhaft wirkte, neben seine Füße, und meine Nini hielt mich am Arm fest, damit ich nicht das Weite suchte. Ich hatte den beiden jahrelang damit in den Ohren gelegen, dass ich meine Mutter kennenlernen wollte, aber in diesem Moment hätte ich am liebsten die Beine in die Hand genommen, so entsetzlich war die Vorstellung, zwei Wochen bei dieser Unbekannten und den beiden Albinokaninchen zu verbringen, die meine kleinen Brüder waren. Als Marta Otter zum Kaffeekochen in die Küche ging, flüsterte ich meinem Pop zu, wenn sie mich in diesem Haus ließen, würde ich mich umbringen. Er gab das leise und wortgetreu an seine Frau weiter, und im Handumdrehen kamen beide überein, dass diese Reise ein Fehler gewesen war; ihre Enkelin hätte besser bis ans Ende ihrer Tage an das Märchen von der Prinzessin aus Lappland geglaubt.

Marta Otter kam mit Kaffee in Tassen zurück, die zu klein für einen Henkel waren, und das ritualisierte Herumreichen von Zucker und Kaffeesahne linderte die Anspannung etwas. Meine schneeweißen Brüder setzten sich vor den Fernseher und sahen, sehr wohlerzogen, einen Tierfilm ohne Ton, um nicht zu stören, und die Erwachsenen begannen, über mich zu sprechen, als wäre ich tot. Meine Großmutter zog das Fotoalbum der Familie aus ihrer Tasche und erklärte die Bilder eins nach dem anderen: Maya nackt im Alter von zwei Wochen in einer einzigen großen Hand von Paul Ditson II, Maya mit drei als Hawaii-Mädchen verkleidet mit Ukulele, Maya mit sieben beim Fußball. Unterdessen betrachtete ich übertrieben aufmerksam die Schnürsenkel meiner neuen Schuhe. Marta Otter bemerkte, ich sähe Hans und Vilhelm sehr ähnlich, obwohl unsere einzige Gemeinsamkeit darin bestand, dass wir auf zwei Beinen gingen. Wahrscheinlich war meine Mutter insgeheim erleichtert, dass man mir die lateinamerikanischen Gene meines Vaters nicht ansah und ich notfalls als Skandinavierin hätte gelten können.

Nach vierzig Minuten, die so lang waren wie vierzig Stunden, bat mein Großvater um das Telefon, bestellte ein Taxi, und kurz darauf verabschiedeten wir uns, ohne einen Ton über den Koffer zu verlieren, der in meinen Augen immer größer und bedrohlich wie ein Elefant geworden war. An der Tür gab Marta Otter mir einen schüchternen Kuss auf die Stirn und sagte, wir würden in Kontakt bleiben und sie werde in ein, zwei Jahren nach Kalifornien kommen, weil Hans und Vilhelm Disneyworld sehen wollten. »Das ist in Florida«, erklärte ich. Meine Nini zwickte mich, damit ich den Mund hielt.

Im Taxi bemerkte meine Nini lässig, die Abwesenheit meiner Mutter sei alles andere als ein Schaden, es sei doch ein Segen, dass ich frei und verhätschelt in dem verwunschenen Haus mit den bunten Wänden und dem Sternguckerturm in Berkeley aufwüchse und nicht in der kargen Umgebung dieser Dänin. Ich holte die Glaskugel mit der kleinen Meerjungfrau aus meiner Tasche, und als wir ausstiegen, ließ ich sie auf der Rückbank des Taxis liegen.

Nach dem Besuch bei Marta Otter war ich monatelang bedrückt. Um mich aufzumuntern, brachte mir Mike O'Kelly zu Weihnachten einen Korb, der mit einem karierten Geschirrtuch abgedeckt war. Als ich das Tuch anhob, fand ich darunter, friedlich schlafend auf einem zweiten Geschirrtuch, eine weiße Hündin von der Größe einer Pampelmuse. »Sie heißt Daisy, aber du kannst ihr auch einen anderen Namen geben«, sagte der Ire. Ich verliebte mich haltlos in Daisy, rannte mittags aus der Schule nach Hause, um keine Minute mit ihr zu versäumen, sie war meine Vertraute, meine Freundin, mein Spielzeug, sie schlief in meinem Bett, aß von meinem Teller und ließ sich von mir herumtragen, sie wog nicht mal zwei Kilo. Dieses Tier brachte mich zur Ruhe und machte mich so glücklich, dass ich nicht mehr an Marta Otter dachte. Mit einem Jahr wurde Daisy zum ersten Mal läufig, der Instinkt siegte über ihre Scheu, und sie lief weg auf die Straße. Weit kam sie nicht, an der Ecke wurde sie von einem Auto erfasst und war sofort tot.

Meine Nini fühlte sich außerstande, mir die Nachricht zu überbringen, sagte meinem Pop Bescheid, der an der Universität alles stehen und liegen ließ und zu mir in die Schule kam. Man holte mich aus dem Unterricht, und als ich ihn sah, wie er da auf mich wartete, wusste ich es schon, ehe er den Mund aufmachte. Daisy! Ich sah sie rennen, sah das Auto, sah den leblosen Körper meiner kleinen Hündin. Mein Pop nahm mich in seine großen Arme, drückte mich an sich und weinte mit mir.

Wir legten Daisy in eine Kiste und begruben sie im Garten. Meine Nini wollte eine andere Hündin besorgen, die Daisy möglichst ähnlich sein sollte, aber mein Pop sagte, es gehe nicht darum, sie zu ersetzen, sondern darum, ohne sie zu leben. »Ich kann das nicht, Pop, ich habe sie doch so liebgehabt!«, schluchzte ich untröstlich. »Diese Liebe ist in dir, Maya, nicht in Daisy. Du kannst sie anderen Tieren geben, und wenn etwas übrig bleibt, gibst du es mir«, sagte mein weiser Großvater. Diese Lektion über die Liebe und die Trauer wird mir jetzt weiterhelfen, denn ich habe Daniel zwar mehr geliebt als mich selber, aber nicht mehr als meinen Pop oder Daisy.

Schlechte Neuigkeiten, sehr schlechte, hier würde man sagen: »Es regnet auf die Nassen«, wenn immer noch ein Unglück dazukommt; erst Daniel und jetzt das. Genau wie ich befürchtet hatte, hat das FBI meine Spur gefunden, und Officer Arana ist in Berkeley aufgetaucht. Was nicht heißen muss, dass er nach Chile kommt, sagt Manuel, um mich zu beruhigen, aber mir ist mulmig zumute, denn wenn er schon seit November letzten Jahres nach mir sucht, dann hört er bestimmt nicht jetzt damit auf, wo er meine Familie ausfindig gemacht hat.

Arana stand in Zivil bei meinen Großeltern vor der

Haustür und hatte seine Polizeimarke gezückt. Meine Nini war in der Küche, und mein Vater ließ ihn herein im Glauben, es gehe um einen von Mike O'Kellys straffälligen Jugendlichen. Das Herz rutschte ihm in die Hose, als Arana ihm sagte, er ermittle in einem Fall von Geldfälschung und müsse Maya Vidal, alias Laura Barron, ein paar Fragen stellen; der Fall sei so gut wie abgeschlossen, sagte er, doch befinde sich das Mädchen in Gefahr und er müsse sie schützen. Meine Nini und mein Vater wären sicher noch viel mehr erschrocken, hätte ich ihnen nicht erzählt, dass Arana in Ordnung ist und mich immer gut behandelt hat.

Meine Großmutter fragte nach, wie er auf mich gekommen sei, und Arana erzählte es ihr bereitwillig und offenbar stolz auf seine Spürnase, wie sie in ihrer Mail an Manuel schreibt. Dabei hatte er einfach nur im Police Department die Liste aller im Jahr 2008 vermisst gemeldeten Mädchen aufgerufen. Dass ich schon in den Jahren zuvor abgehauen sein könnte, hielt er für wenig wahrscheinlich, denn als er mich zum ersten Mal sah, wirkte ich nicht, als hätte ich schon lange auf der Straße gelebt; die jugendlichen Landstreicher bekommen im Handumdrehen etwas unverkennbar Verwahrlostes. Es standen Dutzende Mädchen auf der Liste, aber er beschränkte sich auf die zwischen fünfzehn und fünfundzwanzig, die in Nevada und angrenzenden Staaten verschwunden waren. In den meisten Fällen gab es Fotos, allerdings waren einige davon schon etwas älter. Er hatte ein gutes Auge für Physiognomie und konnte die Liste auf nur vier Mädchen einschränken, von denen eins seine Aufmerksamkeit besonders auf sich zog, weil die Vermisstenanzeige aus der Zeit stammte, als er der angeblichen Nichte von Brandon Leeman zum ersten Mal begegnet war, Juni 2008. Nachdem er sich das Foto genauer angesehen und die verfügbaren Informationen gelesen hatte, war ihm klar, dass er diese Maya Vidal suchte, er kannte also meinen richtigen Namen, meine Polizeiakte, die Adresse des Internats in Oregon und die meiner Familie in Kalifornien.

Anders als von mir angenommen, hatte mein Vater mich tatsächlich monatelang gesucht und meine Beschreibung an sämtliche Polizeistationen und Krankenhäuser des Landes gegeben. Arana rief im Internat an und fragte Angie nach einigen fehlenden Einzelheiten, machte sich dann zu der Adresse auf, wo mein Vater früher gewohnt hatte, und bekam dort von den jetzigen Bewohnern die Anschrift der bunten Villa meiner Großeltern. »Zum Glück haben sie mir und nicht einem anderen den Fall übertragen, ich bin überzeugt, dass Laura, also Maya, ein gutes Mädchen ist, und will ihr helfen, ehe die Lage für sie unnötig schwierig wird. Bestimmt lässt sich beweisen, dass sie bei dem Verbrechen keine große Rolle gespielt hat«, erklärte der Officer am Ende.

Weil Arana so umgänglich auftrat, lud meine Nini

ihn ein mitzuessen, und mein Vater öffnete eine Flasche seines besten Weines. Der Polizist fand, die Suppe eigne sich hervorragend für einen nebelverhangenen Novemberabend wie diesen, ob es sich etwa um ein typisches Gericht aus der Heimat von Frau Vidal handele? Er hatte ihren Akzent bemerkt. Mein Vater sagte, das Rezept für die Hühnersuppe stamme aus Chile und ebenso der Wein und er und seine Mutter seien dort geboren. Auf die Frage des Officers, ob sie häufig hinführen, erklärte er, sie seien schon über dreißig Jahre nicht mehr dort gewesen. Meine Nini hatte sehr genau auf jedes Wort des Polizisten gehört und trat meinem Vater unterm Tisch ans Bein, weil er zu viel redete. Je weniger Arana über die Familie wusste, desto besser. In dem, was der Officer gesagt hatte, witterte sie eine Unwahrheit, und das hatte sie aufhorchen lassen. Wie konnte der Fall so gut wie abgeschlossen sein, wenn man weder die gefälschten Scheine noch die Platten gefunden hatte? Auch sie hat diese Zeitschriftenreportage über Adam Trevor gelesen, sie recherchiert seit Monaten über den internationalen Handel mit Falschgeld, hält sich für eine Expertin und kennt den wirtschaftlichen und strategischen Wert dieser Druckplatten.

Sie arbeite selbstverständlich gern mit der Polizei zusammen, versicherte meine Nini und fütterte Arana mit Informationen, die er sich leicht selbst besorgen konnte. Sie sagte ihm, nachdem ihre Enkelin im

Juni letzten Jahres aus dem Internat in Oregon abgehauen sei, hätten sie vergeblich nach ihr gesucht, bis der Anruf einer Kirchengemeinde aus Las Vegas kam und sie hinfuhr, um Maya abzuholen, denn Mayas Vater sei Pilot und gerade unterwegs gewesen. Maya habe schrecklich ausgesehen, nicht wiederzuerkennen, es sei hart gewesen, ihre Kleine so zu erleben, früher hübsch, sportlich und klug, jetzt eine Drogenabhängige. An diesem Punkt ihres Berichts rang meine Großmutter bei jedem Wort mit den Tränen. Mein Vater ergänzte, danach hätten sie seine Tochter in San Francisco in eine Entzugsklinik gebracht, aber wenige Tage vor Ende des Programms sei sie erneut abgehauen, und sie hätten keine Ahnung, wohin. Maya sei mittlerweile zwanzig, sie könnten sie nicht daran hindern, ihr Leben zu zerstören, wenn es das sei, was sie wolle.

Ich werde nie erfahren, was von alldem Officer Arana ihnen glaubte. »Ich muss Maya unbedingt finden, und zwar schnell. Da sind welche hinter ihr her, mit denen nicht zu spaßen ist«, sagte er und ließ noch beiläufig fallen, wie hoch das Strafmaß für Verdunkelung und Beihilfe im Fall eines Bundesverbrechens ist. Er trank seinen Wein aus, lobte den Flan zum Nachtisch, bedankte sich für das Abendessen und reichte ihnen, ehe er sich verabschiedete, seine Karte, falls sie etwas von Maya hörten oder ihnen noch etwas einfiele, was bei der Ermittlung nützlich sein könnte.

»Finden Sie Maya, bitte, Officer«, flehte meine Großmutter ihn auf der Türschwelle an, klammerte sich dabei an seinen Mantelaufschlag und hatte tränenfeuchte Wangen. Kaum war er weg, trocknete sie sich die geheuchelten Tränen, schlüpfte in ihren Mantel, nahm meinen Vater am Arm und fuhr mit ihm in ihrer Rostlaube zu Mike O'Kelly.

Freddy war seit seiner Ankunft in Kalifornien antriebslos und schweigsam gewesen, erwachte jedoch aus seiner Lethargie, als er hörte, Officer Arana schnüffele in Berkeley herum. Bisher hatte er kein Wort darüber verlauten lassen, wie sein Leben ausgesehen hatte zwischen dem Tag im November letzten Jahres, als er mich in die Obhut von Olympia Pettiford gegeben hatte, und seiner Nierenoperation sieben Monate später, aber die Furcht, Arana werde ihm womöglich auf die Spur kommen, löste ihm die Zunge. Wie er erzählte, konnte er, nachdem er mir geholfen hatte, nicht zurück in das Gebäude von Brandon Leeman, weil Joe Martin und der Chinese Hackfleisch aus ihm gemacht hätten. Die Verzweiflung band ihn wie eine Nabelschnur an diesen Ort, nirgends sonst konnte er an ähnliche Mengen Drogen herankommen, aber das Risiko, sich dort blicken zu lassen, war einfach zu groß. Er hätte die beiden Killer niemals davon überzeugen können, dass er mit meiner Flucht nichts zu tun hatte, wie es ihm einmal nach dem Tod von Brandon Leeman gelungen war, als er mich gerade noch rechtzeitig aus dem Fitnessclub geholt hatte.

Von Olympia Pettiford aus fuhr Freddy mit dem Bus in ein Dorf an der Grenze, wo ein Freund von ihm wohnte, und hielt sich dort eine Weile notdürftig über Wasser, bis der Drang, in sein altes Leben zurückzukehren, übermächtig wurde. In Las Vegas kannte er sich aus und fand sich blind zurecht, dort konnte er sich besorgen, was er brauchte. Immerhin war er vorsichtig genug, sich von seinem früheren Terrain fernzuhalten, um Joe Martin und dem Chinesen nicht zu begegnen, schlug sich mit Dealerei und Diebstählen durch, schlief im Freien, wurde immer kränker, bis er in der Notaufnahme und dann in den Armen von Olympia Pettiford landete.

Zu der Zeit, als Freddy noch auf der Straße war, fand man die Leichen von Joe Martin und dem Chinesen in einem ausgebrannten Auto in der Wüste. Sollte Freddy erleichtert gewesen sein, die beiden von den Fersen zu haben, so währte das nicht lange, denn die Gerüchte, die unter den Junkies und Dealern kursierten, sprachen davon, dass es sich bei dem Mord um einen Racheakt der Polizei handelte. In der Presse waren die ersten Meldungen über Korruption im Police Department erschienen, und man brachte den Mord an den Partnern von Brandon Leeman damit in Zusammenhang. In einer Stadt von Spielern und Mafiosi war Bestechung an der Tagesordnung, aber diesmal ging es um Falschgeld, und das FBI hatte sich eingeschaltet; die korrupten Officer würden mit allen Mitteln versuchen, den Skandal kleinzuhalten, und die beiden Leichen in der Wüste waren eine Warnung an jeden, der zu viel redete. Wer dafür verantwortlich war, wusste sicher auch, dass Freddy bei Brandon Leeman gewohnt hatte, und würde sich von einem drogensüchtigen Jugendlichen wie ihm nicht die Existenz ruinieren lassen, auch wenn Freddy die korrupten Polizisten überhaupt nicht hätte identifizieren können, denn er hatte sie nie gesehen. Brandon Leeman hatte einen von ihnen beauftragt, Joe Martin und den Chinesen zu beseitigen, sagte Freddy, was auch zu dem passte, was Brandon mir auf der Fahrt nach Beatty angekündigt hatte, aber dann sei er so bescheuert gewesen, den Mann mit falschen Scheinen zu bezahlen in der irrigen Annahme, das werde nicht auffallen. Alles ging schief, die Fälschung flog auf, der Polizist rächte sich, indem er Joe Martin und den Chinesen über das Vorhaben informierte, und noch am selben Tag brachten die beiden Brandon Leeman um. Freddy hörte, wie ihnen jemand über Handy Anweisungen gab, und kam später zu dem Schluss, dass es dieser Polizist gewesen sein musste. Nachdem er den Mord gesehen hatte, rannte er zum Club, um mich zu warnen.

Als mich Joe Martin und der Chinese dann Monate später auf der Straße aufgriffen und in die Wohnung brachten, damit ich ihnen verriet, wo das restliche Geld war, rettete mich Freddy noch einmal. Er fand mich nicht zufällig dort geknebelt und gefesselt auf der Matratze, sondern weil er gehört hatte, wie Joe Martin telefonierte und dann zum Chinesen sagte, man habe Laura Barron gefunden. Er versteckte sich im Treppenhaus, sah die beiden mit mir ankommen und wenig später ohne mich wieder verschwinden. Über eine Stunde überlegte er, was er tun sollte, bis er sich einen Ruck gab und in die Wohnung ging, um zu sehen, was sie mit mir gemacht hatten. Unklar war, ob derjenige, der den Mord an Brandon Leeman zu verantworten hatte, derselbe war, der die Mörder später über Telefon wissen ließ, wo sie mich finden konnten, und ob es sich dabei um den korrupten Polizisten handelte, falls es nur einer war, es konnten ebenso gut mehrere sein.

Mike O'Kelly und meine Großmutter gingen in ihren Spekulationen nicht so weit, Officer Arana ohne Beweise zu beschuldigen, hielten ihn allerdings auch nicht für unverdächtig, und Freddy tat das ebenso wenig und hatte deshalb Angst. Wer auch immer Joe Martin und den Chinesen allein oder zusammen mit anderen in der Wüste beseitigt hatte, würde dasselbe mit ihm tun, wenn er ihn zu fassen bekäme. Meine Nini wandte ein, sollte Arana derjenige sein, dann hätte er Freddy doch in Las Vegas loswerden können, aber laut Mike wäre es schwierig gewesen, einen Patienten im Krankenhaus oder einen Schützling der wehrhaften Witwen für Jesus umzubringen.

Manuel war zusammen mit Blanca nach Santiago gereist, um sich von Dr. Puga untersuchen zu lassen. So lange kam Juanito Corrales zu mir ins Haus, weil wir endlich den vierten Band von Harry Potter fertig lesen wollten. Mein Bruch mit Daniel, oder besser seiner mit mir, lag schon über eine Woche zurück, ich lief aber noch immer verheult herum, fühlte mich wie ein geprügelter Hund, ging allerdings wieder zur Arbeit. Es waren die letzten Wochen vor den Sommerferien, da konnte ich nicht fehlen.

Am Donnerstag, dem 3. Dezember, machte ich mich mit Juanito zu Doña Lucinda auf, um Wolle zu kaufen, weil ich für Manuel einen meiner schlimmen Schals stricken wollte, was das mindeste ist, was ich für ihn tun kann. Zum Abwiegen packte ich unsere Waage ein, die von meiner Zerstörungswut verschont geblieben ist, denn an der von Doña Lucinda sind die Zahlen unter den Rußschichten der Jahre nicht mehr zu lesen, und um ihr den Tag zu versüßen, nahm ich ihr einen Birnenkuchen mit, der nicht aufgegangen war, ihr aber dennoch schmecken würde. Ihre Haustür hat sich durch das Erdbeben 1960 verklemmt, und seither geht man hinten herum ins Haus, über den Hof, wo ihre Marihuanapflanzen wachsen, der Herd und die Blecheimer zum Färben der Wolle stehen, ein paar Hühner herumlaufen, die Kaninchen in ihren Ställen hocken und zwei Ziegen wohnen, die ursprünglich Milch für Käse gaben, inzwischen aber einen Ruhestand ohne Verpflichtungen genießen. Fákin kam in seinem seitlichen Trott hinter uns her, hielt schnüffelnd die Nase in den Wind, wusste deshalb, schon ehe wir das Haus betraten, was geschehen war, und begann eindringlich zu jaulen. Rasch schlossen sich ihm die Hunde ringsum an, erzählten sich die Nachricht weiter, und im Nu jaulte die gesamte Insel.

Im Haus fanden wir Doña Lucinda in ihrem Weidensessel neben dem erloschenen Ofen, sie trug ihr Sonntagskleid, hielt ihren Rosenkranz in der Hand, hatte sich das schüttere weiße Haar ordentlich zu einem Knoten gesteckt und war schon kalt. Als sie gespürt hatte, dass es ihr letzter Tag auf Erden sein würde, hatte sie sich selbst zurechtgemacht, weil niemand nach ihrem Tod Mühe mit ihr haben sollte. Ich setzte mich neben sie auf den Boden, während Juanito loslief, um den Nachbarn Bescheid zu sagen, die sich schon, vom Chor der Hunde angelockt, auf den Weg gemacht hatten.

Am Freitag arbeitete wegen der Totenwache niemand auf der Insel, und am Samstag gingen wir alle zur Beerdigung. Der Tod der über Hundertjährigen war für alle ein schwerer Schlag, denn eigentlich hatte niemand sie mehr für sterblich gehalten. Zur Totenwache im Haus brachten die Nachbarinnen Stühle mit, und nach und nach füllten sich auch der Hof und die Straße. Man hatte Doña Lucinda auf dem Tisch, wo sie immer gegessen und ihre Wolle abgewogen hatte, in einem schlichten Sarg aufgebahrt und ringsum quoll es über von Blumen in Vasen und Plastikflaschen, Rosen, Hortensien, Nelken und Lilien. Durch das Alter war Doña Lucinda so klein geworden, dass ihr Körper den Sarg nur halb ausfüllte und ihr Kopf auf dem Kissen aussah wie der eines kleinen Kindes. Auf dem Tisch stand zwischen zwei Blechkerzenständern mit Kerzenstümpfen ein handkoloriertes Hochzeitsbild der Verstorbenen, auf dem man sie als Sechzehnjährige im Brautkleid am Arm eines Soldaten in altertümlicher Uniform sieht, des ersten ihrer insgesamt sechs Ehemänner, vor vierundneunzig Jahren.

Der Kirchenhelfer leitete das Rosenkranzgebet der Frauen und den etwas schrägen Gesang, während die Männer an den Tischen im Hof ihre Trauer mit Schweinefleisch in Zwiebelsoße und Bier linderten. Tags darauf kam der fahrende Priester, der hier wegen seiner langen Predigten »Drei Fluten« genannt wird, denn er beginnt mit einsetzender Flut und endet erst zwei Fluten später. Er las die Messe in der Kirche, die so voller Menschen war, so verraucht von Kerzen und geschwängert vom Duft von Wiesenblumen, dass mir hustende Engel erschienen.

Der Sarg ruhte auf einem Metallgestell vor dem

Altar, war mit einem schwarzen Tuch mit weißem Kreuz darauf abgedeckt und mit zwei Kandelabern geschmückt. Darunter stand eine Waschschüssel, »falls der Leib aufbricht«, wie mir erklärt wurde. Ich habe keine Ahnung, wie man sich das vorstellen muss, aber es klingt fies. Die Gemeinde betete und sang chilotische Walzer zum Spiel von zwei Gitarren, danach ergriff Drei Fluten das Wort und ließ es fünfundsechzig Minuten nicht mehr los. Er begann mit einem Lob auf Doña Lucinda, schweifte jedoch schnell ab auf andere Themen, sprach über Politik, die Lachsindustrie und Fußball, während seine Zuhörerschar langsam wegdämmerte. Der Priester ist vor fünfzig Jahren als Missionar nach Chile gekommen, und man hört noch heute seinen Akzent. Während des Abendmahls kamen ein paar Leuten die Tränen, wir anderen wurden davon angesteckt, und am Ende weinten sogar die beiden Gitarrenspieler.

Als nach der Messe die Glocken zum Geleit auf den Friedhof läuteten, hoben acht Männer den Sarg an, der nichts wog, und trugen ihn gemessenen Schrittes nach draußen. Das gesamte Dorf folgte ihnen und nahm die Blumen aus der Kirche mit. Am Grab sprach der Priester noch einmal den Segen für Doña Lucinda, und als man sie eben hinab in die Grube lassen wollte, kamen keuchend der Bootsbauer und sein Sohn angelaufen und brachten ein Grabhäuschen für das Grab, in aller Eile hergestellt, aber wunderhübsch. Da Doña Lucinda keine lebenden Angehörigen mehr besaß und Juanito und ich die Tote gefunden hatten, kamen die Leute der Reihe nach zu uns und sprachen uns mit einem traurigen Druck ihrer von der Arbeit schwieligen Hände ihr Beileid aus, ehe sie in Massen in die »Taverne zum lieben Toten« strömten, um den obligatorischen Trosttrunk zu nehmen.

Ich verließ den Friedhof als Letzte, als der Nebel vom Meer aufzuziehen begann. Ich dachte daran, wie sehr mir Manuel und Blanca in diesen beiden Tagen der Trauer gefehlt hatten, dachte an Doña Lucinda, die im Dorf so beliebt gewesen war, und daran, wie einsam im Vergleich dazu die Beisetzung von Carmelo Corrales gewesen war, aber vor allem dachte ich an meinen Pop. Meine Nini redet immer davon, dass sie seine Asche auf einem Berg, möglichst nah am Himmel, verstreuen will, aber inzwischen sind vier Jahre vergangen, und die Asche wartet weiter in einer Porzellanurne auf ihrer Kommode. Ich folgte dem Pfad den Hügel hinauf zur Grotte der Pincoya, weil ich hoffte, meinen Pop in der Luft zu spüren, und wollte ihn um die Erlaubnis bitten, seine Asche hierher auf die Insel zu bringen, sie auf dem Friedhof mit Blick aufs Meer beizusetzen und das Grab mit einer hölzernen Miniaturausgabe seines Sternguckerturms zu schmücken, aber er kommt nicht, wenn ich ihn rufe, sondern nach Lust und Laune, und diesmal wartete ich vergeblich oben auf der Kuppe. Durch das Ende meiner Liebe zu Daniel bin ich in diesen Tagen sehr dünnhäutig gewesen und ängstlich wegen böser Vorahnungen.

Die Flut stieg, und der Nebel wurde dichter, aber noch konnte man den Eingang der Höhle von oben erkennen; etwas weiter lagen die schweren Leiber der Seelöwen dösend auf den Felsen. Die Klippe fällt nur etwa sechs Meter steil zum Meer ab, und ich bin schon zweimal mit Juanito nach unten geklettert. Man braucht dabei Geschick und Glück, denn man könnte leicht abrutschen und sich den Hals brechen, deshalb ist der Weg für Touristen gesperrt.

Ich will versuchen die Ereignisse dieses Tages zusammenzufassen, so wie sie mir berichtet wurden und wie ich mich erinnere, obwohl mein Kopf wegen des Aufpralls noch nicht wieder voll einsatzfähig ist. Einiges an dem Unfall bleibt unbegreiflich, aber hier hat niemand vor, dem ernsthaft auf den Grund zu gehen.

Ich stand lange dort oben und schaute zu, wie die Landschaft im Nebel rasch jede Kontur verlor; der silbrige Spiegel des Meeres, die Felsen und die Seelöwen waren in den grauen Schwaden schon nicht mehr zu sehen. Im Dezember gibt es strahlende Tage, und andere sind kühl wie dieser, mit Nebel und staubfeinem Nieselregen, der von einem Moment auf den anderen zu einem Wolkenbruch werden kann. An diesem Samstag hatte morgens die Sonne geschienen, und im

Laufe des Vormittags hatte es sich zugezogen. Der zarte Nebelschleier tauchte den Friedhof in eine Schwermut, wie sie zum Abschied von Doña Lucinda, der Ururgroßmutter von allen im Dorf, passte. Eine Stunde später war die Welt oben auf dem Hügel in eine wattige Decke gehüllt, als wollte sie meinen Gemütszustand untermalen. Zorn, Beschämung, Enttäuschung und Schmerz, die mich aufgewühlt hatten, als ich Daniel verlor, waren einer Traurigkeit gewichen, die so konturlos und unstet war wie der Nebel. Liebeskummer nennt man das wohl, laut Manuel die trivialste Tragödie überhaupt, aber weh tut es trotzdem. Der Nebel ist unheimlich, man wittert zwei Meter weiter wer weiß welche Gefahren, wie in diesen Krimis aus London, die Mike O'Kelly so liebt, wo der Mörder im von der Themse aufziehenden Nebel verschwindet.

Mich fröstelte, weil mir die Feuchtigkeit langsam in die Glieder kroch, und diese völlige Einsamkeit machte mir Angst. Plötzlich spürte ich etwas nah bei mir, und es war nicht mein Pop, sondern etwas vage Bedrohliches wie ein großes Tier, ich wollte es schon als Ausgeburt meiner Phantasie verscheuchen, die mir manchmal böse Streiche spielt, aber da fing Fákin an zu knurren. Er stand neben mir, hatte die Ohren gespitzt, das Fell auf seinem Rücken gesträubt, reckte den Schwanz in die Höhe und bleckte die Zähne. Gedämpft hörte ich Schritte.

»Wer ist da?«, rief ich.

Noch zwei Schritte, dann löste sich unscharf eine menschliche Gestalt aus dem Nebel.

»Halt den Hund zurück, Maya, ich bin's …«

Es war Officer Arana. Ich erkannte ihn sofort trotz des Nebels und seiner seltsamen Aufmachung, die aussah, als hätte er sich als amerikanischer Tourist verkleidet, Hose mit Schottenkaro, Baseballkappe und Fotoapparat vor der Brust. Eine große Mattigkeit überkam mich, eine eisige Ruhe: So endete also ein Jahr des Versteckspiels, ein Jahr der Ungewissheit.

»Guten Tag, Officer, ich habe Sie erwartet.«

»Wie das?«

Wozu ihm erklären, was ich aus den Mails meiner Nini geschlossen hatte und was er selbst doch am besten wusste; wozu ihm sagen, dass ich mir schon seit geraumer Zeit jeden Schritt ausmalte, den er mir unerbittlich näher kam, überlegte, wie lange es wohl dauern würde, bis er mich aufgespürt hätte, und angstvoll diesem Augenblick entgegensah. Durch seinen Besuch bei meiner Familie in Berkeley war er auf unsere chilenischen Wurzeln gestoßen, danach wird er herausgefunden haben, an welchem Tag ich die Entzugsklinik verließ. Mit seinen Verbindungen muss es ein Leichtes für ihn gewesen sein, zu recherchieren, dass mein Pass verlängert wurde, und für den fraglichen Zeitraum die Passagierlisten der beiden Fluggesellschaften einzusehen, die von San Francisco nach Chile fliegen.

»Dieses Land ist ziemlich lang, Officer. Wie sind Sie auf Chiloé gekommen?«

»Erfahrung. Du siehst gut aus. Bei unserer letzten Begegnung in Las Vegas warst du eine bettelnde Fixerin und nanntest dich Laura Barron.«

Sein Ton war freundlich und entspannt, als wären wir uns hier zufällig über den Weg gelaufen. In aller Kürze erzählte er mir, dass er nach dem Essen mit meiner Nini und meinem Vater draußen vor dem Haus gewartet hatte und die beiden, wie vermutet, fünf Minuten später wegfahren sah. Ohne Schwierigkeiten gelangte er ins Haus, sah sich ein bisschen um, fand einen Umschlag mit Fotos und darin die Bestätigung für seinen Verdacht, dass meine Familie mich irgendwo versteckt hielt. Ein Foto fiel ihm besonders ins Auge.

»Ein Haus, das von Ochsen gezogen wird«, kam ich ihm zuvor.

»Genau. Du rennst vor den Ochsen her. Über Google fand ich heraus, zu welchem Land die Fahne am Giebel gehört, ich suchte nach ›haustransport ochsen chile‹ und landete in Chiloé. Es gab etliche Fotos und auf Youtube drei Filme davon. Ein Computer macht die Recherche so unglaublich einfach. Ich nahm Kontakt zu den Personen auf, von denen die Filme stammten, darunter eine Frances Goodrich in Seattle. Ich schrieb ihr, ich wolle nach Chiloé reisen, und bat sie um Informationen, es ging kurz hin und her, bis sie mir sagte, nicht sie, sondern ihr Bruder Daniel sei in Chiloé gewesen, und mir seine Mailadresse und Telefonnummer gab. Er reagierte auf keine meiner Nachrichten, aber auf seiner Internetseite fand ich den Namen dieser Insel, wo er Ende Mai über eine Woche verbracht hat.«

»Aber es gibt dort überhaupt keinen Hinweis auf mich, Officer, ich kenne die Seite.«

»Das nicht, aber unter den Fotos in deinem Elternhaus in Berkeley war eins von euch beiden.«

Bis zu diesem Augenblick hatte mich der absurde Gedanke beruhigt, Arana könne mir ohne einen Haftbefehl von Interpol oder der chilenischen Polizei in Chiloé nichts anhaben, aber als er mir jetzt schilderte, was er alles unternommen hatte, um mich zu finden, brachte mich das auf den Boden der Tatsachen zurück. Wenn er so viel Aufwand getrieben hatte, um mich aufzustöbern, dann war er bestimmt auch befugt, mich festzunehmen. Wie viel wusste er?

Instinktiv wich ich einen Schritt vor ihm zurück, aber er hielt mich ohne Grobheit am Arm fest und wiederholte mir das, was er auch meiner Familie schon gesagt hatte, er wolle mir nur helfen und ich solle ihm vertrauen. Seine Aufgabe sei erledigt, sobald er das Geld und die Druckplatten gefunden hätte, die Druckwerkstatt habe man ja bereits ausfindig gemacht und von dem inhaftierten Adam Trevor alles Wesentliche über seinen Handel mit den gefälschten Scheinen erfahren. Er sei auf eigene Faust und aus Berufsehre nach Chiloé gekommen, weil er den Fall selbst abschließen wolle. Von mir wisse das FBI bisher nichts, doch würden die Verbrecherbanden, mit denen Adam Trevor im Geschäft gewesen war, mich genauso gern in die Finger kriegen wie die Behörden in den USA.

»Und wenn ich dich gefunden habe, dann können diese Kriminellen das auch, das verstehst du doch«, sagte er.

»Niemand kann mich mit der Sache in Verbindung bringen«, entgegnete ich trotzig, aber der Klang meiner Stimme verriet meine Angst.

»Da täuschst du dich. Warum haben dich diese beiden Schlägertypen Joe Martin und der Chinese in Las Vegas wohl entführt? Und übrigens würde mich interessieren, wie du denen entwischt bist, nicht nur einmal, sondern sogar zweimal.«

»Das waren nicht die hellsten Kerzen auf dem Kuchen, Officer.«

Für etwas muss es ja gut sein, dass ich unter den Fittichen des Verbrecherclubs aufgewachsen bin, bei einer paranoiden Großmutter und mit einem Iren, der mir Detektivgeschichten zu lesen gab und mir beibrachte, logische Schlussfolgerungen zu ziehen wie Sherlock Holmes. Woher wusste Officer Arana, dass Joe Martin und der Chinese nach Brandon Leemans Tod hinter mir her gewesen waren? Oder dass sie mich an ebendem Tag entführten, als er mich beim

Klauen dieses Videospiels erwischte? Das konnte nur bedeuten, dass er es gewesen war, der beim ersten Mal angeordnet hatte, Leeman und mich zu beseitigen, nachdem er die falschen Scheine in seinem Bestechungsgeld entdeckt hatte, und beim zweiten Mal musste er es gewesen sein, der die beiden über Handy anrief und ihnen sagte, wo sie mich finden würden und wie sie die Information über den Verbleib des restlichen Geldes aus mir herausbekamen. Als mich Officer Arana an dem Tag in das Tex-Mex-Lokal einlud und mir die zehn Dollar gab, trug er keine Uniform, so wenig wie beim Besuch meiner Familie und jetzt auf dem Hügel. Und zwar nicht, weil er, wie er vorgab, für das FBI ermittelte, sondern weil man ihn wegen Korruption aus dem Polizeidienst entfernt hatte. Er gehörte zu denen, die von Brandon Leeman bestochen wurden und Geschäfte mit ihm machten; für die Beute war er einmal um die halbe Welt gereist, was mit Pflichtgefühl nichts zu tun hatte und erst recht nichts mit dem Wunsch, mir zu helfen. Offenbar sah Arana an meinem Gesichtsausdruck, dass er zu viel geredet hatte, und er reagierte, ehe ich loslaufen und den Hügel hinunterrennen konnte. Mit beiden Händen hielt er mich fest wie in einem Schraubstock.

»Du denkst doch wohl nicht, ich fahre unverrichteter Dinge wieder nach Hause«, sagte er drohend. »Du gibst mir, was ich haben will, ob freiwillig oder nicht, auch wenn ich dir nicht gern wehtun will. Wir können uns bestimmt einigen.«

»Uns einigen?« Mir war schlecht vor Angst.

»Dein Leben und deine Freiheit. Ich schließe den Fall, dein Name taucht in den Akten nirgends auf, und niemand wird nach dir suchen. Außerdem gebe ich dir zwanzig Prozent. Du siehst, ich bin großzügig.«

»Brandon Leeman hatte zwei Taschen mit Geld in einem Lagerraum in Beatty, Officer. Ich habe sie geholt und den Inhalt in der Mojave-Wüste verbrannt, weil ich Angst hatte, dass ich als Mittäterin beschuldigt werde. Das ist die Wahrheit, ich schwöre.«

»Willst du mich für dumm verkaufen? Das Geld! Und die Platten?«

»Die habe ich in die Bucht von San Francisco geworfen.«

»Ich glaube dir kein Wort! Du Miststück! Ich bring dich um!«, schrie er und schüttelte mich.

»Ich habe Ihr Scheißgeld und Ihre Scheißdruckplatten nicht!«

Fákin knurrte wieder, aber Arana trat so heftig nach ihm, dass er davontaumelte. Er war ein muskulöser Mann, kampfsporterfahren und an Handgreiflichkeiten gewöhnt, aber ich bin nicht zimperlich und wehrte mich in blinder Verzweiflung. Ich wusste, Arana würde mich auf keinen Fall lebend davonkommen lassen. Ich habe von klein auf Fußball gespielt, und meine Beine sind gut trainiert. Ich holte aus für einen

Tritt in seine Weichteile, aber er drehte sich rechtzeitig weg, und ich traf ihn am Oberschenkel. Hätte ich nicht die Sandalen getragen, ich hätte ihn vielleicht ernsthaft verletzt, so aber brach ich mir die Zehen, und der Schmerz durchfuhr mich wie ein weißes Gleißen. Arana nutzte meine Benommenheit und schlug mir in die Magengrube, dass mir die Luft wegblieb, im nächsten Augenblick war er über mir, und danach erinnere ich mich an nichts mehr, vielleicht wurde ich durch einen zweiten Schlag ins Gesicht ohnmächtig, jedenfalls ist meine Nase gebrochen, und ich werde ein paar neue Zähne brauchen.

Verschwommen sah ich das Gesicht meines Großvaters vor einem weißen, durchscheinenden Hintergrund, Schichten über Schichten von im Wind flatterndem Tüll, ein Brautschleier, der Schweif des Kometen. Ich bin tot, dachte ich glücklich, und überließ mich der Freude, mit meinem Pop körperlos, schwerelos durch das Nichts zu gleiten. Juanito Corrales und Pedro Pelanchugay versichern, dort sei kein dunkelhäutiger Herr mit Hut gewesen, ich sei vielmehr kurz zu mir gekommen, als sie mich hochheben wollten, hätte aber gleich wieder das Bewusstsein verloren.

Ich erwachte im Krankenhaus von Castro aus der Narkose, Manuel saß auf der einen, Blanca auf der anderen Seite meines Bettes, und der Polizist Laurencio

Cárcamo am Fußende. »Wenn Sie dann irgendwann könnten, Gnädigste, dann hätte ich ein paar kleine Fragen, wenn es vielleicht möglich wäre?«, begrüßte er mich freundlich. Es war erst zwei Tage später möglich, offenbar hat die Prellung mich ernsthaft ausgeknockt.

Die polizeiliche Untersuchung ergab, dass ein Tourist, der kein Spanisch sprach, nach der Beerdigung von Doña Lucinda auf die Insel gekommen war und in der »Taverne zum lieben Toten«, wo die Trauergesellschaft sich versammelt hatte, dem Erstbesten ein Foto von mir zeigte, nämlich Juanito Corrales. Der Junge schickte den Auswärtigen den schmalen Pfad zur Grotte hinauf, und der Mann ging in diese Richtung davon. Juanito Corrales suchte seinen Freund Pedro Pelanchugay, und weil sie neugierig waren, folgten die beiden dem Mann. Oben auf der Kuppe hörten sie Fákin bellen, das führte sie zu der Stelle, wo ich mit dem Unbekannten stand, und sie kamen eben rechtzeitig, um den Unfall zu sehen, auch wenn sie wegen der Entfernung und des Nebels nicht sicher waren, was sich da zutrug. Dadurch erklärt sich ihre im Detail widersprüchliche Schilderung. Nach ihrer Aussage standen der Unbekannte und ich über den Rand der Klippe gebeugt und sahen zur Grotte hinab, der Mann taumelte, ich wollte ihn festhalten, wir verloren das Gleichgewicht und waren verschwunden. Von oben konnte man wegen des dichten Nebels nicht erkennen, wohin wir gestürzt waren, und weil wir auf ihre Rufe nicht antworteten, kletterten die beiden Kinder, an vorstehende Felsen und Wurzeln geklammert, hinab. Sie hatten das früher schon getan, und der Untergrund war einigermaßen trocken, was den Abstieg erleichterte, denn wenn es nass ist, wird es sehr glitschig. Sie näherten sich vorsichtig aus Furcht vor den Seelöwen, stellten aber fest, dass sich die meisten hatten ins Meer gleiten lassen, darunter auch der Bulle, der seinen Harem sonst zumeist von einem Felsen aus bewacht.

Juanito sagte aus, er habe mich auf dem schmalen Sandstreifen zwischen Grotte und Meer gefunden, und der Mann habe auf den Felsen und halb im Wasser gelegen. Pedro war sich nicht sicher, ob er den Mann gesehen hatte, er sei sehr erschrocken über das viele Blut an meinem Kopf und habe nicht nachdenken können, sagte er. Er versuchte, mich hochzuheben, aber da fiel Juanito der Erste-Hilfe-Kurs von Liliana Treviño ein, er entschied, sie sollten mich besser nicht bewegen, und schickte Pedro Hilfe holen, während er selbst bei mir blieb und mich festhielt aus Furcht, die Flut werde mich erreichen. Dem Mann zu helfen kam ihm nicht in den Sinn, er war überzeugt, dass der tot war, denn einen Sturz aus dieser Höhe auf die Felsen konnte keiner überleben.

Pedro kletterte wie ein Affe die Klippe hinauf und rannte zur Polizeiwache, wo er niemanden fand, und von dort weiter zur »Taverne zum lieben Toten«. In Windeseile wurde die Bergung organisiert, mehrere Männer liefen den Hügel hinauf, und jemand trieb die Polizisten auf, die im Jeep ankamen und das Kommando übernahmen. Weil ich heftig blutete, versuchte man nicht, mich an Seilen in die Höhe zu ziehen, wie einige vorschlugen, die zu viel getrunken hatten. Jemand gab sein Hemd her, um die Platzwunde an meinem Kopf zu verbinden, und andere bauten eine behelfsmäßige Trage, bis endlich das Boot für meine Bergung eintraf, was einige Zeit dauerte, denn es musste einmal um die halbe Insel fahren. Zwei Stunden später, als sich die Aufregung um meine Rettung gelegt hatte, begann die Suche nach dem zweiten Opfer, aber da war es bereits dunkel, und man musste sie bis zum nächsten Morgen aufgeben.

Der schriftliche Bericht der Polizisten unterscheidet sich etwas von dem, was sie bei ihren Ermittlungen herausgefunden haben, er ist ein Meisterwerk der Auslassung:

> Die Unterzeichnenden, Unteroffizier Laurencio Cárcamo Ximénez und Unteroffizier Humilde Garay Ranquileo, geben zu Protokoll, am gestrigen Samstag, dem 5. Dezember 2009, die Staatsbürgerin der Vereinigten Staaten Maya Vidal aus Kalifornien, vorübergehend wohnhaft in oben genanntem Dorf, geborgen zu haben, nachdem sie

einen Sturz von der sogenannten »Klippe der Pincoya« im Nordosten der Insel erlitten hatte. Besagte Dame befindet sich außer Lebensgefahr im Krankenhaus von Castro, wohin sie mit dem von den Unterzeichnenden angeforderten Hubschrauber der Streitkräfte verbracht wurde. Die Verunfallte wurde entdeckt von dem Minderjährigen Juan Corrales, elf Jahre, und dem Minderjährigen Pedro Pelanchugay, vierzehn Jahre, beide gebürtig auf hiesiger Insel, als diese sich auf besagter Klippe befanden. Vorschriftsgemäß befragt, gaben die beiden Zeugen zu Protokoll, dass sie eine zweite Person von besagter Klippe stürzen sahen, einen auswärtigen Besucher männlichen Geschlechts. Gefunden wurde auf den Felsen der sogenannten »Grotte der Pincoya« eine Fotokamera in schlechtem Zustand. Aufgrund dieser Kamera der Marke Canon gehen die Unterzeichnenden davon aus, dass es sich bei dem Opfer um einen Touristen handelt. Die Polizei der Isla Grande ist gegenwärtig dabei, die Identität des besagten Auswärtigen zu ermitteln. Die Minderjährigen Corrales und Pelanchugay glauben, dass beide Opfer oberhalb der Klippe ausgerutscht sind, sind sich jedoch aufgrund wetterbedingt mangelnder Sichtweite wegen Nebels nicht sicher. Frau Maya Vidal stürzte auf Sand, wohingegen der Herr Tourist auf die Felsen stürzte und

> durch den Aufprall starb. Mit der steigenden Flut wurde der Leichnam von der Strömung aufs Meer hinausgezogen und ist nicht gefunden worden. Die unterzeichnenden Unteroffiziere beantragen erneut die Anbringung eines Sicherheitsgeländers an der sogenannten »Klippe der Pincoya« wegen der von ihr ausgehenden Gefährdung, ehe weitere Damen und Herren Touristen ihr Leben verlieren, was dem Ruf der Insel schweren Schaden zufügen würde.

Nicht ein Wort darüber, dass der Auswärtige mit einem Foto in der Hand nach mir gesucht hat. Oder dass noch nie ein Tourist auf eigene Faust auf unser Inselchen gekommen ist, wo es außer dem Curanto wenig zu sehen gibt; sie kommen immer in den Gruppen der Öko-Reiseveranstalter. Trotzdem hat niemand den Bericht der beiden Polizisten in Zweifel gezogen, vielleicht weil man auf der Insel keinen Ärger will. Die einen sagen, den Toten hätten die Lachse gefressen und das Meer werde vielleicht dieser Tage seine abgenagten Knochen an den Strand spucken, und andere glauben standhaft, die Caleuche, das Geisterschiff, habe ihn mitgenommen, was bedeutet, wir werden nicht mal seine Baseballkappe finden.

Die Polizisten befragten die beiden Kinder auf der Wache in Anwesenheit von Liliana Treviño und Aurelio Ñancupel, die sicherstellen wollten, dass man die beiden nicht einschüchterte, und im Hof warteten ein Dutzend Inselbewohner auf das Ergebnis, allen voran Eduvigis Corrales, die aus der tiefen Niedergeschlagenheit herausgefunden hat, in die sie nach der Abtreibung von Azucena geraten war, die Trauerkleidung abgelegt hat und kämpferisch geworden ist. Die beiden Jungs konnten dem, was sie zu Anfang ausgesagt hatten, nichts hinzufügen. Der Polizist Laurencio Cárcamo kam zu mir ins Krankenhaus und befragte mich zu den Umständen des Absturzes, ließ die Fotografie aber unerwähnt, durch die sich der Unfall verkompliziert hätte. Seine Befragung fand zwei Tage nach dem Unfall statt, und in der Zwischenzeit hatte Manuel mir eingeschärft, was ich sagen sollte: Ich sei durch die Hirnprellung verwirrt und erinnerte mich an nichts. Aber ich musste nicht mal lügen, denn der Polizist fragte nicht danach, ob ich den angeblichen Touristen gekannt hatte, sondern interessierte sich ausschließlich für die örtlichen Gegebenheiten und den Absturz wegen dieses Sicherheitsgeländers, das er jetzt seit fünf Jahren beantragt. »Als Diener des Vaterlandes hat man seine Vorgesetzten über die Gefährlichkeit besagter Klippe in Kenntnis gesetzt, aber so ist das, Gnädigste, erst muss ein unschuldiger Auswärtiger sterben, ehe man gehört wird.«

Manuel sagt, das Dorf werde geschlossen jede Spur verwischen und alles unter den Teppich kehren, um die Kinder und mich vor möglichen Verdächtigungen zu bewahren. Es wäre nicht das erste Mal, dass man hier bei der Wahl zwischen der schmucklosen Wahrheit, von der bisweilen niemand etwas hat, und einem diskreten Schweigen, das den eigenen Leuten hilft, das Schweigen wählt.

Unter vier Augen schilderte ich Manuel meine Version des Geschehenen, auch meinen Zweikampf mit Arana und dass ich mich überhaupt nicht daran erinnere, mit ihm zusammen abgestürzt zu sein; mir kommt es eher vor, als wären wir weit entfernt von der Kante gewesen. Ich habe alles tausendmal vor meinem inneren Auge ablaufen lassen und begreife nicht, wie das passieren konnte. Nachdem er mich niedergeschlagen hatte, mag Arana zu dem Schluss gelangt sein, dass ich die Platten nicht habe, und wollte mich beseitigen, weil ich zu viel wusste. Also zerrte er mich zu der Klippe, aber ich bin kein Leichtgewicht, und bei der Anstrengung verlor er den Halt, oder vielleicht hat Fákin ihn auch von hinten angegriffen, und er ist zusammen mit mir gefallen. Sein Tritt hat den Hund kurz außer Gefecht gesetzt, aber er muss rasch wieder zu sich gekommen sein, denn wir wissen, dass die Kinder durch sein Gebell angelockt wurden. Ohne Aranas Leiche, die vielleicht ein paar Hinweise geben könnte, oder die Aussage der Jungs, die aber zum Schweigen entschlossen scheinen, wird es keine Antwort auf diese Fragen geben. Ich begreife auch nicht, wieso das Meer nur Arana mitgerissen hat, wenn wir doch beide an derselben Stelle lagen, aber es mag sein, dass ich die Kraft der Meeresströmungen in Chiloé unterschätze.

»Meinst du nicht, die Kinder haben etwas damit zu tun, Manuel?«

»Wie bitte?«

»Vielleicht haben sie Aranas Leiche ins Wasser geschoben, damit sie weggespült wird.«

»Warum sollten sie das tun?«

»Weil sie ihn vielleicht selbst runtergestoßen haben, als sie sahen, dass er mich umbringen will?«

»Daran darfst du nicht mal denken, Maya, und sag es nicht noch einmal, auch nicht im Scherz, das könnte Juanitos und Pedros Leben zerstören. Willst du das?«

»Natürlich nicht, Manuel, aber es wäre doch gut, die Wahrheit zu wissen.«

»Die Wahrheit ist, dass dein Pop dich vor Arana bewahrt hat und davor, auf den Felsen zu landen. Das ist die Erklärung, und dabei solltest du es belassen.«

Die Leiche wird schon seit Tagen von Küstenwacht und Marine gesucht. Man hat Hubschrauber und Boote geschickt, hat Netze ausgeworfen und zwei Taucher auf den Meeresboden abgelassen, die den Toten nicht gefunden haben, dafür aber ein mit Muscheln zugewachsenes Motorrad Baujahr 1930, das aussieht wie eine surrealistische Skulptur und das Prunkstück in unserem Inselmuseum wird. Humilde Garay ist mit Livingston die gesamte Küste abgelaufen, ohne eine Spur des verunglückten Touristen zu finden. Man nimmt an, es handelt sich bei ihm um einen gewissen Donald Richards, denn ein Amerikaner dieses Namens hat für zwei Übernachtungen im Hotel Galeón Azul in Ancud eingecheckt, hat die erste Nacht dort verbracht und ist dann verschwunden. Als er nicht wieder auftauchte, kam der Hotelmanager, der die Unfallmeldung in der Lokalzeitung gelesen hatte, auf den Gedanken, es könne sich bei dem Verunglückten um diesen Mann handeln, und verständigte die Polizei. Im Koffer fand man Kleidung, ein Canon-Objektiv und den Reisepass von Donald Richards, ausgestellt 2009 in Phoenix, Arizona, und augenscheinlich noch wenig benutzt, mit einem einzigen internationalen Einreisestempel, nämlich dem für die Einreise in Chile am 4. Dezember, einen Tag vor dem Unfall. Im Einreiseformular war als Grund für die Reise Tourismus angegeben. Dieser Richards kam in Santiago an, flog am selben Tag weiter nach Puerto Montt, verbrachte eine Nacht im Hotel in Ancud und wollte am übernächsten Tag wieder abreisen; ein unerklärliches Unternehmen, denn kein Mensch reist für achtunddreißig Stunden von Arizona nach Chiloé.

Der Pass bestätigt meinen Verdacht, dass gegen Arana im Police Department von Las Vegas ermittelt wird und er deshalb die Vereinigten Staaten nicht unter richtigem Namen verlassen konnte. Einen falschen Pass zu besorgen war für ihn bestimmt kein Problem. Niemand aus dem amerikanischen Konsulat kam auf die Insel, der offizielle Polizeibericht genügte denen. Wer immer sich die Mühe gemacht hat, nach der Familie des Verunglückten zu suchen, um die Todesnachricht zu überbringen, hat sie nicht gefunden, und unter den dreihundert Millionen Einwohnern der USA muss es Tausende Richards geben. Eine offensichtliche Verbindung zwischen Arana und mir besteht nicht.

Ich blieb bis Freitag im Krankenhaus, und am Samstag, dem 12. Dezember, brachten sie mich zu Don Lionel Schnake, wo ich empfangen wurde wie ein Kriegsheld. Ich hatte am ganzen Körper blaue Flecken, meine Kopfhaut war mit dreiundzwanzig Stichen genäht worden, und ich musste ohne Kopfkissen und im Halbdunkel auf dem Rücken liegen wegen meiner Gehirnprellung. Im OP hatte man mir den halben Schädel rasiert, um mich zu nähen, offenbar will es das Schicksal, dass ich glatzköpfig herumlaufe. Seit der letzten Rasur im September war mein Haar drei Zentimeter nachgewachsen, und jetzt weiß ich, meine natürliche Haarfarbe ist gelb wie der VW meiner Großmutter. Mein Gesicht war noch immer sehr geschwollen, aber die Zahnärztin vom Millalobo hatte schon nach mir gesehen, eine Frau mit deutschem Nachnamen, die weitläufig mit den Schnakes verwandt ist. (Ob es in diesem Land jemanden gibt, der nicht mit den Schnakes verwandt oder verschwägert ist?) Die Zahnärztin sagte, sie ersetzt mir die fehlenden Zähne. Außerdem meinte sie, die neuen würden besser aussehen, als die, die ich verloren habe, und bot an, mir die übrigen noch kostenlos zu bleichen als Gefälligkeit gegenüber dem Millalobo, der ihr geholfen hat, einen Bankkredit zu bekommen. Ein Tauschgeschäft über Bande, und ich profitiere davon.

Der Arzt hatte mir strenges Liegen und Ruhe verordnet, aber die Besucher gaben sich die Klinke in die Hand; die schönen Hexen aus der Ruca sind gekommen, eine davon mit ihrem Säugling, die Familie Schnake in großer Zahl, Freunde von Manuel und Blanca, Liliana Treviño und ihr Freund, Dr. Pedraza, viele Leute von der Insel, meine Fußballjungs und Pater Luciano Lyon. »Ich bringe dir die Letzte Ölung, Gringuita«, sagte er lachend und reichte mir eine Schachtel Pralinen. Er erklärte mir, heutzutage heiße dieses Sakrament Krankensalbung und man müsse danach nicht mehr notwendig ins Gras beißen. Kurz, von Ruhe konnte keine Rede sein.

Diesen Sonntag habe ich die Präsidentschaftswahl im Fernsehen verfolgt, der Millalobo saß am Fußende meines Bettes, war sehr aufgeregt und ziemlich angeheitert, weil sein Kandidat, der konservative Multimillionär Sebastián Piñera, wahrscheinlich das Rennen macht und er zur Feier des Tages allein eine Flasche Champagner getrunken hatte. Er bot mir ein Glas an, und ich nutzte die Gelegenheit und sagte ihm, dass ich nichts trinken kann, weil ich Alkoholikerin bin. »Du Ärmste! Das ist ja schlimmer, als Vegetarier zu sein«, rief er. Keiner der Kandidaten bekam genug Stimmen, deshalb wird es im Januar eine Stichwahl geben, aber der Millalobo ist sicher, dass sein Freund gewinnt. Seine politische Position scheint mir etwas unklar: Er bewundert die sozialistische Präsidentin Michelle Bachelet, weil sie mit ihrer Regierung hervorragende Arbeit geleistet hat und eine sehr feinsinnige Frau ist, aber er kann die Mitte-Links-Parteien nicht ausstehen, die seit zwanzig Jahren an der Macht sind, und meint, die Rechte sei jetzt an der Reihe. Außerdem ist der künftige Präsident ein Freund von ihm, und das ist in Chile sehr wichtig, weil alles über Verbindungen und Verwandtschaftsbeziehungen geregelt wird. Für Manuel war das Wahlergebnis ein Schlag, auch weil Piñera finanziell von der Pinochet-Diktatur profitiert hat, aber Blanca sagt, es werde sich nicht viel ändern. Chile ist das wohlhabendste und stabilste Land Lateinamerikas, und der neue Präsident müsste sehr ungeschickt sein, wollte er alles umkrempeln. Was nicht der Fall ist, denn man kann Piñera wohl einiges nachsagen, aber gewiss nicht, dass er ungeschickt ist; seine Geschicktheit ist atemberaubend.

Manuel rief bei meiner Großmutter und meinem Vater an und berichtete ihnen von meinem Unfall, ohne sie mit den gruseligen Einzelheiten meines Zustands zu beunruhigen, und die beiden wollen über Weihnachten herkommen. Meine Nini hat das Wiedersehen mit ihrer Heimat lange genug aufgeschoben, und mein Vater erinnert sich kaum noch. Höchste Zeit, dass sie kommen. Sie konnten mit Manuel ohne umständliche Codes und Verschlüsselungen reden, denn mit Aranas Tod ist die Gefahr ausgestanden, ich muss mich nicht mehr verstecken und kann nach Hause, sobald meine Beine mich tragen. Ich bin frei.

LETZTE SEITEN

Vor einem Jahr bestand meine Familie aus einem Toten, meinem Pop, und drei Lebenden, meiner Großmutter, meinem Vater und Mike O'Kelly, aber heute habe ich eine große Sippe, auch wenn wir ein wenig verstreut sind. Das ist mir klar geworden an diesem denkwürdigen Weihnachten, das wir gerade in dem türlosen Haus aus patagonischem Zypressenholz gefeiert haben. Es war mein fünfter Tag auf der Insel, nachdem ich mich eine Woche beim Millalobo erholt hatte. Meine Nini und mein Vater waren am Tag zuvor mit vier Koffern angereist, weil ich sie darum gebeten hatte, mir Bücher mitzubringen, zwei Fußbälle und Unterrichtsmaterial für die Schule, die Harry-Potter-Filme auf DVD und noch ein paar andere Geschenke für Juanito und Pedro und einen PC für Manuel, wofür ich ihnen das Geld zurückzahlen werde, sobald ich kann. Ursprünglich wollten sie in ein Hotel, als wären wir hier in Paris; auf der Insel gibt es bloß ein feuchtes Gästezimmer über einem der Fischgeschäfte. Deshalb schlafen meine Nini und ich jetzt in Manuels Bett, mein Vater in meinem und Manuel bei Blanca. Wegen des Unfalls und weil ich Ruhe halten soll, lassen sie mich nichts machen und bemuttern mich wie ein kleines Kind. Ich sehe immer noch fürchterlich aus, die Augen blau unterlaufen, die Nase wie eine Aubergine, ein Mordspflaster auf dem Schädel, außerdem die gebrochenen Zehen und am ganzen Körper Blutergüsse, die sich langsam grün färben, aber wenigstens habe ich schon provisorisch neue Zähne im Mund.

Im Flugzeug erzählte meine Nini ihrem Sohn die Wahrheit über Manuel Arias. Weil er angeschnallt war, konnte mein Vater keine richtige Szene hinlegen, aber ich glaube, er wird es ihr nicht so schnell verzeihen, dass sie ihm vierundvierzig Jahre etwas vorgemacht hat. Die Begegnung zwischen meinem Vater und Manuel lief gesittet ab, erst ein Händedruck, dann umarmten sie sich scheu und schüchtern, und lange Erklärungen gab es keine. Was hätten sie auch sagen sollen? Sie werden sich in den gemeinsamen Tagen hier ein bisschen kennenlernen, und wenn sie einander mögen, können sie eine Freundschaft aufbauen, was bei der Entfernung nicht ganz einfach wird. Von Berkeley nach Chiloé ist es so weit wie zum Mond. Als ich sie zusammen sah, fiel mir auf, dass sie einander ähnlich sehen, in dreißig Jahren wird mein Vater ein schöner alter Mann sein wie Manuel.

Das Wiedersehen meiner Nini mit ihrem ehemaligen Geliebten war auch nicht der Rede wert: zwei laue Küsschen auf die Wange, wie hierzulande üblich, das war's. Blanca hatte ein scharfes Auge auf sie, obwohl ich ihr vorher gesagt hatte, meine Großmutter sei sehr zerstreut und habe ihr kopfloses Liebesabenteuer mit Manuel Arias bestimmt längst vergessen.

Blanca und Manuel bereiteten das Weihnachtsessen zu – Lamm, kein Lachs –, und meine Nini staffierte das Haus nach ihren kitschigen Vorlieben mit Lichterketten und ein paar Papierfähnchen aus, die von den Nationalfeiertagen übrig geblieben waren. Wir vermissten Mike O'Kelly sehr, denn der hat jedes Weihnachten mit uns gefeiert, seit er meine Nini kennt. Bei Tisch fielen wir uns gegenseitig lautstark ins Wort und wollten einander begierig alle unsere Erlebnisse erzählen. Wir lachten viel, und die gute Laune reichte sogar, um einen Trinkspruch auf Daniel Goodrich auszubringen. Meine Nini sagte, sobald meine Haare nachgewachsen seien, solle ich zum Studieren an die Universität von Seattle gehen; dann könnte ich den flüchtigen Backpacker wieder einfangen, aber Manuel und Blanca schrien entsetzt auf, sie fänden das fürchterlich, weil ich einiges klarkriegen solle, ehe ich mich wieder Hals über Kopf in die Liebe stürze. »Das mag ja sein, aber ich denke dauernd an ihn«, sagte ich und wäre um ein Haar wieder in Tränen ausgebrochen. »Das geht vorbei, Maya«, beschwichtigte meine Nini. »So einen Liebhaber hat man ruckzuck vergessen.« Manuel verschluckte sich an seinem Lamm, und wir anderen erstarrten mit den Gabeln in der Luft.

Beim Nachtisch fragte ich nach den Druckplatten von Adam Trevor, die mich fast das Leben gekostet hätten. Wie ich vermutet habe, sind sie bei meiner Nini, sie würde sie niemals ins Meer werfen, schon gar nicht angesichts der aktuellen weltweiten Finanzkrise, die uns womöglich alle in Armut stürzt. Sollte meine ruchlose Großmutter nicht irgendwann Scheine damit drucken oder die Platten an irgendwelche Verbrecher verticken, dann erbe ich sie nach ihrem Tod, zusammen mit der Pfeife meines Großvaters.

INHALT